CHV

Susan Sontag
Todesstation

Roman

Mit einem Nachwort der Autorin
zur deutschen Ausgabe
Aus dem Amerikanischen von
Jörg Trobitius

Carl Hanser Verlag

Titel der Originalausgabe:
Death Kit

ISBN 3-446-13128-0

Umschlag: Klaus Detjen
Abbildung: *Approaching a City*, 1946, von Edward Hopper
Satz: LibroSatz, Kriftel
Druck und Bindung: Hieronymus Mühlberger, Augsburg
Printed in Germany

Für Diana Kemeny,
in Liebe und Dankbarkeit

Diddy, der Gute, befand sich auf einer Geschäftsreise. Mit Diddy, dem Kosenamen der Familie, redeten ihn (jetzt) nur noch sein Bruder und ein paar wenige Freunde an, die ihm aus Schultagen geblieben waren. »Hallo, Diddy!« so trällerte Paul jedesmal, wenn er in der Stadt war und ohne Vorwarnung im Büro vorbeikam oder unangekündigt um drei Uhr morgens vor seinem Appartment auftauchte. Diddy, der Gute, so putzte er, Diddy, manchmal in spöttischem Selbstlob den Kosenamen auf. Auch: Guter Diddy, Gut Did und Diddy, der Kaputte. Der richtige Name, von ihm selbst und Kindheitsfreunden einmal abgesehen, war Dalton.

Dalton Harron, vollständig: ein lieber Bursche, der eine sanfte Jugend in einer mittelgroßen Stadt in Pennsylvania verbracht und eine kostspielige Ausbildung genossen hatte. Ein gutartiges Kind, der ältere Sohn zivilisierter Eltern, die friedlich gestorben waren. (Jetzt) ein recht gutaussehender Mann von dreiunddreißig Jahren. Ruhiger als früher. Ein wenig umständlich vielleicht; von einigermaßen weitschweifiger Redeweise. Gewohnt, eine Antwort zu erhalten, wenn er höflich jemanden ansprach, und unfähig, sich mit den brutalen Umgangsformen der Metropole abzufinden, in der er (jetzt) lebte. Doch nicht übelnehmerisch. Die Sorte von Mann, die Frauen niemals mißhandelt, niemals die Kreditkarte verliert oder beim Abwaschen einen Teller zerbricht, die gewissenhaft die Arbeit verrichtet, freundlich Freunden Geld leiht, den Hund mitten in der Nacht spazieren führt, wie müde man auch immer ist. Die Sorte von Mann, die abzulehnen schwerfällt und die von Katastrophen verschont wird.

Diddy, nicht wirklich lebendig, *hatte* ein Leben. Was kaum dasselbe ist. Manche Menschen *sind* ihr Leben. Andere, wie Diddy, bewohnen ihr Leben bloß. Wie verunsicherte Pächter, die nie so genau wissen, bis wohin sich das Anwesen erstreckt oder wann der Pachtvertrag ausläuft. Wie unbegabte Kartographen, die wieder und wieder fehlerhafte Landkarten eines exotischen Kontinents zeichnen.

Bei solchen Leuten muß wohl am Ende alles verfallen. Die Mauern geben nach. Leerer Raum wölbt sich zwischen den

Dingen. Die Oberfläche der Dinge schwitzt, wird dünn, wirft sich auf. Die Säfte der Furcht, die im Herzen der Dinge ruhen, triefen zu den Nähten heraus. Vorhaben auszuführen und sich durch den Raum zu navigieren, wird zur Anstrengung. Zuviel der Mühe, sich von der Küche ins Wohnzimmer zu begeben, Drinks zu servieren, die Hi-fi-Anlage anzuschalten, vorzugeben, man sei guter Laune. Doch Diddys Schwierigkeiten lassen sich nicht durch größere Anstrengung lösen. Durch erhöhte Anstrengung läßt sich sein geschärftes Gespür der Insuffizienz nicht beseitigen, das aus der Halluzination entsteht, daß die Gegenwart ausgelöscht wird in dem Moment, da sie Vergangenheit wird. Um die Anstrengung zu stützen, brauchte Diddy Glauben. Der ihm aber (jetzt) fehlt. Wodurch alles unvorhersagbar wird. Pünktlich um zehn Uhr im Büro von Watkins & Company in der Lexington Avenue zu erscheinen, das muß fünfmal die Woche bewerkstelligt werden, angesichts des allmorgendlichen Verdachts bei Diddy, daß es nie zuvor stattgefunden hat. Und er schafft es jeden Morgen. Das ist ein Wunder. Dennoch, da ihm der Glaube fehlt, ist Diddy nicht in der Lage, den Schluß zu ziehen, daß das Vorkommen von Wundern Garantie für eine Welt bietet, in welcher solche Wunder stattfinden. Zieht statt dessen den Schluß, daß es eigentlich kein Wunder ist, etwas durchzuführen, das durchzuführen man sich vorgenommen hat. Eher wie ein böser Riß im schwerfälligen, brüchigen, klebrigen Gewebe der Dinge. Oder ein alberner Zufall; wie wenn jemand unvorsichtig mit einer Schere herumhantiert und einen häßlichen Schlitz ins Gewebe reißt, oder unabsichtlich Löcher mit einer Zigarette hineinbrennt.

Alles Verfall: die Gesamtheit des wohlbestallten Lebens Diddys durchdringend. Wie ein Haus, das von einem großen Generator im Keller mit Strom versorgt wird. Diddy hat ein fast greifbares Gefühl, daß die Energie des Generators nachläßt. Oder daß dieser Generator Amok läuft und monströse Fehlleistungen produziert. Wobei er eine Sturzflut von Müll ausstößt, die bis in Diddys Leben hinaufsteigt, sich überall auf dem Fußboden ausbreitet und seine gemütlichen Möbel unter sich begräbt, so daß er gezwungen ist, irgendwo Zuflucht zu nehmen. Sich in einer engen Ecke zu verkriechen. Doch wie klein das Plätzchen auch ist, das Diddy für sich freihalten will, es ist auf die

Dauer nicht sicher. Wenn feste Materie dort nicht eindringen kann, verflüssigt sich eben der widerwärtige Ausstoß des versagenden oder rebellierenden Generators; so daß er überallhin gelangt. Sich ausbreitet wie eine Haut. Der Generator speit dann einen Strom von Rohöl aus, schmierig und übelriechend, der alle Dinge und Personen und Gegenstände bedeckt, das Vulgäre wie das Kostbare, das Häßliche wie das wenige, das noch schön bleibt. Und besudelt Diddys Welt, macht sie unbenützbar. Unbewohnbar.

Dieser zerfließende Verfall erfüllt Diddys gesamtes Bewußtsein, unterminiert noch die minimalsten Handlungen. Aus dem Bett zu kommen ist eine Agonie, so aussichtslos wie das Zappeln eines auf den Strand geworfenen Fisches, der versucht, der sinnlosen Luft Leben zu entringen. Menschen, die bloß ein-Lebenhaben, sind gewöhnt, sich in einer dicken Flüssigkeit zu bewegen. Nur das ermöglicht ihnen, ihr Leben zu führen. Ihr Leben hängt davon ab, daß sie nicht sehen. Doch wenn diese Flüssigkeit sich verflüchtigt, kommt ein unzensiertes, stinkendes, erschreckendes Unterleben zum Vorschein. Verlorene Kontinente werden sichtbar, mit den Ruinen untergegangener Städte, den fast fleischlosen Skeletten urtümlicher, im Todeskampf erstarrter Kreaturen, eine Landschaft von unvergleichlicher Wildheit. Mit Skeletten und verlassenen Städten als Menschlichem mag man sich aussöhnen. Nicht aber mit einer verlorenen, entmenschten Natur. Menschlicher Achtung, dem Forschen und Streben der Menschen so lange entzogen, können die tyrrhenischen Berge keine Ähnlichkeit haben mit irgend bekannten Bergen des Planeten. Wie würden sie schaudern und schwitzen in der körperlosen Luft.

Wie Diddys Leben, seit das gewohnte trübe Medium zu versickern begann. Die weichen, gewebeartig miteinander verknüpften Tage sind gelockert. Die wäßrige Fülle ist dehydriert, und was nun herausragt, sind zackige, unmenschliche Stücke. Das Medium verflüchtigt sich ständig; trockengelegt, abgeschnitten vom Nachfluß ist die strotzende, zusammenhängende Fülle. Stirbt ab. Alles, was zurückbleibt, ist willkürlich und unverständlich. Einschließlich menschlichen Sprechens, das zu bloßem Schall verkommt. Dennoch, so bemerkt Diddy, hat noch niemand entdeckt oder jedenfalls öffentlich einzugestehen gewagt, wie schauerlich der Wasserspiegel sinkt, die vitalen

Schmiermittel austrocknen, die Gezeitenzone menschlicher Sinngebung erodiert. Soll Diddy der erste sein, es zu verkünden? Vermessener Diddy. Hat er auch immer versucht, aufrichtig zu sein, er hat niemals behauptet, er sei klug. Vielleicht birgt die Lebenslüge, die jedermann im Munde führt, so etwas wie Klugheit, die Diddy aber (jetzt) nicht versteht, wenn das vielleicht einmal der Fall gewesen sein sollte. Folglich spricht Diddy weiter, gerade so wie alle anderen auch. Wörter wie kalkfarbene Würfel entspringen einem rotierenden Gehege. Nachdem Diddy sie zusammengehäuft hat, legt er ein unplausibles Wort an das andere und schafft so den plausiblen Anschein einer Aussage. Die dann gewöhnliche Absichten, Versprechungen, Meinungen, Anträge und Absagen, Einigkeit und Uneinigkeit bedeutet. Obwohl er nicht mehr versteht, warum. Und obwohl es ihm schwer genug fällt, nur ein- und auszuatmen, ohne das bißchen Luft zu verausgaben, das ihm zum Sprechen bleibt.

Im Maße wie der Wasserspiegel sinkt, ragen Geschehnisse heraus – monströs, unzusammenhängend. Diddy schnappt nach Atem, und wohin er sich auch bewegt, holt er sich Prellungen. Diddy, ein gescheitertes Amphibium. Dem jede Aufgabe sinnlos geworden ist, jeder Raum ungastlich, im Grunde jeder Mensch grotesk, jedes Klima unzuträglich und jede Situation gefährlich.

> Für den jede Aufgabe sinnlos geworden ist. Diddy braucht immer länger für jede Tätigkeit, und dennoch führt er offenbar keine ordentlich aus.
>
> Dem jeder Raum ungastlich vorkommt. Und immer weniger begehbar. Wenn er den Körper von einem Ort zum anderen bewegt hat, leidet Diddy am Wissen, daß er keinen einzigen Schritt getan hat. Und selbst, wenn es sich festmachen ließe, daß irgendeine kleine Ortsveränderung bewirkt wurde, läßt sich nicht sagen, um wieviel. Stell dir vor, jemand sagte, geh hinüber. Oder, etwas liebenswürdiger, bitte, wenn es dir nichts ausmacht, geh doch dort hinüber. Wo ist das Dort-Hinüber? Wie soll Diddy wissen, wann er am richtigen Ort angekommen ist? Sein Partner könnte vielleicht sagen: Gut so. Perfekt! Bleib, wo du bist. Doch vielleicht irrt sich der Mensch, der ihm Anweisungen gibt, oder er will ihn täuschen.

Dem im Grunde jeder Mensch immer grotesker und häßlicher vorkommt. Von Tag zu Tag wird es schlimmer. Diddy sieht die Oberfläche der Menschen, deformiert und aufgebläht und bleiern und berstend von schnöden Säften. Über sein Brobdingnag-Auge hinaus ist er (jetzt) auch zum Röntgenblick verdammt; er sieht direkt durch das Fleisch hindurch in die schaurigen Kümmernisse, die jedes aufrechte zweibeinige Geschöpf verbirgt. Obendrein von unnatürlich scharfem Gehör. Wann immer die Lautstärke stummen, flehenden Leides in der Welt aufgedreht wird, wenn auch vielleicht nur zum Ergötzen der distanzierten Götter, dann hört Diddy mit. Die Bürde, zu vieles zu hören, das sein Mitgefühl erregt, bricht Diddys Herz.

Dem jedes Klima unzuträglich ist. Überhitzt in den Schneefällen des letzten Winters und in dickerer Kleidung zumeist unbehaglich, spürte er die lodernde Sonne dieses vergangenen Sommers als Kälte und konnte sich gar nicht warm genug anziehen. (Jetzt) ist der Herbst gekommen. Wieder ein halbkünstlicher Winter in Manhattan, der sich anschickt, seine bewilligte Dauer zu beanspruchen. Eine schon allzu vertraute Abfolge. Da nach dem September nun der Oktober anzubrechen droht, weiß Diddy, was kommt. Etwas Unangenehmes. Vielleicht bereitet er sich darauf vor, sich zu verteidigen. Ist das der Grund, weshalb Diddy seine Hände weniger als sonst unter Kontrolle hat? Wenn es am schlimmsten ist (jetzt), scheinen sich seine Hände zu beseelen und wollen tun, was sie nicht tun sollten.

Dem jede Situation gefährlich vorkommt. Es spielt keine Rolle, was Diddy tut, und keine Situation ist neutral. Je nach Zusammensetzung seiner Gefühle wird er entweder gelähmt von Angst, oder er erstickt unter Konvulsionen der Erregung. Ist also wieder einmal am schlimmsten.

Am schlimmsten ist es auch spät in der Nacht, wenn er Xan spazierenführt und die erste Ausgabe der *Times* gekauft hat, nach Hause zurückkehrt und mit der Zeitung ins Bett gegangen ist. Seine Fingerspitzen schmuggeln sich immer wieder in seinen Mund. Anders als Paul, der von Kindheit an ein unbändiger Nägelkauer gewesen ist, hat Diddy niemals diese Angewohnheit gehabt und sie auch verachtet, doch (jetzt), während er des Nachts liest, und auch, wenn er irgendwo im Kino ist, muß er mit einem quälenden Verlangen ringen, den gierigen Zähnen die Nägel zu bieten. Erschöpft wirft er schließlich die Zeitung auf den Boden; schläft; träumt . . . Die hektische, rohe Musik dringt in Diddys Ohren. Er öffnet die Augen, und es fängt wieder an, denn der frühe Morgen ist der andere Zeitpunkt, wenn es am schlimmsten ist. Am offenen Fenster läßt er die Jalousien herunter, ehe er sich anzieht. Vor dem Badezimmerspiegel ein paar Minuten später, beim Rasieren. Die letale Einladung von Fenstern und Spiegeln.

Der Versuch, die starken Hände unter Kontrolle zu behalten. Denn seit neuerem stellen diese beiden Zeitpunkte für Diddy eine unheilvolle, unsagbare Versuchung dar.

Schließlich findet die Versuchung eine Sprache. Hände, im Stande sprachloser Unschuld, brauchen die Zustimmung des Verstandes, der sich von Worten nährt. Diese Worte: eine Nomenklatur äußersten Ernstes. Mit der – ernsthaften – Absicht, sich umzubringen, schluckte Diddy eines Abends ein halbes Röhrchen Schlaftabletten; nachdem er den Hund ausgeführt hatte, der sich (jetzt) vor dem Kamin im Wohnzimmer kuschelt. Es ist halb eins; im Schlafzimmer, bei geschlossener Tür, legt Diddy sich nieder und schließt die Augen. Schwebt nun hinab, sanft und friedlich. Dann ein Zeitraum unbestimmter Länge: eine dunkle Weile, das Atmen fällt schwer. Er hört das Stöhnen, jemanden, der wie ein Esel schreit. Magenschmerzen. Er fällt aus dem Bett, kopfüber. Auf etwas schmerzhaft Hartes. Und auf dem harten Fußboden etwas Feuchtes, das faulig riecht. Xan bellt, und seine Nachbarin aus dem Apartment gegenüber – eine hübsche Off-Broadway Schauspielerin – schreit ihm ins Gesicht. Er wird hinten in einen Krankenwagen geschoben. Dann massierte ein jüngerer, adrett aussehender Neger in weißer Jacke und Hose, der nach Erbrochenem stank, seine steifgewordenen Glieder und rollte eine Magenpumpe an Diddys neues Bett; Diddys Därme trockneten aus vor Erniedrigung; nach drei Tagen wurde er aus dem Krankenhaus entlassen, um zwanzig Pfund Substanz leichter. Denn es sind die, die wissen, daß sie nur Treuhänder oder Pächter ihres Lebens sind, die im Register voraussichtlicher Selbstmörder stehen. Das Wissen, daß man ein Leben hat, erzeugt die Versuchung, es aufzugeben. Man ist tot. Deshalb will man sterben. Gleichermaßen will man geboren werden.

In der Hoffnung, geboren zu werden, wild wie der Wunsch zu sterben, hatte Diddy immer das Kind in sich gehegt. Mary's Bub ist hingefallen und hat sich den Kopf gestoßen. Küßchen! Na also! Ein argloser lebhafter Schulbub mit einem törichten Spitznamen lugte hinter Diddys sanften Augen hervor, Augen, die ohne Tränen über den gewissenhaften stoischen Erwachsenen weinten, der an einem Schreibtisch postiert war: Nachschlagewerke zu Rate zog, Texte entwarf, das Layout skizzierte, Briefe diktierte, interne Memoranden verfaßte. Doch es schien nicht, daß er auf ehrenhafte Weise seine Tätigkeit fortsetzen konnte. Diddy, der Kaputte. Der Tod hatte sein hektisches, unvernünftiges Ersuchen abgelehnt. Wie dem auch sei, Diddy hatte ebenso Angst zu sterben. Ausgestattet mit Unmengen von Ironie, die auf seine eigenen Kosten angewendet wurden, schwor er sich, weiterzumachen, einen Fuß vor den anderen zu setzen. Er muß seinen Hund füttern, muß weiterhin den hilfreichen älteren Bruder machen, der für Paul alles an Familie darstellt, das ihm geblieben ist, und muß Joan Unterhaltsgeld zahlen. Diddy wird sich den Anforderungen des Tages stellen.

Vielleicht hat er Aufschub vom Tod erhalten, und wenn das der Fall ist, Aufschub aufgrund seiner eigenen Vitalität oder aufgrund eines schlichten Zufalls – jedenfalls sieht Diddy ein, daß er Pächter seines Lebens bleibt; und daß der Vertrag, auf den er Anspruch hat, noch einige Zeit läuft. Von Natur aus so etwas wie ein feiner Herr, hat er die Absicht, das Anwesen in anständigem Zustand zu erhalten. Wenn er nur weniger empfände, in seinem Inneren weniger lebte. Ist das nicht erreichbar? Von nun an also. Ein posthumer Mensch hat gewisse neue Ressourcen, neue Kräfte. Hat die Gewalt der Aversionen und Schrecknisse bei Diddy nicht ein wenig nachgelassen? Ist sie nicht versickert, weil er den Mut zu dem Versuch gehabt hat, sich allen Ernstes zu zerstören, und weil er den Versuch überlebt hat?

In den ersten drei Wochen, nachdem er wieder an die Arbeit zurückgekehrt ist, erscheint alles weniger schneidend und weniger schmerzhaft. An den Wochenenden bleibt er zuhause und liest und hört Musik. Ißt kaum etwas. Schläft freitags oder samstags nur ein wenig, statt auf vollen Nachtschlaf aus zu sein.

Wenngleich er Sonntag nachts versucht, zu einer vernünftigen Zeit ins Bett zu gehen. Wochentags steht Diddy um acht Uhr auf, wie er das immer getan hat. Wecker haben einen zu brutalen Klang; er wird von einem Zeitradio geweckt, das auf WOR/FM eingestellt ist und ewig die Hitparade hinauf und hinunterspielt. Widmet sich dann morgendlichen Pflichten, die selten auch Frühstück beinhalten. Führt den Hund hinaus; räumt ein wenig auf, wenn er zurückkehrt. Er hat die Wohnung im Griff; keiner der Gegenstände drängt sich als allzu schleimig oder abstoßend trocken auf, noch erscheint der Raum als zu groß oder zu klein, um sich darin zu bewegen. Eintreffen im Büro. Sein schwabbliger, schwammiger Chef, Michael C. Duva, kommt ihm mit einem Ordner entgegen, der Korrespondenz zwischen Watkins & Company und *The Review of Scientific Instruments* enthält, um die sich Diddy kümmern muß. Warum hält Duva den Kopf nach links geneigt, wenn er spricht, warum lächelt er, warum unternimmt er nichts gegen die Speicheltropfen, die sich in seinen Mundwinkeln sammeln? Während die Welle des Ekels verebbt, befingert Diddy das verkratzte Aluminium auf seinem Schreibtisch und starrt eindringlich auf den Wasserkühler. Seine Sekretärin ist auf ihrem Posten, rückt sich verstohlen die Strümpfe zurecht. Papierkram macht Diddy nichts aus. Aber, penibel, wie immer, wechselt er ungern Schreibmaschinenbänder. Ist fast bis zu Tränen frustriert, wenn bei der Entwurfsskizze für ein neues Layout eine schmale, mit Tusche gezogene Linie eigenmächtig dicker wird oder zu einem Klecks anschwillt. Einst war Diddy stolz auf seine Ansprüche gewesen, und es war ihm leicht gefallen, ordentlich zu sein. Jetzt argwöhnt er, daß das alles fauler Zauber ist. Verachtet sich dafür, daß er zimperlich und dünnhäutig ist. »Wer sich selbst verachtet, erachtet sich selbst als Selbstverächter.« Diddy, der Verächtliche. Doch das ist er, tatsächlich. Kein Grund zum Lachen.

Doch auch Diddy, der Zarte. Als Junge hatte Diddy das normale Maß an Vertrauen in seinen Körper. Soweit er sich erinnern kann, jedenfalls. Paul, der nach dem Schulunterricht die restlichen Stunden am Klavier zubrachte, litt stärker als Diddy unter der beschämenden Pein früher Adoleszenz und beneidete seinen ein Jahr älteren Bruder um seine frühreif sehnigen Arme und seinen stämmigen Oberkörper. Paul hatte an

Sport niemals Gefallen gefunden, während Diddy, der Unmusikalische, in der Schule Leichtathletik betrieben hatte, und zwar mit einigem Erfolg. Aufgrund seiner athletischen Fähigkeiten war die Art, wie Diddy mit seinem jüngeren Bruder umging, lange Zeit recht herablassend gewesen – trotz der Wertschätzung, die er insgeheim für Pauls charakterliche Unabhängigkeit hegte, die, wie er wußte, weit größere Bedeutung hatte als physische Kraft. Dennoch war auch Diddy stark. Und das wußte er auch. Wann hatte das Vertrauen in die eigene Physis nachzulassen begonnen? In den finsteren letzten Jahren mit Joan? Doch die Frauen mochten ihn, hatten ihn immer gemocht. Ihr Urteil zählte doch schließlich auch. Dennoch wollte Diddy niemanden täuschen. Es gab keinen Grund, weshalb sein Körper muskulös und kraftvoll bleiben sollte, wenn er sich ausschließlich vom Taxi zum Drehsessel im Büro, zu Stühlen in Restaurants, zu Plätzen in Theatern und Konzerten, zur Couch im Wohnzimmer, zum Bett bewegte; die einzige körperliche Betätigung: Xan ausführen. Was wahr ist, soll man auch sehen. Da man es ohnehin fühlt. Und ob es nun jemand sieht oder nicht, er fühlt sich nicht mehr so substantiell. Der knochige Schädel unter dem leicht ergrauenden Haar, das er immer kurzgeschnitten trug, fühlte sich verletzbar. Wie auch die schlanken Finger mit den gepflegten Nägeln, wie die Füße mit dem hohen Rist.

Bis schließlich Diddys Äußeres anfing, von dem physisch trägen, ruhigen Leben, das er führte, Zeugnis abzulegen. Da setzte dann das unüberwindliche Schwindelgefühl ein, das in dem gipfelte, was er im September durchzumachen hatte, in der Entscheidung an jenem dreißigsten September, dem Krankenhausaufenthalt und den vier Tagen voller Schrecken, die er danach allein verbrachte, ohne aus der Wohnung zu gehen. Er ist (jetzt) wirklich zu dünn. Während Schlüssel, Brieftasche, Zigaretten, Münzen, Taschenmesser, Kugelschreibertaschenlampe und der Phi-Beta-Kappa-Schlüssel an Gewicht zugenommen haben. Er schläft jede Nacht nur ein paar Stunden, und wenn er schläft, wacht er von seinen zermürbenden Träumen erschöpft auf. Auch ißt er kaum etwas. Zusätzliches Fleisch, Fett auf der Seele, läßt sich schwer wieder herstellen. Ein Besuch bei seinem Schneider ist fällig, da Diddy (jetzt) den Abstand zwischen seiner Kleidung und der feuchten Haut bemerkt. Es geht doch nicht an, daß Diddy sich ständig des lose umgrenzten, doch weiten Abstandes bewußt ist, der sich vom Hals bis zu den Knöcheln auftut, außer wo der Inhalt seiner Taschen gegen die Rippen und Schenkel schlägt, oder? Doch dehnt sich etwas aus, eine Mauer öffnet sich nach außen.

Die Firma hat eine einwöchige Konferenz im Hauptbetrieb im Landesinneren anberaumt. Der verschärfte Wettbewerb aus dem Ausland bereite dem Büro in New York Sorgen. Eine alteingesessene Firma dürfe sich nicht auf ihren Lorbeeren ausruhen. Müsse sich um neue Ideen aus den Abteilungen für Forschung und Entwicklung, für Produktion, Werbung und Verkauf kümmern. Diddy, der stellvertretende Direktor der Werbeabteilung, wurde aufgefordert, für die ganze Woche hinaufzufahren. Duva komme Mittwoch hin, vielleicht aber auch nicht.

Ein schmeichelhafter Auftrag, so scheint es Diddy. Und so etwas wie Urlaub. Nachdem er seine Sachen gepackt hatte, ehe er Samstag nacht, am 26. Oktober, zu Bett ging, durchzog ein Traum Diddys Schlaf, der intensiver als sonst war. Paul und er verstecken sich im Wald, sammeln Holzscheite, stapeln sie auf; als er in ein Loch stolpert oder gestoßen wird. Und dann? Ein blödsinniger Angstzustand. Paul schreit, »Ich kann dir nicht helfen.« Verdammt noch mal, ich bin so klapprig, daß mich ein Windstoß umwirft, denkt Diddy im Fallen. Paul beugt sich über die Öffnung, schaut herab und brüllt, »Diddy! Diddy!« Erschrocken, weinend. Diddy kann weder Paul beruhigen noch sich selbst retten. Am Grund des Loches wartet Joan. Ist sie zurückgekehrt? Doch an dieser Stelle verdunkelt sich der Traum.

Diddy schlief bis in den späten Morgen. Brachte den sich sträubenden Hund ins Kellergeschoß und übergab dem Hausmeister zehn Dollar, um ihn dort für eine Woche einzuquartieren. Xan führte sich auf, wie er es tat, wenn Diddy ihn zum Tierarzt brachte. Winselnd, die Krallen in das grüne Linoleum stemmend, das überall in der winzigen Hausmeisterswohnung verlegt ist, als Diddy ihn mit Lockworten und Drohungen in die Küche zerrte. Die kleinen Kinder des Hausmeisters wollen sofort anfangen, mit Xan zu spielen. »Das geht schon in Ordnung, Mr. Torres«, sagte Diddy zu ihrem Vater, der aussah, als bereue er schon die Transaktion. »Er wird sich beruhigen, sobald ich weg bin.« Wäre er nur so zuversichtlich, wie er klingt. Das Winseln des Tieres verursachte ihm Übelkeit.

Dann nahm er ein Taxi zum Bahnhof und stieg in den dritten Waggon von hinten, *Freibeuter*, Sonntagnachmittagszug. Neuer Extra-Luxus-Expreß. Jeder Waggon im europäischen Stil in Abteile untergliedert, wo sechs Leute Platz haben. Man verbessert das Neue, indem man zum Alten zurückkehrt.

Pünktlich. Wir verließen die Stadt in nordwestlicher Richtung. Diddy machte es sich an einem Fensterplatz auf dem pieksenden Polster für sein schmales Gesäß so bequem es eben ging und beschäftigte sich die erste Stunde lang mit der gewichtigen *Times*, die er am Bahnhof gekauft hatte. Keine Verpflichtung hinauszuschauen. Nebenbei hatte er diese Fahrt schon oft gemacht, war vertraut mit der Abfolge der Ausblicke, die sich vom Fenster aus boten, während wir durch die Randbezirke der City rasten. Wenn jede Fabrik einen Schornstein hat, wenn alle Siedlungen aus schmucklosen Backsteinkästen bestehen, wenn ein Kraftwerk ein Kraftwerk ist und ein Gefängnis immer zum Einsperren dient – wozu soll man dann hinausschauen? Unterschiede herauszustellen, Nuancen auszumachen, obliegt denen, die zum ersten Male sehen. Auf anderen Fahrten hatte Diddys reichlich beschwichtigtes Verlangen nach Konfrontation ihm ausgiebiger gestattet, sich die Häuser anzuschauen, die man vom Zugfenster aus sieht – Häuser, die er akzeptieren oder ablehnen konnte, wie in einem Tagtraum, ohne sie je zu bewohnen. Diesmal lehnte Diddy den arrangierten Blick, den das Fenster bot, ab.

Was sonst? All die Gedanken, die er denken sollte, waren, auf gelbem Din-Papier getippt und zusammengeheftet, in seiner Aktentasche im Gepäcknetz über seinem Kopf verstaut. Der Rest war undenkbar. Diddy machte es sich hinter seiner Zeitung bequem, dankbar, sich hinter dieser Mauer gegen seine Reisegefährten abschirmen zu können. Ein Abteil ist öffentlicher Raum, jedermann zugänglich. Dennoch hat es zugleich eine gewisse Intimität. Maximal sechs Personen befinden sich miteinander in Klausur, zeitweilig von allen anderen abgeschlossen. Eine kleine Reisezelle. Erzwungene Nachbarschaft, die das Reich der Ordnung ausdehnt.

Langweilig (jetzt). Diddy hat die Zeitung ausgelesen. Hungrig, wie immer im Zug. Unruhig. Ein Schaffner kommt und sammelt von jedem die Fahrkarte ein. Wessen Fahrkarten? Unsere Fahrkarten. In einem Expreßzug, der in schneller Fahrt ohne Halt an vielen Bahnhöfen vorbeikommt, jeder Bahnhof mit dem voraufgegangenen identisch, sitzt Diddy zwischen austauschbaren Menschen eingepfercht. Doch da er ein Reisegenosse des Lebens ist, unverbesserlich hoffnungsvoll, wenn auch harsch desillusioniert, wird er sich doch die Mühe geben, sie alle auseinanderzuhalten. Er wirft einen dezenten, diffusen Blick auf die anderen im Abteil: sie anzustarren wäre unhöflich.

Auf dem Fensterplatz gegenüber eine Frau in einem abgetragenen Wollkostüm, mit unordentlichem grauem Haar und kleinen, scharfen Augen, Herrin über zwei prallvolle Einkaufstüten zu ihren Füßen. Vielleicht enthalten die Tüten Lebensmittel. Aber so lang war die Reise nicht. Geschenke für unartige, gleichgültige Enkel? Was immer der Inhalt der Tüten war, Diddy vermutete, daß sie eine Frau war, die es mit ihren Bemühungen übertrieb und gewohnheitsmäßig schenkte, was keiner wollte.

Sie flüstert mit geballter Eindringlichkeit auf ein äußerst hübsches Mädchen zu ihrer Rechten ein. Das Mädchen schien zuzuhören, doch es war, als enthebe sie irgendetwas, vielleicht die große Sonnenbrille, die sie trug, der Notwendigkeit zu antworten. Die Gläser waren grünlich-schwarz; so dunkel, daß man die Augen des Mädchens nicht sehen konnte, und Diddy fragte sich, wie gut sie wohl dadurch sehen mochte. Da hast du vielleicht eine Mauer!

Neben dem Mädchen, auf dem Außensitz gegenüber von Diddy, war ein dickbäuchiger Geistlicher, der das plumpe Gesicht über sein Brevier gesenkt hielt, seit der Zug sich in Bewegung gesetzt hatte; die Unterlippe zitterte systematisch, während er las. Ein Brevier liest sich nicht aus, wie eine Zeitung; es muß auf ewig wieder und wieder gelesen werden. Was für ein System! Hätte Diddy, der Gute, nicht Priester werden können, mit etwas, das zu lesen sich lohnte und immer dasselbe war? Nicht die richtige Art von Güte vielleicht. Zuviel Diddy der Kaputte.

Zur Linken saß auf Diddys Seite ein rosiger, auffällig glattrasierter Mann von massivem Körperbau, der nach billigem Rasierwasser oder Eau de Cologne roch und einen

Tweedanzug trug. Etwa in Diddys Alter. Der zu Beginn der Reise eine große Zeitschrift auf den Knien ausgebreitet hatte, doch anstatt sie hochzunehmen, zog er ein Taschentuch aus der Tasche, spuckte ruhevoll darauf; blieb dann ganz still sitzen, sah auf das Taschentuch. Die Zeitschrift rutschte nicht von seinem Schoß, nicht einmal, wenn der Zug ruckte, um eine Kurve rüttelte.

Die grauhaarige Frau sprach als erste, fragte, ob es jemandem etwas ausmache, wenn sie das Fenster öffne. Kein schlechter Tag. Recht warm. Diddy, der Gute, tat es für sie, wobei er sich die Fingerspitzen schmutzig machte. »Nicht aus dem Fenster lehnen.« Wir machten Bemerkungen über den verbesserten Service auf dieser Strecke, seit die neuen Züge eingerichtet worden seien, und darüber, daß man jetzt doch feiner reise, zu sechst in einem Abteil, statt paarweise aufgereiht in einem durchgehenden Waggon. Der Mann im Tweedanzug sagte, er habe gehört, daß die Eisenbahn, von der es lange geheißen habe, daß sie praktisch bankrott sei, sich nun selbst aus den roten Zahlen herausziehe. Diddy spürte, wie sein Verstand klebrig, seine Kehle pelzig wurde. Konversation ist immer eine Falle für Leute, die die Wahrheit lieben, nicht wahr? Doch der gesunde Menschenverstand sagte, mach dir keine Gedanken, verschwende deine Integrität nicht auf eine Situation, die nicht ernst ist. Schwer zu befolgen, die Regel. Wen kümmert der Zustand der Eisenbahn, ihre neuen Einrichtungen, ihre Finanzen? Kümmert das überhaupt irgendjemanden hier wirklich? Ach, nun hab doch Mitleid mit den Leuten, arme, weichzüngige Kreaturen, die eigentlich Blumen küssen sollten, aber stattdessen feststellen müssen, daß ihnen Kröten aus dem Munde springen. Wenngleich irritiert von der nervösen Srechweise des Mannes, hat Diddy Mitleid. Noch so eine Kröte. (Jetzt) da die Züge pünktlich seien, so merkte Diddy an, sollten-sie-des-öfteren-mal-gereinigt-werden. Er machte eine Grimasse gegen die streifige Fensterscheibe, die staubige Unterleiste, die zertretenen Zigarettenstummel am Fußboden. Die grauhaarige Frau holte eine Papierserviette aus einer ihrer Tüten – eine Lebensmitteltüte also –, mit der Diddy seine Hände säubern könne. Er dachte, die Frau sehe ungewaschen aus. Wahrscheinlich gar nicht einmal schmutzig, sondern vom Alter angestaubt.

Der Mann in dem Tweedanzug stopfte das Taschentuch wieder in die Tasche, räusperte sich und nahm die Zeitschrift auf. Wir konnten (jetzt) das Titelblatt lesen. *Philately Annual*.

»Sammler, nehme ich an.« Wir hatten den Priester nicht aufblicken sehen. Die verbindliche Stimme wurde von einem Munde geäußert, der sich bewegte, ohne das ihn umgebende Gesicht irgend ausdrucksvoller zu machen. Ein Gesicht, wie es Psychoanalytiker in einem frühen Stadium der Ausbildung erwerben. Verhüllt, kraftlos, relativ unbeweglich.

»Ja, das bin ich. Und Händler auch.« Der Mann im Tweedanzug schien wiederum husten oder spucken zu müssen.

»Haben Sie diese Serie schon gesehen?« sagte der Priester. »Ziemlich selten, glaube ich.« Aus seiner Westentasche zog der Priester eine Pinzette hervor; daraufhin brachte er aus einer weiteren schwarzen Tasche auf der Innenseite seines Jacketts ein brieftaschenartiges Etui zum Vorschein, öffnete es, zog mit Daumen und Zeigefinger eine Lasche heraus und entnahm ihm sorgsam mit der Pinzette einen Satz blauer Briefmarken.

Es stellt sich also heraus, daß der Priester und der Mann im Tweedanzug beide Sammler von Briefmarken sind, wertvoller Papierminiaturen mit einer Landschaft, einem König, einem Gebäude, einem Baum, einem Gesicht darauf; beide nahmen ihre jüngsten Erwerbungen heraus und verglichen sie miteinander. Auf Pinzettenlänge die Freuden eines gemeinsamen Interesses. Wenn Diddy reden wollte, so blieb nur die grauhaarige Frau übrig, und hoffentlich das hübsche Mädchen, ihre Reisegefährtin, bisher stumm. Die Frau ließ sich nicht lange bitten. Sie erklärte, daß sie das Mädchen, ihre Nichte, begleite, die sich einer Augenoperation in dem renommierten medizinischen Zentrum im Landesinneren unterziehe. Ist das Mädchen völlig blind? fragte sich Diddy. Es schien unhöflich zu sein, das zu fragen. Die Frau stürzte sich in eine Beschreibung des bevorstehenden chirurgischen Eingriffs bei ihrer Nichte, wieviel es kosten wird, die Risiken, die Erfolgsaussichten. Sie benutzte beharrlich Wörter wie »korneal« und »ophthalmisch« und »choroid«, sprach sie aber ebenso beharrlich falsch aus. Zum Ärger Diddys. Er wurde unruhig, wenn Leute unpräzise sprachen oder Sachen durcheinanderbrachten.

»Nicht wahr, Hester, so ist es doch? Das hat der Doktor doch gesagt?«

Bisher hatte das Mädchen es abgelehnt, irgendetwas zu bestätigen. Vielleicht ist ihr das peinlich, oder sie ist wütend. Oder war sie gegen die Geschwätzigkeit ihrer Tante abgehärtet? Während die Tante weiterplapperte, berührte sie das Mädchen dauernd auf plumpe, besitzergreifende Weise an Wange, Schulter und Unterarm. Am liebsten hätte Diddy ihr die Hände festgebunden. Hatte aber auch keine Lust, sie zum Schweigen zu bringen und damit den Informationsfluß zu unterbinden. Seit den Ereignissen vor einem Monat hatte er mehr Geduld mit Leuten, die süchtig dauernd von ihren Krankheiten und Operationen erzählen. Nein, nicht nur das. Gepackt von einem kühneren Begehren, das er sich selbst noch nicht eingestanden hatte, überließ er sich dem Redefluß der alten Frau. Richtete seine eigenen Worte an die Tante, die Augen aber auf das Mädchen, das nicht sehen konnte. Als Blinde konnte sie Diddy nicht sehen, abgezehrt wie er war von seiner fehlgeschlagenen Abrechnung mit dem Tode und von der Krankenhausbehandlung. Aber sie konnte reden, wenn sie wollte; und anders als das Gerede der Tante würde ihr Gespräch sauber und ohne Wortmüll sein, da war sich Diddy sicher. Diddy wollte sie auch berühren.

Dann hörte plötzlich der Tag auf. Und ebenso unsere Konversation. Diddy erinnerte sich an diesen Tunnel, ungefähr zwei Stunden, nachdem man die Stadt verlassen hatte. Aber warum gingen die Lichter im Abteil und im Gang nicht an? Nicht? Auch in Ordnung. Von dem Moment an, wo das Abteil im Dunkeln lag, spach niemand mehr. Wir wollten warten, im Schweigen ausharren wie in der Dunkelheit. Dann, nach einer leidlichen Pause, unsere sprunghaften Gespräche am anderen Ende des Tunnels wieder aufnehmen, genau an dem Punkt, an dem sie abgebrochen worden waren. Der Zug donnerte durch die Dunkelheit, er schien schneller zu fahren, gefährlich schnell, eine Bewegung wie ein horizontaler Fall. Doch gerade als wir nach Diddys Erinnerung den Tunnel hinter uns gelassen haben sollten, fing der Zug an zu rütteln und kam quietschend zum Stehen. Stöhnen, tastende Hände, Schreie. Jemand verletzt? Augenblicklich fingen wir zu reden an. Hatte die Dunkelheit uns verstummen lassen, Dunkelheit minus Bewegung löste unsere Zungen. Neue Situationen, neues Verhalten. Nun gut, *so* neu auch wieder nicht. Wir waren nicht beunruhigt. Züge sind zuverlässig. Diddy konsultierte das erleuchtete Zifferblatt seiner Uhr. Wir waren mindestens sieben Minuten im Tunnel gewesen. Dann sahen wir ein Licht, das den Gang entlang gelaufen kam, hörten, wie die Tür des Nachbarabteils sich rasselnd öffnete. Eine tiefe Stimme sprach kurz, die Worte drangen nicht bis zu uns durch. Als die Tür zugeschlagen wurde, macht Diddy sich auf näheren, harscheren Lärm gefaßt. Wenn Offizielles sich meldet, hat es seine eigenen Geräusche und Bewegungen. Und Diddy war so etwas wie ein erfahrener Reisender. Was (jetzt) geschah, war eben wie eine Grenzkontrolle im komischen alten Europa, aber dieses hier ist ein großes Land, zu groß; wir waren an keiner Grenze, sondern mitten in einem Tunnel. Richtig, unsere Abteiltür wurde aufgeschoben. Eine Taschenlampe, die Umrisse des Mannes auf der Schwelle dahinter kaum auszumachen. »Der Zugführer läßt um Entschuldigung bitten, meine Damen und Herren.«

»Ist was nicht in Ordnung?« fragte der Briefmarkenhändler. Wo das doch offensichtlich der Fall ist.

»Junger Mann, warum sind Sie nicht in Ihrem Bremserhäuschen, oder wo immer Sie hingehören, und versuchen, den Zug wieder in Gang zu setzen?« sagte die Tante.

»Ich bin nicht der Zugführer, gnädige Frau«, sagte der Mann. Eine gefällige Kröte. »Ich komme nur wegen der Entschuldigung. Die können Sie hinnehmen oder es auch lassen.«

»Worin könnten denn die Schwierigkeiten bestehen?« fragte der Priester.

»Wir mußten im Tunnel anhalten.«

»Das sehen wir selbst!« sagte die Tante schroff.

Die Taschenlampe wackelte und richtete sich dann auf das Gesicht der Frau. »Gnädige Frau, wollen Sie mich mal ausreden lassen?« Sie schnappte nach Luft und hielt sich den Arm vor das Gesicht; die Lampe senkte sich. »Wir mußten anhalten, weil die Strecke nicht frei ist. Da vorn ist, äh, irgendwas im Weg.«

»Wird an der Strecke gearbeitet?« fragt Diddy.

»Keine Gleisarbeiten in diesem Tunnel gemeldet, von denen wir wüßten.«

»Von so etwas Blödem habe ich noch nie gehört«, sagte die Frau. »Hester, hörst du das?« War sie vielleicht auch taub? fragte sich Diddy.

»Immer mit der Ruhe, gnädige Frau. Wir kriegen den Zug schon wieder in Gang.«

»Donnern Sie doch einfach durch«, sagte das Mädchen sanft. Also nicht taub. Einfach bloß ruhig.

»Liebes, reg dich nicht auf. Sehen Sie, junger Mann, wir haben hier eine Kranke.«

»Ich bin nicht krank«, sagte das Mädchen. »Ich habe bloß einen Witz gemacht.«

»Was ist jetzt?« sagte Diddy.

»Naja«, sagte der Schaffner, oder wer er auch immer war, »sobald sie ausgemacht haben, ob das hier die Mitte des Tunnels ist oder ob nahe am Ende ... Ich meine nur, weil es sein kann, daß wir im falschen Tunnel sind ...«

»Im falschen Tunnel!« rief Diddy aus.

»Aber es gibt keinen Zweifel, der Tunnel ist blockiert«, schloß der Schaffner.

»Könnte nicht der richtige Tunnel blockiert sein?« fragte der Priester.

»Also, Leute, machts mir nicht so schwer. Ich gebe bloß weiter, was ich auftragsgemäß sagen soll, und das ist, daß eben jetzt der Zugführer und der Oberschaffner eine Besprechung haben –«

»Eine Besprechung!« murmelte die Frau.

»Entweder schaffen sie es, das Hindernis wegzuräumen, das vielleicht gar nicht so massiv ist, Sie wissen schon, irgend so ein Streich. Oder sie werden den Zug rückwärts hinaussetzen.«

Diddy hörte den unregelmäßigen, schweren Atem des Briefmarkenhändlers – Anzeichen seiner Beunruhigung, noch ehe der Mann (jetzt) sprach. »Was Sie uns sagen, heißt, daß wir in größter Gefahr sind. Ob wir jetzt hier rumsitzen oder versuchen, uns da durchzubaggern oder aus dem Tunnel zurücksetzen, wahrscheinlich werden wir vom nächsten Zug auf dieser Strecke von hinten gerammt.«

Beunruhigter als Diddy? In diesem Moment, ja. Diddy geriet nicht so schnell in Panik. Dafür benützte er eben seinen Verstand. Guter Verstand. Diddy erinnerte sich, wie der Briefmarkenhändler in sein Taschentuch geblickt hatte. Wahrscheinlich ein Hypochonder. Jedenfalls der Typ, der immer das Schlimmste wittert. Überhaupt, diese kleinen Papiertrophäen zu sammeln. Jedenfalls ein Zwangscharakter.

»Wann soll denn der nächste Zug auf dieser Strecke kommen?« fragte Diddy und wollte hilfreich sein. Seine Schultern schmerzen vor Anspannung.

»Das ist noch lange hin. Stunde etwa«, antwortete der Schaffner, seine Stimme dämpfend. Er schob sich (jetzt) rückwärts hinaus, mit der Hand allmählich die Tür schließend.

»Sagen Sie uns auch die Wahrheit, junger Mann?« fragte die Tante.

»Ich bin bald zurück«, sagte der Schaffner. Wumm. Wir hörten, wie die Abteiltür links von uns aufgeschoben wurde. Leute sind Vieh, dachte Diddy. Warum schreit niemand? Oder weint oder betet? Warum glauben sie stattdessen so beflissen, daß schon alles in Ordnung gehen wird?

Wir saßen schweigend da und lauschten auf das unverständliche Gespräch, das durch die Trennwand hinter Diddy und dem Briefmarkensammler durchsickerte. Dieselbe Unterhaltung? Diddy fragte sich, ob die Insassen des nächsten Abteils die saloppen Erklärungen des Schaffners vertrauensvoll hinnahmen. Oder ob sie es wagten, sich beunruhigt zu fühlen und ihn mit ängstlichen Fragen bedrängten. Der Briefmarkenhändler zündete ein Streichholz an. Wie schattenhaft und düster wir alle aussahen. Der Mann hat schon die Zigarette zwischen den Lippen. Diddy erwartete, daß die Flamme zittern würde, als sie sich dem Kinn des Mannes näherte, konnte aber nichts dergleichen entdecken.

»Eine Taschenlampe hat niemand, nehme ich an«, sagte der Priester mit der sanften Stimme.

»Ich habe eine Kugelschreibertaschenlampe.« Diddy der Hilfreiche. »Wenn das etwas nützt.«

»Kaum«, sagte die Tante schmollend.

Auf die körperlose rote Spitze der Zigarette des Briefmarkenhändlers starrend, fing Diddy an, in Auflösung zu geraten. Die einigermaßen gut organisierte Herrschaft über seinen Körper fiel Aufruhr und Rebellion anheim. Der Darm ein Koffer voller Ziegel, die Brust ein Faß mit Aalen. Das Blut donnerte in seinen Ohren; weißliche Streifen gingen wie verblassende Blitze im Zickzack von links nach rechts. Die Tür des Nachbarabteils wurde zugeknallt. Dann glomm im Gang ein gedämpftes Licht auf, wohl eine elektrische Handlampe, für Notfälle vorbehalten, eingeschaltet von dem Mann mit der nichtssagenden Botschaft, bevor er den nächsten Waggon weiter hinten betrat. Handelt es sich um einen Notfall? Wenigstens herrschte (jetzt) nicht mehr diese völlige Dunkelheit.

»Was halten Sie von diesem Schlamassel!« rief der Briefmarkenhändler aus.

Niemand von uns schien bereit, ihm zu antworten.

»Da sitzen wir verdammt in der Tinte!« fügte er hinzu. Der Briefmarkenhändler klang wütend.

(Jetzt) Panik bei Diddy. Während andere ruhig bleiben. Unerbeten legt sich ihm der Gedanke an seinen Tod wie ein flacher Stein auf die Brust.

»Glaubt ihr, daß wir wirklich in Gefahr sind?« Diddy überlegte, an wen die Frage des Mädchens gerichtet war. Und ob sie, da sie ohnehin nicht sehen konnte, die Situation ebenso bedrückend fand wie die anderen.

»Nein«, sagte der Priester.

»Nein, mein Liebes«, sagte die Tante.

Der Tod, dachte Diddy, ist wie der Stein eines Lithographen. Ein einziger Stein, bei Berührung kühl und glatt kann viele Tode drucken, praktisch alle identisch, außer für das Expertenauge. Ein einziger, leicht geritzter Stein kann unbegrenzt immer wieder benutzt werden.

»Eins sage ich Ihnen, das ist das letzte Mal, daß ich mit *dieser* Eisenbahn fahre«, sagte der Briefmarkenhändler. Er räusperte sich.

Diddy läßt sich in seinen Sitz hinabrutschen, versucht, den Stein von seiner Brust zu heben. Er muß sich bewegen. »Schauen Sie«, sagte er, »ich will sehen, was los ist. Vielleicht finde ich jemanden, der über mehr Informationen verfügt.«

»Gut«, sagte die Frau. Guter Diddy.

Was Diddy (jetzt) spürte, ließ sich nur als Panik beschreiben.

Er stand auf, ihm wurde schwindlig, er mußte sich am Gepäcknetz festhalten, um an den dunklen Schuhen und den Paketen der alten Frau und dem billigen Aktenkoffer zu Füßen des Briefmarkenhändlers vorbeizukommen, ohne hinzufallen. Schob die Tür zurück, trat hinaus. Das Gangfenster war ebenso trüb und uninformativ wie das Fenster im Abteil. Sich den Kragen öffnend, wandte er sich nach rechts und fing an, den Gang entlangzugehen, weg von der Notlaterne. Er versuchte, den Blick von den Schatten abzuwenden, die zusammengesunken, seitlich geneigt, aneinanderlehnend in allen Abteilen kauerten. Warum spricht jeder so gedämpft? In einem Abteil weinte ein Baby. Vor ihm war der einzige andere Mensch, der wie er in den Gang hinausgeflohen war – jemand, der rauchte, wie Diddy von weitem sah; eine dicke Frau in Pumphosen, als er näherkam. Sich zur Seite drehend, um an ihr vorbeizukommen, zog Diddy die Brust ein, murmelte: »Entschuldigen Sie bitte.«

»Sagen Sie, wissen Sie, wie spät es ist?«

»Fünf Uhr neunzehn«, sagte Diddy, etwas deutlicher. Spannt die Kinnmuskeln an, spürt die Fangarme ihrer Angst um seine Fußgelenke. Sie schien ihn berühren zu wollen.

»Mensch, ich hoffe, die wissen, was sie tun.«

»Ich auch.« Geht weiter. Er, Diddy, kein Opfer.

»He, warten Sie doch einen Moment! Bitte!«

»Ich werd's herausfinden.« Wenn Diddy stehenbliebe, sich umdrehte, würde sie ihm leid tun, müßte er seinen Stein und obendrein sie tragen. Gut, Did hatte sich eine andere, weniger ritterliche Aufgabe gesetzt. Doch hoffentlich nützlichere.

Als Diddy am Ende des Waggons ankommt, hat er die Wahl.

> Entweder die schwere Tür zu öffnen und über die Kupplung in den nächsten Wagen zu gehen, der ebenfalls von einer elektrischen Handlaterne schwach erleuchtet ist, der ebenfalls von ruhigen Leuten bewohnt wird, die fügsam in ihren Reisezellen bleiben – ein Wagen genau wie der unsere, nur daß niemand im Gang postiert ist.
>
> Oder überhaupt aus dem Zug zu steigen, auf Entdeckung zu gehen, das Hindernis zu finden und mit eigenen Augen zu sehen, was unternommen wird. Was aber, wenn der Fall schon ausgestanden ist? Trotz der Tatsache, daß der Schaffner noch nicht mit der guten Nachricht wiedergekommen ist. Das Zugpersonal gerade wieder auf den Posten zurückkehrt, im Begriff, den Schalter umzulegen, der den *Freibeuter* wieder in Gang setzt.

Hält unentschlossen inne. Nein, hab' keine Angst. Selbst wenn der Zug losfahren sollte, während er draußen ist, bestimmt würde er langsam anfahren. Ihm Zeit lassen, sich an einen Griff zu klammern und hineinzuklettern. Vernunftgründe dargelegt, Diddy überzeugt. Er reißt die Außentür am Ende unseres Waggons auf, die Metallstufen entfalten sich.

Er hatte den Zug verlassen.

Der Tunnel ist kühl, aber klamm, stickig vom Geruch von Öl und nassem Fels. Beim ersten Anflug der Luft erzittert Diddy. Doch wenigstens hat er Bewegungsspielraum. Greift mit den Händen in die feuchte Luft, streckt dann vorsichtig einen Arm aus; die Tunnelwand liegt außer Reichweite. Wie breit ist er? Er knipst seine Kugelschreiberlampe an und entdeckt, daß die Wand noch etwa drei Meter weit entfernt ist. Der Tunnel hat zwei Breitspurgleise; Diddy tritt in das freie Gleis. Wendet sich nach rechts. Benützt das trübe Licht, um einen kleinen Fleck vor seinen weichpolierten Schuhen zu erhellen, setzt sich zum vorderen Ende des Zuges in Gang. Müde, schrecklich müde. Geh weiter. Keine Zeit, der Mattigkeit nachzugeben. Eine Zeitlang hört er nur das gedämpfte Geräusch seiner eigenen Schritte auf dem festen Tunnelboden. Doch nachdem er an einem halben Dutzend Waggons vorüber ist, hört er plötzlich etwas anderes: ein hartes Geräusch in regelmäßigen Abständen, wie die Schläge einer Axt. Auf dieses Geräusch ging Diddy zu.

»He da!« ruft er laut.

Geräusche im Tunnel klingen leicht gedämpft. Ein Echoeffekt.

Obwohl er sich in der Mitte des freien Gleises hält, spürt Diddy, daß er nach rechts abweicht. Unterbricht seinen Marsch. Macht mit seinem kleinen Licht die Probe am Abstand zwischen zwei Waggons; entdeckt, daß der vordere Waggon einen schwachen Winkel zum folgenden bildet. Ebenso beim Abstand zwischen den nächsten beiden Waggons. Und den nächsten. Das Gleis ist also nicht gerade, der Tunnel selbst bildet eine Kurve; woraus folgt, daß der schwere Körper des blockierten Zuges gekrümmt in der Scheide des Tunnels lag, systematisch abgewinkelt an jedem seiner eisernen Gelenke. Macht das die Sache schwieriger? Den Notfall ernster? Während Diddy dem gebogenen Gleis folgt, werden die Geräusche lauter und er sieht eine Lichtquelle. Weiter. Der Tunnel wird heller.

Ziel erreicht. Keuchend steht Diddy neben dem riesigen, schmierigen Vorderrad der Lokomotive. Unmittelbar vor dem Zug ist ein dunkelhäutiger Mann in Nagelstiefeln, Jeansoverall,

Unterhemd. Und mit einem an der Stirn festgezurrten Licht, wie bei einem Arzt oder einem Bergarbeiter; das die stärkere Beleuchtung ergänzt, die von einer Reihe von Glühbirnen ausgeht, die in ein kurzes Brett gesteckt sind, das an einem eisernen Haken in der Tunnelwand hängt. Der Mann schwingt tatsächlich eine Axt, läßt sie auf eine etwa ein Meter zwanzig hohe Sperre niederfallen, die quer über dem Gleis liegt. Eine Art von Wand aus schweren, zusammengenagelten Brettern. Zusammengehalten oder verankert durch einige Querstützen, die schräg gegen die Tunnelwand gesetzt sind.

»Herrgott, wer zum Teufel hat das gemacht?« Diddy, der Kumpelhafte. Erleichtert. Die Sperre sieht behelfsmäßig aus. Und war aus Holz, nicht aus Eisen.

Der Mann bückt sich. Hebt ein anderes Werkzeug auf, einen Vorschlaghammer, aus einer großen Holzkiste, die auf dem Boden steht.

Die Attacke gilt einer der Stützen. Die Stütze hüpft, wenn der Mann sie mit dem Vorschlaghammer trifft. Allmählich löst sie sich. Merkwürdige Laute. Dann legt der Mann den Hammer nieder, zieht eine Brechstange aus der Werkzeugkiste, und nun erklingt ein anderes Geräusch, anhaltend und von höherer Tonlage. »Wie geht's voran?« fragt Diddy. Scheint sich gut anzulassen. Die dicken, schrägen Stützbalken geben einer nach dem anderen nach.

Der Arbeiter hält inne. Vielleicht hat er Diddy nicht gehört. Ein Wechsel im Arbeitsrhythmus. Mit Hilfe des massiven Hammers nimmt er (jetzt) die Wand selbst in Angriff, wobei ein Staubschleier aufsteigt. Offensichtlich ist die wankende Sperre nicht undurchdringlich.

»Ist das das Hindernis? Ich meine, ist das alles, woran es liegt?« Diddy (jetzt) fast neben ihm, nahe genug, um den vertrauten Schweißgeruch wahrzunehmen, der vom Körper des Mannes ausgeht, den leicht alkoholischen Atem. Schaut noch einen Moment zu, schmeckt den knirschenden Sand im eigenen Mund.

»Würde es nicht schneller gehen, wenn Sie jemanden hätten, der Ihnen hilft?« Entweder hat der Arbeiter gegrunzt oder gar keine Antwort gegeben. Stur, wirksam rammt er einfach weiter seinen Hammer gegen die niedrige Wand. Zerlegt sie nicht einfach säuberlich, sondern bricht zackige, zersplitterte Holzstücke heraus. Ist der Brocken, der sich löst, groß genug, so legt der Arbeiter ihn in eine Nische in der Tunnelwand zu seiner Linken auf einen Haufen von schon beträchtlicher Größe.

Diddy beunruhigt. »Hören Sie, ich rede mit Ihnen.«

Der Mann hämmert weiter. Dann schiebt er den Hammer in die Kiste und nimmt die Axt wieder auf. Diddy ist ein paar Schritte zurückgetreten, versucht festzustellen, was der Mann (jetzt) tut. Wie ein Bergarbeiter, denkt er. Der verdammte Zug ist in ein Bergwerk hineingedonnert. Irgendetwas streift die Randbezirke von Diddys Bewußtsein, das Vorgefühl einer furchtbaren Gefahr. Vielleicht ist der Arbeiter ein Saboteur, vielleicht zerstört er den Tunnel, vielleicht . . .

Nein, Diddy mußte sich daran halten, daß das, was auf der anderen Seite der Sperre liegt, eben einfach weitere Gleise sind. Der Rest des Tunnels. Nicht etwa ein großes Loch.

»He, können Sie mir sagen, wo ich den Zugführer finden kann?«

Der Arbeiter sieht auf. »Zum Teufel, warum gehst du mir auf die Nerven? Siehst du nicht, daß ich etwas zu tun habe? Und übrigens, was tust du überhaupt hier draußen?« Geht daraufhin wieder an die Arbeit.

»Sie brauchen mir ja bloß zu sagen, wo der Zugführer ist.«

»Jetzt hau ab, Mann«, bellt der Arbeiter über die Schulter und unterbricht noch einmal die Arbeit. »Du störst.«

»Hören Sie«, sagte Diddy, »ich habe ein Recht zu wissen, was hier vorgeht. Die anderen Fahrgäste sind meinetwegen eine Herde von Schafen, aber ich werde nicht herumsitzen und mich darauf verlassen, daß ihr hier schon das Richtige tut.«

»Mann, gehst du jetzt vielleicht endlich in den Zug zurück?«

»Nein.«

Der Arbeiter läßt die Axt auf die Wand prallen, aber sein Kopf ist noch zurückgewendet. »Wenn du in fünf Sekunden hier nicht verschwunden bist, dann wird es dir leid tun.« Was immer er da tut, es ist bald erledigt.

»*Ihnen* wird es leid tun«, brüllt Diddy und tritt einen Schritt vor. »Wer zum Teufel glauben Sie eigentlich, daß Sie sind?«

Ein Nachlassen der Axtschläge. Der Arbeiter hievt die letzten beiden Bretter hoch, schleudert sie zu den anderen. Dann wischt er sich mit dem Unterarm das Gesicht ab, zieht sich die Hose hoch, spuckt auf den Boden. Er schaut Diddy (jetzt) an. Nimmt die Axt wieder auf. »Siehst du, was ich hier habe? Treib mich nicht zum Äußersten, Junge.«

»Die Axt?« sagt Diddy. »Ach hören Sie doch auf damit! Was ist los mit Ihnen? Ich stelle eine freundliche Frage, und Sie können sich, verdammt nochmal, den Augenblick Zeit nehmen, um mir zu antworten.«

Der Mann kommt auf ihn zu, der Lichtstrahl von seiner Stirn bohrt sich in Diddys Augen. »Ich geb' dir fünf Sekunden, um dich von hier zu verpissen. Hau ab!«

»Ich bleibe«, sagt Diddy. Mit wutschnaubender Stimme. »Und ich mach' Meldung über Sie beim Schaffner.« Blick zum Zugführerstand: dunkel. Nicht, daß er mit diesem Schwein nicht allein fertig würde. Trotzdem, wo in Gottes Namen ist das Zugpersonal, das diesen ultramodernen Zug bedient? Fort, um die Fahrgäste zu beruhigen? Ein paar vielleicht, sicher. Aber alle?

»Fünf Sekunden«, sagt der Mann und hebt die Axt. »Eins.«

»Keinen Schritt weiter«, knurrt Diddy, die Fäuste geballt.

Der Mann schieb sich näher. »Zwei.«

»Sie wollen es wirklich auf einen Kampf anlegen, stimmt's?« sagt Diddy böse.

»Drei.«

Diddy riecht (jetzt) seinen eigenen Schweiß. Er hat Todesangst; und doch ist das eine annehmbare, sauberere Furcht als die, die er vorhin im Zug ausstand, eingepfercht mit den Schwachköpfen. Holt tief Atem; zieht mit zuckenden Nasenflügeln die unangenehme Luft ein. Bückt sich schnell und packt die Brechstange, die neben seinem Fuß liegt. Richtet sich auf, um den bestürzten Ausdruck auf dem Gesicht des Arbeiters zu sehen. Der kratzt sich den Kopf, eine Persiflage von Verblüffung, grinst dann.

Vier. Vier muß doch schon kommen.

Diddy spannt die Armmuskeln, hebt seine kalte Waffe. »Los doch, du Bastard!«

»Ich nehm' an, du wirst glauben, daß ich Angst gehabt hätte«, sagt der Mann.

Das ist zu billig. Der versucht, mich reinzulegen; ich paß nicht auf, und er reißt mir die Brechstange weg. Und schlägt dann mit der Axt zu.

»Mann, jetzt komm schon! Ich will doch gar nicht kämpfen.« Der Arbeiter grinst wieder.

»Den Teufel willst du«, sagt Diddy keuchend.

»He, jetzt mach mal halblang. Ich hab doch bloß Spaß gemacht. Mach nicht so eine große Sache draus.«

»Ich glaube dir nicht.« Diddy packt die Brechstange fester, leckt sich die Lippen. Warum sagt er nicht Vier?

Der Mann lacht. »In Ordnung, du hast gewonnen. In Ordnung?« Er zwinkert Diddy zu. »Siehst du?« Läßt den Arm mit der Axt sinken. »Ich mach mich jetzt also wieder an die Arbeit. Klar? Du kannst machen, was du willst.« Er wendet sich ab, dreht Diddy den Rücken zu. Macht einen Schritt, hält dann inne. Jetzt ist eine Überraschung fällig.

Diddy sieht, daß er an der Axt herumhantiert. Weiß, daß der Mann gleich herumwirbeln und ihn damit erschlagen wird. Fünf! »Nein, das tust du nicht!« schreit Diddy und drischt dem Mann die Brechstange über den Hinterkopf. Diddy stöhnt, der Mann stöhnt. Diddys Hände kribbeln von der Wucht des Schlages. Er läßt die Brechstange fallen und will die verkrampften Finger krümmen. Die aber nicht reagieren. Muß die Finger der rechten Hand mit der linken aufbiegen, die Finger der linken Hand mit der rechten. Arme, trockene, pulsende Finger. Er hätte geweint, wenn das zu irgendwas gut gewesen wäre.

Der Arbeiter ist vornüber auf die Gleise gefallen, der Hals liegt auf der hinteren Schiene. Diddy kniet sich hin, um nachzuschauen, was er angerichtet hat. Um das schwarze Blut zu sehen, daß dem Mann aus dem Haar in das Ohr sickert, über das Gesicht. Die um die Stirn gezurrte Lampe brennt immer noch. Diddy hantiert an der Lampe herum, versucht, sie auszuschalten. Mehrere kleine Knöpfe, aber bei keinem geschieht etwas. Finde ich doch das verdammte Ding nicht! Vielleicht, wenn er den Arbeiter auf den Rücken dreht.

Ein plumper, schwerer, unkooperativer Körper. Diddy nahe dran, sich zu übergeben von dem seltsamen neuen Geruch, den der Arbeiter (jetzt) ausströmte – ein kalter Geruch, wie Fleisch; wie Blähung. Ekel und Angst in sich erstickend, ist Diddy imstande, sich hinzuknien und den Körper unter den Achseln zu packen. Ist diese Feuchtigkeit Schweiß oder Blut? Beginnt, den Körper auf die rechte Seite zu rollen. Der ist aber immer noch schwerfällig, zu groß, kaum zu bewältigen. Wie wäre es, wenn Diddy den Körper ein paar Schritte zurückschleppte, wo er ihn in Sitzposition vorn gegen den Zug lehnen könnte? Geschafft. Kann nicht verhindern, daß der Oberkörper, der von einem Unterhemd bekleidet ist, immer wieder vornüber sinkt. Paß auf! Der Körper sackt gleich kopfüber auf das bloße Gesicht. Diddy kriegt ihn gerade noch zu fassen, setzt ihn wieder auf, diesmal stabiler. Hält den baumelnden Kopf an der lockeren Kinnlade, schiebt ihn noch ein Stück zurück und zur Seite; so ruht er zwischen dem Rand des linken Vorderrades und der Seitenwand der Lokomotive.

(Jetzt) kann er herausfinden, wie sich dieses Aas von Lampe ausschalten läßt. Aus! Diddy tritt zurück. Da dieses dritte Auge von der Stirn des Mannes seine eigene Sicht nicht mehr blendet, kann er hinsehen. Sich vergewissern, ob der Arbeiter tot ist oder am Leben. Seit dem Zeitpunkt, als er über die Schienen fiel, hat sich der Mann nicht mehr bewegt oder einen Laut von sich gegeben. Ist er (jetzt) wirklich tot? Eine letzte Probe. So zaghaft, als hätte er ihn nicht schon berührt, nähert sich Diddy so weit, daß er die nackte Schulter des Arbeiters antippen kann. Naß. Der Mann stöhnt plötzlich noch einmal, regt sich ein wenig. Um Himmels willen, nein! Diddy fährt zurück, die Kehle schmerzt ihm vor Schrecken.

Der Schrecken weicht gespielter Härte. Du hast es nicht anders gewollt, du Bastard! Doch Diddys Versuch, sich brutal und selbstgerecht zu geben, überzeugt nicht einmal ihn selbst.

Die gespielte Härte weicht dem Schmerz des Exils. Der verzweifelte Diddy überdenkt die Zeit, ehe er den Arbeiter niedergeschlagen hat: sein ganzes Leben. Das Leben, das er böse und unbewohnbar gefunden hatte. Aber das ihm (jetzt), aus der neuen Sicht, die sich ihm soeben eröffnet hat, unglaublich begünstigt vorkommt. Wieviel Glück er immer gehabt hatte. Und es nicht wußte. Nie, niemals hätte er sich vorstellen können, daß alles auf diesem Moment hin zuliefe. (Jetzt) befand er sich jenseits des entsetzlichen Momentes – und schaute zurück mit etwas, das viel stärker als Nostalgie war; schaute zurück mit schmerzlichem Verlangen nach den Jahren, die hinter ihm lagen, zurückwichen. Kaputt, wie ein Schnitt. Nie mehr rückgängig zu machen.

Der Schmerz des Exils wich der Angst. Werde ich ins Gefängnis gehen müssen? denkt Diddy traurig. Wegen dieses Momentes? Keine mildernden Umstände? Dieses einen Momentes? Zählen die anderen nicht viel mehr?

Die Angst weicht der Schuld. Ich habe einen Mörder in mir, denkt Diddy, der Gedemütigte. Warum konnte ich denken, daß ich ein so liebenswerter Bursche sei? Die ganze Zeit habe ich gedacht, es sei mein eigener Tod, den ich in mir trage. Wie eine unaufhörliche Schwangerschaft, die dennoch eines Tages enden würde, ganz unvorhersehbar. Aber es war nicht mein Tod, der kam, es war der eines anderen. Kaputt, wie ich es immer gefürchtet habe.

Die Schuld weicht größerer Angst. Ich bin umstellt. In der Falle. Man hat mich hierher gebracht, damit ich das tue. Diddy hat einen dunklen Mann in einem dunklen Tunnel getötet. Diddy, der Benommene, hat sich niemals lebendiger gefühlt.

Er blickt hinauf zur dunklen Lokomotive des Zuges. Hat ihn niemand gesehen; stürzt in diesem Moment niemand auf ihn zu, um ihn festzunehmen? Wo sind die Beobachter, wo die Zeugen? Eingeschlafen? Betrunken? Bekifft? Verhext? Dieses Licht muß weg. Diddy reißt die Halterung mit den nackten Glühbirnen herab und zerschmettert sie an der Tunnelwand. Wahre Dunkelheit (jetzt). Immer noch steht Diddy da.

Wie lange kann Diddy dort bei dem Körper des erschlagenen Arbeiters stehen? Nicht lange genug, um alles zu fühlen, was er fühlen muß. Er kann ebensogut in den Zug zurückkehren.

Getrocknetes Blut an den Händen oder der Kleidung? Eine genaue Untersuchung mit der Taschenlampe bringt nur ein paar kalkige Flecken auf seiner Hose zum Vorschein.

Diddy, der Ordentliche, hat die Hose abgestaubt und sich auf den Weg zurück gemacht, ohne Hilfe der Lampe; hofft, daß er nicht von jemandem bemerkt wird, der aus einem Gangfenster blickt. Gar nicht schwer, im Dunklen zu gehen, wie die Blinden es tun müssen, wenn man den Weg kennt. Und Diddy ist hier ja schon entlang gegangen. Auf dem Rückweg kehrt sich die Wahrnehmung um. Er spürt die Nähe der herandrängenden Tunnelwand auf der rechten, die große eiserne Masse des Zuges mit seinen schmutzigen, sanft erleuchteten Fenstern auf der linken Seite.

Er hat seine Schritte zurückverfolgt; ist, als er den drittletzten Waggon erreicht, in den Zug gestiegen; den Gang entlanggegangen; wieder ins Abteil gelangt. Sein Abteil. Unser Abteil. Hört, als er seinen Platz einnimmt, wie der Priester und das Mädchen ruhig miteinander sprechen. Doch Diddy nimmt wegen des Hämmerns seines Herzens und der zischenden Luft in seinen Ohren nicht auf, was die verbindliche männliche Stimme und die hellere Stimme des Mädchens eigentlich sagen.

Für die anderen hat sich an unserer Situation nichts verändert. Nur für Diddy. Der die Arme über der Brust verschränkt. Darauf wartet, daß die Tante oder sonstjemand sagt: »Nun?« Daß irgendjemand fragt, ob er etwas Näheres über unser Dilemma herausgefunden hat. Diddy legt sich seine Lügen zurecht, ist darauf gefaßt zu erklären, daß er niemanden gefunden habe, daß er den Zug gar nicht verlassen habe. Doch es fragt ihn niemand.

Worüber sprechen der Priester und das Mädchen? Über ihn? Wissen sie? Nein, das ist absurd; sie können nichts wissen. Was ist also dann ihr Gesprächsgegenstand? Briefmarkensammeln kann man mit Sicherheit ausschließen, da das Mädchen blind ist. Vielleicht eine Portion Tröstung, die der Priester offeriert und das Mädchen empfängt. Für ihre Lage als Blinde. Oder für die Tatsache, daß sie – zusammen mit uns allen – in diesem dunklen, reglosen Zug von der Welt abgeschnitten ist.

Der Zug machte einen Ruck vorwärts. »Endlich!« ruft die Tante. »Es geht los.«

»Nein«, wimmert Diddy. Der Zug hat sich nicht wirklich in Gang gesetzt. Nur eine Probe. Zuerst nimmt der Riese einen kleinen, ehernen Schritt. Alle Hindernisse aus dem Weg geräumt?

»Wurde aber auch Zeit!« sagt der Briefmarkenhändler.

Eine weitere ruckartige Bewegung, der quietschende Zug scheint ein paar Meter zurückzustoßen.

»Oh!« ruft das Mädchen. Es muß sie verwirrt haben.

Diddy ist verwirrt. Er will, daß die Sperre sich nicht passieren läßt, will ein Gedächtnis, das sich nicht regt. Der Schädel des Arbeiters, aufgebrochen. Der Mensch, das aufrechte Tier, gefallen.

Der Zug fährt (jetzt) wirklich an. Ungleichmäßig, rüttelnd und stoßend. Doch allen Ernstes. Die fluoreszierenden Deckenlampen im Abteil leuchten auf, zuerst flackernd, dann einrastend zu beständigem Lichtfluß. Ein kollektives »Ah . . .« Diddys Augen schmerzen, er bedeckt sie mit den Händen. Er ist ein Stein ohne Augen. Oder sonst etwas, wenn er nur damit das Bild des blutenden, schweren Tieres, das er gegen den Zug gelehnt zurückgelassen hatte, auslöschen könnte. Zwar noch vom Tunnel umgeben, bewegt sich der Zug doch (jetzt) gleichmäßig. Er kann sich nur vorwärts bewegen, gefährlich stählern und erdverbunden. Diddy sitzt eingekapselt in dem Zug, der den Körper des Arbeiters zermalmt. Töricht von Diddy, ein vielsagendes Rumpeln erwartet zu haben, als die Vorderräder des Zuges über den Körper hinwegrollten. Im Verhältnis zu Gewicht und Geschwindigkeit des Zuges gibt Fleisch und Blut nach wie Wasser.

Wenn es sich wirklich so abgespielt hat. Die schließliche Lage des Körpers des Arbeiters war Diddys Einfluß entzogen. Der Körper hätte zwischen die Schienen gefallen sein können und wäre dann seiner Pulverisierung oder der Amputation seiner Glieder durch die Räder entronnen.

Flieht der Zug vor dem zurückbleibenden Körper? Ist das der Grund, weshalb wir so stark beschleunigen?

»So ist's schon besser!« Wer von uns sagte das, vor Erleichterung stöhnend? Hätte jeder sein können – am wenigsten wahrscheinlich wohl das Mädchen. Der Zug ist aus dem Tunnel hervorgebrochen, schwankt durch die Landschaft. Knallrote Vögel fliegen am Fenster vorbei, die Luft hat einen purpurnen Neonglanz, ein großes blaues Silo erhebt sich vor einem Hügel in der Ferne, seltsame Baumgruppen werfen Tierschatten auf den Boden. Telephondrähte stürzen nieder und hängen durch wie Schienen einer Achterbahn, Wegweiser und Plakatwände sind nicht zu entziffern. Eine phantastische Landschaft? Oder halluziniert Diddy, schon von Reue vergiftet? Der Stein, der Stein. Diddy würgt. Er birgt das Gesicht wieder in den Händen, hat Angst aufzusehen. Der Zug fährt (jetzt) sehr schnell. Diddy will wissen, ob die schwarzeisernen Räder hell vom Blut sind. Sind sie das, dann wird irgendein Bauernjunge, der sich am Bahndamm die Zeit damit vertreibt, die Züge vorüberfahren zu sehen, Alarm schlagen.

Als Diddy wieder aufblickt, schreibt der Briefmarkenhändler etwas in sein kleines Notizbuch; der Priester murmelt über seinem Brevier; die Tante ist mit einer braunen Birne in der Hand an ihre Nichte gelehnt eingeschlafen. Das Mädchen blickt geradeaus. Sieht vielleicht Diddy an, er weiß es nicht.

Diddy muß mit jemandem reden. Es kommt nur dieses Mädchen mit dem unmenschlichen bleiernen Blick in Frage. Doch er will nicht, daß jemand dabei zuhört. Er beugt sich vor, legt ihr die Hand auf das Knie. »Was ist?« flüstert sie. Schon mit konspirativem Ton.

»Ich muß Ihnen etwas erzählen«, sagt Diddy heiser. »Kommen Sie mit hinaus?«

Der Priester sah auf, versank dann wieder in seinem Brevier. Diddy winkt dem Mädchen, als könne sie sehen. Das Mädchen entzieht sanft die Schulter dem schweren Kopf der Tante; die grauhaarige Frau räkelt sich mit geschlossenen Augen, bis sie die einstellbare Kopfstütze findet, verzieht das Gesicht, sitzt wieder reglos. Das Mädchen steht auf, zieht die waschbaren Wildlederhandschuhe aus und legt sie auf den Sitz. Sie ist fast so groß wie Diddy. Der ihre warme Hand nimmt und sie über die Füße des Priesters und des Briefmarkenhändlers hinweg an der Aktentasche des Briefmarkenhändlers und den Einkaufstüten der Tante vorbeileitet. Die Abteiltür auf, hinter ihnen wieder zu, was nun? Diddy starrt das Mädchen perplex an, läßt ihre Hand los. Obwohl sonst niemand im Gang steht, fühlt er sich noch unsicher, schutzlos.

»Kommen Sie mit bis zum Wagenende.« Sie zögert. »Kommen Sie!«

Das Mädchen streckt die Hand nach Diddy aus, damit er sie führt. Seine Augen brennen vor Dankbarkeit für diese Vertrauensgeste. Natürlich, wenn man blind ist, ist man gezwungen, jedermann zu vertrauen. Oder niemandem. Diddy hätte auch lieber weniger Alternativen, so wie das blinde Mädchen.

Sie stehen vor der Toilette am nähergelegenen Wagenende, hinter einer Ecke und so außer Sicht für jemanden, der vielleicht in den Gang hinaustritt. Schwingen mit der Bewegung des Zuges.

»Erzählen Sie«, sagt das Mädchen.

»Es ist etwas . . . passiert.«

»Mit dem Zug? Ich habe Angst gehabt vorhin.«

»Nein, nein«, sagt Diddy. »Es ist außerhalb des Zuges passiert. Ich war es. Ich habe etwas Schreckliches getan.«

»Wann?«

»Nachdem ich das Abteil verlassen habe.«

»Sie meinen, jetzt eben?«

»Nein, vorher.«

»Wann haben Sie denn vorher das Abteil verlassen?«

»Wann? Wie können Sie das fragen?« ruft Diddy gedämpft. »Ich weiß, Sie können nicht . . . haben mich nicht gesehen. Aber Sie müssen doch gehört haben, wie ich sagte, daß ich gehen wollte. Um nachzuschauen, weshalb wir aufgehalten wurden, erinnern Sie sich? Ich hatte . . . ich hatte auch Angst.«

»Nein.«

»Sie müssen gehört haben, wie ich aufstand und hinausging!«

»Ich habe Sie nicht hinausgehen hören.«

»Aber Sie haben doch gar nicht geschlafen«, sagt Diddy flehentlich, immer beunruhigter. »Ich habe Sie doch die ganze Zeit beobachtet. Erinnern Sie sich nicht? Versuchen Sie, nachzudenken. Ich bitte Sie! Ich habe gesagt, ich gehe, um Genaueres zu erfahren. Für uns alle. Um jemanden im Zug zu finden, der wußte, was los war.«

»Ich kann mich nicht daran erinnern. Tut mir leid.«

»Aber wenn Sie mir nicht glauben«, sagt Diddy, den Tränen nahe, »wie kann ich Ihnen dann erzählen, was außerhalb des Zuges passiert ist?«

»Ich habe nicht gesagt, daß ich Ihnen nicht *glaube*, daß Sie das Abteil verlassen haben«, sagt das Mädchen besänftigend. Ihre Hand umklammert Diddys Hand fester. »Ich habe bloß gesagt, daß ich mich nicht erinnern kann, daß Sie hinausgegangen sind.«

»Das hilft nichts«, stöhnte Diddy.

»Bitte, erzählen Sie«, sagt sie und hebt die Hand, um sein Gesicht zu berühren. »Bitte, weinen Sie doch nicht.«

»Sie brauchen kein Mitleid mit mir zu haben!« Diddy stößt ihre Hand zurück, doch sie kommt zurück. »Ich kann Mitleid nicht ausstehen. Wenn Sie nur wüßten, wie ich mein Selbstmitleid satt habe.«

»Sie tun mir nicht leid. Ich schwöre es Ihnen. Erzählen Sie mir, was passiert ist.«

»Also gut.« Diddy holt tief Luft, entzieht sein Gesicht ein wenig ihren Fingern. Sogar die Luft fühlte sich nach Schuld an. »Ich –« Er kann es nicht. Warum will es nicht heraus? »Ich wollte mich umbringen. Deshalb bin ich hinausgegangen. Ich hatte die Absicht, mich auf die Schienen zu legen und zu warten, bis der Zug sich wieder in Gang setzt.« Das Mädchen schweigt, ihre Handfläche ruht auf Diddys Wange. Er sieht sie beschwörend an. Es war nicht die Wahrheit, doch er spürte es als wahr.

»Warum wollen Sie, daß ich das weiß?« sagt das Mädchen ruhig. »Glauben Sie, daß ich Ihnen helfen kann?«

»Ich weiß es nicht.« Diddy schließt für einen Moment die Augen. »Ich glaube, ich mußte es wohl nur jemandem erzählen. Sonst ist es so unwirklich.«

»Aber für mich ist es genauso unwirklich«, sagt das Mädchen mit einer noch ruhigeren Stimme. »Weil Sie es ja nicht gemacht haben. Weil Sie ja hier sind. Bei mir.«

»Bin ich für Sie wirklich?« Diddys Augäpfel schmerzen.

»Sehr.« Sie streichelt immer noch sein Gesicht.

»Aber Sie können . . . Sie können . . . mich ja gar nicht sehen.«

Als Antwort lehnt sie sich an seine Brust. Einen Augenblick lang denkt Diddy, daß die Bewegung des Zuges die Ursache war; dann merkt er, daß sie ihn küssen will. Eifrig, dankbar legt er seine Arme um sie, streichelt den unbeholfenen, nachgiebigen Körper des Mädchens, der sich eigenartig weich, knochenlos anfühlt. Als wäre sie nackt. Das Kleid mit dem braunen Druckmuster aus irgendeinem billigen synthetischen Stoff fühlt sich wie eine zweite Haut an, an der seine Hände kleben zu bleiben scheinen. Ein Saugen ist in seinen Fingerspitzen, Begehren steigt warm in seinem Bauch auf. »Ich will mit dir Liebe machen«, flüstert er. Hat sie verstanden? »Es gibt etwas, das ich dir nicht erzählt habe. Ich meine, etwas, das du mich nicht gefragt hast.«

»Was?«

»Warum ich es nicht fertiggebracht habe. Draußen.«

»Weil du Angst gehabt hast?«

»Naja, das auch. Aber auch weil ich gedacht habe . . . ich habe an dich gedacht«, sagt Diddy, eine Hand an der Brust des Mädchens. Diddy der Verführer. »Ich hab dich die ganze Zeit angestarrt, seit Abfahrt des Zuges. Ich wollte dich berühren, Liebe mit dir machen. Deshalb bin ich zurückgekommen.«

»Das freut mich.«

Ist es unrecht, was Diddy, der Verführer, nun tut? Ein weiteres Unrecht? Ein Verbrechen, eine Beleidigung des Vertrauens?

»Ich will Liebe mit dir machen«, wiederholt er steinern. Eine Verabredung, ein Abkommen.

Sie nickt, läßt ihre Hände auf seine Hüften sinken und reibt ihr Gesicht an seiner Wange. Einen Augenblick lang stehen sie regungslos da, ein Tableau des Begehrens. In Stein graviert.

Dann bricht das ganze schale, verzehrende Leid über Diddy herein, und er sackt unter dem Gewicht zusammen. Das Mädchen schien zu verschwinden; es gibt nur noch den pfeifenden Zug und Diddy, wie er hilflos versucht, stehen zu bleiben, sich aufrichten läßt. »Was tue ich bloß?« stöhnt er. Spürt den Zug unter seinen Füßen, der rasend die Schienen frißt. Seine obszöne Geschwindigkeit, die der Mattigkeit spottet, die jetzt seinen hinfälligen Körper durchdringt. »Ich glaube, ich belüge mich selbst.« Was er spürt, ist nicht einfach nur die Mattigkeit im Begehren. Es war ein Verlangen nach Ruhe, vielleicht nach etwas noch Stärkerem. Dem sich Diddy lieber allein ausliefern würde. Er spürte diese Müdigkeit, als er den Tunnel betrat, hatte aber das Gefühl geleugnet. Diddy packt das Mädchen. »Vielleicht will ich gar nicht Liebe machen. Vielleicht will ich bloß schlafen.«

»Komm«, sagte sie, und zog ihn an der Hand.

»Vielleicht will ich sterben.«

»Komm.«

Das Mädchen streckt die Hand aus, tastet an der Wand entlang, bis sie eine Türklinke findet. »Was ist das?«

»Die Toilette.«

»Sie ist doch frei, oder?«

»Ja«, sagt Diddy.

»Sollen wir nicht hineingehen?«

Diddy folgt dem Mädchen. Drinnen; die Tür verriegelt. Es war geschafft. Bald wäre es geschafft. In der Toilette, die nach Desinfektionsmittel und Urin riecht. Ein geheimer Ort, ein Versteck: niedrig, aber sicher. Diddy blickt in den Spiegel über dem metallenen Waschbecken. Sieht dann erwartungsvoll das Mädchen an. »Nimm deine Brille ab«, flüstert er. Sie nimmt sie herunter, hält sie ihm hin, damit er sie an einen sicheren Ort legt; er legt sie ins Waschbecken. Nimmt das Mädchen in seine Arme, drückt sie ganz fest an seine Brust. Küßt sie lange und zum Schluß brutal auf den Mund.

Diddys Gesicht (jetzt) nur Zentimeter von dem des Mädchens

entfernt. Ihre Augen sind von körnigem, ungleichmäßigem Blau, wie Milchglas. Diddy starrt hinein, sucht nach einer Änderung im Ausdruck. Doch obwohl sie sich bewegen und zwinkern, sind sie von ornamentaler Monotonie. Wollte man einen Blick in ihnen erkennen, so wäre es ein trauriger, nutzloser Blick. Unschuldig, was Nützlichkeit angeht, unfähig, durch Starren zu dominieren.

Ausgeblichene Augen.
Augen aus Tiffany-Glas.
Augen wie Zähne.
Augen wie hartgekochtes Eiweiß.
Augen wie eine getrocknete Eiweißprobe, vorbereitet
  für das Mikroskop.
Augen wie Tulpenzwiebeln.
Augen wie ein elektrischer Bohrer.
Augen als Greiforgane.
Schuldbewußte Augen.
Metallaugen.
Meteoraugen.
Augen wie Limabohnen.
Papieraugen.
Aasaugen.
Glasierte Augen.
Feuchte Augen.
Nasse Augen: Flüssigkeit in raffinierter Phiole.
Mürbe Augen, glitschige Augen.
Zerfetzte Augen, elegante Augen.
Fleckige Augen, reine Augen.
Zerknitterte Augen, glatte Augen.
Verweste Augen, frische Augen.
Hartfokusaugen, Weichfokusaugen.
Konkave Augen, konvexe Augen.
Augen nach Maß, Augen von der Stange.
Steife Augen, bewegliche Augen.
Einzelaugen, Vielfachaugen.
Augen mit und ohne äußere Schale.
Leere Augenhöhlen.
Die weiße Jungfernhaut des Augapfels.

»Siehst du überhaupt etwas?« fragt er sanft. Man kann nie wissen. Ein Auge im Auge, vielleicht. Das sagenhafte Sehen der Blinden. Sie schüttelt den Kopf. Doch da Sicht nicht nur im Sehen liegt, sind Augen nicht nur da, um damit zu sehen; Augen, wie Mund und Hände, sind Organe des Leidens. »Weinst du überhaupt jemals?« flüstert er.

Das Mädchen hat sich den Reißverschluß auf dem Rücken geöffnet. Diddy hilft ihr, das Kleid über den Kopf zu ziehen.

»Warum interessierst du dich so sehr für meine Augen?« Sie steht (jetzt) in Büstenhalter und Höschen da.

Ihre Tante hatte sie Hester genannt. »Es sind nicht deine Augen. Du bist es«, sagt Diddy. Nicht ganz der Wahrheit entsprechend. »Weinst du überhaupt jemals?«

Das Mädchen zieht das Höschen herunter, reicht es Diddy, damit er es ihr abnimmt. Sie hat (jetzt) nur die flachhackigen Wildlederschuhe an, die Strümpfe, die von einem winzigen Strumpfhalter um ihre Hüften gehalten werden, und den Büstenhalter. Keine Unterhose. Diddy überrascht und erregt, daß sie plötzlich praktisch nackt ist. Ist es so leicht für sie, in Gegenwart eines Fremden nackt zu sein, weil sie nicht sehen kann, daß man sie sieht? Weil es für sie offensichtlich kein Unterschied ist, ob sie den Körper den Augen eines Fremden aussetzt oder das Gesicht allen unsichtbaren Fremden?

Irgendwie gelassen und erfahren, wie Hester sich auszieht. Trotzdem hat Diddy fast Angst, sich seine Erektion einzugestehen. Zweifellos ist sie keine Jungfrau. Doch weiß das Mädchen wirklich, was sie tut? Irgendwie ist sie für ihn ebenso undurchschaubar wie er für sie unsichtbar. »Weinst du manchmal?« Diddy ist hartnäckig, hinhaltend.

»Willst du wissen, ob ich mir die Augen aus dem Kopf geweint habe?« sagt das Mädchen.

Kann man sich wirklich blind weinen? Oder willentlich erblinden? Vielleicht hat Diddy an so etwas gedacht. »Ich weiß nicht«, sagt er. »Ich nehme an, ich bin neugierig, wie es passiert ist. Obwohl du vielleicht nicht gern darüber sprichst. Aber . . . ist das die Art, wie . . . ich meine, weshalb du —«

»Vielleicht«, sagt das Mädchen. Sie legt die Hand an seinen Gürtel. »Warum ziehst du dich nicht aus?«

Kein Hinhalten mehr. Das Mädchen nimmt den Büstenhalter

ab. Diddy spürt wieder, wie sein Körper schwach wird, sein Geschlecht zusammenfällt. »Willst du wirklich, Hester? Du kannst mich nicht sehen. Du kennst mich nicht.« Die Demütigung seiner Kaputtheit zog sich in seinen Lenden zusammen.

»Ich kenne dich.« Das Mädchen legt ihm die Arme um den Hals. Sie riecht nach Salzwasser, nach Meer. Diddy hält sie an der Hüfte, leckt ihr über die geschlossenen Augen, die Ohren. Kann sie ihm vergeben? Indem sie seine Berührung hinnimmt, beweist sie da nicht, daß diese auch eine Liebkosung sein kann, nicht immer ein tödlicher Schlag sein muß? Man kann sich nicht selbst vergeben. Es gehören zwei dazu: einer, der vergibt, und einer, dem vergeben wird.

Er bindet die Krawatte ab; zieht Hemd, Unterhemd, Schuhe und Hose aus. Dann die Unterhose. Diddy legt ihre Kleidung im Waschbecken auf einen Haufen. Sie faßt nach seinem Geschlecht, er nach dem ihren. Die Gesten sind alle zu leicht, gewichtslos. Ein heimliches Fest, ohne daß es etwas zu feiern gibt. Diddy fühlt sich entmannt. Mit seinem abgemagerten Körper stemmt er sie sanft gegen die Wand, tut aber im Moment kaum etwas. Dann kann er wieder mehr tun. Fängt schwach an, nimmt an Kraft zu, je länger es geht. Sein Geschlecht ist wieder aufgerichtet. Der Rhythmus des Zuges half ihm dabei; und als es in eine Kurve ging und ihre Körper heftiger zusammenstießen, als er es beabsichtigt hatte, ging der Impuls des Zuges in seinen eigenen Körper über, empfing er dankbar diese Anleitung und gab seine vermehrte Energie an sie weiter. Während er den Kopf senkt, um ihre Brüste zu küssen, stellt Diddy sich vor, er sei im kalten Tunnel. Wobei die Entfernungen anders sind, kleiner, intimer. Doch der Boden der Toilette scheint weit weg zu sein, wie aus einer übertriebenen Perspektive. Sich vom Fußboden emportürmend, sind Riesen im Akt des Lebens verschlungen.

Diddy wird sein Bild hingeben müssen, und er tut es gern. Als er in den Körper des Mädchens eindringt, schrumpft der Raum. Ein intimer Raum, warm statt kalt, bekannt statt unbekannt. Er war draußen, (jetzt) ist er drinnen. Beide sind sie drinnen.

Diddys blinder Körper ist glücklich behaust im Körper des Mädchens, bewegt sich ungezwungen. Bestimmt weiß sie (jetzt), was wirklich geschehen ist. Doch annulliert der Akt des Lebens sein Verbrechen? Sieh nicht hin, hör nicht hin – auch nicht auf das Klappern der Fensterscheibe. Das Mädchen führt Diddys Körper in den ihren hinein und hinaus, drängt sich an ihn und von ihm fort. Sie kommt sanft, ruhig. Sie kann kaum stehen; Diddy muß sie halten. Hakt die angewinkelten Arme unter ihre Achseln, stemmt die Unterarme und Handflächen gegen die Wand, als er den letzten blinden Stoß tief in sie hineintreibt und sich dem Bedürfnis seines Körpers überläßt, zu weinen. Ein Strom, der sich ergießt; keine Kette, die aus Gliedern besteht. Er legt den Kopf auf ihre Schulter. Sie lehnen aneinander in benommener Selbstvergessenheit. Diddy steht, die Augen fest geschlossen, in der Dunkelheit, wie auf dem Grunde eines Wassers. Öffnet die Augen. Die Geräusche des Zuges nehmen sogleich eine andere, schrillere Tonart an. Zeit, aufzuwachen. Er seufzt.

Greift nach seinem Unterhemd, zwischen den Kleidern, die sich im Waschbecken stapeln. Beugt sich herab vor dem Mädchen und wischt ihr sanft die Schenkel ab. Jetzt erst bemerkt Diddy, daß das Mädchen mehrere gelbe und blaue Blutergüsse an Hüften und Schenkeln hat; zweifellos, weil sie hinfällt oder gegen irgendwelche Gegenstände läuft. Wischt sich dann selbst ab und stopft das feuchte Hemd in den Abfallschlitz unter dem Waschbecken. Dreht sich um und küßt sie. »Alles in Ordnung mit dir?« murmelt Diddy. Sie gibt einen schnurrenden Laut von sich, lächelt. Diddy reicht nun dem Mädchen die Kleider, Stück für Stück, hilft ihr, soweit er kann, beim Anziehen. Zieht sich dann schnell selbst an. Wäscht sich die Hände. Fragt sie, ob sie ihre auch waschen will. Sie will; will sich auch das Haar kämmen.

»Wo ist meine Brille?« Diddy setzt ihr seufzend die Brille auf.

»Was ist?« flüstert das Mädchen.

»Es hilft nichts!« (Jetzt) wird Diddy alles verderben.

»Was?«

»Es hat nichts mit dir zu tun.« Er legt den Arm um sie. »Es geht um mich. Ich habe dich vorhin belogen.«

»Mit dem Zug?«

»Nein, mit dem, was passiert ist. Als ich draußen auf den Schienen war.« Die Berührung hatte das Bedürfnis, mit Worten zu beichten, nicht weggebrannt. Diddy spürte keine Absolution.

»Es stimmt nicht, daß du dich umbringen wolltest?«

»Doch. Das stimmt. Aber vor vier Wochen.« Er unterbrach sich, fürchtete den nächsten Satz. Doch der war nicht aufzuhalten, folgte gleich dem vorhergehenden. Zusammenstoß. »Das ist es nicht, was jetzt passiert ist. Im Tunnel.«

»Erzähl es mir. Ich mag die Wahrheit schon wissen.« Wackere Worte, und eine Haltung, die Diddy gern anerkennen würde. Doch wollte sie wirklich seine Beichte? Wie sie ihn physisch wirklich gewollt hatte? Das Fleisch lügt nicht. Ohne das Mädchen loszulassen, trat er zurück, setzte sich auf den Toilettendeckel, zog sie auf seinen Schoß. Ihr weicher Körper war zutraulich. Diddy holte tief Luft, mußte sich dabei anstrengen unter dem Gewicht des Mädchens, das gegen seine Brust gelehnt saß.

»Ich habe mit jemandem gekämpft da draußen auf den Schienen. Ich wollte ja bloß herausfinden, was da los war . . . Nein, ich sollte nicht versuchen, Ausflüchte für mich zu finden.« Er mühte sich ab, seinen Worten eine klare Linie zu geben. »Und ich glaube, ich habe ihn getötet.«

Das Mädchen ringt nach Luft, irgendwie eine Unterbrechung, doch Diddy tut, als bemerke er nichts. Wie Ziegelsteine stürzte die Wahrheit herab.

»Und wenn ich ihn nicht direkt getötet habe, jetzt ist er jedenfalls tot, und ich bin daran schuld. Ich habe mit einer Brechstange zugeschlagen, und er ist vor den Zug gefallen, und deshalb ist er, als der Zug wieder losfuhr . . .«

»Aber«, unterbricht ihn das Mädchen, »du bist überhaupt nicht aus dem Zug gestiegen.« Sie macht sich aus seiner Umarmung los. »Ich habe schon vorhin versucht, dir das zu sagen. Du hast das Abteil überhaupt nicht verlassen, glaub mir. Ich habe ein ausgezeichnetes Gehör.« Kann man sich darauf verlassen, was einem die Sinne sagen? Nein.

»Hör doch, du mußt verstehen . . .« Natürlich klärt Diddy (jetzt) gar nichts. Er wiederholt sich einfach bloß. Sie schüttelt den Kopf. Unterbricht ihn immer wieder.

Wie fern sie (jetzt) einander sind, trotz des engen Raums der Toilette. Die klebrige Berührung ist vergessen, das feuchte Haar und wie süß es war, sich aneinander zu reiben und zu vergehen. Diddy hat es fallen lassen, wie etwas ganz Gewöhnliches, und nun steht er losgelöst hinter seinen Worthülsen.

»Wir sollten zurückgehen«, sagt das Mädchen sanft. »Meine Tante könnte sich Sorgen machen.«

Diddy seufzt. Natürlich. Entriegelt die Tür. Hand in Hand

wenden sie sich nach rechts, dann noch einmal nach rechts in den Gang hinein. Ein paar Schritte. Diddy wartet, während sich Hester noch einmal ihr Haar zurechtstreicht. Und sucht, ohne es ihr zu sagen, ihre Kleidung nach irgendwelchen vielsagenden Unordentlichkeiten oder Flecken ab; die eigene Kleidung ebenso. Drückt das Gesicht noch einmal an die Wange des Mädchens, spürt das harte Brillengestell zwischen ihnen. Dann schiebt Diddy die Abteiltür auf. Die Tante schläft noch, leicht schnarchend, mit schiefem Mund; der Priester und der Briefmarkenhändler immer noch bei ihrer Lektüre.

Wieder auf seinem Platz im Abteil, blickt Diddy Hester an, die ihm (jetzt) anders vorkommt als zuvor im Gang oder in der Toilette. Sie hat den Kopf an die Rücklehne gelegt; er kann nicht feststellen, ob ihre Augen geschlossen sind.

Diddy schließt die eigenen Augen. Warum ist das Mädchen so halsstarrig? Sie muß sich doch erinnern! Und wenn nicht? Wird Diddy den Mut haben, den Priester oder den Briefmarkenhändler zu fragen, ob er zuvor das Abteil verlassen habe? Könnte es sein, daß das Mädchen recht hat? Vielleicht hat er sich den grobschlächtigen Arbeiter nur eingebildet; von dem entseelten männlichen Körper, der sich ans Gleis klammert, nur geträumt? Kann es sein, daß er das Abenteuer, das sich gerade im beengten Raum der Toilette abgespielt hat, zurück in die riesige, feuchte, uterushafte, dämmrige Welt des Tunnels verlegt? Ein Abenteuer, das kaum weniger zu erwarten war als das, das zuvor, wie er glaubt, im Tunnel stattgefunden hat. Ist Diddy solch eines bizarren Irrtums fähig? Den Akt des Begehrens mit dem Gewaltakt zu verwechseln, Vertrauen mit Angst. Die unterschiedlichen Sphären von Blindheit und Eingeschlossenheit ineinszusetzen.

Diddy fängt an, fängt ein wenig an, an seinem Gedächtnis zu zweifeln. Doch das geschieht ja dauernd, oder? Alle vergangenen Ereignisse, die wirklichen wie die eingebildeten, werden der Treuhänderschaft der Vorstellungskraft überantwortet. Ob er den Arbeiter nun in seiner Phantasie oder in Wirklichkeit umgebracht hat, Diddy hat (jetzt) keinen Zugang mehr dazu, es sei denn mit Hilfe der Vorstellungskraft. Die Vergangenheit muß in der Vorstellungskraft wieder heraufbeschworen werden; Erinnerungen sind nicht wie Möbelstücke, sind nicht etwas Festes, das man besitzen kann.

Wie sich erinnern. Die Aufgabe, sich zu erinnern, übertrifft sogar noch die Aufgabe, Vergebung zu erlangen. Oder etwa nicht? Diddy befürchtet, daß er es sich zu leicht macht, daß er sich davonstehlen will.

Nichts, was er im Augenblick tun könnte, außer Ruhe zu bewahren. Am Reiseziel angekommen, kann er Nachforschungen anstellen. Nun ja, das wird wahrscheinlich kaum nötig sein. Wenn wirklich ein Arbeiter im Tunnel getötet worden ist, dann wird die Nachricht im Radio, im Fernsehen und in den Zeitungen gebracht werden. Eigentlich glaubt Diddy immer noch, daß er jemanden umgebracht hat. Aber die Dimension hat sich verändert. Die rücksichtslose Geschwindigkeit des Zuges trägt Diddy fort, in irgendeine Ferne. Verlängert die Perspektive, etabliert die Vergangenheit als Vergangenheit, auf allzu direkte materielle Weise, in Form veränderter Entfernungen und Maßstäbe. Indem der Zug vorwärtsrast, hat der gewaltige Arbeiter sich verkleinert, wenn er auch, am kleinen Format gemessen, um so kostbarer geworden ist. Diddy muß sich anstrengen, ihn noch zu sehen. Es ist, als brauche Diddy (jetzt) eine Brille. Der Arbeiter ist eine kleine Figur in einem kleinen Tunnel geworden, ein Spielzeug, fast ein Spielball des ziellosen Willens Diddys. Wie eine seltene, bei Sammlern heißbegehrte Briefmarke, die in Miniatur die Fahne eines untergegangenen Landes zeigt, das seither in einem größeren, neugegründeten Staat aufgegangen ist, oder das kleine, pompöse Profil eines Königs, der schon längst abgedankt hat oder entthront wurde.

Diddy sitzt in seinem Abteil und denkt über die seltsame Dimension der Dinge nach. Graues Zwielicht senkt sich herab. Während er absichtslos aus dem Fenster schaut, wird Diddy Zeuge des Augenblicks, in welchem in einem Bauernhaus in der Ferne das Licht eingeschaltet wird. Ein Mahnlicht vielleicht. Das dem müden Mann und Vater, der zum Ende eines Tages mühevoller Arbeit noch auf dem Traktor sitzt, zuruft: Komm nach Hause zu deinem warmen Mahl, zu deinen Kindern, die auf deinen Schoß krabbeln werden, zum breiten Bett deiner Frau. Obwohl selbst ohne die Sicherheit eines Zuhauses, reagiert Diddy auf das Zeichen. Sehnt sich (jetzt) danach, hinauszugehen in solche Fülle; den Zug zu verlassen, während der Raum noch offen und frei ist. Denn bald wird das Land sich besiedeln, werden die

Häuser näherkommen, eng und dicht bis an die Gleise herantreten, sich multiplizieren und schließlich zu großen Gebäuden gerinnen. Bald wird der Zug eine Stadt durchschneiden. Nach kurzer Zeit dann durch die nächste Stadt jagen. Und schließlich in der Großstadt ankommen, wo wir alle unsere Koffer vom Gepäcknetz über unseren Köpfen nehmen und aussteigen werden.

Dann, ausgesetzt und allein in der Großstadt, die uns erwartet, wird Diddy sich dem, was er getan hat, stellen müssen. Oder nicht getan hat. Was nun plötzlich alles in Frage gestellt ist. Diddy gibt dem Mädchen die Schuld daran, doch sie kann eigentlich nichts dafür. Die Verwirrung und der Zwang, alles zu verkomplizieren, das muß in ihm selbst liegen. An die Stelle der plumpen Bedrohung, entdeckt und bestraft zu werden, hat Diddy die subtilere Bedrohung der Unsicherheit gesetzt. Er hat seiner Angst enigmatische Form gegeben.

Die unordentliche Tante ist aufgewacht und wieder eingeschlafen. Diddy und Hester (jetzt) im glasgedeckten Speisewagen, dem letzten Waggon des Zuges. Diddy sitzt mit dem Rücken zur Hintertür des Waggons. Will nicht hinsehen, wie die Gleise sich eilends hinter dem Zuge verengen, nicht abgelenkt werden durch die beiden Paare, die an einem anderen Tisch Bridge spielen. Hester trinkt einen Daiquiri, Diddy Whiskey mit Wasser.

»Ich muß dich etwas fragen, über das, was dort vorhin passiert ist . . . zwischen uns beiden.« Diddy ist unbeholfen, verlegen. »Was sind deine Gefühle? Jetzt.«

»Mir geht's gut«, sagt sie tonlos.

»Du bereust es nicht?«

»Warum sollte ich? Ich mache gern Liebe.« Etwas Bitteres in ihrer Stimme, das Diddy wehtut. Sie könnte wütend sein über seine Geschichte von dem Arbeiter, die sie offensichtlich widersinnig findet, und über die Tatsache, daß er sie zu Anfang belogen hatte. Oder sie könnte wütend sein über die Richtung, in die seine Fragen zielen, könnte sie anmaßend oder geschmacklos finden. Diddy entscheidet, daß letzteres der Fall sei und ist nun seinerseits gekränkt.

»Machst du oft Liebe mit Fremden?« Diddy, der Eifersüchtige.

»Du etwa?«

Diddy seufzte. »Wie konnte ich so etwas Blödes sagen. Verzeih mir.«

»Es hat doch keinen Sinn, etwas nicht zu tun, das du tun willst, oder?« sagte Hester. »Ich meine, wenn niemand dich daran hindert.«

Diddy seufzte wieder und nahm die Hand des Mädchens. Wie kompliziert doch jeder ist! »Erzähl mir etwas von dir selbst, abgesehen davon, daß du operiert wirst.«

»Da gibt's nicht viel zu erzählen. Wenn man blind ist, spielt sich alles in einem ab.«

»Bist du immer blind gewesen?«

Hester ging auf diese Frage nicht ein, sondern fuhr zögernd mit der Antwort auf die vorige Frage fort. »Wie soll ich dir mein Leben beschreiben? Leute kümmern sich um mich, das müssen sie. Und ich denke viel nach, höre Musik. Ich habe Blumen gern. Ich bin . . .«

»Weinst du manchmal?«

»Das hast du mich schon gefragt.«

»Ich weiß. Und du hast mir nicht geantwortet, erinnerst du dich? . . . Antworte doch bitte. Vielleicht will ich es ja wissen, weil ich selbst viel weine, und ich schäme mich nicht deswegen.«

»Die Antwort ist Ja. Oft.«

»Warum?«

»Wohl kaum aus demselben Grund, weshalb du weinst.«

»Wie willst du das wissen? Immerhin, wieviele Gründe gibt es denn?«

»Nun, ich glaube nicht, daß es daran liegt, daß ich unglücklich bin. Falls es das ist, was du dir vorstellst. Vielleicht weine ich, weil ich mich langweile.«

»Jede Wette, daß das nicht stimmt«, sagt Diddy. »Warum sagst du das? Ist die Wahrheit zu intim? Bin ich indiskret?«

»Nein, ich würde es dir gern sagen. Aber alles, was mir einfällt, ist, daß ich weine, weil es Tränen gibt.«

Diddy gefiel diese Antwort nicht. Er wollte, daß sie unglücklich war, daß sie war wie er. »Bist du sehr einsam?«

»Eigentlich nicht. Aber ich habe nicht genug Sachen zum Anfassen.«

»Sachen? Du meinst Leute?«

»Ja. Leute auch.«

»Liebst du jemanden?« Diddy, der Possessive.

»Ich glaube nicht. Jedenfalls nicht so, wie ich dich zu verstehen glaube. Wenn man blind ist, ändern sich die Leute dauernd. Derselbe Mensch ist niemals derselbe Mensch. Er ist jedesmal etwas Neues, wenn er spricht oder sich bewegt oder mich anfaßt.«

»Liebst du deine Tante?«

»Oh nein. Liebe ist das nicht. Aber ich mag Sachen, die sie tut. Ihr dauerndes Gerede ist schrecklich, aber ich hab' es gern, wenn sie mich anfaßt. Und mir vorliest. Sie macht die Kinderabteilung in der Leihbücherei.«

Diddy, erleichtert, fühlte sich kühn genug, das anzugehen, was er wirklich wissen wollte. »Liebst du mich? Ich meine, jetzt.« Diddy, ein alter Fachmann in unerwiderter Liebe.

»Das habe ich getan. Vorhin, da drinnen.« Hester zögerte. »Was jetzt ist, weiß ich nicht. Du bist nicht mehr so wirklich für mich wie vorhin.«

Irritiert. Nun ja, was hat Diddy erwartet? »Wenigstens bist du ehrlich.«

»Ich versuche es. Du nicht?«

»Doch, ich auch! Aber es spielt kaum eine Rolle, oder? Da drinnen vorhin habe ich dir erzählt, was im Tunnel passiert ist. Ich habe dir die Wahrheit gesagt. Aber du glaubst mir nicht.«

»Wie kann ich das? Ich muß glauben, was ich gehört habe. Ich habe dich nicht sagen hören, daß du hinausgehen würdest. Und ich habe dich nicht aus dem Abteil gehen hören.«

Das Mädchen ist unerschütterlich. Und Diddy will nicht streiten. Er will mit ihr vereint sein, will eine solche Klarheit haben wie sie sie hat. Und auch blind sein. Dennoch, er hat das Bedürfnis zu reden; und spürt, daß er sich an ihr Mitgefühl wenden kann, wenn schon nicht an ihre Leichtgläubigkeit. Sie muß sich doch zu ihm hingezogen fühlen, ein Gefühl haben für ihn, sonst hätte sie doch nicht mit ihm Liebe gemacht, wäre sie doch nicht bereit, (jetzt) mit ihm hier zu sein.

»Ich will dir die ganze Geschichte erzählen, so oder so«, sagt er. »Auch wenn du denkst, daß ich das Ganze erfunden habe.«

»Das habe ich nicht gesagt. Erzähl.« Sie faßt seine Hand fester. »Du bist furchtbar dünn. Ißt du nicht gern?«

Diddy bekämpft den Drang, feuchte Augen zu bekommen angesichts ihrer Gabe des Mitgefühls. Denk an den Arbeiter! Er fängt mit dem Anfang an. Der Gang durch den Tunnel, das seltsame Hindernis und der einsame Arbeiter, von übertriebener Statur und urwüchsiger Grobheit, wie ein Engel in Waffen. Dann der monströse, unnötige Kampf, und der entseelte Körper, der auf die Schienen fällt, und wie er den Körper gegen den Zug lehnt . . .

»Du hast einen Tagtraum gehabt«, sagte das Mädchen bestimmt. »Deshalb ist dir der Mann so groß vorgekommen.«

»Einen Tagtraum im Tunnel?«

»Warum nicht?«

»Aber ich weiß, daß es geschehen ist! Ich bin doch dort gewesen.«

»Dann frag doch die anderen.«

»Will ich nicht«, sagte Diddy. »*Du* bist meine Zeugin.«

Das Mädchen schwieg. Diddy war danach zumute, ihr die Brille herunterzureißen, ihr ins Gesicht zu schlagen. Als könne er sie auf diese Weise dazu bringen, ein-zu-sehen.

»Du seufzt die ganze Zeit«, sagte das Mädchen. »Weißt du das?«

»Klar. Weil ich wütend bin. Aber ich weiß nicht, wohin mit meiner Wut.«

»Wütend auf mich?« sagte Hester.

»Ja. Sehr wütend sogar.«

»Warum?«

»Weil du so widerspenstig bist«, sagte Diddy.

»Du meinst, weil ich blind bin.«

»Nein, das habe ich nicht gemeint.« Diddy saß mit halbgeschlossenen Augenlidern da, unfähig, das Mädchen anzusehen. Spürt ihre Gegenwart als Gefängnis. Das Abenteuer ist vorüber. Die Zeit zog sich hin. Vielleicht wird diese Reise ewig dauern, der Zug durch endlose Dämmerung weiterrasen. Der Zug hat die physische und moralische Energie eines menschlichen Körpers angenommen; er richtete über Diddy. Und von dem Mädchen würde keine Absolution zu haben sein. So sei es also.

Es blieb nichts weiter, als in das Abteil zurückzukehren und aus dem Fenster auf die Metapher der Natur zu starren. In den fernsten Schlupfwinkeln der Landschaft, im Erlebnis des perspektivischen Sehens selbst ein Muster zu finden für die Tiefe dessen, was geschehen war.

Wieder im Abteil. Hesters Tante, hellwach, offensichtlich entzückt, festzustellen, daß ihre Nichte einen so großen Teil der Reise in Gesellschaft des gutaussehenden jungen Mannes verbracht hatte, der ihnen gegenüber sitzt.

Man stellt einander vor. Mrs. Nayburn. Meine Nichte, Miss Hester Nayburn. Aber natürlich, über das Vorstellen seid ihr jungen Leute inzwischen bestimmt längst hinaus.

Diddy, der nicht daran dachte, daß Hester immer noch weder seinen Vornamen noch seinen Familiennamen kannte, wandte sich an die Tante. »Dalton Harron.«

»Also, ist das nicht nett ... Was machen Sie, Mr. Dalton? Wenn es nicht zu direkt von mir ist, das zu fragen.«

Diddy warf Hester einen verzweifelten Blick zu, die zurückgelehnt auf ihrem Platz saß. »Ich arbeite bei einer Firma, die Mikroskope herstellt.«

»Eine der großen Firmen?« fragte die Tante.

»Wie interessant«, sagte der Priester und blickte von seinem Brevier auf. »Welch ein Privileg, wenn man die Wunder der Natur aus solcher Nähe betrachten darf.«

»Ach«, beeilte sich Diddy zu sagen, »ich habe mit dem Schauen durch die Mikroskope nichts zu tun.« Wollte diese Anspielung, daß er von seinen Augen lebte, überdecken, fand sie taktlos in Gegenwart des Mädchens. »Sie werden in der Fabrik im Landesinnern hergestellt und von dort versandt. Ich bin im Büro in New York. Ich entwerfe die Prospekte für Versandaktionen und bearbeite die Anzeigen, die in den wissenschaftlichen Zeitschriften und den Handelsblättern erscheinen.«

ERSTE EINFÜHRUNG in die GRUNDBEGRIFFE und den GEBRAUCH des MIKROSKOPS:

Stellen Sie Ihr Mikroskop auf eine feste Unterlage vor einem Fenster.

Die Linse, durch die Sie schauen, heißt das Okular; die Linse am anderen Ende ist das Objektiv.

Die Unterlage, auf der das Glas ruht, ist der Objektivtisch.

Unter dem Objektivtisch ist die Leuchtfeldblende, die die Menge des Lichtes regelt, das der Reflektor auf das runde Loch im Mittelpunkt des Objekttisches wirft.

Der Reflektor dient dazu, das Licht zu konzentrieren, das durchsichtige Objekte auf dem Objekttisch ausleuchtet.

Wenn ein undurchsichtiges Objekt, wie etwa der Kopf einer Fliege, untersucht wird, ist statt Durchlicht Auflicht und Licht von vorn zu verwenden, da das Licht vom Reflektor undurchsichtige Gegenstände nicht durchdringen kann.

»Sind Sie schon lange in dem Beruf?« fragte die Tante.

»Ja«, sagte Diddy.

Die Tante ließ nun locker, vielleicht, weil ihr im Augenblick keine weitere Frage einfiel. Diddy schaute das Mädchen fragend an. Das optische Mikroskop war ein uraltes und ehrwürdiges Instrument, im wesentlichen seit Jahrhunderten unverändert. Doch nutzlos, wenn man keine Augen hatte, die das weitaus ehrwürdigere und unendlich ältere Instrument darstellten. War das Mädchen blind zur Welt gekommen? Eine grundlegende Information hatte die Tante von sich aus nicht geliefert. Auch Hester hatte nicht geantwortet, als er sie gefragt hatte, ob sie immer schon in diesem Zustand gewesen sei. Diddy will es wissen. Gleichwohl kaum etwas, das er (jetzt) fragen könnte.

Hornhauttrübungen hat man normalerweise von Geburt an. Doch nicht unbedingt. Hester konnte auch im Laufe der Kindheit erblindet sein; eine schlimme Vernarbung infolge etwa einer Konjunktivitis. Es könnte sein, daß sie einmal alles auf ganz normale Weise gesehen hat: Fleisch, Blumen, den Himmel. Vielleicht sogar in der achten Klasse in Biologie durch ein Mikroskop gesehen hat.

»Was für Mikroskope?« sagte der Briefmarkenhändler. Interessierte er sich auch dafür?

Diddys Firma stellte verschiedene Standardausführungen her. Doch auch ein paar weniger bekannte Modelle.

Mikroskope für Werkzeugmacher.
Metallurgische Mikroskope.
Vergleichsmikroskope.
Projektionsmikroskope.
Ophthalmoskope.
Retinoskope.
Otoskope.

Diese letzteren drei, medizinische Instrumente, für Augen und Ohrenspezialisten.

Die Tante reckte den Kopf. »Vielleicht benutzt man in der Warren-Klinik Mikroskope von Ihrer Firma. Ihre Firma stellt möglicherweise etwas her, das die Ärzte wirklich brauchen und das meiner Nichte helfen wird.«

»Ein erfreulicher Gedanke«, sagte Diddy, dem diese taktlose Gesprächswende noch unangenehmer war. Das Mädchen war, weil sie blind war, ein Ding geworden; ein Gesprächsgegenstand, als sei sie nicht einmal anwesend in unserem Abteil.

»Wenn ich durch ein Instrument sehen könnte«, sagte das Mädchen plötzlich, »dann würde ich mir ein Teleskop aussuchen. Ich würde gerne die Sterne sehen. Besonders gern das Licht, das von einem toten Stern ausgesandt wird. Einer, der schon vor einer Million Jahren gestorben ist, aber immer noch weitermacht, als wüßte er nicht, daß er tot ist.«

»Liebes, du bist schon wieder morbide!« Die Tante kuschelt sich an Hesters Schulter, die aber nicht reagiert. »Ich möchte, daß mein kleines Mädchen weiter tapfer bleibt.«

»Es ist nicht morbide, wenn man sich mehr für große Dinge als für kleine Dinge interessiert«, sagte das Mädchen scharf.

Und während er die Seelenverwandtschaft, die zwischen ihnen schwang, wieder neu spürte und die magische Gleichzeitigkeit ihres Denkens, kam Diddy folgender Gedanke: Dann ist es vielleicht auch nicht morbide, sich mehr für das zu interessieren, was tot ist, als für das, was lebt.

Er jedenfalls hatte keine Wahl mehr. Der Arbeiter war wie einer der toten Sterne, die Hester so gerne sehen wollte. Schon ausgelöscht, sandte er doch immer noch einen Lichtstrahl über weite Entfernungen hin aus, so lebensecht und überzeugend wie der vitalste der heutigen Sterne. Diddy mußte sich ins Gedächtnis rufen, daß der Arbeiter in der Vergangenheit existierte. Durfte sich nicht vom Äußeren irreführen lassen. Wie stark auch immer das Licht war, das der Arbeiter auf sein Gemüt warf, der Mann war wirklich tot. Diddy hatte eine schwarze Sonne getötet, die nun in seinem Kopf brannte. Gewiß konnte das Mädchen die schwarze Sonne sehen, wenn sie es nur versuchte. Obwohl sie blind war. Oder vielleicht gerade deswegen. Stellte sie ihn auf die Probe? Er muß sich an den Unterschied zwischen toten Sternen und lebenden Sternen klammern, wie sehr auch seine Sinne gegen ihn zeugen und ihn verwirren.

Muß sich auch an den Unterschied zwischen groß und klein klammern, zwischen fern und nahe. Augenblick für Augenblick trug ihn der Zug weiter fort. Und die Nacht senkte sich herab, eine Zeit, wenn alles Licht falsch wird. Ein Kunstgriff: eine tapfere Lüge, um die Furcht vor der Dunkelheit abzuwehren; eine List. Wie alle Menschen, die sehen können, braucht Diddy die Fähigkeit, Unterschiede feststellen zu können. Während dem Mädchen, das unablässig in Dunkelheit leben muß, diese gefahrvolle Aufgabe des Differenzierens erspart bleibt. Doch vielleicht war sie anders als die meisten Menschen. So sehr anders, daß sie nicht einmal, wenn sie nicht blind wäre oder ihr Augenlicht (jetzt) wiederhergestellt würde, in Verwirrung geriete. Alles Licht, das sie sehen könnte, würde wahr sein. Diddy ist nicht mehr wütend. Sie hatte ihm die Wahrheit gesagt, wie sie sie kannte. Und obwohl Hester sich hinsichtlich einiger Tatsachen täuschte, und obwohl sie vielleicht niemals zu überzeugen war, daß sie sich irrte, es gab da eine gewaltige Wahrheit, in deren Besitz sie war. Und diese Wahrheit wollte Diddy, der Unzulängliche, erfahren; neben seiner eigenen Wahrheit besitzen. Niemand sollte sich allein ins Dunkle wagen.

Bei der Ankunft an unserem gemeinsamen Reiseziel trug ein fiebernder Diddy seinen eigenen Handkoffer und die Koffer und Pakete, die Hester und ihrer Tante gehörten, aus dem Zug. Drängte sich vor, wo einige andere Fahrgäste warteten, um einen Gepäckträger zu bekommen, und drangsalierte den Mann nahezu, ihre Sachen zuerst zu nehmen. Geleitete dann die beiden Frauen durch den altmodischen Bahnhof. Der Hauptwartesaal mit der extravagant hohen Decke. Den marmorverkleideten Wänden. Den neoromanischen Säulen. Dem Kriegerdenkmal zum Gedenken an den Ersten Weltkrieg, mit der Statue des schwachen, verwundeten Landsers, der, eben als er getroffen wird und stürzt, von den stämmigen Armen der Republik aufgefangen wird: einer großen, unbeugsamen Frau, die resolut über den Kopf des sterbenden Jünglings hinblickt. Ein Bahnhof ist öffentlicher Raum, jedermann zugänglich. Wenn auch die Begegnung mit der buntgewürfelten Menge und das Hindurchkommen sich für Diddy um diese Zeit schwierig gestaltet, die hochgewölbte Decke betrachtet er mit ausgesprochener Zustimmung; je mehr Raum, desto besser. Doch wie auf jeder Reise ins Landesinnere zur Fabrik in den letzten Jahren fällt Diddy unwillkürlich der beständige Verfall der Marmorflächen und der Einrichtung dieses Bahnhofs auf. Jedesmal, wenn er ankommt, sehen der Boden, die Wände, die Säulen, die Bronzestatue, die Auskunft, die Uhr, die Fahrkartenschalter, der Zeitungsstand und die Holzbänke noch ein Stück heruntergekommener aus, immer hoffnungsloser, schmieriger, von immer mehr Abfall verschmutzt. Hier ist sicher nicht nur Vernachlässigung am Werk. Es geht um Politik, ums Prinzip. Bloß noch eine Frage der Zeit, bis die Abbruchsbirne in Aktion tritt, um diesen großzügigen Raum zu zerstören, damit etwas Kleineres an seiner Stelle errichtet werden kann. Doch spricht nicht einiges dafür, auch einen zum Untergang verurteilten Ort sauber und in ordentlichem Zustand zu erhalten? Zum Beispiel, weil die Würde es verlangt. Zumal es sich zeigt, daß die Nemesis sich ein wenig Zeit läßt mit ihrem erwarteten Besuch.

In etwa sechs Metern Entfernung hinter dem Gepäckträger her, der ihre Koffer auf einem Gepäckwagen transportiert; Diddy und die Tante zu beiden Seiten Hesters, bahnen sie sich ihren Weg durch die Menge. Durch die neoromanischen Säulen, die den Haupteingang flankieren, hindurch auf den Bürgersteig hinaus. Diddy gibt dem Mann ein Trinkgeld, steht dann am Rinnstein und kalkuliert die Chancen, in den nächsten paar Minuten ein Taxi zu bekommen, wenn sie bleiben, wo sie sind. Doch es gab offenbar nicht genug Taxis, und es schreckte ihn, das Mädchen wieder aus seinem Leben verschwinden zu lassen. Auf dem Bürgersteig, in einiger Entfernung vom Rinnstein; er ließ es geduldig geschehen – jedenfalls kam es Diddy so vor –, daß die Tante ihn unnötigerweise beschützend und unerbittlich am Arm hielt. Diddy schaut nach einem Zeichen seitens des Mädchens, findet keins. Weiß auch gar nicht, wonach er Ausschau halten soll.

Es beunruhigte ihn auch die deprimierende Stadtansicht. Massiv, grau, unstrukturiert. Und schrecklich laut. Ein wütendes Tosen von Lärm, kaum einzelnes herauszuhören. Ganz anders als das beharrliche, fordernde, gebieterische Geräusch des Zuges.

Störte Lärm das Mädchen, wenn sie die Geräusche nicht deuten konnte?

Längeres Warten. Als ein Taxi vorfuhr, stieg Diddy, der nicht gewußt hatte, daß er gerade das beabsichtigt hatte, mit den beiden Frauen ein und begleitete sie zur Warren-Klinik. »Aber das liegt gar nicht auf Ihrem Weg, Mr. Harron. Wir wollen Ihnen keinerlei Umstände verursachen.« Keine Ursache, keine Ursache. Überall war die Straßenbeleuchtung an, doch die Gebäude sahen wie zweidimensionale Zeichnungen ihrer selbst aus. Nicht anders das Krankenhaus. »Lassen Sie den Tachometer weiterlaufen, Fahrer. Ich bin gleich zurück. Also. Mrs. Nayburn, Hester, sagen Sie mir doch bitte . . .« Nachdem er sich vergewissert hatte, daß das Zimmer für das Mädchen bereit stand und daß die Tante sich ein Bett in einer Pension drei Blöcke weiter hatte reservieren lassen, trug Diddy ihre Koffer ins Krankenhaus, bis zum Aufnahmeschalter. Schüchtern gute Nacht gesagt. Fuhr dann zurück in die Innenstadt zum Hotel Rushland, wo die auswärtigen Angestellten und Vertreter immer auf Kosten der Firma abstiegen, wenn sie das Stammhaus besuchten. Zum Glück war, als er sich eintrug, niemand von denen, die aus New York zur Konferenz kamen, in der Hotelhalle.

Fast halb elf, als man Diddy sein Zimmer zeigt. Er packte aus, duschte sich, rief beim Portier unten an, um sich nach der ersten Ausgabe der lokalen Morgenzeitung zu erkundigen. Sie komme etwa um zwei Uhr morgens. Er bat darum, ihn um die Zeit anzurufen. Elf Uhr (jetzt): Diddy schaltete den Fernseher ein und fand das Programm, das er suchte. Ein gütiger Mann mit Halbglatze offerierte von seinem Pult aus die Zuteilung der Nachrichten von der Front – große Verluste auf Seiten des Feindes, genau gezählt, kaum Opfer auf unserer Seite – und die Tautologien von Politikern; Berichte über jemanden, der seine Schwiegermutter erschossen hatte, über eine Gefängnisrevolte, die drohende Scheidung eines prominenten Hollywoodpaares; eine herablassende Reportage darüber, wie der Schwergewichtsmeister einen jungen Titelanwärter in Mexico City in zwei Runden zusammenschlägt; und ein wenig Wetter: heiter und kälter, Wind von Nordost. Aber kein Unfall bei der Eisenbahn diesen Nachmittag. Vielleicht war solch ein Todesfall nicht wichtig oder pittoresk genug, um in den »Nachrichten« aufgenommen zu werden. Diddy schaltete den Apparat aus und beschloß zu versuchen, sich selbst ebenso auszuschalten. Obwohl es noch früh ist, ist er zu aufgewühlt, um sich dem offenen Raum der Straßen der Stadt anzuvertrauen, mit alldem, was sich hier an zufälligen, unpersönlichen Begegnungen bietet. Doch irgendetwas an den anonymen Flächen und dem sorgfältig neutralisierten Geruch dieses Zimmers kommt ihm verhalten fast ebenso bedrohlich vor. Er wird sich noch mehr in sich selbst zurückziehen müssen, fort von jedewedem rational kohärenten Raum. Vielleicht kann er schlafen. Von den getrennten Zwillingsbetten im Zimmer hat Diddy sich das näher am Fenster stehende ausgesucht, obwohl er weder das Fenster öffnete noch die Klimaanlage einschaltete.

Doch er kann nicht schlafen; schafft es kaum, seine Augen länger als ein paar Momente zu schließen. Eine Weitwinkelaufnahme des auf die Schienen gefallenen Arbeiters projiziert sich auf die Innenseite seiner Augenlider, aber (jetzt) werden Standbilder daraus, die wiederholt in eine Sequenz bewegter Bilder eingefügt sind, Szenen, die von einer zittrig gehaltenen Handkamera aufgenommen wurden, wie sie Diddy gerade in den »Nachrichten« gesehen hat: ein toter GI, ein großer Körper auf einer Tragbahre, von Kopf bis Fuß in eine rauhe Decke oder Persenning gehüllt, der in den Schlund eines wartenden Hubschraubers verladen wird, welcher sich mit blitzenden Rotorblättern, dröhnendem Motor und vibrierendem Rumpf in einem feindlichen Reisfeld niedergelassen hat. Schrecklich, zu sterben, schrecklich, sich aus dem Leben abberufen zu lassen, ehe man bereit ist, es aufzugeben. Und das hat Diddy jemandem angetan. Ist in Panik geraten, hat den schrecklichen Hausherrn gespielt, ein Leben für nichtig erklärt. Wieder und wieder, diesmal ohne Bilderfolgen, stellt er sich die Begegnung mit dem Arbeiter noch einmal vor. Gleichwohl, es ließe sich argumentieren, daß es entschuldbar war, was Diddy getan hat, sogar rechtmäßig. Der Arbeiter hatte ihn grundlos provoziert. War aus unerklärlichem Anlaß bedrohlich geworden; war bewaffnet. Dennoch war Diddy nicht überzeugt, daß er schlicht aus Notwehr gehandelt hatte. Wäre Diddy sein eigener Richter bei einem wirklichen Prozeß, er hätte solch ein Plädoyer niemals akzeptiert. Der Arbeiter war ungehobelt, unverschämt. Ja. Doch Unverschämtheit ließ sich doch nicht als Omen für Schlimmeres ansehen, Schlimmeres als eben weitere

Unverschämtheiten. Und hatte der Mann sein Verhalten nicht geändert und, als wolle er die Harmlosigkeit seiner Absichten unter Beweis stellen, Diddy den Rücken zugewandt? Zugegeben, ein paar verdächtige Bewegungen waren dann gefolgt. Doch vielleicht hatte der Mann sich nur angeschickt, die Axt zu den anderen Werkzeugen in die Kiste zu werfen, alles zusammenzupacken und dann fortzugehen. Wohin? Um in den Zug zu steigen? Wenn er dazu nicht doch zu anarchisch, zu sehr ein Einzelgänger war, als daß er zum Zugpersonal hätte gehören und sich der Gruppendisziplin unterwerfen können. In dem Falle wäre er dorthin gegangen, wo er eben als einsamer Arbeitsmann während des Dienstes untergebracht war, wie ein Wachposten, für jede Notsituation oder Störung gerüstet – vielleicht in einer Kammer, die vom Hauptraum des Tunnels abzweigte ... In diesem Augenblick war Diddy geneigt, den Zweifelsfall für den Angeklagten, also den Arbeiter sprechen zu lassen. Das einzige, was sicher ist: daß Diddy, der Gute, niemals zur eigenen Zufriedenheit wird feststellen können, was der Arbeiter wirklich im Schilde geführt hatte. Was er aber auch zuvor, im Tunnel, nicht wissen konnte. Entweder aus der durchtriebenen Beobachtung oder aus der blinden Annahme heraus, daß ein hinterhältiger Angriff bevorstand, hatte Diddy als erster zugeschlagen. Entweder war sein Gegner ein mörderischer Draufgänger, der nicht aufgepaßt hatte, oder ein wehrloses Wesen. Doch so oder so, ein feiger Anschlag; da der Arbeiter, wie gewaltig er auch immer war, absolut keine Chance hatte.

Diddy hat die kleine Nachttischlampe angelassen. Er will die Dunkelheit nicht. Er ist heute lange genug im Dunklen gewesen, das genügt für den Rest seines Lebens. Keine Dunkelheit! Er muß auf dem Sprung bleiben, aufmerksam sein, um die verdammten Gespenster abzuwehren, diese Kreaturen zu vertreiben, die in der Abwesenheit von Licht gedeihen. Selbst wenn das bedeutet, daß alle Kreaturen verbannt werden. Selbst wenn das bedeutet, allein zu sein. Diddy ist allein. Was noch fast erträglich ist. Er ist die letzten drei Jahre viel allein gewesen, seit Joan ihn verlassen hat. Doch »allein«, das kommt ihm so unwürdig, so bemitleidenswert und schwach vor. Wie schon so oft versucht er ein weiteres Mal, das Alleinsein in etwas Edles umzumünzen, wenn es nur frei erwählt sei: Einsamkeit. Einsamkeit ist stark. Allerdings ist da ein großer Unterschied zwischen Einsamkeit im freien Raum mit unermeßlichem Horizont und Einsamkeit auf kleinem Raum. Diddy ist eingeengt. Eingepfercht auf kleinem, aseptischem Raum mit Pastellwänden und Ahornmöbeln; und an der Wand, zierlich gerahmt, »Du schönes Land, Du Land der Gnade.« Einsam, ohne Verbindungen zur Außenwelt. Er wälzt sich in dem schmalen Bett herum, schwitzt, jede ziellose Drehung des nackten Körpers lockert die Leintücher weiter, zerknittert sie mehr. Überlegt, ob er seinen Bruder anrufen soll. Doch Paul ist auf Tournee; und Diddy hat Pauls Brief mit dem Konzertkalender in der Wohnung liegen lassen. Pauls Agent in New York, bei dem er erfahren könnte, wo sich der große Virtuose heute abend befindet, dürfte wohl um diese Zeit nicht zu Hause sein. Und Paul, wo immer er sich auch befindet, in diesem schönen, gnadenreichen Land, hat ja seine Fans und Musiker und Prominentensammler, die sich am Bühneneingang drängeln und die er auf mögliche Freuden hin mustern kann, seien es sexuelle oder berufliche, und hat die Parties nach den Konzerten, die er erkunden kann. Dürfte also wohl erst spät nach Miternacht in sein Hotel zurückkehren. Und überhaupt, wenn er Paul erreichte, was würde Diddy sagen? Ein derartiger Anruf wäre ein Ausweichen vor seiner Verantwortung als Mann, eine kindische Bitte um Anteilnahme an jemand Nahestehenden, der eigentlich niemals teilnehmend oder nahestehend gewesen ist. Wenn es denn schon einen Telephonanruf zu erledigen gibt, so denkt Diddy, sollte er ihn dann nicht baldmöglichst hinter sich bringen? Diddy überlegt, ob er nicht die Polizei anrufen soll.

Gleichwohl, es eilt ja nicht. Wenn Diddy auch nur ein wenig argwöhnt, daß der Mord an dem Gleisarbeiter bloß ein Alptraum oder, wie Hester Nayburn angedeutet hatte, ein Tagtraum war, dann sollte er sich vergewissern. Er kann zumindest warten, bis er die Zeitungen durchgesehen hat. Niemandem damit gedient, wenn er sich lächerlich macht. Was er schon reichlich getan hat in diesem vergangenen Monat. Wenn er zu dieser späten Stunde sich mit der Polizei in Verbindung setzen würde, kämen sie im Funkstreifenwagen herbeigeeilt, um ihn festzunehmen, ihn für den Rest der Nacht in eine kalte Zelle zu stecken, ein Raum, der noch kleiner war als dieser. Und wenn sich dann am Morgen herausstellen sollte, daß der Mord, den Diddy begangen haben wollte, ein Phantommord war, dann wäre es nicht leicht, einfach so das Gefängnis zu verlassen. Die Polizei würde zweifellos darauf bestehen, daß Diddy sich psychiatrischen Tests unterzieht. Er würde aus dem Gefängnis geholt und im örtlichen Bellevue untergebracht werden, die Konferenzeröffnung um zehn Uhr verpassen und wahrscheinlich sogar die ganze Sitzung. Seine Abwesenheit würde bemerkt werden, Nachforschungen würden angestellt, und wenn die Firma entdeckte, wo er festgehalten würde und aus welchem Grunde, dann würde er entlassen. Überflüssig zu erwähnen, daß niemand bei Watson & Company wußte, warum Diddy im letzten Monat eine Woche Urlaub genommen hat. Er hatte Duva erzählt, eine alte Virusinfektion sei wieder aufgeflammt, die einen Krankenhausaufenthalt erforderlich mache.

Entschlossen, nicht wieder in Panik zu geraten. Diddy hat sich entschieden, die Polizei nicht anzurufen, Geduld zu haben und das Urteil der Zeitung abzuwarten. Dennoch, er kann nicht schlafen. Erwartet das (jetzt) aber auch gar nicht.

Um zwei Uhr klingelt das Telephon. Der Ton der Glocke frißt sich in seine Nerven. »Ist sie da? Ja! Vielen Dank.« Diddy hat gebeten, ihm die Zeitung sofort heraufzubringen. Er steht eilig auf, zieht sich die Hose an, öffnet die Tür und späht in die Halle hinunter. Ein junger Bursche in rotem Anzug schlendert den mit Teppich ausgelegten Korridor heran, in der Hand das kostbare Dokument.

»Hier! Hier!« ruft Diddy heiser. Er gibt dem Boy 25 Cent, nimmt die Zeitung und geht wieder ins Zimmer, wobei er die Tür hinter sich absperrt. Wo soll er sich niederlassen, um das Bündel zu erforschen, das nach feuchter Druckerschwärze riecht, das über sein Schicksal entscheiden wird?

Diddy sitzt mit gekreuzten Beinen auf der weißen Tagesdecke mit den Troddeln, die über das Bett an der Tür gezogen ist, fängt entschlossen an zu lesen. Auf der ersten Seite nichts. Auch auf der zweiten nichts. Noch auf der dritten. Er versagt es sich, die enttäuschenden Seiten aus Ungeduld um sich her zu verstreuen, wenn er jeweils damit zuende ist; jede Seite wird, sowie sie gründlich durchgelesen ist, säuberlich ausgerichtet auf die Vorgänger gestapelt.

Internationale Katastrophen!
Kaufhausanzeigen!
Landesweiter Wahlkampf!
Die neuesten Hausgeräte für das gepflegte Heim!
Kommunale Schuldverschreibungen, Stadtrat debattiert über das neue Kulturzentrum, Skandal im Sanierungsreferat!
Bettwäsche und Handtücher im Angebot!
Leitartikel über Luftverschmutzung und Agenturberichte über Völkermord!
Die Gesellschaftsseite!
Anzeigen für Kinos und Tourneetheater!
Die Seite für die Frau!
Fernseh- und Hörfunkprogramm!
Sport!
Comics!
Immobilien!

Bei den Traueranzeigen setzt sein Herz kurz aus. Doch auch dort nichts. Die Durchschnittsbörsenwerte, und er ist mit der Zeitung fertig. Nichts. Nichts! Mit zitternden Händen faltet Diddy alles zusammen. Will die Zeitung in den Papierkorb werfen, doch ... Vielleicht sollte er sie noch einmal durchgehen, von der ersten bis zur letzten Seite. Der Verstand ist ein maliziöser Souverän. Kann es so einrichten, daß du einfach nicht siehst, was du direkt vor Augen hast, wenn es eben das ist, was zu sehen du am meisten fürchtest. Nicht einmal mit Hilfe eines Vergrößerungsglases oder eines Mikroskops.

Doch Diddy weiß, daß er die Zeitung später noch einmal durchschauen kann. Und will sich selbst nicht übertrieben demoralisieren. Schon besser (jetzt), sich ein neues Ziel zu setzen. Er ruft wieder in der Empfangsloge an. »Hier ist Zimmer 414.« Streng dich an! Der Nachtportier darf nicht merken, wie verworren Diddy ist, darf nicht den fanatisch dringlichen Unterton in seiner Stimme hören. Langsam! »Könnten Sie mir sagen, wann die nächste Ausgabe der *Courier-Gazette* erscheint?« Die Worte kommen eigentlich ganz geschickt heraus.

»Da gibt es nur die zweite Ausgabe, Sir. Wird normalerweise etwa gegen sieben Uhr früh beim Hotel angeliefert, und ich glaube nicht, daß Sie sie auf der Straße früher finden werden. Der Lieferwagen kommt direkt von der Druckerei.«

Diddy ist dankbar, schmerzlich dankbar, angesichts der Unschuld der Tatsachen. »Sie haben mir sehr geholfen. Danke. Gute Nacht. Ach ja, und ich möchte um zehn vor sieben geweckt werden.«

Diddy versucht, das nichtssagende Zimmer mit Aufmerksamkeit zu erfüllen. Es bleibt ihm nichts übrig, als zu warten. Es sei denn . . . Er versucht es noch einmal mit dem Fernseher. Auf dem einen Kanal das Spätprogramm. Auf dem anderen die allnächtliche erbauliche Ansprache, die den Sendetag beschließt. Ein bebrillter Geistlicher in einem Armsessel schaut direkt aus der Mattscheibe heraus Diddy, den Schuldigen, an. Sitzt er in den Studiokulissen oder in der Gemeindebibliothek einer echten Kirche? Der Geistliche erbittet ernstlich den Segen für dieses große Land der Freiheit, und für unsere Jungs, die in Übersee kämpfen, um diese Freiheiten über die ganze Welt zu verbreiten. An diesem Punkt wird langsam abgeblendet: Der schwindende Geistliche wurde von hochgehenden Wellen ersetzt, und im Hintergrund begann sanft Orgelmusik anzuschwellen. Doch die Stimme sprach ohne Körper weiter, so zuversichtlich und munter wie zuvor. »Gesegnet seien, die da stark sind, auf daß sie mit ihrer Stärke in Weisheit wirken.« Galt das dem Präsidenten oder Amerika? »Gesegnet seien, die da schwach sind, auf daß ihnen Hilfe werde und Fürsorge von ihren glücklicheren Brüdern.« Das Meer brandete weiterhin gegen den Strand, der unsichtbare Geistliche intonierte: »Das Leben, so fragt ihr? Das Leben ist eine Reise, die ein jeder von uns machen muß . . .« Eine Reise! »Und gibt es denn Meinungsverschiedenheiten zwischen Nachbarn auf der Reise des Alltags, so seid eingedenk, daß Euer Nachbar Euer Bruder ist.« Meinungsverschiedenheiten! Und die abschließende Antiklimax: »Friede sei mit Euch.« Worauf der gefeierte Name der Sponsorfirma folgte, ein Familienbetrieb, der aus gestrengem Vater, barmherzigem Sohn und dem Prinzip der Unvorhersagbarkeit besteht. Bloße Natur genügte nicht, um ein solch großes Firmenzeichen zu schmücken. Das Meer wurde abgelöst von der Silhouette eines Kreuzes – ein Bild, das etwa eine Minute lang aufschimmerte, während Kirchenglocken läuteten.

Diddy konnte die Augen nicht vom Schirm wenden. Warum

sah er sich das an? Was faszinierte den altgedienten Atheisten, der längst den heimlichen, inkonsequenten asketischen Anwandlungen der Kindheit entwachsen war? Diddys heimliche Konversion zum katholischen Glauben im Alter von zwölf Jahren hatte sich mit fünfzehn erschöpft, die ganze Energie für derartig glanzvolle, gleisnerische Verzückungen war damals verflossen. Ein Rückfall (jetzt)? Hatten die Wunden dieses Tages so sehr an seinen Nerven gezehrt, daß er sich trösten oder in irgendeiner Weise aufrichten ließ durch geistlose Frömmeleien? Unwahrscheinlich.

Plötzlich verstand Diddy. Er hatte diesen Geistlichen mit dem anderen, dem Beleibten im *Freibeuter* in Verbindung gebracht, der ebenfalls ein Zeuge seiner ersten Abwesenheit aus dem Abteil gewesen war. Warum hatte er sich nicht ihm anvertraut, als er aus dem Tunnel zurückkehrte, statt dem Mädchen? Ein Priester ist es gewöhnt, entsetzliche Geständnisse entgegenzunehmen, und verpflichtet, sie absolut geheimzuhalten. Und ein Priester kann den Sünder instruieren, wie er wieder unschuldig wird, kann ihm sagen, Gehe hin und sündige fürder nicht. Nicht, daß Diddy je wirklich an die buchstäbliche Gültigkeit der Absolution eines Priesters geglaubt hätte. Aber sie war doch wenigstens gestalthafter, handfester als der vage, formlose Freispruch oder Befreiungsakt von seinem Verbrechen, den er in der fleischlichen Intimität mit dem Mädchen gesucht hatte. Was für ein Narr er gewesen war. Zurückzukriechen um der vertrauten, zärtlichen Nachsicht der Frauen willen.

Ein sentimentaler Narr, dem jede Standfestigkeit oder anständige Selbstachtung fehlte. Er hatte sich von der unpersönlichen Stimme des Priesters, von dem leblosen fleischigen Gesicht abhalten lassen. Dabei waren es ja gerade diese Eigenschaften, durch die sich der Mann beglaubigte und die einem Sünder Vertrauen in die Unparteilichkeit und gewissenhafte Fairneß jedes Urteils gaben, das er auch immer fällte.

Während sich dieser ärgerliche Gedanke verlor, bemerkte Diddy mit einem Aufzucken, daß er nicht verfolgt hatte, was auf der Mattscheibe vor sich ging. Wie lange schon? Das Kreuz war von einer Tafel abgelöst worden, die schattenhaft die Nummer des Kanals und die angeschlossenen Sender zeigte; und die Kirchenglocken von einem unangenehmen Rauschen. Beides ununterbrochen, unmoduliert. Diddy stellte den Drehknopf auf das Spätprogramm. Mitten in einer vertrauten Geschichte:

> Friedliche Vieh-Rancher, die von brutalen Eisenbahnleuten von ihrem Land verdrängt werden. Gut gegen Böse? Ja und nein. Der Bau der Eisenbahn bedeutete den Fortschritt, die Unholde hatten die letztendliche Rechtfertigung der Geschichte auf ihrer Seite. Im Moment veranstalten die Revolverhelden, die die Eisenbahn angeheuert hat, um die Rancher zu terrorisieren, gerade eine Schießerei im Saloon. Schnitt. Zur gleichen Zeit setzen zwei von ihnen das Haus des unnachgiebigsten Ranchers in Brand. Ein Kind galoppiert die staubige Straße hinauf, wirft sich von seinem Pony, platzt in den Saloon, um die Nachricht herauszuschreien. »Pa! Sie brennen die Ranch nieder!« Die Streithähne lassen sofort voneinander ab; die Bösewichter halten sich die Seiten vor Lachen, während die Rancher und die zu ihnen haltenden Landarbeiter kopfüber aus dem Saloon stürzen, wie Wasser, das sich aus dem Abfluß ergießt, und auf ihre Pferde springen . . .

Diddy hat den Fernseher ausgeschaltet. Nichts mehr von verfluchten Eisenbahnen, bitte. Es hat sich (jetzt) alles gegen Diddy verschworen, um auf ihn einzureden. Wenn die Welt des Tunnels doch auch nur so beredt gewesen wäre. Wenn der dunkelhäutige Arbeiter im Gleis doch nur auf Diddys Fragen gleich geantwortet hätte, in welchem Ton auch immer. Doch das hatte er nicht. Und der Priester im Zug hatte ebenfalls kaum mit Diddy geredet.

Irgendetwas stimmte mit dem Priester nicht, abgesehen von seinem schwabbligen Körper und der seltsamen Stimme und dem stumpfen Gesicht, und das hatte Diddy abgestoßen. Was war es? Diddy, der sich angestrengt zu erinnern suchte, erinnerte sich. Das Briefmarkensammeln. Es hatte ihn sehr gestört, das merkte er (jetzt). Doch warum es ihn gestört hatte, war nicht klar. Bei dem Mann im Tweedanzug hatte er offenbar nichts gegen das Hobby einzuwenden. Doch der war ja schließlich auch Briefmarkenhändler. Diese kleinen, bunten Papierrechtecke von willkürlichem Wert waren sein Geschäft, der Handel mit ihnen seine Art, sich den Lebensunterhalt zu verdienen. Wogegen sie im Besitz des leutseligen Geistlichen vom Vorhandensein einer

Schrulle, einer Frivolität, einer Läßlichkeit sich selbst gegenüber zeugten. Das Geschäft eines Geistlichen war sein geistliches Amt; all seine Kräfte sollten auf Heilung, Trost, Ermahnung und Vergebung gewendet werden.

Der Fernseher ist aus, tot. Gerade (jetzt), so vermutet Diddy, ist die Handlung des Westerns auf ihren versöhnlichen Abschluß zugaloppiert, unter Triumph sämtlicher Tugenden. Kein Grund, das Gerät wieder einzuschalten, da es auf den anderen Kanälen nichts gibt. Nun, Diddy hat getan, was er konnte. Hat alles getan, was ein erfinderischer Verstand ersinnen kann, will er sich nicht geradewegs ins Verderben stürzen, wobei er nicht einmal auf die Chance einer Begnadigung, eines rettenden Irrtums oder einer Selbsttäuschung gesetzt hat. (Jetzt) tut einfach nur Geduld not. Er hat sich darauf eingelassen, die Morgenausgabe der *Courier-Gazette* abzuwarten. Wenn die Geschichte nicht drinsteht, dann wird Diddy anerkennen müssen, daß seine eigene, eindringliche, unzweideutige Erinnerung in Frage gestellt ist. Immerhin kann er später am Morgen die Dienststellen der Eisenbahn aufsuchen und Nachforschungen anstellen. Das wird er. Und wenn so keine Bestätigung des Todes des Arbeiters zu bekommen ist, dann kann er auch . . .

Doch sinnlos, so weit vorauszudenken. Die Geschichte ist bestimmt in der Zeitung. Muß doch sein. Wie es jetzt um Diddy steht, so wäre es ihm lieber, es stellte sich heraus, daß er bei Verstand und schuldig ist und nicht unschuldig und verrückt.

Diddy zieht sich aus, steigt ermattet in das zerwühlte Bett, schiebt mit den Füßen die Decke hinab und zieht die Leintücher hinauf bis zum Kinn. Die Nachttischlampe bleibt an. Wieder muß er sich herumwälzen, schwitzen, stöhnen. Ein anderes Licht wirkt zuerst anziehend auf ihn, entmutigt ihn aber am Ende. Die schwefelgelbe Neonreklame, die außen vor seinem Fenster aufblinkt und erlischt. Irgendwie hat sich Diddys Herzrhythmus ihrem Takt angeschlossen, und Diddy fängt an, sich eine verrückte Vorstellung auszumalen – er weiß, es ist verrückt – wenn die Reklame ausgeschaltet wird, vermutlich gegen Morgen, dann wird auch sein Herz stehen bleiben.

Diese Einbildung erinnert ihn daran, wie der sexuelle Rhythmus seines Körpers sich an diesem Nachmittag mit dem stürmischen, mühelosen Rhythmus der Eisenbahnräder verbunden hatte. Der Unterschied war, daß der Rhythmus des Zuges nicht nur exakt war, die Zeit markierte; er unterstützte Diddy auch, half ihm, hielt ihn in Gang. Was Diddy verstört, ist die Tatsache, daß es derselbe Zug war, dessen schwere, brutale Masse den Körper des Arbeiters zermalmt und damit Diddys tückischen Mord vollendet haben mußte. Derselbe Zug, dessen Gewicht und massive Geschwindigkeit, als er sich wieder in Gang gesetzt hatte und aus dem Tunnel ins Freie hervorgebrochen war, Diddy so heftig und schmerzhaft empfunden hatte, daß er beinahe selbst spürte, wie sein Fleisch zerfetzt, seine Eingeweide zerquetscht, seine Knochen zermahlen wurden. Und doch schien derselbe Zug, als er und Hester sich in der Toilette umarmten, fast frei von Schwerkraft gewesen zu sein, schien ein wollüstiges Tempo hervorzurufen, das eher dem Fliegen ähnelte als erdverbundener Fahrt auf eisernen Schienen. Und zugleich war auch sein Körper geflogen, der seine und der des Mädchens. Der Zug hatte es möglich gemacht.

Diddy wollte (jetzt) seinen Herzschlag nicht dem Pulsieren des fühllosen gelben Reklamelichtes überlassen. Nenn es krankhafte Einbildung, wenn du willst. Diddy, der Debile, läßt sich auf kein Risiko ein. Er wirft die verdrückten, feuchten Leintücher von sich, steht auf, zieht sich wieder an; geht nach unten. Vielleicht, um etwas zu essen. Von seinem letzten Aufenthalt im Rushland her, vor Monaten, doch schon in seiner schlaflosen Periode, erinnert er sich an ein Lokal, das die ganze Nacht über geöffnet hat, ein paar Blöcke die Straße hinunter, das Café Miami, das von Lastwagenfahrern und Studenten frequentiert wird. Nun jedoch, als er sich schon dort in einer Sitzecke niedergelassen hat, findet der hungrige Diddy alles, was die Speisekarte zu bieten hat, ekelerregend. Allein bei der bloßen Vorstellung eines realen Sandwichs mit Eiersalat oder eines realen Hamburgers oder realer Eier mit Speck fängt sein Magen an, sich umzudrehen. Doch hat er Durst, und dem kann man auf unschädliche Weise beikommen. Diddy bestellt sich eine ganze Kanne Kaffee. Da er offensichtlich nicht schlafen wird, kann er ja ebensogut wacher werden; damit er den morgigen Tag übersteht, ohne zusammenzubrechen. Fühlt sich, nachdem er zwei Tassen von dem heißen, wäßrigen Kaffee getrunken hat, ruhiger, weniger von Ängsten geplagt. Spürt merkwürdigerweise allmählich wirklich Müdigkeit. Genug, um schlafen zu können. Es ist auch nicht allein der Kaffee, weshalb er sich besser fühlt. Er denkt nun an das Mädchen, sie geht ihm mit unwiderstehlicher Zärtlichkeit im Kopf herum. Wenn er sich innerlich stark konzentriert, kann er noch den Moschusduft ihres Körpers riechen, ihr leicht salziges Fleisch in seinem Mund schmecken, den Geruch ihres Geschlechts an seinen Fingern finden. In diesem Augenblick liegt sie bestimmt warm vom Schlaf auf dem Rücken, in einem unvorteilhaften Krankenhausschlafrock aus Baumwolle, beschützt von den rauhen, faltenlosen Leintüchern eines straff bezogenen Krankenhausbettes, die milchigen Augen bedeckt von der zarten Haut der Augenlider, der Mund leicht geöffnet, ein paar Strähnen ihres dunkelblonden Haares über das Gesicht verteilt. Diddy ist sicher, daß sie (jetzt) genauso daliegt, meilenweit weg, in jener öden, stromlinienförmigen Festung des Genesens und des Sterbens. Er sieht den Tisch neben ihrem Bett, und auf dem Tisch ihre dunkle Brille, zusammengeklappt in einem Lederetui, vielleicht eine Wasserkanne aus Kunststoff und ein paar Pappbecher. Und eine Lampe, um der Krankenschwester die Arbeit zu erleichtern, die möglicherweise schon um sechs Uhr früh mit den ersten Verrichtungen des Tages beginnt.

Diddy spürt ein schmerzliches Verlangen, das Mädchen in den Armen zu halten. Er trinkt den Kaffee aus, kehrt ins Hotel zurück. Bleibt noch eine Frage an den hilfsbereiten Nachtportier, der von der *Einführung in die Soziologie* aufsieht, als Diddy sich über den Empfangstisch beugt. Gibt es in der Nähe ein Blumengeschäft, das die ganze Nacht geöffnet hat? »Um diese Zeit? Echt, das glaube ich kaum, Sir. Vier Uhr ist es jetzt. Aber drei Blöcke weiter gibt es ein Geschäft. Das macht früh auf, glaube ich, weil da in einer Seitenstraße ein großes Beerdigungsinstitut ist. Um halb acht etwa.«

Diddy lächelte, sagte Gute Nacht. Er schätzte die Höflichkeit des Mannes, ein willkommener Gegensatz zu New York. Versagte es sich, es als für einen Nachtportier untypisches Verhalten abzutun, was er durchaus hätte tun können, da der junge Mann – eigentlich noch ein Bub – offensichtlich ein Student war, der in dem Hotel einen Teilzeit-Job hatte.

An der Fahrstuhltür rief er zurück: »Vergessen Sie nicht, mich um zehn vor sieben zu wecken.«

»Nein, Sir, ich denke dran.«

Diddy verließ den Selbstbedienungsfahrstuhl auf seinem Stockwerk. Den stillen Gang entlang. Im Zimmer angekommen, schloß er die Tür hinter sich ab; setzte sich schwerfällig auf das (jetzt) sehr unordentliche Bett, das er sich ausgesucht hatte. Konnte er schlafen? Das kommt ihm unwahrscheinlich vor. Doch das Zimmer ist zu klein und zu spärlich möbliert, als daß er den Rest der durchwachten Nacht irgendwo anders als im Bett bequem abwarten könnte. Zog sich, wenn auch ohne auf Schlaf zu hoffen, wieder aus, kroch unter die (jetzt) vertrauten Leintücher. Und wälzte sich wieder. Legte sich flach auf den Bauch, den Kopf ins Kissen versenkt. Drehte sich auf die Seite, zog die Knie an, packte das Kissen und drückte es an die Brust. Ist bei Morgendämmerung vielleicht doch eingeschlafen. Wenn er schlief, hat er vielleicht von einer Puppe geträumt, die er von seinem Kindermädchen bekommen hatte, als er noch klein war.

Die Lumpenpuppe Andy, mit offenem rosafarbenen Gesicht, mit langen karottenroten Haaren darüber;
Knopfaugen, dick und glatt wie ungekochte Limabohnen;
flache rote Dreiecksnase und einen schwarzroten gebogenen Mund;
breiter, starrer Hals, und keine Schultern;
rosafarbener Baumwollrumpf – Diddy hatte ihr sogleich die Kleider ausgezogen, um ihn zu untersuchen – nahtlos, geschlechtslos;
rosafarbene Baumwollhände, die aus einem Hemd mit blaurotem Druckmuster hervorsahen;
rotgestreifte Beine, die locker aus seiner königsblauen Hose herabhingen.

Lange Zeit konnte Diddy nicht ohne die Puppe einschlafen. Auch war er zuerst nicht einverstanden, in den Kindergarten zu gehen, ohne Andy mitzunehmen. Andy saß aufgerichtet mit am Eßtisch auf Diddys Schoß und bekam seinen Anteil von Diddys Teller angeboten. Andy begleitete ihn auf die Toilette. Andy saß rittlings auf dem Badewannenrand, wenn Diddy von Mary gebadet wurde. Andy durfte bei den reichlich feierlichen Anlässen mitkommen, wenn seine Mutter und sein Vater die Kinder auf einen Ausflug mitnahmen, wo sie ihr bestes Benehmen zeigten, ermahnt von Mary, »sich nicht wie alberne Kinder aufzuführen und dauernd den Lieben auf die Nerven zu gehen, die den Ausflug genießen wollen.« Diddy hatte diese Puppe nicht nur mehr geliebt als jedes andere Geschenk, das er je bekommen hatte; er hatte niemanden so lieb wie Andy. Hatte ihn lieber als seine Eltern. Doch das war leicht, vor denen hatte er ja Angst. Lieber als Paul. Lieber als Mary. Dennoch war die Puppe am Ende zu einem Zustand fast jenseits von Kenntlichkeit heruntergekommen, buchstäblich ohne Glieder. Eine Handvoll von Andys hellem Wollhaar war ausgerissen worden, unmittelbar nachdem Diddy für den Diebstahl von fünf Dollars aus Marys Portemonnaie bestraft worden war, womit er ein Geburtstagsgeschenk für seinen Vater kaufen wollte. Dann waren da Andys Limabohnen-Augen, die Diddy herausriß, als er, aus der Schule heimkommend, Paul, der mit Masern im Bett lag, mit Andy spielend vorgefunden hatte, wobei er ihn vom Gipfel seiner angezogenen Knie auf die Brust herunterrollen ließ. Es gab genaugenommen zwei Arten von Provokationen. Das eine waren Beleidigungen gegen Diddy, die er auf den gefügigen, ausgestopften Körper seines Vertrauten übertrug oder dort registrierte. Das andere waren Beleidigungen gegen Andy selbst, zu denen auch jedwede Übertretung der exklusiven Eigentumsrechte Diddys an der Puppe gehörte; diese wurden ebenso unerbittlich durch einen Gewaltakt dokumentiert. Für jede Provokation trug Andy eine Narbe oder eine Beschädigung seiner Kleidung oder seiner Person davon. Doch wäre es Diddy nie eingefallen, daß er die Puppe »ruiniere«, wie Mary oder manchmal seine Mutter gereizt bemerkten. Diddy wußte, was er tat. Mit jeder neuen Verletzung wurde Andy zu einem immer kostbareren historischen Totem, einem Album des hoffnungslosen Kummers Diddys. Augenlos, kahl, versehrt, schmutzig, zerfetzt, seine Hülle dutzendfach zerrissen, wuchs doch nur der Ruhm Andys. Es war gerade die Zerstörung der Puppe, die sie für Diddy wertvoll machte.

Jedenfalls war es diese Puppe, die längst schon beseitigt, nämlich bei einem Halloweenfeuer in Flammen aufgegangen war, als Diddy elf Jahre alt war, von welcher der erwachsene Diddy träumte; wenn Diddy wirklich schlief. Im Traum hatte er Andy wieder, erheblich weniger gerupft als die Puppe seiner Erinnerung nach auf den letzten Stationen ihres Lebensweges gewesen war. Natürlich fehlten immer noch die Limabohnen-Augen. Doch das machte nichts, weil Andy (jetzt) sprechen konnte. Sprechen konnte durch den aufgedruckten Schlitz eines Mundes, der sich kaum bewegte. Und etwas sagte, das mit »Ver-« anfing; es war entweder »Vergib« oder »Vergiß«. Ob Diddy es so oder so hörte, er war nicht zu tief in seinem Traum versunken, um nicht auch würdigen zu können, daß er zugleich einen Film sah, vielleicht eine Vorführung in einem Theater, vielleicht verkleinert und vergröbert im Fernsehen. Es war ein Film über Andy, ein Dokumentarfilm; von unschätzbarem Wert, da Andy nicht mehr existierte, schon vor langem den Flammen des Halloweenfeuers übergeben worden war, aufgrund des schändlichen Wunsches Diddys, sich bei den anderen Jungs beliebt zu machen, sich mit den dreisten Nachbarskindern gemein zu machen, mit denen er Softball spielte, aber niemals redete. Die sich kaum vorstellen konnten, daß ihr griesgrämiger, fähiger Shortstop-Spieler insgeheim mit einer Puppe spielte.

Er mußte Diddy, den Missetäter, erfinden. Um plausibel zu machen, warum er das Opfer aus dem eigenen Hause zum Scheiterhaufen brachte, hatte er den Jungs erzählt, daß es die Lieblingspuppe einer Kusine war, die bei ihnen wohnte. Eine imaginäre Kusine natürlich – Diddy hatte weder eine Schwester noch Kusinen – doch komplett mit Namen, körperlichen Merkmalen und einem weinerlichen, hilflosen, ganz und gar mädchenhaften und doch eigenen Charakter. Die Jungs schienen die Brutalität des Streiches zu bewundern, schienen sich beim Gedanken an den Kummer zu weiden, den die imaginäre Kusine empfinden würde angesichts der Entdeckung, daß ihre Lieblingspuppe verbrannt worden war. Sie erzählten einander Geschichten darüber, was Ann sagen würde, improvisierten ein Phantasiegemälde vom Strom der Tränen, den sie vergießen würde. Die Tränen hörten nicht auf. Die Kusine würde spät in der Nacht im Bett liegen, schlaflos vor Kummer. Tränen würden ihr aus dem Kopf sprudeln, die Vorderseite ihres Baumwollnachthemdes tränken, hinab auf die Leintücher sickern und sie gründlich durchnässen, und ihr wißt ja, was die Erwachsenen dann am Morgen davon halten würden. Immer noch fließend, sich sammelnd, würden die Tränen vom Bett herabtropfen; ein See von Tränen würde sich über den Boden des Gästezimmers ausbreiten, wo sie vermeintlich schlief. Dann die Tür hinaus, den Gang entlang und mit donnerndem Schwall die Treppe hinab, ein Wasserfall von unwiderstehlicher Gewalt, ein Sturzbach von Tränen würde die Vordertür aufsprengen, sich den Aufgang hinab ergießen und auf die Straße strömen, die Drachmanstraße erfüllen, den Abfall mit sich reißen, der im Rinnstein lag, so daß sich die Gullys verstopfen würden, und bei der Einmündung der Drachman- in die Hauptstraße dann die Hauptstraße hinabdonnern, an der Sechsten Straße um die Ecke gehen, die Junior Highschool unter Wasser setzen, dann die Kirche, die Bücherei, die Drogerie. Die Schnellstraße entlang weiter aus der Stadt hinaus, die herbstliche Ernte der Bauern überfluten, die säuberlich auf den Feldern errichteten Heuhaufen plattwalzen und das noch nicht eingebrachte Heu durch die Nässe verderben. Weiter und weiter wirbeln, ein Niagarafall von Tränen, Getreidesilos umstürzen, Kühe ertränken, Greyhound-Busse und Autos auf den Landstraßen umwerfen, die Motels aus Stuck an der Autobahn fortspülen, Telegraphenmasten fällen und Kraftwerke, Brücken zum Bersten bringen und Züge in Schluchten kippen. Bis sich schließlich die flüssige Lawine in die rauhe, gestaltlose See ergösse.

Diddy in Hochstimmung durch diese Vision unstillbaren Kummers, heraufbeschworen von den anderen Jungs. Er sah nur die Schönheiten des Enthusiasmus darin, nichts, das grausam gewesen wäre. Noch sah er sich selbst etwa als Komplize einer wenn auch imaginären Grausamkeit. Vogelgleich erhob er sich über die salzige Flutwelle, da sie Stadt, Land und Leute verwüstete und unter sich begrub. Wie im Traum trat er näher; kroch dichter und dichter an das Feuer heran. Es hatte schon angefangen, seine Wangen zu versengen, doch er achtete nicht darauf. Aus einiger Entfernung sahen die anderen Jungs zu. Diddy schleuderte die Puppe in die Flammen, die kaum aufloderten, als sie ihren neuen Brennstoff entgegennahmen. Dann fingen die Jungs an, zu lachen und auf und ab zu springen. Gröhlender Singsang: »Diddy hat Andy verbrannt! Diddy hat Andy verbrannt!« Diddy fühlte, wie sein entsetztes Herz sich in einen eisernen Panzerschrank verwandelte. (Jetzt) verstand er. Sie hatten die ganze Zeit gewußt, daß er sich insgeheim noch mit einer Puppe aus seiner Kindheit abgab; Paul mußte ihn verraten haben. Warte! Halt! Andys geschwärzter Leichnam, deutlich sichtbar, die Glieder unbeholfen von sich gestreckt, krumm auf einem der brennenden Bretter. Doch es war zu spät. Die Puppe war unwiederbringlich verloren. »Vergib«, flüsterte Diddy; es war nur der Rauch, der in den Augen biß. Obwohl er sich schmerzlich nach Erleichterung durch Tränen sehnte. Und auch »Vergiß« muß er vor sich hin gemurmelt haben, als er zum Hause zurückstolperte, ohne seinen Freunden ein Schimpfwort oder eine Zurechtweisung zuzuschreien. Die Kränkung durch ihre Fühllosigkeit und Pauls Verrat waren zu groß, als daß sie sich heimzahlen ließen. Diddy konnte sich weder Rache noch Wiedergutmachung vorstellen.

Jedenfalls, es war dieser Andy – der sinnlos geopferte Vertraute, der verkleinerte Doppelgänger – von dem Diddy (jetzt) träumte, Sonntagnacht, im Hotelzimmer. Wenn er wirklich träumte. Gewiß, seine Erinnerung an die Puppe und ihren Opfergang war zu genau, als daß es sich um einen Traum hätte handeln müssen. Einfach dieses verstärkte und besonders lebhafte Erinnern, wie es im Übergangsstadium zwischen Schlaf und Wachheit häufig vorkommt.

Ein Anhaltspunkt für einen Traum war, daß seine Erinnerungen ein Film zu sein schienen. Und Diddy in einem einsamen Projektionsraum zu sitzen schien, weil er sich selbst dazu verurteilt hatte, wieder und wieder anzuschauen, wie er als leichtgläubiges Kind völlig unwissend die schreckliche, unnötige Tat vollbrachte. Zuzuschauen und zu versuchen, irgendwelche Lehren für künftiges Verhalten aus seinem furchtbaren Irrtum herauszufiltern.

Ein weiterer Anhaltspunkt: die sporadische Anwesenheit von etwas oder jemand anderem, die nicht zu seiner Erinnerung gehören konnten. Während der Andy-Scheiterhaufen sich wiederholte. Während der Andy-Scheiterhaufen, in Distanz gerückt, weil er als Film zu sehen war, wieder und wieder gespielt wurde. Im Laufe der vielen Vorführungen des bruchstückhaft geschnittenen Films bildete sich allmählich eine neue Gestalt heraus; als würde eine zusätzliche Filmrolle, die in der Dunkelkammer des Photographen in der Entwicklungslösung gelegen hat, stückweise entwickelt und ungeschickt hineingeschnitten. Zuerst bestand die Rollenbesetzung nur aus Diddy und den anderen Jungs. Wie es wirklich gewesen war. Dann bemerkte Diddy eine weitere Figur, in einer ein wenig unscharfen Einstellung, jemanden Fremdes, doch – so vermutete er – die Person, die in Wirklichkeit die Szene beherrschte. Jemand, der erwachsen war, ja, eigentlich eine ältere Frau mit unordentlichem grauen Haar und scharf geschnittenen Zügen, in Sackleinen, mit Kapuze, eine braune Birne mit spitzen Zähnen verzehrend. Eine furchterregende alte Frau. Eine Hexe für Halloween. In seinem Traum versuchte Diddy, sie nicht anzuschauen. Und stellte fest, daß ihm das auch gelang. Obwohl sie immer in Augenhöhe irgendwo nahe dem flackernden Feuer waberte, ließ sie sich niemals ganz auf dem Boden nieder. Doch jedesmal, wenn es Diddy gelang, die Hexe aus seinem Sichtfeld zu verbannen, indem er an ihr vorbei auf die knisternden Flammen oder die eigenen Füße hinabsah, ging etwas von der Deutlichkeit verloren. Alles in seinem Kopf wirbelte und war verwackelt; gerade so wie Billy und Ira und Chris und Mark, gesehen durch die grimmig erhitzte Luft um das Feuer herum.

Was er (jetzt) argwöhnte, konnte nicht stimmen. Würde alles ganz falsch darstellen. Dennoch konnte er den tückischen Gedanken nicht verscheuchen, der sich ihm als Erkenntnis darbot, daß Andy eigentlich gar nicht seine Puppe war, nie gewesen war. Daß er aus Neid auf diesen Schatz seiner kleinen Kusine nur so getan hatte, als sei er der rechtmäßige Besitzer Andys. Dann stimmte es also, daß der armen Ann eine elende Zeit bevorstand. Daß sie erbärmlich schluchzen würde bei der Entdeckung, daß Diddy, der Verruchte, ihren geliebten, hilflosen Andy ermordet hatte. Kein Niagarafall und kein Rotes Meer, die die Welt überfluten. Aber doch salzige Tränen, in Hülle und Fülle; zu stark, als daß ihre Augen es ertrügen. Wenn sie Diddys Diebstahl entdeckte und erführe, daß Andy eingeäschert worden war, dann würde sie sich blind weinen.

Was tun angesichts dieser Verwirrung? Diddy, in Auflösung geraten durch diesen Traum, wenn es denn ein Traum war. Er hatte es den Jungs doch schon erzählt, was vielleicht gewesen war, was er betete, daß es sich doch noch erweisen würde, was es sein mußte – eine Lüge. Die Lüge, wem die Puppe gehörte. Dann konnte er sie (jetzt) also nicht bitten, ihm zu sagen, ob seine Lüge die Wahrheit war. Oder? Ebensowenig konnte er die Hexe fragen, wenn sie bebend in der sengenden Luft allzu nahe an ihn heranschwebte. Wem, bitte, wem, ihm selbst oder seiner Kusine, gehörte Andy. Sie war häßlich, und er hatte Angst vor ihr. Nur ein Narr würde von solch einer abstoßenden Kreatur Entgegenkommen erwarten. Warum sollte eine Hexe die Freundlichkeit haben, ein Rätsel zu entwirren, ihm Suspens von der Wahrheit zu gewähren? Diddy mußte selbst entscheiden, wem Andy gehörte. Als Hilfe konnte er sich auf den Rat stützen, den Andy ihm bot, ein zu Diddys unaussprechlicher Freude wundersam auferstandener Andy, der sich (jetzt) in Diddys Arme kuschelte; ein Andy, der sprechen konnte, mit seinem aufgedruckten Mund, fast ganz deutlich. Vergib. Vergiß. Diddy bemerkt keinerlei Widersprüche im Ablauf der Ereignisse. Er überläßt sich ganz Andys sibyllinischem Ratschlag, seinem verschwommenen, sich überschneidenden, schroffen, zaghaften Ratschlag.

Oder vielleicht hat Diddy gar nicht von der Puppe geträumt. Vielleicht sich bloß an sie erinnert. Denn es hat stattgefunden: Andy ist weggeworfen worden, in ein Halloweenfeuer, als Diddy elf Jahre alt war. Ein Akt sinnlosen Draufgängertums, den Diddy seit kurzem als seinen ersten Selbstmordversuch ansieht.

Um zehn vor sieben wurde Diddy durch das Telephon von irgendwo tief in seinem Inneren heraufgeholt. Unpräzise, es Erwachen zu nennen. Diddy stand auf; hörte dem Fernsehton zu, während er eilig duschte, sich rasierte und sich anzog. Ein paar Minuten Micky Maus; dann kamen die Sieben-Uhr-Nachrichten, immer noch ohne eine Meldung über den Tod eines Eisenbahnarbeiters gestern nachmittag. Nur immer noch derselbe Krieg, Überschwemmungen in Italien, Hungersnot in Indien, Zerschlagung eines Rauschgiftrings an einer Highschool, lokale Meldungen. Diddy beschloß, den Medien noch eine Chance zu geben. Ging hinab in die Halle; nahm sich ein Exemplar der druckfrischen *Courier-Gazette* vom Zeitungsstapel auf dem Empfangsschalter. Der höfliche Student, der als Nachtportier fungiert hatte, war von einer korpulenten, bebrillten Frau über vierzig abgelöst worden, die eine orangefarbene Strickjacke mit Zopfmuster trug und an etwas Grünem herumstrickte. Die Zeitung in der Hand, sah Diddy sich prüfend in der offenbar noch unfrequentierten Halle um, in der Hoffnung, daß es ihm erspart bliebe, jemanden von der Firma hinter einer Säule auftauchen zu sehen oder hinter den Topfpflanzen in einem Armsessel einen dösenden Kollegen zu entdecken. Doch Viertel nach sieben war wohl noch zu früh, als daß jemand schon hier unten war. Abgesehen von ihm selbst und einem Bediensteten, der eine Teppichkehrmaschine herumschob, und der Empfangsdame war die Halle leer. Diddy ließ sich in einen gepolsterten Empfangssessel an der rechten Wand sinken, unter einem Ölgemälde mit Seelandschaft in Prunkrahmen; zündete sich eine Zigarette an. Legte die Zeitung auf die Knie und fing an, sie begierig durchzulesen, von Seite eins an. Wird Diddys Talent für Gründlichkeit vergeudet? Die »Neuste Frühausgabe« schien mit der »Stadtausgabe« identisch zu sein, die er mitten in der Nacht oben in seinem Zimmer eifrig studiert hatte. Zwei identische Ausgaben? War das ein schlechter Scherz oder Angeberei? Ein Provinzblatt, das das Niveau großer Zeitungshäuser der City nachäfft, Aktualität vortäuscht mit dem Anspruch, es gebe mehr Nachrichten als eigentlich vorhanden sind oder als es beschaffen kann. Diddy ist wütend. Blättert verächtlich Seite für Seite um. Halt! Diddy hat unrecht. Auf Seite 16, zweite Spalte, folgende Schlagzeile:

ARBEITER VON EXPRESSZUG ÜBERROLLT
EISENBAHNGESELLSCHAFT
STELLT UNTERSUCHUNG AN

und eine Meldung in vier Absätzen darunter. Erstaunlich, wie ruhig Diddy bleibt, als er zu lesen anfängt:

Gestern nachmittag ist ein Gleisarbeiter, der seit dreizehn Jahren bei der New York, Boston & Standard Eisenbahngesellschaft angestellt war, ums Leben gekommen. Angelo Incardona, 37, wohnhaft Maplewood Boulevard 1863, der kleine Reparaturarbeiten an der Strecke durch den Hudson-Hills-Tunnel 430 Meilen südlich von hier durchführte, wurde offenbar vom Freibeuter *überfahren, dem neuen, ultramodernen Expreßzug, der täglich die Strecke New York – Buffalo bedient. Die Leiche wurde vom Zugführer des Nahverkehrszuges nach Summerton entdeckt, der als nächster den Tunnel durchfährt.*

Der Freibeuter *verließ Grand Central Station in New York fahrplanmäßig um drei Uhr nachmittags, wie die Eisenbahndirektion berichtet. Die Fahrt verlief ohne Zwischenfälle, und der Zug traf jeweils pünktlich hier um 9.15 und in Buffalo um 10.05 Uhr ein. Der Zugführer des* Freibeuters, *Martin Pelty aus Albany, erklärte auf Befragung, weder er noch jemand vom Zugpersonal habe Mr. Incardona gesehen, als sie durch den Hudson-Hills-Tunnel fuhren, und bei dem Tempo des* Freibeuters *wäre auch kein Stoß zu bemerken gewesen, wenn der Zug jemanden überrollte. Die Eisenbahndirektion unterstrich, daß Arbeiter, die im Gleisbereich eingesetzt seien, über die Fahrzeiten der Züge informiert würden. Man habe seitens der Direktion keinerlei Erklärung dafür, warum Mr. Incardona dem* Freibeuter *nicht ausgewichen sei. Wie alle Tunnel auf dieser Strecke ist der Hudson-Hill-Tunnel mit einem elektronischen Warnsystem ausgerüstet. Die sich nähernden Züge lösen eine laute Sirene im Tunnel aus, wobei ausreichend Zeit bleibt, die Gleise zu verlassen, falls jemand sich dort befindet, und sich in einer der zahlreichen Schutznischen in Sicherheit zu bringen. Die Nischen sind zwei Meter hoch, ein Meter fünfzig tief und zwei Meter breit und befinden sich zu beiden Seiten in der Tunnelwand. Die Sicherheitsbestimmungen schreiben vor, daß die Arbeiter sich ganz in diese Nischen zurückziehen, wenn Züge den Tunnel passieren.*

Ein Mitglied der Eisenbahndirektion, das nicht genannt werden möchte, sagte, daß die Begleitumstände beim Tod von Mr. Incardona die Möglichkeit eines Selbstmordes nicht ausschlössen. Die Ortspolizei unterstützt die Selbstmordtheorie nicht, erklärt aber, der Fall sei für sie durchaus noch nicht abgeschlossen. Die vor kurzem umgebildete Abteilung zur Untersuchung von Unfällen unter Leitung von Captain Arthur G. Mallory hat eine Akte zu diesem Fall angelegt und wird überprüfen, ob die Eisenbahngesellschaft irgendeine Verantwortung trifft. »Ich sage nicht, daß das der Fall ist, aber es könnte vielleicht doch eine Schwachstelle in den Bestimmungen geben, die für die Sicherheit von Gleisarbeitern, die auf der Strecke arbeiten, erlassen worden sind«, sagte Captain Mallory gestern abend, als die Courier-Gazette *ihn zuhause anrief. Captain Mallory sagte, er beabsichtige, die Beleuchtung, die im Tunnel zur Verfügung gestanden habe, das System der Schutznischen und Lagerplätze und das Funktionieren der elektronischen Warnanlage zu inspizieren. Führende Verantwortliche der New York, Boston & Standard Eisenbahngesellschaft wiesen bereits darauf hin, daß ihre Sicherheitsbestimmungen weitaus strenger seien als es die Mindestanforderungen seitens des föderativen und einzelstaatlichen Gesetzgebers vorsähen. Doch haben sie der Polizei ihre kontinuierliche und vorbehaltlose Zusammenarbeit in jeder Phase der Untersuchung zugesichert.*

Hat der ungenannte Berichterstatter sich nicht ein wenig fortreißen lassen angesichts der geringen Aussicht auf eine größere

Story, auf eine Untersuchung, die zu einer Fahrlässigkeitsanzeige führen könnte, durch die ein Prozeß gegen die finanziell zweitstärkste Eisenbahngesellschaft des Staates in Gang kommen könnte? Wobei er seinen ursprünglichen Gegenstand, nämlich schlicht Angelo Incardona, vergessen hat. Aber zuletzt mußte sich der eifrige Reporter doch zu den Gemeinplätzen eines Nachrufes herablassen; wobei er eine Übersicht über ein Leben gab, das, was öffentlich bekannte Daten betraf, nur eine äußerst schematische Existenz war. Vielleicht hatte der Redakteur eine ganze Menge weiterer gehäufter Mutmaßungen über die Eisenbahn weggelassen, um den Leser wieder schlagartig mit Incardona zu konfrontieren, wie er existiert hatte vor seiner abrupt vollzogenen Entfernung aus dieser Welt. Jedenfalls ein paar Fakten. Viel gab es nicht zu erzählen in diesem vierten und letzten Absatz.

Mr. Incardona wurde in Utica geboren, kam aber schon im Alter von vierzehn Jahren in unsere Stadt. Er machte seinen Abschluß an der William-McKinley-Highschool, wo er im letzten Jahr als überragender Abwehrspieler auffiel. Nach dem Abschluß trat er in die Armee ein und hat während des Koreakrieges in Korea gedient. Er war Mitglied der American Legion Post 701 und der Bruderschaft zum Erhalt der Verkehrswege, der AFL-C/O. Er hinterläßt seine Frau Myrna und einen Sohn, Thomas Francis, 11. Der Trauergottesdienst findet morgen um 14 Uhr im Beerdigungsinstitut Floral Gardens, Schuyler Avenue 303 statt.

Diddy saß mit zuckenden Händen da, die rauhen Zeitungsseiten zitterten, ohne daß er etwas dagegen hätte tun können.

Alle Zweifel behoben: ein Mann war gestern gestorben. Der, aufgrund eines unsäglichen Zufalls, hier zuhause war. In der Stadt, in der Diddy eine Woche lang bleiben mußte.

(Jetzt) hat Diddy seinen traurigen Triumph gegenüber Hester. Die verworrene, demütigende Unsicherheit war vorüber, erstickt von der trostlosen, doch präzisen Tirade der Zeitungsprosa. Unabweisbare Erleichterung zu wissen, daß er nicht verrückt war. Wenn jemand unter Bewußtseinsstörungen litt, dann war es Hester. Doch ebenso der Mann, wie er sich gereizt bewußt machte, der die Schlagzeilen in der *Courier-Gazette* schrieb. Können die Leute denn nicht lesen? Die Schlagzeile war nicht nur ungenau. Sie stand im Widerspruch zum Text. Es war doch gar nicht die

Eisenbahngesellschaft, die eine Untersuchung anstellte oder vorschlug, den Vorfall im Tunnel zu untersuchen; es war die Polizei.

Jedenfalls war (jetzt) alles klar, was das Vergangene betraf. Doch was soll Diddy nun tun, in diesem Augenblick? An diesem Morgen? Sich Capt. Mallory stellen und den gewissenhaften Bullen in Kenntnis setzen, daß sein vermuteter Fall von Fahrlässigkeit eigentlich ein Mord ist? Nun ja, vielleicht kein wirklicher Mord im technischen Sinne. Es fährt Diddy durch den Sinn, daß er, wenn er sofort gesteht, mildernde Umstände bekommen könnte. Hatte er sein Verbrechen nicht allzu sehr dramatisiert? Vom juristischen Standpunkt aus war es nicht einfach schlichter Mord. Was er Incardona angetan hatte, kommt Diddy, dem Laien, eher wie Totschlag vor, bei dem der Täter mit seinem Opfer nicht bekannt ist; so daß das Verbrechen nicht als vorsätzlich anzusehen ist. Und nicht als Mord, wo der Mörder sein Opfer kennt und das Verbrechen im voraus planen kann.

Könnte Diddys Verteidiger das Argument erfolgreich geltend machen? So daß er im schlimmsten Falle wegen Totschlags oder fahrlässiger Tötung angeklagt würde?

Doch halt. Diddy ist vorschnell. Verhandelt schon mit Capt. Mallory, dem Sergeanten im Revier, dem Staatsanwalt. Etwas voreilig, wo er doch noch klipp und klar entscheiden muß, ein für allemal, ob er die Absicht hat, sich zu stellen.

Eine Qual allerdings möchte er sich ersparen. Nämlich verspottet und ausgelacht zu werden. Es ist möglich, daß die Polizei ihm nicht glaubt. Diddy, der Verblödete, einer aus der Horde schuldgebeutelter Menschen mit Strafbedürfnis, die jahraus jahrein zu Hunderten die Polizeireviere heimsuchen, um sich lauthals zu Verbrechen zu bekennen, von denen sie in der Zeitung gelesen haben, von denen sie vielleicht wünschten, daß sie sie begangen hätten; die sie jedoch mit Sicherheit nicht begangen haben. Nein, sein Geständnis muß sich auf Beweise stützen. Auf Zeugen. Seine Mitreisenden werden bezeugen, daß er lange genug aus dem Abteil fort gewesen ist, um sein Verbrechen begehen zu können. Kann doch nicht sein, daß die anderen die gleiche unerklärliche Gedächtnislücke haben wie Hester. Du lieber Gott, warum hatte er sich nicht ihre Namen und Adressen geben lassen! Bestimmt kann man sie ausfindig machen. Und vergiß nicht, die Brechstange, die er gegen Incardona gebraucht hatte, muß über und über mit seinen Fingerabdrücken beschmiert sein – wenn nicht irgendein idiotischer Vorarbeiter das Werkzeug des Toten schon einem anderen Arbeiter zugewiesen hat, der (jetzt) schon tüchtig damit arbeitet und Diddys Abdrücke mit frischem Schweiß und Ruß verwischt. Als letztes eine Autopsie; die erbringen könnte, daß der Zug, der wohl Incardonas Körper zermalmt haben mochte, nicht zugleich seinen Schädel hätte spalten können. Keine Zeit zu verlieren. Ehe der Geistliche und der Briefmarkenhändler, Abbilder aus Zucker, dahinschmelzen, in Vergessenheit entschwinden; ehe der Leichnam Incardonas, vom gleisnerischen Geschick des Leichenbestatters aufgeschönt, unter die Erde gebracht ist und zu verwesen beginnt.

Doch halt. Nein, nein. Da stimmt doch etwas nicht. Laut Zeitung verlief die Fahrt des *Freibeuters* ohne Zwischenfall, hat der Zug den Tunnel ohne jede Unterbrechung passiert. Diddy weiß, daß die Welt auf Lügen errichtet ist. Doch warum sollten die eine derart törichte Lüge erzählen, eine, die so leicht auffliegen kann? Die Eisenbahn mußte also verzweifelt versuchen, ihre Störanfälligkeit zu verheimlichen, mußte leugnen, daß es je zu Pannen und unvorhergesehenen Unfällen kam. Man darf diesen bestechlichen, blöden Bürokraten solche Tricks nicht durchgehen lassen. Jeder Mitreisende im *Freibeuter* kann bezeugen, daß der Zug etwa vierzig Minuten gehalten hat. Daran erinnert sich sogar Hester.

Also schnell. An die Arbeit. Entweder so, oder sich überhaupt nicht rühren. Diddy, der Saumselige, erhebt sich nicht aus seinem tiefen Polstersessel in der Hotelhalle. Warum sollte ich, denkt er unwillkürlich. Warum war Diddy darauf erpicht, ein Verbrechen zu gestehen, das begangen zu haben ihn niemand verdächtigte und dessen Sühne er, wenn er wollte, gänzlich entrinnen konnte? Die Rechtfertigung dieses Impulses, eben noch ganz klar für Diddy, hatte sich innerhalb eines einzigen Augenblicks zum undurchdringlichen, undefinierbaren Brummen einer inneren Stimme aufgelöst, zu gedämpft, um noch verständlich zu sein. Doch es ist ja nicht so, daß Diddy nunmehr das Denken versagt ist, da er zu einer Entscheidung gelangt ist. Nein. Dann denk also. Denk noch ein wenig nach. Vielleicht war es nicht Urteil und Strafe, was er sich gewünscht hatte, sondern Klarheit und Gewißheit. Hatte es ihn danach mit solcher Leidenschaft und mit so wenig Hoffnung auf Erfüllung verlangt, daß er seinen Wunsch nur zu leicht fälschlich als Sehnsucht nach Urteil und Strafe interpretieren konnte.

Doch hatte er ja (jetzt) beides, Klarheit und Gewißheit, fest umklammert in seiner Faust. Wie Glassplitter, die auf wundersame Weise die Hand nicht ritzen. Warum also noch weitermachen? Wollte er sterben? Diddy, der Kaputte. Nein, er wollte leben. Doch war das Grund genug, im Sessel sitzen zu bleiben?

Und was war mit dem hübschen Mädchen, das ins Krankenhaus verbannt war? Hatte Diddy sich nicht zwei Aufgaben vorgenommen, die er an diesem Montagmorgen durchführen wollte? Herauszufinden, ob er ein Mörder war, und Hester Blumen zu schicken. Eine Aufgabe hat er erledigt. Ehe er sich stellen würde, wollte er die andere erledigen. Diddy riß den Bericht auf Seite 16 aus der *Courier-Gazette* und steckte ihn in seine Brieftasche. Verließ dann das Hotel und schlenderte die Straße hinab, unerwartet leichten Herzens, die feuchte frische Morgenluft einatmend, leicht angeregt von den Sinneseindrücken der Miniaturstoßzeit, die jetzt einsetzte, wie eine Spielzeugnachbildung von Manhattan. Die Busse vollgestopft mit verschlafenen Büroangestellten und Kaufzwangsneurotikern. Er überquert die Straße. Der Blumenhändler ließ gerade mit einer kleinen, braunen Papiertüte unter dem rechten Arm die Eisengitter hoch und schloß die Tür auf, als Diddy ankam, sein erster Kunde. Drinnen im dunklen, feuchten, duftenden Laden, geht Diddy auf und ab. Alle dunklen Orte sollten so riechen. Der Mann sah ihm geduldig, nachsichtig zu, während er aus einer Papptasse Kaffee schlürfte.

Ein schöner Morgen, wirklich.

Ja, sehr schön.

Es war eine Herausforderung, Blumen für jemanden auszusuchen, der sie nicht sehen kann. Für den Blumen in jeder Hinsicht erkennbar und erfreulich sein mußten, außer in gewöhnlicher Hinsicht, ihrem Anblick. Diddy wählte Flieder, wegen seines Duftes. Weidenkätzchen, wegen ihrer Weichheit. Sechs Stiele Blütenschweif, wegen ihrer ausgeprägt erotischen Form. »Die sind aber furchtbar teuer, das muß ich Ihnen leider sagen. Kriege ich immerhin von Hawai eingeflogen.« Diddy sagte, er wisse Bescheid, und es mache nichts.

Eine Begleitkarte für die Blumen. »Hoffentlich sehe ich dich heute. Dalton.« Danach machte Diddy sich auf den Rückweg zum Hotel. Er geht (jetzt) langsamer. Fort vom Leben, zum Tode zurück. Gewiß, er ist nahezu überzeugt, daß nichts Gutes dabei herauskäme, wenn er sich der Polizei stellte. Doch fehlt noch der letzte Schritt. Und deshalb stellt sich die Überzeugung nicht ein. Und ist sein Argumentieren unfruchtbar. Diddy auf dem Wege zu Geständnis, Erniedrigung und Arrest. Er wird das Rushland betreten, auf sein Zimmer gehen und die Polizei anrufen. Man muß nur immer einen Schritt nach dem anderen tun, einen Fuß vor den anderen setzen. Doch Diddy muß noch die ganze Halle durchqueren, ist noch sieben Meter von der Fahrstuhltür entfernt, als jemand ruft: »He! He, Dalton!« Jim Allen von der Verkaufsabteilung, der ihn lauthals begrüßt. Diddy wußte, daß Jim zu der Gruppe aus New York gehörte, die zur Teilnahme an der Konferenz ausgesucht war. Doch wie lange war er schon hier? War es möglich, daß Jim schon früher in der Halle zugegen gewesen war, ohne daß Diddy ihn bemerkt hatte; und Diddy beobachtet hatte, wie er fieberhaft die Zeitung durchgelesen, gefunden, was er gesucht hatte, es herausgerissen und in seiner Brieftasche verborgen hatte? »Wann bist du angekommen, Dalt?«

»Gestern am frühen Abend«, antwortete Diddy und drehte sich beflissen um. Er erschrak, daß Jim direkt hinter ihm stand. Nahe genug, um ihm die Hand zur Begrüßung entgegenzustrecken. Diddy schaffte es. »Ich habe den *Freibeuter* genommen«, fuhr er langsam fort, wobei er sich nicht sicher war, ob das Eingeständnis klug war. Und fügt eilig hinzu, ehe Jim an einen Artikel denkt, den er vielleicht in seiner Morgenzeitung gelesen hat: »Wann bist du angekommen, Jim?«

»Vor ein paar Minuten. Ich habe einen Frühflug genommen. Ich habe einfach nicht mehr die Geduld für Züge.«

Was konnte Diddy darauf antworten?

»Sag mal, kommt Duva auch irgendwann? Ich kriege aus dem Burschen nie eine klare Antwort heraus. So ein kalter Fisch. Ich begreife nicht, wie du mit ihm arbeiten kannst.«

Wenn überhaupt, dann würde Duva am Mittwoch heraufkommen, sagte Diddy. Und glaubte kaum, daß das die Worte waren, die aus seinem Munde kamen. In diesem beiläufigen Ton.

Jim grunzte. Sah sich zersteut in der Halle um, dann Diddy an. »Hast du schon gefrühstückt?«

Diddy sagte, er habe noch nichts gegessen.

»Los, dann komm! Ich nämlich auch nicht, und um zehn Uhr müssen wir in der Fabrik sein. Man wird uns um Viertel vor neun mit dem Auto beim Hotel abholen, uns und die anderen beiden ... Du weißt schon, Bill Katz und Fred Wie-heißt-ergleich.«

Diddy wurde seinem festen Vorsatz untreu, er hatte es gewußt. Was er sich vorgenommen hatte, was er tun mußte, es würde im Moment nicht getan werden. Diddy, der Zauderer. Doch was hätte er Jim auch antworten können? »Entschuldige, aber ich muß hinaufgehen, um die Polizei anzurufen.« »Ach ja? Warum?« »Um mich zu stellen, wegen eines Mordes, den ich gestern nachmittag begangen habe.« »Was? Laß den Quatsch!« Diddy schüttelt ernst den Kopf. »Hör mal, Dalton, nimm mich nicht auf den Arm.« Schließlich aber, mit anderer Stimme: »Um Himmels willen. Wo?« Diddys Antwort: »Im *Freibeuter*. Nein, außerhalb.« Dann ein schräger Witz. »Zu dumm, daß *ich* für Züge noch die Geduld habe.« Diddy, der Komiker.

Diddy konnte eine so plumpe und vorhersagbare Szene nicht spielen. Etwas anderes also. Einen Schritt vom Fahrstuhl, Zögern. Dort, wo der leutselige, gelatineartige Jim Allen stand, dort lag das Gleis seines Lebens vor ihm ausgestreckt. Er mußte nur in Gang bleiben, sich nicht umdrehen. Auch wenn das Gleis scharf um die Kurve ging. Kurven sind ja natürlich. Niemand würde etwas wissen. Nur Hester kannte Diddys Wahrheit, ohne an sie zu glauben. Warum sollte sie das (jetzt) plötzlich? Kaum anzunehmen, daß ihr jemand im Krankenhaus heute morgen das Lokalblatt von vorn bis hinten vorlesen würde. Und früher oder später ließe die Zeitung die Geschichte fallen, wenn sich nicht ein Besessener mit einem wilden Märchen melden würde, um sie interessanter zu machen. Capt. Mallorys Eifer könnte nachlassen, oder die Eisenbahn könnte es sich etwas kosten lassen, wenn er die Untersuchung einstellte. Und wenn die Geschichte erst einmal aus der *Courier-Gazette* verschwunden wäre, gäbe es keine Gelegenheit mehr, daß das Mädchen je davon hören würde. Es gäbe niemanden, der Diddy mit dem Unglück in Verbindung brächte, bei dem ein Eisenbahnarbeiter namens Incardona ums Leben kam.

War das Diddys Auftrag? Auf dem Weg durch die Hotelhalle mit Jim Allen, sah Diddy es als Auftrag des Lebens an. Sich der Polizei zu stellen, würde Incardona nicht wieder lebendig machen. Es wäre nur für Diddy eine Art, Selbstmord zu begehen, diesmal allerdings mit Erfolg. Und er wollte (jetzt) nicht sterben. Wird weicher gegen sich selbst. Liebt sich selbst, sogar seinen mageren Körper, der so bleich geworden ist seit jenem traurigen Entschluß im letzten Monat. Die Hitze des erhöhten Bewußtseins wurde abgelöst von einem ungewohnten Gefühl körperlicher Kraft. Diddy war (jetzt) sogar bereit, schädliche Stadtluft zu atmen; konnte sich vorstellen, wie er stramme Spaziergänge machte, lief, schwamm; es drängte ihn zu arbeiten. Xans verfilztes Fell mußte ausgekämmt werden. Er wollte Joan weiter das Geld schicken, damit sie ihr juristisches Examen machen konnte. Er wollte, daß Jim Allen sich in seiner Gegenwart wohlfühlte, er wollte Hester nahe sein.

»Ich habe Hunger«, sagt Diddy lächelnd. »Ich habe gestern nicht zu Abend gegessen.«

Diddys Appetit kam beim Essen mit Jim. Beide Männer verzehrten ein ausgiebiges Frühstück. Spekulierten über die Konferenz, überlegten, ob wohl etwas Nützliches dabei herauskommen würde.

Es war denkbar, daß alles, was die Firma aufgebaut hatte, nun vielleicht den Bach hinunterging. Es traf die Firma unvorbereitet; man war so lange gewöhnt gewesen, vor ernstlicher Konkurrenz sicher zu sein. Die Hersteller des Mikro-Recorderskopes, auf Notizen und Schaubildern vertraulich Scope 21 genannt. Säule des Renommees und der finanziellen Sicherheit der Firma; der Artikel, der fünfzig Prozent ihres Profits einbrachte. Ein etwa acht Zoll hohes Gerät, das die Eigenschaften eines präzisen, hochkarätigen Vergrößerungsinstrumentes mit den Möglichkeiten einer ausgezeichneten Kamera kombinierte. Ein Gerät, das seinesgleichen suchte.

Doch all das änderte sich (jetzt).

Vor vier Jahren war auf dem Markt eine schwedische Mikroskopkamera erschienen, die dem Mikro-Recorderskope in nichts nachstand. Warum auch nicht? Es war nach nahezu denselben Prinzipien konstruiert. Seit das schwedische Gerät angeboten wurde, waren die Verkaufszahlen des Scope 21 um die Hälfte gesunken. Doch da das Instrument preislich höher lag als das Scope 21, hatten die Schweden davon abgesehen, auf den amerikanischen Markt vorzustoßen.

Dieses Jahr hatten die eigentlichen Schwierigkeiten angefangen. Eine Firma in Belgrad, dem Vernehmen nach von den Franzosen finanziert, war mit einem leistungsstarken Instrument herausgekommen, das auf einem anderen System basierte als das Scope 21, doch ebenso klein, so empfindlich und so effizient war. Und obendrein billiger, selbst wenn man den Zoll in Rechnung stellte. Seit eine Niederlassung der Jugoslawen in New York eröffnet worden war, hatten sich schon einige der besten Kunden der Firma auf deren photomikrographische Ausrüstung umgestellt. Ein großes Krankenhaus in Philadelphia, ein Institut für Biologie in Chicago, die Labors einer der bedeutendsten Universitätskliniken des Nordostens.

(Jetzt) stand noch Schlimmeres bevor. Das japanische Modell.

Gerüchte waren schon seit Monaten im New Yorker Büro kursiert. Einige sagten, es existiere gar nicht. Diddy fragte sich, ob nicht vielleicht der oberste Firmenstab selbst das Gerücht ausstreute, um die unteren Angestellten zu intensiverer Arbeit anzuspornen oder einige von ihnen auf Gehaltskürzung oder Entlassung vorzubereiten.

»Frage ich mich auch«, sagte Jim. »Nicht, daß ich sie für zu ehrlich halte, um solch ein Stückchen vom Stapel zu lassen. Ich bezweifle aber, daß sie dazu gerissen genug sind. Nein. Ich glaube an den japanischen Butzemann.«

Diddy war sich nicht sicher. Gar nicht leicht, einen Argwohn zu beschwichtigen, schlüssig zu entscheiden, ob etwas Gefährliches wahr oder falsch ist. Doch was machte das schon? War es nicht besser, das Schlimmste anzunehmen?

»Ganz deiner Meinung, Dalt«, sagte Jim. »Zumal sich normalerweise herausstellt, daß gleich nach dem schlimmsten Schlamassel, das du dir vorstellen kannst, etwas noch Schlimmeres kommt. Sollen die Katastrophen also über uns hereinbrechen«, schloß er aufgeräumt. »Wir werden immer noch die Nase vorn haben.«

Diddy sagte, er bezweifele, daß die Dinge so düster aussähen für Watkins & Company.

»Düster! Die sind ein lebender Leichnam und wissen es noch gar nicht«, rief Jim. »Weißt du, was faul an dieser Firma ist? Das ist die verdammte Firmenphilosophie. Ich könnte kotzen von so viel falscher Dignität. Weißt du, was ich meine? Dieser ganze Quatsch von wegen Wissenschaft und Dienst an der Öffentlichkeit. Eine Bande fetter, fauler Straußenvögel, das sind sie. Die sanfte Masche beim Verkauf und so viel Prestige wie möglich, nichts dagegen. Aber Geschäft bleibt immer noch Geschäft. Und dieses hier geht bald den Bach hinunter.«

Geht es der Firma derartig schlecht? War Diddy gar nicht aufgefallen. Hätte sich auch niemals vorgestellt, daß das Jim so wenig nahegeht.

Die Frage ist, kann man irgendetwas daran ändern. »Ehrlich gesagt«, fuhr Jim fort, »ich glaube nicht, daß Watkins oder Reager eine Ahnung haben, was da auf die Firma zukommt. Wenn die die Verkaufszahlen zurückgehen sehen, dann gehen sie immer davon aus, daß Leute wie du oder ich etwas tun können, um die Zahlen wieder hochzubringen, etwa den Verkauf aggressiver zu machen.«

Diddy erwähnte seine Ideen für eine neue Werbekampagne. Das Material getippt, betitelt und gezeichnet auf den gelben Din-Blättern, zusammengeheftet in seiner Brieftasche.

»Dalton, also wirklich! Glaubst du denn tatsächlich, daß du auf diese Weise das Blatt wenden kannst?«

Nein.

Nach sarkastischen Spekulationen darüber, ob bei der Konferenz irgendetwas Nützliches herauskommen würde, ging Jim dazu über, noch einmal über das altmodische Geschäftsgebaren der Firma zu meckern und über das ganze Pack unnützer Verwandter und untalentierter Nachkommen des Firmengründers zu jammern, die die oberen Posten mit Beschlag belegt hätten.

»Junge, Junge, ich weiß nicht«, sagte Jim. »Ich schätze, ich sitze wirklich fest, einfach abgestempelt, weißt du, gutes Teammitglied und so. Eben jetzt gräbt irgend so ein armer Kerl in den bolivianischen Hügeln das Gold aus, aus dem die Uhr gemacht wird, die Reager mir zu meinem dreißigsten Firmenjubiläum präsentieren wird. Also, deshalb werde ich nicht hier bleiben. Das Leben ist zu kurz. Sag's niemandem weiter, aber unter uns, wenn die Dinge hier in achtzehn Monaten nicht anders aussehen, und zwar verdammt anders, dann schau ich mich auf dem Stellenmarkt um. Wo ich doch jetzt den Magister gemacht habe, sollte das nicht schwer sein. Aber lieber nicht! Ich habe schließlich eine Frau und drei Kinder.«

»Du Glücklicher«, sagte Diddy. »Ich wünschte, ich hätte eine Frau und drei Kinder.«

»Klar bin ich glücklich. Ich weiß schon. Aber wünsche ich mir nicht doch manchmal, daß es anders wäre? Und ob! Sieh dir deine Situation an, Dalton. Angenommen, es bricht nicht die gesamte Firma zusammen, eine Gehaltskürzung könntest du überleben. Oder vielleicht übertreibe ich, und es steht gar nicht so schlimm. Aber wenn sie uns nachher erzählen, wir müßten den Gürtel enger schnallen, dann geht dir nicht gleich die Luft aus. Und wenn es bloß das ist, daß du nicht allzu bald befördert wirst, du kannst es dir leisten abzuwarten. Wenn du nicht die Chance kriegst, bei etwas Besserem einzusteigen.«

Diddy zuckte die Achseln.

»So oder so«, grinste Jim, »am Ende heiratest du gar noch Reagers Tochter oder eins dieser anderen Weiber aus der direkten Nachkommenschaft. Dann sitzt du ganz hübsch im Nest, und kein Schweiß mehr.«

»Ich werde hoffentlich wieder heiraten«, sagte Diddy nachdenklich. »Aber Evie Reager ist nicht gerade, was mir vorschwebt.«

»Schwebt dir denn jemand vor?«

»Vielleicht.«

»Willst über sie nicht reden, was? In Ordnung, ich bohre schon nicht..«

(Jetzt) fühlt Diddy sich glücklich. Nicht einmal Jims gutgemeintes Geschwätz geht ihm gegen den Strich, was normalerweise der Fall ist.

»So oder so, Dalton, du weißt, daß ich mich nicht beklage, bloß weil ich denke, daß ich zu kurz gekommen bin. Es macht mich nur verrückt, wenn ich sehe, wie hier alles so läuft.«

»Naja, sie haben praktisch ein Monopol gehabt. Und damit ist es jetzt zwangsläufig vorbei.«

Jim gab keine Antwort.

»Wir werden ihnen zeigen, wie man wettbewerbsfähig bleibt, Jim«, sagte Diddy lachend. »Invasion genialer junger Geschäftsmänner aus Manhattan, in Raumanzügen aus Vinyl, sie überrumpeln öde Stadt im Landesinneren, zwicken die Mümmelgreise in die Nase, hüpfen geradewegs über ihre Schaukelstühle. Nach Übernahme der untergehenden vornehmen Firma ihrer Wahl reorganisieren sie das Geschäft von oben bis unten und bieten eine neue . . .«

»Machst du dich über mich lustig, Boss?« sagte Jim gutmütig.

»Ja, wenn du es genau wissen willst. Und über mich selbst auch.«

»Schau!« schrie Jim, winkte. »Hier rüber, Jungs!« Katz und Wie-heißt-er-gleich, zwei andere Delegierte aus der New Yorker Niederlassung, waren soeben in das Hotelrestaurant gekommen. Sie kamen zum Tisch herüber und setzten sich auf einen Kaffee zu Diddy und Jim. Diddy entschuldigte sich für einen Moment. Eilte nach oben, um seine Aktentasche zu holen. Um Viertel vor zehn waren alle vier Männer vor dem Rushland, wo eine schwarze Limousine mit einem älteren Asiaten in dunkelblauer Uniform als Chauffeur auf uns wartete. Die vordere Tür auf der Fahrerseite weist ein in Blau und Gold gemaltes kleines Abzeichen in Kuppelform auf. Ansonsten alles schwarz. Wie ein Leichenwagen, dachte Diddy. Doch es kümmerte ihn nicht weiter.

»Wie heißen Sie, mein Junge?« sagte Jim und legte dem Chauffeur die Hand auf die Schulter.

»Chang«, sagte der Mann. Jim zwinkerte den anderen zu, ließ sich dann in seinen Sitz zurücksinken.

Diddy nahm den Behelfssitz. Nicht gerade sehr bequem. Weil ihm das Rückgrat wehtat, brauchte er einige Zeit, um die richtige Position herauszufinden. Drehte sich seitwärts, um nach rückwärts zu schauen, zur hinteren Tür der Limousine hin. Die Beine waren zu lang, um sie übereinanderzuschlagen. Doch weil sein Sitz anders war als die der anderen – eher ein nachträglicher Gedanke – hatte Diddy das Gefühl, einer anderen Ordnung anzugehören als sie. Enthoben der Pflicht, jenen unverdaulichen Wortfäden, die sich zwischen den drei linkerhand in einer Reihe sitzenden Männern zogen, weitere Wortfäden anzuhängen; eigene Worte, die unvermeidlich klebrig wie Sahnebonbons oder zäh wie zu lang gekautes Kaugummi sein würden. Allen, Katz und Wie-heißt-er-gleich, Seite an Seite saßen sie da, tief versunken im grauen Filzpolster. Kein merklicher Unterschied zwischen Jim und dem Rest des Trios, er war keineswegs menschlicher; und Diddy ihm auch keineswegs gewogener als den anderen. Nichts blieb. Mr. Dalton Harron auf dem Behelfssitz legt Wert auf anspruchsvolle Maßstäbe in persönlichen Beziehungen, das hat er immer getan, auch wenn das Leben ihm nie etwas versprochen hat. Er weiß zwar, daß die müßige Konversation eines Menschen mit drei anderen nicht an die mit Worten und Papier vollgestopfte Intensität des Geschäftslebens heranreichen kann, die einerseits nicht zu goutieren, anderseits aber wenigstens notwendig oder jedenfalls zu rechtfertigen ist. Doch er weiß auch, daß es schon zuviele sind für ein richtiges Gespräch. Mit dreien ist es ein Mittelding, von dem niemand etwas hat. Die große Zahl schließt eine echte Bereicherung aus, welche mit einem allein möglich ist, falls sie möglich ist. Und nur mit einem.

Pünktlich. Wir verließen die Stadt in Richtung Nordwesten. Nach wenigen Minuten hatte der Wagen die heruntergekommene Innenstadt verlassen, wo die Straßen von Trambahnschienen vernarbt und vom Verkehr aufgedunsen waren; der Ausblick entstellt von aneinanderstoßenden Gebäuden und von Baustellen unterbrochen.

Der Montag ist zu einem sonnigen, milden Spätoktobermorgen erblüht. Wir rollten (jetzt) über den teuren, glatten Asphalt ruhiger Wohngegenden; keine Unregelmäßigkeiten in der Straßendecke oder unvernünftige Lücken im Ausblick. Die Straße gesäumt von langen Rasenhängen und weiträumigen Häusern, sechzig bis achtzig Jahre alt, alle in sehr gepflegtem Zustand und in etwa demselben gefälligen Stil, dessen ursprüngliche Symmetrie allerdings beeinträchtigt wurde durch die allenthalben angebauten Garagen, in denen zwei Autos untergebracht waren.

»Hier also halten die vierhundert Lokalgrößen die Festung«, spottete Katz.

»Möcht' wissen, wo das hiesige Chinesenviertel ist«, flüsterte Jim vernehmlich.

Diddy, den widersprüchliche Gefühle nahezu unempfindlich

machen, schert sich nicht um Jims schreiende Taktlosigkeit. Und es fällt ihm (jetzt) leichter, Katz zu ertragen, dem er im New Yorker Büro bewußt aus dem Wege ging. Durch seinen Spott stellte Katz sich selbst bloß, machte sich durchschaubar. Doch warum rutschte Katz so unruhig auf seinem bequemen dritten Sitz herum? War es möglich, daß diese Zappelei vom Schauspiel solchen durchschnittlichen, bescheidenen Wohlstandes hervorgerufen wurde? Katz war wahrscheinlich in einer Slumwohnung in Bronx aufgewachsen, wo man nirgendwo spielen konnte als auf dem betonierten Pausenhof der Volksschule Nr. Soundsoviel, den ein hoher Zaun aus Maschendraht umgab. Oder auf dem Bürgersteig des Blocks, wo er befürchten mußte, mit dem Ball ein Fenster einzuwerfen und damit die Flüche kreischender Hausfrauen auf sich herabzurufen, darunter seiner eigenen Mutter. Sei nicht zu hart mit dem neidischen Katz. Sei froh, daß du etwas Beneidenswertes hast, oder in der Vergangenheit gehabt hast. Diddy wird also großzügig sein. Er hatte Glück gehabt, war geborgen gewesen. Hatte genügend Raum gehabt, grünen Raum, wo man spielen konnte. Denn Diddy war in eben einem solchen geräumigen, efeuumrankten Haus aufgewachsen wie die, an denen sie (jetzt) vorüberfuhren, an einer solchen beschaulichen Allee, in einer kleineren Stadt, nicht unähnlich dieser. Vor dem Krieg. Ehe all diese wohlhabenden alten Viertel hinter ihrem selbstgefälligen Äußerern einen ängstlichen, unsicheren Blick verbargen, der daher rührte, daß sie erfuhren, was schließlich ihr Schicksal sein würde: Abbruch. Und gesichtslose Apartmenthäuser und Wohnanlagen, Aktenschränke, in denen man sein Leben ablebte, an ihrer Stelle errichtet würden.

Doch vielleicht würden sie ja gar nicht abgerissen. Diddy kamen heute diese Bastionen der kleinstädtischen Bürgerfamilie praktisch undurchdringlich vor. Der Wagen glitt über den breiten, kaum befahrenen Asphalt, der die Fassaden der Häuser voneinander trennte. Häuser, in denen es (jetzt) ruhig ist, verlassen von Vater-Brötchenverdiener und Schulkindern. Versorgt und mit Vorräten aufgefüllt von Mutter-Frau und ihren Dienstboten. Es war fünf vor zehn. In zwei Stunden würden die Kinder nach Hause eilen, schlendern, bummeln. Jemand wie Mary hätte den Tisch gedeckt und das Mittagessen fertig. Wahrscheinlich kamen auch manche Väter heim.

»Jemand was dagegen, wenn ich das Fenster aufmache«, sagte Diddy. Kein schlechter Tag. Einigermaßen warm. Diddy nahm die Fahrt allmählich hin, konnte sich inzwischen ruhigen Herzens durch das Wagenfenster die behaglichen Häuser und das blaß-rotbraune Blattwerk der Herbstbäume anschauen.

Er hatte nichts gegen diese Häuser. Wie auch? Das hätte bedeutet, gegen sich selbst etwas zu haben. Auch hegte Diddy keine ironischen Gefühle gegen ihre Bewohner. Den Geschäftsmann und die Frau des Geschäftsmannes. Den Rechtsanwalt und seine Frau. Den Pastor und seine Frau. Den Arzt, der wie sein Vater war, und die Frau des Arztes, die wie seine Mutter war. Den Rektor der hiesigen Highschool, wie Onkel John, und seine Frau, wie Tante Alice. Er blickte nicht einmal im Geiste auf die verhätschelten, wohlgenährten Kinder herab; die mit blitzenden englischen Fahrrädern, die auf dünnen Reifen fuhren, ausgerüstet waren, von geschwätzigen irischen Kindermädchen beaufsichtigt wurden, sich zu ihrer wöchentlichen Klavierstunde fortschicken ließen. Warum hätte Diddy über sich selber spotten sollen?

Wir mußten an einem Eisenbahnübergang halten, fuhren dann mit heftigem Rumpeln hinüber in den weniger wohlhabenden Gürtel von zwei- und dreistöckigen Fachwerkhäusern und schmalen Vorgärten, kleinen Gemüseläden, Grundstücken mit Gebrauchtwagen und Lagerhäusern, der den Stadtkern umgab. Der Straßenbelag wurde nun rauh, war voller Schlaglöcher; am Straßenrand parkten lückenlos Autos. Diddy erhascht einen Blick auf eine blau-goldene Silhouette, die sogleich wieder verschwindet. Kein Punkt hier, von dem man eine Aussicht hätte. Es herrschte reger Verkehr von Autos und langsam fahrenden Lastwagen; ein paar, die zur Auslieferung von Waren in zweiter Reihe parkten, versperrten uns fast die Durchfahrt. Die schwarze Limousine kommt (jetzt) langsamer vorwärts, doch gibt es für Diddy auch weniger zu sehen. Das lange, tiefergelegene Fabrikgebäude lag unmittelbar vor uns. Jim stöhnte ironisch. »Da wären wir also! Ob wir wollen oder nicht.« Der Wagen fuhr durch das Tor; brauchte nicht anzuhalten, fuhr jedenfalls einfach weiter, ohne von der Wache kontrolliert zu werden, die reglos wie ein Standbild in dem winzigen Wärterhäuschen steht. Wir fahren zu schnell, als daß Diddy das Gesicht sehen könnte. Doch war

Zeit genug, um wahrzunehmen, daß der Wächter eine andere Uniform trug als unser Chauffeur. Zerknitterter, weniger elegant. Hatte der Firmenfahrer, der Diddy bei seinem letzten Aufenthalt hier vom Rushland abgeholt hatte, nicht eine braune Uniform angehabt, ähnlich der des Wächters, statt der marineblauen, die der heutige Chauffeur trug? Diddy würde wohl einräumen, daß ihn sein Gedächtnis hierin täuschen mochte. Doch ist er ganz sicher, daß der andere Chauffeur kein Asiate war.

Die lange, gärtnerisch gestaltete Auffahrt hinauf. Wir hielten vor dem Haupteingang des Fabrikgebäudes. Ende der Fahrt. »Dank, Chang«, sagte Jim, immer noch bemüht, im Namen des Mannes einen Witz zu finden oder schlicht in seiner eigenen Anstrengung, sich mit ihm vertraulich zu geben. Nichts für Diddy, diese Scherze. Es gibt nicht viele Asiaten, die einen Leichenwagen fahren, oder? Doch auch in dem Beruf wäre der Mann gut. Ein umsichtiger, gewissenhafter Fahrer. Man konnte sich nicht vorstellen, daß er jemanden überfuhr; oder auch ganz ohne eigene Schuld überhaupt nur in einen Unfall verwickelt sein könnte.

Hinaus aus der Limousine. Vor einem Gebäude, das schon seit drei Jahrzehnten kein harmonisches Ganzes mehr darstellte.

> Einst war es ein einziges Backsteingebäude gewesen. Von ätzender, düsterer roter Farbe. Vier Stockwerke; durchbrochen von schmalen, hohen, tiefliegenden Fenstern mit massiven Holzrahmen. Und überwölbt von einem steilen Dach aus grauem Schiefer.
>
> Gegen Ende der vierziger Jahre wurden zwei lange Flügel oder Anbauten hinzugefügt, deren Hauptbaustoff, stahlverstärkter Beton, mit einer dünnen Mörtelschicht verputzt war; und diese war erbarmungslos verziert worden mit eingeritzten gewundenen Linien. Der Mörtel einst weiß; (jetzt) fleckig rauh vergilbt, eine Farbe, die nach von Schlamm und Urin besudeltem Vanilleeis aussah. Drei Stockwerke. Ein schmaler durchgehender Streifen Fensterglas in jedem Stock. Flachdach.

Diddy zuckte zusammen. Das ursprüngliche Bauwerk war in zwei riesige Klammern von Häßlichkeit gesetzt worden. Das Gebäude verdorben. Doch vielleicht nicht ganz. Alles hängt vom

Betrachter ab. Unter gewöhnlichen Umständen mußte man, um Schönheit zu sehen, schon verständig blicken können. War das nicht immer so? Die Sichtblende verengen, nur einen schmalen Blickwinkel zulassen. Um besser unterscheiden zu können zwischen Schönheit und Häßlichkeit, Leben und Tod.

Es gelang Diddy, sein Blickfeld zu verengen und nur den Mittelteil des Gebäudes zu sehen, ein recht ansprechendes Beispiel viktorianischer Fabrikarchitektur, wo (jetzt) die Büros, die Labore und die Vorführräume der Firma untergebracht waren. Während die eigentliche Fabrik in die Flügel verlegt worden war. Der häßlichste Teil der Anlage, ein Gebäude aus den fünfziger Jahren, das als Lagerhaus und Auslieferungsstelle diente, liegt auf der Rückseite und entzieht sich gnädig Diddys gegenwärtigem Blick.

Jim begrüßte einige Männer, die der Limousine entstiegen, die hinter uns vorgefahren war. Diddy steht abseits. Wartet auf Jim, schaut nach oben. Und nicht bloß zum wolkenlosen Azurhimmel empor.

> Die blaugoldene Kuppel, die das alte Backsteingebäude krönte, hatte dem Gründer besonders am Herzen gelegen. Nachdem der Architekt, den man aus Boston geholt hatte, seine Entwürfe gezeichnet hatte, hatte Amos Watkins (1834-1909) darauf bestanden, daß sie geändert werden müßten, um eine Kapelle mit einzubeziehen. Mittags und am späten Nachmittag wurden alle Fabrikangestellten, vom untersten Pförtner bis hin zur Firmendirektion, zu Gebetsversammlungen zusammengerufen.
>
> Sein Sohn Hubert (gest. 1931) hatte um die Jahrhundertwende die Kapelle demontieren lassen. Nachdem das Gestühl und der Altar herausgerissen waren, wobei aber die farbigen Fenster belassen wurden, die eine Allegorie des Triumphes des Fleißes darstellten, hatte der Sohn von Amos die Schreibtische und Aktenschränke und das Personal, zumeist Frauen, der sich aufblähenden Buchhaltung der Firma dort untergebracht. 1928 hatte jemand Hubert davon überzeugt, daß der riesige gewölbte Raum sich noch vernünftiger nutzen ließe. Die Buchhaltung kam hinaus, und hinein kam das Hauptlabor der Abteilung für For-

schung und technische Entwicklung der Firma. Doch die Kuppel blieb und ließ ein Kreuz ahnen, das im eigentlichen Sinne gar nicht vorhanden war. Und beherrschte die Kapelle, die (jetzt) schon lange nicht mehr existierte.

Der heutige Watkins, Huberts Sohn (1914-), hatte nur das Labor gekannt. Die Kapelle seines Großvaters war eine wunderliche Verschrobenheit der Ahnen. Ohne jegliche Realität. Der alte Fußboden, der sich noch in den engen Gängen zwischen den kantigen, platzgreifenden Maschinen und den langen Arbeitstischen der Techniker zeigte, war ausgetreten und glatt; die Löcher, in denen die Bolzen gesteckt hatten, mit denen das Gestühl verankert gewesen war, waren lange schon ausgefüllt worden. Die farbigen Fenster waren auf der Innenseite verklebt und dann von schweren braunen Vorhängen zudrapiert worden, als Vorbereitung auf die Einführung zuverlässigen, gleichmäßigen, künstlichen Lichtes.

Diddy durchquert zusammen mit seinen drei Kollegen aus New York die mit Teppichen ausgelegte Halle des alten Gebäudes. Winkt einigen Leuten zu, die er aus der Niederlassung in Los Angeles kennt, nickt dem ortsansässigen Personal zu. Die vier Männer weisen sich beim Empfang aus, nehmen dafür ein Lächeln entgegen und begeben sich zu den Fahrstühlen. Links von den Fahrstühlen sind die hohen, breiten Holztüren, die einst die gesamte Belegschaft in die alte Kapelle einließen. (Jetzt) ein wenig exklusiver. »Forschung und Entwicklung.« Wie gewöhnlich wird Diddy später einen Blick hineinwerfen.

Wir stehen vor dem Fahrstuhl, den Diddy sich als vertikale Bohrung durch den Mittelpunkt des Gebäudes vorstellt. Eine Bohrung, die vielleicht in der Kuppel selbst endete. Konnte man (jetzt) dort hinaufgehen? In all diesen Jahren hatte Diddy sich nie dafür interessiert. Es wird endlich Zeit. Schon hat er einen kleinen Einfall, einen Vorwand. Diddy wird vorschlagen, man solle die öffentliche Führung durch die Fabrik, wie sie jeden Mittwoch um elf Uhr angeboten wird, um eine Besichtigung der Kuppel erweitern. Paßt doch auch. Denn das ist es ja, was aus der Kuppel geworden ist: ein Reklamegegenstand. Als es dieser dritten Generation der Watkins auffiel, daß die Kuppel (jetzt) schlicht ein Kopf ohne Körper war, ein nichtssagendes, religiös prätentiöses Ornament zu Häupten eines geschäftigen, profanen Gebäudes, wollte sie es nicht dabei belassen. Der falsche Kopf für diesen Körper. Huberts Sohn überlegte, ob er das Gebäude nicht köpfen sollte, entschloß sich dann aber zu einer Gnadenfrist. Kleidete die nutzlose Kuppel in eine neue Funktion, eine strikt weltliche. Die Kuppel wurde zum ersten Mal seit vierzig Jahren neu vergoldet und zum Firmenzeichen ernannt. Seitdem zierte ein farbiges Bild der Kuppel alle Mikroskope, die die Firma Watkins & Company verließen, es bildete den Kopf des Büro- und Geschäftspapiers der Firma, zierte die Türen aller Firmenwagen, fand sich als Schablone auf den Verpackungen für den Einzelhandel und den Kisten, in denen die Instrumente an den Großhandel geliefert wurden, tauchte in der Werbung an erster Stelle auf. Schau her, die Fahrstuhlführerin trägt ein aufgenähtes Kuppelemblem auf der Bluse. Und auf der Uniform des asiatischen Chauffeurs? War Diddy nicht aufgefallen.

Die Fahrstuhltüren schließen sich. Aufwärts. Der Konferenzsaal liegt im dritten Stock.

Aber vielleicht war es eine Beleidigung, die Kuppel nach diesen Gesichtspunkten wiederzubeleben? Laß den Toten ihre Ruhe, gib das Überkommene seiner natürlichen Abgeschiedenheit anheim. Die Einführung der Kuppel als Firmenzeichen fand Mitte der vierziger Jahre statt, als Verträge mit der Kriegsregierung die Gewinne der Firma verdreifacht hatten. Kurz bevor ein Teil dieser steigenden Gewinne dafür verwendet wurde, die unproportionierten Flügel zu errichten, die (jetzt) das alte Gebäude flankierten; deren Abmessungen und Häßlichkeit die Kuppel so viel kleiner und weniger imposant erscheinen ließen, als sie ursprünglich gewesen war. Eine Miniaturkuppel (jetzt), geschrumpftes Wahrzeichen ihres vergangenen Ruhmes. Irgend so ein Spielzeug.

Auch wenn ihre Farben durch ständige Renovierung leuchtend erhalten blieben. Auch aus beträchtlicher Entfernung noch sichtbar.

Doch für Diddy waren die winzigen Embleme als Briefkopf, auf den Mikroskopen und in den ganzseitigen Werbeanzeigen das eine; das massive Original mit seiner kuriosen Geschichte etwas ganz anderes. Während der zehn Jahre, in denen Diddy bei dieser Firma gewesen war, hatte er, ein chronischer, wenn auch unberechenbarer Konnoisseur geistiger Unabhängigkeit, seine eigene Anschauung der Kuppel entwickelt.

Es war die Phantasie, die sich in Amos Watkins Erweiterung der ursprünglichen Pläne des Architekten ausdrückte, welche Diddy schätzte. Wie die Phantasie, die den ursprünglichen Entwurf hervorbrachte, aus welchem dann das Mikro-Recorderskope wurde.

Auf den Gedanken zu kommen, zwei derartig unterschiedliche Geräte zu einem kompakten, hochleistungsfähigen, leicht zu bedienenden Instrument zu vereinigen. Ein für seine Zeit kühner Gedanke, als Amos Watkins ihn um 1900 faßte. Kameras waren damals große, klobige, massive Apparate, die relativ neu waren: montiert auf wacklige, dreifüßige Stative. Während Mikroskope, die es schon seit dem sechzehnten Jahrhundert gab, klein und empfindlich waren, immer schon gewesen waren: gebrauchsfertig im Moment, da man sie aufstellte, stabil und sicher auf ihrem hufeisenförmigen Gestell, auf irgendeinem Tisch oder gar auf dem Fenstersims. Watkins hatte darauf bestanden, daß es machbar sei, den Aristokraten mit dem Emporkömmling zu kombinieren. Das Große und das Kleine. Eine bizarre Hochzeit wurde da geplant.

Jene glitzernde, verspielte Kuppel, die so ganz unpassend das strenge Backsteingebäude krönte, war die Verkörperung der Energie des alten Amos. Bedeutete mehr als nur die zwangshafte Gottesfurcht des Protestanten alten Stils. In Diddys Vorstellung war Watkins ein wahrhaft frommer Mann. Und zwar nicht von einer Frömmigkeit, die sich darin manifestiert, daß er ein Stützpfeiler seiner Kirche war, der niemals seinen Zehnten zu entrichten unterließ, der großzügig zur Kollekte für die Mission in China beitrug, der wollte, daß alle seine Angestellten nicht nur arbeiteten, sondern auch beteten. Und auch nicht von jener geistlosen, aber praktischen Frömmigkeit, von welcher sich raffgierige Menschen überzeugen lassen, daß es eine Pflicht sei, reich zu werden, der Gottheit wohlgefällig; wofür man Gott danken müsse, und zwar an der Stätte der Arbeit selbst. Sondern fromm in einem umfassenderen Sinne. Der alte Amos muß sich selbst gegenüber fromm gewesen sein. Muß sich glücklich, begünstigt, gesegnet gefühlt haben. Das war es, wovon die Kuppel zeugte. Von dem unbeirrbaren, schamlosen Vergnügen daran, nützliche Maschinen herzustellen und Gewinne einzustreichen. Dem Vergnügen daran, er selbst zu sein: nicht nur der gerissene Geschäftsmann nordamerikanischer Prägung, glühender Methodist und Republikaner, sondern auch der erfolgreiche Exzentriker. Einer, der sich auf seine Weise durchgesetzt hatte.

Es war diese Energie der Selbstbestätigung, deren Denkmal die massive Kuppel war, die Diddy immer gefallen hatte. Dem es nicht leicht fiel, sich selbst zu lieben. Und der niemandem größere Bewunderung entgegenbrachte als denen, die das konnten. Die sich in ihrem Leben behaupten konnten. Diddy, der sich selbst gegenüber nicht fromm war, verehrte die Reliquien und Zeugnisse unschuldigen Wohlergehens. Die Vision eines Mannes, der sein Leben nicht bewohnt, sondern schlicht sein Leben ist. Amos Watkins, der Fromme, hatte seinen Altardiener. In diesem, vermittelten Sinne: Diddy, der Fromme.

Es sind sechs Personen in dem vollbesetzten Fahrstuhl, der (jetzt) am zweiten Stock vorbei hinauffährt. Denn jemand aus der Niederlassung in Chicago ist mit Harron und Allen und Katz und Wie-heißt-er-gleich eingestiegen. Wir schwatzen laut, doch Diddy schweigt. Beruhigend und doch auch betäubend für Diddys Gemüt: auf kleinem Raum eingepfercht zu sein. Ohne Alternativen. Im wesentlichen auf die Aufgabe konzentriert, sich selbst in aufrechter Position zu halten, ohne den anderen Körpern ins Gehege zu kommen oder zuzulassen, daß diese dem seinen ins Gehege kommen.

Diddy hätte es am liebsten, wenn der Fahrstuhl direkt in die Kuppel hinauffahren könnte. Und dort anhalten würde. Er könnte als erster aussteigen und dann die anderen brutal einsperren. Weniger brutal, er könnte einfach den Fahrstuhl in den dritten Stock hinunterschicken, ohne ihn. Eine weitere Möglichkeit: der Fahrstuhl könnte zwischen den Stockwerken steckenbleiben. Das Licht geht aus, und es gibt keine Erklärung. Einige der Mitfahrer geraten bestimmt in Panik, doch Diddy wird ruhig bleiben. Wenn er anbietet, Hilfe holen zu gehen, wird Jim ihn hochstemmen, und er wird die Falltür im Dach der Fahrstuhlkabine aufzwängen. Das Tragseil hochzuklettern, eine Hand über die andere, ist Schmutzarbeit; Tragseile in Fahrstuhlschächten sind mit zähem Fett eingeschmiert. Doch wenn nötig, würde Diddy, der Saubere, es tun. Bis er oben ankommt. Unter sich im Schacht den kleinen dunklen reglosen Fahrstuhl voller nervöser Passagiere zurückläßt . . . Jede dieser Situationen wäre Diddy recht, wenn es ihm nur gelänge, die Kuppel allein zu erreichen. Wäre er erst einmal dort, um auf eigene Faust die Kuppel zu erforschen, wer weiß, was Diddy dort wohl findet? Ist es ein großer, kühler Raum, massiv holzverkleidet und mit Brettern ausgelegt? Oder klaustrophobisch heiß, feucht, die Sonne aufsaugend durch die dünne äußere Schale?

Vielleicht wird Diddy feststellen, daß er nicht allein ist. Vielleicht wird er auf einen Arbeiter treffen, der die Innenseite der Kuppel ausbessert; geborstene Bretter und zerfallende Streben entfernt, neue Stützbalken vernagelt. Oder der Arbeiter ist vielleicht erst gar nicht zu sehen. Diddy wird denken, daß er die ganze Kuppel für sich hat. Bis er eine schmale Luke bemerkt, so eng, daß sich ein großer Mann kaum hindurchzwängen könnte; und aus der Kuppel hinausspähend, sieht er den Arbeiter, der auf bedenklich wackligem Gerüst, Eimer und Pinsel zu seinen Füßen, der Außenseite den nötigen frischen Anstrich von Blau und Gold gibt. Diddy will ja bloß sehen, was er tut, ihm bei der Arbeit zuschauen. Er würde bestimmt nicht stören oder Fragen stellen oder eine plötzliche Bewegung machen, die den Arbeiter irritieren könnte und zur Folge hätte, daß er das Gleichgewicht verliert und abstürzt. Ein langer Sturz, der Höhe von sechs Stockwerken entsprechend. Mit Sicherheit tödlich. Der Körper des Arbeiters ausgestreckt auf dem Grase drunten. Leblos, zerschmettert, blutend.

Diddy weiß, wovon er besessen ist. Und daß das nicht die richtigen Gedanken sind, denen er während der Arbeit nachhängen sollte. Während er zusammen mit vier anderen Konferenzdelegierten in diesem engen Raum ist; in einem Fahrstuhl, der (jetzt) im dritten Stock hält. Diddy hat sich selbst das Versprechen gegeben, sich nicht mit der blutrünstigen Anekdote des Eisenbahnarbeiters abzugeben. Jedenfalls nicht hier.

Wird Zeit, daß wir aussteigen. »Da wären wir also.«

Doch angenommen, daß Diddy sein Gemüt nicht fest im Griff hat? Angenommen, daß er, der sich geschworen hat, Incardona nicht in seinem Gemüt auferstehen zu lassen, genau das tut? Diddy weiß Abhilfe. Es gibt etwas anderes, eher jemand anderen, woran er denken kann. Wenn das Gespenst drohend vor seinem zurückblickenden inneren Auge auftaucht, kommt sie und streichelt ihm das Gesicht und küßt ihn auf die Augen. Um den Arbeiter zu bannen, Diddy zu heilen.

Nie bleibt sie aus. Kommt aber immer erst hinterher. Der Arbeiter taucht als erster auf. Diddy, der Hin- und Hergetriebene.

Beim Verlassen des Fahrstuhls im dritten Stock Begegnungen und Begrüßungen. Abwägen, was ihn heilt. Wer ihn heilt. Doch Diddy hat schon zuvor an sie gedacht.

Im Moment, da Diddy und seine Kollegen in die schwarze Limousine gestiegen waren, war es Diddy eingefallen, daß wir auf dem Weg zur Fabrik vielleicht an der Warren-Klinik vorbeifahren mußten.

Voller Ungeduld. Aus dem Wagenfenster schauend; der dauernde Gedanke, daß einer die Scheibe herunterdrehen müßte. Im Begriff, darum zu bitten. Dann, ein paar Minuten, nachdem der sogenannte Chang vom Rushland losgefahren war, rechnete Diddy sich aus, daß es sich nicht ergeben würde. Diddy schon seit der Kindheit mit der Gabe eines ausgezeichneten Richtungssinnes. Bei den mehrtägigen Ausflügen, die er und sein Bruder in den Wäldern machten, wenn sie den Sommer auf der Farm bei ihrem Großvater Edward Dalton in Ohio verbrachten, verirrte Paul sich immer wieder; doch Diddys räumlicher Orientierungssinn brachte sie sicher nach Hause. Auch Vati hatte Diddys Talent anerkannt. Ehe er in die erste Klasse gekommen war, hatte er manchmal mitfahren dürfen, wenn sein Vater am Nachmittag Hausbesuche machte. Sein Vater pflegte den Motor des Buick anzulassen und die Adresse des Patienten zu nennen, während er in der Einfahrt zurücksetzte; und ließ sich dann von dem Knaben sagen, wie er fahren mußte. Dieses genaue Ortsgedächtnis, sogar für Orte, an denen er nur einmal gewesen war, erlaubte es Diddy, dem Navigator, schnell herauszufinden, daß die Fabrik zwar ungefähr in derselben Richtung lag wie das Krankenhaus. Doch um zur Fabrik zu gelangen, mußten wir einen anderen Weg aus dem Stadtzentrum hinaus nehmen.

Allmählich wieder geduldig. Diddy konnte auch ohne den raschen prüfenden Blick auf das Krankenhausgebäude auskommen, zu dem er Gelegenheit gehabt hätte, wenn wir in der schwarzen Limousine daran vorbeigekommen wären. Konnte auf die Befriedigung verzichten, für einen kurzen Moment den Blick auf die Mauer werfen, ihn dort ruhen lassen zu können: die auf den Augenblick reduzierte, motorisierte Entsprechung zum Blick des schüchternen Freiers, der stundenlang vor dem dunklen Haus der Geliebten herumschleicht.

Was soll's. Diddy beabsichtigte, Hester im Laufe des Tages anzurufen und ihr zu sagen, daß er während der abendlichen Besuchszeit vorbeischauen würde.

Der erste Sitzungstag in der Fabrik.

Pünktlich. Wir sind in einem geräumigen, holzgetäfelten Saal mit hoher Decke. Hohe Fenster mit kastanienbraunen Vorhängen. Portraits früherer Firmendirektoren. Neunzehn Männer auf den Stühlen um den langen, ovalen Tisch; jeder Platz mit einem Aschenbecher, einem Notizblock und zwei wohlangespitzten Bleistiften ausgestattet. Eine Stenotypistin am anderen Ende, die Protokoll führt.

Diddy geharnischt, beflissen zu beweisen, daß er auf der Oberfläche des Lebens funktioniert, ohne in ein dunkles Loch zu rutschen. Eine pompöse Willkommensrede von Reager. Eine längere Rede von Watkins, in der die demokratische Einrichtung der gemeinsamen Beschlußfindung in dieser Firma gepriesen wird und etwas weniger subtil die Anwesenden an die Gewinnbeteiligung erinnert werden, die alle Angestellten in Managerposition genießen. Kaffee und Sandwiches werden serviert; alle bereit, sich an die Arbeit zu machen. Memoranden und Tabellen wurden um den langen Tisch herumgereicht, Zahlen an die Tafel gekritzelt. Geflüster, man schiebt sich gegenseitig Zettel zu. Lager bildeten sich und Schlachtreihen wurden aufgestellt. Wir waren jovial. Doch gibt es ein stillschweigendes Zeichen, das jeder kennt und das den Streit in

Gang setzt. Unmutsgefühle sprudeln den Leuten aus dem Mund wie kalter, öliger Kaffee.

Wenn wenig auf dem Spiel steht, streitet Diddy gern. Und was kann denn schon auf dem Spiel stehen, wo der Saal so sauber, der Raum so großzügig konzipiert ist? Wo alles so adrett angeordnet ist?

Denk zum Beispiel daran, um wieviel einfacher es für uns alle ist, daß die Konferenz gerade in zwei Lager zerfiel. Eben nur zwei.

> Auf der einen Seite diejenigen, die darauf beharrten, daß die neue Konkurrenz abgeschlagen werden könne, erstens, durch verstärkte Werbung, und zweitens, durch eine drastische Neuorganisation der Lieferungs- und Verkaufspraktiken. Unproduktive Stellen mußten abgebaut; Händler zu mehr Anstrengungen veranlaßt werden, wollten sie ihre Konzessionen behalten; die Gebiete der Vertreter neu eingeteilt werden, um den Fluktuationen in Bevölkerung und Kaufkraft Rechnung zu tragen, zum Beispiel indem man die Stärke der Verkaufsorganisation für Kalifornien verdoppelte. Diddy vermutete, daß das die Richtung war, die die hohen Tiere vertraten.
>
> Auf der anderen Seite vertrat eine Gruppe jüngerer Geschäftsführer mit beratender Unterstützung seitens einiger Mitglieder der wissenschaftlichen und technischen Abteilung die These, daß das Grundmodell des Scope 21 überholt werden müsse, um in der Konkurrenz mit dem vergleichbaren Produkt, das die Jugoslawen und vielleicht auch die Japaner zu niedrigerem Preis anboten, günstiger abzuschneiden.

Hatten die Japaner wirklich etwas produziert, das sich mit dem Gerät der Firma messen konnte? Diddy möchte es erst mit eigenen Augen sehen, ehe er wirklich daran glaubt. Doch halt, da ist es ja. Das japanische Modell. Aufgebaut in der Mitte des ovalen Tisches. Unter Obhut eines jungen Wissenschaftlers mit Ansatz zur Glatze, der erklärt, daß das, was wir da vor uns sehen, vielleicht nur eine vorläufige Version ihrer photomikrographischen Ausrüstung sei. Der Apparat, der sich noch in der Testphase befinde, werde von der Fabrik noch nicht ausgeliefert, nicht einmal für den Verkauf in Japan. Doch schon jetzt ein superbes Gerät. Bestimmt auch bald in den Staaten lieferbar.

Diddy fragte sich, wie die Firmenbosse, wenn sie so unfähig waren, wie Jim behauptete, es in die Hände bekommen hatten. Vielleicht mit orthodoxen Mitteln. Vielleicht aber auch nicht. Aus der Fabrik in Nagasaki herausgeschmuggelt von einem desertierenden Angestellten oder einem verärgerten Juniorboss. Jemand wie Jim, nur mit gelber Haut und Schlitzaugen und glattem, schwarzen Haar. Vielleicht war dieser Mensch »Chang«, der zur Belohnung die amerikanische Staatsbürgerschaft, eine schicke Uniform und ein Pöstchen bekommen hatte, im Rahmen dessen er gelegentlich als Firmenchauffeur agieren muß. Chang, der in Wirklichkeit so ähnlich wie Mayamoto hieß.

Wir sollten es nicht zu leicht nehmen, sagte jemand drei Stühle von Diddy entfernt, was die Überlegenheit des neuen japanischen Instrumentes gegenüber dem unseren anbelangt.

Nicht gerade, was die Bosse hören wollten. »Ziehen Sie doch bitte die Vorhänge zu, Goldberg, sind Sie so freundlich? Das Licht blendet mich«, sagte Reager gereizt. (Jetzt) ergriff Reager das Wort. Sagte, das Problem könne und müsse in Washington gelöst werden. Und was ist mit der Pflicht der Regierung, die Zölle dazu einzusetzen, die eigene Industrie zu schützen, die keinesfalls mit den Preisen konkurrieren kann, zu denen ausländische Hersteller anbieten können, weil ihnen billige Arbeitskräfte im Überfluß zur Verfügung stehen? Jugoslawen und Japaner, also wirklich! Und was die Verbesserungen betrifft, so wissen Sie ja wohl, meine Herren, daß auf diesem Sektor keine Kosten gescheut worden sind. Achtzig Jahre Pionierarbeit in der Forschung stehen hinter dieser Firma. Es ist die großzügig geförderte Forschung, die das Mikro-Recorderscope zu dem herausragenden Instrument seiner Art in der heutigen Welt gemacht hat.

Diddy hat die Angeberei und die Lügen satt. Hat es satt, seinen Glauben auf die Probe stellen zu lassen. Wenn Reager die realistische Herausforderung, der die Stellung der Firma ausgesetzt war, zu einer Glaubenskrise unter seinen Angestellten machte, war er ein Dummkopf. Niemand wollte an etwas glauben, woran man nicht glauben konnte. Nicht einmal, wo doch jeder an irgendetwas glauben will.

Reager hatte die Konferenz wahrscheinlich überhaupt gar

nicht gewollt. Seine Vorstellung: so wenig als möglich sollte geschehen. Das Geschäft lief gut. Wer kann sich vorstellen, daß es einmal anders sein würde als es heute war?

Doch die Zeiten ändern sich. Die Jüngeren melden sich stürmisch mit ihren Argumenten wieder zu Wort, sowie der alte Herr fertig ist.

Wer hat recht? Diddy fand die Argumente beider Seiten stichhaltig. Welche Politik sollte man also einschlagen? Beide. Doch daß das geschieht, ist wohl nicht wahrscheinlich, oder? Höchst unwahrscheinlich, daß die Firma in einer einzigen Versammlungswoche zwei größere und sich gegenseitig ausschließende Entwicklungsprogramme in Angriff nehmen würde. Wir werden uns nur für eins entscheiden können. Für welches wird Diddy sich entscheiden? Seine eigenen Empfehlungen, die er heute nachmittag vorlegen wird und an deren Vorbereitung er in den letzten beiden Wochen fast allabendlich gesessen hat, bestanden in Entwürfen zu einer neuen Werbekampagne. Durchaus angemessen. Diddy kümmerte sich um seinen eigenen Kram. Und hätte es am liebsten, wenn andere Leute das auch so hielten. Und er weiß, daß man in der Grundsatzdebatte von ihm erwartet, daß er sich hinter Reager und die alte Garde stellt. Eine Mehrheit, die leicht zu bekommen war – auch wenn Watkins, der am anderen Ende des ovalen Tisches an seiner Pfeife saugte, noch nichts gesagt hatte. Doch von den anderen achtzehn, so schätzte Diddy, würden fünf zu Comensky und Goldberg von der Abteilung F&E halten. Womit zehn blieben, die hinter Reager standen, wenn Diddy sich selbst mitrechnete.

Sollte sich selbst aber noch nicht dazuzählen. Ihm ist heute danach, etwas Unerwartetes zu tun. Er hatte sich von der Minderheitsfraktion beeindrucken lassen, die mit ausgefeilten, in Ausziehtusche gezeichneten Schaubildern und Modellen ausgerüstet und gewappnet mit langen, schillernden Worten, die nur so aus ihnen hervorsprudelten, aufgetreten war. Hatte sich noch nicht entschieden, welches Lager er unterstützen sollte. Hatte aber (jetzt) den Verdacht, daß es das der Wissenschaftler und Techniker sein würde. Soll der Reager doch explodieren. Ich habe es satt, ihm nach dem Munde zu reden.

Als die Versammlung für das Mittagessen unterbrochen wurde, war es schon halb zwei. Heute aßen wir hier; uniformierte

Serviererinnen rollten schon Wagen mit Speisen herein. Diddy ging zur Telephonzelle in der Halle hinaus, rief in der Warren-Klinik an. Da es sich herausstellte, daß Hester noch kein Telephon in ihrem Zimmer hatte, hinterließ er eine Nachricht bei der Stationsschwester.

Als er in den Konferenzsaal zurückkehrte, waren die Arbeitsmaterialien schon vom Tisch geräumt und neunzehn Gedecke auf einer riesigen Kunststofftischdecke aufgelegt worden. Diddy hatte gar nicht bemerkt, wie sehr der Saal nach Tabak stank. Ehe er sich zum Mahle niederließ, zog er das Oberteil eines der hohen Fenster am Griff halb herab. Vielleicht bedrückte ihn nicht nur der Rauch, sondern er wollte auch Zeit gewinnen. Konnte nicht glauben, daß er nach dem heroischen Frühstück schon wieder eine Mahlzeit schaffen würde. Und durchgebratenes Roastbeef mit Mais und Bohnen schon gleich gar nicht. Doch Diddy aß tatsächlich. Sogar mehr, als er sich zugetraut hatte.

Der Rest des Nachmittags zog sich schmerzlich lang hin. Diddy stand auf, um seine neue Werbekampagne vorzustellen, schloß dann aber damit, daß er seinen Zweifeln darüber Ausdruck verlieh, daß diese Taktik wirklich die Konkurrenzflut, die gegen die Firma anbrandete, zurückdämmen würde.Angenommen, man hätte die Wahl zu treffen – entweder das Budget für verstärkte Werbung zur Verfügung zu stellen oder den Wissenschaftlern mehr Geld in die Hand zu geben. »In diesem Fall würde ich raten, noch den letzten Cent in die Forschung zu stecken.« Als Diddy sich setzte, salutierte Jim ihm spaßhaft über den Tisch hinüber.

Es mag sehr wohl sein, daß die Rede in keinem der beiden Lager Anklang gefunden hat. Doch das ist Diddy in diesem Falle völlig egal. Ist Diddy mit sich zufrieden? Das ist es, was zählt. Stillt noch das alte Analgetikum der Arbeit den Schmerz, lenkt es ihn noch ab von sich selbst? Und macht ihn restlos zu einer bloßen Funktion seiner hiesigen Situation? Vielleicht ist in den letzten vierundzwanzig Stunden zuviel geschehen. Kann er nicht so undurchdringlich sein, wie er es gern möchte. Nicht mehr. Eine Glasur überzieht Diddy, wie fettgetränktes Papier.

Während der sich anschließenden Diskussion hat Diddy die meiste Zeit hindurch abgeschaltet. Die Worte fangen wieder an, sich zu verfestigen und diese eigenartige gedämpfte Eckigkeit anzunehmen, einem Echo ähnlich, was sie fast zu etwas Materiellem werden läßt und es erleichtert, ihre Bedeutung zu ignorieren. Diddy will so viel wie möglich ignorieren. Bemerkt gar nicht, daß gegen vier Uhr sein Rücken zu schmerzen begonnen hat, weil er so lange gekrümmt dagesessen hat. Auf einem breiten Stuhl, der fast nur aus Holz besteht, abgesehen von der symbolischen Lederhaut auf der Sitzfläche. Wie dem auch sei, Diddy ist heute nachmittag nicht sehr aufmerksam. Ist drinnen in sich selbst. Was für Diddy nicht unbedingt bedeutet, daß er in seinem Körper ist. Folglich in seinem Gemüt?

Sieh ab vom Versagen der Worte, ihrer Hypermaterialisierung. Andere Möglichkeiten, die Diddy hat, um die Welt zu verstehen, versagen ebenso. Eine Entgleisung der Wahrnehmung selbst.

> Außer daß er Temperaturschwankungen und die zunehmende Luftverschmutzung durch Tabakrauch in dem Saal mit der hohen Decke registriert.
>
> Außer daß er sich über die Nervosität und das Kettenrauchen von Ambergate, dem Finanzexperten der Firma, ärgert.
>
> Außer daß er Pete La Salle beobachtet, den Boss der Exportabteilung, Watkins' Neffen, der geschickt döst, ohne daß die anderen es bemerken.
>
> Außer daß er mit leichtem Ekel bemerkt, daß Buchanan von der Produktionsabteilung, der links von ihm sitzt, an seinen Nägelhäuten herumkaut.
>
> Außer daß er verfolgt, wie das Nachmittagslicht, das durch die hohen Fenster des Konferenzsaales strömt, allmählich blasser wird.

Eine zufällige Abfolge krasser Eindrücke. Von denen abgesehen Diddy eigentlich kaum anwesend ist. Da er irgendwo drinnen in sich selbst ist und an den bevorstehenden Abend denkt. Wiederholt ermahnte sich Diddy, der Romantische, vernünftig zu sein, wenn er an Hester denkt. Mit einem Mädchen einmal Liebe zu machen bedeutet heutzutage oft gar nichts: bedeutet ihr nicht mehr als dir. Und selbst wenn ihre Begegnung wirklich gewagt und sexuell erregend gewesen war, erwarte nicht, daß das Besondere daran noch lebendig ist, wenn sie sich heute abend sehen. In einem anderen Raum herrscht ein anderer Ortsdämon. Erwarte nichts. Gestern war einmalig. Verworrenheit, Schuld, Angst und die Sehnsucht nach heilender Berührung hatten Diddy gemartert. Hester in ihrer endlosen Dunkelheit war über den ungeklärten Aufenthalt des Zuges im Tunnel erschrocken gewesen. Ihre Begegnung im Tunnel war zu aufgeladen, zu drängend gewesen. Ihr brennender Geschmack mußte sich in der milchigen Atmosphäre gewöhnlicher Umstände verwässern.

Gut, daß er sich auf diese Weise vorbereitet hat. Denn der Besuch im Krankenhaus, zugleich erfüllt und leer, war anstrengend. Es fängt schon schlecht an. Und zwar damit, daß Hester Diddy mit Worten, die leblos und nach Pflichterfüllung klingen, für die Blumen dankt. Wieder sind sie zusammen in einem geschlossenen Raum. (Jetzt) ein mittelgroßes Zimmer im siebten Stock des Hauptgebäudes der Warren-Klinik. Großzügige Dimensionen für ein Privatzimmer. Und mit hübschem Ausblick auf den Monroe Park. Diddy wünschte, sie könnte aus dem Fenster sehen. Es quält ihn, daß das blinde Mädchen endlos eingeschlossen ist. Was er gestern eigentlich nicht empfunden hatte. Doch kommt es ihm vor, als habe Hester nachgelassen, sei sie in diesem Zimmer weniger unbedingt als im Zugabteil oder auf dem Gang oder in der Toilette oder im Speisewagen. Oder während der zermürbenden Schlaflosigkeit letzte Nacht, als sie sich sporadisch in Diddys Kopf materialisiert hatte.

Halt. Wahrscheinlich hat sich Hester selbst gar nicht verändert. War es gar nicht ihre Schuld, ebenso wenig wie die seine. Lag es an der Tante? Denn Hester und Diddy waren nicht allein. Mrs. Nayburn war im Zimmer, als Diddy ankam; und sie blieb und blieb. Überschüttete ihn von Anfang an mit Aufmerksamkeit; ignorierte praktisch ihre Nichte. Je mehr die Frau ihm schmeichelt, je geschwätziger und aufdringlicher sie wird, desto tiefer fällt Hester in dieselbe leere Passivität, die Diddy zu Anfang der Zugreise aufgefallen war und die ihn abgestoßen hatte.

Denk an das einzige andere Mal, daß sie zu dritt allein im selben Raum zusammen waren; als sie letzte Nacht im Taxi zum Krankenhaus hinausfuhren. War es so unangenehm gewesen wie (jetzt)? Diddy versuchte, sich zu erinnern. Weiß aber nichts mehr, jedenfalls das nicht. Alles, was ihm noch einfällt, ist, daß er sich im Warteraum für einen Moment von ihnen hatte losreißen wollen. Um eine Zeitung zu kaufen. Falls infolge eines Wunders der Drucktechnik ein gewaltsamer Tod am Spätnachmittag so rasch in Worte und danach auf Druckplatten umgesetzt werden kann, daß die Story in der Abendzeitung erscheint. Er machte sich dann klar, daß das absurd war . . . Er konnte sich an keine Einzelheiten der Taxifahrt mehr erinnern, außer daß er sich trotzdem immer noch ab und an gewünscht hatte, er wäre eine Zeitung holen gegangen, bevor sie ins Taxi stiegen, und daß dieses selbe Gefühl der unüberwindlichen Angst und Benommenheit, das er schon seit Stunden hatte aushalten müssen, immer noch zunahm.

Im Krankenhauszimmer. Die Tante läßt ein Trommelfeuer von Fragen auf Diddy niederprasseln, nach seinem familiären Hintergrund, seinem College, seiner Arbeit. Nach der Größe seiner Wohnung und ihrer Lage. »Ach, wie nett! Nach allem, was man so in der Zeitung liest, kann man ja gar nicht vorsichtig genug sein, was ein gutes Wohnviertel in New York betrifft. Es kommt wohl so weit, daß ein Weißer kaum noch irgendwo sicher ist jetzt . . .« Da Diddys Wohnung keineswegs in einem »guten Wohnviertel« liegt, kann er nicht entscheiden, ob Mrs. Nayburn über ihre zwangshaft niedrige Gesinnung hinaus von New York einfach keine Ahnung hat, unaufrichtig ist oder einfach nicht zuhört. Immer weitere Fragen. Als Diddy sagte, daß sie vielleicht von seinem Bruder gehört habe, der ein Konzertpianist sei, rutschte ihre Stimme eine Oktave nach oben und sie rief schrill: »Meine Güte! Sagen Sie bloß, ihr Bruder ist Paul Harron. Wirklich? Wie aufregend!« Sie hat nicht nur von Paul gehört, sie besitzt sogar seine Aufnahme des Klavierkonzerts von Tschaikowsky. Würde sie Diddy nun bitten, ein Autogramm für sie zu besorgen? Es war nicht das erste Mal, daß es Diddy reute, gegenüber einem neuen Freund oder Bekannten Paul erwähnt zu haben. Pauls Name entfliegt dem Munde Diddys nicht horizontal und leicht; er fällt mit einem dumpfen Schlag zu Boden. Er kann seinen Bruder einfach nicht erwähnen, ohne daß es gewichtig klingt, wie Angeberei. Diddy ist beunruhigt, daß es das ist, was das Mädchen vielleicht denkt: ihr Schweigen bedrückt ihn. Dafür wußte er aber nur allzu gut, daß er bei ihrer Tante den Verdacht, sie könne ihn für einen Prahlhans halten, nicht zu haben brauchte.

Zu Bescheidenheit oder Zurückhaltung hatte Mrs. Nayburn keinen Zugang. Das einzig mögliche Zartgefühl einer solchen Frau gegenüber: absolut stumm zu bleiben. Da alles, was er von sich gibt, ihr zu gefallen scheint.

Der allzu leicht vorhersehbare Höhepunkt ist erreicht, als sie sich nervös zu der Frage aufrafft, ob Diddy verheiratet ist. Diddy ist wütend und versucht, das Wort »geschieden« möglichst beiläufig herauszulassen. Verdammt, was mischt diese Frau sich ein? Sie muß sich auf ihn als künftigen Gatten ihrer behinderten Nichte in genau dem Moment festgelegt haben, als der extravagante Blumenstrauß diesen Morgen in Hesters Zimmer abgegeben wurde. Vielleicht rechnet sie nicht mit einem erfolgreichen Ausgang der bevorstehenden Operation. Und die übermäßige Wärme der Aufmerksamkeiten von Mrs. Nayburn Diddy gegenüber lassen vermuten, daß Hester keinen anderen ernsthaften Verehrer hat; oder jedenfalls niemanden, der die Zustimmung ihrer Tante findet – oder von dem sie wüßte.

Diddy ist es nicht gewohnt, ohne große Anstrengung überreicht zu bekommen, was er will oder wollen könnte. Obwohl die Frauen ihn mochten, traute Diddy ihnen niemals wirklich, wenn er ihre Zustimmung fand. Sein Selbstgefühl als Mann war angeknackst. Die Selbstverachtung, die seine Willenskraft zu unterminieren begonnen hatte, als Paul ihn hinsichtlich Vitalität und Leistung eingeholt und dann weit hinter sich gelassen hatte. Ein schimpflicher Neid auf die blinde, mitleidlose Vitalität von Männern, die wie Incardona aussahen; Männern von der Sorte, die Diddy immer abgelehnt und nie gemocht hatte, die ihn nicht mochten, und vor denen er Angst hatte. Daraus folgt also, daß Diddy unübersteigbare Hindernisse würde überwinden müssen, wenn er Hester wirklich haben wollte. So stand es nun einmal mit ihm, und dieser normale Zustand, so schien die Tante anzudeuten, war (jetzt) außer Kraft gesetzt; als könne sie über Hester verfügen. Mrs. Nayburn gab wortlos das Versprechen, daß das Mädchen kampflos sein werden könne.

Keine Konkurrenz? Trotz der Schönheit des Mädchens?

Langes, feines, blondes Haar, verborgene Augen, zarte gebogene Nase, breiter Mund, schlanker Hals, runde Schultern, üppiger Busen, dralle, schmiegsame Taille . . . Hester ist doch schön, oder etwa nicht? Diddy gibt sich Mühe, fair zu sein, versucht, das

Mädchen (jetzt) als ebenso außerordentlich und packend zu sehen, wie sie ihm gestern vorgekommen ist. Doch das unterschiedslose Geschwätz der Tante und seine unvermeidlich mechanische Reaktion darauf haben Diddys Wahrnehmungskräfte betäubt, seine Gefühle verstummen, die Nerven erfrieren lassen, die sein Fleisch beleben. Diddy, der Benommene. Der sich anschickt aufzustehen, um den beiden Gute Nacht zu sagen. Als aber auch schon Mrs. Nayburn ihm zuvorkommt, die vielleicht spürte, daß sie durch ihr Bleiben nicht gerade förderte, was sie für das Interesse ihrer Nichte hielt. »Liebes, mir ist gerade eingefallen, daß ich noch ein paar Sachen besorgen muß.« Zu ihm: »Sie werden Hester doch für die restliche Zeit noch Gesellschaft leisten, nicht wahr ... Dalton? Darf ich Dalton zu Ihnen sagen?«

»Gewiß doch«, sagt Diddy.

Mit einem Paket und einer strotzenden Einkaufstüte beladen, genauso einer wie gestern, verläßt Mrs. Nayburn das Zimmer. Nahezu gleichzeitig wird die Atmosphäre leichter. Das Atmen selbst fällt weniger schwer. Diddy fühlte sich allmählich lockerer, wieder eher als ganzer Mensch. Sein Blut beginnt zu fließen, seine Nerven fangen an zu pulsieren, er sieht wieder klarer. Kann das Mädchen (jetzt) richtig anschauen.

> Eingehüllt in Nachthemd, Laken, Decke; der formlose Körper, der die ganze Länge des Bettes einnimmt, läßt kaum jene zarten Konturen ahnen, die Diddy doch kennt. Unverändert ist Hesters Gesicht, das zu einem Viertel von der dunklen Brille maskiert ist.

Hester scheint ihn anzusehen.

> Wenn sie den Kopf bewegt, kann sie einen intelligenten Faksimile-Blick auf ihn richten, wie sie es gestern getan hat. Doch ist es niemals richtiges Blicken: nämlich Erregung, die das Augenlicht im Kopf verursacht, Austausch der Blicke, Komplizenschaft der Augen. Das Gesicht des Blinden kommuniziert nicht mit anderen Gesichtern als Gesichtern. Kommuniziert mit anderen Gesichtern nur als Fleisch. Die einzige Komplizenschaft besteht in Berührung.

Keine merkliche Änderung in ihrem Gesichtsausdruck, seit Mrs. Nayburn fortgegangen ist.

War Hesters Gesicht gestern ebenso ausdruckslos gewesen? Was Diddy wohl entgangen wäre, so tief und drängend war das Bedürfnis gewesen, sich mit dem Körper unterhalb des Gesichts zu vereinigen. Doch ist nicht schon diese Vorstellung selbst, nämlich die »eines Gesichtes« über »dem Körper«, ein Bild, wie es nur Menschen, die sehen können, von sich selbst und anderen Menschen haben können? Für Blinde ist das Gesicht einfach nur ein Körperteil unter anderen.

Wenn Gesichter ein vom Körper unabhängiges Leben haben, dann nur aufgrund des Augenlichtes. Wenn das Augenlicht erlischt, stirbt eigentlich das Gesicht. Oder wird experimentell, vorläufig. Stellt – vielleicht geschickt – ein Gesicht nur dar; ist aber kein wirkliches Gesicht. Ist als Gesicht ein Objekt.

Das Gesicht des Blinden sitzt auf dem Körper wie eine abgeblendete oder verloschene Laterne. Ein Gesicht mit toten Augen, dem die visuellen Anhaltspunkte, aus denen es von anderen Gesichtern Ausdrucksfähigkeit lernen könnte, fehlen, kann niemals das gesamte Vokabular aus sich selbst erlernen. Es mag versuchen, aufs Geratewohl oder annäherungsweise Zeichen von Gefühl hervorzubringen, aus dem Bedürfnis heraus, einem imaginären, einheitlichen Ideal Genüge zu tun. Doch wenn es getreu seinen eigenen Voraussetzungen entsprechen wollte, dann hätte das Gesicht ohne Augenlicht weder Grund noch Mittel, in irgendeiner Weise ausdrucksvoller zu werden als eine Hand oder ein Fuß oder eine Brust.

Wie altert ein ausdrucksloses Gesicht? Langsamer, sollte man annehmen. Ein Gesicht ohne Augenlicht, eines, das niemals durch Beobachtung anderer Gesichter konsequent ausdrucksvoll zu sein gelernt hat, bleibt wahrscheinlich noch viele Jahre faltenlos, wenn sehende Gesichter von gleichem chronologischen Alter schon durch die Ausübung von Ausdruck gefurcht und gezeichnet worden sind. Vielleicht ist Hester gar nicht so jung wie sie aussieht. Was anders in Anspruch genommen wird, altert anders.

Schaut Diddy allzu bemüht hin? Das falsche Hochleistungsmikroskop. Tritt einen Schritt zurück, um sie ohne Hilfsmittel ansehen zu können. Vielleicht ist Hester einfach bloß ruhig und wartet, daß er als erster spricht. Etwas rührt sich in ihrem Gesicht. Um den Mund herum, dort muß er hinschauen. Wenn bei gewöhnlichen Menschen die Augen das Gesicht beherrschen, dann muß es bei Blinden der Mund sein. Dort war die Komplizenschaft, nach der er suchte. Nicht in den Augen und nicht im Blick. Sondern beim Mund und in Berührung.

Doch Diddy ist in diesem Augenblick nicht danach zumute, Hester zu küssen. Sie war irgendwie zu passiv, er zu kontrolliert. Das Krankenhauszimmer ist neutral, ist tot. Ganz anders als das Zugabteil gestern, ein Raum, der sie trug, der zu einem unabhängigen Fahrzeug wurde, das für weite Reisestrecken gerüstet war. Oder als der enge, vibrierende Raum der Toilette, in der sie beide standen; verklammert, verschränkt ineinander.

Diddy saß vornübergebeugt auf dem Stuhl am Fußende des Bettes, spürte wieder leicht den Schmerz in der Wirbelsäule, der gegen vier Uhr im Konferenzsaal begonnen hatte. »Schon angefangen mit deinen Untersuchungen?« sagt er hölzern.

»Man hat mir heute Morgen Blut abgenommen. Und ein EKG gemacht. Und eine Urinprobe. Das ist alles.«

»Das sind bloß die Routineuntersuchungen vor einer Operation. War jemand da, der sich deine Augen angeschaut hat?«

»Noch nicht.«

Diddy weiß nicht, was für Wörter er als nächstes herausbringen soll. Er ist weit weg. Schaut aus dem Fenster und genießt, was Hester nicht genießen kann – die Aussicht. Farben. Gestalten, die sich bewegen. Die sich als »Nähe« und »Ferne« wiederholende Verteilung und Verstreuung der Dinge im Raum.

»Möchtest du Pralinen? Tante Jessie hat mir eine Schachtel mitgebracht, aber ich mag sie nicht.«

Wo sind die Pralinen? Auf dem Nachttisch. »Nein danke.«

Diddy inspiziert Hesters Zimmer, als könne das als mnemotechnische Hilfe dienen. Für einen Erinnerungsraum, eine Folge von Orten, zu denen Diddy künftig einmal in seiner Phantasie zurückkehren kann; und, während er sich durch den Raum bewegt, aus den memorierten Orten Bilder hervorziehen kann, die er dort gespeichert hat. Doch das gesichtslose Zimmer widersetzt sich offensichtlich solch einer Verwendung.

Alles, was zur Einrichtung des Krankenhauses gehört, ist einem einzigen Farbton angenähert. Die Wände sind weißlich, wie auch die Musselinvorhänge. Die hölzerne Kommode hat einen platt weißen Anstrich, wie auch das eiserne Bettgestell, das von einer weißen Decke über den üblichen weißen Leintüchern bedeckt ist. Der weiße Metalltisch neben dem Bett hat eine weiße Resopaloberfläche; der glänzend weiße Porzellanfuß der Nachttischlampe weist eine Spur von Kontrast zu dem stumpfen Schimmer des Plastiklampenschirms auf. Und die beiden Stühle – die ein offizielles Maximum von zwei Besuchern erkennen lassen – sind mit körniger weißer Lederimitation bezogen. Wüßte Diddy es nicht besser, er hätte den Schluß ziehen können, daß Ophthalmologen der Ansicht waren, daß Weiß kranken Augen mehr als alle anderen Farben wohltue.

Die kastanienbraun-goldene Pappschachtel, in der die Pralinen waren, ein gelber Bademantel der Breite nach über dem Fußende von Hesters Bett, die braungegerbten Ledersandalen auf dem Fußboden vor ihrem Bett und Diddys Blumen sind die einzigen Dinge im Zimmer, die nicht weiß sind.

»Deine Blumen gefallen mir«, sagt Hester. Als könne sie seine Gedanken lesen. »Du hast mir nicht geglaubt, nicht wahr, als ich mich vorhin bedankt habe. Und ich weiß auch warum. Meine Tante war im Wege. Du hättest mir aber glauben sollen, weiß du. Ich bin nicht höflich. Wenn ich etwas sage, dann meine ich es auch.« Sie lächelt strahlend. Und so darf Diddy sehen, wonach er sich doch auch sehnt. Ein neues Gesicht, zart und lebendig.

Diddy kehrt aus dem weiten Raum zurück, in den er entglitten war: kalt, grell erleuchtet, steinern. Froh, daß es ihn wieder zurückzieht in den engeren Raum der Zärtlichkeit, der das Mädchen umgibt. Er taut auf. Ein plötzlicher Schwall von sinnlichem, ermattetem Glück. Er springt von seinem Stuhl auf und zieht den zweiten, der näher bei Hester steht und auf dem die Tante gesessen hat, neben ihr Bett. Preßt sein Gesicht an den Arm des Mädchens. Doch nicht auf entblößtes Fleisch oder ein Gewebe, das sich nackt anfühlte. Sie trägt ein langärmeliges Flanell-Nachthemd, dessen rauhes Gewebe jede fleischliche Erinnerung an gestern leugnet. Und jedes tiefere Erkennen verweigert, das Diddys linke Wange an der Rundung ihres glatten, festen Armes gewinnen könnte. Doch auch sie müßte es stören, wie sich das Material auf ihrer Haut anfühlt. Wäre es nicht deprimierend, wenn das Nachthemd noch nicht einmal Krankenhauseigentum wäre, sondern eine Kostbarkeit aus dem Sonderangebot, die Mrs. Nayburn dem Mädchen aufgedrängt hatte? Er seufzt. »Also ... Wie ist dir zumute? Ehrlich?«

»Traurig.«

Diddy schaut auf, als sei er erschrocken. Sie streichelt ihm nun über das kurzgeschnittene Haar, und er senkt wieder den Kopf. »Warum?«

»Ich habe wenig Hoffnung, was die Operation betrifft. Und ich habe mir Sorgen gemacht wegen dir, als ich daran dachte, was du dir gestern antun wolltest. Ich hatte Angst, daß es dir heute leid tun würde, daß du es gestern nicht fertiggebracht hast.«

Was es Diddy an Willenskraft kostet, sich nicht schroff von Hesters Körper zurückzuziehen und sich aufrecht hinzusetzen. »Hester, hör mich bitte an! Also noch einmal, *das* war es nicht, was gestern im Zug passiert ist. *Die* Dummheit habe ich vor einem Monat begangen.« Es kostet auch Kraft stillzuhalten, sich kuschelnd ihrer Liebkosung zu fügen. Ihre Berührung weiter entgegenzunehmen: sanft, doch gebieterisch. »Bitte glaub mir doch! Kannst du mir verzeihen, daß ich dich erst belogen habe? Was gestern wirklich passiert ist, war nämlich etwas anderes, etwas völlig anderes. Es ist das, wovon ich dir erzählt habe ... hinterher. Der Kampf mit dem Arbeiter ...«

Diddy weiß nicht, ob er weiter sprechen soll. Er hat nicht die Absicht, den Zeitungsausschnitt hervorzuziehen und ihn Hester laut vorzulesen. Und natürlich erst, nachdem er eine Stationsschwester gerufen hat, die dann zugegen ist, jemanden, der ihm über die Schulter sehen und Hester dann bestätigen kann, daß er wirklich liest, was dort gedruckt steht.

Wenn das schon Diddys Entscheidung ist, hätte er dann überhaupt so weit gehen sollen? Vergiß nicht, daß es Hester ist, die sich täuscht, nicht er; daß es ihre Wahrnehmung ist, die, zumindest auf kurze Zeit, versagt hat. Doch ihr zu beweisen, daß sie sich geirrt hat, was (jetzt) ja sehr leicht ist, wäre ein gefährlicher Triumph. Es wäre jetzt schon klüger, Diddy ließe das Mädchen weiterhin im Glauben, er habe eine Halluzination gehabt. »Zum Teufel, ich weiß ja, daß du überhaupt nicht daran glaubst«, fügt er hinzu. »Oder? Du glaubst doch gar nicht, daß ich überhaupt das Abteil, geschweige denn den Zug verlassen habe.«

(Jetzt) Hoffnung für Diddy, daß seine Spuren verwischt sind. Nicht, daß es eine große Rolle spielt, was er in diesem Augenblick sagt. Egal, wie beharrlich er Hester auch drängen würde, ihm den gestrigen Mord zu glauben, sie würde nicht zu überzeugen sein – es sei denn, Diddy zöge das unwiderlegbare gedruckte Beweisstück hervor, das seit heute Morgen in seinem Besitz ist. Warum sollte sie ihm auch glauben?

Doch selbst wenn Hester seinem Geständnis keinen Glauben schenkt, nicht zum Mitwisser seines Geheimnisses wird, sie könnte doch immer noch auf eine Weise reagieren, die ihm vielleicht Kummer oder Ärger bereiten würde. Glaubte sie an Diddy, den Unschuldigen, dann könnte sie Angst bekommen vor Diddy, dem Phantasten. Eine natürliche Selbstschutzreaktion: daß der relativ Gesunde den geistig Gestörten fürchtet. Doch das wäre Diddy zuwider. Oder sich sorgen, wenn sie schon keine Angst hat. Und dann könnte sie, wenn die Sorge ihr zu sehr wehtut, seine Geschichte jemand anderem erzählen; vielleicht einem ihrer Ärzte. Nicht, um Diddy zu verraten, da Hester ja glaubte, er habe gar nichts getan, sondern einfach, um fachmännischen Rat zu bekommen, welche Antworten man am besten einem Freund gibt, wenn er wieder anfängt, auf der buchstäblichen Wahrheit seiner Einbildungen zu beharren. Und diese dritte Person könnte Diddys sogenannte Selbsttäuschung mit dem Artikel in der heutigen Ausgabe der *Courier-Gazette* in Verbindung bringen. Und die Polizei anrufen.

Hester schweigt schon seit einiger Zeit.

»Woran denkst du?« fragt Diddy. Kann (jetzt) wohl seinen Kopf heben. Nicht im Zorn, nicht um auszuweichen. Er setzt sich auf, beugt sich dann wieder herab, um seine Lippen an Hesters warmer Wange zu reiben. Ein Kuß, der bei ihr kaum ein deutliches Willkommenszeichen hervorruft. »Was ist los, Hester?« »Ich denke nach. Weißt du, das ist etwas, worüber wir nicht reden sollten. Jedenfalls jetzt nicht. Über das, was im Tunnel passiert ist . . . Ich kann dir dabei nicht helfen, Dalton. Ich würde dir vielleicht sogar schaden.«

»Schaden?« wiederholt Diddy erstaunt.

»Ja. Glaub mir, es ist nicht so, daß ich dich verletzen *will.* Aber ich habe das Gefühl – es ist schwer, Worte dafür zu finden –, daß etwas Schlimmes von mir ausgehen könnte gegen dich. Frag mich nicht, was. Ich habe nur eine sehr dumpfe Ahnung. Aber du wirst dich ohnehin auf mein Urteil verlassen müssen. Ich weiß vielleicht sehr wenig, aber du weißt überhaupt nichts darüber.«

Diddy ist verblüfft, er stutzt. Wie konnte Hester etwas Wichtiges, was sie beide betraf, so früh endgültig entscheiden? Müßte er (jetzt) nicht darauf bestehen, daß sie erklärt, was sie meint? Kann er aber nicht, und das frustriert ihn. Weitere Fragen würden nach Drangsalierung aussehen. Doch auch Erleichterung. Allerdings, wenn nun zwischen ihnen ein Abkommen besteht, daß sie diesem unerschöpflichen Thema, der Welt des Tunnels, aus dem Wege gehen, dann bleibt nicht viel, worüber sie sprechen könnten. Es ist nicht leicht, mit Hester zu reden. Doch er will reden. Diddy, der Wortkarge, den leeres Wortgeklingel so abstößt, ist wieder einmal zu schaler Konversation verurteilt. Zu der Salve törichter Fragen, mit der man sinnlose Informationen einholt. Nun, dann stürzt er sich eben hinein.

Liegst du bequem?
Sind die Schwestern nett?
Magst du deinen Arzt?
Wie ist das Essen?
Wann wirst du operiert?

»Laß das«, sagt sie scharf und schüttelt den Kopf. »Du weißt selbst, daß du mit mir auf diese Weise gar nicht reden willst. Und ich will es auch nicht. Bitte!«

Diddy staunt. Weiß sie das auch? Doch da er unfähig ist, einfach bloß dankbar zu sein für Hesters Intervention, geht er kommentarlos zu besseren Worten über. »Ich will dir weiß Gott nicht diese ganzen leeren Fragen stellen.« Diddy ist eine Erklärung schuldig. »Aber ich finde, ich bin in einer unangenehmen Lage. Ich weiß nicht, was ich sagen oder was ich überhaupt hier soll.«

Sie berührt sein Haar. »Weißt du, was du tun solltest? Du solltest aufstehen und gehen. Ohne irgendetwas zu sagen.« Sie nimmt ihre Hand fort.

Diddy blickt Hester lange Zeit an, ohne zu antworten. Sie hat natürlich recht. Ist hellsichtiger und mutiger als er. Doch eine Frage gibt es noch, die er stellen muß, so töricht sie auch erscheinen mag. »Sollte ich gehen . . . ich meine, wenn ich jetzt gehe, dann wirst du mich doch hören, nicht wahr? Diesmal wirst du nicht denken, daß ich noch bei dir im Zimmer bin?«

Hester setzt sich etwas steiler im Bett auf, stützt sich gegen die Kissen; faltet die Hände im Schoß; wendet sich Diddy zu. Sie nickt. Sagt aber nichts.

Diddy will nicht aufstehen. Das Schweigen zwischen ihnen hat sich sehr verdichtet – ist voller magischer, quälender, elektrischer, gelähmter Gefühle. Diddy fühlt sich magnetisiert, dann benommen. Irgendwie ein metallisches Schwindelgefühl. Mit einem dünnen, engen Unterfutter von Panik. Die Schritte der Schwestern und der Besucher im Gang draußen kommen ihm besonders laut vor. Vielleicht wird Diddy hier sitzen bleiben, auf ewig gebannt. Obwohl ihm schwindlig ist, fühlt er sich irgendwo auch friedlich. Unsagbar beruhigt.

»Ich glaube, ich verstehe zum ersten Mal, was es heißt, blind zu sein«, sagt er.

»Tatsächlich?«

»Ich weiß, wie sehr es einen einsperren muß, versteh mich nicht falsch. Und wie grausam es einem die normale Freiheit wegnimmt. Und trotzdem bilde ich mir ein, daß es auch sein Gutes hat. Eine bestimmte Erfahrung, die selten ist, und beneidenswert, wird dadurch leicht gemacht, und unumgänglich. Die Erfahrung einer unablässigen Aufmerksamkeit, einer Aufmerksamkeit, die niemals nachläßt, so daß alles immer zugleich sehr deutlich und sehr kompliziert ist.«

»Das gehört dazu.« Sie scheint zu lächeln.

»Und ich habe noch an etwas anderes gedacht, das aber schwerer zu beschreiben ist.« Diddy schloß die Augen. »Die Welt der Blinden . . . ich meine, die Welt, die du siehst, die Welt, die auch ich manchmal in meiner Phantasie bewohne . . . sie ist schrecklich wenig verläßlich. Es ist da immer ein Loch, direkt vor deinen Füßen. Du weißt, daß das Loch da ist, und doch mußt du weitergehen. Aber dir ist die ganze Zeit schwindlig . . . Und zugleich fühlst du dich sehr frei. Es kommt eigentlich nicht darauf an, ich meine ›Darauf-ankommen‹ im alten Sinne, ob du . . . ob du fällst.«

»Ja. Auch das stimmt.«

Diddy riß die Augen auf. Beschämt. Unsensibler, selbstverlorener Diddy. »Ich wünschte, ich könnte aufhören mit dem Reden«, sagt er nachdenklich.

Hester gab keine Antwort. Vielleicht würde sie ihm helfen. Eine Brise war aufgekommen und blähte die Vorhänge. Obwohl es schon Nacht war, schien es dunkler zu werden. Diddy saß noch eine Zeitlang da, schaute zeitweilig das Mädchen an, verglich zeitweilig die verschiedenen Schattierungen von Weiß, blickte zeitweilig ins Unbestimmte. Nach einiger Zeit stand er auf, nahm den Mantel über den Arm und ging zur Tür hinaus, ohne ein Wort zu sagen.

Diddy nahm ein Taxi und fuhr direkt zum Rushland zurück, und dort fand er Jim, der unglücklich in der Empfangshalle herumlungerte und vorgab, auf jemanden zu warten. Fast halb neun. Eine Begegnung mit Jim war (jetzt) nicht gerade, wonach Diddy zumute war. Er wäre für den Rest des Abends lieber allein gewesen. Er fürchtete das Gefühl, er werde durch gewöhnlichen Umgang mit Menschen die zarte Verbindung zu Hester verleugnen oder abstumpfen.

Dennoch, allzu leid tat es ihm auch wieder nicht. Vielleicht war es gerade das Beste, Jim in die Arme zu laufen, da Diddy es sich nicht so recht zutraute, allein zu sein. Er war zu dem Schluß gekommen, daß er solche noblen Umstände noch nicht verdiene. Wenn er erst einmal sicher droben in Zimmer 414 war, würde er dann nicht wieder ins Grübeln, in diese morbide Unentschlossenheit geraten? Seine Entscheidung, nicht zur Polizei zu gehen, wenigstens (jetzt) nicht, war leicht zu erschüttern; war noch zu neu, um wirklich bindend zu sein. Diese Entscheidung war keine bloße Laune – doch war sie so knochenlos, federleicht und zufallsbedingt wie eine Laune. Es fehlte ihr das Gewicht, das echte Entschlossenheit haben sollte und schließlich auch bekommt. Mit der Zeit. Wie eine Frühgeburt, die im Brutkasten aufbewahrt werden muß, bis sie den normalen Umfang erreicht. Diddys seit kurzem sprießendes Verlangen nach Leben mußte gepäppelt werden. Eine Spezialdiät. Nur wer fit ist, überlebt, und die Fitten sind fett.

Er würde also mit Jim im Hotel zu Abend essen. Er würde seine

Entschlossenheit füttern, würde sich selbst nähren. Richtige Selbst-Ernährung erfordert offenbar die Gesellschaft eines anderen Menschen. Diddy hat etwas über seine Gewohnheiten während der letzten vier Wochen herausgefunden. Insbesondere, warum und wie er praktisch aufgehört hat zu essen.

> Vorläufig hatte er zwei Hypothesen über sein Nicht-Essen in Betracht gezogen. Eine unbewußte Buße, die der Körper über ihn verhängt hatte, um das Fiasko vor einem Monat zu sühnen; oder ein böses Nachspiel zu der erniedrigenden Lebensreglementierung im Krankenhaus. Für beides gab es genügend Anhaltspunkte, vielleicht. Doch hat er ein ausschlaggebendes Detail außer acht gelassen. Diddy hat erst, nachdem er aus dem Krankenhaus gekommen war, damit angefangen, alle Mahlzeiten allein einzunehmen. Alle Einladungen zum Abendessen abzulehnen. Und den täglichen Termin beim Arzt erfunden, der ihm Spritzen gegen einen Rückfall gab, um mittags irgendwelchen Geschäftsessen zu entgehen.

Nenne es Unwohlsein, nenne es Fasten. Es hatte von beidem etwas. Was immer es war, Diddy war entschlossen, daß damit Schluß sein müsse. Diddy, der heute bereits zwei Mahlzeiten verdrückt hat. Wird noch eine zu sich nehmen. Hatte Jim schon zu Abend gegessen? Nein. Prima. Jim schien erleichtert angesichts der Einladung. Diddy bekommt vor lauter guten Absichten einen roten Kopf. Er wird Wörter benützen und über alles reden, was Jim interessiert; und wird einfach atmen. Einatmen, ausatmen. Hauptsache, er ist nicht allein.

Diddy bemerkte, daß sich mit dem Hummer, den er mit einem Stoßgebet bestellt hatte, auch der Appetit aufs Essen einstellte. Doch was die Seele betrifft, wie soll man die mästen? Wie soll der gewichtslose, kahle Wille Muskeln bekommen? Wie eine Haut wachsen um das hinfällige Gerüst von Gefühlen, so daß es nicht bei der leisesten Berührung in sich zusammenfällt? Ach, das waren schon schwerere Aufgaben. Es war gar nicht so einfach: einatmen, ausatmen. Jims Scherze, die beim Frühstück heute morgen ein Zufluchtsort geistloser, launiger Gesundheit gewesen waren, löcherten Diddy heute abend das Hirn. Er war kaum fähig, Jim zuzuhören, und sein eigener Beitrag zur Konversation war humorlos, gezwungen. Selbst Jim fällt es auf, und er fragt ein paarmal, ob Diddy krank sei. Diddy wiederholte, nein, es gehe ihm gut. Doch natürlich fing Jim immer wieder davon an. »Weißt du, du siehst in letzter Zeit wirklich ganz schön mitgenommen aus, Dalton.« Und rät ihm prompt, diesen Winter Skifahren zu gehen oder mit Tennis anzufangen oder sich in einem Fitness-Club einmal die Woche richtig zu verausgaben.

Diddy verstand nicht, was schief gelaufen war. Gab sich weiter Mühe, daß es mit dem Essen funktionierte. Weshalb er sich Zeit ließ mit seiner tüchtigen Portion; nicht, daß es ihm schwer gefallen wäre, alles auf dem Teller aufzuessen. Und weshalb er sich mehrmals Kaffee nachbestellte, und dann einen Weinbrand, den er nicht wollte. Hinhaltende Taktik, in der Hoffnung, herauszufinden, wie er das Ganze bewältigen soll.

Später gab Diddy auf. Schämte sich, diesen einigermaßen rechtschaffenen Burschen auszubeuten, für den er nichts übrig hatte, doch gegen den er genausowenig hatte. Er war nicht die richtige Gesellschaft für Jim, der sich wieder gefangen hatte, während die trägen, von der Uhr gemessenen Zeiteinheiten vorüberglitten. Diddy bemerkt, daß Jim (jetzt) Auftrieb bekommen hat, sich genügend unternehmungslustig fühlt, um loszuziehen und die Stadt auf den Kopf zu stellen, wie er sich ausdrücken würde; und bloß aus Rücksicht noch bleibt, weil er merkt, daß der fahle, teilnahmslose Diddy mit irgendwelchem Nachtleben nichts im Sinne hat, ihn aber doch auch nicht in dem fast leeren Hotelrestaurant allein zurücklassen will. Im »Fichtenzimmer.« Ganz offensichtlich, was Diddys Pflicht wäre: das Band der Höflichkeit zu lösen, Jim die Türen aufzustoßen. Was er dann auch tat, indem er zunächst gähnte und dann so tat, als müsse er dem wieder aktiven Jim gestehen, daß er müde sei und sich ins Bett begeben würde.

»Ich glaube, du hast den Virus noch nicht ganz gepackt, der dich letzten Monat umgeworfen hat«, sagte Jim, kaum verhehlend, wie froh er war, aus Diddys Gesellschaft entlassen zu sein.

Die beiden Männer standen in der Halle. Jim klopfte Diddy linkisch auf die Schulter. »Gute Nacht, Dalt«, sagte er. »Hol dir 'ne Mütze Schlaf, hörst du? Ich meine, mach nichts, was ich nicht auch tun würde, klar?« Von der Drehtür aus winkte er ihm zu. Diddy, schon vor dem Fahrstuhl, erwiderte das Winken; fuhr dann hinauf.

Starrt im Badezimmerspiegel mit Widerwillen sein grämliches Gesicht an. Versucht, sich durch pure Willensanstrengung aufzutauen. Wie sich Diddy, der Verstimmte, selbst zur Last fällt, von den anderen ohnehin abgesehen.

Nachdem Diddy geduscht hatte, ging er sofort ins Bett. Obwohl er kaum damit rechnet, daß er einschlafen kann, ohne vorher die gewohnte, lange Qual durchlitten zu haben; es gibt eben keinen halbwegs gemütlichen Platz in diesem kleinen, spärlich möblierten Zimmer. Doch Diddy kennt sich nicht so gut wie er denkt. Es blieb nicht einmal Zeit, dem blinkenden, gelben Reklameschild vor seinem Fenster Aufmerksamkeit zu zollen. Diddy, der Kaputte, war tatsächlich so schrecklich müde, daß er bei brennendem Licht einschlief, noch ehe ihm bewußt wurde, was er tat.

In dieser Nacht träumte Diddy. Nicht ein so unangenehmes Drama, wie er es hätte erfinden können. Keine starren Bilder des erschlagenen Arbeiters oder der vieldeutigen sexuellen Katharsis mit Hester. Es war ein weitschweifiger Traum, der Traum eines erschöpften Mannes. Zwei Personen aus dem Zug vom Sonntag, der Briefmarkenhändler in dem Tweedanzug und der Geistliche, sprechen über ihr gemeinsames Hobby. Doch es geht nicht ums Briefmarkensammeln. Sie saßen einander im Abteil gegenüber, hatten sich voller Eifer vorgebeugt; eine hübsche Muschel ging zwischen ihnen hin und her. Eine rosige Muschel, ein schönes Exemplar, Diddy kennt sie: *Conus gloriamaris*, Glorreiche des Meeres. Die beiden Männer überhäufen die Muschel mit Lob, machen einander auf ihre verschlungenen Windungen und ihre Zeichnung aufmerksam. Nicht ersichtlich für Diddy, wem die Glorreiche des Meeres gehört. Wenn sie im Besitz nur eines der beiden Männer ist, dann zeigt der andere keinerlei Zeichen von Neid oder Besitzgier. Und wenn das kostbare Objekt ihnen beiden gehört, bietet das offenbar keinerlei Anlaß zu Diskussionen oder Reibereien zwischen ihnen.

Diddy ist im Traum zugleich Zuschauer, der im Abteil neben dem Mann im Tweedanzug sitzt, und auch außerhalb, irgendwo, nirgendwo. Ist elektrisiert vor Neid. Er will die Muschel für sich haben, obwohl ihm klar ist, daß er sich da einem häßlichen Gefühl hingibt. Denn Diddy bewundert die Muschel gar nicht, findet sie überhaupt nicht schön. Wenn er auf einem einsamen

Spaziergang an irgendeinem verlassenen Strande die Glorreiche des Meeres auf feuchtem, braunem, blasenübersätem Sand fände, er würde sie keines Blickes würdigen. Wenn er nicht mit der Zehe auf die Muschel träte, und in dem Falle würde er sie mit dem Fuß fortstoßen, oder lieber noch unter dem Absatz zermalmen. Diddy, der Böse, giert (jetzt) nur deswegen nach der Muschel, weil er merkt, welchen Wert sie für den Mann im Tweedanzug und den Geistlichen hat.

Doch nichts qualifiziert ihn als Eigentümer. Unwahrscheinlich, daß diese Männer daran dächten, ihren Fang Diddy zu überlassen, der doch Briefmarken sammelt.

Solchermaßen auf ewig von der unendlich wiederholbaren Freude ausgeschlossen, die zwischen den beiden Sammlern hin- und hergeht, wird Diddy immer frustrierter. Muß irgendetwas unternehmen. Er entreißt nicht etwa die Muschel ihren Händen. Weiß irgendwie aus ungeklärtem Grunde, daß er physisch von der Muschel nicht Besitz ergreifen kann; jedenfalls (jetzt) nicht. Doch er kann ihnen die Freude daran vergällen. Kann von ihr sozusagen moralisch Besitz ergreifen.

Muß sofort handeln. Ehe die Ansprüche des Gewissens zu winseln beginnen; und sich ihre altvertrauten, rostigen Ketten materialisieren. Diddy schreitet brutal ein. Einfach, indem er einen Vortrag hält, ein Destillat all der Wut und Enttäuschung, woran er würgt. Um seinen Diskurs vorzubringen, hüpft er elegant von seinem Sitz auf das Gepäcknetz hinauf. Sitzt vornüber gebeugt, denn es ist zu wenig Raum, um aufrecht zu sitzen; die Füße baumeln herab. Er schaut auf die beiden Männer hinunter und läßt seine Tirade auf sie los.

Erster Punkt: das große Zeitalter der Konchologie ist endgültig vorbei. Es hat keinen Sinn, in die Vergangenheit zurückzukehren, oder? Er schaut hinab, um die Wirkung zu prüfen, die seine Worte auf die beiden Männer haben. Sie scheinen schon etwas weniger enthusiastisch zu sein. Dieses Steckenpferd, so fährt Diddy fort, hatte seine Blüte im neunzehnten Jahrhundert, als es noch genuine Entdeckungen zu machen gab. (Jetzt), da alles bekannt und registriert worden ist, sind diese Objekte es nicht länger wert, die Phantasie eines wahrhaft ernstzunehmenden Menschen zu entflammen. Das Sammeln von Muscheln ist, wie ja auch zu erwarten war, bei den sentimentalen Amateuren angekommen, die sich mit zufälligen Proben und Arrangements zufriedengeben. Und Amateure sind notorisch leichtgläubig, sie sitzen immer wieder Imitationen, Fälschungen und falschen Zuschreibungen auf. Da es niemanden mehr gibt, der dafür sorgt, daß die alten Maßstäbe der Konchologie in Kraft bleiben, ist der Markt mit abgeschmirgelten, glasierten und gefärbten Objekten überschwemmt, die den Anspruch erheben, Muscheln zu sein. Und dabei in Wirklichkeit aufgeschönte Muschelkadaver sind. Eine Folge des zu großen Angebotes an Muscheln war, daß sie nicht mehr mit dem ihnen als ganz und gar natürlichen Objekten zustehenden Respekt betrachtet wurden, und der Geschmack auf dem Gebiet der Muscheln ist heute unwiderruflich verdorben. Tatsächlich – Diddy hebt voller Eifer die Stimme, um diesen Punkt endgültig klarzustellen – tatsächlich sind wir heute so weit, daß der gute Geschmack auf *allen* Gebieten verkommen ist. Daß Sie es nur wissen, auch wenn es Ihnen esoterisch vorkommt; der verheerende Wunsch, die Natur zu verbessern, begann mit dem ersten Menschen, der sich daran machte, eine Muschel in ein Kunstwerk zu verwandeln. Das, sagte Diddy, der Kapriziöse, und spuckte auf den Geistlichen hinab, ist der wahre Bericht des Sündenfalls.

Der Geistliche wischt sich ruhig die Spucke vom Revers des Jacketts ab, während Diddy fortfährt. Wenn Mrs. Nayburn hier wäre, hätte sie ihm schon ihr Taschentuch zugeworfen, ehe er Zeit gehabt hätte, sein eigenes hervorzuziehen.

Zweiter Punkt: die armen Muscheln selbst, schutzlos wie die weichen Mollusken, deren Behausung sie einst waren, konnten nichts unternehmen, um diese degradierende Metamorphose aufzuhalten. Die meisten gaben sogleich auf; ein paar kämpften, vergebens. Wie konnten sie sich wehren, wie überhaupt hoffen, sich durchzusetzen, wo sie doch keine Augen hatten? Und so änderte sich nicht nur ihre Quantität, sondern ihre Substanz selbst. Die Muscheln wurden rauh, grob. Sehen Sie nur hin, sagt Diddy, schauen Sie die Muschel an, die sie so gehätschelt haben. Es ist wahr, die Glorreiche des Meeres, ist einst die seltenste, kostbarste, begehrteste aller Muscheln gewesen. Zu Beginn des achtzehnten Jahrhunderts gab es auf der ganzen Welt nur zwei bekannte Exemplare; beide stammten aus den Gewässern östlich von Neu Guinea. Doch gegen Ende des Jahrhunderts fand man die Muschel in unanständig reichlichen Mengen. Der Preis verfiel. (Jetzt) kann sich jedermann eins der heruntergekommenen modernen Exemplare per Post bestellen. Von den sorgfältig gearbeiteten Imitationen ganz zu schweigen, die diverse Fabriken in Japan liefern.

»Und jetzt werden wir mal einen Blick auf dieses besondere Exemplar werfen . . .« Diddy schnipst schroff mit den Fingern. Der Mann im Tweedanzug erhebt sich auf die Fußspitzen und reicht Diddy ehrfürchtig die Muschel zu seinem Hochsitz hinauf. Diddy braucht nicht erst umständlich das Stethoskop oder den Reflexhammer zu Rate zu ziehen. Was an dieser Muschel nicht stimmt, so verkündet er, ist auch ohne Hilfsmittel völlig sinnfällig. Mit einer verächtlichen Bewegung des rechten Zeigefingers macht Diddy auf die Tatsache aufmerksam, daß die Windung des Korpus in umgekehrter Richtung verläuft als bei der echten Glorreichen des Meeres, und daß das Netzwerk über den Windungen entgegengesetzt zu dem authentischer Exemplare gedreht ist. Er zeigt den beschämten Konnoisseuren drunten, daß die Muschel obendrein eine kräftig abgestoßene Lippe hat und einen verdickten Rand genau an der falschen Stelle. Sie reagieren auf diese Herabsetzung ihres Prachtstückes mit angemessenem Ärger. Diddy ist erbarmungslos, läßt nicht locker. »Sie sind hereingelegt worden. Wertloser Tand!« Stößt die Muschel roh hinab, sollen sie sie doch fangen, wenn sie können. »Kurz, meine Herren«, so schließt Diddy triumphierend, »was Sie in Ihren Händen halten, ist eine ermordete und zerbrochene Muschel.«

Diddy sieht verächtlich auf die beiden Männer hinunter, während sie hastig die Muschel befingern und hineinspähen, in der Hoffnung, Diddys glänzend vorgetragene Attacke abzuwehren. Diddy hat das Format der Leute, mit denen er es hier zu tun hat, richtig eingeschätzt. Der Geistliche und der Briefmarkenhändler sind große, dicke Männer; und deshalb kleinen Dingen gewogen. Briefmarken, Muscheln, Puppen, Schlüsselringen, Streichholzschachteln, Heftchen, Recordern, kleinen Autos, Miniaturhunden, zweitrangigen Gemälden, kleinen Tugenden. Diddy mag große Tugenden; und große, starke Dinge. Das Exquisite oder Zerbrechliche entspricht nicht seinem Geschmack. Ein Schluck Gin jederzeit, jedenfalls lieber als eine Schale Jasmintee aus Peking. Dennoch hat er Beschützerinstinkte gegenüber allem, was zart oder verletzbar ist. Wie eben (jetzt) zum Beispiel, wo Diddy sich sorgt, daß der dicke Geistliche viel zu viel Platz für sich beansprucht, mehr als sein Drittel der Sitzbank; und dabei Mrs. Nayburn und ihre Nichte einklemmt. Diddys Fürsorge ist also gefragt, damit der Geistliche sich nicht so ungehörig beträgt. Sie sind wahrscheinlich zu höflich, um sich zu beschweren.

Doch das blonde Mädchen und ihre Tante sind gar nicht mehr im Abteil. Haben sich wahrscheinlich an der dauernden Streiterei gestört. Reine Männersache. In der bevorstehenden Debatte wird Diddy, der sich mit seiner kühnen Haltung unbeliebt gemacht hat, seinen Mann stehen müssen.

Der Priester mit der seidigen Stimme fragt Diddy, der zugegeben hat, daß er kein Konchologe ist, woher er seine Informationen habe. Diddy ist sich bewußt, daß sein ganzer Vortrag nichts als ein Haufen Lügen ist. Und mit was für einem reinen Gewissen gehalten. Diddy, der Unerschrockene, oder Diddy, der Entsittlichte? Doch halt, vielleicht ist ja wahr, was er gesagt hat. Ohne daß er es wußte. Ein glücklicher Zufall, daß er vielleicht einmal einen Zeitungsartikel über die Glorreiche des Meeres aufgehoben hat, in dem alles Wissenswerte stand.

Triumphierend antwortet Diddy dem Geistlichen, indem er aus dem Artikel, der definitiv über alle Zweifel erhaben ist, zitiert. Und hinzufügt, es verstehe sich, daß er den Ausschnitt immer in seiner Brieftasche bei sich habe. Gerade für solche Fälle wie diesen, wo seine Glaubwürdigkeit auf dem Spiele stehe. Die beiden Männer bitten, den Ausschnitt prüfen zu dürfen. Ist das nicht verdächtig? Diddy, der Schlaue, wittert Gefahr in ihrem vernünftigen Anliegen. Nimm einmal an, sie haben die Absicht, seinen Ausschnitt zu konfiszieren – ihn entweder zu zerreißen oder selbst einzustecken. Wenn er den unersetzlichen Ausschnitt verliert, dann hat Diddy das einzige manifeste Beweisstück verloren, das er in seinem betrügerischen Prozeß gegen die Muschel besitzt. Diddy sagt ihnen also, er wird den Ausschnitt irgendwann einmal vorlegen, er gibt ihnen sein Wort, das muß (jetzt) vorläufig genügen. Und fängt seine ganze Rede wieder von vorne an.

Während er die beiden Männer von seinem Platz über ihren Köpfen drangsaliert, bekommt Diddy Angst, daß er es übertreibt. Eine These, die ganz und gar nicht der Wahrheit entspricht, überzeugt oder überlistet am Ende niemanden. Damit seine destruktiven Absichten nicht allzu schreiend herauskommen, beschließt Diddy, der Schlaue, daß es an der Zeit ist, auf einige Tugenden der Muschel aufmerksam zu machen. Die feinen Granulierungen an der äußeren Klappe, die zarten Schattierungen, die sich wie ein Ring oder ein Band um die Muschel ziehen. Doch gerade, als er sein Preislied vom Stapel lassen will, bemerkt Diddy, daß diese guten Eigenschaften nicht mehr existieren. Die Muschel ist (jetzt) so unzweideutig häßlich, wie er zuvor böswillig behauptet hatte. Die beiden Sammler sehen das ebenso deutlich wie Diddy. Angeekelt werfen sie die Muschel fort. Aus dem Fenster. »Es wird gebeten, nichts aus dem Fenster zu werfen.«

Plötzlich spürt Diddy Zerknirschung. Schmäht sich niedriger Gesinnung, zeiht sich der Unehrlichkeit. Er hat etwas Schönes verleumdet. Und es dadurch, ohne zu wissen, daß er solche Kräfte hat, in etwas Häßliches verwandelt. An dieser Stelle des Traumes muß Diddy an den geschwärzten Andy denken, der auf seinem Scheiterhaufen zuckt, während die Nachbarskinder spotten. Er will die Muschel retten, in der Hoffnung, daß er sie wiederherstellen kann, etwas von ihrer früheren Schönheit wieder beleben und die Wertschätzung seitens ihrer verstimmten, leichtgläubigen Ex-Eigner wiedererwecken kann. »Moment«, ruft er den beiden Männern zu, »ich bin gleich wieder zurück.« Und was tut Diddy? Er springt mit festgeschlossenen Augen von seinem Hochsitz aus dem fahrenden Zug. Es wird gebeten, sich nicht aus dem Fenster zu werfen?

Fallen ist einfach, wenn man nicht darüber nachdenkt. Bei der Landung hat Diddy an den Knien und den Handflächen leichte Hautabschürfungen abbekommen; wie ein Kind, wie Diddy selbst als Kind, der beim Baseball auf das erste Mal zurutscht. Schmerz flackert auf, läßt wieder nach. Als er aufsteht und sich abklopft, sieht er, daß er in einem dunklen Tunnel ist. Obwohl der Zug mit unverändert hoher Geschwindigkeit schon aus Diddys Sichtweite ist, macht er sich keine Gedanken darüber, ob er ihn schließlich wieder einholen kann, den Zug, der (jetzt) schon weit vorausgeeilt ist, um wieder hineinzuklettern. Nachdem er die Muschel gefunden hat.

Wenn es Licht gäbe, könnte Diddy ein Mikroskop benützen. Zweck: zu sehen, was man nicht sieht. Methode: kleine Gegenstände zu vergrößern. Doch ohne ordentliches äußeres Licht sind optische Mikroskope nutzlos. Diddy darf nicht unterschätzen, wie schwierig sein Vorhaben ist. Es ist keine leichte Aufgabe, einen so kleinen Gegenstand wie eine konische Muschel von etwa dreizehn Zentimetern Länge im Dunkeln ohne Hilfe aufzuspüren. Diddys Aufgabe ist beinahe so schwer wie jene teuflisch schweren Prüfungen, die in den Märchen die erfindungsreichen Prinzen als Probe ihres Mutes und ihrer Unschuld vollbringen müssen. Doch bekommt der junge Prinz, noch ehe er aus Verzweiflung zusammenbricht, unweigerlich die Hilfe eines wohltätigen alten Weibes mit unordentlichem grauem Haar und kleinen scharfen Augen, die ihm für sein Vorhaben ein erstklassiges Zaubergerät zur Verfügung stellt, oder es hilft ihm ein kleines Tier, das mit menschlicher Stimme sprechen kann und ihm ein geheimes Losungswort sagt oder ihn nötigenfalls in die richtige Richtung weist. Es gibt niemanden, der Diddy hilft.

Diddy wandert durch den feuchten Tunnel, geht dann die Strecke wieder zurück. Und macht denselben Hin- und Rückweg noch einmal. Immer ängstlich, er könne auf die Muschel treten und sie zerquetschen, denn er sieht nicht viel. Würde das leichte, knöcherne, unbelebte Gebilde bluten? Könnte sich ein winziges verschrecktes Weichtier immer noch darin verbergen? Stunden verrinnen offenbar, ohne daß Diddy Erfolg hat. Diddy, der Entmutigte. Doch dann ändert sich etwas in der Topographie seiner Suche, wodurch ein Versagen ausgeschlossen wird; wodurch schon alles richtig ausgeht. Wieder ein Sieg für Diddys unscheinbaren methodischen Verstand. Ein guter Verstand. Mit einem Male versteht Diddy, wenn auch undeutlich, warum er nicht in der Lage war, die rosa-weiße Glorreiche des Meeres zu finden, obwohl er doch auf seinem Weg hin und her den dunklen Tunnelboden so mühsam und gründlich abgesucht hat. Weil er sich (jetzt) schon in ihr befindet. Die weggeworfene Muschel ist nicht mehr klein, sie ist so groß und weiträumig wie der Tunnel. Der Tunnel und die Muschel stehen für einander, so daß Diddy in beiden gehen kann, je nach dem, was er für richtig hält.

Die Tatsache, daß er in diesem Augenblick die schlüpfrige, gewundene Innenfläche der Muschel entlanggeht, beinahe klettert, besänftigt ein wenig die Unruhe, die Diddy angesichts einer Tatsache spürte, die ihm schon zuvor, als er sich noch im Tunnel befand, aufgefallen war. Was ihn beunruhigt hatte, war, wieviel enger ihm die Krümmung der Gleise (jetzt) vorkam als zuvor. Diddy schert sich nicht um dieses »zuvor«, fühlt sich gerechtfertigt durch die allbekannte Regel, daß es in Träumen keine Zeit gibt, nur Raum. Doch Denkregeln sind dazu da, daß man sie zuende denkt, über sie hinausgeht. Daß Diddy nicht darauf gekommen ist, liegt es daran, daß er faul ist? oder ausweichen will? oder sich einfach nicht besonders gut auskennt? Weiß er denn nicht, daß es nicht nur Zeit gibt, sondern Zeiten; viele Zeiten; die einen kontinuierlich, andere in Intervallen, simultan oder nacheinander oder disjunktiv verlaufend? Irgendwo weiß er es, gewiß. Und Diddy täte lieber sonst etwas als an die Zeit zu denken, als er das letzte Mal im Tunnel war.

Wie verlangt rief der Empfangsportier am Dienstag morgen um zehn vor sieben Zimmer 414 an. Diddy, der schon wach war, bat, ihm die *Courier-Gazette* sofort auf das Zimmer bringen zu lassen. Heute wird er die abgründige Geschichte besser ausloten können. Erstens anhand der Tatsache, ob die gestrige Story auf Seite 16 heute fortgesetzt wird. Zweitens, denn er geht davon aus, daß das der Fall ist, anhand der Länge und der Plazierung der neuen Story. Ist sie länger oder kürzer als die vier umfangreichen Absätze von gestern? Ist sie weiter vorn oder weiter hinten in der Zeitung plaziert? Und was ist das Thema des zweiten Artikels? Weitere Informationen über Incardona? Oder Entwicklungen in der Untersuchung, die die Polizei wegen möglicher Fahrlässigkeit seitens der Eisenbahngesellschaft anstellt?

Diddy ist gespannt, wird enttäuscht. Die heutige Zeitung, die er ebenso sorgsam liest wie die beiden gestrigen, enthielt nichts über den Tod des Arbeiters. Nicht einmal einen einzigen Absatz auf der Seite mit den Nachrufen. Und auch keine Zeile über Nachforschungen bei der Eisenbahn. War das Interesse der Leute wirklich so kurzlebig, daß die Geschichte schon kein Aufsehen mehr erregte? Ließ sich ein willkürlicher und gewaltsamer Tod auf etwas dermaßen Nebensächliches und Abgetanes wie eine halbe Spalte Zeitungspapier reduzieren?

Natürlich hatte Diddy Incardonas Beerdigung nicht vergessen, die laut gestriger Spätausgabe heute nachmittag um zwei

Uhr stattfinden soll. Wenn er hingeht, dann nicht um Incardonas zerfetzten Leichnam zu beschauen. Diddy, der Leichenfledderer, so etwas fiele niemandem ein. Ein Leichnam, den Diddy wahrscheinlich gar nicht zu Gesicht bekommen würde, selbst wenn er es wollte; wenn der Körper versehrt ist, wird der Sarg normalerweise sofort versiegelt. Und wenn er dort teilnimmt, dann auch nicht, um Incardona zu beweinen. Er spürt keine aufrichtige Trauer über den Tod des Arbeiters. Zwar immer noch Entsetzen, wenn auch schon mit größerem Abstand. Aber sonst eigentlich wenig.

Was Diddy hauptsächlich dazu bringt zu erwägen, ob er an der Trauerfeier im Beerdigungsinstitut teilnehmen soll – auf den Friedhof zu gehen, wäre zu verdächtig gewesen – ist der Wunsch, einen Blick auf Incardonas Frau und seinen Sohn zu werfen. Ihre Realität mußte mit seinem eigenen Erlebnis verschweißt werden. Wenn er sie aus Fleisch und Blut vor sich stehen sah, dann würden sich vielleicht die restlichen Zweifel endgültig legen, die ihn trotz der unstrittigen Beweiskraft der Story in der *Courier-Gazette* immer noch überfielen, ob denn nun die Begegnung mit dem dunkelhäutigen Arbeiter wirklich stattgefunden hat. Vor allem wollte er Thomas Francis sehen, 11 Jahre alt. Bei dem er, wenn es der Sohn des Mannes ist, den Diddy getötet hatte, doch sicherlich wenigstens eine Spur von Ähnlichkeit mit seinem Vater sehen würde. Dann hätte Diddy Gewißheit, daß er beim Aufenthalt im Tunnel aus dem *Freibeuter* wirklich ausgestiegen war. Jemanden tätlich angegriffen hatte. Und daß es sich bei diesem Jemand um Angelo Incardona handelte, der nun tot war.

Die andere Entscheidung, um die Diddy sich noch kümmern mußte: ob er Hester heute besuchen würde oder nicht. Er war mit dem Gefühl aufgewacht, daß er nicht gehen will. Hester hatte ihn gestern praktisch fortgeschickt. Mangelhaftes Wissen; ungeschicktes Verhalten. Er sollte nicht wieder hingehen, bis er mehr von den Barrieren versteht, die zwischen ihnen stehen. Und außerdem will Diddy bei keiner der beiden Frauen dadurch, daß er zwei aufeinanderfolgende Besuche macht, die Erwartung erwecken, daß Hester während der Woche, die er sich hier aufhält, allabendlich mit einem Besuch rechnen kann.

Das ist schließlich erledigt. War gar nicht so schwer zu entscheiden. Brauchte ja bloß aufgeschoben zu werden, denn er konnte Hester diese Woche jederzeit sehen; morgen abend, wenn er mag. Doch Incardonas Beerdigung würde nur einmal stattfinden.

Alles, wozu Diddy sich jetzt durchringen muß, ist ein klares Ja oder Nein. Soll er heute nachmittag gehen? Keine Antwort. Diddy wiederholt die Frage. Soll er? Immer noch keine Antwort. Wie kompliziert alles zu sein scheint. Und auch ist. Der Plan hat etwas Morbides. Diddy, der Voyeur. Der aus seinen eigenen verwickelten Motiven im Kummer anderer Leute herumschnüffelt. Ganz zu schweigen von der Geschmacklosigkeit: ein Mörder, der fromm, statt voller Genugtuung, der Beerdigung seines Opfers beiwohnt. Etwas schlicht Selbstzerstörerisches ist auch dabei. Vielleicht will Diddy sich bloß in eine Situation bringen, wo er sich plötzlich zu Füßen der Witwe und des Waisenkindes fände und sein Geständnis herausschluchzen könnte. Auch möglich, daß es das Bedürfnis nach einem schnellen Geständnis ist, das Diddy zu der Trauerfeier um zwei Uhr im Beerdigungsinstitut Floral Gardens hinzieht, und nur der Gedanke an das umständliche Verfahren, wenn Polizei und Gerichtsbarkeit eingeschaltet werden, bildet ein Hindernis. Und dennoch . . .

Das Telephon klingelt. Ein Telegramm von Duva, er kommt überhaupt nicht zu der Konferenz. Expreßbrief folgt.

Woran hatte Diddy gedacht, bevor das Telephon klingelte? Gut, er konnte (jetzt) keine Entscheidung treffen. Und inzwischen vernachlässigte er die unproblematischen Anforderungen, die der heutige Tag stellte. Wollen wir also erst einmal Tritt fassen. Unten erscheinen, mit Jim und den anderen frühstücken, zur Fabrik hinausfahren, an den morgendlichen Konferenzen teilnehmen. Einen Fuß vor den anderen setzen. Die Entscheidung konnte auch noch kurz vor dem Mittagessen getroffen werden. Diddy zog sich sein Jackett an, sah in der Aktentasche nach, ob er alles hatte, was er brauchte. Ging hinunter.

Im Fahrstuhl sagte Jim mit gedämpfter Stimme zu Katz: »He, toll viel los in dieser Stadt. Hat sich unheimlich verändert hier in den letzten paar Monaten. Mit einer Feder hättest du mich umschmeißen können. Jede Menge Clubs, die bis früh aufhaben. Und dann die ganzen Lokale in der Parker Street.«

»Wo?« sagte Katz.

»Etwa fünfzehn Blöcke vom Hasch-mich.« Jim schmunzelte immer über seine eigenen Witze.

Reager trifft zur selben Zeit an der Tür zum Konferenzsaal ein wie Diddy. Ein frostiges »Guten Morgen, Harron«, während er als erster den Saal betritt. Auf dieser Reise bleibt mir ein Abend im Familienkreise erspart, dachte Diddy; vielleicht auch das Abendessen im Club. Reagers Ungnade wirkte wie ein Stärkungsmittel auf Diddy, kristallisierte das Durcheinander in seinem Kopf.

Anders als gestern, als es ein gräßlicher Kampf gewesen war, die ganze Zeit am ovalen Tisch sitzenzubleiben, war Diddy in der Lage, sich auf seine Arbeit zu konzentrieren. Und zwar so sehr, daß er nach einem hitzigen Streit über Rabattmaßnahmen, wo Diddy eloquent den weniger gern gesehenen Standpunkt favorisiert und schließlich die Mehrheit dazu gebracht hatte, sich seiner Meinung anzuschließen, zum Mittagessen in die Cafeteria im zweiten Stock ging, ohne überhaupt auf die Uhr zu sehen. An die Zeit dachte Diddy erst, als er schon seine zweite Portion Hühnerfrikassee auslöffelte. Schon zehn Minuten vor zwei.

Es hatte also keine eigentliche Entscheidung gegeben. Stattdessen war Diddy die Beerdigung einfach entfallen. Ehe Diddy von hier zum Beerdigungsinstitut gelangen kann, wird Mrs. Incardona mit Sohn schon auf dem Wege zum Friedhof sein; oder, schon dort, Erde auf den Sarg werfen. Diddy ist entsetzt, schmäht sich für seine Geistesabwesenheit. Er bringt (jetzt) keinen Bissen mehr herunter. Das Huhn sieht wie gekochter Schleim aus. Der morgendliche Auftritt eines klugen, zielstrebigen, freundlichen, energischen, ein wenig eingebildeten Dalton Harron vor seinen Kollegen erscheint (jetzt) als grotesk; unentschuldbar, selbst als Auftritt, selbst als geschicktes Rollenspiel eines Mannes, der sich eigentlich eher mit anderen Dingen beschäftigen sollte. Wer ist er denn, daß er in diesem Augenblick gleichgültig sein kann? Sogleich denkt er an Hester. Diddy wird seinen Entschluß, sie heute abend nicht zu besuchen, nicht ändern. Zusammen mit seiner Unfähigkeit, die Beerdigung im Gedächtnis zu behalten, würde das nur seine geschwächte Willenskraft endgültig bloßstellen. Doch ehe der Kaffee kommt, wird er im Krankenhaus anrufen und fragen, wie es ihr geht.

Für diesen Abend erlegt er sich eine kleine Buße auf. Ein Abend allein. Kein ablenkendes Abendessen mit Jim oder einem anderen der Kollegen. Er wird sich ein paar Sandwiches mit aufs Zimmer nehmen und zur Abwechslung einmal seinen Verstand gebrauchen. Unverfälschten Umgang mit seinem inneren Menschen pflegen. Eine Aufgabe, die er vernachlässigt hat; wofür er (jetzt) bezahlen muß. Nichts scheint mehr das richtige Gewicht zu haben. Was ernst ist, nimmt er zu leicht, was nebensächlich ist, zu ernst. Diddy, der Dummkopf. Er muß versuchen nachzudenken. Sich nicht sorgen, grämen oder kasteien. Sondern nachdenken.

Auch wenn es nicht leicht ist, allein zu sein. Er sorgt sich, daß Hester ihn vielleicht erwartet, obwohl er um zwei Uhr mit ihr gesprochen hat – man hatte ihr ein Telephon ins Zimmer gelegt – und gesagt hat, daß er heute abend nicht kommt. Ohne irgendwelche Ausreden vorzubringen. Doch es tut ihm weh, wenn er sie sich dort vorstellt, gehüllt in ihr hausbackenes Nachthemd, ohne Augenlicht und unfähig, sich zu bewegen, festgenagelt unter dem Sperrfeuer des endlosen Geschwätzes ihrer Tante. Er würde sie ja (jetzt) anrufen, wenn es ihm am Nachmittag nicht schon schwer gefallen wäre, mit ihr am Telephon zu reden. Warte lieber, bis sie sich von Angesicht zu Angesicht gegenübersitzen.

Dann fällt ihm ein, daß er ein anderes Telephongespräch führen könnte. Warum hatte er nicht früher daran gedacht? Zwar ist es ihm nicht gelungen, an der Beerdigung teilzunehmen, er kann aber doch immer noch etwas darüber erfahren. Wenn er bei Floral Gardens anruft und behauptet, Mitarbeiter der Zeitschrift der Gewerkschaft mit dem unglaublichen Namen Bruderschaft zum Erhalt der Verkehrswege zu sein, dann kann er sich über Incardonas Beerdigung erkundigen, ohne irgendwelchen Verdacht zu erregen. Und sollte er immer noch wollen, dann dürfte es auch nicht schwierig sein, die Witwe und den Jungen unter einem ähnlichen Vorwand zu sehen.

Hallo. Floral Gardens.

Diddy nennt einen fiktiven Namen, gibt sich als Reporter der Gewerkschaftszeitschrift aus. »Bin fast fertig mit der Incardona-Story«, sagt Diddy vorsichtig, »aber ich brauche noch ein paar Informationen.« Der Mann am anderen Ende sagte, er werde helfen, wenn er könne. »Mal sehen. Ach ja, ich müßte noch wissen« – Diddy bemüht sich, etwas Harmloses zu fragen – »auf welchem Friedhof der Bursche beerdigt wurde.«

»Da haben Sie etwas durcheinandergebracht. Er ist überhaupt nicht beerdigt worden. Er wurde eingeäschert.«

»Eingeäschert! Und wo ist . . . wo wird die Asche aufbewahrt?«

»Die wurde an seine Mutter geschickt, die in, Moment, da muß ich überlegen, in Texas lebt. Ja, genau. Auf Ersuchen des Verblichenen. Steht alles im Testament.«

Diddy ist so bestürzt von diesen Neuigkeiten, daß er kein Wort mehr herausbrachte, geschweige denn eine weitere Frage stellen konnte. Er blieb ruhig, versuchte gewaltsam, es zu fassen, was er da gehört hatte.

»Sonst noch etwas, was Sie wissen wollen, Mr. Douglas?«

»Ach ja . . . ja«, sagte Diddy. »Ich meine, nein, ich glaube nicht. Nein . . . Doch, ich wollte bloß noch wissen, ob die Asche schon abgeschickt worden ist.«

»Wurde schon heute nachmittag aufgegeben, Luftpost erster Klasse, Eilboten, Einschreiben und versichert. Wenn Sie mich fragen, Onkel Sams Post nimmt einen ganz schönen Batzen für solch eine Fracht. Floral Gardens verdient daran gar nichts, außer was wir bei der eigentlichen Einäscherung verdienen. Und die ist nicht allzu teuer.«

Diddy merkt, daß er einfach nicht länger reden und zuhören kann, er dankt dem Mann. Und hängt auf.

Warum erschreckt und beunruhigt Diddy die Tatsache, daß Incardona nicht beerdigt, sondern eingeäschert wurde, so sehr? Weil es den Arbeiter wieder in das Reich der Phantome zurückzuwerfen scheint. Ein Leichnam, der in die Erde gesenkt und seiner Verwesung überlassen wird, ist eine reale Sache. Ähnelt immer noch dem, was er einmal war: einem schwerfälligen, massigen animalischen Körper. Der noch beträchtliche Zeit seine Gestalt bewahrt. Selbst ein so verstümmelter Körper, wie es der Indardonas vermutlich war, ließe sich noch viele Monate lang ausgraben, sogar noch nach Jahren; könnte immer noch einer Autopsie unterzogen werden, die als Tatsache konstatieren würde, daß ein Mord geschehen war. Doch Einäscherung? Asche ist überhaupt nichts. Kein Körper, kein Gewicht. Nichts zu exhumieren. Nichts, aus dem sich eine Verbindung zum lebendigen Menschen ziehen ließe, nichts zu untersuchen.

Diddy hat die Dinge nicht mehr in der Hand. Etwas Mysteriöses ist im Gange. Warum hätte Incardona sich einäschern lassen wollen? Der Mann von Floral Gardens hat etwas von Anweisungen erwähnt, die in einem Testament standen, doch konnte er auch falsch informiert sein. Würde jemand, der Incardona hieß, nicht wahrscheinlich Katholik sein, dessen Kirche Einäscherung verbietet? Vielleicht hatte der Mann vom Beerdigungsinstitut gelogen – war vielleicht nur der Gehilfe des Leichenbestatters? Oder kannte die Wahrheit nicht. Vielleicht war es die New York, Boston & Standard, die gewünscht hatte, daß mit dem Körper auf diese unwiderrufliche Weise verfahren wurde. Oder gar Incardonas Frau. Gab es etwas, das die Eisenbahn oder die Frau verbergen wollte, das der noch vorhandene Leichnam ans Licht bringen konnte?

Nimm an, die Telephonstimme hat nicht gelogen und keine falschen Informationen gehabt. Trotzdem seltsam, daß ein noch recht junger Arbeiter mit einfacher High-School-Ausbildung ein Testament gemacht haben soll. Es sei denn, Incardona habe eine Vorahnung seines frühen Todes gehabt. Und die Einäscherung kommt ihm besonders unglaubwürdig vor. Wie sollte ein Tölpel wie Incardona sich eine derartig exaltierte Auffassung darüber zugelegt haben, was mit seinem Körper nach dem Tode zu geschehen habe?

Kein Zweifel mehr in Diddys verwirrtem Gemüt, daß er die Dinge nicht länger auf sich beruhen lassen kann, indem er sich auf Telephonstimmen und irreführend überschriebene Zeitungsgeschichten verläßt. Diddy, der Leichtgläubige, wird wohl ein paar eigene Ermittlungen anstellen müssen. Die Witwe aufsuchen, die Verantwortlichen bei der Eisenbahn, das Zugpersonal, die Mitreisenden, soweit sie sich noch aufspüren lassen. Eine Anzahl von Gesprächen wird nötig sein, einfach nur, um herauszufinden, was geschehen ist, wonach Diddy noch weit davon entfernt sein wird, eine genaue Abrechnung über Schuld und Unschuld zu haben. Doch ist es ein Anfang. Diddys Aufregung fängt (jetzt) an, sich ein wenig zu legen. Ein Hauch des Gefühls, die Dinge meistern zu können. Ist es Enttäuschung, weshalb er sich aktiver, weniger träge fühlt?

Sicher ist, daß Diddy sich von den neuesten Informationen äußerst enttäuscht fühlt. Bei all seinem Schwanken, ob er zur Polizei gehen solle, hatte er doch immer erwartet, daß schließlich eine Untersuchung des Todes Incardonas stattfinden würde; für eine solche Untersuchung ist ein ganzer Körper erforderlich, oder etwas, das so aussieht. Folglich hatte er angenommen, daß Incardona wie üblich begraben werden würde. Mußte doch so sein. Der Körper des Arbeiters mußte versorgt werden. Aufbewahrt gegen künftige Benützung, irgendwelche Benützung.

Eines Tages, wenn nicht (jetzt) oder bald, mußten sie doch eine Autopsie abhalten. Damit hatte er die ganze Zeit gerechnet; es war ganz deutlich gewesen in seiner Vorstellung. Der Kotgeruch des Autopsiesaales. Ein langer Stahltisch. Metallschränke mit Glasfächern, angefüllt mit vielen Reihen verkorkter Flaschen, die mit purpurner Tinte etikettiert waren und in denen Gewebereste und Gewebetrophäen in Formalin schwimmend aufbewahrt wurden. Die kugeldurchsiebten Organe etlicher Schwerverbrecher, die in Bandenkriegen auf der Strecke geblieben waren. Fragmente von Körpern aus berühmten Flugzeugabstürzen der letzten zehn Jahre. Reihen von Kehlköpfen, aufgeschnitten, um die Tricks des Todes bloßzulegen: eine Krabbe, ein Reißnagel, ein Stück von einem Steak, eine Fünfzig-Cent-Münze. Reihen von Embryos jeder Entwicklungsstufe. Gehirne voller Gift, Nervensysteme unter Drogen, Herzen mit Tranquilizern, Lungen voller Gas, von Glassplittern zerfetzte Magenwände.

Diddy wartet. Ein Neger in weißer Jacke und weißer Hose, der nach Erbrochenem riecht, bringt auf einer Rollbahre einen Körper herein und zieht die Decke ab. Vier Männer warten schon, der medizinische Untersuchungsleiter und drei Gerichtsbevollmächtigte. Der Chef zieht seine strammen, durchscheinenden braunen Gummihandschuhe über, nimmt ein schimmerndes Metallinstrument in die Hand, macht über die ganze Länge hin einen Schnitt in den Oberkörper Incardonas, vom Schlüsselbein bis zum Schambein, und dann einen zweiten quer über die ganze Breite des Unterleibs. (Jetzt) hat er das Instrument niedergelegt und steht mit in den Eingeweiden des Kadavers vergrabenen Händen da, den Blick höflich abgewandt. Die anderen schauen aufmerksam zu.

Bei jedem Todesfall, der sich plötzlich, ohne Beistand eines Arztes oder medizinischer Überwachung ereignet; bei jedem Todesfall, der Folge einer Verletzung ist; bei jedem Todesfall, der in irgendeiner Weise verdächtig ist, muß der Leichenbeschauer

Ermittlungen anstellen. Verlangt das nicht das Gesetz? Bitte, setzen Sie die Untersuchung fort. Bitte, schauen Sie doch hin. Warum schauen Sie denn nicht hin? Übereilen Sie sich nicht mit der Feststellung, es handele sich um »keinen Fall«. In New York City, das weiß Diddy, muß der Leichenbeschauer auch jeden Antrag auf Einäscherung abzeichnen. War bei Incardona schon eine Autopsie vorgenommen worden? Doch vielleicht gibt es in dieser Stadt keine solche Regelung. Wie in vielen Städten der Leichenbeschauer ja auch nicht einmal ein Dr. med. sein muß.

Ein erfahrener, beamteter Leichenbeschauer, so heißt es, geht bei seiner Arbeit intuitiv vor. Er riecht, wenn es sich um einen Mord handelt. Was auch eine Frage der Fähigkeit ist, Schlüsse zu ziehen, die richtigen Schlüsse. Ein Leichenbeschauer sollte schon ein gutausgebildeter Pathologe sein, dem sechs Stockwerke von Laboratorien hilfreich zur Verfügung stehen: Histologie, Chemie, Serologie, die Abteilungen für Röntgen, Mikrophysik und Toxologie. Doch es gibt so viel Beweismaterial, mehr als sich überhaupt bewältigen läßt. Eine Autopsie deckt vielleicht mehrere mögliche Todesursachen auf. Abgesehen von dem, was Diddy mit seinem feigen Schlag angerichtet hat, abgesehen davon, daß Incardona vom *Freibeuter* zermalmt wurde, er könnte ja auch noch ein schlechtes Herz, eine Leberzirrhose, ein nicht diagnostiziertes Magengeschwür, Syphilis gehabt haben. Was war nun die Ursache? Vielleicht sieht der Todesfall nach übler Machenschaft aus, war es aber gar nicht. Oder er sieht nicht so aus, war es aber. Wenn jemand von einem Zug überfahren wird, wer hat dann die Schuld? Jedermann wird zustimmen, daß man gegen das eiserne Ungeheuer keine Klage erheben kann, das doch nur seine Pflicht erfüllt hat, sich verhalten hat, wie es sich seiner Konstruktion gemäß verhalten mußte, indem es auf seinen todbringenden Rädern die Schienen entlangraste. Doch andererseits reden Menschen ja auch oft in ähnlicher Weise über sich selbst, so als seien sie konstruiert oder auf Bestellung angefertigt worden; lief ihre Argumentation zur Selbstentlastung in der gleichen Richtung. Trifft den Zugführer im entferntesten irgendeine Schuld? Oder einen Angehörigen des Zugpersonals? Und von der vage umrissenen Frage abgesehen, wer der Mörder ist und ob er sich dingfest machen läßt, wenn es sich bei dem Todesfall denn um einen Mord handelt, stehen ja noch ganz andere Dinge auf dem Spiel. Die Höhe der Versicherungssumme und der Betrag von der Berufsorganisation, die die Witwe und der vaterlose Junge bekommen, fallen je nach der Todesart Incardonas verschieden aus. Ganz zu schweigen von einem allgemeineren Problem: der Entdeckung möglicher Lücken in den Sicherheitsvorkehrungen, die die Eisenbahn zum Schutz ihrer Arbeiter getroffen hat.

Mord stinkt. Darin liegt das Geheimnis. Aus welchem unangebrachten Zartgefühl heraus wendet der Leichenbeschauer seinen Blick ab? Ist er nicht gründlich abgehärtet gegen die Schrecknisse seines Berufes? Wenn irgendjemand zu unerschrockenem Hinsehen fähig ist, dann doch solch ein Mann.

Doch es tut weh hinzuschauen.

Incardona liegt mit herabhängendem Kopf da. Sein Körper ist aufgeschnitten, alle Organe sind sorgfältig herausgehoben. Das Fleisch seines Oberkörpers hängt in zwei bräunlichen Lappen zu beiden Seiten des Stahltisches herab und gibt die Wirbelsäule vom Hals bis zum Becken hinab frei. Der Leichenbeschauer schwingt seine blitzenden Messer . . .

Am späten Mittwochnachmittag geht Diddy direkt von der Fabrik aus zu Hester. Ein kurzer Besuch, ehe er sich an seine abendliche Spurensuche macht. Er kommt mit leeren Händen. Seine Geduld hätte vielleicht gerade noch zu einem unüberlegt und hastig zusammengestellten Strauß beim Blumenstand in der Krankenhaushalle gereicht; und was er anderes als Blumen hätte mitbringen sollen, wußte er nicht. Zum Glück ist Mrs. Nayburn nicht da. Als er eintritt, hebt Hester den Kopf. Kann sie hinter ihren dunklen Brillengläsern irgendetwas sehen? Und welche geschmacklosen und unpersönlichen Untersuchungen hatte sie seitens der Ärzte über sich ergehen lassen müssen? Sie scheint durchaus geduldig zu sein, doch das täuscht gewiß. Genau wie er mußte sie doch entweder vor Hoffnung beben oder aus Verzweiflung schweigen.

Er wirft seinen Mantel über den Stuhl am Fußende des Bettes.

»Sag's nicht. Ich weiß, daß du es bist«, sagt Hester. Sie lächelt. (Jetzt) ist Diddy glücklich. Eilt herbei, um sie zu umarmen; rückt dann den anderen Stuhl nahe an ihr Bettgestell und setzt sich. Hält ihre linke Hand umklammert; streckt die rechte Hand aus, um ihr die Wange zu streicheln. Sie zieht seine Hand zu ihrem Mund herab, küßt seine Finger. Er beugt sich hinab, um sie auf Haar und Mund zu küssen.

Dieser intime Dialog setzt sich auch noch fort, als sie schon zu reden anfangen. Hester scheint weniger zurückhaltend und enigmatisch zu sein. Sie sitzt (jetzt) aufrecht mit angezogenen und zusammengepreßten Knien da, das Rückgrat gerundet wie ein Bogen. Sie machen so etwas wie gewöhnliche Konversation von der Art, wie sie Diddy so oft unerträglich vorkommt, die er aber (jetzt) als tröstlich und bestärkend empfindet. Er skizziert die Geschichte von Watkins & Company; umreißt die gegenwärtige Situation der Firma, macht Anleihen bei Jims Ansichten und gibt auch seine eigenen wieder; beschreibt die Fabrik selbst; läßt die Atmosphäre der ersten drei Tage der Konferenzwoche wiedererstehen, sowohl Text wie Subtext, die ermüdenden Diskussionen am runden Tisch wie die kaum vernehmbaren Intrigen. Was konnte Hester fesselnd finden an den ungeschickt geschmiedeten Geschicken der Firma, an den verfeinerten Schikanen von Diddys Beruf?

An einem kontroversen Memorandum über handwerkliche Normen, das von Sprechern des Industrieverbandes ausgearbeitet wurde und heute morgen bei der Sitzung kursierte?

An dem Drei-Viertel-Beschluß?

An dem Theater, das Gus Rike, der Anwalt der Firma, gemacht hatte?

An dem neuen Vertrag mit der Regierung, dessen Abschluß Reager ihnen gestern triumphierend eröffnet hat – allein der Gedanke daran versetzt Diddy in Angst und Schrecken –, über die Lieferung von Spezialinstrumenten an militärische Versuchslaboratorien für biologische Kriegsführung?

An Watkins' jüngsten Streit mit Reager?

Am ungeschickten Taktieren bei Verhandlungen über den Verkauf von dreißig Geräten des Modells Scope 21 an die Universität von Lima?

Doch selbst wenn Hester nur ihm zu Gefallen so tut, als höre sie aufmerksam zu, ihre Gefälligkeit, ihr Bedürfnis, es ihm recht zu machen, berührt ihn warm. Es wäre Diddy lieber, wenn das, was für heute abend nach dem Krankenhaus auf dem Programm steht, nicht heute abend stattfinden würde; weil es ihn daran hindert, heute nachmittag bei Hester ganz gegenwärtig zu sein. Ihr gegenüber offen zu sein, sich von ihr bestärken zu lassen. Diddy versucht, ausschließlich in diesem Zimmer zu sein, doch es mißlingt. Irgendwo in einer fernen Bastion seines Gemüts hält er schon eine Generalprobe seines Vorgehens ab, wie er den nächsten Raum betreten wird.

Es ist fast sechs Uhr.

»Bist du früher gekommen, weil du heute abend eine Verabredung hast?«

Ertappt. Es ist offenbar unmöglich, vor Hester zu verbergen, wenn seine Aufmerksamkeit nachläßt oder abschweift. »Ja«, sagte er.

»Geschäftliches?«

»Nein. Etwas Persönliches. Es ist jemand, den ich noch nie gesehen habe.«

Ist eine solche Antwort, mysteriös und informativ zugleich, nicht eine Aufforderung Diddys, weitere Fragen zu stellen? Ist es das, was er will? Ja. Dann ist er also enttäuscht, als sie sich ganz standfest und durchaus bemerkbar weigert, weiter zu fragen?

Es wird Diddy allmählich unbehaglich. Das exzessive Weiß des Krankenhauszimmers hat etwas Gefängnishaftes; Stillstand und Unbeweglichkeit hausen hier, während Diddy weiß, daß er selbst frei ist. Er hat die Erlaubnis, fortzugehen, nicht wahr? Hat einen Körper in schicklicher Kleidung, um sich damit auf der Straße sehen zu lassen, hat Augen, um zu sehen, wohin er geht. Wogegen dieses Zimmer etwas Statisches hat, eine Privatzelle ist, das Arsenal der Sterblichkeit. Die Blumen von Montag wissen es: sie fangen an dahinzusiechen. Spürt Hester, wie seine Blumen den Kopf hängen lassen, wie sie sich kaum merklich dem Tode nähern? Wann wird der Tod wahrnehmbar? Wie lange müssen Blumen dem Tode entgegenreisen, ehe ihr Duft vergeht, ihr Fleisch hart und dunkel wird? Wo ist die Grenzlinie?

Sechs Uhr. Hester muß spüren, wie Diddy unruhig auf dem weißen Kunstlederstuhl herumrutscht, muß das beredte Zeichen seiner schwitzenden Hand in der ihren verstehen. Doch weiß sie wirklich, wie gereizt er ist, wie sehr außer Fassung? Und zwar in jeder Hinsicht? Weil sie ihn nicht sehen kann, kann sie auch nicht beobachten, wie sich die Tatsache, daß er sich nicht sicher ist, wie er sich später am Abend verhalten soll, in einer für ihn untypischen Verwirrung der Kleidung spiegelt. Diddy trägt die falsche Krawatte zu diesem Hemd, das falsche Hemd zu diesem Jackett, die falschen Schuhe zu diesen Hosen. Zwar hat er nicht zwei verschiedene Strümpfe an, doch ansonsten ist er ein Beispiel für nahezu jeden denkbaren Fehlgriff in der Bekleidung. Für nichts hatte er heute das richtige Gefühl.

Aus Einsamkeit wie offensichtlich (jetzt) auch aus Zuneigung zu ihm will Hester, daß er noch bleibt. Es ist nicht Diddys Absicht, durch seine unüberwindbare Distanziertheit heute abend bei ihr weitere Zeichen ihrer Liebe zu provozieren. Er gehört nicht zu der Sorte von Männern, die eine Frau, die sie begehren, dadurch manipulieren, daß sie sich kühl geben. Diddy würde Hester lieber zeigen, wie sehr er sich zu ihr hingezogen fühlt. Doch ist es nicht der richtige Moment. Entweder ist das Gefühl nicht so sehr wirklich als eher potentiell, oder es ist eines, das infolge der Umstände Aufschub dulden muß. Besser, das Krankenhaus zu verlassen. In der Sache weiterkommen.

Diddy geht eine enge, ärmliche Straße entlang, in der Hand einen Zettel mit der Adresse, die er sich von dem Zeitungsartikel in seiner Brieftasche abgeschrieben hat; vorbei an vielen Reihen fast identischer zweistöckiger Fachwerkhäuser. Wie die Häuser, die man aus Zugfenstern sieht, die man ablehnt, ohne sie je von innen gesehen oder bewohnt zu haben. Er bleibt vor einem der Häuser, Nummer 1836, stehen. Das richtige Haus (jetzt). Eine dralle, stämmige Frau kommt auf das Klingeln hin an die Tür. In goldenen Sandalen, einer Op-Art-Hose und einer gelben Satinbluse; mit einer Zigarette in der Hand.

»Mrs. Incardona?«

»Was wollen Sie?« Die Frau ist offensichtlich auf der Hut. Aus dem Flur, der hinter ihr sichtbar wird, ein Hauch von abgestandenem Rauch und der Geruch von Bratenfett.

»Myra Incardona?«

»Wozu wolln Sie das wissen?«

»Ich bin von der Eisenbahn.« Diddy zieht den falschen Hut ab. »Es tut mir leid, daß ich Sie noch mit ein paar weiteren Fragen belästigen muß, über ihren . . . verewigten Gatten . . .«

»Oh . . .« Die schlaffen Wangen der Frau schwollen zu einem

Lächeln an, im Munde prangten schlechte Zähne. »Kommen Sie herein.« Sie scheint erfreut zu sein. Wieviel Ermittler sind schon als seine Vorgänger hiergewesen? »Tommy!« schreit sie mit einer anderen, rauhen Stimme. »Mach den verfluchten Fernseher aus. Ein Mann von der Eisenbahn ist hier.« Sich an Diddy wendend: »Hier. Wolln Sie nicht den Mantel ablegen?« Diddy übergibt Mantel und Hut, die sie über das Geländer der teppichlosen Treppe legt, die zum zweiten Stock hinaufführt; folgt ihr in das mit Möbeln vollgestopfte Wohnzimmer. Wolken von Rauch. Der Gestank, identifizierbar als Zigaretten, Fisch und Bratöl, scheint die Luft in drei Schichten zu unterteilen. Am anderen Ende des Zimmers, drunten in der untersten Schicht, Fisch, sieht Diddy den Jungen vor dem ersterbenden Bild knien. Wenn es stimmt, was die *Courier-Gazette* berichtet hat, nämlich daß er elf Jahre alt ist, dann ist er offenbar recht klein für sein Alter. Sicherlich zu klein geraten, wenn man seine Eltern berücksichtigt. »Das ist –«

»Mr. Dalton«, sagte Diddy.

»Sag hallo, Tommy.« Der Junge schaut kurz auf, senkt dann den Kopf, ohne von Diddy Notiz zu nehmen, vielleicht weil er erwartete, daß auf wundersame Weise ein eigensinniges Phantombild wieder auf dem kleinen Bildschirm erscheinen würde. »Er sollte um diese Zeit eigentlich im Bett sein oder seine Hausaufgaben machen. Hörst du, Tommy?«

»Werden wir Geld kriegen von der Eisenbahn, Mammi?«

»Mein Kind ist ganz durcheinander, Mr. Dalton. Wo doch gestern erst die Beerdigung war. Achten Sie gar nicht auf ihn.«

»Nein . . . bitte«, sagt Diddy irritiert. Der Junge hat keine Ähnlichkeit mit dem Vater, jedenfalls nicht mit dem Mann, den Diddy im Gedächtnis hat. Er ist schmächtig, hat helle Haut, Sommersprossen und ein längliches V-förmiges Gesicht mit funkelnden, hellbraunen Augen. Incardona war von starkem Wuchs; er hatte dunkle Haut, schwere kantige Kieferknochen, schwarze Augen und schwarzes Haar. Seine Frau sieht typisch irisch-schottisch aus, und ihre Augen sind hell, obwohl ihr grell kupferfarbenes Haar gefärbt sein muß; die richtige Farbe läßt sich nicht bestimmen. Diddy sieht sich in dem schmutzigen Zimmer um, in der Hoffnung, irgendwo ein Photo des toten Gatten und Vaters zu entdecken. Vielleicht irgendwo über ein Loch in der geblümten Tapete geklebt? Nein. Oder auf dem Kaminsims, zusammen mit den Souvenirs von der Weltausstellung? Nein. Nicht einmal auf dem Fernsehapparat, neben der kleinen Gipsfigur des Prager Jesuskindes.

»Du kannst bleiben, wenn du den Mund hältst«, sagte die Frau. Sie lächelte Diddy an. »Setzen Sie sich doch.« Sie deutet mit dem nikotingelben Zeigefinger auf den niedrigen Tisch vor Diddy. »Na, wie wärs mit ein wenig Erdbeereis. Ich hab' was draußen in der Tiefkühltruhe.« Diddy schüttelt den Kopf. »Wirklich nicht? Na gut. Also, was kann ich für Sie tun?«

Die Leutseligkeit dieser Frau zerrt an Diddys Nerven. Er will sich umdrehen und weglaufen. Doch es gibt noch Fragen, die er stellen muß. Und Diddy, der vorsichtige Diddy, muß taktvoll sein.

»Also«, fing er an. »Wie Sie wissen, sind wir dabei, unsere Ermittlungen zum Abschluß zu bringen. Ich fürchte, ich muß Ihnen ein paar persönliche Fragen stellen.« Hält inne, wirft einen Blick auf den Jungen. Das plumpe Licht des Verstehens scheint breit über das Gesicht der Frau.

»Tommy, geh zu Bett.«

»Och, Mami . . .«

»Du hast es gehört. Los.«

Mit schlurfenden Füßen und einem Boxhieb gegen einen Sessel, an dem er vorbeikommt, trottet der Junge aus dem Zimmer.

»Dieser Junge!« Mrs. Incardona setzt sich schwerfällig hin. »Der wird mich noch ins Grab bringen.«

Es fällt Diddy schwer fortzufahren. Irgendetwas im Ton, in der Stimme, der Sprache dieser Frau ist unangenehm vertraut. War er ihr schon einmal begegnet?

»Mrs. Incardona, ich weiß, daß Ihr Mann keine regelmäßige Arbeitszeit hatte und auch recht viel außerhalb der Stadt gearbeitet hat. Haben Sie ihn oft gesehen? Ich meine, wenn er nicht auf der Arbeit war?« Warum fragte Diddy das? Um festzustellen, ob Incardona wirklich existiert hatte? Eine letzte absurde Hoffnung. Vielleicht bildete sich dieses rothaarige Geschöpf nur ein, daß sie mit einem Eisenbahnarbeiter namens Incardona verheiratet war; hatte ihn aber tatsächlich seit Jahren nicht mehr gesehen.

»Na ja, Joe war nicht gerade das, was man häuslich nennt –«

Diddy unterbrach ungestüm. »Moment mal! Wie haben Sie

ihren Mann eben genannt?« Augenblickliche Wiedergeburt der Hoffnung. Es ist ein Irrtum. Er ist im falschen Haus.

»Was?«

»Der Name Ihres Mannes! Sie haben ihn Joe genannt. Aber ich . . . bei uns wird er als Angelo geführt.«

Ein Irrtum. Ein Irrtum zu Diddys Gunsten? Nein.

»Ach, den komischen italienischen Namen hat er nie benutzt. Nur seine Mama nennt ihn so. Er hat gesagt, die Jungs würden ihn sowieso schon schlimm genug aufziehen, weil es auf seiner Stechkarte und seiner Lohntüte stand. Wir haben ihn immer bloß Joe genannt. Irgendne Abkürzung für Angelo, schätze ich.«

»Verstehe«, sagte Diddy und lehnte sich zurück, erschöpft von diesem augenblicklichen Hin und Her der Hoffnung. »Entschuldigen Sie, daß ich Sie unterbrochen habe. Sie waren gerade dabei, etwas zu sagen.«

»Was war ich denn gerade am Sagen, Mr. Dillon? Ich krieg keinen klaren Gedanken nicht in meinen Kopf in diesen Tagen.«

»Dalton«, sagte Diddy. »Sie sagten, daß Ihr verewigter Mann nicht, wie sie sagten, besonders häuslich gewesen sei.«

»Ach ja. Und das stimmt auch. Ich schätze, kein Eisenbahner ist's. Sonst wären sie wohl nicht bei der Eisenbahn, habe ich nicht recht, Mr. äh . . .«

»Dalton.« Diddy runzelte die Stirn. Es stimmte. Die Frau war wirklich schrecklich durcheinander. Konnte man ihr überhaupt glauben, was sie sagte?

Mrs. Incardona ließ nicht locker. »Habe ich nicht recht? Sie müssen es doch wissen?«

»Ich verstehe, was Sie sagen.« Diddy läßt sich nicht in die Enge treiben.

»Sie haben gefragt, ob er immer Zuhause kam, wenn er nicht auf Arbeit war. Ich schätze, Sie wissen, daß er nicht immer kam. Klar wußte ich, was los war. Hab' auch immer furchtbares Theater gemacht. Aber was soll man tun? Ein Mann ist eben nicht wie eine Frau. Wissen Sie, was ich meine? Da gibt's gar nichts dran zu drehen.«

Diddy seufzte. Incardona war sehr real, auch unter einem anderen Namen. »Vielen Dank für Ihre Mitarbeit«, sagte er.

»Ja, warum sollte ich denn nicht helfen? Erzählen Sie mir das mal, Mr. Dillon. Was hätte ich denn davon? Joe ist nicht mehr, da hilft nichts. Oh, ich habe geweint. Das kann ich Ihnen sagen. Hätten mich gestern sehen sollen, bei der Beerdigung. Aber dann hab' ich mir die Augen getrocknet und mir gesagt, Myra, hab' ich gesagt, jetzt reißt du dich zusammen. Den Joe kann niemand wiederbringen, sag' ich zu mir. Und das ist alles, was es dazu zu sagen gibt.«

Jedesmal, wenn die Frau »Joe« sagte, zuckte Diddy zusammen. Er wußte nur zu gut, daß viele Leute andere Namen benutzen als auf ihrer Geburtsurkunde steht. Konnte die Wende in diesem Fall so unschuldig, so trivial sein? Und was war mit der unheimlichen Vertrautheit der Stimme und der Eigenarten dieser Frau, die ihm einen ähnlichen Schock versetzte wie die Tatsache, daß er von einem neuen Vornamen Incardonas erfuhr?

»Ich hab' vielleicht geweint«, wiederholte die Frau.

Sie bettelte um ein Kompliment. Der müde Diddy würde es ihr schon machen. »Sie haben wirklich sehr viel Mut«, sagte er.

»Das hat auch Pater McGuire zu mir gesagt. Er gehört zur Gemeinde des Unbefleckten Herzens. Myra, hat er zu mir gesagt, Myra, du bist ein tapfere Frau.«

»Da bin ich ja froh«, murmelte Diddy, irgendwie in Gedanken verloren. Da gab es irgendeine sehr große Frau, weit weg, oder weit zurück, eine Frau wie Myra Incardona. Doch (jetzt) sehr klein.

»Naja, was sollte ich denn tun, Mr. Dillon? Ich meine, Dalton. Mich umbringen? Nicht mit mir! Ich hab' schließlich einen Jungen, den ich großziehen muß ... und jetzt mal unter vier Augen, vielleicht ist es sogar ein bißchen auch ein Segen, daß Joe auf diese Weise von uns genommen wurde. Obwohl ich das nicht gern sage.« Sie beugte sich vertraulich zu Diddy hinüber. Diddy nahm eine Zigarette heraus, steckte sie sich zwischen die Lippen und zündete ein Streichholz an; seine Hand zitterte. Er hoffte, daß der Frau ein etwaiges Beben der Flamme entgangen war, während sich das Streichholz seinem Kiefer näherte. »Wissen Sie, was ich damit sagen will? Er war eben kein guter Gatte. Soll Gott mich totschlagen, wenn ich nicht die Wahrheit sage. Seine Familie ging ihn offenbar gar nichts an. Und den Jungen hat er immer fürchterlich verdroschen, mit so einem hölzernen Kleiderbügel. S' hat mir einfach das Herz gebrochen. Aber ich konnte ihn nicht bremsen. Sosehr ich's auch versucht habe.«

Der müde Diddy merkte, daß er kein einziges Wort von dem, was die Frau von sich gab, mitbekommen hatte. In seinem Kopf war eine Leere wie auf einem Fernsehschirm nach Sendeschluß: eine flackernde, glasige, grauweiße Wand, von der ein schwaches Summen ausgeht. Er muß sich dazu zwingen, die letzten Worte der Frau als Playback in seinem Kopf zu wiederholen, muß seinen Verstand anstrengen, um den Kontakt herzustellen. Überleg dir, was sie gerade gesagt hat. Ihr Eingeständnis, daß sie ihren Mann nicht mochte. Vielleicht ein Motiv; das erklären würde, warum der Arbeiter eingeäschert worden war. Wobei niemand etwas zu verbergen oder zu vertuschen suchte. Einfach ein Racheakt. Seitens der verbitterten Ehefrau. Nur tot zu sein ist nicht genug. Ihn wirklich loszuwerden, ein für allemal. Doch Diddy, der ja tatsächlich versteht, wie ihr zumute gewesen sein mag, weiß nicht, wie er es anstellen soll, um Klarheit zu bekommen, inwieweit seine jüngste Vermutung zutrifft.

Sie hatte ihn angestarrt. Doch wohl kaum seine Kleidung, oder? Warum fällt es Diddy (jetzt) so schwer zu reden?

»Sie wollen wirklich kein Eis? Es ist wahnsinnig gut.« Versucht sie, die Atmosphäre zu entkrampfen? Damit er sich heimischer fühlt?

»Nein danke.« Tiefer Zug an der Zigarette. Er wird gegen seine Lethargie ankämpfen. »Mrs. Incardona« – Diddy hat sich zu einem kühnen Zug entschlossen – »ich habe mich gefragt, warum Ihr Mann eingeäschert worden ist. Das ist doch ein wenig ungewöhnlich, nicht wahr?«

»Ach du lieber Sankt Peter und Paul!« Die Frau schlug die Hände über dem Kopf zusammen. »Mr. Dillon, erinnern Sie mich nicht daran! Joe hat es in seinem Testament so bestimmt, deswegen. Ich habe nichts damit zu tun gehabt. Können Sie sich vorstellen, daß ich mich auf solche Kinkerlitzchen einlasse? Nein, mein Herr! Und gutes Geld für nichts und wieder nichts zum Fenster rausschmeiße? Ich meine, was soll der ganze Quatsch und das verrückte Zeugs? Bloße Angeberei, sonst gar nichts. Aber wenn es vorbei ist, dann bist du grad ebenso tot. Also eines weiß ich, wenn die Reihe an *mir* ist, dann ist es mir egal, was sie mit mir machen. Was mich angeht, mich kannst du mit der Mülltonne auf die Straße stellen. Hab' ich nicht recht?«

Sagt sie die Wahrheit? Welche Auswirkungen hat das auf

Diddys letzte Theorie? »Aber Ihrem Mann lag offenbar sehr daran«, sagte er und versuchte, Myra Incardona wieder zur Hauptsache zurückzulenken. »Er wollte doch eingeäschert werden.«

»Wer weiß schon, was er wollte. Aus Joe hast du doch nie ein klares Wort herausgekriegt. Hat jetzt das gesagt, und dann wieder was anderes. Oft bloß, um mich auf die Palme zu bringen. Und dann hat er sich ins Fäustchen gelacht.«

Diddy ist verärgert. »Aber die Einäscherung *war* in seinem Testament verfügt?«

»Klar! Und wissen Sie, was ich gesagt habe? Ich sag' zu mir, das sieht ihm wieder mal ähnlich, dem Joe, sag ich. Der Mann ist ja immer so was von verflucht bescheuert gewesen, er *und* sein Bruder. Stattdessen hätte er nämlich wirklich billig auf dem Nationalfriedhof von Arlington beerdigt werden können, mit Fahne auf dem Sarg und all dem Zeugs. Joe hatte ein Anrecht darauf, wissen Sie. Wo er doch ein Veteran war.«

Was war das plötzlich mit dem Bruder? Noch so ein Eisenbahnarbeiter namens Incardona? Tot oder noch am Leben? Doch Diddy muß der Versuchung widerstehen, auf ein Seitengleis zu geraten. Wenn er nicht aufpaßt, wird er sein Inneres genauso ausschütten wie Myra Incardona das tut; verleitet von allen möglichen nebensächlichen Sätzen und ihren Assoziationen. Was hatte sie doch (jetzt) gesagt? Ach ja. »Also warum glauben Sie doch, daß Ihr Mann lieber eingeäschert werden wollte?« fragte Diddy. »Es hat doch etwas Merkwürdiges.«

»Wem sagen Sie das? Merkwürdig ist gar nicht das Wort. Schlichtweg verrückt nenne ich das. Also, als ich gehört hab', was in Joes Testament steht, bin ich einfach in die Luft gegangen. Ich hab' versucht, ob sich das ändern läßt, aber das wollten sie nicht. Haben gesagt, gegen einen letzten Willen könnte ich nicht vorgehen, als wär's was Heiliges oder so. Ich glaube, das hat er nur hineingesetzt, um mich zu ärgern. Trotz, das ist alles. Er hat gewußt, daß ich mich ärgern würde, weil die Einäscherung ja gegen die Kirche ist.« Sie sah Diddy an, als erwarte sie (jetzt) eine Antwort. »Aber Sie kennen sich vielleicht mit Glaubenssachen nicht so aus. Sie sind kein Katholik, oder, Mr. Dalton?«

»Nein«, sagte Diddy, »Protestant.«

»Na ja, das ist schon in Ordnung«, sagte die Frau. »Es gibt

Gute und Schlechte in allen Rassen, und ich bin gar nicht der Meinung wie viele Leute, wo ich kenne, die denken, nur Katholiken sind gute Menschen und alle anderen kommen gleichweg in die Hölle. Das sollen Sie nur wissen.«

»Da bin ich ja froh«, sagte Diddy. Lockerte seine Krawatte, knöpfte sich den Kragen auf.

»Nicht wahr, es ist ganz schön warm hier drinnen«, sagte die Frau. »Wie wär's mit einem Drink? Ich könnt' wirklich einen brauchen.«

»Bitte, nur zu«, sagte Diddy. »Aber für mich nichts.«

Die Frau stand vom Sessel auf und ging aus dem Zimmer. Kam nach kurzer Zeit mit zwei Dosen Rheingold, zwei Gläsern, auf denen nackte Seejungfrauen abgebildet waren, und einem Öffner zurück. Stellte alles auf dem niedrigen Lacktisch ab. Diddy, der Gentleman, übernahm das Servieren; öffnete eine Dose.

»Was ich da vorher gesagt habe«, die Frau sprach langsam, sah ihm dabei zu, wie er eine halbe Dose ins Glas goß, »über Unkatholiken, wo in die Hölle kommen. Ist ja ganz schön gemein, so etwas zu sagen, was? Aber ich fürchte, ich glaube wirklich daran. Kann's nicht ändern. So bringt's einem die Kirche ja bei. Ich hab's bei den frommen Schulschwestern gelernt, und ich werd's niemals vergessen.« Nimmt einen großen Schluck Bier. »Wissen Sie, ich vergesse niemals und gar nichts, was sie einem beigebracht haben. Die sind ganz schön streng gewesen mit einem. Aber was sie dir gelernt haben, das hast du richtig gelernt. Und wenn du ein Schlaumeier warst und deine Hausaufgaben nicht gemacht hast oder erwischt worden bist, wie du Zettel in der Klasse weitergegeben hast, dann konntest du wirklich was lernen. Was du so leicht nicht vergessen hast. Naja, wenn ich von der Schule nach Hause kam, war mein Hinterteil meistens rot wie Feuer!« Sie lachte. »Entschuldigung, Mr. Dillon, wenn ich so daherrede –« einen Moment lang gluckst sie zu sehr, um fortfahren zu können. »Also wirklich, hätte 'ne gute Wärmflasche abgegeben, so rot und heiß war mein kleiner Po.« Sie lacht wieder. Dann ein schmollender Blick. »Aber wissen Sie, jetzt ist das nicht mehr so. Die Kinder haben's leichter heutzutage. Hab' ich nicht recht? Mein Tommy geht zu den Schulschwestern, aber die schlagen ihn nie, und Hausaufgaben kriegt er halb so viel wie ich damals. Letzte Woche, da hat er –«

»Mrs. Incardona, Sie waren dabei, mir vom Testament Ihres Mannes und von der Einäscherung zu erzählen.«

»Ach, naja klar, da komm' ich gleich zu.« Sie gießt sich den Rest der Dose ins Glas. »Also, als man Joe gefunden hat, hat man ihn da irgendwo beim Eisenbahndepot hingebracht, haben aber auch gesagt, daß ich Montagmorgen irgendeinen anderen Ort finden müßte. Ich bin dann hingegangen, aber die wollten nicht, daß ich den Körper sehe, und ich wollte auch nicht, verstehen Sie?« Sie hielt inne. Diddy nickte. »Das sind die Nerven, verstehen Sie? Meine Nerven sind manchmal nicht die besten.«

Diddy wartet, daß sie weitererzählt. Ist das das Ende der Geschichte?

»Sie wollen wirklich kein Bier?«

Diddy schüttelte den Kopf.

»Naja, verkommen sollte ich es auch nicht lassen, schätze ich.« Sie grinste.

Diddy öffnete die andere Dose für sie, goß ein. »Was geschah, nachdem man Sie den Körper nicht sehen lassen wollte?«

»Naja, ich bin dann wieder nach Hause, und zu der Zeit, das war am späten Sonntagabend, da waren dann 'ne ganze Menge Leute hier, Verwandtschaft von Joe und mir, und Freunde, die waren am Trinken und am Weinen, aber noch mehr eben am Trinken, und wir haben dann das Testament aufgemacht. Als ich es gelesen hab', hab' ich gleich verdammt genau gewußt, daß damit was nicht in Ordnung war, bin ich also auf der Stelle nach oben zum Telephon gerast und hab' Pater McGuire angerufen. Hab' ich wirklich gemacht, obwohl es schon nach Mitternacht war, und ich hatte selbst schon ein bißchen geladen gehabt, wissen Sie, wegen dem Weinen und weil ich mich so mies gefühlt hab'. Na, jedenfalls als ich Pater McGuire davon erzählt hab', hat er gesagt, ich soll das Testament ignorieren und Joe einfach zu einem anständigen katholischen Beerdigungsinstitut bringen lassen, zum Beispiel zu Donoghue's direkt gegenüber von der Kirche, und er würd' sich schon um den Rest kümmern. Aber dann ist Joes Bruder Charlie, er hat auch son' italienischen Namen, aber wir nennen ihn Charlie, ist also hier um drei Uhr morgens hereingeplatzt. Sie haben ja gerade einen neuen Pontiac bekommen. Und er ist damit den ganzen langen Weg von Waltham, Massachussetts gefahren; da wohnt er nämlich. Ich hab' ihn so gegen neun Uhr angerufen gehabt und ihm von Joes Unfall erzählt, ich meine, das mußte ich ja, aber er hat mir nicht gesagt, daß er sofort kommen würde. Aber er hat ja den neuen, großen Wagen, verstehen Sie. Also, jedenfalls kam er und hat das Testament gelesen, und er hat ja wirklich 'ne ganze Menge gegen die Kirche, nachdem die Schulschwestern ihn die ganze Zeit mit dem Lineal geschlagen haben, als er ein Kind war, weil er Linkshänder gewesen ist, und weil die Priester immer hinter ihm her gewesen sind und ihn getriezt und ihm Alpträume gemacht haben, und was für eine schreckliche Kindheit er und Joe gehabt haben.«

Die Frau lehnte sich zurück. Trank das Bier aus; ein bißchen tropft ihr aus dem Mundwinkel. Ist das das Ende der Geschichte? Es wird immer schwerer für Diddy, das herauszufinden.

»Zigarette?« sagte er und streckte die Packung über den Tisch.

»Danke. Macht Ihnen hoffentlich nichts aus.« Sie beugte sich weit über den Tisch, um sich von Diddy Feuer geben zu lassen; der auch für sich eine Zigarette herausgenommen hatte. Gut, daß er das Bier nicht getrunken hatte, müde wie er war. »Wo bin ich gleich stehen geblieben?«

Also geht es noch weiter. »Sie waren bei der furchtbaren Kindheit, die Ihr Mann und sein Bruder gehabt haben.«

»Ah ja, hören Sie, ich glaub' nicht die Hälfte von dem, was Charlie sagt. Er hat einfach bloß ein großes Maul. Ist so'n Kampfhahn. Nehmen Sie dagegen Joe. Joe war anders. Der ist nicht so nachtragend mit der Kirche gewesen, und hat auch keine Trübsal geblasen, was für 'ne elende Kindheit er gehabt hätte, und ich könnt' wetten, er ist genauso oft geschlagen worden wie Charlie. Aber Joe hat die Sachen eben immer gern von ihrer besseren Seite gesehen.« Sie lächelte Diddy breit an; einen Augenblick lang sah sie anmutig und beinahe großzügig aus. Sie drehte an der langen Kette mit den purpurnen Perlen, die sie über der gelben Bluse trug, ließ die Augen immer wieder auf den seinen ruhen.

Diddy hatte das Gefühl, das Zimmer würde immer kleiner und Myra Incardona im gleichen Maße immer größer. Trotz des Abstandes von über einem Meter zwischen ihnen, der von dem niedrigen ovalen Tisch zwischen den beiden identischen Fernsehsesseln mit der hohen Lehne abgesteckt wurde, hatte er ein

Gespür für ihr Fleisch, als säße sie auf seinem Schoß. Lockeres, fülliges, scharfes Fleisch. Mindestens ein paar Minuten lang hatten (jetzt) einige Teile ihres Körpers eine nahezu hypnotische Wirkung auf ihn: ihre Brüste, die feisten Hände, die Goldfüllungen, die jedesmal zu sehen waren, wenn sie lachte, die dunkelbraunen Wurzeln ihres Kupferhaares.

Diddy, der Durcheinandergeratene. Bedrängt von unzusammenhängenden Empfindungen. Als sei etwas nicht in Ordnung mit seinen Augen, seiner Haut. Er braucht einen Prellbock – einen Block aus hartem, gestaltlosem, unpersönlichem Material, den er zwischen sich und diese überquellende, geschwätzige Frau stellen kann. Nun, er muß sie ja nicht anschauen, wenn er spricht. Nur verliert Diddy wieder den Faden. Muß gewissenhaft rekonstruieren, wo sie (jetzt) in ihrem Gespräch stehen. Myra Incardona mag abschweifen, es macht ihr wohl nichts aus. Doch Diddy macht es etwas aus. Hauptsache, man hält sich an die Fakten. Ein Faktum: Für Angelo – Joe – Incardona war es ohne Bedeutung gewesen, daß er eine unglückliche Kindheit gehabt hatte. »Doch der Bruder Ihres Mannes hat das anders empfunden, nicht wahr?« fuhr Diddy laut fort.

»Charlie? Das kann man wohl sagen! Sie sollten ihn mal hören, Mr. Dillon. Er hat eine böse Zunge. Die meisten Leute überlegen es sich zweimal, bevor sie sich mit ihm einlassen!«

»Dann verstehe ich Sie also richtig, Mrs. Incardona, wenn ich annehme, daß Sie Ihren Schwager die Vorkehrungen für die Beerdigung treffen ließen? Daß er sich nach seiner Ankunft um alles gekümmert hat?«

»Naja, wo Charlie noch am Sonntagabend hier herauskommt und bietet an, er will alles bezahlen, da konnt' ich doch nicht das Streiten anfangen, oder? Ich meine, von wegen der Einäscherung. S' war doch sein Geld, verstehen Sie? Obwohl ich zugeben muß, daß ich nie damit gerechnet hätte, daß er das über sich bringt und macht das Angebot. Er und Joe waren sich nämlich gar nicht so nahegestanden. Ich meine, dafür, daß sie Brüder waren. Als er gesagt hat, ich mach' das schon, da hab' ich ihn aufgezogen, er wär'n alter Saufkopf. Ich glaub', ich hab' selbst auch einiges intus gehabt. Es war ein schrecklich langer Abend.«

»Sie haben gesagt, daß Ihr Schwager in Massachussetts wohnt. Was ist er denn von Beruf?« Diddy wird sich plötzlich bewußt, daß er wie die aufdringliche, einfältige Mrs. Nayburn im Zug klingt; ist aber nicht zu ändern. Es ist eine Notlage, da bleibt keine Zeit, heikel zu sein in den Mitteln zur Abhilfe. Solange Diddy selbst fortfuhr, Fragen zu stellen, sah Myra Incardona weniger gigantisch aus. Leere Worte haben schließlich doch ihren Nutzen.

»Er ist Maurer. Die verdienen 'ne ganze Menge Geld, die Maurer, wußten Sie das, Mr. Dillon? Wissen Sie, ihre Gewerkschaft dreht es so hin, daß sie bei kaltem Wetter –«

Diesmal intervenierte Diddy schneller. »Wenn es also nach Ihnen gegangen wäre, Mrs. Incardona, dann hätten Sie Ihren Mann in einem Sarg beerdigen lassen, in geweihtem Boden, nach allen Regeln der Kirche. Ist das richtig?« Diddy mußte abbrechen, weil er sich schwach fühlt. Es ging gar nicht darum, etwas in Erfahrung zu bringen. Diddy wußte schon, was sie auf seine Frage – und (jetzt) auch auf viele andere Fragen – antworten würde. Hier lag nicht die Lösung all seiner Rätsel. Schicksal: jeder vielversprechende Ansatz verlief schnell im Sande.

»Sagen Sie mal, worauf wollen Sie eigentlich hinaus?« sagte die Frau. In unangenehmem Ton, der Diddy aufhorchen läßt, da er sich an ihren unerschöpflichen, schlaffen, freundlichen Ton gewöhnt hatte. »Wollen Sie andeuten, daß Joe gar keine anständige Beerdigung gekriegt hätte, wenn's sein Wille gewesen wäre? Ich weiß, worauf Sie hinaus wollen. Wollen mir Worte in den Mund legen. Wegen der verfluchten Zeitungsgeschichte, wo drin steht, daß einer von eurer beschissenen Eisenbahn gesagt hat, daß Joe sich vielleicht umgebracht hat. So eine Frechheit! Da gibt's Gesetze dagegen, daß einer so was sagt, wissen Sie? Ich wette, ich könnte die Zeitung auf hunderttausend Dollar verklagen, wegen Verleumdung von meinem armen toten Joe. Und die Eisenbahn auch. Mein Joe war ein guter Katholik, wie zum Teufel hätte er da so was tun sollen?«

Diddy hatte ein paarmal versucht, diese Tirade zu unterbrechen, doch ohne Erfolg. Die Frau war (jetzt) am Ende ihres Redeschwalls, behielt aber ihren indignierten Blick bei.

»Mrs. Incardona, Sie verschwenden Ihre Wut. Ich kann Ihre Gefühle ja verstehen, was die Zeitungsgeschichte betrifft, aber darauf wollte ich mit meiner Frage gar nicht hinaus. Im Ernst. Worauf es mir ankommt, ist, herauszufinden, wie es gekommen ist, daß Ihr Mann eingeäschert wurde. Deshalb habe ich Ihnen eine einfache, direkte Frage gestellt. Ich habe gefragt, ob Sie, wenn es nach Ihnen gegangen wäre, Ihren Mann lieber hätten beerdigen lassen, wie es bei den Katholiken der Brauch ist.«

Doch die Frage gefällt ihr immer noch nicht. »Hören Sie mal zu, Mr. Dillon.« Die Frau verschränkte die Arme und sah verärgert aus. »Ich hab' so das Gefühl, daß Sie was nicht verstehen. Also, ich bin bei den Schulschwestern erzogen worden, soll Gott sie segnen, und ich bin mein ganzes Leben lang gut katholisch gewesen und werd' auch gut katholisch sterben. Und wenn mein Tommy nach Hause kommt und mir erzählt, er will ein unkatholisches Mädchen heiraten, dann kriegt er 'ne Tracht Prügel, die sich gewaschen hat. Der wird sich umgucken, was er da abkriegt, wenn ich –«

»Schauen Sie«, unterbrach Diddy wieder, »ich brauche ja bloß Informationen über die Umstände der Trauerfeier für Ihren Mann.«

»Na, was glauben Sie denn, wofür ich hier am Erzählen bin«, rief sie gekränkt. »Sie brauchen gar nicht so zu drängeln. Wo brennt's denn?«

»Mrs. Incardona, ich weiß Ihre Gastfreundschaft und Ihre Aufrichtigkeit zu schätzen. Doch ich muß schließlich meine Arbeit machen.«

»Ich weiß, ich weiß«, seufzte sie. »Sie arbeiten für die Eisenbahn. Warten Sie doch einen Moment, ich will mir eben noch ein Bier holen. Sie wollen wirklich keins mit mir trinken? In Ordnung.« Diddy lehnte sich in seinem Sessel zurück, während sie nicht im Zimmer war, schloß die Augen. Myra Incardonas wiederkehrende Schritte. »Hören Sie mal«, sagte sie und ließ sich wieder im Sessel nieder, »eins will ich mal klarstellen. Sie kommen hierher und stellen 'ne Menge Fragen, und ich laß die ganze Förmlichkeit und all das weg und rede mit Ihnen, weil ich sowieso nichts Besseres zu tun habe. Aber eine Sache will ich wirklich, daß Sie wissen sollen, und das ist, daß jedes Wort aus meinem Mund, jedes einzelne Wort, Gottes aufrichtige Wahrheit ist, so wahr mir Gott helfe. Hören Sie mir noch zu?« Diddy nickte schläfrig. »Was zum Beispiel diese ganze verdammte Geschichte mit der Einäscherung angeht, für die Sie sich ja offenbar so sehr interessieren, obwohl mich der Teufel holen soll, wenn ich verstehe, was es die Eisenbahn angeht, was mit dem geschieht, was vom armen Joe übriggeblieben ist. Sie wollen wissen, ob ich dafür oder dagegen war. Oder vielleicht auch, warum ich nichts dagegen unternommen habe. Aber ich sage Ihnen, obwohl Sie mir doch vollkommen fremd sind, nichts anderes, als ich heute zu Pater McGuire im Gemeindehaus des Unbefleckten Herzens gesagt habe. Wissen Sie, daß der Mann die Frechheit besessen hat, mich eben heute nachmittag anzubrüllen, daß mir Hören und Sehen vergangen ist? Und weshalb? Ich werde es Ihnen sagen. Weil ich Joe hab' einäschern lassen. Erzählt der mir doch, daß Joes Seele auf ewig im Fegefeuer verkommen würde und könnte nicht auferstehen beim Jüngsten Gericht und all dieses Gespensterzeugs. Wollte mir ein schlechtes Gewissen machen. Als hätte ich Joe irgendwas Schreckliches angetan.«

»Das tut mir leid«, sagte Diddy. Tat es ihm wirklich.

Myra schien Diddys Worte nicht einmal zu hören, sondern fuhr mit fliegenden Fahnen fort. »Und da hab' ich zu ihm gesagt, Pater McGuire, sag ich, entschuldigen Sie mal, Pater, aber Sie haben kein Recht, so mit mir zu reden. Ich hab' gar keinen Einfluß auf die Trauerfeier gehabt, hab' ich ihm gesagt. Charlie ist derjenige welcher, und wenn Sie es schon jemandem geben wollen und wollen einem ein schlechtes Gewissen machen, dann halten Sie sich an Charlie. Junge, Junge«, lachte sie, »das würd' ich ja für mein Leben gern sehen! Der Charlie würde Hackfleisch aus ihm machen. Aber Charlie ist schon wieder nach Massachussetts zurück. Da mußte ich also ganz allein mit ihm fertigwerden. Und bin ich auch. Pater McGuire ist ein ganz junger Priester, wissen Sie, und wenn die noch frisch aus dem Seminar sind, dann haben die noch allerhand Vorstellungen. Das ist so ein Ernsthafter, nimmt alles unheimlich schwer, verstehen Sie, was ich meine. Noch 'n bißchen feucht hinter den Ohren. Aber dem habe ich heimgeleuchtet. Der weiß jetzt, woran er ist.«

Diddy seufzte. Mit dieser Frau zu reden war wie ertrinken. Ein wenig noch, und dann würde er aufbrechen und vielleicht ins Kino gehen. Doch war ihm noch nicht alles ganz klar geworden, was Incardona und seine Familie betraf. Zum Beispiel die Situation zwischen den Brüdern. Diddy ließ einen Versuchsballon los. »Wie würden Sie das Verhältnis Ihres Mannes zur Kirche beschreiben?«

»Sagen Sie, haben Sie vielleicht noch ’ne Zigarette für mich? Die Marke, die ich rauche, ist miserabel. Danke ... Also, was haben Sie da gerade gesagt? ... Ach ja, wegen Joe ... Naja, er hatte auch so seine Touren, wissen Sie. Wie Charlie. Joe konnte ganz schön wüst loslegen, wenn ihm danach war. Er hat immer gegen die Kirche gewettert und Witze gemacht über mich und Tommy, daß wir jeden Sonntag regelmäßig wie der Regen zur Messe gegangen sind, währenddem er zu Hause rumgelegen ist in Unterwäsche, hat Bier oder Gin runtergekippt und geschrien und geflucht und sich aufgeführt.«

Das ist nun endlich der Incardona, wie Diddy ihn getroffen hat. Die Teile fangen an, sich zusammenzufügen.

»War er ... Mr. Incardona ... ein sehr gewalttätiger Mann?«

»Nicht, was man sonst so gewalttätig nennt. Aber irgendwie gemein, wenn es ihn gepackt hat. Ich rede nicht davon, was er mit mir gemacht hat. Ich kann mich schon wehren, wenn es sein muß. Aber bei Tommy ist es was anderes. Das habe ich Ihnen ja erzählt. Joe hat für Kinder nie viel übrig gehabt, obwohl man doch meinen sollte, daß er seinen eigenen Jungen mögen täte, oder? Aber er und Tommy sind nie so besonders miteinander klargekommen.«

»Hat Tommy Angst vor ihm gehabt?«

»Der kleine Bursche? Nie im Leben. Hat seinen Mann gestanden, wirklich, das hat er getan, lebensgroß. Wie oft ich das hab’ mit ansehen müssen – Joe nimmt seinen Gürtel ab, um Tommy wegen irgendwas durchzuprügeln – der Junge ist manchmal ein richtiger Teufel, aber er meint es doch nicht so. Und Tommy, dieser Hitzkopf, sagt, Los, Papa, mach schon. Du teilst aus, und ich steck’s ein.«

»Hat er das wirklich gesagt?« sagte Diddy neidisch.

»Naja, nicht gerade mit diesen Worten. Tommy hat auch so seine Launen. Schlägt ganz nach dem Vater, schätz’ ich. Hat Joe ’n paar ganz schön dreckige Ausdrücke an den Kopf geworfen. Ich hab’ ja drüber lachen müssen, aber Joe fand das nicht so gut.« Sie lachte, setzte die Bierdose an die Lippen. »Du liebe Zeit ...«

Lebhafter als zuvor konnte sich Diddy die Familie in ihrem schmutzigen, verrauchten Nest vorstellen. In Pose zu einem Gruppenschnappschuß: der große, brutale Vater, die schlampige, aber sexuell anziehende Mutter, der Irrwisch von Kind.

Was nun alles anders ist, seinetwegen. Doch (jetzt) verliert er sich in Sentimentalität, in subjektiven Schuldgefühlen. Dazu ist er doch nicht hergekommen. Sondern um festzumachen, was objektive Schuld und was Unschuld ist, falls es ihm gelingt; und um nebenbei auch herauszufinden, wodurch die Einäscherung veranlaßt wurde. Hör doch damit auf. Die Umwandlung von Angelo Incardona in Asche war, allem Anschein nach, für seine Familie höchstens von trivialer Bedeutung. Wenn es auch Diddy als schreckliche, enttäuschende Entscheidung erschien. Unter anderem als eine Einladung zum Vergessen. Diddy darf nicht zulassen, daß die Wirklichkeit Incardonas fadenscheinig, zweifelhaft wird. Der Arbeiter hatte existiert und war tot; auch wenn das Zeugnis seines Körpers auf ein Minimum reduziert und verwischt worden war.

»He!« Es war Myra Incardona, die mit der Hand vor Diddys Gesicht herumwinkte. »Junge, Junge, jetzt sind Sie aber ganz weit weg in den Wolken gewesen. Ich hab' gedacht, Sie hätten es so furchtbar eilig. Wissen Sie noch? Als Sie mit Ihren Fragen gar nicht abwarten konnten?«

Ob die Frau inzwischen Zweifel hinsichtlich seiner Identität bekommt? »Ich habe es schon gewissermaßen eilig«, sagte Diddy. »Das ist mein Job. Ich muß heute abend bei noch jemandem vorsprechen, dann muß ich nach Hause und noch ein paar Berichte schreiben, ehe ich schlafen gehen kann.«

Aber auch Myra Incardona schien nicht recht zuzuhören, während Diddy sprach. Kriegt wahrscheinlich etwa jedes dritte Wort mit und ergänzt sich den Rest selber in ihrem Kopf. Alles, was sie von seiner großzügigen, blumenreichen Lüge gehört zu haben scheint, war das nackte Wort: Job. »Ich weiß, daß Sie einen Job haben«, fing sie an mit einem schlaff angedeuteten Lächeln. »Sie arbeiten bei der Eisenbahn.«

Diddy nickte.

»Aber Junge, Junge, ich werd' Ihnen was sagen. Sie sehen bestimmt nicht aus wie all die Leute, die *ich* gesehen habe und haben einen Job bei der Eisenbahn. Die Kleidung, was Sie tragen, ist zu fein. Ihre Hose hat nicht den weiten Schnitt wie die, wo die Eisenbahner anhaben. Und ich hab' auch noch keinen Eisenbahner gesehen, der wo so eine schicke Krawatte angehabt hat wie Ihre da. Wo ich Sie mir jetzt genauer ansehe, für mich sehen Sie mehr aus wie einer aus 'ner Reklame oder so. Und Ihr Gesicht. Ich seh' doch sofort, daß Sie als Kind nie Pickel gehabt haben. Ich seh' 'ne ganze Menge daran, einfach wie sich ein Mann rasiert.« Sie hielt inne. »Sie sind wirklich ein gutaussehender Kerl. Auf Ihr Wohl.« Die Frau prostete Diddy mit ihrer Bierdose zu. »Sie sind gutaussehend. Wissen Sie das?«

Diddy zuckte die Achseln. Merkte plötzlich, was sich da abspielte: all das Bier, das sie inzwischen heruntergeschüttet hatte, fing an, seine Wirkung zu tun. Er haut besser schnell ab, ehe die Frau anfängt, sich diese Hose herunterzupellen.

»Oh, Myra kennt sich aus darin.« Sie sprach immer undeutlicher, der Kopf schien ihr wacklig auf den Schultern zu sitzen. »Ich könnt' wetten, daß Ihnen das schon 'ne ganze Menge Mädchen gesagt haben. Da wird's Ihnen wohl nicht viel bedeuten, wenn so'n alter Sack wie ich, der auf die Vierzig zugeht, Ihnen so was sagt. Hab' ich nicht recht?«

Diddy hat sich entschlossen, nicht zu antworten. Konzentriert sich darauf, all seine Energie zu sammeln, um sich aus dem Sessel zu erheben und von dort aus zur Haustür zu gelangen. Fort aus diesem Haus. Doch inzwischen hat sich Myra Incardonas umherschweifende Libido, wer weiß, für wie lange – eine Sache von Sekunden? Monaten? – zu freundlicherem, weniger direkt verführerischem Verhalten gemäßigt. Sie verfügt eben über mehr Energie als Diddy. Er denkt nur daran, wie er es fertigbringt aufzustehen; sie ist schon wieder aus dem Zimmer geflitzt. Holt sie noch mehr zu trinken?

Sie ruft, vermutlich aus der Küche: »Sagen Sie, wie heißen Sie? Mit Vornamen, meine ich. Ihren Nachnamen bringe ich ja doch dauernd durcheinander.«

»Paul.«

»Was haben Sie gesagt? Warten Sie, ich hab's gehört. Ist 'n hübscher Name.« Die Stimme ist (jetzt) noch weiter entfernt, obwohl Diddy die Worte gerade noch mitbekommt. »Ich hab' mal 'nen Paul gekannt. Paul Follet, so hieß er. Riesiger Kerl, echt stark. Hat hier in der Gegend gewohnt. Haben Sie den gekannt?«

»Nein.«

»Schade.« Myra mit den nächsten zwei Bierdosen auf der Schwelle zum Wohnzimmer. »Das war ein toller Typ. Hätte Ihnen vielleicht gefallen.« Sie setzte sich. »Nein, wenn ich drüber nachdenke, wohl nicht.« Diesmal übernahm Diddy, der Gentleman, das Eingießen nicht. Myra betätigt selbst den Dosenöffner; trinkt direkt aus der Dose. »Wie alt sind Sie, Paul?«

»Dreiunddreißig.«

»Dreiunddreißig?« Sie klatschte sich auf die Schenkel. »Sie machen wohl Witze! Wirklich, so alt sehen Sie nicht aus. Sie werden schon grau, gut, das seh' ich. Und bei Ihnen kommt es ganz schön gleichmäßig, und ich sag' ja immer, bei einem Mann sieht graues Haar sexy aus. Aber Falten haben Sie überhaupt keine im Gesicht. Sie sehen aus wie, naja, wie etwa achtundzwanzig.« Ein rascher Blick. »Ja, achtundzwanzig würde ich sagen.« Sie setzte die Bierdose ab; musterte Diddy langsam. »He«, sie grinste, »ich hab' genau den richtigen Job für Sie. Mit den Klamotten und wie Sie so reden und Ihrem Gesicht, da sollten Sie nicht bei der Eisenbahn arbeiten. Das ist doch ein Verein von Holzköpfen. Sie sollten in einem Versicherungsbüro sein oder in einer Bank. Das ist die beste Idee, bei 'ner Bank. Oder vielleicht, wenn Sie mehr Kohle machen wollen, könnten Sie auf die Abendschule gehen und auf diplomierten Wirtschaftsprüfer machen.«

Verwunderung bei Diddy. Bekommt die Frau allmählich Verdacht, oder gehört das zur Verführung? Wenn auch sein Instinkt ihm sagt, daß es wahrscheinlich ersteres ist, er kann es nicht entscheiden. Warum kann er nicht entscheiden? Warum lächelt er bloß, nichtssagend, liebenswürdig; als spiele sich da nichts ab. Halt, da geschieht etwas. Diddy rettet Myras brennende Zigarette, die vom Rand des Aschenbechers auf den Couchtisch herabgefallen ist. »Also, um die Wahrheit zu sagen, Mrs. Incardona, eigentlich arbeite ich gar nicht bei der Eisenbahn –«

»Sie arbeiten nicht ...« kreischte sie und war auf den Füßen, ohne daß Diddy sie hatte aufstehen sehen. Diddy war erschrocken und verblüfft. »Was zum Teufel tun Sie dann in meinem Haus? Soll das 'n Witz sein oder so was? Wenn's einer ist, Mister, dann fliegen Sie hier achtkantig raus, bevor Sie sich auch nur umdrehen können!«

»He, he, he«, sagte Diddy. »Beruhigen Sie sich, Mrs. Incardona, Sie haben mich ja meinen Satz gar nicht zu Ende sprechen lassen. Ich war gerade dabei, Ihnen zu erklären, daß ich eigentlich bei einer Versicherungsgesellschaft arbeite, die Unfallansprüche für die New York, Boston & Standard untersucht. Ich wollte Ihnen das sagen«, er lächelte zaghaft, »weil Sie gesagt haben, daß ich nicht wie ein Eisenbahner aussehe. Also deshalb. Ich bin keiner.«

»Uff«, sagte die Frau. Und sank schwerfällig in den Sessel zurück. »Zum Glück hab' ich kein schlechtes Herz. Sie haben mir vielleicht einen Schreck eingejagt, einen Moment lang ... Paul? So heißen Sie doch? Ich hab' gedacht, Sie wären so ein Schleicher, der unter irgendwelchen falschen Vorwänden hier in meine Wohnung eingedrungen ist. Wie ein Räuber, oder wie, wie heißt er doch gleich, Sie wissen, wen ich meine ... der Würger von Boston.«

Diddy mußte lachen. Zum ersten Mal fühlte er sich wohl hier in Incardonas Haus. All die Lügen, die er erzählte, waren so absurd und ironisch geworden, daß sie sich allmählich als wahr zu entpuppen schienen. Wenn er nur nicht so unbeherrschbar müde gewesen wäre.

In diesem Augenblick sagt Myra Incardona irgendetwas, das darauf hinausläuft, daß sie ihm sofort auf die Schliche gekommen sei, aufgrund seiner Kleidung. »Die piekfeine Krawatte macht es«, sagte sie.

Diddy warf unwillkürlich einen Blick auf seine Krawatte hinab. Irgendetwas Ungewöhnliches daran? Diddy kommt sie ganz normal und konservativ vor.

Die Frau beobachtete ihn. »Wolln Sie wirklich kein Erdbeereis? Es liegt immer noch da draußen im Eisfach.« Diddy schüttelte den Kopf. »Oder ich kann Ihnen auch einen Whiskey Soda mixen. Gin ist auch da. Und da sind auch noch ein paar Flaschen von diesem Itaker-Rotwein, im Besenschrank versteckt. Joe hat das Zeug gemocht, aber ich weiß genau, ich würd's nie selber austrinken.«

»Nein, danke. Das ist nett von Ihnen, aber ich bin ganz zufrieden so. Ich gehe ohnehin in ein paar Minuten.«

»Naja, ich weiß ja nicht recht«, sagte sie schelmisch, lehnte sich im Sessel zurück und schlug die Beine übereinander. »Ich hab' noch keinen Mann getroffen, der nicht irgendeine nette Kleinigkeit gemocht hätte. Und es gibt 'ne ganze Menge netter Kleinigkeiten hier.« Sie sah Diddy spöttisch an. »Aber wie ich sehe, sind Sie was ganz Besonderes, wo nicht gleich mit dem ersten besten zufrieden ist. Liege ich da richtig?«

Diddy ist plötzlich sehr müde. Eine gewaltige Welle von Erschöpfung, die ihn offenbar umgeworfen hat; die ihn mit sich hinabzog.

»Richtig?« fragte sie noch einmal.

»Richtig«, sagte Diddy mit stumpfer Stimme. Fühlte sich schwach, überwältigt. Wie unter Drogen. Ob es wohl ein Fehler wäre, so fragte er sich, wenn er Mrs. Incardona bäte, ob er sich nicht ein paar Minuten hinlegen könnte?

»Wissen Sie«, sagte Diddy, »ich fühle mich ganz plötzlich nicht gut. Würde es Ihnen etwas ausmachen, wenn ich meine Schuhe ausziehe und mich für eine Minute da drüben aufs Sofa lege?«

Sie war schon auf den Füßen. »Wieso denn, natürlich, machen Sie nur. Sie haben vielleicht irgendwas Falsches gegessen.« Diddy schüttelte den Kopf; stand selbst aber immer noch nicht auf. »Soll ich Ihnen ein Alka-Seltzer holen?«

Wieder lehnte Diddy ab. »Ich muß mich nur eine Minute hinlegen. Ich will Ihnen keinerlei Umstände machen. Machen Sie sich bitte keine Sorgen, ich bin sicher, es ist gar nichts.«

Die Frau war an Diddys Seite, als er beim Sofa ankam. »Ich mach' mir gar keine Sorgen. Und Sie machen auch gar keine Umstände. Hören Sie, ich habe eine Idee. Die Federn im Sofa sind gesprungen, und es ist auch nicht besonders bequem. Wie wär's, wenn Sie nach oben gehen und sich in meinem Zimmer aufs Bett legen?« Sie legte Diddy die Hand auf den Arm, während er auf dem Rand des Sofas saß und sich die Schnürsenkel öffnete. »Es ist sehr viel ruhiger da oben. Sie können da ruhen, solange Sie wollen. Ich werd' dann zusehen, daß Tommy ins Bett kommt. Und dann komm' ich und seh' nach Ihnen; wie es Ihnen geht und ob ich irgendwas für Sie tun kann.«

Diddy saß da; schaute zu ihrem riesigen Gesicht auf. Sah wie durch ein Vergrößerungsglas die großen Poren auf der Nase, das schlecht aufgelegte Rouge auf den Wangen, die Fleischsäcke am Kinn, die Falten am Hals. Und den erschreckend toten Ausdruck auf ihrem Gesicht – so sah gewiß niemand aus, der Liebe machen wollte.

Obwohl er (jetzt) dabei ist, sich hinzulegen, ist es vielleicht doch nicht das, was er will. Das Schwächegefühl ließ allmählich nach; was Diddy (jetzt) plötzlich fühlte, war Ekel. Angst, daß er sich übergeben muß. Und die Peinlichkeit, daß sie vielleicht den

Grund dafür erraten könnte. Absolut wahr, die Frau war gräßlich. Aber sie war doch auch ein Mensch; und ging wahrscheinlich, wie die meisten Menschen, daran zugrunde, daß sie von niemandem angefaßt wurde und selbst auch nicht fähig war, jemanden anzufassen. Diddy hätte es lieber, wenn er sie nicht so unattraktiv und aufdringlich fände.

»Ich glaube, ich will mich jetzt gar nicht mehr hinlegen«, sagte Diddy energisch und fing an, sich die Schuhe wieder zuzuschnüren.

»He, was ist los?«

»Nichts«, sagte Diddy. »Mir ist wieder besser, das ist alles. Ich habe doch gleich gesagt, daß es nichts ist. Was ich jetzt brauche, ist frische Luft.« Er hatte aber nicht jene Art von metallischer Entschlossenheit, die es ihm erlaubt hätte, in diesem Moment Myra Incardona ins Gesicht zu sehen; einem Moment, den sie, wie er wußte, als Zurückweisung erlebte. War aber auch nicht hartherzig genug, sich (jetzt) direkt zur Haustür zu begeben und fortzugehen.

»Gehen Sie jetzt?«

»In ein paar Minuten. Ich werde noch eine Zigarette rauchen. Wollen wir nicht wieder da drüben sitzen?«

Diddy ist plötzlich wütend über sich selbst. Während der letzten halben Stunde hat er beinahe vergessen, warum er hier ist. Warum? Weil Diddy den Mann dieser Frau getötet hat. Und weil Diddy wissen muß, wie und in welchem Sinne er, Diddy, schuldig ist.

Sie sitzen wieder in dem Paar identischer Fernsehsessel mit der hohen Rückenlehne. »Ich nehm' an, Sie wolln noch irgendwelche Informationen haben«, sagte die Frau mürrisch. »Aber ich weiß eigentlich nicht, ob ich noch Lust habe, auf irgendwelche Fragen zu antworten. Vielleicht kommen Sie lieber 'n anderes Mal wieder.«

Gab es wirklich noch irgendetwas zu fragen? Hatte Myra Incardona Diddy nicht alles erzählt, was für ihn von Nutzen sein könnte? Gewiß, sie hat den Widerspruch in der Sicht, die Diddy von sich selbst hat, nicht aufgelöst – als schuldig und unschuldig, als der Aggressor und als das Opfer. Doch zumindest hat die Information, die sie geliefert hat, die Möglichkeit der Wahl am Leben erhalten; hat verhindert, daß der Fall mangels Beweisen seitens der Gegenpartei abgeschlossen wurde und ein unzweideutiges Urteil *Schuldig* über Diddy erging. Im Licht des konsequent brutalen Charakters des Mannes, wie ihn die Witwe offenbart hat, kann sich Diddy für die Zukunft den Gedanken ersparen, daß Incardona vielleicht nicht wirklich etwas Böses mit ihm im Sinne gehabt hatte.

Ist eine sogar noch schwererwiegende Entlastung möglich? Bis zum heutigen Abend hatte Diddy kaum gewagt, an diese Möglichkeit zu denken. Doch vielleicht ist er mit der Selbstverdammung zu schnell zur Hand gewesen. Vorausgesetzt, man hatte die richtige Art zuverlässiger Informationen über Incardonas Charakter und seine Gewohnheiten, dann war es doch möglich, Diddys Tat als Akt der Selbstverteidigung aufzubauen. Auch ohne irgendwelche Tatzeugen.

Mit einem Ruck bemerkt Diddy, daß er die ganze Zeit auf seine Knie gestarrt hatte, ohne aber etwas zu sehen; hat weder ein Wort gehört noch gesprochen. Er sieht auf und stellt fest, daß die Augen der Frau auf ihm ruhen, ein schillernder Blick, den er nicht deuten kann. »Sagen Sie mal, wollen Sie mir nun noch Fragen stellen, oder nicht? Es wird spät, und ich kann nicht den ganzen Abend drangeben.«

Diddy weiß, daß sie (jetzt) verbittert ist, doch es fällt ihm nichts ein, was er sagen könnte ohne es noch schlimmer zu machen. Sein Plan: Mr. Paul Dalton so schnell wie möglich hinauszubekommen aus diesem stickigen, schäbigen Haus, das nach Abgestandenheit und Brutalität und Selbsttäuschung stinkt. Muß aber, solange er noch hier ist, seine Rolle als Detektiv incognito zu Ende spielen, um ein Dossier für den Anwalt zusammenzustellen, der ihn in seinem Prozeß verteidigen wird.

»Ich denke, da ist nur noch eine Frage, die ich laut Auftrag an Sie stellen muß. Ich habe sie, glaube ich, bis zum Schluß aufgespart, weil ich dachte, Sie könnten sie falsch auffassen. Hat Ihr Mann getrunken?«

Das Gesicht der Frau veränderte sich, wurde dunkel. »Wie meinen Sie das?«

»Ich meine nicht, ab und zu mal ein Bier. Hat er sich betrunken?«

»Wollen Sie etwa nachweisen, daß Joe auf der Arbeit betrunken war? Daß er auf die Weise umgekommen ist? Von allen miesen –«

»Moment, Mrs. Incardona.« Es war lebenswichtig, dem Zorn der Frau Einhalt zu gebieten. Wenn sie wütend wird, dann kann er nicht noch einmal wiederkommen, falls ihm irgendwelche weiteren Fragen einfallen. Diddy streckte die Hand aus. »Ich will überhaupt nichts beweisen. Ich stelle einfach bloß ein paar Routinefragen.«

»Und ich antworte darauf, oder? Meine Mitarbeit haben Sie bekommen, stimmt's? Das haben Sie selbst gesagt. Wissen Sie, ich könnte euren Verein verklagen. Ich könnte wahrscheinlich eine Million Dollar für Joes Tod kriegen. Ich hab' in der Zeitung von Fällen wie diesem gelesen. Tommy und ich wären für den Rest unserer Tage fein raus. Das Gesetz wäre auf meiner Seite, und eure betrügerische Eisenbahn müßte einfach blechen, Euer Gnaden –«

»Mrs. Incardona, ich bitte Sie!«

Die Frau stand auf, ging zum Fernsehgerät hin und schaltete es ein. Ein haßerfüllter Blick. »Wie spät ist es?«

»Mrs. Incardona, niemand übt Kritik an Ihrem Mann. Ich wollte doch nur –«

»Tommy!« Der Junge erschien sofort im Flur. War er vielleicht die ganze Zeit einfach nur aus dem Blickfeld gewesen? »Ja, Mami?«

»Komm wieder rein und guck dir dein Fernsehen an. Ich weiß, es ist spät. Aber Mr. Dillon hat nichts zum Sagen, was du nicht auch hören kannst. Dein Vater war ein anständiger Mann. Das sollst du nur wissen. Mir ist egal, wer das weiß, aber ich werd' aufstehen und es der ganzen Welt erzählen.«

Der Junge schnitt Diddy ein Gesicht und stolzierte triumphierend über die quietschenden Dielen zu seinem Sessel. Als etwas, das nach Superman aussah, zu schwarz-weißem Leben erwachte, mußte Diddy immer wieder zum Fernsehschirm hinschauen. Es war hoffnungslos mit der Frau. Diddy hatte sie nicht beleidigen wollen. Doch er hatte es getan. Und sie, die an diesen Mr. Dalton von der Eisenbahn mit seiner unausgewiesenen Ermittlungsautorität geglaubt hatte, bereute wahrscheinlich ihre Indiskretionen. Fühlte sich zurückgewiesen, hatte Angst, war ärgerlich auf sich selbst; hatte dann Diddy vorgeworfen, er habe etwas gesagt, was er nicht hätte sagen sollen. Da sie sich in der Defensive fühlte, hatte sie sich zum Angriff entschlossen. Nun, nur weil sie wütend sein wollte, braucht Diddy ja als Reaktion nicht auch gleich wütend zu werden. Die Witwe Incardona war ungehobelt und dumm, wie ihr flegelhafter Mann. Doch Diddys Gerechtigkeitssinn sagte ihm, daß er der Stärkere sei, auch wenn er sich nicht stark fühlte; und sie die Benachteiligte, streitbar und kräftig, wie sie war. Ihr war von Diddy Unrecht geschehen, obwohl sie das nicht wußte. Und wenn sie, wie es wahrscheinlich schien, Grund hatte, sich um ihre Zukunft zu sorgen, dann hatte der Mörder ihres Gatten eine Verpflichtung, ihr beizustehen.

»Mrs. Incardona, eine letzte Frage. Hatte Ihr Mann eine Lebensversicherung? Hatte er irgendwelche Ersparnisse? Was ich wissen will, ist, ob Sie Rücklagen für die Zukunft haben, abgesehen von dem, was Sie von der Gewerkschaft bekommen.«

»Ich weiß, worauf Sie hinauswollen, Sie Drecksau«, kreischte die Frau und fuhr mit den Händen hoch, wobei sie den Aschenbecher voller Zigarettenkippen von dem niedrigen Tisch zwischen ihnen auf den Boden fegte. »Sie wollen es so hindrehen, als bräuchten wir das schmutzige Geld nicht, das wir von der Eisenbahn kriegen werden. Also, jetzt hören Sie mir mal zu, Mister. Mein Vetter ist Anwalt, und sogar ein ziemlich guter. Und der hat mir gestern gesagt, daß das überhaupt keine Rolle spielt. Joe ist im Dienst umgekommen, ist von einem eurer beschissenen Züge überfahren worden. Und euer Verein wird zahlen, und nicht zu knapp. Ihr werdet euch dumm und dämlich zahlen.«

»Wir sollten lieber Schluß machen. Mir reicht es jetzt«, sagte Diddy, der einen Anflug von Klaustrophobie und Übelkeit verspürte. Wie hatte es auch nur für einen Moment etwas wie Anziehung geben können ... Er stand auf, um zu gehen, und stieg über den kleinen, grauen Haufen aus Kippen, abgebrannten Streichhölzern und Asche hinweg. Die Frau war schon in den Flur vorausgestürmt. Diddy drehte sich zu dem Jungen um, aus dem Impuls heraus, (jetzt) ein paar Sätze loszuwerden, die er gern zu ihm gesagt hätte. Wie zum Beispiel: Bist du der Sohn des Mannes im Tunnel? Wie zum Beispiel: Es tut mir leid. Wie zum Beispiel: Ich will dir und deiner Mutter Geld geben. Diddy, der Schweigsame, steht und schaut. Der Junge starrte kühl zurück, griff dann zu einem der Regler am Fernsehgerät und drehte die Lautstärke voll auf.

Diddy wandte sich der rotgesichtigen Frau im Flur zu. Sie stieß ihm Hut und Mantel entgegen, zog die Tür auf. »Es wird Ihnen vielleicht noch leid tun, daß Sie sich so verhalten haben, Mrs. Incardona.«

»*Ihnen* wird es noch leid tun, Mister, ich bin noch nicht fertig mit dieser Sache!«

Diddy hatte sich zwar auf das Zuschlagen der Tür eingestellt, nicht aber auf die Leere in seinem Magen, als er den Bürgersteig erreichte. Er ärgerte sich, daß er die Begegnung verpfuscht hatte. Es wäre ihm lieb gewesen, wenn er einen plausiblen Vorwand hätte finden können, um der Frau Geld anzubieten. Dennoch, aus rein egoistischer Sicht hatte er gute Arbeit geleistet. Wahrscheinlich hatte Diddy alles erfahren, was von der Frau zu erfahren war – unter der Voraussetzung, daß sie so aufrichtig war, wie sie wirkte; und die Wahrheit sagte. Er hatte zum Beispiel herausgefunden, daß Incardonas Witwe der Einäscherung keine besondere Bedeutung beimaß. Gestern abend, als er durch den Telephonanruf bei Floral Gardens davon erfahren hatte, hatte Diddy ja vermutet, daß diese Maßnahme nicht im Testament des Mannes gestanden haben konnte. Jemand, die Eisenbahn oder die Polizei oder die Witwe, mußte etwas verbergen wollen. Das alles war (jetzt) vielleicht, aller Wahrscheinlichkeit nach, nur Einbildung. Wenn auch solch ein Wunsch bei einem Arbeiter von Incardonas Herkunft exzentrisch ist, läßt sich dessen Authentizität nicht deshalb schon beiseiteschieben.

Diddy muß sich in seiner Verwirrung davor hüten, überall Dämonen zu sehen. Das ist fast so schlimm, wie überhaupt nichts zu sehen. Vielleicht schlimmer. Wenn er nicht aufpaßt, wird sein Hirn es fertigbringen, nur noch gespenstische Hypothesen auszubrüten.

> Er erinnert sich, daß es eine Welt durchsichtiger, erklärbarer, ruhig sich entwickelnder Ereignisse gibt. Genauso, wie es eine Welt des Tunnels gibt. Eine Welt schillernder, rasend schneller Ereignisse, die zusammenschrumpfen und sich ausdehnen, verkümmern und sich aufblähen, offenbar ohne jede Logik.
>
> Doch nein, erinnere dich an die erste Welt. Das ist diejenige, an die es (jetzt) zu denken gilt, die klare: versorgt mit Niederspannung und normaler Beleuchtung; in welcher

man Zeitungsprosa und Einkaufszetteln und Verkaufszahlen glauben kann; in welcher Menschen reden, wenn sie angeredet werden, wenn auch nicht immer höflich; in welcher man erwarten darf, daß Wohnungen und Häuser entweder sauber und ordentlich sind oder schmutzig und unaufgeräumt.

Gewiß, da gibt es diesen ominösen Kommentar zu Diddys Tat, der sich in der Einäscherung des Arbeiters ausdrückt. Aber es ist doch er, Diddy, der das als Kommentar empfindet; da er selbst ja Incardonas Tod und damit eine vorzeitige Erfüllung des seltsamen Wunsches Incardonas herbeigeführt hat.

Allgemeiner. Als Ergebnis der gewaltsamen Bedrängnis dieser Stunde, die er gerade mit Incardonas Witwe verbracht hat, hat Diddy doch ganz entschieden ein Gespür für die Realität der gesamten Situation gewonnen. Es gab offenbar, zumindest innerhalb der Grenzen der Vernunft, für Diddy keinen Grund, an der Existenz des Arbeiters und an seiner eigenen Rolle beim Tod des Mannes zu zweifeln; oder etwa anzunehmen, sein Arbeiter sei nicht identisch mit Incardona, dessen Existenz aus dem trübseligen und quälenden Eindruck, den seine Frau und sein Kind hinterlassen hatten, eine Art posthumer Beglaubigung zu beziehen schien. Diddys Besuch ist also alles in allem ein Erfolg gewesen. Es sei denn, er will unbedingt etwas dermaßen Unerwartetes in Erfahrung bringen, daß seine sämtlichen früheren Theorien über den Haufen geworfen, seine aufgearbeiteten Erinnerungen durcheinandergebracht werden. War es das, was Diddy wollte? Überraschung? Verwirrung?

Aber wenn heute abend doch ein gewisses Ziel erreicht worden ist, warum will Diddy dann nicht ins Hotel zurückkehren? Es ist schon elf Uhr. Und es gibt nichts Besseres, wo er hingehen könnte. Am Mittwochabend in einer kleinen Stadt um diese Zeit, da sind die Kinos bald aus, die Restaurants geschlossen, und die Bars werden auch bald zumachen. Er könnte im Park spazieren gehen, doch der liegt am anderen Ende der Stadt, in der Nähe des Museums für Naturwissenschaft und Industrie und des Colleges. Und vielleicht wird der Park um Mitternacht zugesperrt.

Diddy könnte einfach zu Fuß zum Rushland zurückgehen. Bis zur Stadtmitte sind es von da, wo er (jetzt) ist, ein paar

Kilometer; wodurch sein Wunsch, noch länger draußen zu bleiben, doch befriedigt werden dürfte. Obwohl er mit dem Taxi hierher gekommen ist, nimmt er doch an, daß er den Weg finden wird, ohne jemanden um Hilfe bitten zu müssen; verläßt sich auf seinen hervorragenden Ortssinn. Er ist (jetzt) etwa zehn Blöcke gegangen. Kaum jemand ist auf der Straße – ein paar Halbwüchsige, einige alte Männer. Die Wohnhäuser hören auf, und der Maplewood Boulevard wird nun zu einer Einkaufsstraße, deren Ausstattung von dem niedrigen Durchschnittseinkommen der Bewohner der Umgebung zeugt: Kleidergeschäfte und Gemüseläden, Pfandleiher, Süßigkeitsstände, Schnapsläden, Haushaltswarengeschäfte, die Schaufenster mit Pappschildern beklebt. »Kein Kredit.« »Keine Ratenkäufe.« Die meisten Geschäfte werden von schweren Eisengittern geschützt. Praktisch alle Läden sind geschlossen, und wenn noch einer offen ist, dann ist er fast völlig leer. Außer einem Lokal am Ende des Blocks; rote und grüne Neonbuchstaben ergeben senkrecht das Wort SMALL'S ECK, mit dem Neonbild eines Cocktailglases über dem »S« und dem »E«. Reges Kommen und Gehen. Diddy schaut durch das Fenster hinein, sieht eine Bar, die für dieses Viertel an einem Wochentag zu dieser Abendstunde überfüllt zu sein scheint.

Diddy sitzt (jetzt) an der Theke. Bestellt einen doppelten Whisky mit Eis. Eine dünne Blondine von etwa fünfunddreißig Jahren in einem erdroten, engen Kleid mit dazu passenden Schuhen sitzt auf dem Hocker neben ihm, das Kinn auf die Handfläche gestützt. Sie lächelt ihm über die lackierten Fingernägel hinweg zu, er lächelt mechanisch zurück. Ein paar Minuten später, während er in sein Glas starrt, erinnert sich Diddy an ihr Lächeln. Schaut auf, um zu sehen, ob sie noch da ist, will sein Lächeln noch einmal durchspielen, mit mehr Überzeugung. Ihre Hand gleitet am Gesicht hoch, bedeckt die Stirn.

»Irgendwas nicht in Ordnung?«

Sie scheint nicht überrascht zu sein, daß Diddy sie angeredet hat. »Nein, ich bin einfach müde. Es liegt vielleicht an der Musikbox. Die geht mir nach einer Weile auf die Nerven.«

»Sind Sie schon lange hier?«

Sie schaut Diddy (jetzt) anders an. »Was ist denn das für eine Frage?«

»Ich weiß nicht. Kümmern Sie sich nicht drum. Darf ich Ihnen einen ausgeben?«

Die Frau bestellte einen Wodka-Martini. Diddy verlangte einen zweiten Whisky. Sie sagen nichts. Diddy, weil ihm nur eines einfällt, was er als nächstes sagen könnte. Er ist sich so sicher, wie die Frau reagieren wird, daß er es sich noch genau überlegen will, um sich klar zu werden, ob er wirklich mit ihr fortgehen will. Diddy ist auch schweigsam, weil die Musikbox gerade etwas von den Beatles spielte, das er besonders gern hat.

»Also, was ist jetzt?« sagte die Frau, als er sich umdrehte, um sie wieder anzuschauen.

»Sie sind hier nicht Gast, oder? Sie arbeiten hier, stimmt's?«

»Erwarten Sie, daß ich darauf mit Ja antworte?« fragte sie.

»Sehe ich wie ein Bulle aus?«

»Vielleicht. Wie soll ich wissen, wie ein Bulle aussieht?«

»Nun sagen Sie schon die Wahrheit.« Er bot ihr eine Zigarette an.

»Sie könnten ein Bulle sein. Obwohl, ich weiß nicht, für einen Bullen sind Sie ein bißchen komisch angezogen.« Sie musterte die ganze falsch zusammengestellte Kleidung. »Sie fallen schon ein bißchen auf. Oder vielleicht sind Sie einfach ein armer, unverstandener Ehemann.«

»Weder das eine noch das andere . . . Naja, eigentlich bin ich ein Ex-Ehemann. Ich bin vor drei Jahren rausgeflogen.«

»Soll ich sagen, daß es mir leid tut?«

»Nein«, sagte Diddy und legte ihr seine Hand auf den Schenkel. »Hören Sie, sind Sie jetzt frei?«

»Jetzt im Moment?«

»Ja, jetzt im Moment.«

»Ich nehm' an, Sie werden fragen, ob ich irgendwas weiß, wo wir hingehen können, stimmt's?«

»Und wissen sie etwas?«

»Ich weiß nicht.« Sie nahm eine Puderdose aus ihrer Handtasche – roter Satin, ein etwas hellerer Ton als das Kleid und die Schuhe – und fing an, sich die Nase zu pudern.

»Hören Sie«, sagte Diddy. »Ich will Sie zu nichts veranlassen, wozu Ihnen nicht zumute ist. Verstanden? Ich bin nicht betrunken. Sie können Nein sagen, und ich werde nicht böse sein und fortgehen.«

Die Frau schloß ihre Handtasche, wirbelte auf dem Hocker herum. Legte sich die Hände auf die Hüften. »In Ordnung. Wenn Sie sich's leisten können, brauch' ich kein Theater mehr zu spielen. Es gibt nämlich einen Grund, weshalb ich heute hier so lange herumgesessen habe. Die Getränke sind billig, ich bin's aber nicht.«

»Das habe ich mir gedacht. Da machen Sie sich mal keine Sorgen.«

»In Ordnung, Freier. Abgemacht.«

»Wollen Sie wirklich nicht noch einen Martini?«

»Nein, danke.«

Diddy bezahlte ihre Getränke, und als er vom Barhocker rutschte und wieder den Holzfußboden unter den Füßen spürte, fühlte er sich ein wenig wacklig. Obwohl er nicht betrunken sein konnte.

Wie heißen Sie? »Doris.« Ich Dalton. »Ach ja.«

»Mantel?« sagte Diddy.

»Da drüben. Der Wildlederne.« Diddy holte den Mantel und half ihr hinein. »Bis dann, Angelo!« rief sie dem Barkeeper zu. Diddy hatte kurz das Gefühl, er hätte sich die Kinnlade ausgerenkt. Hier gab es schon wieder einen Angelo, einen, der seinen richtigen Namen benutzte. Nein, lieber sich nicht nach ihm umdrehen; um etwas zu sehen, was er zuvor nicht bemerkt hatte.

Als sie erst einmal auf der Straße sind, wird Diddys Kopf ein wenig klarer. Die Frau läßt ihren Arm unter den seinen gleiten und führt sie vier Blöcke eine Seitenstraße entlang, bis sie zu einem dreistöckigen Sandsteinhaus kommen, an dessen Eingangstür ein Schild genagelt ist: ›Möblierte Zimmer.‹ »Entspricht's deinen Erwartungen?«

Diddy zuckte die Achseln. »Komm schon, Baby, hör auf, mich wie einen Dorftrottel zu behandeln.«

»Du magst es wohl nicht, wenn man dich auf den Arm nimmt, was?« Sie stiegen (jetzt) die Treppe hinauf.

»Was soll das heißen?« sagte Diddy. »Ich liebe es. Ich bin geradezu verrückt danach.« Er legt seine Hand auf Doris' Hintern, und dort bleibt sie auch für den Rest des Weges die Treppe hinauf.

»Klar, klar. Ich seh' schon, wonach *Du* verrückt bist, Freier.«

»Ich bin nach vielem verrückt«, sagte Diddy grinsend. Und kniff ihr herzhaft in den Arsch.

Sie blieben stehen. Sie schloß ein Zimmer im dritten Stock auf.

Im Zimmer. Zwei Fenster mit herabgelassenen Jalousien, spärlich möbliert, die Wände von undefinierbarer Farbe. Schon seit Jahren nicht mehr gestrichen. »Also, da wär'n wir. Wie findest du's? Ziemliches Loch, was?«

»Ich kapier' was nicht, Baby«, sagte Diddy. »Warum fragst du die ganze Zeit, wie ich dieses und jenes finde? Was interessiert es dich, *was* ich finde? Ich bin doch hier, oder?«

Die Frau zieht den Mantel aus. »Wer sagt, daß es mich interessiert, was du findest. Du hast sie wohl nicht alle.«

»Es ist aber doch so, Baby. Brauchst gar nicht so zu tun, als wär's nicht so.«

Diddy weiß, er sollte nicht auf diese Weise weiterreden. Doris hat nicht als Mensch zu gelten. Also, mach dich schon ran. Doch er kann nicht widerstehen.

»Ich meine nicht, daß du dich für mich als Mensch interessierst«, sagt Diddy. »Du kennst mich ja gar nicht. Und vielleicht geht ja auch alles besser, wenn du so tust, als bemerkst du den Kerl gar nicht, mit dem du bist, und wenn du denkst, er schaut dich eigentlich gar nicht an. Ich sehe dich aber, ob ich will oder nicht. In der Bar habe ich gleich bemerkt, wie deprimiert du ausgesehen hast. Und ich habe bemerkt, daß du offenbar unruhig warst, als wir hierher gingen, und daß es schlimmer wurde, als wir die Treppe heraufkamen. Und deshalb hast du mir ein paar dusselige Fragen gestellt. Habe ich nicht recht?«

Die Frau sah ihn an. Konnte es nicht glauben. Die Weichheit in ihrem Gesicht, das Licht in ihren Augen. Für einen Moment ein echter Kontakt. Diddy lächelte, ohne sie anzufassen.

War das wohl ein Fehler gewesen? Es war jedenfalls falsch angekommen. Denn gleich darauf verhärtete sich ihr Gesicht wieder. Und als sie das Lächeln erwidert, war es (jetzt) ein berufsmäßiges Lächeln, das Diddy selbst überhaupt nicht galt.

»Wo kommst du her?« sagte die Frau. Diddy sah, was geschehen war. Sah, wie es geboren wurde, lebte und starb. In weniger als einer Minute. Wieder zurück in der toten Welt (jetzt).

Da Diddy nicht sofort antwortete, fügte sie hinzu: »Ich weiß, daß du nicht hier aus der Gegend bist. Bist du aus New York City?«

»Ja.«

»Das habe ich mir gedacht.« Sie machte das Bett zurecht. »Du bist dieser ruhige Typ. Daran habe ich es gemerkt. Es gibt viele so ruhige Leute in New York City.«

Diddy lachte sanft. Arme Doris, arme Leute. »Bist du mal in New York City gewesen?«

»Ein paarmal zu Besuch. Mit einem alten Freund von mir. Gelebt habe ich dort nicht.«

»Und würdest du das gerne?«

»Gerne? Das ist gar kein Ausdruck! Jesus, ob ich gerne aus diesem Dreckloch heraus wäre! Du glaubst ja gar nicht, was alles hier in dieses Zimmer kommt. Horden von pickligen College-Knaben, die betteln, daß man einen Mann aus ihnen macht. Und dann die Itaker von der Eisenbahn, die so voll sind, daß sie vergessen, wozu sie hier raufgekommen sind.«

»Dann hau doch ab. Warum gehst du nicht dorthin?«

»Vielleicht habe ich Angst vor der Konkurrenz der Großstadtnutten.«

Diddy, der gegen die Kommode gelehnt dieser Doris zusah, wie sie anfing, sich auszuziehen, kam näher und nahm sie in die Arme. »Du kämst schon klar, Doris.«

Die Frau entwand sich seiner Umarmung. »Können wir, äh . . .«

»Ach so, das mit dem Geld erledigen?«

»Ja. Du weißt wie das ist. Ich vertrau dir zwar, Freier, laß mich dir das sagen. Aber ich treff' alle möglichen Männer . . .«

Diddy hielt ihr mit der Hand den Mund zu. »Brauchst du nicht zu erklären. Ist dreißig in Ordnung?«

»Ist das alles, was du hast?«

»Ich kann dir vierzig geben.«

»Abgemacht.«

Er nimmt das Geld aus der Brieftasche und gibt es ihr.

Sie legten sich auf das große Bett, und Diddy fing sanft an, mit ihr Liebe zu machen. »He, du bist wirklich voll da, was?« sind die letzten Worte, die sie sagte, und das schon gleich zu Anfang. Dann überließ sie Diddy die Initiative, lag ganz ruhig in seinen Umarmungen. Diddy wollte fragen, ob sie an irgendetwas Besonderem Spaß hätte, das er mit ihr machen solle. Doch er hatte nur spärliche Erfahrungen mit Prostituierten, zumeist im Urlaub in Europa, und er wußte nicht, ob sie sein Ansinnen, ihr ebenso wie sich selbst Lust zu machen, nicht als Impertinenz oder Zumutung auffassen würde. Nun denn, Diddy wird sich selbst Lust machen. Nicht daß es so aussah, als habe diese Doris etwas dagegen oder sei unempfänglich dafür. Nur scheint sie ganz weit weg zu sein. Diddy muß sie schon so nah wie möglich an sich ziehen, ihr die richtige Größe geben. Er muß hier sein, nicht in seinem Kopf. Doris ist hier. Solange Diddy verhindert, daß seine Gedanken abschweifen zu Hesters rundem Körper und ihrer lebhaften Art, ihre Lust zu empfangen, ist es genug. Ist es sogar so etwas wie eine Wohltat.

Nachdem sie Liebe gemacht haben, hat Diddy zunächst nicht die Absicht einzuschlafen. Er lag auf dem Rücken. Die Frau hatte sich auf die linke Seite gedreht, ihr Kopf ruhte auf seiner Brust, das rechte Bein umschlang angezogen seine Schenkel. Wenn Reglosigkeit und gleichmäßiges Atmen Schlaf bedeuten, dann schläft Doris. Sich zu bewegen hieße, sie aufzuwecken. Das Zimmer ist dunkel: kein blinkendes, schwefelgelbes Licht, und das Bett ist ganz genauso bequem wie das im Rushland. Diddy könnte doch ein wenig schlafen. Kein Grund zur Eile. Es wartet ja nur ein synthetisches Zuhause auf ihn, ein Zimmer, das seinem wahren Wohlbefinden abträglich ist. Da es keinen anderen Ort gibt, an dem er sein muß, kann er ebensogut hier sein. Ein wenig noch.

Diddy drückt die feuchte, schlafende Frau näher an sich. Sie murmelt etwas. Er bemüht sich, die Worte zu verstehen. »In der Tür«, sagt sie. »Brauchst nicht zu warten.«

»Doris?«

Ein seltsamer Laut, eine Art von Stöhnen.

Diddy wartet, ob sie noch etwas sagt. Schwarze Stille (jetzt) im Zimmer. Er spürt etwas Kühles und Feuchtes auf seiner Brust und folgert, daß ihr wohl ein wenig Speichel aus dem offenen Mund läuft. Wie es bei manchen Menschen geschieht, wenn sie einen leichten Schlaf haben. Joan und er waren oft so eingeschlafen, nachdem sie Liebe gemacht hatten. Er erinnert sich an jenen feuchten Fleck auf seiner Brust.

»Doris?«

Diddy schließt die Augen. Kurz darauf schlief er, tiefer als beabsichtigt, und fand sich in einem spärlich ausgeleuchteten, klaustrophobischen Traum wieder. Einer dieser Träume, in denen die Szenen nicht deutlich artikuliert sind. Nicht inszeniert. Zumindest ist, was dem Träumenden bleibt, wenn er aufwacht, kein angemessenes Drehbuch, das auf Bewegung im Raum schließen läßt und einen Dialog ermöglicht; eher eine Art Exposé. Ein nichtrealisierter Traum.

Das Thema ist Diddy, der in trübem Licht und undeutlicher Umgebung Entschlüsse fassen muß. Es begann mit Gefühlen, Wünschen, Beschlüssen, alle als Frucht der Willenskraft. Anschließend wurde, um Diddys Gefühlen die nötige Lebensechtheit zu verleihen, der Hintergrund eilig zusammengestellt oder hineinskizziert.

Als erstes die Entscheidung. Diddy hat sich entschieden, Myra Incardona zu heiraten und Tommys Stiefvater zu werden. Wo hatte er um die Hand der Witwe angehalten? Im Eingangsflur ihres kleinen Hauses, so schien es. Doch das war nicht ganz klar. Vielleicht nachträglich hinzugedacht.

Als nächstes kam die Hochzeit, die in einer katholischen Kirche gehalten wurde. Die Amtshandlung vollzog jemand, der dem Geistlichen im Zug ähnlich sah. Sonntagnachmittag. Während Diddy mit gesenktem Kopf neben der drallen Frau vor dem Altar steht, fragt er sich, ob das nötig sei. Doch ehe er Zeit hat, von dem Vorhaben zurückzutreten, ist die wiederhergestellte Familie schon in ihrem Hause etabliert.

Im folgenden drängt der Traum eine ganze Lebensspanne in eine rasche Abfolge von Scheußlichkeiten zusammen.

Ein Leben voller Geschrei und Gekreisch und Gejammer: Myra und der Junge.
Ein Leben voller zerschlagenem Geschirr und dem Gestank von gebratenem Fisch.
Ein Leben voller Keramikaschenbecher, die von Zigarettenstummeln überquellen,
schmutzige Wäsche, die sich am Fuße der teppichlosen Treppe häuft,
ein Fernsehgerät, das niemals abgestellt wird,
Tausende von Fasern kupfernen Haares, die in den Wohnzimmerteppich hineingetrampelt sind,
zerfledderte Comicbücher, die unter die Polster aller Sessel im Wohnzimmer gekeilt stecken,

leere Bierflaschen im Hinterhof,
Kakerlaken im deckellosen Zuckerglas,
saure Milch im Eisfach,
Ameisen in den Cornflakes,
schief ausgedrückte Zahnpastatuben, deren Schraubverschlüsse nicht aufzufinden sind,
Korsetts und Büstenhalter und fleckige Unterhöschen, die sich unten im Wandschrank stapeln,
Lockenwickler, die zwischen selten gewechselten Bettlaken verstreut sind.

Doris?

Während Diddy sich nackt mit der schwerfälligen Myra im Bett herumwälzt, hat er Angst, daß jemand Feindliches zuschaut. Und wenn schon, er kann nicht aufhören. Tapferer Diddy, hat mehr Stehvermögen als er dachte. Die Frau schreit vor Lust, gräbt ihre Fingernägel in Diddys magere Schultern. (Jetzt) liegt Diddy auf dem Rücken. Die Frau ist rechts von ihm, auf die Seite gedreht, den Kopf auf seiner Brust, den rechten Arm und das rechte Bein um seinen Körper geschlungen. Wie schwer sie ist. Diddy schiebt sie von sich, rollt sich dann auf die linke Seite, in Schweiß gebadet. Wer schaut zu?

Wagt er den Versuch, Incardonas Platz als Ehemann und Vater einzunehmen und damit das Verbrechen der Annullierung eines Lebens durch den Diebstahl einer Identität noch zu erschweren? Tommy scheint nichts dagegen zu haben. Diddy sorgt dafür, daß der dürre Junge nahezu allabendlich zum Essen einen Teller mit Erdbeereis bekommt, und versucht, ein stiefväterliches Interesse an dem Pfadfinderpimpf aufzubringen. Doch wie steht es mit dem ermordeten Arbeiter? Nachdem er seinen schweren Körper durch das wenig weise Ritual der Einäscherung verloren hat, dürfte Incardona kaum faßbar genug sein, um noch ein Gespenst abzugeben. Andererseits ist der Mann erst seit zu kurzer Zeit tot, um so schwach, schwindend und kraftlos wie ein Gespenst zu sein. Selbst zusammengeschmolzen zu einer kleinen Aschenpfütze, bleibt Incardona doch immer noch etwas Substantielleres. Immer noch mächtig. Und mitleiderweckend. Wie ein Gatte, der als schiffbrüchiger Seefahrer verlorengegeben worden ist und sich Jahre später wieder in seinen Heimatort zurückstiehlt, von seinen Mitbürgern unerkannt, weil er sich einen Bart hat wachsen lassen und sein Haar weiß geworden ist, um nun draußen im Schnee zitternd vor seinem schäbigen alten Haus zu stehen. Der sich dann näher heranschleicht und durch das vereiste Fenster späht, um Zeuge zu werden, wie sein geliebtes Weib, noch jugendlich und ohne Falten, zufrieden ihren neuen Gatten und ihr gemeinsames Kind in den Armen hält. Und dennoch, auch als verbitterter Enoch Arden mit gebrochenem Herzen, der in seinem Haus herumspukt, muß Incardona doch anerkennen, daß Diddy mit seinem neuen Leben nichts gewonnen hat. Nichts. Diddy möchte nur wiedergutmachen.

Doch Träume begnügen sich niemals damit, einen einzelnen Gedanken auszulegen. Was dazu führt, daß Träume sich mit bewußter Phantasie und genauem Gedächtnis verschlingen. Und auch dazu, daß Träume exegetisch, ja sogar didaktisch werden. Diddys Traum setzt sich (jetzt) fort, um etwas zu erklären, das er während seines Gespräches mit Mrs. Incardona heute abend vergeblich zu enträtseln versucht hatte. Denn die Frau im Traum ist nicht nur Incardonas Frau, gegenwärtig Diddys Erbteil und rechtmäßige Bürde. Sie ist auch Mary, Pauls und sein Kindermädchen. Die kuhhafte, schwachsinnige, unbestimmt fromme, zuverlässige Mary, die die Brüder genährt, gebadet, angezogen, versohlt, ins Bett gebracht und dann in ihrem gemeinsamen Schlafzimmer das Licht gelöscht hatte, seit sie auf der Welt waren. Myra Incardona hat (jetzt) Marys glattes, kurzes Haar, von natürlich ausgeblichenem Braun anstelle ihrer hellen kupfernen Locken. Und (jetzt) ließ sich auch das Gerede der Witwe identifizieren als eben der endlose Strom sinnlosen schwatzhaften Geseires, der dem Munde des Kindermädchens entquoll. Gerede, von derselben Konsistenz und Expressivität wie der Kartoffelbrei donnerstagabends oder der Haferschleim zum Frühstück am Montag, Mittwoch und Freitag, den Mary ihnen in den Mund löffelte. Gerede, so abwechslungsreich wie ihre breiten Hüften oder der komische Geruch, der unter ihren Armen lebte.

Dieses Gerede! Es war ein Wunder an Wiederholung. Jeden Abend las Mary den Jungen vor, was immer an grausigen Unfällen, Vergewaltigungen oder Morden, am liebsten vielfachen, die Zeitung zu bieten hatte. Beim Staubsaugen oder Staubwischen oder Kochen oder Einmachen oder Knöpfeannähen erzählte sie wieder und wieder das Dutzend von Geschichten über ihre acht Schwestern, die alle noch lebten und Nonnen und Kindermädchen und Hausfrauen waren, und ihren einzigen Bruder, einen unverheirateten Taxifahrer und Alkoholiker, der die Küchentreppe hinabgestürzt und daran gestorben war. Diese Abteilung des Vorrates an Reminiszenzen führte zu ihren seligen Eltern, die früher Köchin und Kutscher auf einem großen Gut in Pennsylvania gewesen waren. Und zu der einen, alles überragenden Geschichte, die geheiligt war durch ungezählte Nacherzählungen: von der Freundlichkeit der Gutsherrin und des Gutsherrn, die Mary einst, als sie acht Jahre alt war, ins Große Haus hinauf hatten kommen lassen, damit sie den Nachmittag über mit ihrer Tochter spielte. Unvergeßlicher Nachmittag. »Sie war so hübsch angezogen. Und Abendbrot haben sie mir gegeben. Und ihr hätt' die Gesichter meiner Schwestern sehen sollen, wie ich den Abend nach Hause komm'. Wollt' ihnen nicht in den Kopf, warum man mich genommen hat und nicht sie. Ich schätz', ich war die Hübscheste. Mensch, die haben sich vielleicht gemopst!«

Dieses Gerede! Da gab es rätselhafte Schlachten mit dem Milchmann und dem Schlachter und dem Gemüsehändler, offenbar um die Frage, ob sie das Recht hatten, Mary zu betrügen. Schlachten, die sie immer gewonnen zu haben behauptete. »Hab' ich's aber gezeigt, denen, da seid mal sicher.« Und dann ihr Glauben, von dem Paul und Diddy ohne Ende zu hören bekamen. Die Kirche, oder jedenfalls ihre Vorstellung davon, war der Trost des Kindermädchens. Pater So-und-so sagte, es wär schon in Ordnung, daß sie die letzten drei Sonntage die Messe verpaßt hatte, denn er säh' ja, daß sie die beiden Buben praktisch allein großzuziehen hatte. Beim Aufstehen wurde peinlich genau aufgesagt, was sie an diesem Tag zum Frühstück, zu Mittag und zu Abend essen würden. Diddy und Paul, die alle ihre Mahlzeiten mit Mary einnahmen, war der Menüplan nur allzu gut bekannt. Auch ohne Marys tägliches Bulletin brauchten sie nur zu wissen, welchen Wochentag sie hatten, da Mary sich schon vor langer Zeit zur Existenz von genau einundzwanzig Mahlzeiten bekannt, die Liste dann geschlossen und kanonisiert hatte; und jede Triade war auf ewig an einen bestimmten, niemals wechselnden Tag geheftet. Und gelegentlich hatte Mary eine unverständliche Anekdote zu erzählen, von einer Verabredung, die sie an ihrem freien Mittwoch gehabt hatte. Einer dieser anonymen Freunde, so erinnerte sich Diddy, war ein Seemann gewesen. Doch dauerte es nie so lange, daß Diddy und Paul einmal an irgendeiner Straßenecke ohne Wissen der Eltern einen von Marys Freiern zu Gesicht bekommen hätten. Bei jedem Neuen, der sich einstellte, stiegen Marys Hoffnungen rasch, um dann noch schneller zu vergehen. Desillusioniert erklärte sie dann, daß der eine zudringlich geworden sei, als er sie nach Hause gebracht habe. Oder daß der andere versucht habe, unanständige Sachen mit ihr zu machen, in der Loge eines Filmtheaters, Sachen, die irgendetwas zu tun hatten mit dem Benehmen des alten Mannes an einem Sonntagmorgen im Moors Park hinter einem Baum, worauf Mary mit ihnen davongeeilt war. »Aber ich weiß ja, meine Buben werden mal nicht so, wenn sie groß sind.« Viele Jahre lang verstanden Paul und Diddy kein Wort von alledem. Das schien aber nichts zu machen, denn Mary wartete niemals auf eine Antwort, wenn sie redete, schien niemals eine Reaktion zu erwarten. Ihrer beider bloße physische Präsenz genügte. So lange Paul und Diddy sich entsinnen konnten, hatten sie eigentlich niemals zugehört, wenn Mary etwas sagte.

Paul war sechs Jahre alt gewesen und hatte schon fast die erste Klasse hinter sich gebracht, als er tapfer bei der Mutter um Audienz nachsuchte, um ein wenig mehr Unabhängigkeit von Marys erstickenden Diensten und unnachgiebigen Routineverrichtungen zu erwirken. Diddy, der gerade die zweite Klasse beendete, bekam auf diese Weise einen weiteren Grund, Paul zu bewundern und es ihm gleichtun zu wollen. Wird nun Diddy, der Kühne, geboren? Noch nicht. Gar nicht so leicht. Wann immer Paul etwas als erster vollbracht hatte, wurde es regelmäßig für Diddy um so schwerer, dasselbe zu erreichen. »Naja, da hab' ich jetzt ein Baby verloren«, sagte Mary und machte ostentativ einen Umweg um Pauls Bett, als sie zu Diddy kam, um ihn zuzudecken. »Aber ich hab' ja immer noch mein anderes Baby, nicht wahr?« Sie beugte sich über Diddy und drückte ihn, der von den Leintüchern eingeengt war, an ihren riesigen Busen. Dem siebenjährigen Diddy war ebenso traurig zumute als er sich zugleich in einer Falle sitzen fühlte, denn er verstand, wie sehr Mary verletzt war. Die Zuneigung zu ihr ließ sich nicht unterdrücken, wie ein

Klang, vor dem man die Ohren nicht verschließen kann. Der Klang bedeutete, daß er Paul nicht so schnell in seine Unabhängigkeit folgen konnte. Diddy war alles, was Mary noch blieb, das einzige Objekt ihrer schon arg eingeschränkten Wonne der Fürsorglichkeit. Was für eine Verantwortung, jemandes letzte Lust zu sein! Mary würde sehr behutsam und geduldig abgestillt werden müssen, wie ein gieriges, zu groß geratenes Baby. Dasselbe Vorhaben (jetzt) mit Myra Incardona. Im Traum weiß Diddy, daß er nicht die Absicht hat, mit ihr ewig verheiratet zu bleiben. Es ist nur für eine kurze Zeit. Bis sie sich vom Schock des Todes ihres Mannes erholt hat. Dann würde Diddy frei sein.

Jedoch denkt Diddy im Traum, daß es bestimmt nicht richtig war, sein Kindermädchen geheiratet zu haben. Mary mußte doch um so viel älter sein als er. Paul sollte ihn unterstützen, statt so wohlgemut seine Freiheit zu fordern und dann fortzulaufen, um sie zu genießen, und Diddy zurückzulassen, um die gebrochenen Herzen zu flicken und die angeknacksten Egos der Erwachsenen wieder aufzubauen. Wenn Paul Incardonas Witwe heiratete, dann liefe der Wiederherstellungsprozeß sehr viel schneller ab. Da Paul weder so geduldig noch so sentimental war wie Diddy. Bei Paul müßte Myra Incardona ihren eigenen Anteil dazu beitragen.

Ist genug geschehen? Diddy betrachtet Myra Incardona, die das Leintuch ans Fußende ihres Doppelbettes hinabgestrampelt hat und sich im Schlaf räkelt, wobei sich das Nachthemd bis über ihre Brüste hinaufgerollt hat. Sie scheint (jetzt) glücklicher zu sein. Diddy bleibt an der Bettkante. Wenn er schon geht, dann doch am besten, während sie schläft. Ehe sie aufwacht und den Strom von weinerlichem Geplapper losläßt, den anzuhören oder ernstzunehmen sie doch gewiß nicht von ihm erwarten kann. Die Sprache ist heilig. So heilig wie der Körper. Myra Incardona gehört zu denen, die die Sprache profanisieren, eine echte Schülerin Marys. Bei Mary war es ein Wunder gewesen, daß Diddy nicht taub geworden war. Nimm dich in acht vor Myra. Auch wenn Diddy nicht so stark ist wie ehemals, er hat nicht die Absicht, noch einmal so nachsichtig gegenüber anderen zu sein.

Die Matratze ist sehr weich. Diddy läßt sich über die Bettkante auf die Knie hinabrutschen, in der Hoffnung, daß Myra nicht vom Quietschen der Bettfedern aufwacht. Wenn er seine Schuhe finden kann . . .

»Wo gehst du hin, Puppi?« sagt die Frau schläfrig.

Diddy merkt, daß er (jetzt) wach ist. Nicht mehr träumt. Der Raum hat sich wieder verwandelt, und diese Frau ist blond, kleinbusig und hat ein großes schwarzes Muttermal auf der linken Schulter.

»Ich kann nicht die ganze Nacht über bleiben. Aber ich bin eingedöst, und jetzt«, er blickt auf die Uhr, »ist es vier Uhr.«

»Tu, was dir gefällt, Freier«, sagt die Frau. Ohne das Licht anzuschalten, sammelt Diddy seine Kleider vom Fußboden auf und zieht sich an.

»Doris, ich gehe jetzt«, sagt er sanft.

»Alles klar. Vielleicht seh' ich dich mal wieder.« Offenbar schläft sie beinahe schon wieder.

Halb fünf. In der Halle des Rushland kauft Diddy die Stadtausgabe der *Courier-Gazette*, geht dann zum Fahrstuhl; doch als er erst einmal in seinem Zimmer ist, sieht er die Zeitung nur flüchtig durch, ehe er das Licht ausschaltet. Vor dem Hinaufgehen hat Diddy den Nachtportier beauftragt, ihn um neun Uhr zu wecken. Scheint gar nicht einmal eine solche Überwindung zu kosten, nicht um sieben Uhr aufzustehen, wie er es sonst in dieser Woche jeden Morgen gemacht hat, wegen der »Neuesten Spätausgabe«. Warum sollte in der Zeitung vom Donnerstag etwas für ihn sein, wenn Dienstag und Mittwoch nichts drin gestanden hatte? Wie dem auch sei, Diddy ist äußerst erschöpft. Auch vier Stunden Schlaf werden nicht genügen. Laß das Frühstück aus, nimm ein langes, heißes Bad. Und dann komm rechtzeitig hinunter, damit du den Wagen nicht verpaßt.

Ziemlich knapp. Diddy kommt fast zu spät. Kommt eine Minute nach zehn durch die Eingangstür des Rushland geeilt. Jim und die beiden anderen sind schon in unserem Wagen, der asiatische Chauffeur läßt behutsam den Motor an.

»Grad' noch geschafft, Dalt«, sagte Jim. »Wir wollten gerade ohne dich losfahren.«

»Das wäre nicht so schlimm gewesen. Ich hätte ja ein Taxi nehmen können.«

»Was ist passiert? Verschlafen?«

»Ich habe einfach länger als sonst geschlafen.«

»Glaube ich gern. Ich hab' um zwei Uhr früh bei deinem Zimmer vorbeigeschaut, um mir dein Butler-Memorandum auszuleihen, und du warst noch nicht da.«

Diddy wieder auf dem Behelfssitz; gab keine Antwort. Wir verlassen gerade die Innenstadt. Ein strahlend sonniger Morgen. Seine Augen schmerzen, nach so wenig Schlaf.

Durch die vornehmeren Wohnviertel. Die drei Männer sprechen über ein hartnäckiges Gerücht, die Firma würde schließlich doch von dem Industriegiganten aufgekauft, der in den letzten Jahren den Gesellschaftern wiederholt Angebote gemacht hat.

»Reager wird versuchen, es als die tolle Sache darzustellen«, sagte Jim. »Eine Fusion. Aber ihr wißt ja, was das heißt, nicht wahr? Kaputt.«

»Was hältst du davon, Dalton?« fragte Fred.

»Den frag lieber nicht«, sagte Jim. »Der schläft ja noch.«

Diddy, der die blau-goldene Kuppel erspäht hat – ein erster, vielversprechender Anblick, der aber rasch wieder verstellt ist – ist nicht mit den Geschicken der Firma beschäftigt. Wäre er doch dazu in der Lage. Arbeit würde ein Mittel gegen seine unklaren Ängste sein. Doch Diddy hat keine Arbeit. Nur mysteriöse Projekte. Die Zukunft der Firma, seine eigene, umsichtig aufgebaute Position treten zurück. Werden ungreifbar.

Schon der vierte Vormittag, da bleibt nur noch ein Tag.

Durch das Tor, die Auffahrt hinauf. Die Kuppel schimmert in besonders kraftvollem Glanz. Unser Wagen hatte angehalten. Diddy denkt an die blau-goldene Kuppel. Führt sich noch einmal ihre Ursprünge vor Augen, verwirft die jetzige Nutzung. Diddy hatte etwas übrig für die Phantasie, die die Kuppel verkörpert; hatte sich manches Mal mit Kontemplationen über die exzentrischen Energien des Mannes erbaut, der auf dieser protzigen Krönung seines Unternehmens bestanden hatte.

Diddy ist auf dem Wege in das Gebäude. Mit dem Fahrstuhl hinauf. Den von Mitarbeitern wimmelnden Gang im dritten Stock entlang. In den langen, rechteckigen Konferenzsaal. Die meisten von uns saßen schon am ovalen Tisch. Die Aktentasche öffnen, die Notizen herausnehmen.

Er bewunderte Leute, die ihre Arbeit liebten. Die sich durch diese Liebe zu Extravaganzen verleiten ließen, wie zum Beispiel

Amos Watkins' Kuppel eine war. Diddys Unglück war, daß es ihm an Berufung mangelte, an irgendeiner Tätigkeit, der er mit Liebe hätte nachgehen können. Daß er nicht einen Beruf aus Bereichen wie Jurisprudenz, Medizin oder Pädagogik ergriffen oder sich einer der Künste gewidmet hatte. Stattdessen hatte Diddy nur einen Job, und er hatte sich heftig bemüht, diesen lieber zu mögen, als das eigentlich der Fall war. Eine traurige, destruktive Wahl, die er getroffen hatte. Für die Diddy teuer bezahlt. Nach der ärgerlichen Langeweile in der Grundschule und in der High-School hatte ihm das vormedizinische Studium in Dartmouth Spaß gemacht. Bei zwei angesehenen medizinischen Hochschulen hatte er einen Studienplatz zugesichert bekommen. Was hatte ihn abgehalten? Daß er im Juli, einen Monat nach seinem Abschluß, Joan kennengelernt hatte; im August geheiratet hatte; im September ihrem beharrlichen Wunsch nachgegeben hatte, sofort nach New York zu ziehen? War das alles? So einfach, solch ein simpler Fehler? Nein. Er weigerte sich, alle Schuld auf Joan zu schieben. Wenn er ernsthaft eine medizinische Hochschule hätte besuchen wollen, dann hätte Diddy auch genug Beredsamkeit gefunden, um Joan zu überreden, daß sie mit ihm nach Ithaca oder Baltimore gegangen wäre. Statt sich von ihr überreden zu lassen. So daß er dann tat, was er eigentlich wollte. Und das nicht tat, was er eigentlich nicht tun wollte. Diddy, der Entschlußlose. Jeder bekommt das Leben, das er in Wahrheit will.

Einer der Wissenschaftler legt das Forschungsbudget für den Vorschlag zur Aufmöbelung des Mikro-Recorderscopes vor.

Er hatte also niemals eine Berufung gehabt, die er hätte lieben können. Und nach einer langen, schwierigen Zeit – nach acht Jahren – hatte er Joan auch nicht mehr. Auch dieses Defizit geht auf sein Konto. Als sie ihn verließ, hatte sie gesagt, daß er sie nicht liebe. Obwohl sein Gefühl schrie, das sei eine falsche Anschuldigung, hatte sie vielleicht recht gehabt. Hatte er je etwas anderes gehabt als Bedürfnisse und eine sexuelle Bindung? Wo war die Liebe? Es gab nichts, das seine Energie entfacht hätte, sie hervorzubringen. Echte Arbeit hätte seine Energie befeuert. Ganz egal welche, von kompliziertem problemlösendem Denken bis hin zu schwerer körperlicher Anstrengung. Seine Arbeit zu lieben heißt auch, sich selbst zu lieben, und das läßt einem mehr Freiheit, andere Menschen zu lieben.

Doch vergiß nicht, daß es ein Unterschied ist, ob man seine Arbeit liebt oder bloß darin vertieft ist. Am vergangenen Sonntagnachmittag war Angelo Incardona alles andere als liebenswürdig gewesen, obwohl er völlig in seiner Arbeit versunken war. Der Arbeiter war gewaltsam dagegen eingeschritten, daß Diddy zu seiner Arbeitsstätte vordrang und ihn ablenkte. War jähzornig geworden, hatte gedroht. Hatte eine Bewegung gemacht, die Diddy vernichten sollte. Wogegen Diddy, wenn Incardona (jetzt) in den Konferenzsaal geplatzt käme, gewiß nicht zu sehr in seine Arbeit vertieft wäre, um ihn zu begrüßen. Diddy würde auf ihn zugehen, ihn beim Arm nehmen und ihn dann mit einer Entschuldigung für die Unterbrechung Reager, Watkins und den anderen vorstellen. Zum Teufel mit ihrer Überraschung, wenn sie entdeckten, daß Harron, der doch »einer von uns« ist, mit einem schmutzigen Kerl niederer Herkunft bekannt war. Wenn Diddy sich dazu herablassen würde, vor diesen aufgeblasenen Wichtigtuern Erklärungen abzugeben, könnte er sagen, der Arbeiter sei sein lange verlorengeglaubter Bruder. Oder etwas ähnliches wie ein Bruder, wie zum Beispiel der Sohn seiner alten Kinderfrau. Incardona würde ein solcher Empfang vielleicht entwaffnen. Er könnte dann feststellen, daß Diddy freundschaftliche Gefühle für ihn hegte und sehr wahrscheinlich nichts Böses gegen ihn im Schilde führte.

Doch Incardona wird nicht kommen. Wird weder besänftigt nach leichtem Anklopfen eintreten; noch vor Wut fluchend die Tür einschlagen. Diddy versucht zuzuhören, während die anderen reden. Schon Zeit, um über das neue Budget für das Laboratorium abzustimmen? Oder ist die Abstimmung schon vorüber? Vielleicht hat Diddy vorhin ganz automatisch die Hand gehoben, ohne zu wissen, was er tut.

Diddy fängt einen Blick von Jim auf, der in seine Richtung schaut. Ist es möglich, daß dieser nette kleine Geist tief verborgen einen Zugang zu den Dingen hat, die Diddy so sehr in Anspruch nehmen? Unwahrscheinlich. Nicht auf derselben Wellenlänge. Dennoch, Jim schaut herüber. Diddy reißt ein Blatt von seinem Block ab, kritzelt einen Satz darauf, faltet das Papier; bittet dann seinen rechten Nachbarn Ayres, den Reklamechef, den Zettel zu Allen weiterzureichen. Jim entdeckt das Stück Papier, das auf dem Weg zu ihm ist, streckt die Hand danach aus, hustet. Entfaltet es und liest. Ein perplexer Blick zu Diddy herüber. Dann senkt Jim den Kopf, schreibt kurz etwas auf denselben Zettel, faltet ihn wieder und läßt ihn zu Diddy zurückgehen. Verstohlen öffnet Diddy das Papier.

Was er geschrieben hatte, war: »Jim, weißt Du zufällig, ob es ein Landesgesetz gibt, das eine Autopsie zwingend vorschreibt, bevor jemand eingeäschert wird?« Und Jim hatte darunter gekritzelt: »Ja, ich glaube, es gibt eins. Bin fast sicher. Warum?«

Diddy schaut auf; versucht, ein listiges, freundliches Nicken zustandezubringen.

Jim hat wahrscheinlich recht. Dennoch, was Montag oder Dienstagmorgen an Incardona vorgenommen worden war, war nicht die Autopsie, wie Diddy sie wollte. Wichtig für Diddy, wenn er noch mehr herausfinden wollte, ist, nicht zu vergessen, daß es leicht war, sich Sicherheit zu verschaffen. Warum hat Diddy, wenn er doch dazu neigt, jede zuverlässige Information beruhigend zu finden, diese Frage nicht schon geklärt? Er hätte doch schon vor Tagen bei der *Courier-Gazette* oder der Stadtverwaltung anrufen können, um sich über die Existenz einer solchen Vorschrift zu erkundigen.

Das kann er später tun. (Jetzt) muß er versuchen, sich auf das Naheliegende zu konzentrieren, Watkins & Company, die Gegenwart. Diddy muß versuchen, so zu tun, als sei der einzige Grund, weshalb er hier im Landesinneren ist und eine ganze Woche in dieser Stadt zubringt, das Geschäft: man hat ihn ausgewählt – ein schmeichelhafter Auftrag – an der Firmenkonferenz teilzunehmen. Er muß versuchen, sich selbst zuinnerst zu überzeugen, während er es dem routinierten Vorgehen des versierten Juniorchefs überlassen kann, die anderen zu überzeugen.

Diddy, der Gute, befand sich auf einer Geschäftsreise. Alle privaten Vorhaben solltest du beiseiteschieben. Insbesondere diese beiden. Nämlich, was die Fortsetzung seiner Ermittlungen hinsichtlich des Todes des Arbeiters und seine Gefühle hierbei betrifft. Und was den Besuch Hesters im Krankenhaus angeht, wo er sich über seine Empfindungen ihr gegenüber ins klare kommen muß . . . Keines der beiden Vorhaben läßt sich gut an, eine Tatsache, die ihm nicht so sehr Unbehagen bereitet, als daß sie ihn schwindlig und benommen macht. Wird sein jeweiliges Vorhaben durch diesen ausbleibenden Erfolg reiner?

Watkins gibt ein paar verschwommene Bemerkungen über die Fusionierung von sich. Versichert allen, daß der Vorstand die Angelegenheit vorerst nur in Erwägung zieht. Endgültige Entscheidungen sind noch nicht getroffen worden.

Schließlich die Abstimmung. Die Wissenschaftler, also die Führer der Fraktion, die Diddy unterstützt hat, tragen den Sieg davon. Ein letzter Versuch, das Scope 21 zu verbessern, es auf Platz Nummer Eins zurückzubringen, wieder vor all den Konkurrenzmodellen zu plazieren. Ihr Motto: Niemals aufgeben! Diddy ist derselben Meinung. Am Montagmorgen hatte er die Argumente beider Fraktionen plausibel gefunden. (Jetzt), am Donnerstag, ist Diddy erstaunt, daß diese Fragen der Firmenpolitik überhaupt Gegenstand der allgemeinen Debatte sind. Ist hier denn nicht jedermann klar, daß einige Leute sich eben einfach besser auskennen als andere? Kennen sich denn die Wissenschaftler nicht viel besser mit dem Scope 21 aus als Reager und Watkins? Die Manager müssen sich eben auf sie verlassen. Und was die Fusion betrifft, so ist der Gedanke vielleicht gar nicht einmal so schlecht.

Essen in der Cafeteria im zweiten Stock. Doch diesmal nicht nach Art einer Cafeteria. Der Anwesenheit eines Gastsprechers war es zuzuschreiben, daß das Mittagessen offizieller war als an den beiden voraufgegangenen Tagen. Ein Direktor des lokalen Fernsehsenders umriß die geplante halbstündige Sendung mit Podiumsdiskussion und Interview, in der Watkins & Company als »Firma des Monats« vorgestellt wird.

»Wir brauchen drei Freiwillige für die Podiumsdiskussion«, sagte Reager, nachdem der Gastsprecher – mit H fing sein Name an – sich hingesetzt hatte. »Wenn Sie nichts dagegen haben, werde ich ein paar Kandidaten vorschlagen. Es steht den Genannten selbstverständlich frei, abzulehnen. Und wenn die anderen bitte nicht neidisch sein wollen, daß die Wahl nicht auf sie gefallen ist. Ich will sicherlich«, er lachte heiser, »keine ernstliche Rangfolge unter meinen Kollegen aufstellen.« Schweigen. »Comensky.« Ein schwarzhaariger, junger Biochemiker am Kopf des Vorstandstisches nahm den Löffel mit Obstsalat wieder aus dem Mund und nickte ausdruckslos. »Michaelson.« Verkaufschef, Westküste. Wieder ein ausdrucksloses Nicken. »Harron.« Obwohl Diddy natürlich seinen Familiennamen kannte, wartete er ein paar Sekunden; bemerkte dann verlegen, daß er wieder mit den Gedanken ganz woanders war. Wartete er darauf, daß jemand anderes für ihn ja sagen würde? Auch er nickte.

»Gut«, sagte Reager. »Also, das wird nicht allzu viel von Ihrer Zeit in Anspruch nehmen. Sie müßten um Viertel nach neun im Studio von Kanal 10 sein, um das Ganze kurz durchzusprechen. Mr. Watkins und ich werden selbstverständlich auch dort sein.«

»Nur einen kurzen Durchlauf«, sagte der Fernsehproduzent, der sich nützlich machen wollte.

Reager tat so, als habe er die Unterbrechung überhört. »Und dann treffen wir uns vor der Sendung, die für Samstagmorgen um 11 Uhr live angesetzt ist.«

»Genau«, funkte der Mann vom Fernsehen dazwischen, wieder ohne daß ihm das Wort erteilt worden wäre. Reager runzelte die Stirn.

Nun kam der Kaffee. Der Vorstandstisch, an dem Reager und Watkins saßen, nahm nicht mehr die Aufmerksamkeit aller anderen im Raum in Anspruch. Der Geräuschpegel stieg ständig. Diddy hatte eine Tasse Kaffee getrunken und war schon bei der zweiten, als er eine Hand auf seiner Schulter spürte. Jim, der sich über ihn beugte; mit gedämpfter Stimme. »Warum hast du Reager zugesagt, du Blödmann? Du konntest Freitagabend nach New York zurückfahren. Jetzt sitzt du den ganzen Samstag hier fest.«

»Macht nichts«, flüsterte Diddy. »Ich hatte sowieso vor, das Wochenende über hier zu bleiben. Eine Freundin von mir ist gerade hier in der Warren-Klinik aufgenommen worden, um sich operieren zu lassen.«

»Ach, das tut mir leid«, sagte Jim. »Aber he, eh' ich's vergesse, was zum Teufel sollte dieser blöde Zettel?«

»Ach, ich wollte das einfach bloß so wissen. Ich hatte gerade an irgendwas gedacht.«

Ernst Wildhaber, einer der Wissenschaftler, der links neben Diddy saß, stand auf; Jim ließ sich in seinen Stuhl fallen. Und lächelte. »Schon ein bißchen komisch, so etwas wissen zu wollen, mitten in dieser – Umgebung.« Jim machte eine vielsagende Armbewegung. »Außer es gibt da irgendeinen Zusammenhang. Beispielsweise, daß dir die Fusion stinkt und du vorhast, Reager umzulegen. Ermittlungen. Wird man bei der Autopsie das Arsen im Hühnerfrikassee mit Erbsen nachweisen oder nicht?«

»So ähnlich«, sagte Diddy.

»Also, wenn du mit deinen Plänen fertig bist und deine Giftfläschchen bereitstehen hast, dann sag mir Bescheid. Vielleicht bin ich mit von der Partie. Einverstanden?«

»Versprochen«, sagte Diddy. »Eigentlich aber spekuliere ich darauf, daß du mein Komplize wirst. Künftig werde ich keinen Mord mehr begehen, ohne dich vorher um Rat zu fragen.«

»Du mußt dir bloß etwas ausdenken, das keine Spuren hinterläßt«, antwortete Jim. »Dann kannst du auf mich zählen. Das heißt, es sei denn ich käme dir zuvor und schmeiße einen dieser miesen Typen bis spätestens morgen aus dem Fenster. Ich bin nämlich ein ziemlich impulsiver Kerl, mußt du wissen.«

Diddy wird schwindlig, er läßt sich beinahe fortreißen, wenn er daran denkt, wohin dieses Gespräch noch führen soll. Was würde der nächste Satz sein? Und der danach? War es denkbar, daß er Jim gleich von dem noch nicht entdeckten Verbrechen erzählen würde, das er ja schon begangen hat? Und dann einen weiteren Zuhörer hatte, der ihm nicht glaubte?

Diddy sitzt auf der Stuhlkante und nippt an seinem Kaffee. Wartet darauf, daß sich der klebrige Strom von Wörtern aus seinem Munde ergießt. Jim hat sich Denton von der F&E-Abteilung zugewandt, der links von ihm sitzt, um mit ihm zu reden. Passieren könnte nun alles. Der Blutandrang in seinem Kopf kreiselt hinunter in seine Brust. Etwas Hartes, Würfelartiges drängt sich hinten in seiner Kehle hoch. Er lehnt sich zu Jim hinüber. Doch gerade nun kam Wildhaber zurück, um seinen Stuhl wieder zu beanspruchen; und macht der Serviererin Zeichen, sie solle frischen Kaffee bringen. Der hier ist kalt. Kann man ja nicht trinken. Und Jim kehrte an seinen eigenen Tisch zurück.

Was steht für Donnerstagnachmittag auf dem Programm: eine Fabrikbesichtigung, deren Gegenstand die jüngst aufgestellten Produktionseinrichtungen sind, auf die Watkins so stolz ist. Hauptsächlich für die Verkaufsvertreter der Firma, die bei der Konferenz anwesend waren. Eine von Diddys Aufgaben in New York, vor seiner Abreise zu der Konferenzwoche hier, war gewesen, die Drucklegung einer Broschüre vorzubereiten und zu überwachen, die eine Betriebsanleitung für die neuen, auf Automatik umgestellten Geräte enthielt und die die Leute vom Verkauf mitnehmen sollten. Die anderen Verkaufsabteilungen würden das Informationsmaterial landesweit per Post erhalten.

Diddy entschied, daß er die Besichtigung auslassen konnte, ohne daß das jemandem etwas ausmachen würde. Zunächst wollte er Hester anrufen, um ihr zu sagen, daß er jetzt sofort zu ihr käme; statt heute abend. Entscheidet sich dann aber, ohne vorherige Ankündigung hinzugehen, in der Hoffnung, daß die Tante dann spazieren gehen würde oder früh fort müsse. Doch als Diddy den Gang auf Hesters Stockwerk entlangkommt, sieht er Mrs. Nayburn vor dem Zimmer ihrer Nichte auf und ab gehen. Als hätte sie ihn erwartet. Sie läßt auch keinen Moment ungenutzt und fängt sogleich an, um ihn herumzuscharwenzeln. Um Hester zu verkuppeln. Er sieht den triumphierenden Blick, den die Frau auf die Blumen wirft, die er in der Hand hält.

»Irgendwas Neues vom Arzt?« sagte Diddy mechanisch.

Mrs. Nayburn verkündet, daß die Untersuchungen abgeschlossen sind. Falls eine geeignete Hornhaut bei der Augenbank vorhanden ist, wird Hesters Operation morgen stattfinden.

»Und was sagt der Arzt?« Diddy spürt irgendwie, daß, was er da gehört hat, eine schlechte Nachricht sein muß.

»Nur, daß wir uns nicht zu viel versprechen sollten. Mein armer Liebling. Sie ist so tapfer.«

»Ich glaube, ich gehe jetzt mal hinein.«

»Ja, los, tun Sie das nur, lieber Dalton. Sie wird ganz weg sein vor Freude, Sie zu sehen. Und ich glaube, ich werde euch beide einfach euch selbst überlassen.« Ein unerwartetes Geschenk.

Beim Betreten des Zimmers ist Diddy erschrocken, wie blaß Hesters Gesicht hinter der dunklen Brille ist. Sie sah auf. »Ich bin's«, sagt er.

Diddy, der sich blöd vorkommt, beschäftigt sich damit, eine leere Vase mit Wasser zu füllen und die Blumen hineinzutun. Die er auf Hesters Nachttisch stellt, ehe er sich dicht neben sie setzt.

»Ach, Rosen. Vielen Dank.«

Erfreut nimmt Diddy ihre Hand und küßt sie auf die Innenseite. »Wie fühlst du dich heute?«

»Traurig.«

»Machst du dir Sorgen wegen morgen? Nervös?«

»Eigentlich nicht.« Sie lacht bedrückt. »Ich weiß, daß die Operation nicht gelingen wird.«

»Wie kannst du da so sicher sein. Haben die Ärzte irgendetwas gesagt?«

»Nein. Die geben sich alle Mühe, meine Zuversicht zu stärken. Aber ich weiß es.«

Diddy betrachtet Hesters Gesicht. So von Leid gezeichnet hat er es noch nicht gesehen. Wie hatte er das unschuldige, verletzbare Gesicht ausdruckslos finden können? Ihr Bett ist unordentlich, die Laken zerknittert. Sie muß letzte Nacht schlecht geschlafen haben.

»Sieh mal Hester, es stimmt, viele Hornhauttransplantationen gelingen nicht. Aber viele gelingen auch. Du darfst es dir nicht wie eine Haut- oder Nierentransplantation vorstellen. Ein Transplantat im Auge wird in einer recht großen Anzahl von Fällen angenommen. Mit dem Auge ist es etwas Besonderes, es stößt fremde Substanzen nicht so leicht ab wie der übrige Körper. Weißt du, die Hornhaut hat nämlich nicht so viele Blutgefäße. Und das Auge hat generell weniger Antikörper als andere Organe . . . Aber das haben dir die Ärzte bestimmt alles erzählt.«

»Woher kennst du dich denn so gut aus?«

»Mein Vater war Arzt. Und ich habe im College medizinische Vorkurse gemacht.«

Als Diddy seine letzten Worte noch einmal in seinem Kopf erklingen hörte, spürte er aufs neue die groteske Überschneidung der Situationen, in der sie beide waren. Sie, Hester, die mit den nackten, wäßrigen Augen, die Gott ihr gegeben hatte, nicht sehen konnte. Und er selbst, der sich damit befaßte, das maschinelle Auge der Öffentlichkeit vorzustellen, das die normale Gabe des Augenlichtes ohne Sehinstrumente voraussetzt und versucht, über dessen Grenzen hinauszugehen. Für jemanden, der mit einem Mikroskop umgeht, sind die eigenen, sehenden Augen vergleichsweise blind.

Das Mädchen schien abzuwägen, was Diddy gesagt hatte. Schüttelte dann den Kopf. Leiden zeigte sich wieder auf ihrem Gesicht. War sie vielleicht so naiv, sich einzubilden, daß alles, was sie zu ihrem Glück, zu immerwährendem Glück brauchte, die Wiederherstellung ihres Augenlichtes war? Wenn sie sich das einbildet, dann stell dir vor, was Hester mitmacht, da sie so sicher ist, daß sie nicht wird sehen können. Entweder niemals, oder niemals wieder? . . . Die Einbildungskraft täuscht uns nicht nur, so daß wir uns immer nach etwas sehnen, was wir nicht haben, und ganz besonders, wenn wir es verloren haben; als läge unser Heil darin, es zu besitzen oder wiederzubesitzen. Diddy stellt sich auch vor, wie die Einbildungskraft Leiden lokalisiert. Eine imaginäre Anatomie schafft und neu erschafft: exotische Höhlungen, magische Knorpel, Organe des geheimen Lebens.

Ja, mit den Augen ist es etwas Besonderes. Doch abgesehen von den Augen des Fleisches, die zum Großteil aus Wasser bestehen, gibt es die geheimen Augen. Die entweder sehen oder nicht sehen. Das ist der einzige Trost, den Diddy Hester anzubieten wagt, da er ihre Vorahnung, daß der chirurgische Eingriff mißlingen wird, ernstnehmen muß. Weißt du denn nicht, sagt er, daß du eigentlich sehen kannst? Auf eine Weise, wie es die meisten Menschen mit Augenlicht nicht können. Und daß das meiste, was sich die Menschen mit ihren Augen anschauen, ohnehin bloß Schrott ist.

Gertrude, die Schwester, kommt mit dem nackten Thermometer in der Hand durch die Tür herein, um es Hester in den Mund zu stecken, und räumt dann mit einer unbestimmt mißbilligenden Ausstrahlung ziellos im Zimmer herum, während sie wartet, daß die nötige Zeit vergangen ist, bis man es wieder herausnehmen kann. Geht dann wieder hinaus, nachdem sie Hester eine große weiße Tablette zu schlucken gegeben hat.

»Was für eine unangenehme Person«, platzt Diddy heraus. Sie haben nicht gesprochen, während sie im Zimmer war.

»Ja, sehr.«

Zum Teufel mit ihnen allen! Doch nein, wir haben ja über etwas gesprochen.

»Über das, was ich vorher gesagt habe, Hester. Was sagst du dazu?«

Das Mädchen änderte die Lage im Bett, rückte die Kissen zurecht. Diddy beeilte sich, ihr dabei zu helfen.

»Was sagst du dazu, Hester?«

»Daß du mich überschätzt.«

»Kein bißchen.«

»Doch. Du denkst, daß ich irgendeine besondere Klugheit hätte, weil ich blind bin.«

Weil sie blind ist? Diddy war sich nicht bewußt, eine solche

Verbindung hergestellt zu haben. Nur, daß er das alte Paradoxon wiederentdeckt hatte, daß ein kluger Mensch zugleich auch zufällig blind ist. Diddy wollte sich gerade für seine taktlose Mutmaßung entschuldigen, als das Mädchen in furchtsamem Ton fortfuhr. »Vielleicht hast du recht. Blindheit läßt einen wirklich in *gewisser Weise besser* sehen. Nichts ist entweder häßlich oder schön. Und wenn es darauf nicht ankommt, dann bläst das eine unheimliche Menge Schaum weg, von den Gedanken und von den Gefühlen.«

Diddy in seinem Sessel empfindet ihre Worte als ungeheuren Schlag. Obwohl es einige Augenblicke dauert, bis die Worte über eine unbestimmte Entfernung hinweg bei ihm ankommen. Ein guter Schlag, wie der derbe Hieb eines Osteopathen, der eine ausgerenkte Schulter wieder in Position rückt. Zuerst schmerzlos. Doch der Schlag weitete sich aus, in immer größer werdenden Kreisen. (Jetzt) fühlt Diddy sich – es gibt kein anderes Wort dafür – präzise. Präzise, wo er ist; und er ist präzise, wo und wie er sein will. Können ein paar ruhige Worte das bewirken? Etwas beiseiteschieben, um dieses Gefühl zuzulassen, eines, das er nie zuvor in seinem Leben gehabt hat? Niemals zuvor. Wie wenn er direkt im Mittelpunkt von irgendetwas wäre, das intensiv und nachgiebig ist und emporquillt. Im Mittelpunkt, ohne aber dabei sich von allen Seiten bedrückt zu fühlen. Ein Gefühl von Fülle stattdessen. Und von schrecklicher Klarheit.

Der Schlag, der längst vorbei ist, schon Lichtjahre vorüber, fängt (jetzt) an wehzutun. Tränen treten ihm in die Augen. Diddy läßt sich vornüber auf das Bett fallen, sein Kopf berührt Hesters Schenkel, er verliert die Fassung. Seine Schultern zucken vom Schluchzen, das er nicht beherrschen kann, nicht zu beherrschen wagt. Doch Hester beugt sich nicht zu ihm vor, um ihn in die Arme zu nehmen. Ohne sich aufzusetzen, streckt sie einen Arm aus und läßt die Hand zwischen seinen bebenden Schulterblättern ruhen.

Diddy wartet darauf, daß ihre Berührung sich heilsam auswirkt, seinen warmen Kummer stillt. Doch das geschieht nicht.

»Erzähl«, sagt das Mädchen.

»Ich kann nicht.« Doch er kann. Die Worte haben das Fieber sinken lassen, den Kummer abgekühlt, ihn ein wenig eingedämmt. Diddy wischt sich die Augen. »Ich weine wegen so vieler

Dinge. Deinetwegen. Meinetwegen. Und über das, was du eben gesagt hast. Wenn du wüßtest, wie ich unter meiner Art des Sehens leide. Wie weh es tut, alles . . . fast alles als häßlich zu sehen.«

»Du meinst dich selbst.«

»Mich auch. Gewiß.« Noch mehr Worte. Bestimmt weiß Hester, wie sie auf ihn wirken. Sie muß diese Wirkung beabsichtigen. Diddys Augen sind (jetzt) trocken. Trockener, welker Kummer.

»Deshalb bezichtigst du dich auch irgendwelcher Verbrechen.«

Wenn es doch nur so wäre! Diddy seufzte. Hester wußte so viel, und doch wußte sie nichts.

»Es tut mir leid. Ich habe gesagt, es wäre nicht gut für uns, wenn wir darüber sprechen, und nun halte ich mich selbst nicht daran. Dalton, erzähl von etwas anderem. Erzähl mir, wen du magst oder liebst.«

»Ich habe meine Frau geliebt. Jedenfalls habe ich gemeint, ich liebte sie. Ich glaube, ich liebe auch meinen Bruder irgendwie. Aber ich sehe ihn nicht oft. Wahrscheinlich liebe ich ihn gar nicht wirklich; und will bloß so sein wie er . . . Ich glaube, daß ich eigentlich niemanden wirklich mag, außer dir.«

Das Mädchen schwieg.

»Ich wünschte, ich könnte dich jetzt gleich umarmen.« Und dann fällt ihm ein, daß er ja genau das tun könnte, da er nur ein paar Zentimeter von ihr entfernt ist; falls er es wollte. Doch ist es keine einfache Umarmung, die Diddy will, und deshalb streckt er nicht einmal die Arme nach ihr aus. »Ich will mit dir Liebe machen.«

Da sie sich gerade nicht berühren, muß Diddy aufschauen. Und stellt fest, daß es wieder da ist, es war keine Gedächtnistäuschung: dasselbe ausdruckslose Gesicht, das er gestern gesehen hatte. Ein Gesicht wie ein totes Tier, oder ein inneres Organ, nicht dazu geschaffen, je angeschaut zu werden. Pulsierend, undurchdringlich, weder an ihn gerichtet noch an irgendjemand anderen. Verbindung abgerissen. Plötzlich spürt Diddy eine schreckliche Unruhe. Muß aufstehn und im Zimmer auf und ab gehen. Schaute Hester zwischendurch an, während er umherging, sich umdrehte, weiterging. Ihr Kopf hing schräg herab.

(Jetzt) mißtraut Diddy seinen Gefühlen für das Mädchen. Irgendwie ist ihm schwindlig, und das will er durch das Gehen loswerden. Diddy ist beunruhigt. Worauf hat er sich da eingelassen? Gewiß, da ist so etwas wie ein starkes positives Gefühl für sie. Doch vielleicht ist es ja im wesentlichen Mitleid; wie er es einmal für eine verletzte streunende Katze empfunden hatte, die er mitnahm und pflegte. Keine Liebe.

Er schaut auf seine Uhr. Erst halb fünf. Diddy beendet das Schweigen, fängt an, sich zu entschuldigen, daß er gehen muß. Läuft immer noch auf und ab, reißt sich los. Obwohl er spürt, wie enttäuscht sie aufgrund seines frühen Aufbruches ist, das Bedürfnis fortzugehen läßt sich nicht beherrschen.

»Geh nicht, Dalton. Die Besuchszeit ist noch nicht vorbei.«

Doch Diddy wird nicht bleiben, bloß weil sie es will. Um eine Spur mehr Freundlichkeit zu zeigen, erfindet er eine Lüge. »Ich habe um fünf eine geschäftliche Verabredung. Weißt du, es war gar nicht so einfach, heute überhaupt Zeit für einen Besuch bei dir zu finden.« Nicht die erste Lüge, die er Hester erzählt.

Natürlich kennt Hester sich mit Diddy, dem Lügner, noch nicht so recht aus. Vielleicht weiß sie aber auch, daß er lügt, und hat dennoch beschlossen, die Lüge als Wahrheit gelten zu lassen. Sie wird seinem Bedürfnis, im Freien zu sein und zu atmen, nachgeben. Ungnädig, sogar vorwurfsvoll, nimmt sie hin, daß er geht.

»Warte noch einen Moment.« Sie zieht ihn am Arm, als er neben ihrem Bett steht, um sie zum Abschied zu küssen. »Es wird nur einen Augenblick dauern. Könntest du mich bitte kämmen? Normalerweise macht das meine Tante, aber sie zieht mich an den Haaren. Ich möchte, daß du es tust.«

»Ich werde zu spät kommen.«

»Es dauert nur eine Minute. Ich bitte dich darum!«

»Also gut.«

Diddy nimmt beflissen, aber zerstreut, den Kamm aus der Nachttischschublade und setzt sich zu Hester auf den Bettrand. Hat den Mantel schon an, zugeknöpft, Mit der rechten Hand schiebt er den Kamm mitten in das dichte, lange, seidige blonde Haar des Mädchens; mit der linken Hand hält er den oberen Teil des Haars, an dem er gerade herabkämmt, so daß er, wenn der Kamm sich durch eine verfilzte Stelle pflügt, das Haar darüber festhalten kann und so verhindert, daß es an den Wurzeln der Kopfhaut zieht.

»Ich wußte, du kannst das, ohne daß es wehtut. Es ist angenehm.«

Diddy, dem es gut tut, daß er ihr etwas Gutes tun kann, wird sogleich wieder zu einem der anderen Diddys. Er beugt sich einen Moment vor, um an ihrem Haar zu riechen und mit den Lippen darüber zu streicheln.

»Willst du nicht doch noch bleiben?« Hester hat seine Hände ergriffen.

Diddys Panik kehrt zurück. Die alte Panik, wenn er kein Verständnis aufbringen kann. Die Lippen werden ihm trocken; Kopf, Nacken und Achselhöhlen sind naß von Schweiß. Er legt den Kamm hin, ohne seine Aufgabe beendet zu haben.

»Ich muß gehen«, sagt er hartnäckig. »Es tut mir leid, weil es der letzte Abend vor deiner Operation ist . . .«

»Geht schon in Ordnung. Bitte, laß das jetzt.«

Und Diddy flieht.

Natürlich weiß er (jetzt) nicht, wohin er gehen soll. Denn er muß ja erst um viertel nach neun im Fernsehstudio sein. Der beste Plan: ein Taxi zu nehmen und ins Rushland zurückzukehren. Und wenn er dort ist, zu versuchen, ein paar Stunden zu schlafen.

Doch lieber noch nicht. Nicht so schnell schon wieder in einen engen, synthetischen Raum eingesperrt sein. Diddy will draußen bleiben, in dem gelblichen Dämmerlicht. Und, so müde er auch ist, spazierengehen. Einfach so die alltäglichen Straßen entlanggehen, allgemeine Richtung Stadtmitte. Diddy wird wahrscheinlich den ganzen Weg zu Fuß machen, wenngleich es wiederum ja nicht nötig ist, das vorher zu entscheiden.

Es sind schwerwiegende Emotionen, von denen er (jetzt) beseelt ist. Weshalb es einigermaßen hilfreich ist, die Beine in Gang zu halten. Sobald er das Krankenhausgebäude verlassen hatte, war die Panik von Scham abgelöst worden. Diddy schämt sich. Eine schwerwiegende, glasartige Emotion, zwischen Wasser und einer dickflüssigeren und klebrigen Substanz, näher an der letzteren. Die Scham durchflutet seinen Körper mit Gleichmut. Und in dem gelblichen Dämmerlicht grämliche, violette Gedanken. Diddy hat für seinen Kampf nur Schatten von Kräften übrig, um sich hinaufzuhangeln, eine Hand über die andere, hinauf zu hellerem Licht. Doch versucht er es mannhaft. Kriecht auch, wenn nötig. Schrammt sich Hände und Knie auf. Ist nicht bereit, eine Niederlage einzugestehen, oder zuzugeben, daß da eine Mauer ist, die sich nicht übersteigen läßt.

Was ist los mit ihm? Man könnte meinen, Diddy sei dort im Krankenhaus auf dieselbe Weise in einer Falle gewesen, wie er es am Sonntagnachmittag in dem verdunkelten Zugabteil war, oder sich wenigstens so gefühlt hatte. (Jetzt) hatte ihn niemand in die Enge getrieben. Eine schöne Frau, die ihm Liebe entgegenbrachte, hatte in ihm eine Zärtlichkeit und ein Verlangen erweckt, wie er es noch nicht erlebt hatte. Gab es etwas, das weniger nach einer Falle aussah? Es war vielmehr eine Befreiung. Ein Segen. Ein Wunder.

Diddy geht in Richtung Stadtmitte. Während er geht, rudern seine knochigen, sehnigen Arme in dem Tweedjackett und dem Chesterfield-Mantel unterhalb der Hüfte durch die Luft. Diddy ist wütend auf sich selbst, weil er vor dem, was ihm gut getan hätte, davongelaufen ist. Weil er seiner neuen Liebe wehgetan hat. Normalerweise war Diddy nicht so entschlußlos. Und Frauen gegenüber selten schüchtern. Wenn er sich Hester gegenüber so bizarr und zügellos benommen hatte, so muß das mit anderen Dingen zu tun haben, die unklar geworden sind. Gemäß einem alten Prinzip seelischer Ansteckung: daß nämlich die Abwesenheit von Klarheit oder schon gar Verworrenheit in einer, und nur einer einzigen ganz besonderen, aber begrenzten Angelegenheit damit endet, daß das gesamte Urteilsvermögen beeinträchtigt wird.

Diddy hat, wie jedes Tier, zwei Augen. Wenn wir einmal annehmen, daß das eine Auge von einer Krankheit befallen oder verletzt worden ist. Dieses steht nun für Incardonas Tod und die sich daraus ergebenden Rätsel. Das andere Auge ist ein absolut gesundes Organ. Es steht für seine Verbundenheit zu Hester und die sich vertiefende Beziehung zwischen ihnen beiden. Wie hatte er unter den gegebenen Bedingungen solch ein Dummkopf sein können? Nämlich dumm genug zu erwarten, daß das klarsichtige Auge von dem befallenen nicht angesteckt werden würde. Der Mensch, ein Wesen mit binokularer Sehweise, benützt beide Augen, um zu sehen; dadurch, daß beide Augen sich koordiniert bewegen, kann er plastisch sehen. Doch folgendes Phänomen ist allgemein bekannt: wenn ein Auge eine schlimme Reizung hat oder eine ernste Infektion oder gar eine so böse Beeinträchtigung wie eine Netzhautablösung, die durch eine physische Verletzung an diesem einen Auge hervorgerufen wird, dann tritt nach einer Weile bei dem anderen Auge, dem kerngesunden, oft dieselbe Erscheinung auf. Eine sympathetische Reaktion.

Diese Sympathie mit dem verletzten Teil seiner selbst war es, die seine Beziehung zu Hester in Mitleidenschaft zog. Wenn er nicht aufpaßt, wird er alles verderben. Wie er es ja von Anfang an gewußt hat: die beiden, Hester und Incardona, gehören zusammen. In ihm selbst sind ihre Geschicke miteinander verbunden. Das gute Auge und das schlechte Auge, die schöne Vision und der wiederkehrende Alptraum. Um für eins von beiden das richtige Gefühl zu entwickeln, muß er sich ein für allemal klar werden, was sein Gefühl hinsichtlich beider ist.

Was den Tod des Arbeiters angeht. Fühlt sich Diddy schuldig oder nicht? Seit er gestern abend Myra Incardona besucht hat – war das erst gestern abend? es scheint schon ewig lang her zu sein – fühlt er weniger. Sich weniger schuldig. So sollte es auch sein. Diese Menschen sind richtige Tiere. Man sollte keine Emotionen an ihr Schicksal verschwenden. Es sind solche Menschen wie Incardona, die das Leben zu einem Alptraum machen. Diddy wird keine Schuldgefühle haben. Kann er gar nicht. Kein Raum für Schuld in seinem Leben. Denn wenn Diddy es auch nur zuläßt, daß Schuld sein Haus betritt, sei es durch die Vorder- oder durch die Hintertür, und wäre es auch die geräumigste aller Behausungen, dann wird das schnaubende, sich aufblähende Ungeheuer ihn am Ende total aus seinem Eigentum vertreiben.

Was das Mädchen angeht. Was sind seine Gefühle gegenüber dieser zarten, schwergeprüften Kreatur? Die vielleicht stark ist, wo er schwach ist, doch gewiß auch in mancher Weise schwach, wo er stark ist. Hier sind seine Gefühle deutlicher. Was für eine Dummheit fortzulaufen! (Jetzt) glaubt Diddy, daß er sie wirklich liebt. Und er sehnt sich danach, daß Hester von seiner Liebe weiß, wenn sie Freude daran hat. Daß sie es weiß, ehe sie morgen früh in den Operationssaal gerollt wird.

Der fußwunde Diddy ist beinahe in der Innenstadt angelangt, sein Herz schlägt schneller als gewöhnlich. Es wird (jetzt) Zeit einzusehen, daß er kein Taxi braucht. Als er bemerkt, daß die Uhr an der Fassade einer Bank schon Viertel vor sechs zeigt, geht er in einen Drugstore und fragt den Barmixer, ob es in der Nähe ein Postamt gibt. Ja. Er kommt fünf vor sechs dort an, steht an dem schrägen Pult, das mit braunem Löschpapier bedeckt ist, um sein Telegramm zu schreiben.

Am selben Pult, links von ihm: eine ältere Negerin, die gekleidet ist wie arme Leute, die Selbstrespekt haben; sie hat gerade seufzend ein gelbes Formular zusammengeknüllt und beginnt das nächste. Wahrscheinlich eine Bitte um Geld. Oder die Nachricht vom Tode eines Verwandten.

Diddys Telegramm sollte eigentlich in weniger als einer Stunde bei der Warren-Klinik ausgeliefert werden. Wer wird es Hester vorlesen? Hoffentlich ist Mrs. Nayburn noch nicht wieder zurück. Dann wäre es die unangenehme Gertrude, die das Telegramm in Hesters Zimmer bringt. Doch selbst wenn es die ordinäre, vorwitzige Tante wäre, die seine Erklärung vorlesen würde, was machte das schon. Diddy hat nichts zu verbergen.

Die Frau links von ihm kämpft immer noch damit, die Buchstaben hinzuschreiben. Aus denen die Worte sich zusammensetzen. Aus denen sich die Nachricht zusammensetzt, die vermutlich schlechte Nachricht; oder das Ersuchen um Unterstützung. Diddy, der in Schönschrift immer eine Eins gehabt hatte, hat seine eigenen Gründe, weshalb er sein Telegrammformular fast ebenso langsam ausfüllt wie sie. Weshalb er mit einem der beiden fast leeren Kugelschreiber, die mit dünnen Ketten am Schreibpult befestigt sind, so fest aufdrückt wie er nur kann. Diddy gräbt die stumpfe Spitze in das Papier hinein, als meine er, dies sei das Stück Papier, das Hester dann ausgehändigt würde. Als wolle er eine Art von Blindenschrift verwenden, die sie selbst entziffern könnte, indem sie mit den Fingerspitzen an den Vertiefungen entlangfuhr. Selbstverständlich weiß er, daß das nicht der Fall ist. Telegramme werden in Schreibmaschinenschrift ausgeliefert. Und müssen Blinden laut vorgelesen werden. Vielleicht schreibt Diddy so mühsam, weil er sich selbst die Worte eingravieren will.

ICH LIEBE DICH. ICH BIN MORGEN FRÜH BEI DIR. DALTON.

Diddy ist nicht ins Rushland zurückgekehrt. Er verließ das Postamt und setzte seinen Weg zu Fuß in Richtung Stadtzentrum fort. Es geht sich nun leichter, nachdem er das Telegramm geschickt hat. Er hat das Gefühl, er könnte ewig so weitergehen, wenn er nicht solch einen Hunger hätte. Er kehrte bei einem kleinen chinesischen Restaurant ein und bestellte Wonton-Suppe und gegrillte Rippchen, doch die Suppe war Wasser, und von den Rippchen war das Fleisch heruntergebrannt. Diddy spielt mit der nicht eßbaren Mahlzeit ein wenig herum, zahlt dann und geht. Immer noch Hunger. Sei lieber nicht so etepetete. Zweiter Versuch: eine Pizzeria, wo er klaglos ein teiges, mit geschmacksneutralem Käse und Tomatensoße beschmiertes Dreieck herunterwürgt, dann ein zweites, dann ein drittes, dann ein viertes.

Seit acht Uhr geht er eine hell erleuchtete Straße auf und ab, etwa fünfzehn Blöcke vom Rushland entfernt.

> Diddy schaut. »Die Wissenschaft hat nachgewiesen, daß 90% des gesamten Wissens visuell aufgenommen wird.« Und was ist mit den restlichen zehn Prozent? Stellen die, die mit dem kleinen Bruchteil auskommen müssen, vielleicht fest, daß die neunzig Prozent nur Ablenkung sind? Daß Sehen nur eine Verwässerung echten Wissens bedeutet?
>
> Oder ist Sehen nötig? Ist es ähnlich wie: »Neunzig Prozent des Auges besteht aus Wasser?« Wobei das dickflüssige Medium notwendig dazu dient, die winzigen Organe zu stützen und zu schützen, das milde Meer notwendig dazu da ist, um die kostbaren, hochkomplizierten Werkzeuge des Sehens zu umfluten?
>
> Diddy schaut. Ist das nötig?

Eine hell erleuchtete Straße. Versammelt sind: ein Varietétheater, ein Kino, das Nacktfilme zeigt, zwei Spielhöllen, die gerammelt voll sind von Motorradfahrern in Lederjacken und Mädchen in Miniröcken, mehrere Geschäfte, in denen man Partyschallplatten, obszöne Aschenbecher, alte Zeitschriften, Scherzartikel und Pornohefte kaufen kann.

Diddy schaut.

Und vergleicht das Format der Brüste, die auf den Standphotos beim Varieté Casino gezeigt werden, mit denen, die das Kino Victory Theatre ausstellt. Blättert in einem Buchladen ein paar alte Nummern des *National Geographic* und der Filmzeitschrift *Silver Screen* durch; und in einem anderen die neuesten Nummern von *The Justice Weekly*, und *The Spanker's Monthly*, sadomasochistischer Pornographie, und von *The Ladder*, einem Magazin für Manager. Diddy, der Voyeur. Was spürt er? Ist er amüsiert? Angeekelt? Neugierig? Ein bißchen von jedem, doch nicht sehr. Dennoch versucht Diddy, etwas zu spüren. Er spürt mehr, während er in einem der Scherzartikelläden sich Gummimasken von Monstren anschaut. Als er eine schlaffe, kühle Maske des Frankenstein-Monsters aufprobiert; und sein rechteckiges, zusammengeflicktes, mitleiderregendes Boris-Karloff-Gesicht im Spiegel sieht. Der grausame, traurige Witz von Diddy, dem Monster. Erträumt von Diddy, dem Guten ... All das Schauen hat ihn irgendwie mit sexueller Unruhe aufgeladen. Als Diddy den Laden für Scherzartikel verläßt, bleibt er vor einem weiteren Spiegel stehen. Bewunderte sein entfrankensteintes Profil. Dreht sich frontal zum Spiegel, spannt seinen Bizeps, befühlt dann voller Befriedigung mit der rechten Hand den Muskel, den er mit dem linken Arm gebildet hat.

Diddy in einer Spielhölle. Gibt (jetzt) 25-Cent-Münzen an den Schießgeräten im Hinterraum aus. Gewogen hat er sich schon: achtzehn Pfund Untergewicht. Und die Weissagung gelesen, die die Maschine ausgespuckt hat. »Sie werden bald eine wichtige Reise antreten.« Diddy lacht und steckt die weiße Karte in seine Brieftasche. Hat auch schon die Kraft seines Griffes getestet. »Überdurchschnittlich«, wenn man der Maschine glauben soll. Was nicht schlecht ist für einen Mann, der bleich ist wie der Insasse eines Hochsicherheitszuchthauses und dünn wie eine Alraune. Er hat auch schon sechs Spiele an einem Flipperautomaten gemacht. Und an einem anderen Gerät seine Fähigkeiten als Fahrer getestet. »Gute Versicherungsbedingungen, Risiko gering.« (Jetzt) hat Diddy sich auch mit einem Hinterladergewehr als ausreichend erfahren erwiesen, um einen Preis zu gewinnen: er hat jede der letzten zehn Enten getroffen, die durch den

Zielbereich gehüpft sind. »Den Pandabären, das Feuerzeug oder das Set mit den sechs Weingläsern, Mister?« Diddy entscheidet sich für den mit Holzwolle gefüllten Panda, ein dreißig Zentimeter großes Geschöpf mit großen, runden Ohren und Girlanden aus roten Bändern um den Hals; nimmt seinen Gewinn mit auf die Straße hinaus. Steigt in ein Taxi und sagt dem Fahrer die Adresse des Fernsehstudios.

Es liegt ziemlich in der Nähe, wie sich herausstellt, so daß Diddy nun auf einmal als erster eingetroffen ist. Viertel vor neun. Der Mann von Kanal 10, der gestern beim Firmenessen dabeigewesen war, begrüßt Diddy und fragt ihn, was ihm lieber sei, in der Rezeption zu warten und fernzusehen oder hereinzukommen und zuzuschauen, was im Studio im Moment vor sich geht.

»Ich komme mit hinein«, sagt Diddy. »Wo kann ich das hier hintun?« Der Panda. Keine Erläuterung.

»Auf das Empfangspult?« antwortet der Sendeleiter zaghaft. »Die Empfangsdame ist schon nach Hause gegangen.«

Diddy fragt sich, ob er wohl gleich wissen will, wo er den Panda her hat oder warum er ihn mit sich herumträgt. Er stellt seinen Gewinn ab. Folgt dann dem Mann durch eine Schwingtür. »Ruhe bitte.« Den Gang entlang zu einem Raum, den Diddys Führer als »Unser Studio A« bezeichnet. An der einen Seite eines riesigen Raumes, der die Höhe von zwei Stockwerken hat und an dessen Decke kreuz und quer Beleuchtungsausrüstungen hängen, zeichnet die lokale Provinzbühne für NET *Eines langen Tages Reise in die Nacht* auf, womit sie im Frühjahr ihren größten Erfolg gehabt hat; wird nächsten Monat im Regionalnetz gezeigt, sagt der Mann. Diddy späht durch riesige Fenster. Es ist gar nicht leicht, die Schauspieler oder auch nur das Bühnenbild richtig in den Blick zu bekommen, weil die Kameramänner dauernd ihre schwarzen Maschinen hin und her schieben, um Großaufnahmen zu machen. Und da er sich auf der anderen Seite einer gläsernen Wand befindet, bekommt Diddy das Stück nur als tonlose Pantomime mit. Dennoch, da er das Stück sowohl am Broadway wie auch in der Filmfassung gesehen hat, erkennt er die Stelle, die die Schauspieler gerade aufführen. Er erinnert sich nicht nur an die Bedeutung der Szene, sondern auch an ein paar Textstellen. Das Stück hatte Diddy tief beeindruckt; und diese Szene ganz besonders. Der begabte jüngere Sohn, ein Selbstportrait des Autors des Stückes, erhebt am Ende ungeheure Beschuldigungen gegen seinen verkommenen älteren Bruder; konfrontiert ihn damit, daß er in seinem Leben versagt hat. Voller Liebe, voller Mitleid, voller Abscheu. Doch das ist ja geradezu harmlos gegen die aussichtslose Situation zwischen Diddy und seinem Bruder. Ist es Diddy, der Paul zurechtweisen sollte? Oder Paul Diddy?

Weiter zu unserem Studio B. Ein sehr viel kleinerer Raum. »Wir zeichnen einen Teil von unseren Elf-Uhr-Nachrichten auf. Das meiste geht zwar live raus, aber manches ist auch Wochenschaumaterial. Das wird jetzt gerade zeitlich abgestimmt.« Ist das derselbe Mann?

Ja. Dort in dem weitläufigen, schallsicheren Würfel, hinter dem Schreibtisch, links eine Weltkarte, rechts einen Projektionsschirm, dort sitzt das gütige Geschöpf, aus dessen Munde jedes einzelne Wort zu hören Diddy sich erst vor vier Tagen so sehr bemüht hatte. Am vergangenen Sonntag war das Gesicht ein verschwommenes Bild auf der gläsernen Oberfläche des Bildschirms gewesen, dessen Züge sich aus winzigen Linien zusammensetzten. (Jetzt) sieht Diddy das Gesicht des Mannes selbst, in Fleisch und Blut. Glas ist zwischen ihnen. Als große, rechteckige Wand, die sie voneinander trennt, die Diddy draußen und den Moderator drinnen festhält; doch ist es wenigstens nicht das Glas selbst, das das Gesicht hervorbringt.

»Ist es möglich mitzuhören, was er sagt?« flüstert Diddy dem Sendeleiter neben sich zu.

Klar. Der Mann drückt auf einen roten Knopf neben der Tür zum Studio.

Ja, da ist sie wieder, die salbungsvolle, neutralisierte Stimme. Wie originalgetreu sie auch immer klingen mag, Diddy könnte ebensogut in seinem Zimmer im Rushland von seinem Bett aus fernsehen. Doch vielleicht liegt es gar nicht an der Qualität der Klangwiedergabe im Gang hier draußen. Denk daran, das ist die Stimme des Mannes, der die Nachrichten liest, der keine Nachrichten hatte, keine Information. Hatte er heute abend welche? Nein, auch heute nicht. Nur weiteres über diesen unsäglichen Krieg, bei dem kein Territorium erobert wird und der einzige Maßstab jeden Sieges darin besteht, wieviele schmächtige gelbe Körper mit von Napalm verkohltem oder von Metall zersiebtem

Fleisch nach der Schlacht auf dem Boden herumliegen oder herumkriechen. Und auf Zählung warten. Der Moderator läßt sich über die üblichen sinnlosen Zahlen aus; wiederholt die abgenutzten gräßlichen Tautologien der Selbstgerechtigkeit. Mit dem starren Gesichtsausdruck tiefen Ernstes. Lügen, allerdings schreckliche, lächelnde Lügen.

Der Sendeleiter hat Diddy mit einer Entschuldigung vor dem Sichtfenster von Studio B alleingelassen. Diddy preßt das Gesicht an die Scheibe; hört zu. Wenn Diddy für Tiraden etwas übrig hätte, dann könnte er (jetzt) eine vom Stapel lassen. Die Worte brennen ihm auf der Zunge. Doch gegen wen würde sie sich richten? Es gibt soviele Ziele für seinen Ekel, nicht zuletzt ihn selbst. Diddy, der Selbst-Denunziant. Doch ist er wohl kaum das einzige, was in dieser Welt nicht richtig ist.

Der Moderator ist aufgestanden und sticht mit einem Zeigestock gegen die Landkarte hinter seinem Schreibtisch.

Diddys Wüten kennt keine Grenzen; doch ebensowenig seelische Ökonomie. Wie läßt sich das Wüten um Besserung des Selbst stillen? Provoziert von den Lügen und Banalitäten, die der Nachrichtenmoderator ausstreut, wird Diddy noch einmal versuchen, sich der endlosen Mission zu widmen, seine Gefühle zu bessern.

Der Moderator weiß noch einige Worte zu einem Standphoto zu sagen, das links von ihm auf eine Leinwand projiziert wird und einen amerikanischen Soldaten zeigt, der einen feindlichen Kriegsgefangenen verhört, einen Halbwüchsigen, auf den Knien, mit verbundenen Augen. Doch Diddy hört schon nicht mehr zu.

Verglichen mit dem Verhalten seiner eigenen Nation, an das Diddy hier erinnert wird, die sich gegenwärtig auf den beschwerlichen und langwierigen Mord an einem kleinen, wehrlosen Land eingelassen hat – wobei das nur das jüngste Beispiel für geschichtliche Ungeheuerlichkeiten in diesem Jahrhundert ist, für Verbrechen, die die Vorstellungskraft übersteigen – schrumpfte Diddys eigenes verzweifeltes Ringen während der letzten vier Tage wegen des Todes eines einzigen Menschen (jetzt) zu demütigendem Format zusammen. Betrachtet als Tat, die auf diesem Planeten und in diesem Jahrhundert vollbracht wurde, ist das, was Diddy getan hat, kaum sichtbar. Man messe nur Diddys Tat an dem Maßstab der Wirklichkeit, und sie erscheint kleinlich und amateurhaft. Und die ihn marternde Reue wirkt kaum anders als eine

Anmaßung, eine Art von Prahlsucht; im besten Falle als törichte, aber liebenswürdige Schwäche des Überzivilisierten. Diddy, der Dämonische, muß die verschwindend geringen Ausmaße seiner Missetaten zur Kenntnis nehmen. Was nicht heißt, daß Diddy auf diese Weise seinen unbeabsichtigten Totschlag an Incardona entschuldigen oder nachsichtsvoll hingehen lassen will. Mord bleibt Mord, ein zäher und fauler Fleck auf den Gefühlen. Wie ja wohl ein Tod immer noch ein Tod ist.

Dalton Harron ist nicht mehr Diddy, der Gute, wenn er das überhaupt je war. Das mag zugestanden sein. Dennoch, es ist richtig, auch die weitaus bösartigeren und zahlreicheren Morde miteinzubeziehen, die unablässig auf der ganzen Welt begangen werden. Wobei die Mörder kaum je den geringsten Anflug von Schuldgefühlen verspüren. Warum sollten sie auch? Wenn es für die eigene Nation geschieht, dann wird man dafür gefeiert, daß man hundert Incardonas pro Stunde umbringt: nicht nur, indem man den Familienvätern den Schädel einschlägt, die sich gegebenenfalls vielleicht noch selbst verteidigen können, sondern indem man auch die Frauen aufschlitzt und die Kinder aus dem Fenster wirft. Er muß schon eine seltene Geisteshaltung haben, ein außergewöhnlicher Mörder sein, der genug weiß, um sich eben doch schuldig zu fühlen – auch wenn er für seine Tat gelobt wird und man ihn dazu beglückwünscht, daß er seine Arbeit verrichtet. Und die anderen, wie Diddy, die keine Lizenz bekommen haben, die außerhalb der Arenen geblieben sind, wo das Töten zum respektablen Tagesgeschäft gehört, die haben ihre entsprechende, ebenso leichtgläubig hinnehmbare Rolle, die sie spielen können. Auch Diddy. Obwohl er es doch besser wissen sollte.

Um des fragwürdigen Lohnes willen, mit seinen Nachbarn in Frieden zu leben, hat Diddy den verfluchten Köder geschluckt. Die alten Lügen über das, was eine Tat zu einer guten oder schlechten macht, als eigene Wahrheit akzeptiert.

Es ist nicht ein Gewaltakt mit Todesfolge, dessentwegen Diddy sich geißelt; und für den er, wenn er in die Maschen des Gesetzes fiele, hingerichtet oder zumindest ins Gefängnis gesperrt würde. Sondern es ist die Tatsache, daß er nicht den entsprechend wichtigen Auftrag oder die entsprechende Identität hat, nämlich die eines Helden oder eines professionellen Killers. Weil er nichts hat, für das man sich auf diese Weise einsetzen kann. Weil es bei ihm nicht ums öffentliche Wohl geht, das seine Tat sanktionieren würde. Weil es sich bloß um killen handelt, nicht um den Overkill.

Diddy schaut durch das Fenster den gütigen Nachrichtenmoderator an und ist froh, daß er wieder an die Welt erinnert wird. Sein eigenes Verbrechen am vergangenen Sonntag erscheint in einer normaleren Perspektive. Und, was noch wichtiger ist, auch die Qualen seiner Schuldgefühle.

Hatte Diddy, der Gebildete, das alles nicht schon seit Jahren gewußt? Daß der extravagante, selbstquälerische Moralismus von im Grunde friedfertigen Leuten wie er selbst niemand anderem dient als den mächtigen, geweihten Mördern ganzer Völker. Und ihre Autorität bestätigt. Sie sicherer macht, unanfechtbarer. Heutzutage hat niemand das Recht, in diesen Dingen unschuldig zu sein, und Diddy schämt sich seiner Unschuld. Bei Incardona, was für eine Verschwendung von Gewissensqualen, bei Hester, was für eine Gefahr, ihre Liebe zu riskieren.

Türangeln quietschen; hereinkommen schwer über den Teppich stapfende Füße, die Schritte auf Zehenspitzen persiflieren. Es naht James Watkins, Huberts stämmiger Sohn. »Hallo, Harron. Früh gekommen, wie ich sehe.« Diddy trat mechanisch von einem Fuß auf den anderen, wandte sich ab von dem lächelnden Herold des geistesabwesenden Völkermordes hinter der großen Glasscheibe. Streckte die Hand hin. »Hallo, Mr. Watkins.« Wieder hinaus in die Empfangshalle. Comensky war auch schon eingetroffen und hatte sich auf einer Couch ausgestreckt; blätterte eine zerfledderte Nummer von *Life* durch. »Die anderen werden jeden Moment hier sein, nehme ich an«, sagte Watkins, wobei er sich die trockenen, rötlichen Hände rieb. Eine alte Eigenheit.

Diddy nahm eine Zigarette heraus und setzte sich. »Kriege ich auch eine«, sagte Comensky. »Ich versuche nämlich gerade, es mir abzugewöhnen, deshalb kaufe ich keine mehr.« Diddy nickte, hielt ihm die Packung hin. »Sag mal, Harron, hast du eigentlich meine letzte Sache in *Transactions of the American Micro-*

scopical Society gesehen?« Diddy sagte, das sei nicht der Fall. »Teufel auch, da bin ich aber froh, daß ich dran gedacht habe, ein paar Sonderdrucke heute abend mitzubringen.« Er hielt die noch nicht angezündete Zigarette in der linken, die Streichhölzer in der rechten Hand. Comensky steckte sich die Zigarette in den Mund; fing an, einhändig in seiner inneren Jackettasche herumzugraben. Die falsche Hand. Wußte Comensky nicht mehr, daß er Rechtshänder war, was doch offensichtlich der Fall war? Schließlich muß er auch die Streichhölzer irgendwohin legen, ehe er einen Sonderdruck hervorziehen und Diddy in die Hand schieben konnte. »Danke«, sagte Diddy.

Kurz darauf kamen Reager und Michaelson durch die Tür. (Jetzt) waren wir bereit, die Gruppe vollzählig. Diddy erriet aus der aufgeräumten Laune der Spätankömmlinge, daß sie beide von Reagers Haus gekommen waren; in das Michaelson zum Abendessen eingeladen war, wo er mit einer dieser ausgiebigen Mahlzeiten mit zu vielen Saucen fertigwerden mußte und er selbst als Leckerbissen des Abends der immer weniger attraktiven, noch unverheirateten Tochter Reagers serviert wurde. Sie schienen gerade über Evie zu sprechen, als sie hereinkamen. »He, Alex«, rief Comensky Michaelson zu, »du hast nicht zufällig meinen Abschnitt im Sommerheft der *Transactions* gesehen, oder?« Michaelson schüttelte den Kopf. »Warte, ich habe dir eins mitgebracht. Kleinen Moment. Geh nicht fort. Ich habe es hier in meiner Tasche.«

Ohne seine Gabe der geringsten Ermutigung zu würdigen, ließ sich Michaelson auf der linken Seite der Couch niederfallen. Diddy ist (jetzt) in der Mitte. Und versucht, dem Ellbogen von Comensky auszuweichen, der auf seiner rechten Seite herumfuhrwerkt. Denn wieder muß Comensky zeitweilig die nützlichen Dinge, die offenbar natürlicherweise seine Hände beschäftigen, fahren lassen. Ein Pappbecher mit Wasser, das aus dem Wasserkühler in der Halle stammt, muß auf der schmalen Armlehne der Couch ausbalanciert werden, die *Courier-Gazette* muß auf einem Knie abgelegt werden, eine kaum angerauchte Zigarette muß in dem freistehenden Metallaschenbecher neben der Couch ausgedrückt werden. Comensky läßt eine Hand in die Jacke tauchen, zieht an etwas. Fast, als versuche er auf sehr ungeschickte Weise, sich auszuziehen. Wie ein Mann, der dringend pissen muß, aber entdeckt, daß seine Hose einen unvertrauten Knopfverschluß hat anstelle des gewohnten Reißverschlusses.

Diddy lächelt innerlich über Comenskys ungeschickte Bemühungen, für sich selbst Reklame zu machen. Die Hartnäckigkeit des geborenen Sammlers. Comensky, schon wieder ein Sammler, von denen Diddy in letzter Zeit so viele unter die Augen gekommen sind, sammelt keine kleinen Gegenstände oder Trophäen. Wie etwa Briefmarken oder Seemuscheln. Diesmal ist es jemand, der seine eigenen Gedanken sammelt; und sie dann eifrig fortgibt, auch an Leute, die sich dafür gar nicht interessieren, gedruckte Fassungen seiner Gedanken. Was er liefert, ist nicht das eigentliche echte Objekt, der originale Wertartikel, wie es bei Briefmarkensammlern der Fall ist, die mit wirklichen Briefmarken handeln. Oder wie bei wirklichen Muscheln . . . Eher Souvenirs ähnlich.

Wir saßen (jetzt) alle. Die beiden älteren Herren, Watkins und Reager, haben die bequemen Clubsessel mit Beschlag belegt, die einander gegenüber zu beiden Seiten der langen Couch stehen. Auf der Couch die drei Angestellten. Michaelson hatte seinen Sonderdruck ausgehändig bekommen und ihn eingesteckt. Comensky schaute wieder seine Zeitung an. Diddy war bloß da. Oder versuchte es wenigstens.

Sehr kurze Wartezeit. Dann kommt der Sendeleiter von »Heute bei uns« durch die Drehtür in die Empfangshalle, den Arm um die Schulter des Moderators gelegt, »Kannst du bitte versuchen, das auch noch unterzubringen, ja?«

»Verstanden«, sagte der Moderator. »Wir sehen uns dann in einer Stunde.« Und öffnete die Eingangstür.

»Bis dann, Bud.« Die Tür schloß sich hinter dem Moderator. Der Sendeleiter wendet sich den fünf Männern zu. »Alles hier?« Er strahlt. »Dann gehen wir doch vielleicht in einen der Probenräume, damit wir gleich anfangen können . . .«

»Mir wäre es lieber, wenn wir hier draußen mit unserem Gespräch anfangen könnten«, sagte Reager und zog den Satz in die Länge, um sich ein paar Züge an seiner Zigarre dabei zu erlauben. »Es wird gleich noch jemand zu uns stoßen. Dann können wir ja hineingehen.« Er zog noch einige Male an seiner Zigarre, als wolle er betonen, wie bequem er seinen Sessel fand, und demonstrieren, daß sein Körper nicht gewillt war, sich zu bewegen.

Diddy erriet sofort, in welcher Stimmung sich Reager befand. Er würde es dem Sendeleiter so schwer wie möglich machen und dabei zugleich darauf achtgeben, wie er reagiert.

Wie reagierte der Mann? »Gewiß, Mr. Reager.« Nun, das wär's dann schon. Der Produzent hat schon verloren. Reager, der viele seltsame Eigenheiten hatte, verachtete jeden, der auf diese einging, ohne auch nur scheinbar den geringsten Widerstand zu leisten. Und der Produzent war darauf eingegangen. Indem er seine Pläne änderte, um Reager zu willfahren, ohne auch nur eine Frage zu stellen. Reager muß es auf einen Kampf anlegen. Weiß er denn nicht, daß er schon gewonnen hat?

Doch der Produzent hat einen Verbündeten. Nämlich in Watkins, der keinem Streit aus dem Wege ging und recht gern bei Reager auf seine Kosten kam. »Nun, Howard, warum sagst du uns nicht, wer noch kommt?« Watkins hielt eine nicht angezündete Pfeife in der Hand.

Reager wandte sich kühl an ihn. »Es ist eine Überraschung.«

Wer wohl noch kommt, fragte sich Diddy. Hat Reager noch jemanden hinzugebeten, ohne irgendetwas davon zu erzählen? Irgendeinen neuen jungen Mann, dessen Stern gerade in der Firma aufging und dem er schmeicheln wollte? Oder wird es nur wieder seine geliebte Evie sein, die er in der unstillbaren Hoffnung mit angeschleppt hatte, daß irgendeines Tages irgendein junger Mann sie attraktiv finden würde?

Natürlich wußte der Sendeleiter nicht, was vor sich ging. Oder was alles schon gelaufen war. Immer noch optimistisch oder einfach nur unsensibel, arrangierte er unseren augenblicklichen Arbeitsraum. In der Absicht, durch die Raumaufteilung seine eigene Autorität zu bekräftigen. Er war einen Augenblick hinausgegangen, kehrte dann mit einem metallenen Faltstuhl zurück, den er in der Mitte der Empfangshalle aufstellt. Setzte sich dann rittlings auf den Stuhl, wobei er mit beiden Armen die Rückenlehne des Stuhls an seine Brust drückte.

»Also.« Blick von Gesicht zu Gesicht. »Ich gehe davon aus, daß Sie wissen, daß wir die Sendung so zwanglos wie möglich machen wollen. ›Heute bei uns‹ ist eine monatliche Sendung über Dinge von öffentlichem Interesse, die von der Geschäftsvereinigung Innenstadt gesponsort wird und dazu dienen soll, bei den Leuten im Sendegebiet von Kanal 10 mehr Verständnis für das System der freien Marktwirtschaft und die Probleme und Verpflichtungen amerikanischer Geschäftsleute zu wecken. Und Ihre Firma, die eine der ältesten und angesehensten Industriebetriebe in dieser Gegend ist, gehört natürlich in solch eine Sendung. Eigentlich verstehe ich gar nicht, warum wir euch nicht schon längst mal auf Sendung hatten.«

Diddy wußte den Grund. Bis vor kurzem hatte das Firmendirektorium sich für den Verkauf einfach nichts von einer Werbung versprochen, die sich an die allgemeine Öffentlichkeit wandte. Die Tatsache, daß Watkins und Reager sich (jetzt) einverstanden erklärt hatten, in der Sendereihe »Heute bei uns« die Firma vorstellen zu lassen, war ein weiterer Beweis dafür, wie sehr im letzten Jahr der Gleichmut des Managements erschüttert worden war.

»Jedenfalls sind Sie heute bei uns«, fuhr der Sendeleiter fort. »Und es ist uns echt eine Freude. Nur ist die Sendung, die wir am Samstag machen, ein bißchen was anderes als die über das Kaufhaus »Das Weiße Haus«, das wir das letzte Mal in »Die Firma des Monats« hatten. Mit Kaufhäusern weiß jeder Bescheid. Zumindest glaubt jeder das. Aber Mikroskope sind doch ziemlich technisches Zeugs. Habe ich nicht recht?«

»Nur weiter«,sagte Reager. Er sah Diddy an, der wegschaute. »Wollen Sie damit sagen, daß Sie nicht viel über Mikroskope wissen?«

»Also, was die Wissenschaft angeht, das sitzen wir Laien wohl alle ziemlich im selben Boot. Worauf ich hinaus wollte, Mr. Reager, ist folgendes: wir sind nun einmal leider kein Fernsehen für Bildung. Auch wenn mir das, weiß Gott, viel lieber wäre.«

»Hören Sie, Harvey, warum sagen Sie mir nicht geradeheraus, worauf Sie hinaus wollen?« sagte Reager und verzog das Gesicht.

Vorname oder Nachname? Der Sendeleiter, der entweder Vorname Harvey oder Harvey Nachname hieß, Diddy konnte sich (jetzt) nicht mehr erinnern, rutschte auf seinem flachen Metallsattel hin und her. »Es ist wirklich ganz simpel, kein Grund zur Aufregung. Was ich sagen will, ist einfach, daß wir eine *gesponsorte* Sendung sind. Und unsere Sponsoren wollen, daß sie den Zuschauern Spaß macht. Sie verstehen.« Er lächelte, als wolle er präzise die Quantität an Spaß zur Schau stellen, die der Zuschauer nach seiner Vorstellung haben sollte. »Es ist schon recht, wenn die Leute, die die Sendung anschauen, auch etwas lernen. Aber es sollte ihnen auch Spaß machen, uns zuzuschauen.«

»Uns?«

»Nun ja, Mr. Reager, ich muß mich natürlich miteinbeziehen, da ich das Privileg habe, in der Sendung Ihr Gastgeber sein zu dürfen. Und was Ihre Rolle angeht, so darf ich ganz offen sagen, daß ich Ihnen ebensogut jetzt erklären kann, was ich vorhabe. Die Herren werden sich dann ein Bild von dem machen können, was Sie zu tun haben.«

»Dann legen Sie mal los«, sagte Watkins jovial. Diddy war aufgefallen, daß der alte Herr es sich gewöhnlich angelegen sein ließ, immer dann liebenswürdig zu sein, wenn er bemerkte, daß Reager sich über etwas ärgerte.

Und Reager ärgerte sich über irgendetwas, ganz unverkennbar. Ist es nicht merkwürdig, dachte Diddy, über was die Leute sich alles so aufregen? Dieser Mr. Harvey oder Harvey Dingsbums hatte Reager doch in keiner Weise gekränkt. Zugegeben, er war ein idiotischer Blender. Doch das waren ja die meisten Leute, mit denen Reager in Berührung kam. Warum traf es gerade diesen Mann? Und worauf ist die unmittelbare, unprovozierte Antipathie zurückzuführen, die manchmal zwischen Menschen entsteht? Und weiß man immer, wann man – bloß weil man existiert oder weil man so ist, wie man ist, so riecht, so aussieht, und nicht etwa, weil man etwas Besonderes getan hätte – unwissentlich ein solches Gefühl bei jemand anderem hervorgerufen hat? Man müßte es eigentlich, wenn die Instinkte richtig funktionieren. Es stimmt etwas nicht mit Diddys Instinkten: nämlich daß er nicht erkannt hatte, daß er bei Incardona ein solches Gefühl ausgelöst hatte, vom ersten Augenblick an, wo er zu seiner Arbeitsstätte an der Gleisstrecke vorgedrungen war. Dagegen war es wahrscheinlich, daß Incardonas Wahrnehmungsvermögen gut funktionierte. War es wahrscheinlich, daß er wußte, daß er bei Diddy dieselbe Art von unmittelbarer Antipathie hervorgerufen hatte. Und weil er das wußte, darauf gleich mit Zorn und Feindseligkeit reagiert hatte – bevor Diddy wußte, was er selbst eigentlich fühlte. Wußte? Wie denn? Hat er es gefühlt? Gerochen?

Mr. Harvey oder Harvey Dingsbums spürte nun offenbar die feindselige Ausstrahlung von Reager irgendwie, gab sich aber noch nicht geschlagen. Er hielt inne, blickte von Gesicht zu Gesicht. Geschützt hinter seiner Wand beobachtete Diddy ihn, schaut ihm zu, wie er überlegt. Hat Reager ihn schon aus dem Gleichgewicht gebracht? Kann sein. Der Sendeleiter begriff nun offenbar allmählich, daß es an der Zeit war, Farbe zu bekennen. Jetzt oder nie. Wenn es nicht schon zu spät war. Ohne auf die Worte einzugehen, die zuletzt gefallen waren, vielleicht weil Watkins auf seiner Seite zu sein schien, ohne darum gebeten worden zu sein, wandte er sich an die drei Mitarbeiter auf der Couch, ohne Reager anzusehen. »Mr. Michaelson, Mr. Harron und Mr. Comensky, Sie sind noch gar nicht zu Wort gekommen. Irgendetwas, was Sie noch gern wissen würden?«

Diddy war sich bewußt, daß hier Reagers Streitsucht gemaßregelt wurde. Hatte aber seine Zweifel, ob dieser Schachzug, nämlich sie ins Gespräch zu ziehen, geschickt war. Einmal deswegen, weil die beiden Männer neben Diddy gar nicht zugehört hatten. Kurz zuvor hatte Comensky den nächsten Sonderdruck seines Artikels aus dem Vorrat, der im Inneren seines Jacketts gehortet war, hervorgezogen, ihn auf die *Courier-Gazette* gelegt, die auf seinem Schenkel lag, und hatte ihn während der ganzen Zeit verstohlen ein weiteres Mal überlesen. Michaelson hatte einen Block und einen Stift auf seinem Schoß, vorgeblich, um sich Notizen zu machen; und hat schon mehrere Seiten mit Kritzeleien von nackten Frauen und Flugzeugen gefüllt. Da bleibt nur Diddy, der zugehört hat. Der aber, obwohl er zugehört hat, (jetzt) kaum Lust hat, etwas zu sagen. Warum sollte er an der Hatz auf diesen Tropf teilnehmen, wo doch Reager schon nach so kurzer Zeit sich das zu seiner Aufgabe gemacht zu haben schien? Und warum sollte er ihn beschwichtigen oder besänftigen, wo diese Rolle doch Watkins zugefallen war?

Was konnte Diddy schon sagen? »Also ... Mr. Harvey, nicht wahr?« Zufällig richtig geraten. Der Sendeleiter nickte leutselig. »Wie lange machen Sie diese Sendereihe eigentlich schon, Mr. Harvey?«

Diddy hatte diese Worte eigentlich neutral gemeint. Doch so, wie sie herauskamen, klangen sie ziemlich sarkastisch, und Mr. Harvey zuckte denn auch merklich zusammen angesichts einer solchen Äußerung, die er für eine neuerliche Zurechtweisung von ganz unvermuteter Seite hielt.

Über den Tisch hinüber winkte Reager mit einer seiner kostbaren kubanischen Zigarren, die er Diddy auf diese Weise anbot, um ihn im Kreise der Jäger willkommen zu heißen. Diddy, der Deprimierte. Wie schwer es ist, irgendetwas zu sagen, einfach um etwas zu sagen. Du kannst es noch so gut meinen, du wirst sehen, daß du es zu irgendjemandes Gunsten sagst. Damit irgendjemanden dienst, und nicht dir selbst, obwohl du das bewußt gar nicht willst. Diddy wünschte, er könnte seine Worte umdirigieren.

Comensky las immer noch seinen eigenen Artikel; Michaelson kritzelte immer noch. Diddy hatte das Gefühl, daß er vielleicht rot geworden ist, und versetzt sich in seiner Phantasie an einen anderen Ort.

»Also, packen wir's an«, sagte der Sendeleiter und warf seinen aufgeräumten Tonfall wie ein Netz aus, in dem er die anderen fangen könnte. »Wir sind alle Geschäftsleute, die viel zu tun haben, nicht wahr? Ich werde es also so kurz wie möglich machen.« Reager gähnte. Watkins zündete sich endlich die Pfeife an. »Also, zum Ablauf der Sendung. Als erstes mache ich eine kurze Einführung über Mikroskope. Sie wissen schon, Grundkenntnisse. Dann werde ich ein paar Standphotos kommentieren, die auf den Schirm projiziert werden, auf denen gezeigt wird, was die Firma so geleistet hat, von den Anfängen an, durch die Jahrzehnte hindurch, bis zum heutigen Tag. Dann kommt die Podiumsdiskussion, wo Harron, Comensky und Michaelson teilnehmen und die ich moderieren werde. Dann stelle ich Mr. Watkins vor, der uns, wie ich hoffe, ein wenig über seinen Großvater, seinen Vater und sich selbst erzählen wird. Der menschliche Aspekt, Sie wissen schon, was ich meine. Dann ein paar Anmerkungen von Mr. Reager als Chef des Managements. Dann kommen wir mit Filmmaterial von der Fabrik und den Büros, wie das heute alles aussieht, und den Schluß bilden ein paar Schnappschüsse vom Betriebsausflug an den Canandaiua-See im vergangen Mai. Das visuelle Material hat uns Mr. Wurst freundlicherweise zur Verfügung gestellt; wir haben da aus dem Material eine Auswahl getroffen, und die werde ich heute abend einmal durchlaufen lassen.«

Diddy schaute zu Reager hinüber, um zu sehen, wie er reagierte. Nicht allzu positiv, nach Diddys Einschätzung. Der Sendeleiter war offenbar anderer Meinung. Harvey war so zuversichtlich, daß sein Gegenspieler sich schließlich beruhigt hatte, daß er meinte, er könne es sich leisten, etwas einfach nur Reager zu Gefallen zu äußern.

»Einige unter Ihnen wissen vielleicht nicht, daß diese letzten Photos uns freundlicherweise von Miss Evie Reager zur Verfügung gestellt wurden.«

»Mit einer Bolex hat sie sie aufgenommen.«

»Ach, tatsächlich, Mr. Reager. Es sind wirklich wunderbare Bilder.«

»Das will ich wohl meinen. Sie hat schon ein Auge, meine Tochter. Ich habe sie gebeten, heute abend zuzuschauen und uns mit ihrer Kritik zu beehren. Ich bin sicher, daß uns allen das nützen kann, Harvey. Sie sollte längst hier sein. Ich weiß nicht, wodurch sie aufgehalten wurde.«

Diddy in der Mitte auf der Couch lehnte sich zurück, streckte die Beine aus, zündete sich wieder eine Zigarette an. Es würde kein leichter Abend werden.

Nach dem Durchlauf der Samstagssendung luden Reager und seine Tochter alle noch auf einen Nachttrunk in ihr Haus ein. Keiner von uns wollte wirklich hingehen. Watkins sagte Nein mit der geübten brüsken Routine eines Mannes, der mit seinem Ja immer eher sparsam umgegangen ist. Die jüngeren Angestellten, denen die Einladung eigentlich galt, zögerten einen Augenblick. Diddy, der es leid war, gewohnheitsmäßig seine Arbeitgeber bei Laune zu halten, versuchte, seine Stimme normal, doch entschlossen klingen zu lassen. Müdigkeit vorschützend, bat er, ihn zu entschuldigen.

Wir verließen das Fernsehstudio. Harveys Auto stand hinter dem Bahnhof geparkt, so daß er sich sofort von uns trennte. Watkins Lincoln Continental mit Chauffeur stand wartend am Bürgersteig, um ihn von dannen zu bringen. Evie erklärte, daß sie zwei Ecken weiter habe parken müssen und führte den Rest der Gruppe an. Comensky und Michaelson flankierten ihren Vater. Diddy, der sie bis zum Auto begleiten wollte, bildete den Schluß. Wieder mit der Pandapuppe auf dem Arm.

»Wir setzen Sie bei Ihrem Hotel ab, Harron«, sagte Reager. Es wäre klug gewesen, die Fahrt anzunehmen: dann hätten sie gesehen, wie er ins Hotel ging, um schlafenzugehen. Wenn er hingegen ein Taxi nähme, würde zumindest der argwöhnische Reager mit Sicherheit Verdacht schöpfen, daß Diddy überhaupt nicht müde war, sondern einfach andere, lustigere Pläne für den Abend hatte.

Doch Diddy wollte nicht mit ihnen fahren. Ohnehin hat Diddy überkluges Taktieren nicht mehr nötig, sollte es zumindest nicht mehr nötig haben, nach allem, was er durchgemacht hat. »Danke, Mr. Reager. Ich werde mir ein Taxi nehmen.« Zum Teufel mit dem alten Habicht. Soll er doch denken, was er will. »Evie, würde Ihnen das hier gefallen?« Der Stoffpanda. Er legte ihr das große, schwarz-weiße Geschöpf in die Arme.

Und fand beinahe sofort ein Taxi.

Als er beim Rushland ankam, war es schon Mitternacht. Vorbei an dem fleißigen Studenten, der als Nachtportier arbeitete, ein kurzes Kopfnicken. Und kein Gedanke daran, bis zwei Uhr aufzubleiben, wenn die »Stadtausgabe« der *Courier-Gazette* beim Hotel abgeladen wurde.

Diddy nahm wieder ein heißes Bad, zog dankbar die frisch gewechselten Leintücher zurück und kroch ins Bett. War müde. Aber nicht schäfrig, so dachte er: weil er annahm, daß seine Besorgnis wegen Hesters Operation morgen ihn wohl fast die ganze Nacht über wach halten würde. Er irrte sich. Das Einschlafen erwies sich als ganz leicht, da Diddy im Schlaf von Hester träumen konnte. Und Gedanken denken konnte, die noch fürchterlicher waren als die, die er sich in seinen besorgtesten schlaflosen Stunden gestattete.

Im Traum besucht Diddy Hester am Vorabend ihrer Operation im Krankenhaus. Diddy betritt das vertraute weiße Zimmer, das im Traum genauso ist wie in Wirklichkeit. Doch Hester trägt nicht dieselbe dunkle Brille. Dieses Gestell ist eckig, nicht oval. Und die Linsen sind noch schwärzer als die, die sie sonst immer trug; sind aus dickem Zelluloid, statt aus Glas. Im Mittelpunkt jeder Linse ist ein winziges Loch.

Diddy sitzt steif auf dem Stuhl am Fußende des Bettes. »Neue Brille?« sagt er steif.

»Neue Behandlung«, antwortet Hester. »Die Ärzte sagen, ich hätte sie tragen sollen, seit mein Zustand diagnostiziert worden ist.«

Mit dieser seltsamen Brille hat es etwas Gutes auf sich, denkt

Diddy. Aber was? Ja, natürlich! Das winzige Loch in jeder Linse bedeutet, daß Hester noch ein wenig Sehkraft hat. Sie ist nicht völlig blind. Doch das ist nicht dasselbe, wie wenn man sehen kann. Kann sie sehen? Hatte sie die ganze Zeit über sehen können? Warum hatte sie dann nicht gesehen, wie er letzten Sonntag das Abteil verließ?

Doch dann überkommt Diddy irgendeine Angst. Weil die neue Brille auch bedeutet, daß mit Hester etwas nicht in Ordnung ist, was er bisher nicht verstanden hatte. Er hat von dieser Brille schon gehört. Solch eine Brille bekommt man bei Netzhautablösung verschrieben. Wie hatte das Hester zustoßen können? Aufgrund einer Verletzung? Oder einer Infektion? Die Ähnlichkeit der beiden Linsen zeigt an, daß beide Netzhäute sich ablösen. Dann ist es aber ernst. Das Element der Zeit ist ausschlaggebend, wenn sie nicht völlig blind werden soll. Sobald ein solcher Zustand diagnostiziert wird, sollte der Patient ins Krankenhaus gebracht werden, er sollte im Bett bleiben und sich nicht bewegen dürfen. Durch jede Bewegung könnte sich die Netzhaut weiter ablösen. Bis zur Operation sollte Hester wie ein Korb roher Eier behandelt werden.

Doch wenn das die Pflege ist, die sie braucht, dann hat Hester schon große und unnötige Risiken auf sich genommen. Die Zugfahrt selbst, die hohe Geschwindigkeit, die rüttelnde und schwingende Bewegung. Das plötzliche Stehenbleiben im Tunnel. Diddy erinnerte sich, wie Hester aufgeschrien hatte, als der Zug sich ruckweise wieder in Bewegung setzte. Er hatte gedacht, sie habe Angst, weil sie nicht sehen konnte; (jetzt) wußte er, daß ihr die Augen wehtaten, die sich weiter auflösten. Und als schlimmstes, überflüssigstes Risiko von allen, daß sie in der Toilette Liebe gemacht hatten. Warum hat sie Diddy nicht gesagt, daß sie so anfällig ist? Hätte er da gewußt, was er (jetzt) weiß, er wäre doch niemals mit ihr in den kleinen Raum gegangen. In ihrem Zustand bedeutete das nichts Geringeres, als einen gewalttätigen Angriff auf sie zu verüben. Hatte Hester ihn dazu bringen wollen, ihr das anzutun? So wie Incardona ihn provoziert hatte, bis Diddy mit der Brechstange zugeschlagen hatte? Komplizen also, die beiden? Hatte Hester versucht, Diddy dazu zu verleiten, sie zu verletzen oder der Urheber ihrer physischen Verletzung zu sein? Also, ohne es zu wollen, ein weiteres Verbrechen zu begehen?

Diddy schreit im Schlaf vor Verzweiflung auf. Reißt beinahe die Augen auf, sinkt dann in seinen Traum zurück.

Die Szene wechselt über in den Operationssaal des Krankenhauses. Der Schein der Deckenlampen taucht alles in gleißendes Licht, die zugedeckte Gestalt auf dem Tisch, die Ärzte und Krankenschwestern in Weiß, die Instrumentenschalen auf den Rollwagen, die Ausrüstung des Anästhesisten. Diddy hoch oben auf einer Hörsaalbank, zusammen mit vielen anderen Zuschauern. Nein, er sitzt nicht einfach da und schaut zu. Er steht im Gang und hält etwas in der Hand: eine Bolex-Kamera. Macht Aufnahmen von der Operation. Diddy hat schon einigen Grund, hier zu sein, unter den Medizinstudenten, auch wenn er selbst keiner ist. Und der Grund ist nicht seine persönliche Beziehung zu Hester. Es ist einfach seine Arbeit; er ist Berufsphotograph. Diddy arbeitet im Traum bei einem Studio für gerichtliche und medizinische Photographie. Filmmaterial von Operationen, das den Studenten an medizinischen Hochschulen in Vorlesungen gezeigt wird, aber auch für Praktikanten in Krankenhäusern, die noch ihre Kunst erlernen; Standphotos von Unfällen und Morden, die als Beweismittel dienen in Gerichtsverfahren und Mordprozessen. (Jetzt) macht er äußerst sorgfältig Aufnahmen von Hesters Operation. Die Operation ist heikel.

> Bis vor kurzem war die fortschrittlichste Methode, die bei solchen Operationen angewandt wurde, die Kryo-Chirurgie. Eine sehr dünne Nadel, die extrem kaltes Gas enthält, wird genau auf das Ziel ausgerichtet, dann wird das Gas durch die Nadel geschossen. Wenn der Chirurg präzise gezielt hat, dann durchstößt die Spitze des mit Hochdruck getriebenen Gases die Vorderseite des Augapfels, dringt durch das Wasser und trifft genau an der Stelle auf die Hinterwand des Auges, wo die Netzhaut sich gelöst hat. Die Geschwindigkeit und die Stärke des Gases sind so beschaffen, daß in Sekundenschnelle die losen Ränder der Netzhaut angeklebt oder angeschweißt werden.
>
> Doch Hesters Arzt beherrscht schon die neuere Technik, bei welcher ein Laserstrahl verwendet wird. Das Ziel ist jedoch dasselbe. Und auch die Wirkungsweise: Attacke und Durchstoßung aus gewisser Entfernung, ohne harte Metall-

instrumente, sondern stattdessen mit Gas und Licht. Das wäre eine Mordwaffe, um die Experten irrezuführen!

Der Arzt hält den Miniaturlaser in der Hand, richtet ihn wie ein Spielzeugmaschinengewehr auf Hesters Kopf. Das Gewehr nähert sich. Ihre Augenlider werden von Klammern weit auseinandergehalten. Er schießt. Doch gibt es keinen Geruch, nicht einmal nach verbranntem Fleisch. Spürt sie, wie das winzige Licht ihr Auge durchbrennt? Wie kann sich der Chirurg so sicher sein, daß das Licht nicht am Auge vorbei ins Hirn dringt? Sie muß Schmerzen haben. Sieh doch, wie sie sich unruhig auf dem Tisch hin und her wälzt. Die Ärzte fahren fort. Diddy würde gern etwas unternehmen, ist aber zu weit entfernt. Also macht er weiter seine Aufnahmen, mit klickender Kamera.

(Jetzt) ist Diddy wieder in Hesters Zimmer, sitzt an ihrem Bett, wartet, daß sie wieder zu Bewußtsein kommt. Ihr ganzes Gesicht ist von Bandagen umwickelt. Diddy fragt sich, ob das nötig ist. Wie wird sie sprechen können, wenn sie aufwacht? Seinen Namen rufen oder um ein Glas Wasser bitten können? Wie kann sie atmen? Und wenn Diddy ihr Gesicht nicht sehen kann, dann kann er nicht nur mit ihr kein Gespräch führen; er kann sich nicht einmal sicher sein, daß es Hester ist. Es kommt Diddy schon so vor, daß es nicht sie ist. Die lange Gestalt unter den Decken sieht nicht nach Hesters Körper aus. Zu groß, gebaut wie ein Mann, mit breiten Schultern und schmalen Hüften. Diddy hat plötzlich die schreckliche Ahnung, daß er am falschen Bett ist, daß er bei dem falschen Körper Wache hält. Und er weiß auch, wessen Körper es ist. Nur ist ihm im Moment der Name des Menschen entfallen. Jemand, den er kennt. Vielmehr: den er gekannt hat. Denn dieser Mensch atmet überhaupt nicht.

Doch dann schlägt der Traum wieder um, und der Körper, neben dem Diddy sitzt, ist eindeutig Hesters. Sie ist aufgewacht und schreit: »Ich sehe nichts.« Versucht, sich den Verband vom Gesicht zu zerren. Ärzte und Schwestern kommen durch die Tür ihres kleinen Zimmers gestürzt, versammeln sich um das schmale eiserne Bettgestell, beugen sich besorgt über sie. Diddy wird beiseite gestoßen. Der medizinische Stab beratschlagt offenbar. Diddy steht gegen die Wand neben dem Badezimmer gepreßt, will zuhören. Doch das darf er nicht. Dennoch weiß er ohnehin, was die Ärzte und Schwestern sagen, auch ohne es zu hören. Sie haben die falsche Diagnose gestellt. Diddy brüllt wütend: »Aber das habe ich euch ja gleich gesagt, ihr Idioten! Das habe ich euch doch vorher gesagt.« Ohne Diddy Beachtung zu schenken, heben die Ärzte und Schwestern Hesters schlaffen Körper auf eine Bahre mit Rädern und schieben sie aus dem Zimmer. Diddy rennt hinter ihnen her, lange, immergleiche Gänge entlang. Manchmal kommt die Bahre mit ihrer kostbaren Bürde und den weißen Wärtern außer Sicht. Dann gerät Diddy in Panik. Er wird Hesters Operationssaal niemals allein finden können. Es gibt so viele davon.

Wo sind sie. Er hat sie aus den Augen verloren.

Den nächsten leeren Gang hinunter, nun sieht Diddy die gespenstische Gruppe wieder. Hohe Holztüren, ähnlich denen, die zu Watkins Kapelle in der Fabrik führen, öffnen sich, um das ärztliche Team mit seinem Patienten einzulassen. Diddy will hinterher, doch jemand, der Comensky ähnlich sieht, verwehrt ihm den Zutritt. »Du kannst da nicht rein, Harron«, brüllt er. »Die arbeiten in dem Labor an Material, das unter höchste Geheimhaltung fällt.«

Diddy drängt. »Verdammt, hol dich der Teufel, das ist nur ein Operationssaal!« Er versucht ungestüm, Comensky zu überzeugen. Der Mann bleibt hart wie Diamant. Läßt sich aber nach einer Weile ein wenig erweichen. Wenngleich Diddy immer noch nicht hinein kann, er kann nun durch das Schlüsselloch spähen. Er kniet sich hin und preßt das linke Auge an die rechteckige Metallplatte.

Als schaue er durch ein Mikroskop. An der Metallplatte sind sogar mikroskopähnliche Vorrichtungen, mit denen Diddy justieren kann.

> Das große Rändelrad, mit dem die Grobjustierung vorgenommen wird: der Getriebeknopf. Dieser arbeitet mit einem Zahnstangengetriebe, mit ihm läßt sich die Höhe des Tubus verstellen.
>
> Zwei kleinere Knöpfe, einer rechts, der andere links, mit denen die Feinjustierung vorgenommen wird: die Mikrometerknöpfe. Am rechten befindet sich eine Mikrometerskala, so daß die Vertikalbewegung genau dosiert werden kann.

Diese Feineinstellung hat einen festgelegten oberen und unteren Rand und läßt sich nicht weiterdrehen, wenn man den jeweiligen Rand erreicht hat. Die Bewegung hört auf, sobald das Objektiv das Deckglas über dem Präparat berührt, so daß auf diese Weise weder Objekt noch Linse beschädigt werden.

Hester ist das Präparat unter Diddys Auge. Er dreht ganz langsam an den Knöpfen und bewegt den Tubus allmählich auf und ab, um die schärfste Brennweite zu erreichen.

Da ist er, klar wie Glas. Der Anblick, den Diddy will. Hester, die wieder auf dem Operationstisch liegt, wie ein Diapositiv auf dem Objekttisch. Doch in diesem Hörsaal sind keine Studenten, wie sie während der anderen Operationen zugegen waren. Ist ihnen ebenso der Eintritt verwehrt worden? Offensichtlich, so denkt Diddy, wollen diese allmächtigen Herren Doktores nicht, daß die Studenten mitbekommen, wenn sie einen Fehler gemacht haben.

Der Arzt macht mit einem Skalpell irgendetwas an Hesters Auge. Diddy versucht, etwas zu erkennen, denn das mußte der wichtigste Teil der Operation sein. Doch wie klein Hester aussieht! Auch die anderen sind winzige Gestalten. Das Bild, das Diddy sieht, verschwimmt. Er dreht an der Grobeinstellung, dann am doppelten Mikrometerknopf. Bewegt die Knöpfe erst langsam, dann rasch. Kriegt die Schwierigkeit offenbar nicht in den Griff. Das Bild schrumpft, wird unkenntlich. »Ich glaube, mein Instrument hier ist kaputt«, sagt er, ohne sich an jemand Bestimmten zu wenden. Doch eigentlich denkt Diddy, daß das Mikroskop, überhaupt ein Mikroskop, ungeeignet ist für diese Art von Untersuchung. Und es gibt niemanden, zu dem er das sagen könnte. Es ist eine Welt mit einer Vorliebe für das Kleine.

Aus seiner knienden Haltung blickt Diddy zu Comensky empor, der mit locker verschränkten Armen an einen Türflügel gelehnt steht, wie ein gelangweilter Wärter in einem spärlich besuchten Museum. »Kannst du mir denn keine Auskunft geben, du Schuft?« knurrt Diddy. »Sag mir wenigstens, was es nach Meinung der Ärzte ist.«

»Netzhauttrübungen, glaube ich«, antwortet Comensky mit träger Stimme. Kratzt sich den Kopf.

Diddy richtet sich auf, wobei er das Mikroskop umwirft. »Aber das habe ich denen doch gesagt! Diese Ärzte hatten die ganze Zeit schon diese Diagnose.«

»Haben sie vielleicht vergessen«, sagt Comensky gedehnt.

»Sie haben nicht das Recht, etwas zu vergessen!« schreit Diddy wütend. »Das ist schiere Grausamkeit. Warum lassen sie sie nur so leiden!«

Comensky zuckte die Achseln. Jetzt verschwimmt auch er. Ein anderer Mann, das Haar anders, die Gesichtszüge, das Aussehen, die Statur. Sieht aus wie dieser Harvid, Harvid oder so, aus der Fernsehanstalt. Ein neues Hilfsmittel. Diddys Mikroskop ist kaputt, doch es gibt ja noch andere Sehmöglichkeiten. Weniger verkleinert in der Präsentation. »Kann ich die Operation am Fernsehen verfolgen?« Harvid nickt, zeigt zum anderen Ende der Halle.

Diddy läuft zu dem Zimmer, auf das Harvid gewiesen hatte, stößt die Tür auf und findet sich in seinem eigenen Zimmer im Rushland wieder. Er schaltet sein Gerät ein. Keiner der Kanäle bringt etwas. Leer. (Jetzt) weiß Diddy, daß er hereingelegt worden ist. Doch als er die Tür öffnet, um fortzugehen, ist es der Gang des Hotels, den er vor sich sieht. Nicht das Krankenhaus. Wirklich hereingelegt! Wie soll er denn jetzt zur Warren-Klinik zurückkommen, die ja meilenweit entfernt ist? Denn plötzlich weiß Diddy, daß Hester in schrecklicher Gefahr ist. Sie liegt schon in Narkose, die Augäpfel sind mit einem Skalpell aufgeschlitzt, die Ärzte müssen sofort operieren. Doch eben ist ein Telegramm im Operationssaal angekommen. Die Augenbank bedauert, mitteilen zu müssen, daß für heute keine Netzhauttransplantate zur Verfügung stehen.

Halt! Vielleicht gibt es eine Lösung. Aufgrund eines ungeheuer glücklichen Umstandes kennt Diddy zufällig einen geeigneten Leichnam. Jemanden, der noch nicht lange tot ist; jemanden, der zu Lebzeiten stark und gesund war und wahrscheinlich einen vollständigen Ergänzungssatz kräftiger Organe besitzt. Wenn es ihm gelänge, an Incardonas Augen zu kommen und sie rechtzeitig ins Krankenhaus zu bringen, könnte Hesters Augenlicht gerettet werden. Ein Plan von ansprechender Gerechtigkeit; nicht reine Notwendigkeit. Dann wäre der Tod des Arbeiters kein absoluter Verlust gewesen. Diddy, der Verbrecher, nicht gar so schuldbeladen. Mit Incardonas Augen ausgerüstet, wird Hester wieder sehen können. Und durch Hester wird Incardona weiterleben. Diddy wird sie beide haben.

Diddy stürzt zum Fahrstuhl im vierten Stock des Rushland, doch der ist nicht, wo er sein soll. Keine Zeit, sich umzuschauen! Er läuft auf die Tür mit der Aufschrift »Ausgang« zu und wirbelt das endlose Treppenhaus hinab, nimmt zwei und drei Stufen auf einmal. Es ist so dunkel. Und erinnert Diddy an den Tunnel. Auch Kindheitserinnerungen: als Mutprobe sich allein in den Schrank der Köchin zu stehlen, in den feuchten Keller, die dunkle Speisekammer. Doch nein, dorthin darf er (jetzt) nicht zurückkehren, in das Haus in Allentown. Das ist ja noch weiter vom Krankenhaus entfernt.

Das Ende der Treppe. Licht; eine Tür; Diddy stößt sie auf. Er ist zu ebener Erde. Doch das ist nicht die von Straßenbahnschienen zernarbte Straße vor dem Rushland. Hat Diddy sich verirrt? Warum hat er keinen Stadtplan? Diddy weiß noch, wie Paul, wie eigentlich alle immer seinen Ortssinn gelobt haben. Er kann diese Gabe doch nicht verloren haben, die ihm ermöglicht, ganz leicht herauszufinden, wo er ist, wo immer er auch ist, auch in Situationen, in denen die meisten Menschen sich verirren. Er muß sich einfach bloß beruhigen, tief durchatmen, sich nicht quälen oder in Selbstmitleid verfallen. Es wird schon kommen.

Und es kommt. Diese Straße sieht nach Manhattan aus. Du lieber Gott! Broadway und die Vierundvierzigste Straße. Da steht, was noch vom Astor übriggeblieben ist; und das dunkle, heruntergekommene Gehäuse des Paramount Theaters, das geschlossen wurde und dann wiedereröffnet und dann geschlossen und dann wiedereröffnet und (jetzt) zum letzten Male geschlossen. Die weiße Eingangsüberdachung ohne Buchstaben. Ein unwürdiger Grabstein. Diddy ist gestrandet zwischen Betrunkenen und hupenden Autos und Huren und Touristen. Wie kommt Diddy wieder ins Landesinnere zurück, zu dem Beerdigungsinstitut, um Incardona zu finden und die Augen aus dem Kadaver zu reißen? Und dann zum Krankenhaus, um die blutigen Fleischballen dem Chirurgen in die wartenden Hände zu drücken? Auf alle Fälle eine mehrstündige Reise von hier. Wenn Diddy schließlich ankommt, wird die Operation schon abgesagt worden sein. Und Hester aufgegeben. Zurück in ihrem weißen Zimmer, nun für immer ohne Augenlicht. Doch Chirurgen dürfen nicht aufgeben. Und Diddy zwingt sich selbst dazu, ebensowenig den Mut zu verlieren. Wenn er sich einfach weiter bewegt, dann kommt er doch näher. Keine Bewegung, bei der nicht Entfernung verkürzt würde, irgendeine Entfernung.

Er wird den Zug nehmen müssen. Wenn er zum Bahnhof läuft, fährt vielleicht gerade der *Freibeuter* ab. Diddy läuft. Seine Brust schmerzt. Wie schlecht seine Kondition in letzter Zeit geworden ist. Diddy, der im College eine Medaille auf der Aschenbahn errungen hatte, konnte immer schon laufen, ohne zu ermüden. Paul ist offenbar irgendwo in diesem Teil des Traumes. Mahnt Diddy vielleicht, schneller zu laufen. Doch das ist leicht gesagt von einem Mann mit sitzender Lebensweise wie Paul, der täglich acht Stunden am Klavier zubringt.

Pünktlich. Der Zug, jedoch nicht Diddy. Diddy ist zu spät dran. Keine Zeit, eine Fahrkarte zu kaufen. Er läuft schnell, um eine hilfreiche Anzeigetafel zu finden oder irgendetwas, wo der richtige Ausgang oder die richtige Gleisnummer angegeben wird. Eine Treppe hinab, wie im Flug. Das Zeichen zur Abfahrt ist schon gegeben worden. Ein Bahnbediensteter am Ende des langen, schmutzigen Bahnsteiges, der ein gelbes Signallicht über seinem Kopf schwenkt. Diddy kniet sich hin, geht in Startposition, zählt im Flüsterton eins-zwei-drei, springt dann auf und sprintet den Bahnsteig entlang. Vorüber an rufenden Schaffnern und Bahnbediensteten, die ihn abfangen, ihn aufhalten, ihn verhören wollen. Wie lang der Bahnsteig ist. Diddy wird nicht stehenbleiben. Sie werden ihn schon fangen müssen. Der Zug am anderen Ende ist so klein, so weit weg. Seine Augen jagen zwischen Bahnsteig und der rüttelnden Kette von Waggons, die sich gerade in Bewegung setzt, hin und her, und Diddy läuft den endlosen Bahnsteig entlang auf den letzten Wagen zu.

Schwitzend erwachte Diddy, das ganze Bettzeug am Boden. Seine Armbanduhr ringelte sich auf dem Nachttisch neben dem Bett: halb fünf. Es dauerte einige Zeit, ehe er wieder zu Atem kam.

Diddy ist immer noch müde. Doch voller Angst, wieder einzuschlafen. Der häßliche Traum könnte weitergehen, wie der zweite Akt eines Schauspiels nach einer kurzen Rauchpause im Foyer.

Vielleicht war es klüger, aufzustehen und zu duschen, um den Schweiß und den Schmutz dieser Qual von seinem Körper abzuwaschen und ein wenig zu arbeiten. Duva wollte einen genauen Bericht über die Konferenz von ihm. Wie es sich gehört, hatte Diddy vorgehabt, ihm nach Abschluß der Konferenz zu schreiben. Zum Beispiel am Sonntag. Doch welche Aussicht bestand schon, daß heute, am letzten Tage, noch irgendetwas Bemerkenswertes geschehen würde? War kaum zu erwarten. Diddy kann den Bericht ebensogut (jetzt) schreiben.

Der erste Entwurf in Handschrift. Gegen acht Uhr etwa wird er sich an seine Olivetti wagen. Was Diddy denn auch tat. Und er wurde erst fertig, kurz bevor es an der Zeit war, zum Wagen hinunterzugehen. Er klebt eine Briefmarke auf den Umschlag, gibt ihn an der Rezeption ab, damit er nach New York abgeschickt wird.

Diddy fiel es besonders schwer, die Freitagssitzung durchzustehen. Nicht nur, weil es die letzte war; offensichtlich dafür vorbehalten, überflüssige Zusammenfassungen zu geben von dem, was schon beschlossen war, und die üblichen Tribute an führende Teilnehmer und die üblichen Manifestationen des Firmenchauvinismus über sich ergehen zu lassen. Sondern auch, weil Diddy sich entschlossen hat, völliges Stillschweigen zu bewahren. Da er seinen Bericht über die Konferenz schon geschrieben und seine Empfehlungen schon formuliert hatte, lag es ihm durchaus fern, (jetzt) ein Wort zu sagen, das jemanden dazu verleiten könnte, einen neuen Vorschlag zu machen. Was bedeuten könnte, daß er zu einem Bericht ein Postscriptum zu schreiben hätte. Nichts darf in der Fabrik geschehen. Alle müssen recht leblos sein und dürfen nur leere Worthülsen von sich geben, damit Diddy heil zu Hester entrinnen kann.

Er verließ die Sitzung so früh er konnte und kam um halb fünf beim Krankenhaus an. Die Operation sollte laut Plan um drei Uhr anfangen und wenigstens zwei Stunden dauern. Doch als er zum Dienstzimmer der Stationsschwester kam, um zu fragen, ob die Operation rechtzeitig begonnen habe, fiel sein Auge auch schon auf die gräßliche Tante, die den Gang entlang auf ihn zu eilte und steif mit den Armen winkte. Diddy wußte sofort, daß alles schon vorüber und nicht gut ausgegangen war.

»Ach, lieber Dalton! Wie froh ich bin, Sie zu sehen! Unser

armer Liebling ist schon wieder im Zimmer und ruht. Sie ist immer noch in Narkose, und wir werden sie nicht vor heute abend sehen können. Dr. Collins sagt, es gebe keinen Grund zur Sorge. Ihre Gesundheit ist ganz toll, sagt er. Nur –« die Frau zögerte.

»Ich verstehe«, sagte Diddy düster.

»Tatsächlich?«

»Selbstverständlich! Sie wollen sagen, daß die Operation nicht gelungen ist.«

Mrs. Nayburn starrte einfach geradeaus, öffnete den Mund, als wolle sie etwas sagen, schloß ihn dann wieder. Sie nahm ein Taschentuch aus ihrer Handtasche, um die Tränen in ihren Augen abzutupfen.

»Ich weiß ja, die Ärzte waren immer ein wenig pessimistisch. Dennoch, ich war so sicher, daß sie es irgendwie hinkriegen würden. Und dann hat Dr. Collins schon nach einer Stunde aufgegeben. Schon nach einer Stunde!«

»Was hat er gesagt?« sagte Diddy rauh.

»Daß es nach dem Stand der heutigen medizinischen Wissenschaft nichts gibt, das ihr helfen könnte, und daß ihre Chancen niemals besser als fünfzig zu fünfzig standen. Ach, warum haben wir uns nur darauf eingelassen? Und uns solche Hoffnungen zu machen! Das ist doch nicht fair!«

Diddy weigerte sich, die Frau zu trösten, der es um sich selbst weit mehr leid zu tun schien als um Hester. Er würde sein Mitgefühl für den Menschen aufbewahren, der es verdiente.

»Und die Rechnungen! Dalton, Sie haben ja keine Ahnung, was das hier ihren Großvater und mich kostet. Und nun soll das alles für nichts gewesen sein!« Diddy ging auf den Fahrstuhl zu, sprachlos vor Kummer und Wut. Die Frau trippelte hinterher, um von seinen langen Schritten nicht abgehängt zu werden. »Die Rechnungen . . .«

Nun, es war leichter, etwas zu sagen als diesem Geseiere zuzuhören und so zu tun, als wäre man eine steinerne Wand. Am Fahrstuhl drehte sich Diddy zur Tante um und sah sie streng an. »Mrs. Nayburn, ich habe die Absicht, Sie bei Hesters Krankenhauskosten zu unterstützen. Hören Sie also bitte auf, darüber zu jammern.«

»Das wollen Sie wirklich tun?« sagte die Frau mit einem

ungläubigen Ton in der Stimme, der teils gespielt war, teils echt. Die kleinen, scharfen Augen, die Diddy so haßte, weiteten sich. »Und darf ich fragen, warum?«

»Das wissen Sie doch sehr gut. Weil ich Hester heiraten möchte, wenn sie mich will.«

Diddy hielt inne, um der Frau Gelegenheit zu geben, ihr Gesicht spielen zu lassen und verschiedene Reaktionsweisen durchzuprobieren. Sie fing mit »Aber Dalton!« an. Bemerkte dann aber schnell, daß Überraschung die falsche Taktik war. Übergangslos schaltete sie auf Bestärkung um. »Was soll das heißen, wenn sie dich will? Natürlich will sie!« Diddy setzte einen so strengen Gesichtsausdruck auf, wie er nur konnte, um Mrs. Nayburn zu verstehen zu geben, daß diese Methode ebenfalls falsch war. Sie entschied sich schließlich für herzlichen Scharfsinn. »Weißt du, ich habe es schon die ganze Zeit gewußt. Die ganze Zeit über. Nun, *dann* ist es doch zum Guten, daß der liebe Gott uns hierher geführt hat. Es war nicht sein Wille, meinem Kindchen das Augenlicht wiederzugeben. Doch dafür hat er ihr einen wundervollen Gatten beschert.«

Der Fahrstuhl öffnete sich. »Ich hoffe, Hester denkt ebenso. Bitte, entschuldigen Sie mich, ich muß wieder an die Arbeit. Sagen Sie ihr, daß ich bald wieder da bin.« Das Kinn der Frau fiel herab. Zwei Wünsche. Der eine, Diddy in den Fahrstuhl zu folgen, um dieses außerordentliche Gespräch fortzusetzen. Der andere, zur Nichte ins Zimmer zu eilen, sie an den Haaren aus ihrem Narkoseschlaf zu zerren und ihr die Nachricht von Diddys Absichten zu eröffnen. Die Folge von Mrs. Nayburns Zerrissenheit zwischen den beiden Impulsen war, daß sie gar nichts tat. Die Sehnen gelähmt, der Wille außer Kraft. Keines Schrittes fähig. Sie starrte einfach Diddy mit offenem Mund an, als sich die Fahrstuhltür schloß. Stand auch dann noch mit klaffendem Mund da, als die Kabine den Schacht hinabfuhr.

Diddy war der Zauber, den er ausgeübt hatte, nicht entgangen, und er freute sich, daß er Mrs. Nayburn so leicht losgeworden war. Der übergroße Fahrstuhl sank sanft hinab. Die Türen öffneten sich mit leisem Surren von Gummirädern. Keine vertrauten Gesichter, die in der Vorhalle des Krankenhauses auf ihn warteten. Diddy war frei.

Es regnete. Nachdem Diddy ein paar Blöcke weit die Straße

entlanggegangen war, fing er an, die Kälte zu spüren. Er war gar nicht frei, er war nur im Freien. Und es reute ihn (jetzt), daß er so direkt gesprochen hatte und dann fortgegangen war, da das bedeutete, daß Hester aus dem Munde ihrer Tante von seinem bevorstehenden Antrag erfahren würde. Nachdem sie ihn hatte entkommen lassen, würde die Frau nichts anderes im Sinn haben können, als an das Bett des Mädchens zurückzukehren. Würde sich dort postieren, bis die ersten schwachen Regungen von Hesters Körper anzeigten, daß sie aus der Betäubung wieder auftauchte. Wieder wach würde, wach genug, um sich die Neuigkeit anzuhören. Wenn Hester doch nur taub wäre, taub wie eine Schlange. Dann könnte sie wenigstens nicht die krächzende Stimme ihrer Tante hören. Anstatt blind zu sein, blind wie jene primitive Art von Fischen, die unterirdische Seen in dunklen Höhlen bewohnen.

Würde Mrs. Nayburns ordinärer Enthusiasmus seinen Antrag in Hesters Augen nicht besudeln? War keine gute Taktik gewesen. Dennoch, Diddy macht sich nicht allzu große Sorgen deswegen. Er hatte Vertrauen in die geistige Unabhängigkeit des Mädchens. Hester war sich bewußt, wie ordinär und unaufrichtig die Tante war. Sie muß bestimmt schon seit einiger Zeit gewußt haben, mit welch schamlosen Eifer Mrs. Nayburn sie loswerden wollte. Diddy weigerte sich, darüber nachzudenken, ob er, Diddy, in Hesters Vorstellung nicht vielleicht aus ähnlich grobem Holz geschnitzt war. Und demnach sein Antrag von gleichermaßen korrupten Emotionen beflügelt sein mochte, auch wenn Ziel und Vorgehen anders waren als bei der Tante.

Das Wahrscheinlichste war, so dachte er, daß Hester einfach seiner Intelligenz mißtrauen würde. Sie würde denken, er könne nicht zwischen Mitleid oder Mildtätigkeit und Liebe unterscheiden, und würde versuchen, ihn vor ihrer Person zu bewahren. Und er würde versuchen, ihre Person für sich zu bewahren, und zwar sehr viel heftiger. Diddy vertraut darauf, daß er über genügend Überredungskunst verfügt, er glaubte nicht daran, daß es ihm mißlingen könnte, Hester zu überzeugen. Denn (jetzt) war es anders. Er hatte sich schon selbst überzeugt.

Immer noch Regen. Diddy ging mit bloßem Kopf eine Straße in der Nähe der Warren-Klinik entlang. Er hätte auch zur Konferenz zurückkehren können, die noch mindestens eine Stunde dauern würde. Hätte zurückgehen sollen. Wär zumindest klug gewesen. Sein plötzlicher Aufbruch, wenn auch von einer plausiblen Entschuldigung abgedeckt, war offensichtlich bei seinen Vorgesetzten nicht gut angekommen. Diddy war immer schon ein schlechter Lügner gewesen. Haßte es zu lügen. Wenn er es dennoch versuchte, machte ihn eine Mischung aus Feigheit und Stolz immer irgendwie durchschaubar. Sie müssen gesehen haben, daß er nicht wirklich krank war. Spielt keine Rolle. Was seine Bosse von ihm denken, war unwichtig. Wichtig war, daß, wenn nur Hester sich ihm zuwandte, ein neues Leben beginnen könnte.

Diddy, der Draufgänger, wird das Risiko des Unbekannten eingehen. Er denkt an Hester, und daran klammert er sich fest.

Kein Zweifel, daß er sie liebte. Und alles, was Hester dazu bringen könnte, ihn zu lieben, wäre ihm willkommen. Keine stolzen Bedenken hier. Wenn die Gewißheit, daß sie (jetzt) auf ewig zu Blindheit veruteilt war, seine Heiratsabsichten begünstigte, um so besser. Welch ein Glück für ihn, daß sie so wenige Alternativen hatte. Denn wenn die Alternative hieß, mit ihm zu leben oder mit ihrer Tante, dann hatte er wenig Zweifel, wofür sie sich entscheiden würde.

Doch wenn Diddy in diesem Augenblick nicht daran gedacht hätte, daß die Tatsache, daß Hester blind und infolgedessen auf einen zuverlässigen und liebevollen Beschützer angewiesen war, seinen Bemühungen um sie förderlich sein könne, hätte es ihm dann nicht leid getan, daß sie blind war? Was sie betrifft, ja. Die Wahrheit ist, daß Hester für Diddy eigentlich nicht blind ist. In dem Sinne, daß die Welt in zwei Lager zerfällt: die bevorzugte Mehrheit mit normalen Augenlicht, und die kleine Minderheit der Blinden. So einfach ist die Welt nicht. Diddy sah überall Augen. Jeder hat irgendwelche Augen. Es gibt die Schieläugigen, die Fischäugigen, die Drachenäugigen, die Scharfäugigen, die Wolfsäugigen. Und die Nichtäugigen und die Alläugigen. Wobei die Nichtäugigen nicht mit den Blinden zu verwechseln sind. Und neben Anzahl, Güte und Gebrauch kann man Augen auch nach ihrer Zusammensetzung unterscheiden. Die Augen mancher Menschen sind aus Wasser; die anderer aus Dampf; und die wiederum anderer aus Kristallsplittern. Seine eigenen Augen, so dachte Diddy, könnten aus Papier sein; bestenfalls aus kräftigem

Pergament. Wogegen Hesters Augen aus demselben weichen Fleisch waren wie ihr Geschlechtsteil. Für ihn hatte sie sehende Augen, hatte sie von Anfang an gehabt. Über den ganzen Körper verteilt. Ähnlich wie bei manchen Tieren, zum Beispiel beim Frosch und beim Meerschweinchen und bei der Ratte, deren Haut mit dem Pigment Melanin angereichert ist; was die gesamte Oberfläche ihres Körpers auf Licht reagieren läßt. Wie bei dem russischen Mädchen mit nicht-okularer Sehkraft, das kürzlich von Wissenschaftlern entdeckt worden war, welches – wenn auch langsam – mit dem Ellbogen lesen kann.

Stände es in Diddys Macht, Hester wieder zum Sehen zu verhelfen, er würde es tun. Aber er konnte doch zugleich auch dankbar sein, daß die Operation heute nachmittag nichts verändert hatte. Sondern ihr Augenlicht und ihre sonstige Gesundheit genauso belassen hatte, wie sie zuvor gewesen waren.

Laß alles so, wie es ist. Wandere einfach im Regen umher. Diddy wird also nicht zur Konferenz zurückkehren. Er wird eine Stunde lang spazierengehen und seinen Tagträumen nachhängen. Und nachher irgendwo Kaffee trinken. Und dann ins Krankenhaus zurückkehren.

Sobald sie aus dem Krankenhaus entlassen wird, würden sie nach New York zurückfahren. Danach würde der Kontakt zu Mrs. Nayburn äußerst rar und unregelmäßig werden – jedenfalls hoffte Diddy, daß Hester hierin einverstanden sein würde, hoffte, daß sie sich von der Beaufsichtigung durch ihre Tante befreien wollte. Wann würden sie heiraten? So tief war Diddys Zuneigung zu Hester (jetzt) und so mächtig sein Wunsch, das Band zwischen dem Mädchen und ihm so stark und sicher wie möglich zu machen, daß es ihm am liebsten gewesen wäre, wenn die Zeremonie noch im Krankenhaus vollzogen würde. Noch in dieser Woche. Oder in der Innenstadt, im Rathaus, am Tage ihrer Entlassung. Dafür würde er sogar in Kauf nehmen, daß Mrs. Nayburn als Patin und Trauzeugin aufträte. Doch vielleicht würde Hester sich nicht zur Eile drängen lassen wollen. Laß es lieber! Diddy würde es schon als Segen ansehen, wenn sie sich darauf einließe, auf Probebasis mit ihm zu leben.

Mrs. Nayburn würde also in den Zug gesetzt, und Diddy und Hester würden zusammen leben und amtlich heiraten, wann immer Hester wollte. Doch wo würden sie in New York wohnen?

Sein Apartment war zu klein. Lieber kein Apartment. Diddy würde versuchen, Geld aufzunehmen für die Anzahlung auf ein Haus: ein Sandsteinhaus in der West Side Gegend, oder, vielleicht sogar billiger, ein altes Fachwerkhaus am Rande von Chinatown, wie er es einmal von einem Makler gezeigt bekommen hatte. Hester würde jeden Zentimeter jenes Hauses kennen. Ohne die Arme ausstrecken zu müssen, um nicht gegen Türen und Wände und Möbel zu rennen. Sie würde sich niemals stoßen.

Immer stärkerer Regen. Diddy ist allmählich völlig durchnäßt. Es ist (jetzt) kaum jemand auf der Straße. Ob Hester wohl gern im Regen spazierengeht? Das weiß Diddy noch nicht.

Er bleibt an einer Telephonzelle stehen, um im Krankenhaus anzurufen. Gertrude, die Stationsschwester, die Diddy (jetzt) schon kennt, sagt ihm, daß Miss Nayburn noch immer ohne Bewußtsein ist. Um acht Uhr dürfte sie wohl wach sein. Er kann dann auf ein paar Minuten zu Besuch kommen.

Jetzt ist es erst sechs Uhr. Zeit genug, um weiter herumzugehen, Zeit für Kaffee, zwei Cheeseburger, ein Stück Kuchen, noch einen Cheeseburger. Gegen halb acht hat Diddy sich in dem Viertel fast ein wenig verlaufen. Der Himmel beginnt aufzuklaren, der Regen läßt nach. Halb acht schon. Vielleicht hat sie das Bewußtsein schon wieder erlangt. Er eilt zum Krankenhaus zurück.

Am Aufnahmeschalter hält ihn niemand auf. Diddy rennt die Halle entlang, bleibt dann vor dem Zimmer stehen. Sein Herz klopft laut. Und er öffnet vorsichtig die Tür. Hester ist wach, wenn sie auch ohne Kissen flach auf dem Rücken liegt. Mrs. Nayburn sitzt neben dem Bett und flüstert. Als Diddy hereinkommt, ist er erschrocken, wie bleich der Teil ihres Gesichtes ist, der nicht von dem dicken, weißen Verband verdeckt ist. Er eilt zur anderen Seite des Bettes, beugt sich über sie und berührt ihre Wange mit den Lippen. »Wie fühlst du dich?« Sie lächelt wehmütig. »Tut es weh?« Sie macht eine verneinende Bewegung mit der Hand. »Kannst du sprechen?«

»Ja.«

Diddy, entbrannt, beugt sich über das Bett. »Mrs. Nayburn, würden Sie uns bitte für ein paar Minuten allein lassen?«

»Warum?« flüstert das Mädchen.

»Hester!« drängt Diddy.

Die Tante sieht die beiden hoheitsvoll an. »Ich tue, was immer du sagst, Liebes. Ich würde bestimmt nie jemanden im Wege sein wollen.« Man muß ihm nicht mehr länger schön tun. Seinen Antrag hat er schon herausgelassen, da kann man Diddy schon als Selbstverständlichkeit behandeln.

»Hester!«

Das Mädchen streichelt der Tante die Hand. »Ja. Nur auf ein paar Minuten.« Mrs. Nayburn erhebt sich mit einem Seufzer. »Aber regen Sie sie nicht zu sehr auf, Dalton!« sagt sie, als sie das Zimmer verläßt.

Diddy wartet, ob man sie den Gang hinuntergehen hört und ihre Schritte leiser werden. Er hört nichts. Sie steht also direkt vor der Tür. Dennoch, die Tür ist ja noch dazwischen.

»Hester, bin ich sehr egoistisch? Bin ich eben grausam gewesen? Ich mußte einfach mit dir allein sein.«

Sie streckt die Hand aus, um die seine zu berühren. »Es regnet, und du bist spazierengegangen. Bist du lange gegangen?«

»Stundenlang. Seit halb fünf, als ich hier war und dich nicht sehen durfte.«

»Du hättest doch bleiben und mich früher sehen können. Als ich vor ungefähr einer Stunde aufwachte, war Tante Jessie direkt vor meiner Tür draußen.«

»Hester, mach mir keine Vorwürfe. Es stimmt schon. Aber der Gedanke, ein paar Stunden in Gesellschaft dieser Frau zu verbringen, während ich auf dich warten sollte, war einfach unerträglich. Ich mußte hinausgehen.«

»Sie tut mir leid«, sagte das Mädchen mit einer fremden, schwachen Stimme, wie sie Diddy noch nie zuvor gehört hatte.

»Um Himmels willen, Hester, hör mal einen Augenblick lang auf, an sie zu denken. Erzähl mir, wie du dich fühlst. Hast du körperliche Schmerzen?«

»Der ganze Körper tut mir weh, ich nehme an, von der Narkose. Ansonsten, keine Ahnung. Nein, ich glaube nicht, daß ich Schmerzen habe.«

»Was ist mit deinem . . . Gesicht. Deinen Augen.«

»Nein, da fühle ich nichts.«

»Und wie fühlst du dich innerlich?«

»Ich weiß nicht.«

»Na, bist du sehr traurig?«

»Ich bin die ganze Zeit traurig gewesen. Du weiß, daß ich gewußt habe, daß die Operation nicht gelingen würde.«

»Eine Sache noch. Was ganz Wichtiges. Hat dir deine Tante von etwas erzählt, was ich zu ihr gesagt habe, als ich heute nachmittag hier war?«

»Ja, sie hat mir erzählt, daß du mich heiraten willst.«

Diddy richtete sich aus der unbequemen Haltung, die er eingenommen hatte, ein wenig auf: er war über Hester gebeugt gewesen, sein Kopf über dem ihren, die Ellbogen und Unterarme auf der Matratze zu beiden Seiten ihres Kopfes, sein Oberkörper nahe dem ihren, doch behutsam, um sie nicht zu drücken. (Jetzt) hatte sie von dem gesprochen, was ihm am wichtigsten war, ihre gemeinsame Zukunft; doch auf solch seltsame, distanzierte Weise. Vielleicht hätte er gar nicht davon anfangen sollen. Hätte es für morgen aufsparen sollen, wenn sie kräftiger sein würde. Dennoch brachte er es nicht über sich, sich ganz zurückzuziehen. Ohne mehr darüber zu wissen, was sie fühlte, oder zumindest (jetzt) fühlen konnte.

»Hat dich das überrascht?« Eine dumme Frage. Nimm sie zurück. Nein.

»Nun ja, dein Telegramm gestern abend . . .« Hesters Stimme verstummte.

Diddy sollte aufhören, Fragen zu stellen. Ach, bitte! Nur noch die eine. »Freust du dich?«

»Ich bin mir nicht sicher.«

Diddys Gliedmaßen erstarren. »Nicht sicher? In Bezug auf was? Daß du mit mir glücklich sein kannst?«

»Ach«, sagt das Mädchen ermüdet, »ich kann wohl mit fast jedem glücklich sein, glaube ich. Es hängt von mir selbst ab, davon, ob ich in mir selbst glücklich bin.«

»Aber du bist doch nicht glücklich gewesen, als du mit deiner Tante gelebt hast? Ja oder nein?«

»Nein, da war ich nicht glücklich.«

»Wirst du sie verlassen und mit mir leben?«

»Ich werde es versuchen.« Diddy senkt sprachlos vor Freude das Gesicht und küßt Hester auf die Wange. Ist das alles, wirklich alles? Braucht es da keine besondere Beredsamkeit? Nichts weiter, was er zu sagen hätte? Eigentlich nichts. Doch schickt sich Diddy an, auf alle Fälle irgendwas zu sagen. Als er bemerkt, daß Hester ihre blassen,aufgesprungenen Lippen bewegt; ihre Stimme ist so leise, daß er sich anstrengen muß, sie zu hören.

»Was, meine Liebe?«

»Können wir jetzt Tante Jessie wieder hereinrufen? Sie wartet doch bestimmt draußen.«

Das also sind die Worte, die jetzt angebracht sind? Diddy fühlt sich verletzt, ohne es zu wollen. »Willst du nicht mit mir allein sein, Hester? Wenigstens ein paar Minuten?«

»Ich kann im Augenblick mit niemandem allein sein. Ich bin zu müde, und ich fühle mich, als hätte man mich in tausend Stücke zerschnitten. Verstehst du denn nicht, Dalton, daß es hier gar keinen ganzen Menschen gibt, mit dem du allein sein könntest? Du brauchst also nicht eifersüchtig zu sein auf meine Tante.«

»Ich werde es versuchen.« Er ist ungeschickt gewesen, hat aus Zärtlichkeit Druck ausgeübt. Wer ist Diddy denn, daß er sich anmaßt, er sei besser für Hester als ihre Tante?

Er hielt Mrs. Nayburn die Tür auf. Die Frau ging steif zum Bett ihrer Nichte; fing an, mit dem Mädchen zu flüstern. Diddy steht zerknirscht am Fenster, erlaubt gnädig den beiden Frauen, ihn zu ignorieren.

Wieder öffnet sich die Tür, gerade weit genug, um den Kopf einer der Schwestern hindurchzulassen. »Die Besuchszeit ist um. Kommen Sie morgen wieder.« Diddy trat zum Bett hinüber, führte Hesters rechte Hand an seine Lippen, sagte ein heiseres Gute-Nacht zu Mrs. Nayburn und trat rasch auf den Gang hinaus.

Auf der Straße angekommen, schaut Diddy auf die Uhr. Fünf Minuten nach acht. Er hat also die Cocktail-Party von sieben bis neun Uhr im Grünen Saal des Hotels Congress weitgehend verpaßt: das größte Hotel der Stadt, und vier Blöcke vom Rushland entfernt. Hat aber (jetzt) wirklich keine Ausrede, um nicht beim Festessen der Firma zu erscheinen, mit dem das Ende der Konferenz gefeiert wird. Um neun Uhr im Terrassensaal des Hotels Congress. Überflüssig, Reager und Watkins zu kränken, mit denen er morgen früh die Sendung machen muß. Diddy steigt in ein Taxi, kehrt ins Rushland zurück, rasiert sich noch einmal, zieht einen anderen Anzug an und kommt ein paar Minuten vor der Zeit im Congress an.

Tut so, als sehe er Jim nicht, der ihm von einem der langen

Tische her Zeichen macht, daß er für Diddy einen Platz reserviert hat. Diddy findet einen Platz in der Umgebung einiger Leute aus der Produktionsabteilung, die er kaum kennt, und es gelang ihm, während nahezu des ganzen Essens mit seinen Nachbarn zur Linken oder zur Rechten kein Wort zu sprechen. Der hungrige Diddy gibt sich der Vorstellung hin, daß er stellvertretend für Hester ißt, die wahrscheinlich mit flüssiger Diät vorlieb nehmen muß; doch ebenso ißt er für sich selbst. Er wird heute abend für sie beide stark sein.

Samstag nachmittag, »Heute bei uns« ist vorbei. Diddy steht vor dem zweistöckigen Gebäude, in dem der Sender untergebracht ist. Schüttelt Watkins, Reager und den anderen die Hand. Nimmt deren Komplimente für sein Auftreten bei der Konferenz entgegen, insbesondere für seine Beiträge während der ersten Sitzungen. Und ihre guten Wünsche für eine angenehme Heimreise nach New York. Diddy muß sich zwingen, nichts zu sagen.

»Mit dem Flugzeug oder mit der Eisenbahn, Harron?« fragt Watkins.

»Zug.«

»Nehmen Sie den *Freibeuter*,« sagte Reager. »Das ist dieser Superzug von hier nach New York. Kein Zug schafft die Strecke so schnell. Der fährt um halb drei hier ab, da werden Sie genug Zeit haben, es zu schaffen.«

»Ich kenne den Zug«, sagte Diddy. Der sich nun kühn fühlte. »Mit dem bin ich gekommen.«

Die Versuchung, über die Ereignisse zu Beginn der Woche zu reden, hat nachgelassen. Es ist nicht die Geschichte von Incardona, die in Diddys Kehle anschwillt, hochsteigt, sich hinter seine Zähne schiebt. Herausdrängt. Die Worte die (jetzt) aus Diddys Mund sprudeln wollen, betreffen die Zukunft. Wir sehen heute morgen alle recht jovial aus. Diddy fühlt sich, als sei seine Seele mit Milch gefirnißt. Es wäre ihm ein Vergnügen, seinen Bossen und Kollegen zu erzählen, was er wirklich vorhat.

Laß es. Was für einen Sinn soll das haben?

Diddy kehrte zum Rushland zurück, und als erstes bittet er bei der Rezeption, seine Rechnung fertigzumachen. Geht dann zu seinem Zimmer hinauf und packt seinen Koffer.

Natürlich geht er nicht zum Bahnhof, um den *Freibeuter* zu

nehmen. Ist er denn verrückt? Nein. Diddy trägt seinen Koffer hinunter, bezahlt seine Rechnung, tritt vor das Hotel und läßt sich ein Taxi anhalten. Als er im Taxi sitzt, sagt er dem Fahrer, er solle zur Warren-Klinik fahren. »Ich meine eigentlich irgendwas in der Nähe der Warren-Klinik.« Fragt den Fahrer, ob er ein anständiges Hotel in dem Stadtteil empfehlen könne.

»Ich würd's mit dem Canada versuchen«, sagte der Fahrer. »Wenn Sie nicht auf etwas ganz Billiges aus sind.«

Schön, sagt Diddy, fahren wir dorthin.

Am Monroe-Park vorüber, die beste Nachmittagszeit, Samstag, November (jetzt), nach einem Regentag. Der Regen und der Wind gestern haben praktisch alle restlichen Herbstblätter von den Bäumen geweht.

Einzelzimmer mit Dusche und WC?

In weniger als einer Stunde hat Diddy ausgepackt und eingeräumt. Nur ein Bett, und das Zimmer größer als das, das er im Rushland hatte. Auch angenehmer als das andere Hotel, weil er (jetzt) außerhalb des Stadtzentrums ist. Von seinem Fenster aus hat er einen schönen Blick auf den Park. Und jenseits des Parks sieht Diddy zwei Hochhäuser aus cremefarbenem Stein, die Hauptgebäude der Warren-Klinik.

Halb drei. Diddy ruft im Krankenhaus an, man sagt ihm, daß er Hester gegen sechs Uhr kurz besuchen könne. Zwei Stunden Zeit, um zu schlafen. Auch noch Zeit genug, etwas anderes, etwas Geschäftliches zu erledigen. Um Viertel nach fünf sitzt Diddy an dem kleinen Schreibtisch mit Glasplatte, der dem Fußende des Bettes gegenüber steht; und schreibt einen weiteren Brief an Duva, in dem er um Dienstbefreiung nachsucht, aufgrund von Krankheit. Während der Konferenzwoche, so erklärt Diddy, habe er sich in der Warren-Klinik einer Reihe von Untersuchungen unterzogen, um Aufschluß über eine alte Virusinfektion zu erhalten, aufgrund derer er vor gerade einem Monat auf der Nase gelegen habe. Heute morgen hat er die Ergebnisse erhalten; und die Ärzte haben eine längere Behandlung verschrieben, damit er die Infektion, die zu Rückfällen führen könne, endgültig auskurieren solle, und das erfordert einen Krankenhausaufenthalt von etwa zehn Tagen. Diddy wird wenigstens noch zwei Wochen hier oben bleiben müssen.

In die Halle hinab. Diddy zieht aus einem Automaten eine

Briefmarke und steckt den Brief in den Briefkasten in der Empfangshalle. Ißt im Drugstore an der Ecke einen Sandwich. Geht gemächlich durch den Park. Die Sonne ist schon untergegangen, und der Park ist eigentlich menschenleer. Zwei kleine Mädchen fallen ihm auf, etwa acht und zehn Jahre alt, die noch auf den Schaukeln sitzen. Aufgeweckte, kräftige, dralle, sehende Kinder, wie er und Hester sie eines Tages haben werden.

Als er Hesters Zimmer betritt, steht Mrs. Nayburn umständlich auf. »Bin in ein paar Minuten wieder da, Liebes.« Und verläßt fluchtartig das Zimmer.

Diddy steht dicht neben Hesters Bett, ihm ist nicht wohl in seiner Haut. »Wie geht's dir?«

»Besser bei Kräften.« Sie sitzt wieder an die Kissen gelehnt.

Gut.

Er sitzt dicht am Bett auf dem Stuhl, den die Tante soeben hastig geräumt hat; ist noch warm von ihrem Körper. Hester sagt nichts weiter. Und als Diddy ihre Hand nimmt, kommt ihm ihr Fleisch nicht sehr lebendig vor. Er befürchtet, daß sie ihm Mrs. Nayburns Aufbruch übelnimmt. »Liebling, es tut mir leid, was da jetzt passiert ist. Ich meine, wenn es dich geärgert hat. Oder wenn deine Tante meinetwegen unglücklich ist.«

Hester wendet sich Diddy zu. Der dicke weiße Verband verdeckt so viel mehr von ihrem Gesicht, verglichen mit der dunklen Brille. Es beunruhigt ihn irgendwie, daß er (jetzt) ihrem Gesicht gar keinen Ausdruck ablesen kann.

»Aber du verstehst doch, wie mir zumute ist, nicht wahr?« fährt Diddy fort. »Ich möchte so sehr, daß wir allein sind.«

»Ich fürchte, wir werden zuviel allein sein, wenn wir zusammen leben. Wer weiß, ob du das nicht hassen wirst.«

»Niemals«, sagt Diddy stürmisch. »Du kannst es ja probieren.«

»Ich werde es«, sagte das Mädchen, »probieren.«

»Das ist alles, worum ich dich bitte.«

»Aber denk daran, daß ich dich gewarnt habe.«

»Ich verspreche, daß ich daran denken werde.« Diddy wollte sie in den Arm nehmen, doch sie sah so dünn und zerbrechlich aus. Er spürt, daß etwas nicht in Ordnung ist. Eine andere Traurigkeit als gestern. »Was ist los, Liebling?«

»Bist du gekommen, um dich zu verabschieden?«

Diddy lachte voller Freude. »Nein! Nein! Wovon redest du überhaupt?«

»Fährst du jetzt nicht nach New York zurück? Ist die Konferenz nicht vorbei?«

»Klar, die Konferenz ist vorbei. Heute morgen hatte ich meine letzte Verpflichtung. Aber das heißt doch nicht, daß ich fortgehe. Du kennst mich nicht, Hester. Ich bleibe an Ort und Stelle. Damit ich dich jeden Tag sehen kann. Ich bin sogar heute nachmittag aus meinem Hotel in der Innenstadt ausgezogen und habe mir hier in der Nähe ein Zimmer genommen. Ich kann von meinem Fenster aus tatsächlich das Krankenhausgebäude sehen.«

»Wie lange kannst du denn noch bleiben?«

»Ich bleibe, bis du fortkannst. Bis du aus diesem Zimmer fortkannst und mit dem Fahrstuhl hinabfährst und wir zusammen dieses Gebäude verlassen. Apropos. Nachdem sie mich hier heute nachmittag hinausgeworfen haben, will ich deinen Arzt aufsuchen und herausfinden, wie lange er dich hier im Krankenhaus behalten will. Hat dir irgendjemand schon einen Zeitpunkt genannt?«

»Zwei oder drei Wochen, hat Dr. Collins gesagt.«

»Gut. Und wenn du entlassen bist, gehen wir, sobald du dich stark genug fühlst zu reisen, nach New York zurück.«

»Aber wie kannst du hier oben bleiben?« ruft Hester klagend aus. Es klang nach Tränen, die diese armen, verwundeten Augen hinter dem dicken Verband füllten. »Du wirst deine Stelle verlieren, Dalton.«

»Das überlaß nur mir«, sagte Diddy besänftigend. »Ich habe mir schon eine gute Ausrede ausgedacht. Nach elf Jahren werde ich wohl nicht gleich hinausgeworfen, bloß weil ich mir ein paar Wochen freinehme.«

»Aber wenn wir dann nach New York kommen, wirst du wieder an die Arbeit zurückgehen, oder?«

»Ehrlich gesagt, ich weiß es noch nicht.« Was der Wahrheit entspricht. Diddy ist sich schon jetzt nicht ganz sicher, ob er je wieder zu Watkins & Company zurückzukehren gedenkt. Die Aussicht, Hester jeden Tag allein in der Wohnung zu lassen, während er in ein Büro geht, scheint unvorstellbar. Ihre physische Sicherheit, einerseits. Und ganz einfach Diddys Possessivität und seine beginnende Eifersucht der ganzen Welt gegenüber. Nein, unterschätz das nicht.

Da er keine Vermögenseinkünfte hat, wird er arbeiten müssen, um sie beide zu ernähren. Es muß doch irgendeine Arbeit geben, die er zu Hause machen könnte. Aber alles das kann später geregelt werden. Kein Grund, eine Entscheidung zu übereilen. Während er und Hester sich in New York einrichten, könnte er die alte Arbeitsstelle noch nötig haben. Deshalb sein Brief heute nachmittag. Diese Entscheidung ist die Entscheidung, Dinge hinauszuzögern.

»Du hast nie in New York gelebt, oder?«

Das Mädchen schüttelte den Kopf.

»Es wird dir vielleicht nicht gefallen. Die Luft ist schmutzig, die Leute sind unhöflich, ja, sogar eklig, es ist furchtbar laut. Aber vielleicht gefällt dir die Stadt ja doch, oder du findest sie interessant. Und wenn nicht, dann ziehen wir irgendwoanders hin. In eine andere Großstadt, oder auch in eine Kleinstadt. Oder überhaupt fort aus dem Land.«

»Kannst du dir das leisten? Bist du reich?«

»Nein«, sagte Diddy. »Aber ich komme immer irgendwie zurecht. Wenn ich will, bin ich ein sehr praktischer Bursche.«

Klopfen an der Tür. Und die Stimme der Tante, die jammernd fragt, ob sie (jetzt) hereinkommen solle. »Noch eine Minute, Mrs. Nayburn.«

»Dalton, das solltest du nicht machen. Laß sie doch rein.« Doch diesmal lächelte Hester ein wenig.

Diddy faßte sich ein Herz. »Liebling, das werde ich. Aber du mußt mir versprechen, deine Tante zu drängen, in ein paar Tagen nach Hause zu fahren. Ich möchte es sein, der sich um dich kümmert, versteh doch. Ich habe Mrs. Nayburn schon gesagt, daß ich, so viel ich kann, zu deinen Krankenhausrechnungen beitragen werde. Ich wünschte, ich könnte das Ganze bezahlen. Sag ihr also bitte, daß sie bald gehen soll. Versprich mir das.«

»Ich verspreche es dir.« Hester hebt ihren Mund Diddys Kuß entgegen.

Diddy ging zur Tür und öffnete sie. Mrs. Nayburn stand wankend auf der anderen Seite der Schwelle, mit geröteten Augen und weinend, das graue Haar noch unordentlicher als sonst. Plötzlich wurde Diddy von Reue übermannt. Wie ungerecht er zu der Frau gewesen war, und für sich selbst, wie kleinlich. Sie war für ihn nie ein Mensch gewesen, sondern einfach eine Kreatur. Etwas, das man sich unter dem Mikroskop betrachtet. Er hatte nicht gesehen, daß sie Hester wirklich liebte, wahrhaft um sie litt. Warum hatte er sie mit solcher Verachtung behandelt? War er vom ersten Augenblick an, als er Hester erblickt hatte, schon so possessiv gewesen? Schon im Zug, von Anfang an, hatte er das Ziel gehabt, von dem Mädchen ganz und gar Besitz zu ergreifen. Und dazu war es nötig gewesen, die Tante in eine Karikatur zu verwandeln und zu versuchen, sie bei Hester schlechtzumachen.

»Verzeihen Sie mir!« Die Tränen, die er gestern hätte weinen sollen, nachdem Hesters Operation mißlungen war, stiegen Diddy in die Augen. Er streckt die Arme aus, umarmt die ältliche Frau. »Verzeihen Sie mir.«

Erleichterung und das erhebende Gefühl konzertant geweinter Tränen. Wie die Freuden gemeinsamer Interessen. Diddy wünschte, Hester könnte sehen, wie sie dicht an ihrem Bett saßen und Diddy den Arm um Mrs. Nayburns Schulter gelegt hatte. Doch so schläfrig sie auch ist, sie muß wissen, was vor sich geht.

Wenige Minuten später betritt Gertrude mit der eisernen Stimme Hesters Zimmer. Macht die erwartete Ankündigung, daß unser Patient zu schwach ist, heute abend noch länger Besuch zu haben. Diddy beugt sich über Hesters Bett, um ihr einen Abschiedskuß zu geben, und flüstert ihr zu, daß er Mrs. Nayburn zum Abendessen ausführen und ihr den Rest des Abends widmen werde. Hester nickt. Sie scheint plötzlich zu schwach zu sein, um zu sprechen.

Als sie das Krankenhaus verlassen, hält Diddy eifrig nach einem Taxi Ausschau. Bemerkt nicht, daß die Tante wieder weint. Als er es bemerkt, klingen seine Worte falsch. »Bitte nicht. Wir dürfen nicht weniger tapfer sein als Hester.«

»Ich weiß«, schluchzte die Frau. »Ich kann's aber nicht ändern.«

Im Taxi gibt Diddy die Adresse eines Steak-Hauses in der Innenstadt an. »Sie haben die Stadt eigentlich noch gar nicht gesehen, oder, Mrs. Nayburn?«

»Nein«, sagt sie weinerlich. »Ich gehe ja nur zwischen dem Krankenhaus und der Pension hin und her.«

Diddy nahm den Vorwurf gnädig entgegen. »Das wird sich jetzt ändern, Sie werden schon sehen.« Er legt ihr den Arm um die Schulter. »Wissen Sie, ich würde Sie gern Jessie nennen. Das würde mir helfen, mich Ihnen näher zu fühlen.«

»Das ist nett, Dalton. Oder Sie können mich Tante Jessie nennen.«

»Das werde ich vielleicht eines Tages. Ich habe keine Tanten mehr. Ich hatte zwar mal eine, die ich sehr gern hatte. Sie war die Schwester meines Vaters und hieß Anne, doch ich wußte nicht einmal ihren Namen richtig, bis ich erwachsen war. So wie die Erwachsenen immer ihren Namen aussprachen, habe ich gedacht, ihr Name sei Tante Dan.«

Mrs. Nayburns Gesicht hat sich (jetzt) aufgehellt. »Was ist mit ihr geschehen?«

»Sie ist mit einem verheirateten Lehrer von der High-School unserer Stadt nach Kalifornien durchgebrannt, als ich neun war. Mein Vater und meine Mutter haben sie nie wieder erwähnt, und später habe ich gehört, daß sie gestorben ist.«

»Familien sind etwas Herrliches«, seufzte Mrs. Nayburn.

»Nun«, sagte Diddy, beinahe lachend, »so weit würde ich nun auch wieder nicht gehen.« Als Mrs. Nayburn von konventionellem Protest absah und sogar ein wenig über seine Äußerung lächelte, fühlte Diddy sich maßlos erleichtert. Wenn er sie wohl auch nicht falsch eingeschätzt hatte, so war sie doch nicht so schlicht und durchschaubar, wie er gedacht hatte.

Vor Canavaugh's. »Ich denke, das Lokal wird Ihnen gefallen, Jessie.«

»Ich habe keinen sehr großen Hunger.«

»Das kommt schon, Sie werden sehen.« Der Appetit kommt beim Essen, nicht wahr? Diddy wird mit gutem Beispiel vorangehen.

Muschelsuppe, ein Sirloin-Steak, medium für Mrs. Nayburn und saignant für Diddy, Salat mit Roquefort-Dressing, warmen Apfelstrudel und Kaffee. Das ist nicht gerade, als wenn man keinen Hunger hätte. Mrs. Nayburn ist eine gierige Esserin. Doch wenn der Mund der Frau die meiste Zeit mit dem Essen beschäftigt ist, hat Diddy, der gewohnheitsmäßig langsam und bedächtig ißt, den Vorteil. Dann kann er bei dieser Mahlzeit das Gespräch fast allein bestreiten. »Meine Güte, ich habe ja gar nicht gewußt, daß ich so einen Hunger hatte.« Und strich sich zwischen zwei Bissen eine Strähne grauen Haares aus dem Mundwinkel.

»Ich habe es Ihnen ja gesagt. Jetzt werden Sie sich auch bald besser fühlen.« Diddy muß an Mrs. Nayburns pralle Einkaufstüten mit den Nahrungsmitteln im Zug denken, und er spürt etwas Unangenehmes im Magen. Das er aber mühsam niederkämpft.

»Haben Sie denn keinen Hunger, Dalton? Es ist doch eine Schande, solch ein gutes Essen verkommen zu lassen.«

»Machen Sie sich meinetwegen keine Sorgen. Ich bummele immer so beim Essen.« Er nahm eine Gabel voll Salat. »Meine Mutter hat immer gesagt, ich sei der langsamste Esser, den sie je gesehen habe.« Woher dieser Drang, schon beim geringsten Anlaß seine Familie ins Spiel zu bringen?

»Ihre Mutter ist tot, nicht wahr, lieber Dalton?« Der nächste Happen.

»Ja. Sie starb, als ich im College war. Aber wir haben einander nie besonders nahegestanden. Ich habe meinen Vater eigentlich sehr viel lieber gemocht.«

Er muß aufhören, über sich selbst zu sprechen. Müßiges Geschwätz: ein billiger Weg, diese Frau, mit der er eine Art von Familienbeziehung zu etablieren im Begriff war, zufriedenzustellen. Mrs. Nayburn schneidet sich große Stücke vom Steak ab, zwei zugleich, wobei jedes einen ziemlichen Aufwand an ernsthafter Kauarbeit erfordert. Hier ist also Diddys Gelegenheit, seine Fragen zu stellen, statt einfach freiwillig nebensächliche Informationen zu liefern oder auf Mrs. Nayburns Erkundigungen einzugehen. Ernste Fragen, was Hester betraf. Von dem ausgezeichneten Mahl in Anspruch genommen, erschöpft von ihrer vorherigen emotionalen Verausgabung, ist die von Natur aus geschwätzige Frau ruhiger. Ist gedämpfter, hat ihr sonstiges ärgerliches Gehabe abgelegt. Auch wenn sie spricht, geschieht das mit größerer Ernsthaftigkeit. Sie scheint (jetzt) beinahe zur Wahrheit berufen zu sein.

Was Diddy am dringendsten wissen will, betrifft Hesters Eltern. Alles, was er bisher erfahren hat, ist, daß Mrs. Nayburn die Witwe des Bruders von Hesters Vater ist, und daß Hesters Vater seine Familie verlassen hat, als sie zwölf war. Auf Uraniumsuche nach Neu-Mexiko gegangen ist, und daß man ihn seit Jahren schon aus den Augen verloren hat. Doch was war mit ihrer Mutter? Weder Hester noch die Tante hatten sie je erwähnt.

Diddy stellte seine Frage. Sah dann, daß er etwas Schmerzliches berührt hatte. Die Kinnbewegungen der Tante hörten auf. Sie sah ihn seltsam flehentlich an. Ob die Mutter tot war?

»Nein, tot nicht.« Sie fing wieder zu kauen an, langsamer.

»Wo ist sie? Sieht Hester sie manchmal?« Wie unmöglich, dieses Wort zu benützen.

Mrs. Nayburn setzte mit Messer und Gabel an, um ein Stück von ihrem Steak abzuschneiden, legte das Besteck dann beiseite. »Hester hat ihre Mutter seit Jahren nicht gesehen.«

»Wo lebt sie?«

»Dalton, ich glaube, ich mag jetzt nicht mehr. Wollen Sie vielleicht dieses Stück aufessen?«

Diddy hörte auch auf zu essen. »Jessie, wo ist Hesters Mutter?«

»Das Steak ist zäh.«

»Jessie, wo ist Hesters Mutter?« In strengstem Tonfall. Menschen, die sich sträuben, müssen manchmal gezwungen werden, ihre Geheimnisse preiszugeben.

Mrs. Nayburn senkte die Augen. »In einer Klinik.«

»Einer Nervenklinik, wollten Sie sagen.« Die Frau nickte.

»Wie lange schon?«

»Ich glaube, ich möchte jetzt meinen Kaffee, Dalton.«

»Wird erledigt.« Wink an den Kellner. »Wann ist Hesters Mutter eingeliefert worden?«

»Vor langer Zeit.«

Diddy sagte dem Kellner, er solle (jetzt) den Kaffee bringen. »Moment«, sagte die Frau mürrisch, als er gerade fortgegangen war. »Ändern Sie die Bestellung. Nach Kaffee kann ich immer nicht schlafen.«

»Tee?« Versuch Diddys, sich beim Kellner bemerkbar zu machen, ohne den drängenden Blick zu lockern, mit dem er Mrs. Nayburn in Schach hielt.

»Ach, ich weiß nicht. Vielleicht nehme ich lieber gar nichts.«

»Die Dame möchte auf Tee umbestellen. Ich bleibe bei Kaffee.« Jetzt liegt sein Blick wieder voll auf ihr. »Jessie, ich werde mich nicht ablenken lassen. Ich habe ein Recht, alles zu wissen, was Hester angeht. Nun halten Sie mich nicht länger hin und sagen Sie mir, wie lange sie schon in der Anstalt ist.«

»Hester war vierzehn damals.« Die Frau blickte ängstlich beiseite. Etwas Dunkles quoll herauf in Diddys Seele.

»Hester ist erblindet, als sie vierzehn war, das stimmt doch? Das haben Sie mir doch neulich selbst erzählt.«

»Ja . . . Dalton, können wir nicht von etwas anderem reden?«

»Dann gibt es also einen Zusammenhang.« Diddy, der Ausdauernde. »Zwischen der Erblindung Hesters und ihrer Mutter. Sie haben es gerade zugegeben.«

»Das ist etwas, worüber ich nicht sprechen möchte.« Der Gesichtsausdruck der Frau bekam etwas Feindseliges, Kindisches. Wollte sie etwa mit den Worten des Abzählverses der Kinder erklären, ich weiß etwas, das du nicht weißt, und du, du mußt es finden? Oder war es Kennzeichen von etwas wirklich Ernstem?

»Aber ich muß es wissen! Wenn Sie es mir nicht sagen, dann kann ich, so fürchte ich, nicht umhin, Hester zu fragen. Und wenn es für Sie schmerzlich ist, über die Vergangenheit zu sprechen, dann stellen Sie sich doch vor, um wieviel schmerzvoller es für Hester sein wird. Erzählen Sie es mir jetzt, und ich verspreche, nie wieder davon anzufangen.«

Die Frau schaufelte vier Stück Zucker in ihren Tee. »Was stellen Sie sich denn vor, was es da gibt?«

»Um Himmels willen, Jessie!« rief Diddy gequält. »Lassen Sie doch diese Spielereien in einem solchen Moment. Woher soll ich denn das wissen?«

»Nun, dann denken Sie einmal nach!« Verbittert. »Was ist das Schrecklichste, das Sie sich vorstellen können?«

Diddy wird unwillkürlich klar, wie ironisch diese Aufforderung ist, seine Phantasie in Gang zu setzen. Tut er denn nicht in den letzten Tagen kaum etwas anderes, als die schrecklichsten Dinge heraufzubeschwören, die er sich nur vorstellen kann? Was könnte die furchtbare Geschichte sein? Eine Möglichkeit: als die Mutter verrückt geworden war, war Hester einem Schub krankhafter, pubertärer Schuldgefühle zum Opfer gefallen; hatte sich entweder absichtlich oder aus Versehen selbst geblendet.

Er sagte es sehr langsam.

Mrs. Nayburn schüttelte den Kopf. »Nein, das ist es nicht. Es ist sogar noch schlimmer.«

Da wußte Diddy es. Die Mutter hatte sie geblendet.

»Wie entsetzlich.« Was sonst konnte man sagen? »Aber warum hat sie so etwas getan?« Diddy fühlt sich sehr weit entfernt von seinen Worten. »Ist sie ganz plötzlich einfach verrückt geworden?« Er hat wenig sensible Wächter für seine Gedanken.

Mrs. Nayburn schüttelte den Kopf. »Ich nehme an, wir hätten es alle kommen sehen müssen. Sie war so unglücklich, nachdem Hesters Vater sie verlassen hatte. Damals haben alle gesagt, daß Stella verrückt ist. Aber wir haben es nicht so gemeint. Und auf den Gedanken, daß sie dem Kind etwas antun könnte, ist niemand gekommen. Sie schien Hester doch anzubeten. Hat sie dauernd geküßt und in den Arm genommen und das Kind ihren schönen Engel genannt. Das war der Hauptgrund, weshalb wir sicher waren, daß Stella irgendwie schon im Gleichgewicht bleiben würde. Sie hat sich so hingebungsvoll gegeben mit Hester und kam allen so verantwortungsvoll vor. Hat es ja eigentlich übertrieben. War immer in Sorge um sie. Wegen dem kleinsten Kratzer oder Schnitt. Oder immer, wenn Hester ein paar Minuten zu spät aus der Schule heimkam. Und schließlich, es war, als mein Mann und ich für eine Woche fort waren, um Verwandte in Denver zu besuchen, eines Tages . . . hat sie es getan. Einfach so. Mit Lauge. Und es hatte hinterher den Anschein, als wäre ihr völlig klar, was sie getan hatte, und hat oft davon gesprochen, und es tat ihr offenbar kein bißchen leid. Der Staatsanwalt hat von einem Verfahren gesprochen, aber schließlich wurde sie dann einfach eingesperrt.«

Diddy hatte seinen Kaffee kaum angerührt. Er hörte, wie Mrs. Nayburn sprach. Er konnte sogar ihre Worte dekodieren und ein paar eigene enkodieren. Beispielsweise: »Wo ist Hester in dieser ganzen Zeit gewesen?«

Doch währenddessen rast dieser schreckliche, eiserne Schmerz immer weiter auf ihn zu.

»Ach, Dalton, auch das hätte einem das Herz brechen können. Hester war in der Kinderklinik, einen ganzen Monat lang. Mit diesem furchtbaren Verband über den Augen. War so tapfer. Gerade so wie jetzt . . . Und jeden Tag, wenn mein Mann und ich sie besuchen kamen, flehte sie uns an, zur Polizei zu gehen und denen zu sagen, daß es ihr nichts ausmacht, was ihre Mutter getan hat. Bloß damit sie Stella nicht weiter einsperren würden. Sorgt sich und sorgt sich um ihre Mutter, statt um sich selbst.«

Diddy schwieg eine Zeitlang. Versunken, mit einer seltsamen Geistesabwesenheit ringend. Während er eine kleinere Version der Hester sieht, die er (jetzt) kennt, wie sie hilflos in jenem anderen Krankenhausbett liegt. Und das grausige Schauerszenarium zu verscheuchen suchend, das sich in seinem Kopf abmalt. Die Frau mit unordentlicher Kleidung, das Haar fließt ihr über das Gesicht, das Licht des Irrsinns in den Augen. Sie nähert sich ihrer Tochter, die Flasche mit dem eklen Elixier in der Hand. Hester, schlafend in ihrem Bett. Oder, mit dem Rücken zur Mutter, am Küchentisch bei den Hausaufgaben.

DIE ANNÄHERUNG.
DIE TAT.
DIE SCHREIE.
DIE POLIZEI.
DIE FESTNAHME.
DIE KLINIK.

Immer, wenn er denkt, daß er die ganze Grausamkeit des Lebens verstanden und registriert hat, die ganzen Schrecken dessen, wozu Menschen fähig sind, dann kommen wieder neue. Zuviel, als daß es zu verdauen wäre.

Diddy, der immer noch schweigt, ringt damit, etwas zu sagen. »Sie sagten, es geschah, als Sie und Ihr Mann sich auf einer Reise befanden. Heißt das, daß Hester und ihre Mutter zu dem Zeitpunkt bei Ihnen wohnten?«

»So ist es. Im selben Haus, etwa zwei Jahre lang. Nachdem George nach Neu-Mexiko gegangen war, hatten mein Mann und ich sie beide bei uns aufgenommen.« Sie begann wieder zu weinen und setzte ihre Teetasse ab. »Ach, Dalton, ich sollte nicht sagen, mein Mann und ich.« Sie nahm ein Taschentuch aus ihrer Handtasche, schnupfte sich die gerötete Nase. »Mir kommt kein Verdienst dabei zu, kein bißchen. Es war die Idee meines Mannes, Gott hab' ihn selig. Er . . . er hat George niemals besonders gemocht, hat immer seine Lebensweise mißbilligt. Vielleicht wollte er bloß seinen Bruder vor der Welt bloßstellen als den Mann, der er wirklich war. Und hat deshalb die Verantwortung für die Frau und das Kind, die George im Stich gelassen hatte, auf sich genommen.«

»Eigentlich glauben Sie nicht, daß das der wahre Grund für

die Entscheidung Ihres Mannes war, Mrs. Nayburn«, sagte Diddy freundlich. »Ich höre doch an Ihrer Stimme, daß Sie an Ihren Gatten als einen guten, großzügigen Mann denken.«

»Das war er«, sagte die Frau seufzend. »Ich nehme an, es ist furchtbar von mir zu sagen, daß er ihnen aus dem Grund unter die Arme gegriffen hat. Aber damals habe ich das gedacht, zu der Zeit. Ich war gegen den ganzen Plan. Habe gekämpft und gebettelt und geweint. Ich glaube, ich war auch ein bißchen eifersüchtig auf Stella, weil sie so . . . schön war. Ja, ich bin eifersüchtig gewesen. Ich habe mir dauernd vorgestellt, daß mein Mann sich für sie interessierte und vielleicht die ganze Zeit darauf gewartet hatte, daß George abhaut, damit er an Georges Frau herankonnte . . . Und dann war da auch noch die kleine Hester. Ich hatte jede Menge unguter Gefühle gegen sie, weil ich keine eigenen Kinder hatte. Vielleicht hätte ich ein Baby gern bei mir aufgenommen, ein kleines Ding, das ich hätte bemuttern können. Aber Hester war schon zwölf, als sie zu uns kam, und klebte so an ihrer Mutter, daß sie mit mir nichts Rechtes anfangen konnte. Obwohl das vielleicht auch mein Fehler war. Sie war wirklich ein sehr anhängliches Kind. Ganz außergewöhnlich. Aber mein Herz gegenüber Kindern war schon verhärtet. Als die beiden kamen, um bei uns zu leben, habe ich zuerst gar nichts Besonderes an Hester gefunden. Das habe ich dauernd zu meinem Mann gesagt. Ich habe sie nicht einmal für hübsch gehalten. Aber mein Mann hatte einen Narren an ihr gefressen. Und Stella natürlich auch. Dachten wir wenigstens. Und alle hatten das. Alle haben das Kind geliebt. Und so fing ich allmählich auch an, sie zu lieben, ebenso sehr wie die anderen.«

Diddy wußte nicht, was er sagen sollte. »Und seitdem hat sie immer bei Ihnen gelebt?«

»Mit Ausnahme der Zeit, wo sie an einer Sonderschule für Blinde in Chicago war. Das war, lassen Sie mich nachdenken, ja, gerade die letzten beiden Jahre der High-School. Sie hat mit achtzehn den Abschluß gemacht und ist dann zu mir nach Hause gekommen.«

Diddy fragte sich, ob Hester dort in dem Internat zum ersten Mal Liebe gemacht hat. Mit anderen Studenten oder mit ihren Lehrern? Oder sowohl als auch? Und welche Vergnügungen hatte sie sich verschafft, nachdem sie zurückgekehrt war, um bei ihrer Tante zu leben? Ein blindes Mädchen konnte doch nicht spät nachts auf der Straße herumspazieren, wenn die Tante im Bett lag. Doch das war nicht nötig. Mrs. Nayburn, die in der Gemeindebibliothek arbeitete, mußte Hester jeden Tag allein lassen. Den Tag über konnte Hester also per Telephon Verabredungen treffen und ihre Liebhaber bei sich zu Hause empfangen. Mit Sicherheit hatte das Mädchen sexuelle Erfahrungen. Was nicht nur auf Promiskuität schließen ließ, worum Diddy sich nicht weiter kümmern würde, wenn es sich ausschließlich um eine Angelegenheit der Vergangenheit handelte. Was aber auch darauf schließen ließ, daß Hester vom Temperament her sehr distanziert war, liebevoll, aber nicht loyal. Aufgrund ihrer Blindheit nicht dazu fähig, sich mit einem Mann einzurichten: was nämlich bedeutet hätte, zufällige Abenteuer und die Berührung anderer ablehnen zu müssen. Weil sie blind war, kam Diddy sich schäbig vor, daß er auch nur insgeheim für sich darüber spekulierte, was sie auf erotischem Gebiet machte. Würde ihm das Sprechen schwerfallen, wenn es dazu käme, daß er sie direkt danach fragte. Die Blindheit übte sozusagen einen Zwang auf andere aus; verpflichtete Diddy dazu, ebenfalls blind zu sein.

Diddy konnte ja auch nicht wissen, ob sie es in dieser Woche nicht mit Dr. Collins oder einem der Assistenten weiterhin getrieben hatte. Diddy war sonst kein pathologisch eifersüchtiger Liebhaber gewesen. Doch das ist (jetzt) anders. Er sieht sich im Geiste von unsichtbaren Nebenbuhlern umringt. Ein so eigenwilliges und spontanes Mädchen wie Hester, die schon ein paar Minuten, nachdem sie angefangen hatten, miteinander zu reden, mit ihm Liebe gemacht hatte, wäre sicherlich zu so etwas fähig. Die aufmerksame Berührung eines Arztes während einer Untersuchung könnte leicht ein Vorspiel zum Bett werden. Hester brauchte nur zu seufzen oder andeutungsweise eine sinnliche Gebärde zu machen. Welcher gesunde Mann, selbst der, der sich seinen beruflichen Pflichten widmete, könnte einer solchen Einladung widerstehen? Er würde kaum die zusätzliche Stimulanz von Panik und Schuld brauchen und das ängstliche Bedürfnis, sich an einem anderen Menschen festzuhalten, wie es bei Diddy letzten Sonntag am Nachmittag im *Freibeuter* der Fall gewesen war.

Diddy wollte Hesters Beschützer werden, nicht ihr Gefängniswärter. Nur, hinters Licht führen lassen wollte er sich von ihr, weiß Gott, auch nicht.

Diddy nippte an seinem kalten Kaffee, gab dem Kellner ein Zeichen, ihre Gläser mit Wasser aufzufüllen. Im Grunde, weil er immer noch nicht wußte, wie er das Gespräch fortführen sollte. Irgendetwas von einer Schule in Chicago. Dazu gab es nichts mehr zu sagen. Doch er konnte auch nicht weiter schweigen, aufgrund der Gefahr, daß sein Gesicht ihn an Mrs. Nayburns ängstlich forschenden Blick verriet. Aufgrund der Gefahr, daß er (jetzt) so unglücklich aussah, wie er sich fühlte.

»Ich frage mich, ob Hester mit mir glücklich sein kann.« Immerhin, so nahe hatte Diddy sich an den Gedanken herangewagt, der ihn vergiftete. Vorgebracht in einem Ton, der nach seiner Einschätzung locker, nachdenklich klingen mußte. Doch sogleich sah Diddy, daß er einen taktischen Fehler begangen hatte. Seine Bemerkung hat nicht ermutigend gewirkt, obwohl sie doch auch nicht aufrichtig gewesen war. Mrs. Nayburn blickte ängstlich, als fürchte sie, Diddy würde seinen Heiratsantrag zurücknehmen.

»Ach, aber sie ist doch das gutartigste Mädchen von der Welt, Dalton. Das sagen alle, und wie hübsch sie ist. Aber Sie –.« Sie hielt inne.

»Was?«

»Sie machen sich doch nicht etwa irgendwelche dummen Gedanken wegen dem, was ich Ihnen vorhin erzählt habe? Denken Sie daran, ich habe es Ihnen nicht erzählen wollen, aber Sie haben mich dazu gebracht. Natürlich halte ich ebensowenig vom Lügen. Um Himmels willen, doch nicht bei jemandem, der gerade dabei ist, ein Mitglied der Familie zu werden. Das war meine Schwierigkeit. Aber wegen Hesters Mutter . . . Ich will sagen, Dalton, daß niemand sonst in Hesters Familie, weder mütterlicherseits noch väterlicherseits, je verrückt gewesen ist. Ich schwöre es.«

»Jessie, glauben Sie mir, daran denke ich überhaupt nicht.« Er tätschelte der Frau ermutigend die Hand. »Ich habe mich eben einfach ungeschickt ausgedrückt. Es ist nur, daß Hester ein sehr komplizierter Mensch ist, wie Sie ja sicher wissen. Sie behält so vieles für sich –«

Der Kellner brachte die Wassergläser. Diddy bestellte noch einen Kaffee, noch einen Tee.

Die Frau konnte es kaum erwarten, daß Diddy sich ihr wieder zuwandte. »Beim Himmel, das ist nur zu wahr. Denn wirklich, manchmal spricht das Kind tagelang kaum ein Wort mit mir. Aber sie schmollt dann nicht oder ist gekränkt, glauben Sie mir. Sie ist einfach bloß ruhig.«

»Zucker, Jessie?«

»Danke, mein Lieber . . . Dalton, sagen Sie mir, an was Sie gerade denken.«

»Jessie, niemand könnte besser von Hester denken als ich. Sie brauchen sie nicht zu verteidigen – als würde ich Kritik an ihr üben oder wolle damit gerade anfangen. Ist nicht der Fall. Ich versuche einfach, sie zu verstehen.«

Was Diddy vor allem beschäftigte, war Hesters Mißtrauen. Es war doch nicht schwer zu verstehen, im Lichte der gräßlichen Tat, die die Tante gerade für ihn heraufbeschworen hatte. Ein Kind soll doch seinen Eltern vertrauen, nicht wahr? Stell dir vor, du bist ein normales Kind, das Vertrauen hat. Dann wirst du von dem einen Elternteil verlassen und das andere schüttet dir Säure in die Augen. Kann irgend jemand, der einen solchen Verrat hat durchmachen müssen, je wieder einem anderen Menschen vertrauen? Vergiß nicht, es gibt Menschen, die sich selbst wirklich völlig in die Hände anderer Menschen begeben, ohne ihnen je zu vertrauen. Würde Hester Diddy je vertrauen? Oder lieferte sie sich ihm einfach ganz fatalistisch aus? Wie sie der Operation zugestimmt hatte. Weil sie wußte, daß sie angebracht war, und doch die ganze Zeit ohne Hoffnung?

Diddy wußte, er konnte nicht weiterreden. Da die Nähe zu Mrs. Nayburn sich verflüchtigte, wollte er retten, was noch zu retten war. Sie sind beide erschöpft. Eine der Folgen dieses Erschöpfungszustandes: Mrs. Nayburn fiel wieder zurück in ihre alte affektierte, dreiste Art; und Diddy wurde sehr steif, war verstimmt. Diddy verlangt die Rechnung, zahlt; sie gehen. Winkt ein Taxi herbei und will sie nach Hause bringen.

»Aber das liegt nicht auf Ihrem Weg, mein Lieber. Ich kann selbst ein Taxi nehmen.«

»Doch, tut es. Ich bin heute nachmittag ins Canada umgezogen.«

Bei dieser höchst beruhigenden Neuigkeit atmete Mrs. Nayburn tief und entspannt auf. »Das große Hotel auf der anderen Seite des Parks? Na, das ist ja wunderbar, Dalton, mein Lieber. Da wird Hester sich aber freuen. Haben Sie es ihr schon erzählt?«

Statt ja zu sagen, nickte Diddy. Es lag ihm daran, daß Mrs. Nayburn nicht zu viel redete, damit er sich nicht noch mehr in sich selbst zurückzieht und unfähig wird, noch irgend etwas Menschliches in ihr zu sehen.

Diddy ließ das Taxi vor Mrs. Nayburns Pension vorfahren. Als sie sich das letzte Gute-Nacht sagten, flammte sein neugewonnenes Zartgefühl für die Frau noch einmal auf. Aber jetzt schnell, schnell. »Bis morgen, mein Lieber, und vielen Dank für das nette Abendessen.« Rascher. Diddy geht an der Klinik vorbei. Sieht zu dem Fenster hinauf, das nach seiner Zählung zu Hesters Zimmer gehört; dunkel, natürlich. Geht dann durch den Park zu seinem Hotelzimmer zurück.

Die trübselige Stimmung überkommt ihn wieder. Vielleicht hatte er es sich versagt, das Schrecknis der Blendung Hesters in vollem Maße nachzufühlen. Dann fühle es (jetzt). Geh ins Bett, unter die Decke; schalt das Licht aus. Was ist los? Diddy kann sich Hester nicht mehr vergegenwärtigen. Sie ist eine Geschichte, die er gehört hat, keine wirkliche Frau, die er liebt. Vielleicht liegt es daran, daß er bis zum gegenwärtigen Moment niemals eine direkte, energische Anstrengung unternommen hat, sie zu verstehen. Diddy, der Selbstsüchtige, war damit beschäftigt gewesen, an sich selbst zu denken.

Denk an Hester. Die eine Katastrophe von solchen Ausmaßen hinter sich hat, der eine solch tiefe Wunde geschlagen wurde, als sie gerade der Kindheit entwuchs. Mit solch einem Verrat fertigwerden mußte.

Denk an Hester, und laß bloß beiseite, was er ja doch nur erraten kann, niemals aber ermessen: wie sehr sie allein unter der ganz normalen Pathologie des Überlebenden leidet. Der immer irgendwo das Gefühl hat, daß auch er hätte zugrunde gehen sollen. Überleben heißt schuldig sein. Weil unbestraft.

> Jemand, der zufällig sein Todesurteil überlebt, weil er in letzter Minute gerettet wird oder nur schlicht Glück gehabt hat, und nicht aufgrund eigener bemühter Anstrengungen,

der weiß dann auch, daß er eigentlich tot sein sollte. Weiß, daß er keinen wahren Anspruch auf sein Leben hat. Er kann nicht identisch sein mit seinem Leben, wenn es ihm, nachdem er an der Schwelle des Todes gestanden und sich sogar mit ihm abgefunden hat, plötzlich aus heiterem Himmel und willkürlich und in letzter Minute zurückgegeben wird. Wie ungerecht auch immer die Aburteilung gewesen sein mag, die ihn seines Lebens zu berauben suchte, sie hat rückblickend immer mehr Sinn und Zusammenhang als sein Überleben. Am Leben zu bleiben heißt deshalb, überführt und verurteilt zu bleiben. Eben nur irgendwie der Vollstreckung des Urteils entronnen zu sein. Noch am Leben zu sein, ist dann folglich in erster Linie ein negativ definierter Zustand. Gerichtet, ist man dem Gericht entkommen. Verurteilt, bleibt man auf mysteriöse Weise unbestraft.

Denkt Diddy an Hester? Denk an sie, verdammt noch mal. Und sieh bloß ab von diesen höchst allgemeinen Gefühlen, die sie vielleicht hegt, weil sie das Todesurteil ihrer Mutter überlebt hat. Also wie ist Hester wirklich, abgesehen von dieser allgemeinen Pathologie des Überlebenden?

Es ist, als müsse man eine ganze Reihe von Puppen auf einem imaginären Regal heraufbeschwören. Alle sind sie groß, drall, hellhäutig, mit langem, feinem Haar und Sonnenbrille. Doch jede ist auf ein anderes Repertoire von Handlungen programmiert. Diddy lag im Bett, in fast völliger Dunkelheit, da er alle Lampen, außer der im Badezimmer, ausgeschaltet hat, und schloß die Augen. Die Hester-Puppen fangen an, sich zu bewegen und zu gestikulieren. Sogar miteinander zu zanken.

Welche Puppe ist die wirkliche Hester? Und wem gehört die wirkliche?

Eine Puppe schreit und droht mit der Faust. Eine andere Puppe, die ganz am Ende einer langen Bank sitzt, welche in einem großen, leeren Raum an der Wand steht, krümmt sich zusammen. Eine andere lächelt unablässig, mechanisch. Wieder eine andere, die einen abstoßenden Ausdruck um den winzigen Mund hat, eilt zu der Puppe auf der Bank und fängt an, sie zu würgen; schlägt dann der lächelnden Puppe ins Gesicht. Sie scheint in der Tasche ihres weißen Leinenkleides eine Pistole zu haben. Oder ist es eine Flasche mit Säure?

Wie könnte Hester denn wirklich sein? Sie könnte verbittert sein. Oder abgestumpft. Oder aus der Defensive heraus oberflächlich und nachgiebig. Oder bösartig, danach trachtend, jemand anderem das anzutun, was ihr geschehen ist.

Das alles war sie nicht, das wußte Diddy.

Nenn es Perversität oder sonst etwas, Hesters Charakter ist nicht so gewöhnlich. Feg diese Puppen vom Traumregal; und befasse dich mit dem lebensgroßen Mannequin, das in Diddys Einbildung in diesem Moment in diesem Hotelzimmer auf dem Fensterbrett sitzt. Eine Gestalt, die unbestimmt ins Leere schaut. Vielleicht lauscht. Und bedächtig Diddys Ausstrahlungen empfängt. Das ist die Hester, die Diddy gehört. Jedenfalls die Hester, auf die er Anspruch erhoben hat. Diddy öffnet die Augen für einen Moment, sieht zum Fenster hinüber. Der Rolladen ist oben, die Vorhänge nicht zugezogen. Halb schaut er nach dem Geschöpf, das seine Einbildungskraft ausgebrütet hat; und halb schaut er, weil er weiß, daß sie nicht da ist, den Vollmond an, der durch die blattlosen Zweige scheint. Diddy seufzt; steigt aus dem Bett, um sich im Badezimmer einen Schluck Wasser zu holen. Ja, es war vorstellbar, daß sie verbittert war; oder dumm; oder oberflächlich nachgiebig; oder bösartig. Doch das war sie nicht, war keine der Puppen.

Oder sie hatte das Bedürfnis, eine Heilige zu sein. Weil ihre Mutter schlecht war.

Das waren Hesters Alternativen. Sie waren Diddy zu Herzen gegangen. Er liebt sie um dessentwillen, was er (jetzt) als ihre Heiligkeit zu beschreiben wagt; auch wenn sie sich nicht in den üblichen guten Taten manifestiert. Und um ihrer Heilheit willen, die sich unter anderem in der Stärke und Charakterfestigkeit des Mädchens zeigt.

Diddy starrt sein Gesicht an, das im Badezimmerspiegel über dem Waschbecken weniger abgehärmt und knochig als letzte Woche aussieht. Schaltet dann auch dieses Licht aus und findet im Mondlicht ins Bett zurück.

Diese Wahl der richtigen Hester aus der Gruppe ihrer Nachahmerinnen und Prätendentinnen gibt Diddy immer noch keinen Hinweis darauf, wie Hester sich (jetzt) fühlt, im Unterschied zu dem, was sie ist. Wie glücklich oder unglücklich; wie sehr und wie heftig sie leidet. Und wenn sie schrecklich leidet, worunter? Ist es hauptsächlich Kummer? Verzweiflung? Die Einschränkung, die ihr die Blindheit auferlegt? Wut, die keinen Ausdruck findet? Schuldgefühle? Schlichte Einsamkeit? Oder Sehnsucht nach ihrer Mutter? Die Erscheinung auf dem Fensterbrett danach zu befragen, geht nicht an.

Vielleicht ist Hester zu intelligent, um so sehr viel zu leiden. Beruht die Fähigkeit zu leiden nicht auf einer Art höherer Dummheit? Das denkt Diddy jedenfalls. Hat die Augen geschlossen, wird schläfriger. Eine Begabung zum Leiden findet sich nur unter Menschen mittelmäßiger Intelligenz, unter denen, die weder dumm noch klug sind, unter Menschen mit einem Kopf, wie ihn Diddy, der Verzweifler, mitbekommen oder geerbt hat oder mit dem er sich abgefunden hatte. Insbesondere während der letzten drei Jahre.

Bis zum Alter von dreißig Jahren war Diddy geistig noch stumpfer gewesen. Kaum zu glauben, aber wahr. Vor jenem Zeitpunkt, und das war doch sein ganzes Leben, war Diddys Kopf eigentlich noch schlechter gewesen. Zu dumm, um zu leiden. Das waren die Jahre des Leidens unter der Oberfläche, das alltägliche Elend, ein behaglicher, dumpfer Schmerz. Und der Glaube, daß sich alles schon irgendwie zum Guten wenden würde. Als Joan fortging, wurde Diddy klüger. Und so weiter. Immer klüger. Er hatte sich nicht etwa dreißig Jahre lang das falsche Stück angeschaut. Doch er hatte es angeschaut, ohne die Theorie zu verstehen, die hinter der Aufführung stand – hatte angenommen, daß das Skript und die Aufführung naturalistisch waren. Rückblickend, ein naiver Irrtum. Das Skript ist verwickelt und aufgeladen mit dunklen Querverweisen; und die Produktion, wie sie der Regisseur, der Bühnenbildner und die Beleuchtungstechniker ausgeheckt haben, ist phantastisch und hochstilisiert. Nimm zum Beispiel die Beleuchtungseffekte. Es war Diddy anfangs von seinem bequemen Orchesterplatz vorn in der Mitte so vorgekommen, als sei die Beleuchtung auf der Bühne eher düster. Doch gleich darauf hatte er weitere Fragen in dieser Richtung verdrängt; ganz einfach, dieses Stück war eben so und nicht anders ausgeleuchtet. Bis er dann vor drei Jahren begriffen hatte, daß die Bühne viel heller erleuchtet war und immer gewesen war, als sein Auge hatte sehen können. Und daß er (jetzt) dabei war, es auf einmal zu sehen. Immer klüger. Der Gazeschleier hob sich. Das trübe Licht wurde plötzlich messerscharf. Und schnitt ihm fast das Herz heraus. Er war klüger geworden. Und litt zum ersten Mal. War aber noch nicht wirklich klug, nicht klug genug, um das Leiden zu transzendieren; was er wahrscheinlich auch niemals sein würde.

Es sei denn, Hester würde es ihn lehren.

Montag. Zwei Tage nach der erfolglosen Operation wurde Hester in den fünften Stock verlegt, damit die Rechnungen für ihre Rekonvaleszenzzeit nicht zu hoch wurden. Das neue Zimmer geht auf einen Innenhof hinaus, statt auf den Monroe-Park. Und drinnen stehen, obwohl es kaum doppelt so groß ist wie das Zimmer, das Hester oben gehabt hatte, drei Betten.

> Im Bett am Fenster eine College-Studentin, die sich bei einem Fahrradunfall das Fußgelenk gebrochen hatte. Das Fußgelenk war gerichtet und in einen Gipsverband gesteckt worden, war aber nicht richtig abgeheilt. Mußte also mittels eines chirurgischen Eingriffs noch einmal gebrochen, neu gerichtet und genagelt und dann wieder eingegipst werden; (jetzt) hing es in einer Zugschlinge.
>
> Im mittleren Bett liegt die Frau eines Senators des Staates, die gestern mitten in der Nacht fast an einem Blutsturz gestorben wäre, als Folge eines nicht erkannten Magengeschwürs. Man hatte ihr gerade den halben Magen herausgenommen.

Da Hester zusammen mit zwei anderen Patientinnen in diesem Zimmer liegt, sind sie auch, wenn Mrs. Nayburn nicht dabei ist, niemals allein. Doch alles in allem zieht Diddy die neue Unterbringung der auf der Privatstation im siebenten Stock vor. Es stellt sich heraus, daß er während der nächsten fünfzehn Tage sehr viel mehr Zeit mit Hester verbringen kann, als das vorher möglich gewesen war. In diesem Stockwerk wurde das Kommen und Gehen der Besucher sehr viel weniger überwacht; ihre unvorschriftsgemäße Anwesenheit in den Krankenzimmern wird hier als nebensächlich betrachtet. Diddy ist sogar ohne Beanstandung mit einer morgendlichen Stippvisite davongekommen.

Auch die Abendzeit von sieben bis neun wird recht nachlässig eingehalten. Und Diddy hat gewöhnlich wenigstens drei Stunden am Nachmittag, manchmal mehr, ehe eine Schwester daran denkt, bei einer der drei Patientinnen Fieber zu messen. Und wenn dann eine hereinkommt: »Du liebe Güte, Sie sind immer noch hier? Jetzt müssen Sie aber gehen.« Eine neue Schwester – Gertrude arbeitet nicht auf diesem Stockwerk –, offensichtlich noch nicht gewohnt, Befehle zu geben und sie befolgt zu sehen.

Hester bedarf (jetzt) kaum medizinischer Fürsorge. Das Mädchen bekommt jeden Morgen Visite von Dr. Collins; und langsam, aber systematisch, wird der Verband über ihren Augen immer dünner. Als Diddy am Nachmittag des achten Tages nach der Operation kommt, findet er Hester schon mit nur zwei Mullscheiben vor, die jedes Auge einzeln bedecken. Dünn genug, um die dunkle Brille darüber aufzusetzen. Die sie heute auch trägt. Für Diddy ein weiteres Zeichen ihrer Genesung.

Hester, die in dem Bett zunächst der Tür liegt, scheint die Gesellschaft ihrer Zimmergenossinnen zu genießen: wenn Diddy kommt, ist sie oft mit den anderen in ein Gespräch vertieft. Doch die Frau des Senators schläft recht viel. Und die Studentin wird fast täglich lang und lautstark von ihren Eltern besucht. Als zusätzliche Ablenkung für Hester hat Diddy ein Transistorradio mit einem Kopfhörer gekauft.

Da der Besuch bei Hester ein Ereignis geworden ist, auf das sie sich beide absolut verlassen, möchte Diddy diesem mehr Gewicht geben. Doch sie sind recht selten ungestört miteinander. Was bei Diddy die Befürchtung hervorruft, daß die Art von Gesprächen, die sie zu führen gezwungen sind, Auswirkungen haben wird. Können sie doch nur sagen, was die anderen Patientinnen und ihre Besucher, wie auch Mrs. Nayburn mitanhören können. Da Diddy entschlossen ist, es nicht dazu kommen zu lassen, daß irgend etwas zwischen ihm und Hester mechanisch oder platt wird, sucht er nach einem Mittel, die Konversation zu reduzieren, ohne den Kontakt zu dem Mädchen zu verlieren. Da schon Bilder fehlen, können die Worte nicht ganz geopfert werden. Nur ersetzt. Die gewohnheitsmäßigen, höflichen Worte. Doch was an ihre Stelle setzen? Denn Diddy ist nicht gewillt, Diddy, den Fügsamen, zu spielen, geschweige denn Diddy, den Schweigsamen. Und zuzulassen, daß die geschwätzige Mrs. Nayburn ungehindert darauf losschnattert. Doch die einzigen Worte, die Diddy Hester sagen will, können hier nicht geäußert werden; müssen darauf warten, daß sie endlich allein sind.

Andere Worte gilt es (jetzt) zu finden, die nicht seine Worte sind. Andere Worte, die aber Diddy äußern wird. Um damit Mrs. Nayburn den Redefluß abzuschneiden.

Diddy nimmt das Stichwort aus Hesters Bemerkung auf, daß sie es gern gehabt habe, wenn ihre Tante ihr vorlas, und verleiht seinem brennenden Wunsch Ausdruck, ihr denselben Dienst zu tun. Mrs. Nayburn hatte wahrscheinlich auch schon daran gedacht, sich für diese Aufgabe anzubieten; hatte aber wohl in Anbetracht dessen, was Diddys Anwesenheit bedeutete, diesen Gedanken verworfen. Diddy ist aber durch dementsprechende gegenseitige Skrupel gegenüber Hesters Tante nicht gebunden.

»Das wär schön«, ruft Hester aus. »Was wirst du mir vorlesen?«

Diddy bittet sie, ihm zu erlauben, eine Überraschung daraus zu machen, was er aussucht; und verspricht, am Abend ein Buch mitzubringen.

Es war von Anfang an ein größerer Erfolg, als Diddy es sich hätte träumen lassen. Sein egoistisches Ziel hat er sofort erreicht. (Jetzt) braucht er nicht all die vielen lahmen Wörter loszulassen, die für eine solche Kompromißfunktion gedrechselt werden: die für Hester akzeptabel sein sollen, zugleich aber von anderen Ohren gehört werden können. Am ersten Abend liest er eine Stunde lang. Hesters Gesicht, das sonst bleich ist, glüht; verblaßt irgendwie, als er aufhört. Sie bittet ihn, morgen nachmittag länger zu lesen, wenn es seine Stimme nicht zu sehr strapaziert. Diddy erfüllt ihr gerne den Wunsch und verbringt von da an einen beträchtlichen Teil seines täglichen Besuches mit Vorlesen, so daß er mit *Pride and Prejudice* in elf Tagen fertig war; und gegen Ende der Zeit von siebzehn Tagen, die Hester nach der Operation im Krankenhaus verbringt, ist er mit *Emma* schon recht weit gekommen.

Wider Erwarten scheint auch Hesters Tante von Diddys Vorlesen etwas zu haben. Mehr als alles andere scheint dieses Vorlesen Diddys Kompetenz als künftiger Pfleger Hesters unter Beweis zu stellen; und der Tante auf die am wenigsten schmerzliche Weise deutlich zu machen, daß ihre Fürsorge für das Mädchen – dankbar anerkannt und gerade durch die Tätigkeit Diddys in der

Nachahmung symbolisch gewürdigt – (jetzt) überflüssig ist. Mrs. Nayburn ist ersetzt worden, doch Hester ist in guten Händen. Diddys ausdrucksvolle Baritonstimme und seine geschulte Aussprache bekunden eine Autorität und nötigen zu einem Respekt, wie sie Diddy, der Ganze, wenn er in eigener Sache spricht, nicht immer ausstrahlen kann. Was auch für die abstrakten Gewißheiten über Vergnügen und Zwietracht gilt, die in den Romanen verkündet werden, welche Diddy zum Vorlesen ausgesucht hat. Ausgesucht aus keinem besseren Grunde, als daß er sie mochte – nur mag Diddy, der enthusiastisch gedruckte Worte verschlingt, viele Bücher – und weil diese die einzig annehmbare Auswahl unter den Taschenbüchern darstellten, die auf dem Drehstand im Drugstore in der Nähe des Canada zu haben waren. Eine willkürliche Auswahl vielleicht. Doch, ob Diddy es weiß oder nicht, eine günstige.

Die gebieterische Prosa Jane Austens, gut artikuliert und kraftvoll vorgetragen von Diddys Bariton, übt eine besänftigende Wirkung auf Mrs. Nayburn, Diddy und vielleicht sogar auf Hester aus. Von dieser niemals nachlassenden Intelligenz, die sich weder bescheiden gibt noch selbst herabwürdigt, geht ein inspirierender Einfluß auf das Trio aus. Intelligenz, guter Wille und Vernunft, all das scheint möglich. Ja, sogar unvermeidlich. Ein paar Seiten, ehe der Ball in Netherfield stattfindet, schließen sich Hester und ihre beiden Pflegepersonen, die ältere kurz vor der Abdankung, noch schwankend, und der jüngere noch kaum mehr als ein Emporkömmling und Prätendent, zu einem unausgesprochenen Bündnis zusammen, das ausdrücklich vorsieht, daß niemand zu kurz kommt. Es wird ein Abkommen getroffen, das aus Takt niemals genau formuliert wird, doch nichtsdestoweniger bindend ist. In welchem die Interessen aller mit gleichem Gewicht und gleicher Würde zur Geltung kommen.

> Erster Artikel des Abkommens: die Tante ist während der nachmittäglichen Besuchszeit zugegen. Wobei die meiste Zeit von einer weiteren Rate der luziden Prosa Jane Austens ausgefüllt wird; der Rest von wäßriger, alter Konversation seitens der Tante und Diddys melancholischem Grübeln.
>
> Zweiter Artikel: Diddy und Mrs. Nayburn essen zusammen zu Abend.

Dritter Artikel: die abendliche Besuchszeit ist für Diddy allein vorbehalten. Wobei die Tante entweder in die Pension zurückkehrt, um im Wohnzimmer fernzusehen oder in der Küche mit der freundlichen Vermieterin zu plaudern, einer Witwe etwa in Mrs. Nayburns Alter; oder ins Kino geht und einen Film anschaut, den Diddy normalerweise aussucht und wohin er sie begleitet, wenn sie aus dem Restaurant kommen. Wenn Diddy ins Krankenhaus zurückkehrt, liest er gewöhnlich Hester noch zwei volle Stunden vor. Wobei er ihr gelegentlich etwas Zärtliches zuflüstert. Seine Besorgnis und seine Sehnsucht ausdrückt.

Diddy ist sich allabendlich bewußt – vom Moment an, wo er mit Mrs. Nayburn das Restaurant betritt, und die ganze Zeit über, während er mit ihr am Tisch sitzt, und auch wenn er sie zur Kasse eines Kinos bringt, das normalerweise in der Innenstadt liegt –, daß er das Risiko eingeht, zufällig Watkins oder Reager oder einem anderen seiner Kollegen aus der Fabrik über den Weg zu laufen. Ist ein wenig ängstlich. Will sich aber auch nicht verstecken. Früher oder später werden sie ohnehin herausfinden, was er in diesen Wochen gemacht hat.

Obwohl Diddy ungeduldig darauf wartet, daß Hester entlassen wird, genießt er diese Zwischenzeit. Die Zeit vergeht unbeschwert. Die Regelmäßigkeit seiner Handlungen hat etwas Tröstliches. Routine ist eingetreten. Und die Dinge sind an Ort und Stelle, sind dort, wo sie sein sollen. Sein Zimmer im Canada sieht immer unverändert aus. Tadelloser Service: jeden Tag wird das Badezimmer gewischt, das Bett frisch bezogen, werden die Schuhe geputzt, die Blumen auf dem Schreibtisch erneuert. Und Hester ist immer dort, wo er denkt, daß sie sei: im Krankenhaus. Diddys Einbildungen, daß sie eine Affäre mit ihrem Arzt hat, haben nachgelassen. Und Mrs. Nayburn ist immer in greifbarer Nähe. Auch ihre unabdingbare Gegenwart trägt gewissermaßen (jetzt) zu der beruhigenden Stabilität der Dinge bei, seit sie Diddy so viel weniger Anlaß gibt, sich über sie zu ärgern. Seit sie am Tage nach der Operation die Wahrheit über Hesters Blindheit enthüllt hat, hat Diddy immer ein warmes Gefühl für Mrs. Nayburn gehabt. Das Gefühl milder, liebevoller Wertschätzung wird nicht größer, doch irgendwie bleibt es. Toleranz ist es genaugenommen nicht; dazu ist Diddy zu gespalten in seinen wahren Gefühlen. Doch eine Art von Meta-Toleranz.

Wie absurd es (jetzt) erscheint, daß Diddy früher durch Mrs. Nayburn nicht nur seine Geduld und seine guten Manieren aufs ärgerlichste auf die Probe gestellt sah, sondern sie auch als Bedrohung empfand. Das Abendessen, das sie (jetzt) miteinander jeden Abend einnehmen, macht Diddy kaum etwas aus. Wenn auch die Gespräche, die dann geführt werden, ausnahmslos flach sind. Ein Thema, das immer wieder aufkommt: die Krankenhausrechnungen. Doch selbst Mrs. Nayburn hat offenbar Scheu, Diddy direkt zu fragen, wieviel er beitragen wolle. Schließlich nennt er eines Abends den Betrag. Und stellt einen Scheck aus. Da sie nicht so vertraut miteinander sind, daß ihnen daran liegt, über sich selbst zu sprechen, sprechen sie die meiste Zeit über andere Menschen. Zwei andere Menschen. Und über die Vergangenheit. Mrs. Nayburn erzählt Geschichten über Hester, als sie noch ein Kind war – alle Geschichten spielen, so versteht es sich, obwohl es niemals direkt ausgesprochen wird, vor ihrem vierzehnten Lebensjahr. Dafür erzählt Diddy von Pauls Kindheit, davon, wie es ist, wenn man ein Wunderkind ist, soweit man verstehen kann, was Paul gefühlt hat, wenn man bloß der Bruder war. Und berichtet über Pauls späteren Ruhm: das Stipendium in Paris, der erste Auftritt mit den New Yorkern Philharmonikern im Alter von fünfzehn Jahren, der internationale Klavierwettbewerb, den er mit neunzehn gewann, der ihn weltberühmt gemacht hat. Mrs. Nayburns Vergnügen an seinen Geschichten ist so ungekünstelt, daß Diddy es ihr kaum verübeln kann. Wie es ihn auch nicht deprimiert, wenngleich es bei all diesen Gesprächen doch keine Rückkehr zu den intimen Klängen jenes ersten Abendessens gibt. Doch vermag Diddy, sich in Erinnerung zu rufen, daß er keiner Hexe gegenübersitzt; keiner Reinkarnation von Mary; keiner gesichtslosen Insassin eines Zugabteils, zwei ausgebauchte Papiertüten wie zwei tote Hunde zu Füßen. Ihm gegenüber, in einer Nische oder an einem Tisch im *Olympia Restaurant*, dem *Greenleaf Diner*, dem *Canavaugh Steak House* oder irgendeinem anderen Restaurant, das sie ausprobieren, befindet sich Jessie Nayburn. Eine anständige, einsame Frau, die es gut meint. Nach Diddy von allen Menschen auf der Welt derjenige, der Hester am meisten ergeben ist. Die Diddys Geliebte all die Jahre umhegt und umpflegt hat, ehe Diddy sie fand. Er sagt mit Vergnügen Jessie zu ihr, obwohl er sie im Kopf immer noch Mrs. Nayburn nennt. Doch kalkuliert er in seinem Kopf nicht so genau, wann Mrs. Nayburn in das leere Haus in Indiana zurückkehren will oder muß. Da sie die Situation offenbar begreift und akzeptiert, nimmt Diddy an, daß sie in Kürze abreisen wird. Soweit es ihn (jetzt) betrifft, kann sie bleiben, bis Hester aus dem Krankenhaus kommt, da er mit Hester bis dahin ja doch nicht allein sein kann.

Was tut Diddy vor seinem Besuch bei Hester und dem abendlichen Essen mit Mrs. Nayburn? Nichts. Was gar nicht so seltsam ist, wenn du bedenkst, wo er ist und was seine Aufmerksamkeit beansprucht. Seltsam ist aber vielleicht doch, daß ihn das nicht stört. Wenigstens ein bißchen. Ihn, der praktisch seit vielen Jahren keine Zeit für sich selbst gehabt hat, von den vier Tagen Anfang Oktober abgesehen – eigentlich sogar sechs, wenn man das Wochenende mitrechnete –, die sich seiner Entlassung aus dem Krankenhaus anschlossen. Der seit so vielen Jahren seine Fünftagewoche gearbeitet hat und seinen zwei- und später dreiwöchigen Jahresurlaub, den er gewöhnlich in Europa verbrachte, dieser anstrengenden Art des Reisens widmete, welche einem weniger Muße läßt als dieselbe Anzahl normaler Arbeitswochen. Es war also doch seltsam für jemanden, der dermaßen an seine Arbeit gewöhnt ist, sich so natürlich mit seiner gegenwärtigen Muße einzurichten.

Er spürt den Mangel an Beschäftigung (jetzt) nicht. War weder gelangweilt noch ruhelos.

Vielleicht war Diddy am Ende gar nicht dieser zwanghafte Arbeiter. Es ist auch erstaunlich, wieviel er schläft. Neun oder zehn Stunden, normalerweise traumlos, jede Nacht. So viel hat er seit der Grundschule nicht mehr geschlafen, als Mary so streng darauf hielt, daß die Jungen »ihren Zeitplan einhielten«. Seine ganze Kindheit hindurch – genauer gesagt, bis er vierzehn war, als nämlich Mary entweder aus eigenem Entschluß, oder weil sie von seiner Mutter hinausgeworfen wurde, den Haushalt verließ – hatte Mary die Zubettgehzeit der beiden Jungen überwacht. Und zwar nach einem Maßstab, der entschieden puritanisch war. Zwar wurde die Zubettgehzeit jedes Jahr um dreißig Minuten hinausgeschoben, doch war der Zeitpunkt gleichbleibend zu früh; lag immer zu einer Zeit, da die meisten seiner Kumpel aus der Nachbarschaft noch aufbleiben und spielen durften. Diddy hatte also guten Grund, das Zubettgehen zu hassen und lauthals zu murren, wenn das Licht ausgeschaltet wurde und Mary das Zimmer verließ. Mußte aber nichtsdestoweniger feststellen, daß er selten länger als ein paar Minuten im Dunklen oder nahezu im Dunklen dem Schlaf widerstehen konnte. Und das, obwohl Paul seine Bewunderung und seinen Neid erregte, der, dort im anderen Bett, stundenlang wachbleiben konnte; um beim Licht einer Taschenlampe Noten zu studieren, unter einem Zelt, das er aus seiner Bettdecke bildete, damit das Licht nicht auf den Fußboden fiel und von jemandem entdeckt wurde, der draußen am Zimmer vorbeiging. Diddy wollte es ihm gleichtun, besorgte sich eine eigene Taschenlampe und versuchte zuweilen, in seinem eigenen Zelt einen Roman zu lesen. Doch allzufrüh überwältigte ihn der Schlaf; überwältigte auch seinen Stolz.

Die schlaflosen Nächte kamen viele Jahre später. Und (jetzt) schläft Diddy wieder. Und zwar wollüstig und großzügig lange. Wachte kaum vor zehn oder elf Uhr auf. Wenn er bis elf Uhr mit Duschen, Rasieren, Anziehen fertig ist, kann er das Frühstück noch im Café des Hotels einnehmen. Wenn er später dran ist, erfüllt der Drugstore an der Ecke ebenso gut den Zweck. Natürlich greift er, wenn er in die Halle herunterkommt, als erstes zur *Courier-Gazette*, pflichtgemäß. Liest sie beim Frühstück gewissenhaft durch, um sich selbst zu beweisen, daß er keine Angst hat, etwas zu finden. Was er dann tatsächlich auch nicht findet. Für den übrigen Morgen ein Spaziergang durch den Park, wenn es nicht zu kalt ist. Gelegentlich taucht er im Krankenhaus auf und stiehlt sich nach oben, zu Hesters Zimmer, zu einer Guten-Morgen-Umarmung; obwohl Besuche zu dieser Zeit untersagt sind. Sei es, dieser illegitime Besuch findet statt oder nicht, bald ist es Zeit zum Mittagessen, das Diddy normalerweise im Speisesaal des Canada einnimmt, außer mittwochs, wenn der Lions-Club dort sein wöchentliches Essen abhält, und freitags, der Tag, an dem der Saal für den Nachwuchs der Handelskammer reserviert ist; dann ißt er im Drugstore. Ein kurzes Schläfchen nach dem Mittagessen, manchmal nicht mehr als fünfzehn Minuten. Doch immer ist es leicht, in den Schlaf hineinzuschlüpfen und dann wieder aufzustehen. Zeit für seinen legitimen Besuch. Gewöhnlich geht Diddy um zwei Uhr fort, wobei er wieder durch den Park geht. Sein Abendessen mit Mrs. Nayburn fängt um sechs Uhr an, manchmal sogar schon um halb sechs; so daß er pünktlich um sieben wieder mit Hester zusammensein kann. Wenn er das Krankenhaus um neun Uhr verläßt – oder so spät, wie es aufgrund der Unachtsamkeit der Krankenschwester eben möglich ist – geht Diddy normalerweise direkt zum Canada zurück; wenn auch manchmal auf dem längeren Wege, um den Park herum. Kauft im Drugstore ein oder zwei Sandwiches und eine Dose Coke und wiegt sich. Und auch ein Taschenbuch oder eine Zeitschrift, entweder im Drugstore oder am Zeitungsstand in der Hotelhalle. Hinauf in sein Zimmer. Geht ins Bett, mit etwas zum Knabbern und zum Lesen. Schaltet selten den Fernsehapparat ein; denn dann würde er sich ja vielleicht für den Film interessieren und würde sich dann zwingen, länger wachzubleiben als er es sonst täte. So funktioniert es besser. Ißt und liest sich dann ziemlich schnell in den Schlaf.

Kein Wunder, daß Diddy zunimmt, da er keine Bewegung hat, abgesehen von den drei oder vier Wegen durch den Park zum Krankenhaus und wieder zurück, und da er drei volle Mahlzeiten ißt und zwischendurch auch noch knabbert. Gegen Ende der siebzehn Tage hat er fast die ganzen zwanzig Pfund wieder zugenommen, die er an Verzweiflung und Scham und Tod verloren hat. In seinem dritten Lebensjahrzehnt hatte er ziemlich genau das Gewicht gehalten, das er im College gehabt hatte; das normale Gewicht für einen Mann seiner Körpergröße und seines relativ zarten Körperbaus. Vor drei Jahren hatte es angefangen, daß er ganz langsam abnahm. Und dann hatte er vor einem Monat innerhalb von ein paar Tagen zwanzig Pfund verloren. Hat er nun alles wieder zurückgewonnen? Er hat nicht genug Unternehmungsgeist, um eine Waage aufzusuchen, die überall in den Untersuchungszimmern des Krankenhauses zu Hunderten stehen müssen, Genauigkeit garantiert qua Aufstellungsort. Stattdessen wirft Diddy jeden Abend einen Penny in die zweifellos ungenaue Waage im Hinterraum des Drugstores. Macht aber nichts. Wenn es oft genug benutzt wird, so stellt sich heraus, ist ein ungenaues Instrument ebenso nützlich wie ein genaues. Und Diddy wiegt sich weiterhin täglich auf der Waage des Drugstores. Die Grundzahl, die das ungenaue Instrument angibt, mag zwar falsch sein, doch davon ausgehend wird Diddy genau erfahren, wieviel, wenn überhaupt, er jeden Tag zunimmt.

Ein paar Schwankungen gibt es natürlich. Eines Abends stellte Diddy fest, daß er zwei Pfund abgenommen hatte. Und erinnerte sich daran, daß es gestern zwischen ihm und Hester eine leichte Verstimmung gegeben hatte, verschleiert zwar, aber doch schmerzlich. Und daß ihn das so durcheinandergebracht hatte, daß er das Knabbern am späten Abend ebenso wie das Mittagessen heute ausgelassen hatte.

Doch ansonsten nimmt Diddy ständig zu. Die Kleidung paßt (jetzt) nicht mehr so recht. Er bemerkt unter der Dusche einen leichten Bauchansatz über der Hüfte. Das nächste Loch im Gürtel. Doch Hester hat keine Einwände. Es muß ihr – und Blinde dürften in diesen Dingen besonders feinfühlig sein – die neue Fülle seines Gesichtes auffallen, wenn sie ihm die Wange streichelt. Diddy gefällt dieser größere, robustere Körper. Der mehr Raum in der Welt beansprucht. Es erfüllt ihn mit Stolz, als sein zartes Handgelenk genügend Fleisch hinzugewonnen hat, um eine neue Einstellung des Hakens am Uhrarmband zu rechtfertigen. Er genießt es auch, daß sein Körper sich leicht beengt fühlt, wenn er bekleidet ist, also daß er sich nicht mehr recht wohl fühlt, wenn er irgendetwas Dickeres, vor allem irgendeinen metallenen Gegenstand, in den Hosentaschen trägt. Um es zu wiederholen: Hester, der es doch auffallen muß, macht es nichts aus. Jedenfalls hat sie keinen Kommentar dazu abgegeben. Doch wenn Hester ihm nahelegte, er solle von seinem neuen Gewicht wieder etwas loswerden, dann würde Diddy sich fügen, klaglos und ohne Widerspruch. Teils im Gefühl, daß sie recht hätte und daß er sich gehen lasse. Und teils aufgrund seines Bedürfnisses, es ihr recht zu machen.

Am Nachmittag des zwölften Tages nach der Operation kündigte Mrs. Nayburn an, daß sie morgen abreisen werde. Die Taschen hat sie schon gepackt. Und hat in ihrem Portemonnaie eine Eisenbahnfahrkarte, die sie heute morgen gekauft hat.

Ist es nicht schrecklich abrupt, daß sie ihre geplante Abreise nur einen Tag vorher ankündigt? Ist sie wütend? Schwer zu sagen. Mrs. Nayburns Haltung gegenüber ihrer Nichte ist liebevoll, aber doch sachlich. Hester ist offenbar echt betroffen, als sie diese Neuigkeit erfährt; zumindest, weil sie so plötzlich kommt.

Sie fragt ihre Tante mehrere Male, ob sie es wirklich ernst meine. Und scheint sich mit Mrs. Nayburns bestimmtem Ja auf Anhieb zufrieden zu geben, ohne deshalb unglücklich zu sein. Und hat, zu Diddys Erleichterung, ihre Tante auch nicht gebeten, noch ein wenig länger zu bleiben.

Dennoch, so denkt Diddy, hat Hester irgendwelche Ängste. Ist es nicht plausibel, daß Hester sich fragt, ob Mrs. Nayburn die ganze Wahrheit über ihren Entschluß gesagt hat? Beunruhigt es Hester nicht, daß ihr irgendein Anzeichen für die Gefühle und Absichten ihrer Tante entgeht, weil sie das Gesicht der Frau nicht studieren kann?

Diddy studiert stellvertretend für sie das Gesicht der Frau. Es ist entschieden ausgeglichener als sonst. War es möglich, daß sie nur versuchte, würdevoll zu erscheinen? Und dabei die ganze Zeit ihre wahren Gefühle verbarg: verletzte Würde, ein Verlustgefühl? Doch wenn Diddy ein Urteil fällen müßte, würde er sagen, daß die Art von Stolz, die Menschen dazu bringt, ihre Gesichter zu derartig gelungenen ausdruckslosen Masken zu machen, nicht zu Mrs. Nayburns Charakter paßt. Diddys Vermutung ist, daß die Frau gar nicht vorhat, morgen abzureisen. Und weil sie in Wirklichkeit gar nicht fahren wird, ist sie auch nicht richtig traurig.

In der Hoffnung, klargestellt zu haben, daß sich seine Vorbehalte gegen sie völlig in Luft aufgelöst haben, sagt Diddy zu Mrs. Nayburn, daß, was ihn betreffe, es ihm lieber sei, wenn sie nicht führe. Es sei denn, sie wolle es unbedingt. »Sie werden uns ja ohnehin bald in New York besuchen.« Was für eine Überraschung, daß Diddy das sagt, wo doch keine der beiden Frauen, wahrscheinlich aus Rücksicht auf seinen lauthals geäußerten Wunsch, Hester für sich allein zu haben, bisher von einem künftigen Besuch gesprochen hat; auch wenn es ihnen viele Male in den Sinn gekommen sein muß. Merkwürdig, daß es nun Diddy sein sollte, und nicht Hester, von dem Mrs. Nayburn nun eben doch sanft gedrängt wurde, noch zu bleiben.

Doch Diddy hat nicht recht. Mrs. Nayburn blufft nicht; ist wirklich entschlossen zu fahren. Und als ihm klar wird, daß die Pläne der Tante echt sind, fühlt Diddy sich plötzlich unerwartet euphorisch. Er hatte nicht gedacht, daß es für ihn eine Rolle spielen würde, in der einen wie in der anderen Hinsicht. Tat es aber offenbar doch. Die alten gehässigen Gefühle dringen wieder durch. Schließlich ist Mrs. Nayburn ja doch eine Art Hindernis für die Vereinigung zwischen Hester und ihm; ein ungeheurer Überrest der Vergangenheit. Doch wenn sie fährt, bleibt als einzige Hürde, die es noch zu übersteigen gilt, Hesters Entlassung aus dem Krankenhaus. Diddy legt einen Hauch zuviel von dem Jubel, den er empfindet, an den Tag. Mrs. Nayburn – eben doch sensibler, als Diddy ihr zugetraut hätte – bekommt die leichte Veränderung in seinem Verhalten sofort mit; interpretiert sie richtig. Und geht unbestimmt vorwurfsvoll zu ihnen beiden ein wenig mehr auf Distanz. Läßt einen kleineren bösen Seitenhieb gegen Diddy los. »Hester, wenn ich noch länger hierbleibe und herumfaulenze, immer nur dasitze und esse und ins Kino gehe, dann werde ich auch allmählich dick, so wie Dalton.« Hester lächelt. Diddy hat das Gefühl einer wunderbaren Solidarität mit ihr, trotz der Tatsache, daß sie nicht jene schnellen, ironischen Blicke tauschen können, wie es jede andere junge Paar in solch einem Augenblick täte, um über die weinerliche Verdrießlichkeit der Alten hinwegzugehen. Die ihre Aussichten auf Glück schon hinter sich haben.

Mag Mrs. Nayburn heute nachmittag oder heute abend auch noch so unfreundlich sein, Diddy nimmt keinen Anstoß. Sie tut ihm leid, diese ältere Frau, die nun allein an den Ort zurückkehren wird, den sie Zuhause nennt. Und dabei den Menschen zurückläßt, der ihr am nächsten steht, praktisch ihre Tochter. Sie hat keine Lieben, die sie erwarten würden. War Witwe und kinderlos für den Rest ihrer Tage. Wenngleich, wie Hester Diddy beruhigt hat, Tante Jessies Aussichten dort in Terre Haute gar nicht so traurig sind. Sie hat ihre Arbeit in der Gemeindebibliothek, bis sie fünfundsechzig wird, und hat auch viele Freundinnen in ihrem Alter, die sie zeitlebens schon kennt.

Als Mrs. Nayburn während ihres letzten Abendessens zusammen polemisch die Frage aufzubringen versucht, wann er und Hester denn nun heiraten würden, fühlte Diddy sich versucht, die Wahrheit zu sagen. Der Frau zu erzählen, daß die Entscheidung ausschließlich bei ihrer Nichte liege. Daß er für seinen Teil bereit sei, Hester jederzeit zu heiraten. Morgen schon, wenn sie wolle. Überlegte es sich dann aber noch, da er dachte, die Wahrheit könne in Mrs. Nayburns Ohren bedrohlich kompliziert klingen, auch wenn sie in Wirklichkeit ganz einfach war. Er schwankte, wußte nicht genau, was er sagen sollte.

»Wissen Sie, Dalton«, fuhr die Frau in klagendem Ton fort, »ich bin gewiß nicht kleinlich gewesen, was Sie und Hester betrifft. Ich habe niemals vorgeschlagen, daß ihr mit nach Hause kommt und euch kirchlich trauen laßt und all das. Ich weiß, wie ihr jungen Leute heutzutage dazu eingestellt seid. Und Hester hat ja sowieso ihren eigenen Kopf, so daß ich mich gar nicht trauen würde, ihr das vorzuschlagen. Aber Sie sind ja nüchterner als sie. Sie sind ein vernünftiger, wohlerzogener junger Mann, das sehe ich ja. Das habe ich gleich gesehen, von Anfang an. Schon im Zug. Machen Sie also Tante Jessie glücklich, wollen sie das tun für mich? Es hat schon genug Skandale in unserer Familie gegeben ... Ich weiß, ich werde euch nicht dazu bringen, etwas zu tun, das ihr nicht tun wollt. Hester ist volljährig; und Sie natürlich auch. Dennoch, ich bitte Sie trotzdem. Geben sie mir Ihr Versprechen, daß Sie heiraten werden, sobald Hester das Krankenhaus verläßt. Es ist mir gleich, ob es standesamtlich ist; ihr könnt das so schlicht machen wie ihr wollt. Nur daß ihr verheiratet seid und nicht wie Tiere zusammenlebt. Bitte, versprechen Sie mir das, Dalton.«

Ehrlich gerührt gab Diddy Mrs. Nayburn das Versprechen, das sie wollte. Erhob sich halb von seinem Platz, beugte sich über den Restauranttisch, nahm ihren Kopf mit dem unordentlichen grauen Haar in beide Hände. Und küßte sie feierlich auf beide Wangen.

Am nächsten Nachmittag brachte Diddy Mrs. Nayburn zum Bahnhof, um sie in den Zug zu setzen; sie würde nicht einmal umsteigen müssen, um nach Terre Haute zu gelangen. Das erste Mal seit seiner Ankunft vor fast drei Wochen, daß er den Bahnhof wieder betritt. Auf dem nächsten Bahnsteig fuhren die Züge der New York, Boston & Standard. Tatsächlich las er auf der Informationstafel, daß der *Freibeuter* selbst auf seiner täglichen Fahrt von Buffalo nach New York City in dreiundvierzig Minuten eintreffen sollte. Diddy war ein wenig überrascht und betroffen, hier den Beweis zu haben, daß der Zug immer noch verkehrte. Eine törichte Überraschung. Hatte er denn wirklich gedacht, daß es nach dem seinen keine anderen *Freibeuter* mehr geben werde, nach demjenigen, der am 27. Oktober seine Fahrt nach Norden gemacht hatte?

Diddy fragt sich, was mit seinen Gefühlen geschehen ist. Tot? Oder einfach gedämpft unter seinem neuen Fleisch? Wie war es möglich, daß der Mord an Incardona sich so weit seinem Bewußtsein hatte entziehen können, wie es während der letzten beiden Wochen der Fall gewesen war? Diddy lebt offenbar in einem Traum. Oder leidet unter Amnesie. Oder unter einer fortschreitenden Auflösung seines Charakters.

Das ist der Grund, weshalb Diddy, als er den Zug mit Mrs. Nayburns Koffer und einigen ihrer Bündel in Packpapier besteigt, um ihr dabei zu helfen, ihr Schlafwagenabteil zu finden und sich dort einzurichten, nicht damit rechnete, daß er aus der Fassung geraten würde. Wieder falsch. Er geriet außer Fassung. Die Eisenbahnwelt brachte all die vertrauten Beklemmungen zurück, lud den alten Alptraum wieder auf. Innerhalb weniger Augenblicke war er in Panik verfallen. Hatte eine verzweifelte Angst, daß der Zug abfahren würde, ehe er aussteigen könnte, und ihn vor Hester fortbringen würde.

»Habe, glaube ich, eben das Pfeifen gehört«, murmelte Diddy furchtsam.

»Der Schaffner hat gesagt, daß der Zug hier zwanzig Minuten Aufenthalt hat. Sie haben bestimmt noch Zeit . . . Dalton, holen Sie mir doch den Koffer noch einmal vom Gepäcknetz, bitte. Ich möchte meine Slipper herausnehmen.«

»Nein, ich habe bestimmt etwas gehört.« Die Schreckvorstellung, daß er im Zug gefangen sein könnte. Diddy griff zum Koffer hinauf, riß ihn in der Eile ungeschickt aus dem Netz und ließ ihn sich, als er ihn herabzog, auf den Kopf fallen.

»Ach, Sie haben sich verletzt! Lassen Sie mich mal nachsehen. Du liebe Zeit! Warten Sie, ich habe Pflaster im Koffer.«

»Machen Sie keine Umstände, Jessie. Es ist nichts.«

»Aber Sie bluten, Dalton. Haben Sie kein Taschentuch? Hier, nehmen Sie meins.« Die Frau fing an, in ihrer Handtasche herumzukramen. Diddy meinte, er hätte den Zug schon wieder pfeifen hören. Wenn er jetzt am Haaransatz blutete, dann lag das mit Sicherheit daran, daß das Blut so heftig in seinem Kopf pochte. Sein Schädel fühlte sich an, als würde er gleich platzen.

Diddy wies das Taschentuch zurück, das Mrs. Nayburn aus ihrer Handtasche zog, neigte sich zu ihr hinab, berührte mit den

Lippen ihre weiche, gepuderte Wange und deutete einen kurzen Abschiedskuß an.

Sobald er auf dem Bahnsteig stand, kam er sich sehr töricht vor. Ein Großteil der Reisenden war noch dabei, in den Zug zu steigen; einige schlenderten noch den Bahnsteig entlang, hatten offenbar nicht die geringste Eile. Seine Uhr zeigte zehn Minuten vor zwei; ebenso die Bahnsteiguhr. Natürlich blieb er noch, winkte und lächelte der Frau durch das schmutzige Fenster zu. Nach scheinbar endlos langer Zeit ertönte das Pfeifen dann tatsächlich. Den Bahnsteig entlang gaben die Männer ihr Signal. War dort jemand auf den Gleisen, direkt vor dem Zug, ein Arbeiter, der (jetzt) heraufkletterte und sich in Sicherheit brachte? Diddy konnte nicht sehen, was vor dem langen, geraden Zug war. Langsam setzte sich der Zug in Bewegung. Diddy lief ein paar Meter neben dem Zug einher, vollführte weiterhin seine Pantomime aus Winken und Lächeln. Der Zug fuhr schneller. Diddy bleibt stehen.

Wenn er nur aus dem Bahnhof herauskommt, ohne daß noch etwas passiert. Wer weiß, vielleicht lauert Capt. Mallory irgendwo, der immer noch seinen Ermittlungen nachgeht, auch wenn in der Zeitung nicht davon berichtet wird. Capt. Mallory, der eine Liste der Reisenden studiert hat, die am Sonntag, den 27. Oktober mit dem *Freibeuter* gefahren sind, und der Diddy aufgrund einer übersinnlichen Ahnung erkennt, ihn festhält, um ihm Fragen zu stellen. Oder Myra Incardona, die hergekommen ist, um sich zu beschweren, warum sie nicht die Piepen bekommen hat, die die Eisenbahngesellschaft ihr vermeintlich schuldet, und nun rotgesichtig mit dem schmächtigen Thomas Francis im Schlepptau in irgendeiner Bürotür erscheint. Oder vielleicht sogar der Briefmarkenhändler oder der dicke Geistliche, die ja beide in dieser Stadt leben können oder Geschäfte haben, die sie regelmäßig von New York hierherführen.

Wenn Diddy es wirklich vorhat, der Vergangenheit den Rücken zu kehren, dann umfaßt das nicht nur Joan, sondern die ganze Vergangenheit; alles. Auch die jüngste. Auch die erschreckendste. Es erfordert den äußersten Mut, die Vergangenheit zurückzuweisen, einen viel größeren Mut, als man in Situationen akuter physischer Bedrohung braucht. Diddy ist nicht gar so tapfer. Die Vergangenheit zerrt an ihm. Wie ein Windkanal, bei dem Diddy das ingeniöse, maßstabgetreu verkleinerte Versuchsmodell eines neuen Flugzeuges ist, das in den Windtunnel geschoben und dort stürmisch erschüttert wird. Und wenn das Modell vielleicht auch nicht einfach und plump in Stücke bricht, so zittert es doch sichtlich; gibt nach; verbiegt sich unter den Belastungen des Tunnels. Ist zu hinfällig, um den normalen Bewährungs- und Sicherheitsanforderungen zu genügen. Durch eine Überarbeitung der Pläne und weitere Arbeit in den Laboratorien könnten die Mängel in der Struktur des neuen Flugzeuges behoben werden. Wäre dringend erforderlich. Doch lohnt es sich? Das Flugzeug hat seine Chance gehabt, ist auf dem Prüfstand gewesen. Die Kräfte sollten lieber an etwas Neues gewendet werden, an einen Gegenstand, der nicht das Stigma des Versagens trägt. Deshalb beschließt die Firma, kein Geld und keine Zeit mehr für Forschung zu diesem Flugzeug zu investieren; und streicht die Pläne, es in Produktion gehen zu lassen.

Diddy spürt, wie der Wind an ihm reißt. Spürt, wie er schwankt, was wohl ebenso geschehen würde, wenn er immer noch so übertrieben dünn wäre. Doch nein, er ist ja nicht mehr so dünn; wenn auch keineswegs dick. Und es ist nur der scharfe Winterwind; denn Diddy ist hier viel weiter nördlich, wo ein kälteres Klima herrscht, als er es gewohnt ist. Wodurch der heftige Luftzug, den die herein- und hinausdonnernden Züge verursachen, noch verstärkt wird. Doch reicht das nicht aus, um zu erklären, warum Diddy Schwierigkeiten hat, aufrecht stehenzubleiben. So hinfällig ist er doch nicht.

Wohl wahr. Doch so stark ist er eben auch nicht; oder so besonders tapfer. Aber das muß er (jetzt) auch gar nicht sein, da er nun nicht mehr allein ist. Wenn die Vergangenheit an ihm zerrt, so gibt es ja hier eine Gegenkraft aus der Gegenwart. Das heißt, aus der Zukunft.

Diddy ist zwar noch im Bahnhof, doch verläßt er den Teil, wo die Züge ein- und ausfahren. Ist (jetzt) auf dem Weg zum Ausgang. Die Vergangenheit läßt sich nicht direkt in Zukunft umwandeln, doch kann man dem Problem mit einer umständlicheren Lösung beikommen. Wenn du Zeit als Raum behandelst. Ist die Zeit erst einmal in Raum umgewandelt, dann läßt sich ein Raum gegen einen anderen vertauschen. Zum Beispiel: Diddys Fall. Die Vergangenheit ist hier. Hier, wo die Schuld sich meldet.

Also wird er irgendwoanders hingehen. Und er hat ja einen Ort, zu dem er gehen kann, das Krankenhaus, wo seine Zukunft geboren wird. Diddy hat Hester und den Raum, den sie bewohnt, den er mit ihr teilen wird. Und wenn sie mit ihm den Raum teilt, den er bewohnt, wenn er sie in diesen hineinzieht, dann wird es ein anderer Raum werden. Wird verwandelt und desinfiziert.

Diddy sitzt im Taxi, Panik und Aufgewühltheit legen sich, je näher er dem Krankenhaus und den Nachmittagsstunden mit Hester kommt. Ist Diddy selbstgefällig? Vielleicht. Bislang ist Hester ein völlig glatter Stein in seinem Bewußtsein. Nicht, daß er selbstgefällig ist, was das Mädchen angeht; was er für sie fühlt, hat die ganze Kraft romantischer Leidenschaft. Doch ist sie keine seiner Obsessionen. Dazu ist sie viel zu sehr eine Entlastung, eine Neutralisierung seiner Obsessionen.

Wie gut versteht er Hester eigentlich, von sich selbst einmal abgesehen? Nicht sehr gut, so will es scheinen. Zugegeben, sie macht es einem nicht leicht, sie zu verstehen. Doch gibt sich Diddy auch so viel Mühe, wie er könnte? Alle Anstrengungen der letzten Zeit einmal zusammengenommen.

Um Hester zu verstehen, muß er vielleicht mehr tun als sie zu lieben und in sie verliebt zu sein. Wenn ihre Vereinigung gelingen und ihr gemeinsames Leben wirklich ersprießlich werden soll, dann muß sie vielleicht für ihn zu einer Obsession werden. Doch kann etwas zu einer Obsession werden, das nicht in irgendeiner Weise in sich destruktiv ist? Nein. Dann wird Diddy vielleicht das Element der Destruktivität tief in Hester verborgen ansiedeln müssen. Scheint absurd, nicht wahr? Aber möglicherweise auch nicht. Es gibt hier auf Erden schließlich keine Heiligen, oder?

Nimm Hesters Einstellung zu ihrer Mutter. Es kann doch nicht sein, daß die Tochter ganz einfach Stella Nayburn vergibt, was sie Hester angetan hat, als sie vierzehn Jahre alt war. Es kann doch nicht sein, daß Hester ihre Mutter einfach liebt und vermißt. Was ist mir der Wut des verratenen Kindes geschehen? Die hat sie doch nur verdrängen können, und das heißt, daß sie immer noch vorhanden ist: und verdreht als Güte herauskommt. Mit dunklen und bitteren Wellen, die drunten brodeln. Vielleicht weiß Hester nicht, wie man sonst sein könnte; als eben gut. Doch wenn das der Fall ist, dann ist sie mörderisch gut. Auch sie kann ihre dunkle, dämonische Seite nicht auslöschen. Kann sie nur verborgen halten. Diddy muß sie sich sorgfältiger anschauen. Ohne ihr zu nahe zu kommen. Ohne Hester dadurch aufzufordern, einen ähnlichen Blick auf ihn zu werfen.

Das Taxi fährt vor der Warren-Klinik vor. Diddy zahlt, steigt aus. In seiner Jackentasche die Taschenbuchausgabe von *Emma*. Er geht in die Cafeteria in der Krankenhaushalle; bestellt Eiersalat auf Toast und einen Kaffee zum Mitnehmen. Hester, die nicht viel ißt, wird schon zu Mittag gegessen haben; doch Diddy, der vor einer Stunde mit Mrs. Nayburn am Bahnhof ein Club-Sandwich verschlungen hat, ist wieder hungrig. Während er mit der kleinen Papiertüte in der Hand im Fahrstuhl hinauffährt, wird ihm der Mund wäßrig. Der Stimulus; daß er hungrig ist und weiß, daß er gleich zu essen bekommen wird. Ein weiterer Stimulus: eine Woge von Zärtlichkeit für Hester. Vorwegnahme des innigen Vergnügens, sie einfach nur zu sehen, diesen Nachmittag mit ihr zu verbringen, wie eingeschränkt ihre Situation auch immer ist. Doch wird es ja von Tag zu Tag besser. Heute ist Mrs. Nayburn abgereist. Keine Höflichkeitsgespräche mehr. Und Hester selbst ist auch aktiver. Nachdem sie die Erlaubnis hat, aus dem Bett aufzustehen – seit einer Woche schon – können sie sich aussuchen, ob sie in ihrem Zimmer bleiben oder sich im Aufenthaltsraum für Patienten am Ende des Ganges niederlassen wollen. Und am Horizont, schon in zwei Tagen, die größte Auswahl überhaupt: die ganze Welt, aus der sie sich ihren Raum herausschneiden können.

Diddy kommen seine Gedanken im Taxi (jetzt) als sehr töricht vor. Seine Pläne, das Mädchen auszuforschen, in der Hoffnung ihre Vollkommenheit zu demaskieren, als etwas Perverses und Gemeines. Wenn Hester Charakterschwächen offenbaren sollte, und wer tut das nicht, dann wird er der taktvolle Liebende sein. Wie Mr. Knightly, der, ohne seine wahren Gefühle deklariert zu haben, geduldig wartet bis zu dem Augenblick, da Emma ihre Torheiten erkennt, sich ihrer schämt und ihnen feierlich entsagt. Und dann kann Mr. Knightly den heilsamen Balsam seiner großzügigen Liebe offerieren, weil er schließlich dankbar entgegengenommen wird.

Anmaßender Diddy! Ist es doch weitaus wahrscheinlicher, daß es Hester sein wird, die die Schwächen aufdecken wird, seine Schwächen. Hester, die viel Geduld nötig haben wird, um mit ihm zurechtzukommen. Doch läßt sich dieser schmerzliche Prozeß nicht umgehen? Wenn Diddy schon weiß, daß etwas, das er tut, töricht und dumm ist, warum wird er dann nicht klüger? Und verhält sich umsichtig? Denn ach, Diddy ist seiner Torheiten schon ungezählte Male gewahr geworden. Schämt sich ihrer von Herzen, ist eifrig bestrebt, ihnen zu entsagen. Nur, es mangelt ihm an Einsicht. An richtigem Verständnis. Ein hoffnungslos herumirrender Reisender im dämmrigen Labyrinth seines eigenen Bewußtseins.

Das Straflabyrinth.
Das Initiationslabyrinth.
Das Architekturlabyrinth.

Das Mädchen mit der Sonnenbrille, in der Dunkelheit sicheren Fußes, wird ihn hinausführen.

»Hester?« Nicht in ihrem Zimmer. Diddy will von der Studentin und der Frau des Senators wissen, wohin sie gegangen ist.

Wahrscheinlich in den Aufenthaltsraum.

Diddy läuft den Gang hinunter. Zu dem Raum am anderen Ende, der eine nur aus Fenstern bestehende Wand hatte, wie eine Sonnenterrasse. Ja! Bei ihrem Anblick geht Diddy plötzlich das Herz auf; denn irgendwo wird er die Furcht nie los, daß Hester gar nicht existiert. Oder verschwindet, wie Incardona. Zurückgezogen wird, wie der Zeitungsbericht über Incardonas Tod. Es beunruhigt Diddy, daß dieser Tod so viel weniger substantiell ist, daß diese Obsession (jetzt) so viel weniger Macht über ihn hat.

Hester hat sich in ihrem gelben Bademantel auf einem ledernen Liegestuhl ausgestreckt und das Gesicht der Sonne zugewandt. Ihr langes blondes Haar hängt zu beiden Seiten des Stuhls herab; sieht aus, als sei es frisch gewaschen. Heute morgen? Wie blaß sie ist. Wie sehr sie Sonne braucht, klare Luft, Speisen, die den Appetit anregen, und den Körper eines glühenden Liebhabers. Doch hat Hester wenigstens die Sonne gefunden. Die glitzernd aus ihrer ovalen dunklen Brille hervorbricht. Wie Hester die Sonne ist, die Diddy gefunden hat, die schwarze Sonne.

Mittwochmorgen, drei Tage später. Hesters Entlassung aus dem Krankenhaus ist für zehn Uhr vorgesehen.

Weil eine geringe Aussicht bestand, daß man sie schon früher hinabschicken würde, kam Diddy um neun. Ist Diddys frühe Ankunft die Vorsichtsmaßregel von Diddy, dem allzu Aufgeregten? Nicht ganz. Er traf eine ganze Stunde früher ein, weil es ihm Vergnügen bereitete, Hester gegenüber ganz besonders aufmerksam zu sein, der denkbar umsichtigste Liebhaber und Beschützer zu sein. Der lieber auf sie warten wollte als daß er auch nur das geringste Risiko einging, sie auf ihn warten zu lassen. Einen weniger glückhaften Grund gab es auch. Weil er spürt, daß Hester ihm gegenüber argwöhnisch ist. Und zwar mehr, als Blinde und Abhängige naturgemäß denen mißtrauen, deren Obhut sie auf Gedeih und Verderb anvertraut sind. Es war Mißtrauen ihm, Diddy, gegenüber. Der sich (jetzt) vor seiner Braut bewähren muß.

Um Punkt zehn tritt Hester aus einem Fahrstuhl in die Halle, eine Schwester hält sie am Arm, trägt ihren Koffer. Diddy drückt seine Zigarette in einem freistehenden Metallaschenbecher aus, springt von der Bank auf, auf der er ruhelos eine Zigarette nach der anderen geraucht und Zeitschriften durchgeblättert hat, eilt über den Marmorfußboden zu seinem Mädchen hin, um sie in die Arme zu nehmen. Und sie, den Koffer in der anderen Hand, unterzuhaken. Als sie aus der pompösen Eingangstür treten, bemerkt Diddy, daß Hesters Gesicht geschwollen aussieht. Hat sie geweint? Ihre Augen sind natürlich hinter der großen, ovalen Sonnenbrille verborgen, so daß er das nicht feststellen kann, ohne sie zu fragen. Doch fragen will er nicht. Wenn Diddy Hester vom heutigen Tage an glücklich machen kann, dann wird es keine weitere Rolle spielen. Und das kann er. So energiegeladen fühlt er sich. Daß es für sie beide ausreicht.

»Laß uns ein wenig gehen«, sagt er. »Die Sonne tut so gut.«

Ein für die Jahreszeit ungewöhnlich warmer Spätnovembertag.

Diddy hilft Hester aus dem hellbraunen Kamelhaarmantel, den sie trägt, und legt ihn gefaltet über den linken Arm.

Diddy übernimmt die Führung, sie gehen drei Blöcke die Straße entlang, die direkt zum Monroe-Park führt. Diddy, der in seiner Euphorie nur an sie denken will, nimmt wider Willen mit Mißvergnügen wahr, wie viele Männer stehenbleiben, sich umdrehen und schamlos ihren weichen Körper in dem leichten, enganliegenden Kleid begaffen. Ein ähnliches Kleid wie das, das sie im Zug anhatte, eher dazu geschaffen, befühlt zu werden statt angeschaut. Normalerweise würde es Diddy Freude machen, wenn er bemerkt, daß andere Männer ihn um die Frau in seiner Begleitung beneiden, sie begehren. Als Joan auf der Straße von irgendwelchen Männern angestarrt wurde, hatte Diddy das gern gehabt. Anders bei Hester. Joan konnte sehen, wie die Männer sie anstarrten, konnte die Männer selbst anschauen; konnte sie abschätzen, sie abweisen, Diddy Sicherheit geben. Doch Hester, die niemanden sehen kann, kann keine Wahl treffen. Schau dir zum Beispiel an, was jetzt, in diesem Moment, geschieht. Dieser miese Kerl in Bluejeans, der da gerade vorbeistolziert kam. Sie angestarrt und mit Mund und Zunge ihr obszöne Gesten gemacht hat. Vielleicht würde Hester, wenn sie sehen könnte, lieber mit ihm gehen. Vielleicht würde sie ihn Diddy vorziehen.

Und obwohl die Sonne scheint. Und obwohl Hester zum ersten Mal ganz sein ist: sie draußen in der Welt sind, sie beide ganz allein; und er sie ganz für sich hat. Dennoch denkt Diddy weiterhin an die Welt. Ebenso wie an Hester. Diddy, der sich nicht gerade freut, daß sie nicht sehen kann, ist doch froh, daß sie niemals sehen wird, wie häßlich alles ist. Eine kraftvolle Ignoranz. Die vielleicht, die hoffentlich ansteckend ist. Wenn Hester die Häßlichkeit nicht sehen kann, so ist es doch möglich, daß auch er nach einer Weile außerstande sein wird, sie zu sehen. Wie schön das wäre. Einfach nicht zu sehen. Die Müllwagen, die Penner, die Neonreklame, die Gossen, das Plastikspielzeug, die Parkplätze, die unglücklichen Kinder, die Automaten, die alten Frauen auf den Bänken der Verkehrsinseln am Upper Broadway.

Er kann sich in Hesters Gegenwart überhaupt nicht vorstellen, daß er sich von Incardona erschrecken lassen könnte. Weil sie niemals in der Lage wäre, sein Entsetzen zu teilen. Was für ein Glück für Diddy (jetzt), daß Hester an das, was im Tunnel passiert ist, nicht glaubt. Eine zusätzliche Abschirmung seiner Ängste, von der Tatsache abgesehen, daß blinde Menschen keine Gespenster sehen können, ebensowenig wie sie greifbare Menschen sehen können. Sie können nicht von ihnen heimgesucht werden. Können schlimmstenfalls bloß verwirrt werden. Diddy hat (jetzt) keine Angst vor Incardona. Weil er nun nicht mehr allein oder vor allem an sich selbst denken darf. Hester ist hier, ist zwischen Diddy und sein anderes Selbst getreten. Außerstande zu sehen. Sich weigernd zu sehen. Sich weigernd, die Verdoppelung des Selbst im Traum anzuerkennen.

Bald sind sie beim Park. Es hatte gestern geregnet, und die Lust an dem scharfen Geruch der Luft heute morgen macht Diddy schwindlig. »Riech doch, Liebling«, ruft er aus. Und er zieht sie mit dem rechten Arm, mit dem er ihre Hüfte umfaßt hält, noch fester an sich. »Spürst du die Sonne?«

Ja.

»Wir gehen gerade an einem Teich mit . . . Moment, mal sehen . . . mit sieben weißbraunen Enten vorbei. Ein Junge müht sich ab, ein Modellschiff, ein Torpedoboot aus Metall, auf dem Teich schwimmen zu lassen . . . Aber es geht unter. Hörst du, nun weint er. Jetzt nimmt ihn seine Mutter hoch . . .«

Vorbei am Ententeich. »Möchtest du ein Eis? Am Stiel? Eine Eskimotorte?«

Ja. Am Stiel, mit Vanillegeschmack und Kokosüberzug. Diddy kauft zwei.

Ein Stückchen weiter, außer Sichtweite des Eisverkäufers, sucht Diddy ein sonniges Fleckchen auf der Erde unter einem Baum, legt ihre Mäntel beiseite. »Fühl doch mal die Baumrinde, Schatz. Hier, gib mir deine Hand . . .« Er sitzt unter dem Baum, den Rücken an den Stamm gelehnt; Hester streckt sich im rechten Winkel zu ihm aus, läßt den Kopf auf seinen Schenkeln ruhen.

»Du hast zugenommen.« Sie kuschelt das Gesicht an seinen Bauch. »Das hast du brauchen können. Es ist viel angenehmer so.«

Diddy wirft den Kopf in den Nacken, lehnt ihn an den Baumstamm und schaut zum Himmel hinauf. Könnte er doch nur diesen Augenblick für immer in seinem Kopf festhalten. Es gibt keine Worte. Sie muß verstehen. Was Diddy für Hester empfindet, ist tiefer verwurzelt als alles, was er je für Joan oder irgendeine andere Frau empfunden hat. Seine Liebe ist die Signatur seines Lebens.

»Ist dir bequem so, Dalton? Laß dich von meinem Kopf nicht abhalten, wenn du dich anders hinlegen willst.«

»Ja, ist es. Nein, werde ich nicht.« Er streicht ihr über das Haar, packt dann ihren Kopf und drückt ihn auf das pulsierende Glied in seiner Hose; gegen seinen Bauch. »Versuch zu schlafen.«

Hester scheint langsamer und tiefer zu atmen. Schläft sie (jetzt)? Diddy könnte ihre Brille hinaufschieben, um nachzusehen, ob ihre Augen geschlossen sind, doch davon könnte sie aufwachen. Zum Beispiel auch, weil die Sonne stark ist und er nicht weiß, ob ihre Augen nicht immer noch ein wenig empfindlich sind gegen Licht.

Nein, sie bewegt sich sachte. Streicht sich mit der Hand über die Stirn.

»Hast du heute morgen geweint, bevor du heruntergekommen bist?« fragt Diddy sanft und nach längerem Schweigen. Das Mädchen nickt. »Warum? Magst du es mir sagen?« Vielleicht aus Kummer wegen ihrer Mutter. Wenn es durch die Operation gelungen wäre, ihr Augenlicht wiederherzustellen, dann wäre das Verbrechen ihrer Mutter aufgehoben worden. Stella Nayburn, auch wenn sie immer noch Schuld getroffen hätte, wäre irgendwie weniger schuldig gewesen. Wie auch Diddys Schuld sich verringern würde, auch wenn sie niemals ganz verschwinden könnte, wenn Incardona von den Toten auferstehen würde.

»Warum?« wiederholt Diddy.

»Weil immer noch so viele Tränen in mir sind. Und ich glaube nicht an Wunder.«

Diddy hat das böse Gefühl, daß jetzt etwas Schlimmes geschieht. Will es aber zulassen, es nicht abbiegen. »Mit dem Wunder, meinst du da uns? Daß wir zusammengekommen sind. Du . . . glaubst nicht daran?«

»Ja«, sagte Hester.

»Ich verstehe. Nein, vielleicht verstehe ich doch nicht recht . . . Sag mir, ist es wirklich so furchtbar wichtig, daran zu glauben?«

»Nein. Glaube ich nicht, jedenfalls . . .« Diddy schnappte nach Luft. War denn dann noch alles in Ordnung? Er verstand die Worte wohl. Hester streckt die Hand aus, um seine Wange zu berühren. »Bringe ich dich aus dem Gleichgewicht? Das tut mir leid. Das will ich nämlich nicht.«

»Mach dir um mich keine Sorgen«, sagte Diddy heiser.

»Tu ich aber«, sagt Hester. »Du weißt, daß ich das tue. Für dich ist alles so viel schwerer als für mich, glaube ich. Du hast eine Wahrheit, die eine andere ist als meine. Zugegeben, die meine ist schmerzlich. Aber deine ist noch schwerer zu ertragen. Weißt du nicht, daß ich das weiß?«

»Ich verstehe nicht, was du da sagst.«

»Wirklich nicht? Ich weiß nicht, wie ich es besser erklären soll . . . Schau, Dalton, ich verstehe, was du empfindest in Bezug auf mich. Aber es ist nicht so einfach, wie du denkst. Du meinst es ja so gut, Schatz.« Diddy lächelte über die zärtlichen Worte. »Und da genau kommt die Wahrheit ins Spiel. Du willst deine Wahrheit auslöschen, willst so sein wie ich. Ich glaube nicht, daß du das kannst, Dalton. Und selbst wenn du könntest, du solltest das gar nicht wollen. Du mußt meine Grenzen respektieren. Und deine auch. Du darfst nicht so wild darauf aus sein, dich zu ändern.«

Was Diddy hauptsächlich hörte, war der süße Ton von Hesters Stimme. Doch wirklich, ein bißchen versteht er auch; wußte, daß er zurechtgewiesen wurde. Zärtlich. Und fand deshalb die Zurechtweisung akzeptabel. Solange Hester ihre Liebe nicht zurücknahm. Was schon fast nicht mehr auszudenken war. Stell dir vor, sie erklärt eines Tages in ihrer ruhigen Art, ich liebe dich nicht. Wenn Hester nun sagen würde, daß sie ihn nie geliebt habe, niemals, dann würde er sterben, das fühlte er (jetzt). Wenn Hester jedoch damit sagen wollte, daß sie ihn nicht mehr liebe, dann konnte Diddy sich darum bemühen, daß sie ihn wieder liebte. Würde sein Leben in die Waagschale werfen. Natürlich konnte er Hester nicht buchstäblich dazu zwingen, ihn zu lieben. Er würde sie überzeugen müssen. Doch mit welchen Mitteln? Was für Zeichen, Pfänder, Beweise seiner Liebe konnte er einem blinden Menschen geben?

»Ich liebe dich so sehr.« Ist es falsch, daß Diddy das (jetzt) sagt? Und ist das alles, was er zu antworten hat auf das, was sie gerade gesagt hat? Mit Worten lassen sich die vorbehaltlosen Herzensregungen nicht erzwingen.

»Du weißt, daß ich dich liebe, Dalton. Ich hoffe bloß, daß meine Liebe gut für dich ist.«

Diddy beugt sich über Hester, um ihren Mund, ihre Zunge zu finden. Wenn sie nur wüßte.

Diddy ist es zufrieden. Er hat seinen Schatz, hat seinen dunkelhäutigen Dämon mit der Flamme der Liebe gebannt. Sein blonder Engel ohne Augenlicht wird ihn heilen, ihn erlösen. Womit sie schon angefangen hat. Und er wird sie dafür vor der Welt beschützen. Die parzelliert ist mit Wänden aus Holz und Ziegeln und Stein und Zement; die bestückt ist mit scharfen, spitzen Gegenständen, die ins Fleisch schneiden; die voller toter Blicke ist und unmenschlicher Liebkosungen, die den Geist verletzen. Diddy wird sich ganz und gar der Aufgabe widmen, sie in seine Obhut zu nehmen.

Das gute Diddylein ist sich bei alldem der selbstsüchtigen Erfüllung eigener Wünsche wohl bewußt. Denn an seine Verpflichtung zu absoluter Hingabe und Fürsorge knüpft sich eine Übereinkunft. Hester wird nun einmal von ihm abhängig sein, und von niemand anderem. Wird die Welt nur durch ihn sehen, nicht durch die Augen irgendeines anderen. Soviel steht fest. Diddy wird Hester mit niemandem teilen. Weiß sie, wie irrsinnig possessiv er mit ihr sein wird? Und wird sie das hassen?

Er kommt auf seine Kosten, auch abgesehen von seinen possessiven Bedürfnissen . . . Wenn er all die anstrengenden Pflichten und praktischen Aufgaben bedenkt, die ihm bevorstehen, dann hat Diddy dennoch ganz zurecht nicht das Gefühl, ein Opfer zu bringen. Denn er selbst wird mit von den ergebensten Alltagsdiensten an Hester profitieren. Wenn Hester in praktischem Sinne ebenso von seinem treuen Beistand profitiert, dann wird sein Gewinn um so größer sein. Ein Gewinn in geistiger Hinsicht.

> Profitieren wird er davon, daß er, wenn es seine Aufgabe ist, Hester die sichtbare Welt erzählend zu vermitteln und ihre Begegnungen mit greifbaren Dingen zu organisieren, die Chance haben wird, die ganze Welt mit neuen Augen zu sehen.
>
> Diddy wird Hester von alten Sonnenuntergängen erzählen, und es wird so aussehen, als fiele die Sonne zum ersten Male hinter dem Horizont herab. Er wird nicht mehr Blut und Tränen weinen, wenn er sieht, wie ein Kind geschlagen wird. Die Bücher über die Konzentrationslager der Nazis werden ihm nicht mehr als die einzig wirkliche Wahrheit über die Menschheit vorkommen. Der Tod einer Mücke wird zu etwas Trivialem werden: zum Tod einer Mücke. Der Kot der großen Städte wird nicht mehr so leicht aus den Ritzen und Spalten hervorquellen und an ihm kleben bleiben. Die lauten, rüden, metallischen Stimmen werden sich nicht mehr wie Treibsand in seinem Kopf ansammeln.

Und all die imaginären und rasch imaginierten Leben besudelter Passanten in den Untergrundbahnen, den Bussen, den Auditorien, auf Bänken, in Parks, in Büros und auf den Straßen werden ihm nicht mehr diesen tödlichen Schrecken bereiten.

Obwohl es seine Aufgabe ist, Hester vor der Welt zu beschützen, wird Diddy versuchen, die Welt großzügiger zu betrachten. Nicht nur als eine Arena der Ansteckung, sondern auch als einen Raum, den es ständig neu zu erfinden und zu erforschen gilt. Wenn er nicht nur diese Ängste hätte, berührt zu werden. Überzeugt, wie er von vornherein ist, daß es nur verletzend sein kann, nicht sänftigend. Nur nicht diese Ängste, jemanden zu berühren. überzeugt, wie er von vornherein ist, daß er nur zurückgewiesen werden kann.

Ohne Zweifel würde es Diddys Ängste mildern, wenn er nicht sehen könnte. Das Augenlicht erlaubt ihm, schon aus der Entfernung seine Schlüsse zu ziehen, noch ehe er nahe genug herangekommen ist, um zu berühren und berührt zu werden. Das Augenlicht fordert zu Abstraktionen heraus – ein Luxus für Menschen, die sehen können. Während bei Hester, wie bei allen blinden Menschen, das Urteil warten muß, bis sie auf spezielle Weise mit etwas Besonderem in engen Kontakt gekommen ist. Wenn nichts eine Anschauung bietet, dann gibt es keine allgemeinen Kategorien. Wenn nichts eine Anschauung bietet, dann wird alles konkret, greifbar, berührbar.

Diddy kommt der Gedanke, daß vielleicht all seine Schrecknisse von dem fragwürdigen Segen herrühren, daß er sehen kann. Weil er sehen kann, kann er die Welt abstrakt wahrnehmen. Aus der Entfernung. Das ist es, was Diddy verlernen muß. Er muß seine Einbildungskraft lösen, die ungläubig an vergangenen Bildern klebt und mit angstvoller Erwartung in den Tunnel der Zukunft blickt. Jene Einbildungskraft, die ihn seiner Vitalität beraubt, indem sie alles der Folter der Zeit überantwortet. In der Gegenwart sein; ohne Einbildungskraft sein, unfähig sein, etwas zu antizipieren; sein.

Natürlich wird er seine Augen nicht los. Nicht die richtige Art von Schuld. Diddy hat die schwerere Aufgabe: und zwar mit den fleischigen Kugeln – neunzig Prozent Wasser – die immer noch in seinem Schädel behaust sind und normal funktionieren. Muß die alten Sehensweisen verlernen. Wenn es dazu nicht schon zu spät ist.

Direkt nach seiner Rückkehr mit Hester nach New York kündigte Diddy bei Watkins & Company. »Aus gesundheitlichen Gründen.« Die Ausbezahlung seiner Einlagen in die Pensionskasse der Firma, der Erlös aus ein paar Aktien, die zurückzukaufen die Firma sich angelegen sein ließ, und die Ersparnisse von drei Jahren ergeben insgesamt genug, daß er und Hester ein Jahr damit auskommen und die Zahlungen an Joan weiter bestritten werden können. Diddy hat die vage Vorstellung, daß er, ehe das Geld anfängt, knapp zu werden, eine Arbeit findet, die er zu Hause erledigen kann. Er könnte zum Beispiel technische Bücher übersetzen; Diddy ist sprachbegabt, kann Deutsch und Russisch. Oder er könnte als freier Redakteur für einen Verlag arbeiten, der auf wissenschaftliche und medizinische Literatur spezialisiert ist; er hat die Qualifikationen dafür, und durch seine frühere Arbeit hat er viele Verbindungen zur Verlagswelt und zur Welt der wissenschaftlichen Zeitschriften. Er hat aber noch nichts getan, um sich eine solche Arbeit an Land zu ziehen. Oder sich gar nach City Hall begeben, um sich eine Lizenz zu besorgen. Oder auch nur angefangen, sich nach einer neuen Wohnung umzusehen.

In den Anfangstagen eines für die Jahreszeit zu warmen Dezembers verbringen Diddy und Hester die Stunden, in denen sie nicht schlafen, zumeist im Freien, und zwar damit, daß sie, soweit das Wort zutrifft, Besichtigungen machen. Obwohl Hester das Brüllen, Quietschen und Hupen des anbrandenden Verkehrs nervös macht, scheint sie sich nach Abwechslung und Bewegung zu sehnen. Als erstes organisiert Diddy lange Ausflüge: in den Zoo von Bronx, um die Laute und Gerüche der Tiere wahrzunehmen; zum See im Central Park, um von den Autos wegzukommen; auf die Fähre nach Battery und Staten Island, um den Gestank von Meer, Teer und Kerosin zu riechen und das Wiegen und Schlingern des Schiffes zu spüren. Während sie Coney Island durchstreifen, beschwört Diddy mit Worten die verwüsteten Skelette der Amüsierbetriebe des vergangenen Sommers herauf; nachdem sie sich in die rattenverseuchten Ruinen der Weltausstellung geschlichen haben, um dort herumzustöbern, gibt Diddy ihr mit seinen lebhaften Schilderungen zwei Stunden lang auf dieselbe Weise unablässig eine verbale Abbildung der Umgebung. Diddy kann ein sehr lebendiger Unterhalter sein, wenn er jemand damit einen Gefallen tut. Dann ein stiller Tag: sie gehen Hand in Hand den winterlichen, verlassenen Strand von Montauk entlang.

Stück für Stück betreten sie wieder die Welt. Doch hat Diddy dieses Unternehmen nicht falsch angepackt und die Karte einer zu großen Welt gezeichnet? Hat er nicht zu weit ausgegriffen? Vergiß nicht, in wessen Begleitung er (jetzt) ist. Hester ist nicht nur blind, sondern auch völlig unvertraut mit dieser Stadt und ihrer Umgebung. Doch vielleicht ist die Blindheit alles, was zählt. Für sie müssen doch alle Orte und alle Entfernungen praktisch identisch sein. Wo sie nicht in der Lage ist zu erraten, welche Verbindung zwischen einem Ort und einem anderen besteht, wie soll sie da je in einem gegebenen Augenblick wissen, wo sie ist?

Während er noch auf weiteren Einblick in die Topographie der Blinden wartet, entschließt sich Diddy, seine Erkundungsgänge mit Hester zu beschränken. Auf die nähere Umgebung ihres Zuhauses. Manhattan: wo die Entfernungen nach Blöcken angegeben werden, und Blöcke lassen sich in Schritten messen. Doch das bedeutet nicht, daß Diddy sich langweilen oder unruhig werden wird. Obschon seit über zehn Jahren Einwohner, ist Diddy doch weit davon entfernt, seine Wahlheimatstadt gut zu kennen. Sogar die Viertel von Downtown Manhattan, wo er schon seine zweite Wohnung hat, bieten noch Blicke, die er als neu empfindet.

In der zweiten Woche also ein kleinerer Radius. Unter Verzicht auf öffentliche Verkehrsmittel; sie wagen sich nur so weit fort, wie sie zu Fuß gehen können. Diddy beschreibt die Gebäude, die Autos, die Reklametafeln, die Leute, an denen sie auf der Straße vorüberkommen. Und versucht, während des Sprechens aus dem, was er sieht, die Alpträume herauszufiltern, seine Worte von den Keimen des Ekels zu desinfizieren. Neutral zu sein, lebhaft, sogar humorvoll. Merkwürdig ist, daß das Diddy, nachdem er sich nun einmal dazu entschlossen hat, um Hesters willen seine morbiden Reaktionen zu unterdrücken und seinen Sinn für Humor zu kultivieren, überhaupt nicht schwerfällt.

Alles ist (jetzt) gerade so komisch wie es zuvor entsetzlich gewesen war. Die Schilder an den Läden und den Lagerhäusern und den Lastwagen in diesem Viertel zum Beispiel. Sind sie nicht immer dort gewesen? Diddy muß sie früher gesehen haben, Hunderte von Malen, wenn er einkaufen gegangen ist oder seine Wäsche geholt oder Xan ausgeführt hat oder in einem Taxi vorbeigekommen ist. Warum scheinen sie dann (jetzt), da er sie Hester vorliest, so exotisch und eigenwillig zu sein?

Kongo Reifenbetriebe
Manhattan Autoradios, Verkauf und Reparatur
Willkommen im Fleischmarkt Fulton
Pena-Apotheke
Blumenautomaten
Papier und Zwirn Adler
Molkerei L & S
Murtha's Bar und Restaurant
Gotische Farben G.m.b.H.
Herkules Bodenbeläge
Hundedressurschule Brause & Brause
Eureka Briefmarken und Münzen
Glaswaren Jacob Rice
Troiano Transporte
Restaurant zum Guten Herzen
Allgemeine Zierlacke G.m.b.H.
Malereibedarf Peper
Haltbar beschichtete Gewebe
Druckerei Uneeda
Holz- und Sägewerk Mensch
Typographischer Dienst Century G.m.b.H.
Blusen Gallant-Roth
Reformierter demokratischer Club New Chelsea
Botendienst Adele
Jonny's Heros, heiß und kalt
Eingetragene Mietwagen G.m.b.H.
Kaplans repräsentative Verkaufsverpackungen
Ecco Messer
Eingetragene Präzisionsstahlregale G.m.b.H.
Schnellreinigung

Ben Gentry & Sohn, Schweineschlachterei
Galvanisierungen
La Muralla Porzellan

Gewöhnlich bekommen sie beide, wenn Diddy einige der Namen vorgelesen hat, einen Kicheranfall.

Nahe der Auffahrt zum West Side Highway duckt sich ein altmodisches Eßlokal im Stil eines Eisenbahnspeisewagens mit einer langen blauen Neonreklame, die sich fast über die ganze Länge des Daches hinzieht: KAFFEE ALT HOLLAND. Zu Beginn ihres täglichen Spazierganges kehren Diddy und Hester hier normalerweise auf einen Sandwich und eine Tasse Kaffee ein, lassen die Musikbox laufen, hören den Hänseleien zwischen Lastwagenfahrern, Schauerleuten und Kellnerinnen zu. In der zweiten Woche gehen sie dann meistens zu Fuß weiter bis zur Höhe der Vierziger Straßen, wo sie in einem der wohlriechenden griechischen, italienischen oder spanischen Lebensmittelgeschäften einkaufen; und nehmen dann, mit braunen Einkaufstüten bepackt, wie Tante Jessie es nur je war, ein Taxi zurück. Xan wird auf die erste dieser Exkursionen mitgenommen. Doch der Hund war eine Belastung, Diddy konnte mit ihm nicht auch noch fertigwerden. Weil er mit ungeteilter Aufmerksamkeit bei der Sache sein wollte. Und zu seiner Überraschung schien Hester sich für den Hund überhaupt nicht zu interessieren.

In der dritten Woche gibt es einen heftigen Wetterumschwung. Ein Tag mit leichtem Schneefall, mehrere Regentage, wieder einer mit dichtem Schnee und Graupeln. Der tägliche Spaziergang wird kürzer und beschränkt sich auf die Gegend in unmittelbarer Nähe der Wohnung. An den kältesten Tagen meiden sie das Flußufer, wo der Wind noch kälter und erbarmungsloser weht; gehen stattdessen Richtung East Side. Ein trostloser Stadtteil, vom Blumenmarkt abgesehen. Auf einem dieser Spaziergänge versucht Diddy, ohne sich viel Hoffnung zu machen, für Hester die Weihnachtsfiguren an der Fassade von Macy's heraufzubeschwören und zum Leben zu erwecken; worauf sie zehn Minuten lang zum Aufwärmen im Eingang des Kaufhauses Unterschlupf suchen, bis sie vom Andrang der Kunden vertrieben werden. Von all den Spaziergängen, die Hester und Diddy (jetzt) machen, war das der längste. Doch offenbar besteht überhaupt kaum Notwendigkeit, draußen herumzulaufen. Lebensmittel, zwar weniger schmackhaft und abwechslungsreich als die, die sie auf der Neunten Avenue gekauft haben, kann man auch per Telephon beim nächsten Supermarkt bestellen. An manchen Tagen geht Diddy allein hinaus, dreimal, um den Hund auszuführen. Was er so schnell wie möglich hinter sich zu bringen sucht, da er Angst hat, Hester auch nur ein paar Minuten allein zu lassen. Xan wird zu einem absoluten Ärgernis.

Da sie den täglichen Spaziergang fortfallen lassen, bleibt um so mehr Zeit für häusliche Beschäftigungen. Hester will nichts davon hören, daß sie eine Zugehfrau nehmen; besteht darauf, das Putzen selbst in die Hand zu nehmen. Doch zuerst muß Diddy Hester zu jedem Gegenstand in der Wohnung bringen, damit sie ihn berühren und sich seine Position merken kann. Während ihre Hände damit beschäftigt sind, den Gegenstand tastend zu studieren, erzählt Diddy gewöhnlich, wo er ihn gekauft hat und was sich Bemerkenswertes in seiner Erinnerung damit verbindet. Das Heim als Museum, Meditation über die eigene Vergangenheit, ein Miniaturmausoleum. So kommt es, daß Diddy Hester auch recht viel über seine freudlose, leidenschaftliche Ehe erzählt, obwohl er doch bis vor kurzem davor zurückgeschreckt war, Joan überhaupt zu erwähnen. Da er annahm, daß Hester sich als ebenso possessiv und von seiner Vergangenheit schmerzlich berührt erweisen würde, wie er es wäre, wenn sie schon verheiratet gewesen wäre.

Hester hört Diddys Anekdoten aufmerksam an, doch wie viel oder wie wenig er auch erzählt, es stellt sie offensichtlich immer zufrieden. Die Wahrheit ist, und das schmerzt Diddy ein wenig, daß sie kaum auf dieses sein früheres Leben neugierig zu sein scheint. Vielleicht ist es für sie einfach etwas Unwirkliches. Der einzige Punkt, an dem sie Diddy manchmal näher befragt, ist, wenn der Gegenstand, sei es eine Bratpfanne oder eine Lithographie oder eine Lampe, als ein Stück identifiziert wird, das von Joan selbst ausgesucht worden ist. Das sie aber nicht mitgenommen hat, als sie fortging.

»Hast du einen Grund, warum du es aufbewahrst? Erinnert es dich an sie?«

Das tat es nicht. Gott sei Dank nicht mehr. Doch Diddy goutierte diesen Beweis, daß Hester, trotz ihrer zur Schau getragenen Gelassenheit beim Thema Joan, schließlich wohl doch einen Hauch von Eifersucht verspürte. Genoß es auch, daß Hester offenkundig völlig frei war von einer romantischen Beziehung zu Gegenständen. War diese Freiheit eine der Dividenden der Blindheit? Spielt keine Rolle. Geht Diddy nichts an. Was immer der Grund war, ein beneidenswerter Zug. Diddy, der sein ganzes Leben lang gegenüber seiner Vergangenheit hilflos loyal gewesen war, wie unbefriedigend sie auch immer gewesen sein mag, und den es plagte, daß er so sinnlos an den Souvenirs und Überbleibseln der Vergangenheit hing, empfand Hesters Indifferenz als Inspiration.

Hester braucht seine Dinge gar nicht schlechtzumachen oder sich abfällig über sie zu äußern, damit Diddy sich befreit und entlastet fühlen kann. Was sie auch nicht tat. Sie braucht ihnen nur die unschuldige Neutralität ihrer sichtlosen Anteilnahme zukommen zu lassen. Es ist dann an Diddy, seine allzu bewahrende Sichtweise aufzupolieren. Was er auch tut, ohne kaum Anstrengung dabei zu verspüren. Dadurch, daß Diddy Hester mit jedem Gegenstand vertraut macht, indem er ihre Hand über seine Oberfläche führt und seine Geschichte erzählt, sieht Diddy nun seinen Besitz plötzlich mit neuen Augen. Und entdeckt manchmal, daß er etwas, das ihm gehört, überhaupt nicht mag. Zum Beispiel die beiden blaugrünen Vasen mit dem reliefartigen Spinnwebmuster, etwa 1900, die er vor zwei Jahren im Sommer in Paris auf dem Flohmarkt gekauft hat. Zumindest gefallen sie ihm (jetzt) nicht mehr.

Das Auge als Fenster;
Das Auge als Lampe;
Das Auge als Juwel.
Doch was weiß besser zu unterscheiden und ist entschiedener als das weiße Hymen des Augapfels?

Abgesehen von dem Vergnügen, das die ganze Intimität zwischen ihnen beiden mit sich bringt, bietet diese Tätigkeit, nämlich für Hester ein Inventar seiner Welt anzulegen, Diddy auch manch kleineres privates Vergnügen. Darunter auch das Vergnügen, unbeschädigte, hübsche Dinge, die noch zur Zufriedenheit ihren Dienst tun, fortzuwerfen. Nachdem er eines Freitagabends die Jugendstilvasen mit dem Abfall hinausgestellt hat, ist Diddys erster Impuls, das überhaupt nicht zu erwähnen. Aber er muß wohl doch. Hesters Navigationsdiagramm muß genauestens auf dem laufenden gehalten werden. Es sind ja, oder waren zwei Gegenstände weniger, um die sie herumsteuern mußte.

Der Dezember ist fast aufgebraucht. Eine bitter kalte Woche kurz vor Weihnachten. Sie besprechen, ob sie einen Baum haben wollen. Auch wenn Xan, der in letzter Zeit so widerspenstig und unfolgsam ist, wohl Kleinholz daraus machen wird, warum eigentlich nicht? Wird doch gut riechen. Hester lächelt und legt die Arme um Diddy, ganz unvertraut, fast schüchtern. Diddy bekommt eine flüchtige Ahnung von dem kleinen Mädchen, das Hester einmal war oder gewesen sein mochte, und das erfüllt ihn mit Freude. Er verpackt sie umständlich, besteht darauf, daß sie Skisocken und unter ihrem Wintermantel seine Windjacke anzieht, ebenso Schal und Handschuhe; zieht sich dann selbst, vielleicht unbewußt, zu dünn an. Sie gehen hinab, das erste Mal, daß sie zusammen draußen sind diese Woche. Schwindlig vor Glück beschließt Diddy, zwei stattliche Tannen zu kaufen, beide über zwei Meter hoch; eine für das Wohnzimmer und eine für das Schlafzimmer; und atemlos – warum kommt er so leicht außer Atem? – schleppt er eine nach der anderen die vier Stockwerke hinauf. Beschließt, daß es sich für ihn allein kaum lohnt, die Birnen und die Stromdrähte und das Lametta anzubringen. In ihrer Nacktheit erscheinen die Bäume um so kraftvoller. Ihr durchdringender Geruch ist wie ein kleiner Schwall von Leben, der in die ruhige Wohnung schwappt. Riech mal an dieser! Und jetzt an dieser, Schatz! Riecht die nicht ein bißchen anders? Ja? Merkst du den Unterschied? Und jetzt will ich wissen, wie du riechst. Und ehe Diddy sich daran macht, die Bäume in den wackligen rotgrünen Ständern aufzustellen, die er bei Woolworth's gekauft hat, führt er Hester zu ihrem Bett, um Liebe zu machen.

Die Liebe ist schön und stark. Wie auch die Bäume. Und die Nahrung.

Diddy hatte die weniger glanzvollen, doch keineswegs weniger befriedigenden Erfüllungen ehelicher Häuslichkeit nahezu vergessen. Jemanden zu haben, mit dem man alle Mahlzeiten gemeinsam einnimmt, zum Beispiel. Wenn sie sich zur Zeit auch nur von der eingemachten und tiefgefrorenen Kost ernähren, die der Supermarkt liefert, sind ihre Mahlzeiten doch angenehm. Diddy, der in der Küche einigermaßen geschickt ist, hat in diesem ersten Monat immer gekocht. Während Hester ihm, auf einem schmalen Stuhl neben dem Kühlschrank hockend, in der kleinen Küche Gesellschaft leistet und hinterher beim Spülen hilft. Eines Abends, als Diddy sich gerade die Ärmel hochkrempelt, um mit dem Abendessen anzufangen, will sie seine Arbeit übernehmen. »Bitte, Dalton!« Diddy hat Angst, daß sie sich am Herd verbrennt. Doch Hester versichert, daß sie sich Ort und Arbeitsweise aller Küchengeräte genau gemerkt habe; den Inhalt aller Küchenschränke kenne; jederzeit die Konserven, das Geschirr, die Töpfe, die Topflappen, die Gewürze, das Besteck finde. Um ihre Beteuerungen zu untermauern, erinnert sie Diddy daran, daß sie ja fast immer für ihre Tante und sich gekocht hat, als sie mit achtzehn zu ihrer Tante gezogen war. Natürlich scheut sich der verliebte Diddy, Hester irgendetwas, das sie will, abzuschlagen. Doch kann ein blinder Mensch die eigene Sicherheit wirklich am besten beurteilen? Es kommt Diddy so vor, als ob er sehr viel mehr nach elterlicher Besorgnis klingt, und nicht wie ihr Geliebter, und er hat Angst, daß sie seinen Tonfall so interpretieren und sich darüber ärgern könnte. Doch das ist offenbar nicht der Fall. Sie schickt ihn nur lachend aus der Küche, während sie sich an die Arbeit macht. Diddy ließ sich schwitzend vor ängstlicher Erwartung im Wohnzimmer in den Schaukelstuhl fallen. Steht auf, um sich einen Whiskey einzugießen; dann noch einen. Inzwischen öffnet Hester eine Dose mit Gazpacho, macht eine Packung gefrorenen Spinat heiß, brät zwei Scheiben Leber in Butter und gießt den Kaffee auf. Sie bringt nicht etwa die Suppendose und die Gemüsepackung herein, damit Diddy verifiziert, daß es jeweils wirklich das ist, wofür sie es hält, sondern kommt ohne seine Hilfe mit allem zurecht. Macht keinen einzigen Fehler. Zucker ist Zucker, kein Salz. Und, dem Himmel sei Dank, keine Verbrennungen und keine blauen Flecken.

Diddy besteht nervös darauf, daß sie ihn wenigstens den Tisch in der Eßecke decken läßt.

Nein, auch das nicht.

Hester legt eine frische Leinentischdecke auf und gibt Diddy eine Flasche Sangria zum Entkorken. So feierlich haben sie schon seit Wochen nicht mehr gegessen. Meistens wurden die Mahlzeiten im Wohnzimmer auf dem Fußboden ausgebreitet, oder sie nahmen sie mit ins Bett. Und das Essen heute abend, das muß Diddy zugeben, ist ebenso schmackhaft wie alles, was er zubereitet hat. Dennoch fällt ihm das Essen schwer. Was ist mit Diddys Appetit los?

»Wie wäre es mit einem Brandy«, sagte Hester, als sie sich im Wohnzimmer niederließen. Diddy, der sich beim Trinken immer zurückhielt – Schnaps machte ihn gewöhnlich dumpf und depressiv; niemals euphorisch, auch nicht zu Anfang – stimmte zu. Er hätte Hester lieber sagen sollen, daß er zwei Glas getrunken hat, während sie in der Küche war, wollte aber den festlichen Charakter des Abends nicht verderben. Vielleicht lag es an der Reihenfolge von Whiskey, Wein und Brandy: mehr, als Diddy vertragen konnte, ohne sich ganz ermattet zu fühlen. Er ging früh zu Bett.

Von da an kochte Hester das Abendessen. Am nächsten Abend lag eine frische Tischdecke auf dem Tisch, und als Wein gab es Pouilly-Fumé. Am dritten Abend dasselbe Tischtuch und eine Flasche Pommard. Am vierten Abend weigert sich Diddy, Wein zu trinken. Es lag bestimmt nicht nur am Wein, doch hat er festgestellt, daß er (jetzt) sehr früh am Abend schläfrig wird. Mahlzeiten ohne Wein sind auch gut. Allmählich aßen sie dann wieder weniger formell. Zu den Mahlzeiten auf dem Fußboden im Wohnzimmer legt Diddy gewöhnlich ein Holzfeuer an, obwohl die Wohnung während der Wintermonate ohnehin eher überheizt ist. Das Feuer riecht so gut; er hört in diesen Tagen schärfer und findet das Prasseln der Flammen ebenso lebendig und befriedigend wie die wirbelnden Farben.

Diddy verschmäht es, während des Abendessens Musik aufzulegen. Weil er Hesters Aufmerksamkeit ganz für sich haben will. Ob sie reden während der Mahlzeit oder nicht – oft entsteht ein langes Schweigen zwischen ihnen, das Diddy entweder narkotisch besänftigend oder kränkend findet – er will die Möglichkeit zum Reden unbeeinträchtigt lassen. Nach dem Essen allerdings war Diddy es zufrieden, wenn die Zeit von etwas anderem als seiner Liebe ausgefüllt wurde. Von Musik also. Und er entdeckt, daß es hier ein wenig Spannung zwischen ihnen gibt. Hester mag eigentlich nur Streichtrios, Quartette, Quintette und deren unglaubliche Erweiterungen. Diddy, der Eklektiker, liebt seinen

Papa Haydn auch. Doch bietet das Leben mehr als nur ein Muster an Loyalität. Und er macht sich voller Eifer daran, Hester zu seiner Vorliebe für Blues, Rock'n Roll und Folk Rock zu bekehren. Probiert alles aus, von Dylan über Billie Holliday bis zu den Beatles, die er, um sie Hester schmackhaft zu machen, als den kollektiven Mozart der jüngeren Popmusik preist. Versuchte sogar, ihr den Frug beizubringen, den Joan ihm beigebracht hatte. Doch Hester bleibt ungerührt. Inzwischen hat Diddy aufgegeben. Kämpft sich auch nicht mehr um acht Uhr morgens triefäugig zu den Klängen von Radio WOR wach. Abschied von der Hitparade. Diddy ist absolut einverstanden, nach dem Abendessen die LPs mit der Kammermusik auf das lange Mittelstück des Hi-FiGerätes zu türmen oder so lange den Senderknopf zwischen den Sendern mit klassischer Musik hin und her zu drehen, bis Hester hört, was ihr gefällt.

Meist fängt Diddy kurz nach dem Abendessen an, ihr laut vorzulesen. Mit *Sense and Sensibility* sind sie bald fertig. Doch scheint Jane Austen Hester nicht mehr so viel Freude zu bereiten wie im Krankenhaus. Wenn er dieses Buch durchhat, sollten sie vielleicht nicht sofort zu *Mansfield Park* übergehen. Sondern einen anderen Autor aussuchen. Oder, falls sie von seinem Lesen genug hat, gar nicht mehr lesen.

Vom Ende der zweiten Woche an beginnt Diddy, sich daran zu gewöhnen, daß er das Licht nach Sonnenuntergang nicht mehr einschaltet. Es sei denn, es wurde beschlossen, daß er vorliest. Mann und Frau, ein Fleisch: Diddy braucht ebensowenig elektrisches Licht am Abend wie Hester. Und stellt fest, daß er sich genausogut im Dunkeln zurechtfindet. Ohnehin ist es niemals völlig dunkel, wegen der Straßenlaternen draußen. Doch zu dem, was Diddy will, bedarf es nicht einmal dieses trüben Lichts. Er will berühren.

Muße. Zur Ruhe gekommen. Wie ein Paar feuchter, glücklicher Enten.

Halb ausgezogen, ineinander verschlungen, still, fast ganz im Dunkeln. Eines Abends, kurz nach Mitternacht, sie liegen lang ausgestreckt auf der Couch im Wohnzimmer – etwa vier Wochen nach ihrer Rückkehr nach New York. Der anmaßende Summer, der einen Besucher unten ankündigt. Diddys Herz wird von

Schuldgefühlen erschüttert. Paul? Incardona? Nein, nimm das zurück. Sei kein Narr.

Was soll Diddy tun? In gewisser Weise ist er ja sicher. Es kann niemand einfach so hereinplatzen; es hat doch sonst niemand den Schlüssel. Wenn er seinerseits nicht auf den Summer drückt, wird Paul es nie erfahren, daß er gar nicht ausgegangen war. Oder wohl da war, aber in der dunklen Wohnung so tief im Schlaf war, daß er den Summer nicht hörte.

»Das muß mein Bruder sein.« Keine Antwort von Hester. Diddy setzt sich auf, zieht sich das Hemd an. »Hester, bist du eingeschlafen? Hast du gehört, was ich gerade gesagt habe?«

»Ja, Schatz, ich habe dich gehört. Aber du mußt tun, was du willst.« Sie ist wach. Liegt aber immer noch ausgestreckt da; hat noch keine Bewegung gemacht, um sich anzuziehen.

Was ist das bloß für eine Antwort? Wer ist denn Diddy, der Entschlußlose, daß er tun soll, was er will? Was für ein dreistes Unterfangen! Doch halt, sieh es einmal so. Was immer er (jetzt) tut, er wird, genaugenommen, nicht tun, was er will. Da es Hester ist, die den übergeordneten Befehl gegeben hat, indem sie ihn anwies, zu-tun-was-er-will.

Diddy steht auf, geht in den Flur und drückt auf den Summer. Kommt ins Wohnzimmer zurück; kniet neben der Couch nieder.

Er wird gleich oben sein.

Blickt Hester an, wünscht sich brennend, daß sie sehen könnte. Daß sie ihm stumm, nur mit den Augen, signalisieren könnte, was er ihrer Meinung nach tun sollte. Das verwirrende doppelte Pfand der Liebe.

Es klopft an der Wohnungstür. »Du weißt doch«, flüsterte er. »Ich habe es dir erzählt. Er gibt mir nie vorher Bescheid, wenn er kommt. Ich weiß sogar nie, wann er in der Stadt ist.«

Es klingelt Sturm an der Tür. »He, Diddy!« Xan ist in den kleinen Flur gestürzt, bellt und kratzt an der Tür.

»Hester, möchtest du meinen Bruder kennenlernen?« Seine Stimme versagte.

Während der Hund bellt und Paul brüllt, erkennt Diddy, daß der Faden, der Hester mit ihm verbindet, einen Sprung bekommen hat. Ein anderer Geräuschpegel, eine andere Art von Energie schwillt auf beiden Seiten der furnierten Tür an. Und bedroht, was sie verbindet.

»Bist du da, Diddy? Wach auf! He!«

»Wie ruft er dich, Dalton?«

Zu kompliziert, (jetzt) zu erklären. Sowieso ist es zu laut. Ohne zu antworten, steht Diddy auf. Er hat plötzlich Angst bekommen.

> Angst vor Paul: davor, was passieren wird, wenn er ihn hereinläßt. Davor, was sein Bruder von Hester halten wird. Wird er sofort sehen, daß sie blind ist? Und davor, was er zu ihr sagen wird. Vielleicht etwas Plumpes oder Rätselhaftes, wodurch Hester Diddy in neuem, weniger vorteilhaften Licht betrachten wird. Oder vielleicht wird er unhöflich zu Hester sein und ihre Gefühle verletzen.
>
> Angst vor Hester: daß sie Paul nicht kennenlernen will, es ihm aber nicht so offen sagen mag. Doch Diddy kann schließlich ihre Gedanken nicht lesen, oder? Vielleicht irrt er sich. Vielleicht will sie seinen Bruder kennenlernen; denkt aber, daß es Diddys Aufgabe ist, diese Entscheidung zu treffen und die Verantwortung zu übernehmen.

»Paul?«

»Um Himmels willen, Diddy, laß mich rein.«

Warte einen Moment!

Diddy schnappt sich seine Schlüssel und schiebt sie in die Gesäßtasche seiner ungebügelten Khakihose, die er anhat. Öffnet dann die Tür ein wenig, so weit, wie es eben geht, wenn die Sicherheitskette noch vorliegt. Blinzelt, als er die Helligkeit des Treppenhauslichtes und Pauls ungeduldiges, grell ausgeleuchtetes Gesicht, den langen blonden Schnurrbart und das strahlende Schwarz seines Smokings sieht. »Hallo, Diddy! Was ist los? Hast du geschlafen? Ach so, ich könnte wetten, du hast ein Mädchen bei dir.«

»Ja. Und ich kann dich nicht reinlassen. Aber ich komme raus.«

Schließt die Tür auf, öffnet sie schnell, damit Xan nicht auch entwischt; schlüpft hinaus ins Treppenhaus; macht hinter sich zu.

Es braucht seine Zeit, bis Diddy sich an das plötzliche Licht gewöhnt. Seine Augen schmerzen, und er kann nicht aufhören zu zwinkern. Inzwischen redet Paul.

»Tut mir leid, daß ich bei dir so hereinplatze. Aber kannst du mich nicht reinlassen? Ich habe wirklich ganz schön getankt, und ich gäb was drum, wenn ich mich hinlegen und mir den Rausch ausschlafen könnte. Ich fall dir nicht zur Last.«

Obwohl es mit seinen Augen (jetzt) besser ist, sie tun viel weniger weh, ist Diddy doch froh, daß er noch andere Sinne hat, die für ihn arbeiten. Daß er zum Beispiel mit seiner Nase riechen konnte, daß Pauls Atem nach Alkohol roch. Doch auch mit seinem Augenlicht sehen konnte. So daß ihm nicht entging, daß Pauls Augen trübe und geschwollen waren und seine Kleidung ein wenig unordentlich. »Ich würde dich schon hereinlassen, Paulie, aber es geht nicht. Es ist zu kompliziert, um es zu erklären, aber ich kann dich heute einfach nicht bei mir übernachten lassen.«

»Warum, ist es eine Frau, die ich kenne? Um Himmels willen, es ist doch nicht etwa Joan, oder?«

Was für ein Gedanke! »Gott, nein.«

»Ach, ich wette, ich weiß es. Es ist diese Schauspielerin, die bei dir war, als ich letzten August hier heraufgekommen bin. Sie wohnt doch auf diesem Stockwerk, nicht wahr? Wie hieß sie doch gleich?«

»Paul, hör mal zu. Du kennst das Mädchen wirklich nicht. Aber ich möchte, daß du sie kennenlernst. Es ist ernst. Wir leben seit etwa drei Wochen zusammen, und ich hoffe, daß wir bald heiraten können.«

Paul, der (jetzt) wütend aussah, fing an, seine schwarze Fliege aufzubinden. »Also, jetzt verstehe ich wirklich überhaupt nichts mehr. Es ist keine verheiratete Frau, stimmt's? Auch keine Minderjährige. Und auch keine Frau, die ich kenne und die nicht will, daß ich weiß, daß sie –« Paul spricht immer undeutlicher, nuscheliger; er packte Diddy am Kragen, ließ ihn dann wieder los »–bei dir ist. Stimmt's?« Wenn Paul getrunken hatte, wurde er immer geschwätzig. »Kurz, nicht bloß ein Fick, sondern das Wahre . . . Dann muß ich dich aber fragen, warum du mich nicht gleich reinlassen kannst? Dann kann ich sie doch ebensogut jetzt gleich kennenlernen.«

Diddy zuckte die Achseln. Paul richtete sich auf, schien plötzlich fast nüchtern zu sein. So betrunken war er also gar nicht. War es nur gespielt? Na, Paul, war schon raffiniert. Kennt so viele Tricks, daß Diddy ihm nie auf die Schliche kam. War (jetzt) offenbar ganz klar und gelassen. Hatte sich die Fliege abgenommen; sie in die Jackentasche gesteckt. »Äh, ich verstehe allmählich. Ihr habt gerade gestritten. Na ja, ich glaube, ich habe heute abend einfach Pech.« Oder spielte er jetzt auch nur?

»Ich würde es dir ja gern erklären, Paulie. Aber ich brauche einfach ein bißchen mehr Zeit.«

»Gut, gut. Nehme es dir ja gar nicht übel. Ich komm bald mal wieder vorbei.« Paul geht auf die Treppe zu, kehrt noch einmal um. Spricht mit tieferer Stimme. »Hör mal, Diddy, ist bei dir alles in Ordnung? Weißt du, du siehst schlecht aus. Wie kommt's, daß du so viel abgenommen hast? Bist du krank oder so etwas?«

Diddy ist auf einen neuen Schachzug von Paul gefaßt. Doch ist es schwer, die Pose der Gefaßtheit aufrechtzuerhalten, denn er ist wirklich erschrocken über das, was Paul gerade gesagt hat. Wann hatte er wieder angefangen abzunehmen? Seit Hester das Kochen übernommen hatte? Und er hatte es nicht bemerkt, weil er seit Wochen keinen Anzug mehr angezogen hatte. Und nur Khakihosen oder weite Cordhosen, T-Shirt oder Baumwollhemd oder einen Sweater trägt.

»Ich bin nicht krank. Mach dir um mich keine Sorgen.«

»Aber du siehst schlecht aus«, beharrte Paul auf der ersten Stufe die Treppe hinab. »Und du bist doch so, wie du aussiehst, heute nicht in der Arbeit gewesen, oder? Ich wette, du hast dich schon seit fünf Tagen nicht mehr rasiert.«

»Es ist schon Wochen her, daß ich in der Arbeit gewesen bin.«

»Genau, was ich gerade gesagt habe, du bist krank.«

»Nein. Ich habe gekündigt.«

Paul trat wieder auf den Treppenabsatz zurück. »Weshalb zum Teufel hast du das denn gemacht?«

»Brüll nicht so, Paul!« Diddy flüstert. »Ich habe dir doch gesagt, daß ich es jetzt nicht erklären kann. Aber das ist schon in Ordnung.«

Paul lehnte sich nahe bei Diddy an die Wand. Er hatte ein wenig Mühe, aufrecht zu stehen; oder zumindest, ruhig zu stehen. Aus Höflichkeit und Verlegenheit ertrug Diddy seinen verschleierten Blick eine Zeitlang.

»Diddy, nimmst du irgendwelches Zeug? Du weißt, was ich meine?«

Diddy lachte. »Du meinst, Drogen? Sei kein Esel.«

»Ehrlich? Du kannst es mir ruhig sagen.«

»Ich habe es dir gesagt.« Wird Paul gleich umfallen?

»Also, dann brauchst du wohl Kohle? Du weißt, daß ich haufenweise verdiene, wenn ich auf Tournee bin. Mein eigener Bruder hat ebensoviel Recht darauf wie die Regierung oder mein Agent oder die Bienen, mit denen ich rumbumse.«

»Wenn ich deine Unterstützung brauche, Paulie, dann wirst du es schon von mir erfahren.«

»Gut, gut, reg dich nicht auf. Ich versuch ja bloß, irgendwie zu helfen . . . Außerdem, wenn ich ein bißchen Geld bei dir lasse, dann habe ich nicht so viel fürs Trinken.« Er fing an zu kichern. »Das ist komisch, hä?« Nun beugte er sich schwankend vornüber und hielt sich den Magen. »Weil, weißt du«, sagte er mit albernem Grinsen, »ich bin ein bißchen zu im Moment . . .«

Diddy dachte an die hübsche Off-Broadway-Schauspielerin in der Wohnung am anderen Ende des Flurs. Ging von der Tür weg zu Paul hinüber. »Hör mal, ich begleite dich hinunter. Wir wecken ja alle Leute im Hause auf.«

Mit Paul die Treppe hinunter, auf die Straße hinaus. Ein eisiger, von Schnee erfüllter Luftstoß. Plötzlich fühlt sich Diddy schwindlig. Mußte sich am Geländer festhalten, sich dann auf die Freitreppe setzen. Paul beugt sich über ihn. »Du bist doch krank, Diddylein. Du mußt zu einem Arzt gehen.«

»Hör auf damit, Paul. Ich bin nicht krank. Ich habe heute einfach vergessen zu essen, deshalb war mir ein bißchen flau. Und eben jetzt friere ich mir den Arsch ab, wenn ich hier sitze. Also, sieh zu, daß du weggkommst. Such dir ein Taxi und geh deinen Rausch bei einer deiner Freundinnen ausschlafen. Und ruf mich morgen an, vergiß es nicht. Vielleicht ist mir dann alles etwas klarer und du kannst Hester kennenlernen und ich werde alles erklären.«

»Hester?«

»Ja, so heißt sie.«

»Wie lange kennst du sie schon?«

»Lange genug, Paul. Kümmere dich um deine eigenen Angelegenheiten. Warum sagst du mir nicht, wo du jetzt hingehst und wie lange du in der Stadt sein wirst.« Diddy stand auf.

»Ich mache mir Sorgen um dich, Diddylein. Vielleicht solltest du mich doch mit raufkommen lassen.« Er rülpste. »Tschuldigung.«

»Siehst du, dort ist ein Taxi. Lauf doch.«

»Der hat doch gar kein Licht an, daß er frei ist.«

»Komm schon, du weißt doch, daß das gar nichts heißt. Geh jetzt und frag den lieben Onkel, ob er Paulie nicht mitnehmen wird, wohin er will.«

»Gut. Ich glaube, es ist besser so. Ich fall gleich um.« Als Paul ins Taxi stieg, rief er über die Straße hinweg: »Rufe morgen an!«

Zitternd stieg Diddy die Treppen wieder hinauf. Nach zwei Absätzen fällt ihm ein, daß er nichts zu dem neuen Schnurrbart gesagt hat. Wann hatte er sich denn den wachsen lassen? Nicht gerade vorteilhaft, doch sah er damit zehn Jahre älter aus, und das war immerhin schon ein Vorteil. Auch Paul mußte es einmal satt haben, ewig der Wunderknabe zu sein.

Im vierten Stock. Diddy schließt die Wohnungstür auf. Tastet sich zur Couch vor, in völliger Dunkelheit, wie es ihm (jetzt) vorkam. Wo Hester nicht mehr war. Dann mit prüfend um sich greifenden Händen weiter zu ihrem Schlafzimmer. Dort muß sie sein. Und ist sie auch. Schon im Bett, die Decke gerade bis zur Hüfte heraufgezogen. Diddy beugte sich über sie, spürte, wie ihre Arme sich reckten, um seinen Hals zu umfassen und ihn auf ihre nackten Brüste herabzuziehen. Leg dich auf sie. Bald wird er aufstehen und sich ausziehen. Noch nicht. (Jetzt) von Kopf bis Fuß mit Hester verschmolzen, auch wenn ihrer beider Fleisch von der Decke und Diddys Kleidung getrennt ist, teilte er ihr, zunächst wortlos, die Kümmernisse seiner Lage als Bruder mit. Wie Paul, wann immer er ihn bitte, ihm ein Bruder und echter Freund zu sein, niemals für ihn da sei. Doch wenn Diddy seine Lektion gelernt und sich zurückgezogen habe, dann dauere es nicht lange, bis Paul wieder aufzutauchen pflege; überschwenglich, doch voller stummer Vorwürfe; und zu spüren gebe, daß Diddy ihn vernachlässigt hätte, und unverhohlen Anspruch erhebe auf Diddys frustriertes Bedürfnis, Liebe zu geben. Bis Diddy sich wieder überzeugen lasse, daß er sich in Paul geirrt habe; und glaube, daß er sich schließlich doch auf ihn verlassen könne. Dann also eifrig Pauls Liebe erwidere, die er sonst nirgends anbringen könne. Worauf Paul wieder zu verschwinden pflege.

»Paul taugt als Mensch nicht viel.«

»Vielleicht hast du recht«, sagt sie. »Ich weiß es nicht.«

»Das Teuflische daran ist, daß ich es selbst nicht weiß, ob er wirklich gut oder schlecht ist«, fährt Diddy fort. »Und das zehrt an mir. Wenn ich doch den Bastard einfach hassen könnte, und damit Schluß.«

»Aber du willst aus Paul eine Sache machen, statt ihn als Mensch zu sehen. Eine Sache, bei der du ein für allemal Maß nehmen kannst.«

»Also Schatz, bitte! Fang nicht damit an. Sicher, es klingt furchtbar. Aber ich kann einfach nicht mein ganzes Leben damit verbringen, daß die Leute mich durch ihr Verhalten zum Staunen bringen, nämlich darüber, wie gemein und verdorben sie sind. Und mir die ganze Zeit wie ein preisgekrönter Trottel vorkommen.« Er hielt inne, betroffen von dem Selbstmitleid im Tonfall seiner letzten Worte.

»Dalton, Schatz, mach dir nicht alles so einfach. Das stimmt doch alles nicht. Du läßt zuviel außer acht dabei.«

»Wieso, es *ist* einfach«, sagte er verbissen. »Die Leute sorgen schon dafür, daß alles so kompliziert aussieht, indem sie einen hinhalten. Wenn sie mit sich nicht ins Reine kommen wollen. Und sie sind verdammt gut darin.«

Hester seufzte. Glaubt Diddy auch nur ein Wort von dem, was er da sagt?

»Vielleicht bin ich ja einfach bloß bekloppt«, fuhr er fort, »aber schließlich haben auch Bekloppte ein Recht, Maßnahmen zur Selbstverteidigung zu treffen. Und mehr tue ich bei Paul ja gar nicht. Herrgott, ich schwinge mich nicht zu seinem Richter auf, der über ihn urteilt. Heißt es nicht ohnehin überall, über die paar Menschen in jeder Generation, die so außerordentlich begabt sind wie er, dürfe nicht nach denselben Maßstäben wie bei allen anderen geurteilt werden? Mir selbst gefällt diese Vorstellung überhaupt nicht, aber das zählt ja nicht. *Ich* weiß, inwiefern Paul etwas Besonderes ist, und ich wünsche ihm nur das Beste und all den Mist. Aber ich bin es leid, Kleines. Und habe jede Menge alter, unschöner Verletzungen.«

»So, du urteilst also nicht über ihn. Was denn dann?«

»Nicht viel, schätze ich«, antwortet Diddy. »Nur, daß ich nichts wüßte, das Paul jetzt oder in Zukunft tun könnte, damit ich ihm vertrauen würde. Jemals wieder vertrauen würde. Ich traue Paul einfach nicht mehr.« Er rieb seine Wange an ihrer nackten Schulter. »Ich traue niemandem außer dir.«

»Jemandem, der niemandem traut, traue ich nicht.«

Ist Hester wütend? Wie merkwürdig, daß sie so etwas sagt.

Diddy stützt sich auf die Ellbogen. »He! Gerade eben wolltest du mir ausreden, über Paul zu urteilen. Aber jetzt sieh dich doch einmal an, wie du *mich* aburteilst.« Er wünschte, er könnte ihr Gesicht sehen. Doch der Tonfall war vertraut und unmißverständlich: roch nach Gewißheit. Es macht Diddy (jetzt) wütend, daß er offenbar wieder einen von Hesters unwiderlegbaren, niederschmetternden Brocken an Klugheit ausgeteilt bekommen hat. Der Diddy nicht viel Spielraum zum Atmen übrig läßt. Wenn sie auch noch so recht hat. Was Diddy nur um so wütender macht. Wenn sie sich nicht verteidigt, wird er fortfahren. »Du bist anmaßend und unfreundlich, Hester.«

»Vielleicht bin ich das. Aber manchmal bin ich deine Verzweiflung einfach leid.«

Diddy ist betroffen von der Schärfe ihrer Zurechtweisung. »Meine Verzweiflung!« murmelt er und rollt sich neben sie auf die Seite, läßt aber das abgewinkelte Knie auf ihren Schenkeln. »Wieso sprechen wir eigentlich nie über *deine* Verzweiflung? Du bist genauso elend dran wie ich; du bist bloß etwas stoischer. Und ich habe die Nase voll vom Stoizismus. Ich bin nicht zu stolz, um zu klagen und die Leute zu verfluchen, die mich verraten haben.«

»Und *ich* bin das? Ist es das, Dalton? Ist es das, was du sagen willst?«

»Ja.«

Hester hat ihren Körper unter Diddys Bein weggezogen; sitzt (jetzt) auf der Bettkante, die nackten Füße auf dem Fußboden. Zieht sich die gelbe Bluse herab, die mehr oder weniger dauernd an einem der Bettpfosten hängt; zieht sie an und knöpft sie zu. Einen kurzen Augenblick lang kann Diddy an nichts anderes als ihre Brüste denken, wie sie im Licht der Straßenlaterne schimmern. Weiß Diddy, was vor sich geht? Ihr erster Vollblut-Krach, das Ende der Flitterwochen.

»Du kannst ruhig weiterreden. Sag, was du sagen willst«, sagt das Mädchen mit rauher, tonloser Stimme. Dann ging sie für kurze Zeit ins Badezimmer, ließ die Tür offen. Diddy hörte, wie sie urinierte. Wartete, würgte an aufgestauten Worten; bis sie wieder herauskam und am Fußende des Bettes stehenblieb. Etwas Häßliches fängt gerade an. Doch Diddy ist zu enttäuscht, daß Hester ihm vorhin ihr Mitgefühl entzogen hat, und zu wütend über diesen neuen, bisher beispiellosen Zug von Bosheit, den sie gerade offenbart hat, um sich noch bremsen zu können.

»Du weißt sehr gut, was ich meine! Erzähl mir bloß nicht, du hast keine Ahnung gehabt, daß ich von Tante Jessie über deine Mutter erfahren habe. Und darüber, wie du blind geworden bist.«

»Ja«, sagte Hester, »ich habe angenommen, daß du es wußtest. Tante Jessie mußte es dir ja erzählen. Und wenn schon. Ich verstehe nicht, was du mir jetzt zum Vorwurf machst.«

Diddy, der weiß, was er sagen will, sagt es. »Ich werfe dir vor, daß du eine bestimmte Art von Atmosphäre schaffst, die mich erstickt. Und ich muß gerade der Trottel sein, vielleicht der einzige auf der Welt, der sich dem anpassen kann.«

»Ich verstehe immer noch nicht«, sagt Hester. »Meinst du meine Blindheit? Daß ich meine Blindheit benütze, um dich dahin zu bringen, daß du mich auf eine bestimmte Weise behandelst, wie du es nicht tätest, wenn ich sehen könnte? Daß ich dich dazu bringe, Mitleid mit mir zu haben? Daß ich verlange, daß du mich verhätschelst?«

»Nein! Das ist genau, was ich *nicht* meine. Wenn es das wäre, dann könnte ich das verstehen und nachsichtig sein und über das hinwegsehen, was du tust. Aber du spielst deine Blindheit ja gar nicht aus. Um dir Mitgefühl zu verschaffen oder besondere Behandlung oder sonst etwas. Weiß Gott, das wäre eine allzu menschliche Schwäche. Was du tust, ist viel schlimmer.«

»Was tue ich denn?« schrie das Mädchen ungeduldig. »Sag's mir doch, Dalton. Zeig doch mal Mut.«

»Das werde ich«, sagt Diddy. »Es liegt darin, was du mit deinem Unglück anfängst. Und ich glaube nicht, daß das unbedingt irgendwie anders wäre, wenn du sehen könntest. Du hast eben eine Masche – es gibt kein anderes Wort für das, was du tust. Und auf die bin ich reingefallen. Dein Unglück ist zu etwas Verborgenem geworden, etwas Heiligem, Unaussprechlichem. Während das meine furzend und stolzgeschwellt und ohnmächtig und heulend durch die Gegend gerast ist. Bis jetzt, weißt du, hat mir dieser Unterschied bewußt nie etwas ausgemacht. Wenn ich ihn überhaupt bemerkt habe, dann habe ich ihn erst recht als weiteren Beweis deiner Überlegenheit angesehen. Du warst zu wunderbar, um einfach bloß unglücklich zu sein, ordinär unglücklich. Wie normale Menschen. Wie ich. Und weil ich auf deine Masche hereingefallen bin, ist die Freiheit meines Denkens und meiner Stimmungen fürchterlich beschränkt gewesen. Ich habe es dich nicht einmal wissen lassen können, daß ich wußte, wie du erblindet bist. Ich wollte nie davon anfangen, weil ich mir vorgestellt habe, daß das Thema für dich furchtbar schmerzlich sein muß. Als wärest du zu elegant, um zu leiden. Aber der Teufel soll mich holen, wenn ich noch länger auf Zehenspitzen um deine Gräßlichkeiten herumschleiche!«

»Dalton, du bist ein Dummkopf!«

»Gut! So höre ich dich viel lieber reden. Komm nur von deinem Podest herunter. Sei grad so wie jede andere gewöhnliche, männermordende amerikanische Frau. Es tut meinem Herzen wohl, dir zuzuhören.«

»Gib nicht so an«, sagte Hester.

»Du gottverdammtes Ding!« schreit Diddy. »Das laß ich nicht mit mir machen, wenn du hier die Überlegene spielen oder auf das Podest zurückklettern willst. Jetzt hör, verdammt nochmal, endlich auf, mir gegenüber die moralisch Überlegene zu machen, Hester! Weißt du noch, wie das jetzt alles angefangen hat? Weißt du es? Ich habe mich ganz einfach und zufällig völlig zu Recht über meinen Bruder beklagt. Und angehängt habe ich eine Deklaration – ich gebe ja zu, es ist sentimental, aber was soll's? – meines Glaubens an dich. Und was tust du? Du stürzt dich auf mich und beschimpfst mich, ich sei ein Feigling und Drückeberger. Ein Dieb am Leben, wie man sagen könnte.«

»Und bist du das nicht?« sagte Hester kalt.

Ja, etwas Schreckliches geschieht. »Und wenn ich das bin«, brüllt Diddy, »du bist kein bißchen besser als ich. Ich wenigstens traue einem Menschen – dir. Obwohl ich das vielleicht lieber in der Vergangenheit sagen sollte . . . Aber du traust niemandem. Jedenfalls bestimmt nicht mir.«

»Vielleicht traue ich mir selbst«, sagte Hester langsam. Sie steht neben dem Bett. »Und das genügt vielleicht.«

(Jetzt) zieht sie ihren Rock an; bückt sich, um die Riemen ihrer Sandalen festzuschnallen. Warum tut sie das? Sie geht doch nicht etwa fort, oder?

Vom Bett aus stieß Diddy seinen dünnen Finger in die Luft,

knapp an ihrer Brust vorbei, als könnte sie seine Geste sehen und müßte unwillkürlich davor zurückzucken. »Ich glaube dir nicht. Zum Teufel, warum bringst du mich dazu, solche Sachen zu sagen? . . . Aber du hast es ja nicht anders gewollt, Hester . . . Ich habe das wirklich gemeint. Ich glaube dir nicht, daß du dir selber traust. Das kannst du nicht, weil du dich selbst nicht kennst. Ich sage ja gar nichts Albernes, wie ›ich weiß es besser als du‹. Aber ich weiß etwas von ein paar Dingen, die du fühlen *mußt*, und die dir offenbar überhaupt noch nicht bewußt geworden sind.«

»Zum Beispiel.«

»Zum Beispiel mußt du dich verraten fühlen, nicht liebenswert, unwirklich. Es kann nicht anders sein, nach dem, was deine Mutter dir angetan hat, als du vierzehn warst. Und auch abgesehen von diesem unsäglichen Verrat, es kann nicht anders sein. Einfach, weil du blind bist. Weil du, aus welchem Grunde auch immer, niemals dich selbst oder mich oder andere Menschen sehen kannst noch wirst. Du machst dir einfach so ad hoc die Welt zurecht, und denkst, das sei schon in Ordnung. Du beschließt, deine Mutter zu lieben, statt sie zu hassen, wie es jedes andere normale Opfer einer solchen wahnsinnigen Grausamkeit tun würde. Du läßt dich darauf ein, mit nach New York zu kommen und mein Leben mit mir zu teilen, wo du mich doch gar nicht verstehst, mir nicht traust . . .«

»Weiter«, sagte Hester. »Warum hörst du auf? Hör doch jetzt nicht auf.«

»Ich glaube, ich will nicht mehr.« Diddy seufzt bitter. »Es ist alles zu häßlich.«

»Ach, bitteschön«, sagt Hester sarkastisch. »Hör doch jetzt nicht auf.«

»Gut, dann nicht.« Neue Energie. Diddy setzt sich im Bett wieder auf, wirft die Decke zu den Knien hinab. »Also, warum bist du nicht ehrlich, verdammt nochmal? Erzähl mir, was du wirklich fühlst; was deine Mutter angeht. Und deine Blindheit. Und mich.«

»Weißt du, Dalton, das alles hättest du mich längst fragen können, wann immer du wolltest.«

»Sicher, sicher. Weiß ich«, sagt er bitter. »Und ich hatte auch die ganze Zeit die Freiheit, dich zu fragen, mit wievielen Männern du gefickt hast. Und ob du mit irgendjemandem geschlafen hast, seitdem wir uns kennen . . .« Schnell weiter, denn er wollte eigentlich keine Antworten auf diese Fragen. Jedenfalls nicht als erstes. »Ich könnte dich eine ganze Menge Sachen fragen. Und als Antwort würde ich dann das aphoristische Zeug bekommen, auf das ich hereingefallen bin. Daß du deine sogenannte Wahrheit hast, und ich die meine . . . Sie sind wohl kaum die vertrauensvollste oder zugänglichste aller Frauen, Miss Nayburn. Obwohl ich mir vorstellen könnte, daß die unerschütterliche Hochachtung, die Sie vor sich selbst haben, und Ihr Aufrichtigkeitskult Ihnen sagen werden, daß Sie das sind.«

»Ich werde jede Frage beantworten, die du stellst, Dalton.« Eine Herausforderung.

»Also gut.« Welche Frage? Es gibt so viele. Die geschwürartig in Diddys Fleisch pochen. Also warum nicht mit dem Anfang beginnen? »Erzähl mir, was du für deine Mutter empfindest.«

»Ich hasse sie.«

»Seit wann?«

»Seit ich verstanden habe, was sie getan hat.«

Diddy, der schwankt, ob er zu einer langatmigen, vernichtenden Antwort ansetzen soll, holte tief Luft. Also weiter. »Ist das alles?« sagt er spöttisch. »Kommt nicht noch der große Eßlöffel voll geheiligter Liebe und Vergebung und Mitleid?«

»Dalton, ich schwöre dir, daß ich meine Mutter verabscheue. Abscheu und Ekel ist alles, was ich für sie empfinde.«

Nicht gerade, was Diddy zu hören erwartet hatte. »In Ordnung, ich werde dir fürs erste mal glauben. Jetzt erzähl mir, was du darüber empfindest, daß du blind bist.«

»Oh Gott! Was glaubst du denn?« ruft Hester. »Du Idiot!« Im Licht, das durch das Fenster hereinscheint, sieht Diddy, wie sich ihr Gesicht von der Anstrengung, die Tränen zurückzuhalten, verzieht.

»Hester! Hester, es tut mir leid. Ich weiß nicht, was ich rede. Laß uns aufhören.« Er streckt den Arm aus, um sie zu berühren. Sie entzieht sich ihm mit einer heftigen Bewegung.

»Ich will nicht aufhören«, sagte Hester schrill. »Du willst Aufrichtigkeit, du dummer Idiot. Die sollst du kriegen. Aber zuck nicht zurück. Die meiste Arbeit tue ja ich. Und wenn ich es ertrage, dann kannst du es auch.«

Ihre Worte treffen Diddy schmerzlich. »Du hast verdammt

recht, ich kann's ertragen. Und ich werde dich wieder fragen. Du kannst mich ruhig Idiot oder Dummkopf nennen oder was immer dir gefällt, verdammt nochmal, aber es ist wahr, ich *weiß nicht*, was du dabei empfindest, daß du blind bist. Ich meine, du empfindest offensichtlich weder Haß noch Bitterkeit, wo nach allem, was ich zu verstehen glaube, jeder andere allen Grund hätte, Haß und Bitterkeit zu empfinden. Du tust etwas anderes. Du weichst zurück. Du löst dich auf. Es ist, als ob du nicht mehr existieren würdest. Dann tauchst du schemenhaft wieder auf, kommst wieder zum Vorschein, völlig ausgeglichen. Doch mit dem anderen Menschen hat das offenbar alles so gut wie nichts zu tun. Und jedesmal ist da ein bißchen weniger Großzügigkeit in dir, als brauche die sich langsam auf durch das, was immer du da in deinem Inneren tust. Und ich habe dich um dieser Ausgeglichenheit willen geliebt. Aber jetzt glaube ich, daß sie zum Großteil aus Eitelkeit besteht. Und das alles bringe ich, obwohl ich es nicht beweisen kann, mit deiner Blindheit in Verbindung. Und zwar so sehr, daß ich glaube, du hast es fast *gern*, blind zu sein.«

»So wärest du vielleicht«, sagt Hester kalt, »wenn du blind wärest. Du solltest für dich selber sprechen.«

»Hester, sag mir ohne Umschweife, was du empfindest. Darüber, daß du blind bist.«

»Ich hasse es, blind zu sein, so sehr, daß ich die meiste Zeit, in der ich nicht schlafe, wünschte, ich wäre tot.«

Schnell weiter. »Und was ist mit mir?« Diddy sprudelt die Worte so hastig hervor, daß er kaum Zeit hatte, sich auf den stumpfen, tödlichen Schlag gefaßt zu machen, zu dem er sie damit herausforderte.

»Es ist so kompliziert ... Es gibt Zeiten, da liebe ich dich aus tiefstem Herzen. Zuzeiten hasse ich dich; vielleicht sogar die meiste Zeit. Und dann habe ich Mitleid mit dir und würde dir gern helfen. Doch wann immer ich daran denke, was es wohl bedeuten würde, dir zu helfen, dann erschrecke ich. Du hast das starke Verlangen in dir, dich selbst zu zerstören. Ich habe Angst, daß du mich, wenn ich wirklich die Hand nach dir ausstrecken würde, auch mit hinabziehen würdest.«

Ein Schock für Diddy. Doch war er, alles zusammengenommen, keineswegs bereit zuzulassen, daß sich das, was eine Bloßstellung Hesters gewesen war, (jetzt) gegen ihn richten sollte. »In

Ordnung, du hast offen heraus gesprochen. Dafür bin ich dir dankbar. Doch laß uns nicht das Thema wechseln. Wir haben über dich gesprochen, Hester. Was ist mit *deinen* destruktiven Bedürfnissen?«

Das Mädchen antwortete nicht sogleich. Ein Seufzer? Dann setzte sie sich in den Korbschaukelstuhl beim Fenster. »Meine destruktiven Bedürfnisse? . . . Glaub mir, Dalton, ich will deiner Frage nicht ausweichen. Es ist nur so, daß sie schwer zu beantworten ist, da ich mir nicht sicher bin, ob ich überhaupt schon angefangen habe, solche Bedürfnisse auszudrücken. Aber ich will damit nicht etwa andeuten, daß sie nicht existieren oder daß es nur belanglose Wünsche sind, die eigentlich eher schlummern. Ich weiß nicht, wie groß sie sind. Das einzige, dessen ich mir einigermaßen sicher bin, ist die Richtung, in die sie gehen . . . Wohl eher, jemand anderen zu zerstören, als mich selbst.«

»Schon irgendwelche Opfer auf Lager?« sagt Diddy bitter. Die Energie zum Streiten verebbt allmählich. Hester war (jetzt) zum Bett zurückgekehrt; wenn auch nur, um hier zu sitzen. Die Hitze und die feuchten Dünste, die ihrem Körper entströmten, drangen nun in Diddys Sinne, trübten seine Gedanken, legten dichte Schwaden zwischen seine Fähigkeit, vernünftig zu denken, und die kristallenen Wortblöcke, die sich in seinem Mund stapelten und jederzeit abgefeuert werden konnten. »Wen hast du denn schon zugrundegerichtet bis jetzt?«

»Vielleicht . . . dich.«

»Mich?« Diddys Stimme wird heiser. »Da bild dir bloß nichts ein, Kleines. Ich bin absolut in der Lage, mich selbst zu zerstören, auch ohne deine feinsinnige Unterstützung. Ganz allein.«

»Vielleicht hast du recht.«

»Bist du jetzt sarkastisch?« sagt Diddy hämisch.

»Nein. Ich denke nach. Und frage mich, ob das wirklich wahr ist, was du gesagt hast . . . Hör mal, Dalton, wie sehr du mich jetzt eben auch hassen magst oder denkst, daß ich dich hasse, du mußt mir glauben, daß ich nicht *will*, daß du untergehst. Und was immer du auch zu tun entschlossen bist, *ich* will nicht das Mittel sein, um dich zu zerstören. Und vielleicht bin ich's auch nicht. Und könnte es gar nicht sein. Vielleicht machst du das alles ja ganz allein, wie du gerade gesagt hast. Mein Gott, wie gern würde ich glauben, daß ich nicht daran beteiligt bin! Doch das kann ich nicht. Was ich glaube, ist, daß du zerstört werden willst, aber nicht stark genug bist, es selbst zu tun. Du brauchst mich eben *doch*, damit ich dir dabei helfe. Und das will ich nicht – zumindest glaube ich, daß ich nicht . . .«

»Hester –«

»Ja, vielleicht doch. Ich bin keine Heilige. Und du führst mich in Versuchung, dich zu zerstören, Dalton, und das ist die perverseste Form der Verführung. Ich will dich nicht zerstören. Aber tief in meinem Inneren spüre ich, daß es gerade das ist, worum du mich bittest.«

Konnte es sein, daß Hester recht hatte? Plötzlich, einen kurzen Lichtblitz lang, sah Diddy, der Verblendete, die Wahrheit in helles Licht getaucht. Sah das riesige Ausmaß des dunklen, verhängnisvollen Labyrinths, in dem er sich abmühte. Und wurde gewahr, wie einsam er darin war. Entweder gab es niemanden, der ihn hätte hinausführen können, oder Diddys falsche Ariadne hatte den Faden fallen lassen.

Doch vielleicht stehen die Dinge gar nicht so hoffnungslos. Vielleicht ließ sich ihrer beider Schmerz in weniger absoluten Begriffen erklären. Eine psychologische Erklärung, wenn du willst. Diddy, nicht wirklich lebendig, hatte ein Leben. Ein unglückliches Vorbild für einen Menschen wie Hester, jemanden, der jünger war und in der Tiefe seines Wesens unschuldig. Sie fing (jetzt) an, die halb tierischen, halb menschlichen Monstren zu sehen, die Diddy sah. Die Tatsache, daß sie blind ist, buchstäblich keine eigene Sicht der Dinge hat, macht sie vielleicht um so empfänglicher für seine schwarzen Gesichte. Es steckte Hester an, wie er dem Leiden verfallen war. Ihre eigene, kostbare Ration an Vitalität, die sie sich durch jene qualvollen Prüfungen hindurch bewahrt hatte, versickerte. Hester, wirklich lebendig, war früher ihr Leben gewesen. Hatte nicht bloß ein Leben gehabt. Daß sie Diddys provisorische Existenz teilte, verdarb ihre Vitalität. Je länger sie mit ihm lebte, desto vollständiger nahm sie teil an seinem Leiden und seiner Morbidität.

Daher ihr Redestrom diese Nacht.

»Ich werde lange und ausführlich darüber nachdenken, was du gesagt hast«, murmelte Diddy. »Ich glaube, es ist alles falsch, absolut verrückt. *Ich* weiß, was das Problem ist.«

»Ach wirklich?«

Nein, um die Wahrheit zu sagen, Diddy weiß es nicht. Und Diddy, der Wahrheitsliebende, sagt das auch. »Also gut, vielleicht ist auch etwas Richtiges an dem, was du sagst.«

Diddy ist unsäglich traurig. Nicht mehr wütend. Traurig, daß Hester Angst vor ihm haben konnte. Als wäre er jemand, der von den Toten auferstanden ist, dem von weitem Ehre gebührt für sein außerordentliches Bravourstück; und nicht Liebe aus nächster Nähe. Doch vielleicht hat sie einen gesunden Instinkt. Nämlich dann, wenn er wirklich eine posthume Kreatur ist, durch deren bloße Berührung schon alles verwelkt.

Letztes Aufflackern seines Widerstandes gegen Hesters Urteilsspruch, obwohl sie doch sichtlich sanfter gegen ihn wird. »Verdammt nochmal«, rief Diddy, »du kannst doch nicht die ganze Zeit recht haben!«

»Warum nicht?« fragte Hester.

»Warum nicht?« wiederholte Diddy ungläubig.

»Was glaubst du denn, Dalton? Daß recht zu haben etwas Demokratisches ist? Eine Garantie, daß du die eine Hälfte der Zeit recht haben kannst, und ich kann während der anderen Hälfte recht haben? Schatz, so ist es nun einmal nicht – außer, wenn es so ist. Aber bei uns ist es nicht so.«

Diddy wälzt sich ruhelos im Bett hin und her, weiß nicht, was er antworten soll.

»Du warst dabei, mir etwas zu sagen«, fuhr Hester fort. »Du hast gesagt, daß du denkst, ich hätte wenigstens teilweise recht mit dem, was ich gesagt habe. Womit hatte ich also recht?«

»Vielleicht, daß ich so eine Art von Lazarus bin. So fühle ich mich jedenfalls. Besonders, seit ich versucht habe . . . mich umzubringen.«

»Und was ist falsch an dem, was ich gesagt habe?« Hester knöpfte ihre Bluse auf.

Diddy verzieht das Gesicht; streckt die Hand nach ihr aus, um ihre Brust anzufassen. »Was daran falsch ist, oder jedenfalls bete ich darum, daß es sich als falsch herausstellen wird, ist, daß es gefährlich für dich ist, mit Lazarus zu leben.«

»Aber du weißt, Dalton«, sagte sie und schlüpfte unter die Decke, »ich habe ebenso nachdrücklich gesagt, daß ich für dich gefährlich bin. Wenn du Lazarus bist, dann bin ich vielleicht Medusa mit dem Schlangenhaar, die dich zu Stein werden läßt.«

Was war doch mit dem Stein gewesen? Diddy hatte es vergessen. Warte, denk einen Augenblick nach. Doch seinem Gefühl nach ist sein Körper (jetzt) von einem Stein so verschieden wie eine Schwalbe von einem Hammer. Soll er dem trauen, wozu ihn sein Körper überschwenglich drängt? Oder soll er sich nach den grellen Vorahnungen richten, die sich in seinem Gemüt breit machen? Er hat keine Wahl. Die Wahl ist schon getroffen. Diddy nahm das Mädchen in seine Arme. »Zieh doch den verdammten Rock aus«, murmelt er. »Warum bist du im Rock ins Bett gegangen?«

»Ist unser Krach denn vorbei?« fragt sie.

»Zum Teufel, das weiß ich nicht. Ich kann nicht mehr denken. Mein Kopf ist völlig leer.« Diddy wartete, daß Hester etwas sagte. Wenigstens zog sie nun die restlichen Kleider aus und warf sie auf den Fußboden. »Du willst doch nicht mehr weiter streiten, oder?«

»Nein. Ich bin erschöpft.«

»Aber du mußt mir versprechen, daß wir morgen über Paul reden werden.«

»Warum?«

»Weil es mir wichtig ist. Jetzt sogar noch wichtiger. Dieser ganze Alptraum heute nacht hat angefangen, weißt du noch, weil ich gesagt habe, daß ich kein Vertrauen zu Paul habe. Und du hast das so aufgefaßt, als hätte ich etwas über mich selbst ausgesagt, und nicht über meinen Bruder. Und jetzt bestehe ich um so mehr darauf, daß du ihn kennenlernst und selbst siehst, wie er ist.«

Diddy ist zuversichtlich, daß er seine Rechtfertigung erlangen wird; wenigstens in diesem speziellen Punkt. Mag er in Hesters Ohren gehässig und lieblos geklungen haben, sie konnte ja keine Ahnung haben von Pauls Oberflächlichkeit, von seiner Neigung, Menschen, die ihn lieben, auszunutzen, von seiner Eitelkeit, seinen Selbsttäuschungen. Doch sollte sie fähig sein zu empfinden, wie sehr Diddy Paul einst geliebt hat.

»Diesmal mußt du ihn kennenlernen«, wiederholte Diddy. »Dann kannst du selbst urteilen.« Das ist offenbar ein guter Gedanke. Oder vielleicht doch nicht? Wie kann Diddy so zuversichtlich sein, daß Hester Paul durchschauen wird? Den ganzen Paul sehen wird. Sie sieht vielleicht nur einen Teil dessen, was

Diddy sieht. Den charmanten Paul, der, wenn er will, jeden zum Lächeln bringen kann; dem es leicht fällt, sich bei jedermann beliebt zu machen. Vielleicht findet sie ihn anziehend. Anziehender als Diddy. »Morgen . . .«

»Dalton, sprich bitte nicht über morgen. Wo bist du? Ich will dich näher bei mir haben.«

»Er hat gesagt, er würde uns morgen anrufen. Ich weiß nicht, wie lange er diesmal in der Stadt ist, aber ich will wissen, ob du ihn kennenlernen willst.«

Die Art, wie Hesters Körper sich (jetzt) an den Diddys drängt, erregt ihn jedesmal. Es zieht ihm zitternd, fast schmerzhaft, die Leistengegend zusammen, sein Glied wächst und wird steif. Hester ist unter die Bettdecke hinabgerutscht; nimmt sein Glied in den Mund. Diddy stöhnt, wirft die Bettdecke ab, drückt mit der Hand gegen ihren Hinterkopf. Sie verschlingt ihn, nimmt ihn in sich auf, zieht ihn an sich. Reißt ihn mit sich fort, fort vom Nachdenken, von der Erinnerung, von den Worten, von Paul. Laß das alles hinter dir. Es spielt alles keine Rolle. Doch, es ist wichtig. Kann aber bis morgen warten.

Doch Paul rief dann am nächsten Tage gar nicht an; obwohl Diddy und Hester nicht aus dem Hause gingen. Und ebensowenig an den folgenden Tagen.

In den ersten Tagen nach dem Streit schien es bei Diddy und Hester ruhiger zuzugehen, zumeist schwiegen sie beide. Als Folge des Schocks, wie Diddy dachte. Jegliche Art von Kontakt, ausgenommen sexueller, widerstrebt ihnen. Doch allmählich ließ dieser gespenstische Druck, der ihren Alltagsrhythmus belastete, nach, der Rhythmus nahm an Kraft wieder zu. War gleichwohl noch immer äußerst ruhig. Sie blieben tagelang zu Hause. Sind selten aus dem Hause gegangen, seit sie den täglichen Spaziergang aufgegeben haben.

Ob das nun ursprünglich Hesters Wunsch war oder Diddys – er ist sich nicht sicher – beide wollen es (jetzt) so. Diddy macht nicht einmal mehr seine drei Spaziergänge mit Xan, einen am Morgen und zwei am Abend, seit er den Hund ins Heim des Tierschutzvereins gegeben hat. Hesters Antipathie gegen das Tier hatte keineswegs nachgelassen, wie Diddy erwartet hatte, sondern war schlimmer geworden. Xan fing an zu reagieren.

Verkroch sich unter der Couch, wenn Hester das Wohnzimmer betrat; führte sich unterwürfig auf und geriet in maßlose Erregung, wenn Diddy ihn fütterte, ihn bürstete oder die Leine für ihre Spaziergänge hervornahm. Hätte Diddy geglaubt, daß es ihm gelingen könnte, den alten, lebhaften und wohlgemuten Xan wiederauferstehen zu lassen, dann hätte er sein Haustier gewiß nicht weggegeben. Doch er glaubte nicht daran. Nahm vielmehr die Veränderung des Hundes als unwiderruflich hin. Er mochte Xan nicht mehr.

Obwohl er sich nicht bewußt ist, daß er aktiv das Geschöpf vermißt, das er während der letzten zwei Jahre mit so viel von anderer Seite verschmähter Zuneigung überhäuft hatte, ist (jetzt) vielleicht doch irgendein Vakuum in Diddys Herz. Dessen er sich nicht bewußt ist. Irgendeine Sehnsucht nach jener Art von liebevollem Dialog, die nur mit einem Tier möglich ist; oder zumindest nur mit jemandem, der nicht spricht. Und das mag der Grund sein – wenn es denn einen Grund braucht – weshalb er das ganze letzte Wochenende über an etwas denken mußte, das er einmal geschrieben hat. In seinem zweiten Jahr im College hatte Diddy einen Roman angefangen und ein Jahr lang mit ziemlicher Sorgfalt daran gearbeitet. Unter dem Titel *Die Geschichte vom Wolfsjungen*. Und von einem Ich-Erzähler wiedergegeben, denn Diddy konnte sich nicht vorstellen, daß die Geschichte von jemand anderem als dem Helden selbst erzählt wurde. Er hatte sich nie getraut, seine Bemühungen jemandem zu zeigen, weder Lehrer noch Freund. Da er sicher war, daß ihm dann aufgehen würde, daß er kein Talent zum Schreiben hatte. Und hatte, nachdem er aufgegeben hatte, um sich ernsthaft seinen vormedizinischen Studien zu widmen, sich nie wieder an Belletristik versucht. Dennoch muß ihm viel daran gelegen haben. Obgleich er niemals auch nur eine Seite vom Manuskript noch einmal wieder las, hatte er es diese ganzen Jahre über aufbewahrt. Sowohl den ersten Entwurf, den er mit einem Parker-Füllfederhalter, einem Geschenk seiner Mutter zum bestandenen Highschool-Abschluß, in drei Ringbüchern niedergeschrieben hatte; wie auch die zweite Fassung, die getippt war. (Jetzt) würde er gern seinen »Roman« Hester und sich selbst vorlesen.

Er weiß genau, wo er ist. In dem schweren Pappkarton, dem,

der niemals geöffnet wurde, auf dem Brett im Flurwandschrank. In dem unter anderem aufbewahrt wird:

- Zeugnisse aus der Grundschule;
- vier Highschool-Jahrbücher und fünfundzwanzig Nummern der wöchentlichen Schülerzeitschrift aus seinem letzten Schuljahr, als er federführender Herausgeber war;
- seine Abschlußzeugnisse;
- große Umschläge, zum Platzen voll mit Kindheitsphotos von ihm selbst und Paul;
- die primitive Steinschleuder, die er im Alter von acht Jahren gebastelt hatte;
- seine »katholischen« Tagebücher, aus der Zeit zwischen seinem zwölften und fünfzehnten Lebensjahr;
- seine Urkunden aus Laufwettkämpfen und vom Basketball;
- ein Album, vollgeklebt mit Ausschnitten aus Zeitungen und Magazinen über Paul, Konzertprogramme und diverse andere Souvenirs der Karriere seines Bruders, allerdings nur bis 1960;
- das Aquarell-Portrait von Pasteur, das er gemalt hatte, als er zehn war;
- ein paar Anstecker aus der Wahlkampagne von Stevenson;
- ein unförmiges, mit Bindfaden verschnürtes Paket, das alle Briefe – bis zu drei pro Tag –, die Zettel und die Telegramme enthielt, die Joan und er miteinander gewechselt hatten, während der ersten beiden Monate, nachdem sie einander begegnet waren.

Er nimmt den Karton herunter. Doch das Manuskript ist nicht da. Weder die handgeschriebene noch die getippte Fassung. Wie ist das möglich? Sieh noch einmal nach! Diddy ist sicher, daß es absolut ausgeschlossen war, daß es verloren gegangen oder ohne sein Wissen weggeworfen worden war. Diddy, der Methodische, kramt an anderen Stellen, die in Frage kommen. Durchwühlt schließlich alle Schränke, Schubladen und Kartons in der ganzen Wohnung. Das Manuskript ist nirgends aufzutreiben.

Ein anderer Gegenstand aus dem Pappkarton fehlt auch. Die Goldmedaille, die Paul überreicht worden war, als er den Chopin-Preis im Alter von achtzehn Jahren gewonnen hatte. »Heb du sie für mich auf, Diddy«, hatte Paul wegwerfend gesagt, als er aus Warschau wiederkam. Und sie grinsend auf Diddys Teller gelegt. Diddy hatte nie zu entscheiden vermocht, ob es bedeutete, daß er Paul lieber war, als er geglaubt hatte, oder Paul sich weniger, als er geglaubt hatte, aus dem unerwarteten Sieg und der Tatsache machte, daß er über Nacht berühmt geworden war. Alles in allem empfand er Pauls überraschendes Geschenk eher als magischen Zauber denn als brüderlichen Segen. Da er dachte, daß Paul die Medaille eines Tages von ihm zurückerbitten könnte, hatte Diddy es nie über sich gebracht, sie in den Mülleimer zu schmeißen. Doch als er, nachdem er den Inhalt des Pappkartons im Flur auf dem Fußboden ausgeleert hatte, um sich zu überzeugen, daß sein Manuskript nicht darin war, beinahe nebenbei bemerkte, daß auch die Medaille in ihrem hübschen Etui aus Leder und Samt fort war, verspürte er deutliche Erleichterung.

Doch mit dem Verschwinden der *Geschichte vom Wolfsjungen* war es etwas anderes.

Diddy versucht, sich von dem unerklärlichen Verlust seines Manuskriptes nicht allzu sehr deprimieren zu lassen. Gibt sich selbst zu bedenken, daß es nichts weiter als dummes Zeug eines Jugendlichen gewesen sei. Es konnte doch gar nichts getaugt haben. Also kein wirklicher Verlust. Aber immerhin schmerzlich. Er hatte sich so darauf gefreut, es Hester vorzulesen. Ihr einen Teil von sich zu übergeben, den er noch mit niemandem geteilt hatte, etwas, das er sogar vor Joan geheimgehalten hatte. Und er ahnte dunkel, daß die Geschichte vielleicht den kaum wahrnehmbaren Schmerz irgendwie gemildert hätte, den er empfindet, weil er Xan weggegeben hat. Nicht so stark, daß es ihn getröstet hätte. Dennoch, es gibt ein gemeinsames Thema.

Hester ist aus dem Wohnzimmer gekommen; steht dicht neben ihm. »Was machst du da, Dalton? Suchst du etwas?«

»Ach, ich sortiere nur altes Zeug aus. Will Sachen loswerden.«

Wohl das Beste, was Diddy tun kann, ist, in einem wiederkehrenden Traum eine Parodie oder ein Fragment der bizarren Geschichte wieder zum Leben zu erwecken, die in seinem verlorengegangenen Manuskript festgehalten war. Der stellt sich auch prompt ein, und es ist wohl der einzige Traum, den er (jetzt) hat, als willkommene Abwechslung zu den Träumen – oder vielmehr Alpträumen, die man lieber vergißt –, von denen er letzten

Monat heimgesucht wurde. Träume, die Diddy Kraft gekostet hatten; aus denen er am Morgen meist mit dem Gefühl erwachte, daß ihm ein riesiger flacher Stein auf der Brust liege. Doch das Erwachen aus diesem neuen Traum und seinen Variationen ist zumeist angenehm, Diddy fühlt sich erleichtert, irgendwie geläutert.

Auch als Traum bewahrt *Die Geschichte vom Wolfsjungen* etwas von ihren Quellen, von den »literarischen« Qualitäten, die Diddy als Collegestudent, der Romane las, bewundert haben mag. Feierlich, von langsamem Erzähltempo, ein wenig überladen mit realistischen Details. Und obwohl der Traum über einen Zeitraum von mehreren Wochen hin wiederkehrte, blieb er doch recht nahe am ursprünglichen Handlungskern. Die einzig bedeutsamen Variationen traten am Ende auf.

In seiner Standardfassung beginnt der Traum mit einem Prolog. Diddys Begegnung mit dem weinenden Wolfsjungen. Obwohl es während des Traumes Zeitphasen gibt, in denen der Wolfsjunge völlig menschlich aussieht, so gewöhnlich-menschlich, wie man es sich nur wünschen kann, ist er eigentlich ein Tier. Diddy weiß das. Der Wolfsjunge weiß das. Es ist eigentlich der Grund, weshalb er weint. Weil er ein Tier ist, und weil er danach strebt, etwas Besseres zu sein. Was ist etwas Besseres? Ende des Prologs.

Der eigentliche Traum zerfällt in zwei Teile.

In Teil I erzählt der Wolfsjunge seine Lebensgeschichte; wobei er mit seiner Geburt anfängt. Die Reaktion Diddys beim Zuhören ist typisch für so viele Träume. Überrascht von dem, was er hört, folgt er gespannt. Fühlt aber zugleich, daß es eine alte Geschichte ist, die er schon viele Male gehört hat, ist aber dennoch froh, sie wieder einmal ganz zu hören.

Die Geschichte des Wolfsjungen. Er erzählt Diddy, daß er in eine respektable Zirkusfamilie namens Shaw geboren wurde; als Einzelkind. Und auf den Namen Hiawatha getauft wurde, nach seinem Großvater, einem Vollblut-Cherokee. Sein Vater war ein Akrobat, der auf dem Hochseil arbeitete, seine Mutter eine Löwenbändigerin, die aus Budapest stammte. Beide waren Aristokraten unter den Zirkusleuten, da sie Fähigkeiten besaßen, die zwar selten, aber nicht grotesk waren, und weil sie physisch nicht mißgebildet waren. Er hatte eine glückliche und recht abenteuerliche Kindheit mit seinen Eltern auf der Landstraße verbracht, bis sie beide bei einem Autounfall ums Leben kamen. Und zwar in North Platte, Nebraska, wo der Zirkus fast eine Woche lang auf einem Jahrmarkt Vorstellungen gegeben hatte. Der junge Hiawatha war gerade vierzehn gewesen.

Das Waisenkind wurde rasch von einem Menschen adoptiert, den seine Eltern für ihren besten Freund in der Truppe gehalten hatten. Lyndon, der Schwertschlucker, ein Mann, mit dem Hiawatha ohnehin schon wie mit einem Lieblingsonkel umgegangen war; den er kannte, solange er sich erinnern konnte, und den er immer gern gehabt hatte. Doch als Stiefvater legte der Mann ein Ausmaß an Niederträchtigkeit an den Tag, wie es der Junge nie geahnt hatte. Mißachtung, aufgeputzt mit Sarkasmus und gesteigert durch alle möglichen kleinlichen Demütigungen. Bis zur letzten, grausamsten aller Verletzungen. Eines Tages, als der Schwertschlucker eine völlig ungerechtfertigte Wut auf den Jungen hatte, erzählte er ihm eiskalt, daß seine toten Eltern eigentlich gar nicht seine Eltern gewesen seien. »Jetzt glaubst du wohl, du bist ein Findelkind, hä? Vielleicht denkst du sogar, daß das was Sensationelles ist. Klasse oder so, was? Daß du zum Beispiel vielleicht in Wirklichkeit der Sohn von einem Prinzen bist oder von einem Filmstar. Warte nur ab! Setz dir nur keine Rosinen in den Kopf, Kindchen. Das ist noch nicht alles.« Lyndon schlug sich auf den Kopf, um sein Lachen zu bremsen. Lehnte sich dann zurück und ließ seine Hosenträger klatschen. »Die Geschichte ist gut. Ohne deine weibischen, windelweichen Happy-Ends.«

Hiawatha Shaw war nicht nur nicht der Sohn der Shaws; er stammte nicht einmal von jemandem ab, der von ihrer Art war. Eigentlich nämlich war er der Sprößling zweier Riesenaffen, die vor vielen Jahren beim Zirkus in einer afrikanischen Nummer aufgetreten waren. Ein Mutant, eine Mißgeburt, eine Laune der Natur, ohne Präzedenzfall in der Medizin. Natürlich wurde das rosige, unbehaarte menschliche Kind sogleich seinen tierischen Erzeugern fortgenommen. Nur wenige Minuten nach seiner Geburt auf dem Stroh des Affenkäfigs. Und das freundliche kinderlose Paar nahm sich seiner an und zog ihn groß.

»Wissen das alle hier im Zirkus?« fragte Hiawatha und versuchte, sein Schluchzen zu ersticken.

»Klar, alle wissen es«, sagte der Schwertschlucker. »Sie waren auch ganz schön schockiert, als du da aus der großen Gorillafotze herausgeplumpst kamst, und es braucht eine ganze Menge, um Zirkusleute zu schockieren. Wollten dich auch gleich erschießen, ohne viel Federlesen zu machen. Wollten dich nicht einmal ins Geburtsregister eintragen lassen. Um dir einen Gefallen zu tun. Als Gnadenakt. Da hätte bestimmt niemand Ärger gekriegt deswegen. Wer hätte schon geglaubt, daß es dich überhaupt gab? Ich weiß noch, ich war dafür, es zu tun. Der Prinzipal übrigens auch. Hat gesagt, du wärst eine Beleidigung der Vorsehung oder so etwas, und daß es der Wunsch des Allmächtigen ist, du wärst tot. Naja, ich hab ja mit dem religiösen Zeugs nichts zu schaffen, aber ich war auf seiner Seite.«

»Und was geschah dann?« flüsterte der Junge, dem es das Herz gebrochen hatte.

»Ach, zum Schluß hat er dann Muffe gekriegt. So ein paar Weichlinge haben sich dann durchgesetzt. Aber weil ein paar von den Jungs so in Fahrt waren und etwas unternehmen wollten, haben wir dann den Hut rumgehen lassen, damit wir dem Prinzipal nachher mit ein bißchen Kohle das Maul stopfen konnten, und haben dann stattdessen deinen haarigen alten Herrn und seine Alte erschossen.«

Das war die Geschichte, die der Wolfsjunge Diddy erzählte, und er weinte, als hätten seine Tränen kein Ende. Putzte sich dann die Nase. Und fuhr fort.

Kurz nach dieser unaussprechlichen Offenbarung lief Hiawatha von Lyndon, dem Schwertschlucker, weg, weg vom Zirkus, weg von allem. Und fing an, das Leben eines Eisenbahntramps zu führen. Fand das aber noch zu gesellig. Und meisterte allmählich die strenge Zuchtregel des frühreifen Einsiedlers. Fand Unterschlupf in abgelegenen Höhlen, Gräben, Bergschluchten und verlassenen Hütten am Rande kleiner Gemeinden mit Ackerbau und Viehzucht – zuerst in Nebraska, später in Colorado, schließlich in Arizona. Ein Leben, das mehr nach seinem Geschmack war, wie sich herausstellte.

Was für ein unsäglich trauriges Schicksal, denkt Diddy im Traum. Und spürt, wie auch ihm die Tränen in die Augen stürzen. Nur wegen des Wolfsjungen? Oder ebenso, weil auch er so schmählich isoliert war?

Doch die Erzählung vom Wolfsjungen hat eine noch erschreckendere Fortsetzung. Es begann nach mehr als einem Jahr der Wanderschaften, als Hiawatha gerade sechzehn war. Und hatte mit seinem Erscheinungsbild zu tun; und all den Abgründen – geschichtlichen, biologischen, psychologischen, geistigen –, die sich mit dem Erscheinungsbild verknüpfen. Hatte er doch, als er gerade über zehn Jahre alt war, noch wie jeder andere amerikanische Junge ausgesehen. Kleiner als die meisten Jungen in seinem Alter, doch der Arzt, der mit dem Zirkus unterwegs war, hatte Hiawathas Ängste beschwichtigt. Verzögerte Reife, ein ungewöhnlicher, aber keinesfalls unnatürlicher Befund: wenn auch selten, so ist es doch biologisch völlig normal für Jungen, daß sie die Pubertät erst im Alter von achtzehn Jahren erreichen. Kein Grund zur Sorge. Tatsächlich eher etwas, für das er eines Tages vielleicht noch dankbar sein würde: es gebe gute Aussichten, daß er ein sehr großgewachsener Mann würde. Verständlich, daß der Junge, als er mit sechzehn bemerkte, daß Haare in seinem Gesicht wuchsen, gehobener Stimmung war. Obwohl er in den letzten drei Jahren nicht um einen Zentimeter gewachsen war. Hiawatha lebte zu dieser Zeit in einer verlassenen Bergarbeiterhütte im nördlichen Arizona; sein Lebensunterhalt bestand hauptsächlich aus wilden Beeren und Kleinwild, das er in Fallen zu fangen gelernt hatte und manchmal auch mit den bloßen Händen fing. Unmittelbar, nachdem er voller Freude sein Gesicht, seine Brust, seine Achselhöhlen, seine Arme, den Rücken, die Leistengegend und die Lenden untersucht hatte, machte sich der Junge auf den Weg zur nächsten Landstraße und trampte nach Flagstaff, der nächsten Stadt. Wo er an einer Straßenecke beim Eingang eines Kinos stand, bis er genug Geld in Fünfern und Zehnern zusammengeschnorrt hatte, um sich in einer Drogerie einen Rasierapparat und Klingen kaufen zu können. Trampte dann fort aus der Stadt und kehrte wieder zu seiner Hütte zurück. Und rasierte sich.

Es war, nachdem er sich das erste Mal rasiert hatte, so erklärte der Wolfsjunge Diddy, daß er bemerkte, daß etwas nicht in Ordnung war. Daß er entdeckte, daß sein Gesicht aus einer rauhen, borstigen Schicht bestand, die unter dem feineren Haar lag, das er abrasiert hatte und das ohnehin innerhalb einer Stunde wieder nachwuchs. Haare nicht nur an den gewöhnlichen Stellen – der unteren Wangenpartie, dem Kinn, auf der

Oberlippe – sondern über das ganze Gesicht hin. Auf der Stirn zum Beispiel. Auf der oberen Wangenpartie. Und zu Seiten des Halses, unter den Ohren. Um nicht von den dichten pelzigen Büscheln zu sprechen, die überall an seinem Körper sprossen. Nur seine Handflächen, die Kniekehlen und die Unterseite beider Füße blieben verschont.

Kurz, Hiawatha verwandelte sich in den Wolfsjungen. Es gab nichts, was er tun konnte, um den Prozeß aufzuhalten. Eine irreversible, wenn auch verspätete Metamorphose. War er ohnehin schon – seit der grausamen und unerbetenen Offenbarung durch Lyndon, den Schwertschlucker – vor den Menschen, vor ihren Masken, ihrer grenzenlosen Fähigkeit zum Verrat auf seiner Hut gewesen, so hatte nun das Geschöpf, zu dem die Natur den kleinen Hiawatha Shaw hatte werden lassen, die allerbesten Gründe, jedweder menschlichen Gesellschaft aus dem Wege zu gehen. Obwohl er immer nur einen leichten Schlaf gehabt hatte, übte er sich darin, während des Tages zu schlafen und nur bei Nacht hervorzukommen. Und fortzulaufen, wann immer er den Klang einer menschlichen Stimme hörte.

Und so lebte er, wie er Diddy erzählte, bis auf den heutigen Tag. Vier Jahre lang. Und war (jetzt) gerade zwanzig Jahre alt. Diddy war froh, daß er das Alter des Wolfsjungen erfuhr; aus seinem Erscheinungsbild hätte es sich nicht erraten lassen. Obwohl er extrem klein war, knapp ein Meter fünfzig, hatte der Wolfsjunge kräftige, dicke Arme und Beine. Und trug gewöhnlich weggeworfene Kleidungsstücke, die er aus Abfalltonnen gerettet oder am Straßenrand gefunden hatte, wo sie jemand weggeworfen hatte; sonntags zog er sich bessere Kleidung an, die er bei kleineren Bauernhöfen von der Wäscheleine hatte stehlen können. Seinen Bauch füllte er mit Speisen, die er bei den Bauernhöfen aus der Küche gestohlen hatte, und mit dem, was bei Picknicks übrig blieb. Das, was dort zurückgelassen wurde – reichliche und abwechslungsreiche Kost, so erzählte der Wolfsjunge Diddy – das war es, was ihn im vergangenen Jahr am Leben erhalten habe.

Seine letzte Behausung, schon seit über einem Jahr: eine Höhle, die einst von einem Berglöwen bewohnt war, doch (jetzt) verlassen ist, im Sabino Kanyon, der in den Ausläufern der Catalina-Berge liegt, ganz in der Nähe von Tucson. Der Kanyon, eine spektakuläre Sehenswürdigkeit, und das immerhin in einer landschaftlichen Umgebung, die nahezu überall als schön bezeichnet werden muß, war am Wochenende ein beliebter Picknickplatz für Familien und Pärchen aus der Stadt. Aus seiner tiefen Nische in der Steilfläche eines fünfundzwanzig Meter hohen Felsens sah der Wolfsjunge oft auf sie herab; lauschte ihrem Lachen und Scherzen, ihren Transistorradios. Sah zu, wie Großeltern im Schatten dösten und Pärchen sich den Fluß hinauf entfernten, um zu schmusen, und Oberschüler mit einem Fußball herumschossen, nachdem sie alle ein riesiges Mittagsmahl verzehrt hatten. Der Wolfsjunge fühlte sich von dieser Art unbeschwerten menschlichen Beisammenseins, das ja auch ihm einst vertraut gewesen war, zugleich sehnsuchtsvoll angezogen und erschreckt abgestoßen. Manchmal breiteten die Menschen ihre Festmahlzeiten gerade zu Füßen seines Felsens aus, so daß er direkt auf sie herabsehen konnte, aus einer Entfernung von etwa achtzehn Metern. Und aufgrund der beachtenswerten Akustik des Kanyons jedes Wort hören konnte, das sie sagten. Es bestand kaum Gefahr, daß man ihn je entdecken würde. Die glatte Steinfläche seines Felsens bietet nur schmalen und dazu noch weit auseinanderliegenden Halt für den Fuß. War als Kletterziel gefährlich genug, um Amateure abzuhalten, aber doch nicht so hoch oder wirklich gefährlich, um Profis zu reizen.

Während des Jahres, das er nun in der Höhle gelebt hatte, hatte nur einmal ein Mitglied dieser Picknickgesellschaften sich ernstlich an dem Felsen versucht. Es war ein hochgeschossenes, dünnes Mädchen von etwa zwölf oder dreizehn Jahren mit langem schwarzen Haar gewesen; in Turnschuhen, Bluejeans, einem rotkarierten Hemd und einer gefransten Lederjacke, die wahrscheinlich aus dem Touristenladen im Reservat der Pima-Indianer südlich von Tucson stammte. An einem Riemen um ihren Hals hing eine Aluminiumflöte, die sie an jenem heißen Nachmittag benutzt hatte, um ihren Hund herbeizupfeifen, einen Terrier, den sie Lassie rief, wie der Wolfsjunge beobachtet hatte. Das Mädchen konnte keine Ahnung haben, wie gefährlich der Aufstieg war; der Wolfsjunge, der ängstlich hinabspähte, sah sofort, daß sie weder im Klettern erfahren war noch sich besonders geschickt anstellte. Doch sie stürzt nicht ab. Ahnungslosigkeit, Schneid, Selbsterhaltungstrieb und ein völliger Mangel an

Schwindelgefühl brachten sie unter Keuchen und Grunzen sicher die Wand hinauf. Sie hat die ersten sieben Meter erklommen. Legt eine fürchterlich unbequeme Pause ein; der kantige Felsen, an dem sie sich festgeklammert hat, reißt ihre Hand auf, so daß sie blutet. Nun klettert sie weiter. Der Wolfsjunge hielt den Atem an. Denn sie bewegte sich, durchaus sinnvollerweise, direkt auf seine Höhle zu. Ein natürlicher Rastplatz auf dem Wege zur Spitze, nach drei Vierteln der Strecke, und der einzige auf ihrer ganzen Kletterpartie.

Diddy wird vom bloßen Zuhören unruhig. Wie wird diese Geschichte ausgehen, glücklich oder traurig? Er will nicht gezwungen werden, sich vorzustellen, wie der Körper zerschmettert, zerfetzt unten auf dem Boden des felsigen Kanyons liegt. Der Wolfsjunge zupft Diddy am Ärmel, versucht, seine Aufmerksamkeit wieder zu gewinnen. Wann hat er je zuvor solch einen Zuhörer gehabt? Hör zu.

Diddy atmet tief ein, als der Wolfsjunge mit seinen Reminiszenzen fortfährt.

Das Mädchen krabbelt immer noch aufwärts, eine Hand über die andere. Kommt dem Lager des Wolfsjungen immer näher. Er gerät in Panik. Was würde er tun, wenn sie die abschüssige Felskante an der Schwelle zur Höhle erreichte und sich hochzöge, wenn sie ihn dann tatsächlich sähe, sähe, wie er aussah? Was in wenigen Minuten geschehen würde. Konnte er das Gebrüll des abwesenden Berglöwen nachmachen, sie verjagen, ehe sie es tatsächlich bis zur Höhle geschafft hatte? Wahrscheinlich. Doch wenn er sie zu sehr erschreckte, verlor sie vielleicht das ohnehin unsichere Gleichgewicht und stürzte achtzehn Meter zum Fuß der Felswand hinab.

Näher und näher. Die haarige Körperhaut des Wolfsjungen wurde streifig vor Schweiß, von der schmalen Stirn bis hinab zu den Fußsohlen in Mokassins; die pelzige Fülle seines kleinen, wachsamen Kopfes glättete sich, bildete infolge der Schweißbäche an vielen Stellen Scheitel. Entschlußlosigkeit, eine der letzten überlebenden Gaben seines schwindenden Menschseins, lag im Widerstreit mit dem Schrecken. Auf dem Höhlenboden hockend kaute der Wolfsjunge mit den geradegewachsenen, winzigen Fängen an seiner Unterlippe, preßte dann fest die Lippen zusammen. Zerrissen zwischen menschengemäßem Mitleid mit dem

Mädchen angesichts ihres wahrscheinlichen Verhängnisses und dem gesunden Instinkt des Tieres, sich um sich selbst zu kümmern.

> Der Wolfsjunge will kein Tier sein. Neidet den Menschenwesen ihr höheres Leiden. Diddy hat zuvor bemerkt, wie er, während er sprach, vornehm und nonchalant die haarigen Beine übereinandergeschlagen hat. Was für ein Kind er ist, denkt Diddy. Ein kleiner Gernegroß. Wie eine große, plumpe Puppe.
>
> Er will kein Tier sein, hat aber keine Wahl. Der Schrecken schüttelt den kleinen Körper so sehr, daß der Wolfsjunge fürchtet, daß er bersten wird, daß seine haarigen Nähte platzen werden. Und daß er (jetzt) das Biest hinausläßt, aus eigenem Antrieb. Statt daß es aus ihm herausgerissen wird. Als verunglücktes Naturwesen ist er gar nichts. Doch als wirkliches Tier könnte der Wolfsjunge sogar noch der Wolfsmann werden.

Da er seinen guten Engel abgetötet hat, macht sich der Wolfsjunge bereit zu töten. Richtet sich auf den drohenden Tod der jugendlichen Störerin ein, die nichts Böses mit ihm im Sinn hat. Doch im allerletzten Moment, als der Wolfsjunge schon mit klaffendem Kiefer und menschengemäßen Tränen, die ihm die haarigen Wangen hinabrinnen, zum Eingang seiner Höhle springen und ein wüstes Löwengebrüll ertönen lassen wollte, wurde er gerettet. Beide wurden sie gerettet. Wahrscheinlich hatten die Eltern des Mädchens dank Lassie, die während der letzten zehn Minuten unglücklich zu Füßen des Felsens vor sich hin gebellt hatte, gerade den Kopf vom geflochtenen Picknickkorb gehoben, sich umgesehen, dann hinaufgeschaut und entdeckt, wohin ihr Sprößling geklettert war. Sie sprangen überstürzt auf. Fingen an zu schreien, zu weinen, zu betteln, sie solle augenblicklich herunterkommen und ihnen so etwas nicht antun. Sie zu Tode erschrecken! Wie konnte sie nur? Knappe Rettung für den Wolfsjungen. Niemand will ein Mörder sein, wenn es sich irgend vermeiden läßt, stimmt's? Diddy ist sich da nicht so sicher.

Doch wird das Mädchen gehorchen? Oder wird sie sich einfallen lassen, ihr Selbstwertgefühl über die von Selbstmitleid geprägte Sorge ihrer Eltern um ihre Sicherheit zu stellen? Ja auf die erste Frage, nein auf die zweite. Auch sie ja noch ein Kind. Sie alle sind Kinder. Die Kletterpartie wird offiziell beendet; und damit auch die Gefahr. Während der Wolfsjunge in seine Höhle zurückweicht, hört er noch den angestrengten Atem des Mädchens kaum zwei Meter unter sich. Hört ihr Seufzen, das nur für ihre Ohren bestimmt war; ihre kindliche Altstimme, die »So ein Mist!« murmelt, und dann die laute Stimme, die »Gut! Gut! Wartet einen Moment! Ich komme ja schon!« zu den Eltern hinabschleudert. Der Kiefer des Wolfsjungen lockerte sich; und das Gebrüll des Berglöwen, der Schrei des künftigen Wolfsmannes sank ungehört in sein Inneres zurück. Seine Knie sind weich wie Gras.

Diddy ist verwirrt. Denk nicht an das Mädchen. Welcher Ablauf der Ereignisse wäre denn im Interesse des Wolfsjungen gewesen? Niemand sollte die Aufgabe aufgebürdet bekommen, aus dem Nichts seine eigene Natur erfinden zu müssen. Es sollte von niemandem verlangt werden zu entscheiden, ob er gut oder böse ist.

Später, bei einem grandiosen Wüstensonnenuntergang, lud der Wolfsjunge Diddy ein, mit ihm gemeinsam eine Pfeife von irgendeinem getrockneten Kraut zu rauchen, das überall in den Ausläufern der Catalina-Berge wächst. Der Wolfsjunge hatte noch mehr auf dem Herzen. Diddy konnte es kaum glauben, aber der Wolfsjunge wollte beschwören, daß dieses Erlebnis mit dem schwarzhaarigen Mädchen, das er doch nur einmal gesehen, mit dem er gar nicht gesprochen und das ihn nie gesehen hatte, eine fast unerträglich intime Erfahrung war. Seit Jahren war er einem anderen menschlichen Wesen nicht so nahe gewesen. (Jetzt) war es eine Erinnerung, die er als Schatz hütete, von der er zehrte. Noch Monate nachher pflegte er mit ihr in seinem Kopf lange Gespräche über Kummer und Freude zu führen. Gewöhnlich, wenn er in seiner Höhle kurz vor dem Einschlafen ist. Doch manchmal auch, wenn er sich in den Kanyon hinabwagte, nach Mitternacht, wenn alle schon fort waren. Um die Drahtabfallkörbe nach weggeworfenen Speisen zu durchwühlen. Um vor sich hin zu singen und sich am Echo des Kanyons zu weiden. Um im Fluß zu baden und daraus zu trinken. Oder wenn er in der Frühe kurz vor dem Morgengrauen erwachte, den Felsen hinabkletterte und in den Bergausläufern außerhalb des Kanyons einen Spaziergang machte. Um Auslauf zu haben, Wagenräder rollen lassen, den Mond anheulen, kleine graue Maulwürfe in ihren Löchern überraschen und mit seinen kleinen, ebenmäßigen weißen Zähnen zerreißen zu können.

»So nahe bin ich schon seit Jahren niemandem mehr gekommen«, wiederholte der Wolfsjunge voller Trauer. Diddy und er sitzen mit gekreuzten Beinen auf dem zackigen, nackten Felsboden am Eingang zu seiner Höhle. »Ich meine natürlich, bis du dann gekommen bist.«

Das Schicksal des Jungen rührt Diddy so sehr, daß er es wie physischen Schmerz empfindet. Wie kann man solches Leid ertragen? Es ist schon unerträglich, allein zu denken, daß Kummer solchen Ausmaßes existiert – geschweige denn, ihn zu erleiden. Gibt es etwas, das er für den Wolfsjungen tun kann? denkt Diddy im Traum.

Entweder weil es ihm peinlich ist, so sehr seine Gefühle gezeigt zu haben, oder weil er sich plötzlich seiner Pflichten als Gastgeber erinnert, der Wolfsjunge entschuldigt sich jedenfalls und geht für einen Moment in seine Höhle, nur ein kurzes Stück, und kommt dann mit zwei Kaktusfrüchten zurück, die ihr Abendessen sein werden. »Das ist alles, was ich habe«, sagt er schlicht. »Probier einmal. Sie sind gut. Zuerst habe ich den Geschmack auch nicht gemocht. Aber du gewöhnst dich nach einer Weile dran.«

Diddy nimmt die schwere grüne Kugel, die noch mit winzigen Stacheln gespickt ist, dem Geschöpf aus der ausgestreckten Hand. »Stich dich nicht«, sagt der Wolfsjunge. »Hier, gib sie mir eben noch mal zurück. Ich hätte die Dinger vorher abschneiden sollen.«

(Jetzt) ist der Wolfsjunge noch einmal fortgegangen, um ein Messer zu holen und die Kaktusfrucht für Diddy zu schälen. Aber er sollte mich – als behinderter Ausgestoßener – nicht bedienen, denkt Diddy. Ich sollte ihm helfen.

Doch vielleicht ist Diddy nicht nur von großmütigen Mitleidsgefühlen erfüllt. Vielleicht fragt er sich auch, was für eine Kreatur, tierisch oder menschlich, und wenn tierisch, welche Art von Tier, gleich wiederkommen wird. Mit einem Messer.

(Jetzt) wird alles dunkel. Doch das hat seine Richtigkeit. Ist eine natürliche Unterbrechung, da das, was als nächstes kommt, zu Recht als Teil II des Traumes überschrieben werden könnte.

Im ersten Teil nimmt der Wolfsjunge und seine persönliche Geschichte das Zentrum der Bühne ein. Diddy ist nur einfühlsamer Zuhörer; ist zuweilen gar nicht so recht überzeugt, daß er in dem Traum überhaupt zugegen ist. Der Traum war eher wie ein Film, den er sich ansah, oder wie eine Geschichte, die er einmal gelesen hatte und an die er sich erinnerte. Doch im zweiten Teil hat Diddy seinen festen Platz im Traum eingenommen. Seine Gefühle stehen im Zentrum. Der Wolfsjunge wird nun umgekehrt eine noch stillere, verschattete und schließlich ganz unbestimmte Figur. Diddy kann nicht feststellen, ob es daran liegt, daß der Wolfsjunge beständig seine Gestalt wechselt. Oder ob es an etwas anderem liegt.

Denn an diesen Teil kann er sich nicht so gut erinnern. Alles, was Diddy normalerweise von der zweiten Hälfte des Traumes behält, sind nur Handlungsfragmente. Und eine Folge seiner eigenen quälerischen Gedanken.

An einer Stelle in diesem Teil scheint der Wolfsjunge unglaublich behaart zu sein. Liegt das daran, daß Diddy ihn zum ersten Male genau anschaut? Oder ändert sich der Wolfsjunge wirklich? Beschleunigt sich der Prozeß der Rückwandlung ins Animalische, so daß er direkt unter Diddys Augen tierhafter wird? Was ihm am deutlichsten ins Auge fällt, ist die Tatsache, daß das üppige und übertrieben lange Haar des Wolfsjungen nicht nur schmutzig, sondern auch sehr verfilzt ist. Wenn die Nacht hereinbricht, sollten sie zum Fluß hinabsteigen, denkt Diddy; dort wird er dem Geschöpf das Haar waschen. Vorerst, da sie in ihrem Horst hocken, kann er es wenigstens auskämmen. Was Diddy beherrscht, ohne ihm dabei wehzutun. Denn diesen Dienst hat er Xan viele Male erwiesen.

Er fängt an, sanft die scheußlichen Knäuel und Knoten aus der Mähne zu kämmen, die dem Wolfsjungen nach drei Seiten hin vom Kopf herabfällt. Dann fährt er mit den feinen Zinken des Kammes durch die braunen Locken an seiner Stirn, die bartartigen Büschel, die aus seinen Wangen sprießen, und das zartere blonde Haar, das seinen Hals schützt. Was ist der kühle und harte Gegenstand, der sich in dem feinen Haar gerade unter seiner Kehle verbirgt? Der an einer dünnen Silberkette hängt. Eine Art Talisman. Irgendwie der Medaille ähnlich, die Paul in Warschau gewonnen hat. Diddy befühlt einen Augenblick lang das Ziermedaillon; wollte den Wolfsjungen gerade fragen, woher er es habe und was für ein gutes Geschick oder welcher Schutz damit verknüpft sei. Als er bemerkt, daß die polierten Zähne des Geschöpfes ein wenig sichtbar werden und ein ängstlich gequälter Blick seine schönen braunen Augen verschleiert. Laß (jetzt) deine Fragen. Verdirb ihm nicht das Vergnügen. Diddy bringt mit zarter Hand die Medaille wieder an ihren Platz unter dem zerfetzten Khakihemd des Wolfsjungen und fährt fort, ihm kräftig das Haar durchzukämmen. Bemerkt zu seiner Zufriedenheit, wie der warme, offene Blick in den Augen des Wolfsjungen wieder erscheint. Der (jetzt) zu Diddys Füßen hockt und den Kopf auf Diddys Knien ruhen läßt. Selbst wenn Diddy befürchtet, daß er unabsichtlich am Haar des Geschöpfes gerissen und ihm wehgetan hat, der Körper, der an seine Beine gelehnt ist, zuckt nicht und verkrampft sich nicht. Was Diddy auch macht, der Wolfsjunge scheint alles zu genießen. Die schiere Tatsache, daß Diddy ihm so viel Aufmerksamkeit zollt, wie auch die physischen Empfindungen selbst. Er gibt schnurrende Laute von sich; gähnt manchmal, spannt den Brustkorb, lockert sich dann wieder. Gibt andere, seltsame Laute von sich, nicht mehr wie die einer Katze. Tatsächlich ist vom Wolfsjungen offenbar von diesem Punkt des Traumes an bis zum Ende hin kein Wort mehr zu hören. Er, der in menschlicher Sprache so bewandert zu sein schien, sogar von kindlicher Geschwätzigkeit, als er seine Lebensgeschichte erzählte, scheint (jetzt) nicht mehr sprechen zu können. War stumm, wie Tiere es sind.

Diddy hat das Haar des Geschöpfes fertig gekämmt. Der Wolfsjunge scheint (jetzt) zu schrumpfen. Zur Größe eines Kindes, und er hat auch etwas von einem Kind. Ist klein genug, um sich tragen zu lassen. Was Diddy auch tut. Er nimmt ihn auf und trägt ihn gegen das hintere Ende der Höhle. Die sich viel weiter hinzieht, als Diddy sich vorgestellt hatte. Der Wolfsjunge verhält sich, als wolle er niemals wieder abgesetzt werden: liegt ganz zusammengekuschelt in Diddys Armen, das Gesicht an Diddys Brust geborgen. Und so trägt Diddy ihn immer weiter, immer tiefer in die tunnelartigen Ausläufer der Höhle des Löwen hinein.

Diddy geht immer noch. Und bekommt allmählich Angst. Alte abergläubische Vorstellungen regen sich in ihm, versetzen ihn in Schrecken. Die Furcht vor Ansteckung. In demselben

Sinne, wie er trotz des Spottes seiner Eltern mit acht Jahren geglaubt hatte, daß man Warzen bekommt, wenn man Frösche anfaßt, fragt er sich (jetzt) besorgt, was er davon bekommen wird, daß er den Wolfsjungen anfaßt. Wird Diddy ebenfalls ein Tier werden? Auf weniger als einen Meter fünfzig zusammenschrumpfen? Werden ihm an der ganzen Oberfläche seines Körpers Haare wachsen? Diddy schaut seine Hände an, die den Oberkörper des Wolfsjungen umklammert halten; läßt mit einer Hand los, um sich den Hals, die Ohren, die Stirn zu befühlen. Kein unerwünschtes Haar, noch irgendwelche anderen Veränderungen, die zu entdecken wären. Doch dasselbe gilt nicht für den Wolfsjungen. Seitdem er ihn zuletzt fürsorglich angeschaut hat, ist nur ein Augenblick vergangen – Diddy muß zuweilen den Blick auf seine Füße richten, um zu prüfen, wohin er tritt – doch als er sich (jetzt) dem Geschöpf wieder zuwendet, ist diesem inzwischen noch mehr Haar im Gesicht und an allen unbekleideten Körperteilen gesprossen. Das Haar wächst nicht nur immer weiter, sondern es wächst mit einer solch erstaunlichen Geschwindigkeit, daß auch noch der ungeduldigste Beobachter das Wachstum sehen kann. Der Wolfsjunge selbst ist sichtlich größer, als er noch vor ein paar Minuten war; schwerer mit Muskeln bepackt, ungeheuerlich viel stärker, sieht auf plumpe Weise imponierend aus. Und ist für Diddy doch nicht schwerer zu tragen.

Ein enger Durchlaß im dunklen Innern der Höhle. »Ich werde dich hier absetzen«, sagt Diddy ruhig. Halb will er, halb auch nicht. Er setzt seine grunzende, sich windende Last sanft ab. Dem Wolfsjungen scheint das nicht viel auszumachen. Er hockt sich auf den kalten Boden der Höhle oder des Tunnels und starrt bittend zu seinem Wohltäter empor.

Diddy wird etwas Wichtiges klar. Er hat das Tier mißverstanden. Es zu Unrecht gefürchtet. Er kniet sich neben dem Wolfsjungen nieder. Nimmt ihn in den Arm. Unbeholfen, denn er kann schlecht einschätzen, wieviel Zuneigung und wieviel schieren physischen Kontakt der Wolfsjunge vertragen kann. Will ihn auf seinen Schoß ziehen, ihn hin und her wiegen. Doch nur, wenn das nicht den Stolz des verwaisten Geschöpfes kränkt oder seine Charakterstärke unterminiert, die es sich durch erbarmungslose Einsamkeit so teuer erkauft hat.

Es geschieht aus irgendeinem Grunde in diesem Augenblick, daß Incardona in den Traum einbricht. Nicht als eigentliche physische Präsenz, sondern der Gedanke an ihn. Während Diddy den Wolfsjungen liebevoll ansieht und mit seinem Gesicht zu sagen versucht, was er nicht in Worte kleiden kann, ahnt er zur gleichen Zeit, daß es irgendwo eine Hoffnung gibt, in der Sache des erschlagenen Arbeiters Wiedergutmachung zu stiften. Er will diese Wiedergutmachung stiften. Nicht an einem einzelnen Menschen, an Incardona, einem Fremden. Sondern an dem, was Diddy bei Incardona verachtet und gefürchtet hatte – an der animalischen Urwüchsigkeit zum Beispiel. Diddy fühlt (jetzt), daß er von Incardona nicht mehr heimgesucht wird. Daß er fähig ist, ihn anzunehmen.

Es ist Exorzismus: obwohl körperlos, ist es der befriedigendste Teil des Traumes. Vielleicht ist es dieser Teil allein, der Diddy mit einem Gefühl der Erleichterung, der Läuterung aus dem Schlaf entläßt; und nicht die lange Geschichte, die sich seit dem Beginn des Traumes angesammelt hat. Die Wirkung ist am besten, wenn er das Glück hat, genau an dieser Stelle des Traumes aufzuwachen, statt tiefer in ihn einzudringen, wozu er sich manchmal zwingt. Wo er sich dann völlig verirrte. Einen Fuß vor den anderen, in die Falle hinein. Ohne Rückfahrkarte. Diddy, der Verdammte.

Diddy hat das böse Ende von sich fortgeschoben. Wenn er doch nur das gute Gefühl beibehalten könnte – das daher rührt, daß er weit geht, aber nicht zu weit – wann immer er es hat, wie selten auch immer. Nicht in Bernstein einschließen und konservieren. Sondern es auspflanzen. Es Wurzeln schlagen und wachsen lassen. Doch irgendeine Säure, die von seinem eigenen Charakter ausgeschieden wird, löst das gute Gefühl immer wieder auf; oder irgendeine äußere Kraft legt sich bleiern darüber und zieht Diddy in die Fesseln des eigenen Bewußtseins zurück.

Das Ende bleibt ungewiß. Das ist der Grund, weshalb, obwohl Diddy doch das Manuskript seines unvollendeten »Romans«, der seinen wiederkehrenden Traum inspirierte, Hester so gern vorgelesen hätte, es ihm unmöglich ist, den Traum selbst zu erzählen. Nicht weil Incardona darin vorkommt und er sie nie gezwungen hat, die Wahrheit über Incardona anzuerkennen; was er sehr wohl könnte, indem er ihr einfach den Zeitungsausschnitt vorläse. Obwohl Hesters Unwissenheit, wenn alle anderen Hindernisse, den Traum zu erzählen, aus dem Weg geräumt wären, eine Schwierigkeit verursachen *könnte*, so existieren die anderen Hindernisse schließlich doch auch. Der Traum scheint ein solch intimer Teil seiner selbst zu sein. Es ist alles darin enthalten. Die Beziehung zu seinen Eltern, zu Mary, zu Paul, zu Joan. Vor allem zu ihm selbst. Das willkürliche und rasche, doch unauslöschliche Drama mit Incardona. Und seine Liebe zu Hester.

Diddy, der dunkel fühlt, daß seine Seele selbst sich hier ausgeträumt hat, würde im Prinzip gern dieses Ereignis mit Hester teilen. Wie er sich ja auch danach gesehnt hat, alles bei ihr abzuladen, nichts zurückzuhalten. Vielleicht hat er einfach nur Angst. Er vertraut Hester seit jener bitteren Auseinandersetzung nach Pauls unangekündigtem Besuch nicht mehr vorbehaltlos; und das wird er auch nie mehr wieder, so wie früher, können. Gott weiß, daß er es will. Doch kann er nicht. Ihre Worte haben sich ihm eingebrannt. Wie das Licht, das ihm in den Augen gebrannt hatte in jener Nacht, als Paul kam und Diddy gerade erst die Tür geöffnet hatte, um ins Treppenhaus hinauszuspähen.

Wie ihn auch der Verlust von Xan mitgenommen hat. Obwohl es Diddy war, und nicht Hester, von dem der Vorschlag kam, man solle sehen, daß man den Hund loswürde. Daß er sich von Xan losgesagt hatte, war nur eine Bestätigung der strafenden Sicht seiner selbst und im weiteren einer Welt, in der es Irrsinn ist, zu irgendjemandem oder irgendetwas Vertrauen zu haben. Doch was wäre, wenn Diddy nicht Diddy, der Angeschlagene, sondern ein anderer Mensch wäre? Die Art von Mensch, die es fertigbrächte, wieder Anspruch auf Xan zu erheben; die das hysterische, verschreckte Tier wieder hätte zu sich bringen können. Zu seinem besseren Selbst. Und was wäre, wenn Diddy nicht Diddy, der Angeschlagene, sondern ein anderer Mensch wäre? Etwa der gewandte, vitale Mensch, der er nach seinem hartnäckigen Dafürhalten sein sollte?

Da er doch Diddy, der Gute, sein will. Und dabei, was den moralischen Anspruch betrifft, ständig über seine emotionalen Verhältnisse lebt.

Sollte sich Diddy in dem Fall nicht mit Geringerem zufriedengeben?

Das sind Fragen, denen Diddy sich nicht stellen kann. Weil er nicht über die dazu nötige außergewöhnliche Intelligenz verfügt? Oder dazu einfach nicht stark genug ist? Oder es ihm von Anfang an schlicht an Vitalität und Charakterstärke gemangelt hatte? Auch an diese Fragen hat Diddy sich nie herangewagt. Hat es nicht einmal versucht. Wie immer versucht er, sich gewaltsam einen Weg durch die schrecklichen Fragen zu einem erträglichen, stoischen Ausgangspunkt zu bahnen. Und die schillernde Agonie zu umgehen. Einen kühlen, ruhigen Ort zu finden, wo er in Sicherheit sitzt. Der Ansturm der Willenskraft. Mit Hilfe seiner Willenskraft versucht Diddy, sich seinen Weg zu erzwingen. Es mit der Blindheit aufzunehmen.

> Es gibt eigentlich zwei Arten von Blindheit.
>
> Edle Blindheit. Wie bei den griechischen Statuen. Weil sie augenlos sind, erscheinen diese Skulpturen um so viel lebendiger, zentrierter in ihren Körpern, anwesender. Und bewirken, daß wir, wenn wir sie betrachten, uns in uns selbst um so viel anwesender fühlen.
>
> Unedle Blindheit: die Blindheit aufgestauter Wut und Verzweiflung. Etwas Passives. Von Abwesenheit bestimmt. Wie in der negativen Bildhauerei des Todes. Wenn jemand ertrinkt, sind die Augen das erste Element des Körpers, das zerfällt oder verwest; es sind die leeren Augenhöhlen eines frisch ertrunkenen Leichnams, durch die die Aale schwimmen.

Diddy wäre gern auf jene edle Weise blind, wie es die griechischen Statuen sind. Wenn er doch nur wüßte, wie!

Das weiß er aber nicht. Und nimmt stattdessen in der noch gefährlicher verdichteten und konzentrierten Arena seines neuen Lebens mit Hester die alte Gewohnheit wieder auf, nicht ganz anwesend zu sein. Nicht in seinem Leben zu sein. Einmal, als er in die Küche hinauskommt, um sich einen Apfel zu holen, während Hester das Abendessen zubereitet, findet er sie in einem Weinkrampf unverhüllter, schutzloser Tränen. Es ist erst das zweite Mal, daß er sie weinen sieht, nicht wahr? Das erste Mal war es kurz vor Ende ihres Streites in der Nacht von Pauls Besuch gewesen. Und es ist das erste Mal, daß Diddy sie beim Weinen überrascht; und soweit er weiß, gibt es keinen besonderen Grund. Obwohl sie ihm ja einmal erzählt hat – und er wird nie vergessen, daß sie es ihm erzählt hat und unter welchen Umständen –, daß sie oft weinte. Folglich weinte sie dann offenbar nicht mehr: etwas Bemerkenswertes, und es wäre wichtig, es zu verstehen. Oder sie weint immer noch unaufhörlich, verbirgt es aber vor Diddy: und wenn das der Fall ist, ist es ebenso wichtig, es zu verstehen.

Hätte Diddy nicht erfassen müssen, wie kostbar dieser Augenblick in der Küche war? Möglicherweise war es ja wieder ein Wendepunkt. Und hätte er es nicht fertigbringen müssen, die Hände nach einer dreidimensionalen Hester auszustrecken, um ihr auf eine Weise nahezukommen, wie es nie zuvor geschehen ist.

Doch Diddy verpaßt es wieder einmal, den rechten Augenblick zu ergreifen. Verstrickt im verworrenen Labyrinth seines eigenen inneren Lebens, nimmt er Hester einfach nur in die Arme. Und betet im stillen, daß sie nicht seinetwegen unglücklich ist, oder weil er irgendetwas getan hat.

Und als Hester sich nach ein paar Minuten die Augen trocknet und ihn anlächelt, gibt er sich wieder einmal mit dem Anschein zufrieden.

Diddy und Hester wohnen seit mehr als sechs Wochen in der Einundzwanzigsten Straße West. Seit Xan aus dem Hause ist, ein paar Tage nach Pauls mißglücktem Besuch, teilt kein lebendes Wesen mehr die Wohnung mit ihnen.

Der furchtbare Streit scheint nahezu vergessen zu sein. Jedenfalls, was Diddy betrifft. Und Hester erwähnt ihn niemals und macht Diddy gegenüber auch keine Bemerkungen, die ihn an ihre vernichtenden Anklagen in jener Nacht erinnern. Die Tatsache, daß Paul, durchaus typisch für ihn, wieder verschwunden ist, so vermutet Diddy, hat Hester davon überzeugt, daß er gegen seinen Bruder nicht unfair gewesen ist. Doch daß Hester sich seiner Meinung angeschlossen hat, kann er nur erschließen. Denn sie haben seitdem über Paul eigentlich nicht gesprochen. Hester scheint nicht nur weit entfernt davon zu sein, einen Streit zu entfachen, sondern hat in letzter Zeit überhaupt sehr wenig gesagt. Obwohl sie Diddy gegenüber unverbrüchlich liebevoll ist. Und bemüht, sich ihm auf alle mögliche bezaubernde, unerwartete Weise nützlich zu machen. Zum Beispiel schneidet sie ihm die Fingernägel und das Haar. Als sie ihn das erste Mal anflehte, sie es versuchen zu lassen, war Diddy skeptisch, ob sie das überhaupt ordentlich machen könne und bei der Prozedur nicht entweder sich selbst oder ihn schneiden müsse. Er irrte sich, genau wie mit dem Kochen. Nicht ein Mißgeschick unterlief Hester mit der Nagelschere. Und Diddys vorzeitig ergrauendes Haar hat, als er es hinterher mit zwei Spiegeln untersucht, einen so gleichmäßigen Haarschnitt, wie ihn ein geschickter Hausfriseur nur irgend machen konnte.

Ist dies das Paradies, wie Diddy es sich vorgestellt hatte? Ja und nein.

Seine Geliebte ist (jetzt) ausschließlich in seinem Besitz, und ihre physische Schönheit und lakonische Sprechweise bereiten ihm unerschöpfliches Vergnügen. Doch wird er auch gewahr, daß ein Teil seiner neuerworbenen Kräfte, auf die er so sehr gerechnet hatte, verebbt. Ein eigenartiges Symptom. Zuweilen schickt Diddy sich an, nach längerem Schweigen etwas zu Hester zu sagen. Natürlich hört sie, wie die unausgesprochenen Laute tief in seiner Kehle zitternd emporknospen und in seinen Mund heraufdrängen. Sie schaut auf, wartet. Doch dann kann Diddy sich nicht mehr erinnern, was er gerade sagen wollte. Natürlich ließe sich das als nervöser Tick abtun, kein Grund zur Besorgnis. Wichtiger ist, daß Diddy und Hester nicht zu Streit aufgelegt sind. Sie fühlen sich offenbar verpflichtet, solchen Kämpfen wie jenem furchtbaren damals aus dem Wege zu gehen. Wenn sie auch recht viel weniger sprechen, das, was sie an Worten wechseln, ist immer liebevoll. Und ist es nicht gewöhnlich so, daß Liebende, die das tägliche Leben miteinander teilen, allmählich herausfinden, daß sie nur sehr weniges in Worte kleiden müssen? Zuerst war es Hester gewesen, die mit ihren kargen Sprechgewohnheiten den Maßstab gesetzt hatte. (Jetzt) ist Diddy noch sparsamer mit Worten als sie. Es gibt offenbar wenig, das zu besprechen wäre; was ja oft ein guter Grund ist, überhaupt nicht zu reden.

So weit, so gut. Doch da verbirgt sich noch mehr. Gelegentlich, doch immer häufiger, hat Diddy die Vorstellung, daß er seine Sprechfähigkeit verliert.

Zuweilen findet er diese Einbildung abstoßend und ärgerlich. Es kommt ihm so vor, als müsse die Sehnsucht nach Stummheit bedeuten, daß es etwas sehr Wichtiges zu sagen gibt, etwas, das er sagen will, aber nicht sagt. Diddy, der Feigling. Wenn er stumm wäre, hätte er keine Wahl. Könnte es nicht sagen, was immer es war – selbst wenn er wollte. Dann wiederum sieht er diese Einbildung in nachsichtigerem Licht. Sieht sie als Teil seiner Liebe, als leidenschaftliche Metapher. Wenn Diddy gänzlich unfähig wäre zu sprechen, dann ergäbe sich in etwa ein Ausgleich zwischen ihm und Hester. Da das Mädchen blind ist, verlangt es die Gerechtigkeit, daß Diddy sich einer vergleichbaren Fähigkeit begibt. So betrachtet, gefällt ihm die Einbildung, daß er stumm sei.

Dennoch, irgendetwas hat sich falsch entwickelt. Die beiden schließen sich immer mehr ein. Was überhaupt nicht Diddys Absicht, nicht sein ursprünglicher Plan gewesen war. Er hatte vorgehabt, daß er und Hester auf größerem Raum wohnen würden. Einem Raum, der Diddy eine frische Umgebung bieten würde; ohne die Verkrustungen des unvergänglichen Schmutzes der Vergangenheit und den Gewohnheiten nachlassender Vitalität. Doch sie sind nicht umgezogen; Diddy hat nicht einmal die Annoncen in der *Times* angeschaut oder einen Makler angerufen. Sie bleiben, wo sie sind, wo Diddy drei Jahre lang gelebt hat. Diese Wohnung war engräumig; was für einen Blinden Bequemlichkeit und Sicherheit bedeutet. Doch hat Diddy eigene Bedürfnisse, die befriedigt werden wollen. Wie günstig die Wohnung für Hester auch immer sein mochte, für ihn ist sie zu klein. Zu vertraut. Der Wohnraum, der in drei Zimmer unterteilt ist, die Hester (jetzt) ebenso gut kennt wie er, scheint zu schrumpfen. Wird allmählich beinahe ebenso beengend und übermäßig beansprucht wie ihr Abteil im *Freibeuter*.

In noch anderer Hinsicht, nämlich was Sauberkeit und Ordnung betrifft, gleicht die Wohnung immer mehr den Zuständen in dem mangelhaft gewarteten Zug. Der Fußboden zum Beispiel, der übersät ist mit Zigarettenstummeln und schmutzigen Tellern und Langspielplatten, die nicht in ihre Hülle zurückgesteckt wurden, und Kleidungsstücken, die in der Eile, ins Bett zu kommen, um Liebe zu machen, fallen gelassen wurden. Hester putzt nicht mehr jeden Tag. Schau dir die Fenster an. In einer derartig dreckigen Stadt sind es zuerst die Fenster, die die Folgen von Vernachlässigung zeitigen. Eine dünne Rußschicht bildet sich auf der Außenseite der Scheiben. Auf der Innenseite der Fensterscheiben der überheizten Wohnung mischen sich Schweißausdünstungen mit dem feineren Schmierfilm, der sich in New Yorker Wohnungen auf dem Glas ansammelt. Was zusammen das ohnehin schwache Winterlicht dämpft, das tagsüber in die Wohnung dringt; und so das Licht drinnen abtötet. Deutlichkeit und Einzelheiten aus dem Blick filtert, den Diddy auf die Straße und die benachbarten Gebäude hat. Die Sicht nimmt immer weiter ab. Besteht kaum noch aus wohlgeordnetem Schauen. Sondern eher aus wohlgeordnetem Ausblenden.

Anders als beim Blick aus dem Fenster eines Zuges ändert sich der Blick aus einer Wohnung natürlich kaum. Außer in Einzelheiten.

Wer ist das dort, an der Freitreppe auf der anderen Straßenseite? Der Junge vom Gemüseladen.

Dort, neben dem Hydranten, parkt ein roter Volkswagen.

Der Mann da steht schon seit Stunden vor dem mexikanischen Restaurant.

Die Frau im dritten Stock vis-a-vis geht nackt in der Wohnung herum. Nein, da kommt sie. Sie zieht die Jalousie herab.

Und so weiter. Trotz der Einzelheiten bleibt alles im Grunde immer gleich.

Nach der vierten Woche nimmt die Versuchung, sich in der Wohnung zu bewegen, weiter ab. (Jetzt) setzt der Winter richtig ein. Es sind die kürzesten Tage, wo das Licht besonders spärlich ist. Es ist doch wohl ganz natürlich, daß Hester und Diddy wie Tiere noch mehr Zeit im Bett verbringen.

Normalerweise schlafen sie zur gleichen Zeit ein, doch Hester ist es gewohnt, ein paar Stunden länger zu schlafen als Diddy. Von Anfang an war Diddy ganz bewußt an ihrer Seite liegengeblieben, bis sie gegen Mittag die Augen öffnete, lächelte, nach ihrer Sonnenbrille auf dem Nachttisch griff und nackt aufstand, wobei sie die bloßen Füße auf den Boden setzte. Zuerst war es das Verlangen gewesen, ihr Gesellschaft zu leisten, das Diddy den langen Morgen über im Bett festgehalten hatte, obwohl er wach war. Wie auch die Wonne, nahe ihrem warmen, weichen Körper zu bleiben. In letzter Zeit jedoch fällt es ihm sogar schwer, sich zu erheben, wenn Hester aufsteht. Er bleibt oft im Bett, während sie sich duscht, das Haar bürstet, sich anzieht und dann ins Wohnzimmer geht, um Schallplatten aufzulegen, oder in die Küche, um Essen zu machen. Inzwischen ist es gewöhnlich etwa ein Uhr. Hester bringt das Essen ins Schlafzimmer; sie frühstücken. Wenn es ihm gelingt, ihr auszureden, daß sie anschließend das Geschirr spült, kommt sie oft wieder ins Bett zurück. Wenn sie doch unbedingt in die Küche gehen mußte, ruft Diddy ihr nach spätestens einer Viertelstunde vom Bett aus zu, sie solle wieder ins Bett zurückkommen.

Wenn sie tatsächlich zurückkommt, machen sie Liebe. Was mehr oder weniger das einheitsstiftende Thema ihrer Beziehung ist. Hatte Diddy zunächst einige Hemmungen und, seit Joans Tiraden, eine eher bescheidene Meinung von seinen Talenten im Bett gehabt, so ist er nun erstaunt festzustellen, daß er mit Hester geschickt und nahezu unermüdlich ist. Ein Wunder. Und, ein weiteres Wunder, diese Lust nährt sich nicht von Verweigerung und Zurückweisung. Wird offenbar voll und ganz erwidert. Hester ist keineswegs weniger enthusiastisch, erfinderisch und ungeduldig als er. Nach einem Monat machen sie sogar noch öfter Liebe als am Anfang. Drei, viermal am Tag. Diddy hat den Verdacht, daß er nicht nur von rein erotischen Bedürfnissen inspiriert ist. Könnte dasselbe auch von Hester gelten, die offenbar ebenso hungrig nach ihrer sexuellen Vereinigung ist und ebenso oft wie er die Initiative ergreift?

Das Schwindelgefühl beim Geschlechtsakt. Die winzige Hirnlobotomie, die dem Orgasmus folgt. Von der Diddy sich forttreiben läßt, wenn auch nicht gerade in den Schlaf. Und manchmal wünscht er sich, daß er den Mut hätte, Hester vorzuschlagen: Laß uns zusammen sterben. Bringen wir uns (jetzt) um. Während wir vereinigt und wirklich glücklich sind.

Manchmal denkt Diddy, sie müßten ein langes Gespräch führen. Nicht um zu streiten. Nicht um einen Selbstmordpakt vorzuschlagen. Um die Luft zu klären, um ans Freie zu ziehen, was auch immer sie beide nicht verstehen. Richtig. Fang (jetzt) gleich an. Doch genau in solchen Momenten kommt sein Kopf knirschend zum Stillstand, leert sich und summt nur noch schwach und sinnlos, wie ein Fernsehschirm, wenn kein Kanal mehr sendet. Diddy hat dann keine Ahnung, nicht einmal die Spur einer Ahnung von dem, was er vermeintlich hatte sagen wollen. Er müht sich, die flüchtigen Gedanken zurückzuholen. Doch fühlt er sich in seinem Fleisch so schwerfällig. Liegt es an der Anstrengung seiner mißlungenen Denkversuche? Mattigkeit überwältigt ihn. Wenn er nicht schon im Bett ist, will er sich schnell unter die Decke flüchten. Wenn er im Bett liegt, Hester aber nicht bei ihm ist, dann will er sie sofort herbeirufen. Einfach um zusammen mit ihr im Bett zu verweilen. Um zu schlafen, während jeder Teil seines Körpers Hester umarmt, seine Brust gegen ihren wendigen Rücken gedrückt, den Arm um ihre geschmeidige, stramme Hüfte gelegt, die Hand unter ihrer Seite geborgen. Aufzuwachen, sie zu küssen, zu streicheln, Liebe zu machen. Zu träumen, im Halbschlaf Liebe zu machen.

Was er sagen will, hat vielleicht mit Incardona zu tun. Da Diddy nicht im geringsten zweifelt, daß er das Verbrechen wirklich begangen hat, kommt es ihm doch wie ein schmerzlicher Makel an der Einheit und Offenheit seiner Verbindung mit Hester vor, daß sie nicht glauben oder nicht wahrhaben will, was er getan hat – und er weiß, daß er es getan hat. Er sollte es nicht zulassen, daß Hester in Unkenntnis darüber bleibt, wessen ihr Geliebter fähig ist. Und dennoch widerstrebt es ihm, die Geschichte zu erzählen. Den Riß in der Wahrheit zu schließen. Eindeutig aus Furcht. Die Wahrheit zu sagen, das ist schön und gut, doch was einer damit anfängt und wie er darauf reagiert, dafür gibt es im vorhinein keine Garantie. Mit der Wahrheit müßte Diddy es einfach auf gut Glück versuchen. Hester könnte Angst vor ihm bekommen. Was wohl schon der Fall war, wie sie ja während ihres Streites angedeutet hatte. Und ob sie sich nun vor ihm ängstigte oder nicht, sie könnte der Meinung sein, er solle etwas unternehmen. Hester hatte eine ausgeprägte Überredungsgabe; doch Diddy will sich nicht überreden lassen. Sie könnte ihn drängen, zur Polizei zu gehen. Doch keine noch so große Bürde von Schuld oder Reue, das fühlte Diddy, würde rechtfertigen können, wenn er das (jetzt) täte und es so zu einer Trennung zwischen Hester und ihm kommen ließe. Nicht, wenn er tausend Incardonas erschlagen hätte. Diddy hat nicht die Absicht, irgendetwas zu unternehmen hinsichtlich des Mordes an Incardona. Sühnen kann er ihn nicht. Und er ist nicht bereit, sich dafür bestrafen zu lassen. Doch entschuldigen läßt er sich ebensowenig.

Hester davon zu erzählen, das hieße doch wohl auch, sich

einfach nur gehenzulassen. Das einzige, was dabei herauskommen konnte: es würde sie traurig machen; vielleicht ein schlimmeres Gefühl. Es wäre selbstsüchtig gehandelt von Diddy. Wozu ist ein Schuldgeständnis gut, wenn es abgesehen davon, daß es dem Zuhörer das Herz schwer macht, keinerlei Konsequenzen nach sich zieht?

Diddy ist also allein auf sich gestellt. Und wartet, daß Incardona noch weiter zusammenschrumpft. Ist darauf gefaßt, das Schwindelgefühl und den Ekel zu ertragen, die mit dem schwindenden Wissen verbunden sind. Doch Diddy hat sich vergebens gewappnet. Das schmerzliche Bewußtsein seines Geheimnisses hat aufgehört nachzulassen. (Jetzt) gerinnt es. Und schafft eine unüberbrückbare Distanz zwischen ihm und Hester. Denn wie echt auch immer die Liebe zwischen ihnen prangen mag, Diddy weiß, daß ihr Zusammensein darauf gegründet ist, daß er die Wahrheit kaschiert, und sie bereit ist, sich täuschen zu lassen. Die Stärke ihrer anfänglichen Begegnung im Zug selbst war überschüssige Stärke gewesen, übriggeblieben von seinem Treffen mit Incardona.

Das ist vielleicht der Grund, weshalb es Diddy (jetzt) schwerfällt, überhaupt aus der Wohnung zu gehen. Er, der doch die besten Absichten und den bestmöglichen Willen gehabt hatte, an der Welt zu arbeiten und sie im Licht seines Bündnisses mit Hester zu verändern, er hat entdeckt, daß der Stoff, aus dem die Welt gemacht ist, weniger formbar war, als er sich vorgestellt hatte. Da er noch dachte, er könne ihre resistente Häßlichkeit mit der Säure seiner Regeneration zersetzen; oder zumindest die Welt zu einem Palimpsest machen, in das er seine gutartigen Phantasien ritzt. Und muß (jetzt) feststellen, daß die Welt über ihn hereinbricht, unverwandelt und unzweideutig bedrohlich. Hart und herzlos wie ein rostfreier Stahlspiegel. Ganz einfach, weil alle Menschen, die er kennt – von Paul bis hin zu den entferntesten Bekannten – zu ihm von Incardona sprechen. Alle reden ihn auf Incardona hin an, und zwar qua ihres Menschseins, wie unerheblich und scheinhaft auch immer die Form sein mag, in der sich ihre Menschlichkeit manifestiert. Ohne es zu wissen, scheint jeder Mensch ein Abgesandter Incardonas zu sein; und stumm nach Diddys Blut zu schreien. Hester allein steht außerhalb dieser magischen Welt unendlicher Verdoppelungen. Als Gegenstück zu Incardona erinnert Hester Diddy nur an sie selbst.

Es kommt schließlich der Punkt, da Diddy überhaupt nicht mehr aus dem Bett aufstehen kann. Diddy gerät in Verzweiflung. Er hatte doch der starke Partner sein sollen, der Hester ernährte und beschützte. Hatte ihre Augen sein sollen, wie sie seine Seele werden sollte. Er tut (jetzt) nichts für sie. Sie navigiert sich ganz allein durch die Wohnung. Je nachdem, ob sie moppt, ausfegt, Staub wischt, Strümpfe stopft. Platten auflegt. Einen Brief an ihre Tante tippt. Und natürlich kocht. Sie wäscht Diddy, rasiert ihn, bringt ihm das Essen ans Bett und gesellt sich alle paar Stunden zu ihm unter die Bettdecke.

Eines frühen Nachmittags Mitte Januar, als Diddy nach einem kurzen Schlummer leicht benommen erwacht, spürt er neuralgische Schmerzen hinter der Stirn. Ist außer Atem. Schwitzt stark. Doch all das sind (jetzt) vertraute Empfindungen. Wie ist es so weit gekommen? Übergangslos, nicht wahrnehmbar? Wie dem auch sei, es ist geschehen, ohne daß er gewahr wurde, daß es geschah. Er ist nun ganz und gar entkräftet und bettlägerig, und Hester ist seine Krankenschwester. Sein Körper versagt. Er steht gar nicht mehr auf, außer wenn er auf die Toilette gehen muß. Und war immer schwindlig, wenn er ging. Muß sich manchmal auf Hester stützen.

Wie dunkel es draußen ist. Was für einen Tag haben wir? Diddy preßt sich die Hände zuerst vor das Gesicht, dann gegen die Brust. Offensichtlich hat er weiter an Gewicht verloren. Backenknochen, Rippen, Ellbogen, Knie, Beckenknochen treten schmerzhaft hervor. Irgendwie ist er, obwohl er doch so voller Vertrauen in das Leben und voller Hoffnung auf die Erneuerung seines Gefühls gewesen war, auf den falschen Weg geraten. Und es wird ihm mit eisiger, vergeblicher Deutlichkeit klar, daß er auf dem Weg zu seinem Tode ist.

Rasch! Es muß etwas geschehen, wenn es nicht schon zu spät ist. Hester liegt nicht neben ihm im Bett; nackt, an ihn geschmiegt. Um Gottes willen, sie war doch nicht etwa aus der Wohnung gegangen, oder? Diddy hatte sie schwören lassen, daß sie ohne ihn nirgends hingehen würde. Doch er hat ja (jetzt) gerade geschlafen. Wie lange? Er ruft ängstlich nach ihr, und sie ist beinahe sofort an der Tür. In einem alten blauen Hemd von Diddy, einem Velourrock und Turnschuhen. Mit einem Besen in der Hand, den sie gegen den Türpfosten lehnt. Betritt mit festem

Schritt das Schlafzimmer, die rechte Hand ein wenig vor sich ausgestreckt, um nicht irgendwo anzustoßen. Was natürlich nicht der Fall ist.

Kaum wahrscheinlich, daß das (jetzt) noch geschieht.

Jeder Zentimeter dieses Raumes ist ihr so vertraut wie ihr eigener Körper. Wie auch alle Gegenstände hier: das Geschirr im Küchenschrank, die Handtücher im Wäscheschrank, die Schallplatten in der Vitrine, die Diddy für Hester mit Reliefbuchstaben neu etikettiert hat.

Wie ja auch Diddy seit Wochen nachts in völliger Dunkelheit vom Bett ins Badezimmer gegangen ist, ohne sich je bei einem Schritt zu verrechnen, weil er aufgrund seines Tastsinns und seines Ortsgedächtnisses genau wußte, wo sich jeder Gegenstand befindet. Er war in der Lage, ohne Zögern nach dem Aspirinröhrchen im Arzneischrank zu greifen, nach der Papierrolle neben der Toilette, den Wasserhähnen, den Türklinken. Der Lichtschalter braucht nicht mehr betätigt zu werden.

Hester steht neben dem Bett. Diddy ist von dem Schwindelanfall völlig paralysiert. Er nimmt Hester bei der Hand, zieht sie zu sich herab, so daß sie neben ihm auf dem Bett sitzt. »Willst du, daß ich mich zu dir lege?«

»Schatz, wir müssen miteinander reden.«

»Warum?«

Warum! So schreit es in Diddys Kopf. Weiß sie es denn nicht? »Weil etwas nicht in Ordnung ist. Es geht mir nicht gut. Und ich sorge nicht für dich; du sorgst für mich.«

»Es macht mir Freude, für dich zu sorgen. Was habe ich sonst schon zu tun?«

»Aber ich sollte es nicht nötig haben, daß man für mich sorgt! Und es gibt viele andere Dinge, die du tun könntest. Die wir zusammen tun könnten . . . Schatz, weißt du noch, wie kräftig ich vor einem Monat war? Und egal, wieviel ich jetzt esse und schlafe, ich werde von Tag zu Tag dünner und schwächer.«

»Wir sollten einen Arzt rufen.«

»Hester, ich bin nicht physisch krank!«

»Woher willst du das wissen?«

»Ich weiß es eben. Ich weiß, was nicht in Ordnung ist, weshalb ich krank bin.«

»Weshalb also?«

Wollte er es sagen? Ja. »Ich glaube, daß ich krank bin, weil ich Angst habe.«

Eine abrupte Bewegung. Sie ließ Diddys Hand los. »Warte einen Moment, ich höre, daß der Kaffee überkocht.« Hester verließ das Schlafzimmer. Als Diddy sie so von hinten sah, dachte er, daß niemand je auf die Idee kommen würde, daß sie blind war. Wie stolz er auf die Sicherheit ihrer Bewegungen war. Und zugleich, wie neidisch.

Hester kam mit zwei Bechern Kaffee wieder zurück. »Hier, Dalton. Sag mir, wenn noch mehr Zucker hinein muß. Ich habe nur einen Würfel hineingetan.« Sie setzte sich wieder auf das Bett.

Diddy nahm ihr den Becher aus der Hand, nippte zaghaft daran. »Zu heiß«, sagte er verdrießlich.

»So was Albernes! Selbstverständlich ist er heiß. Warte einen Moment, bis er abgekühlt ist.«

Plötzlich spürte Diddy, wie seine Augen von Tränen verschleiert wurden. »Hester, ich halte das hier nicht mehr aus!«

»Den Kaffee?«

»Herrgott im Himmel, jetzt hör mir doch zu! Schau mich an.« Diddy ist (jetzt) nicht mehr bei Sinnen. »Du sollst mich anschauen!« Ja, er wollte, daß Hester ihn anschaute; auch wenn sie nicht sehen konnte. Sie sollte ihn anstarren, bis ihm das Gesicht schmerzte, bis er gezwungen wäre, die eigenen Augen zu senken. Doch alles, was Hester tut, ist, ihm den Kopf zuzuwenden. Und als sie ihn nach einem kurzen Augenblick wieder senkte, um aus ihrem Kaffeebecher zu trinken, wurde Diddy so unerwartet von einem Wutanfall gepackt, daß er, ohne sich des Erst-Denkens-dann-Handelns bewußt zu sein, seinen eigenen Becher an die gegenüberliegende Wand warf. Ein lautes Krachen.

»Was hast du außer dem Becher noch zerschlagen?« fragte Hester ruhig. »War es das Photo von der Garbo?«

»Ja, du gottverdammtes . . . Wie du ja sehr wohl weißt. Du hörst es am Klang, nicht wahr?« Er fing an, zugleich zu weinen und zu lachen. »Wo du nicht einmal . . . wo du nicht einmal die geringste Ahnung hast, wie die Garbo aussieht.«

»Dalton, bitte, beruhige dich doch. Sag mir, was los ist.« Hester setzte den Becher auf dem Fußboden ab, packte ihn bei den Schultern und drückte ihn auf das Kissen zurück. Fährt mit der Hand unter die Bettdecke und fängt an, ihm die Brust zu streicheln. Diddy stieß ihre Hand fort, setzte sich heftig auf.

»Herrgott im Himmel, Hester! Hör auf, mich wie ein Kind zu behandeln, das einen Wutanfall hat.«

»Aber bist du das denn jetzt nicht?« Sie stand auf und ging zum Fußende des Bettes.

Diddy beruhigt sich (jetzt). »Also gut, vielleicht bin ich das. Aber es ist mir trotzdem noch ein Stückchen von meiner Volljährigkeit geblieben, und es ist der erwachsene Mann, der jetzt will, daß du ihm zuhörst. Es ist der Erwachsene, den du ignoriert hast . . . Verstehst du?«

»Ich höre dir zu.«

Sie ist so weit weg. »Erst einmal, komm wieder her. Neben mich. Aufs Bett.«

Hester sitzt wieder auf der Bettkante. »Ich höre dir zu, Dalton.«

Läßt sich irgendwas tun? Diddy wird es versuchen. Wird versuchen, Zorn, Frustration und Verzweiflung auszubalancieren.

»Ich habe gesagt, ich höre dir zu.«

»Ja, ich habe dich verstanden . . . Es ist schwer. Ich habe eine unheimliche Wut. Aber irgendwo weiß ich, daß es gar nicht deine Schuld ist, worüber ich wütend bin.«

»Aber Dalton, sei doch wütend. Ich bitte dich darum. Hör auf, dich mit dieser falschen Rücksicht herumzuquälen. Wenn du dir Sorgen um mich machst, das kannst du dir sparen. Ich werde damit schon fertig.«

»Weißt du noch, was ich gesagt habe, bevor du mich unbedingt unterbrechen und hinausrasen mußtest, um den Kaffee zu holen? Weißt du es noch, Hester?«

»Absolut. Du hast gesagt, daß du glaubst, du seiest nicht aus einem physischen Grunde krank, sondern weil du Angst hast.«

»Richtig. Also, und weißt du, was du mich da in liebevoller Besorgnis hättest fragen sollen? Deinen Text?« Ein verstockter, bedrängter Ausdruck breitete sich auf Hesters Gesicht aus. Diddy schnippste mit den Fingern. »Schnell! Schnell!«

»Sag dein Stichwort noch einmal«, sagte Hester.

Diddy mußte beinahe lachen. Sinnlos, sie einzuschüchtern. Versuch doch, Geduld zu haben. »In Ordnung. Mein Stichwort war ›Ich habe Angst‹.«

»Angst wovor?«

»Bravo!«

»Ich mag dieses Spiel nicht.«

»Gott, verdammt nochmal, es ist kein Spiel, Hester!«

»Doch, das ist es. Aber laß uns nur spielen . . . Ich spiele mit. Ich will spielen. Schau.« Sie macht etwas mit ihrem Gesicht, genau wie es Menschen mit Augenlicht tun: sie streicht sich die losen Haarsträhnen aus der Stirn, schiebt ihre Brille zur Nasenwurzel hoch, glättet die gerunzelte Stirn. »Angst wovor?« Hester versuchte, einen freundlicheren Ton anzuschlagen, Diddy konnte es hören. Doch war immer noch etwas Metallisches in ihrer Stimme, das sie nicht verbergen konnte. Warum war sie so wütend? Es ist natürlich, daß eine Frau von einem Mann Stärke verlangt. Und es ist natürlich, daß Hester, da sie zu Blindheit verdammt ist, außergewöhnlicher Stärke und Tüchtigkeit bedurfte. Doch ist sie trotz ihrer Behinderung ja auch stark. Wie unfair von ihr, ihm sein Eingeständnis der Schwäche so sehr zu verübeln. Ist sie nicht fähig, sich in ihn einzufühlen?

»Angst wovor?« sagt Hester wieder.

Es drängt Diddy, die warme Bettdecke abzuwerfen, aus dem Bett zu springen, das verrußte Fenster hochzuziehen und die eisige Luft hereinzulassen. Einen Spaziergang zu machen, und sei es nur an den Lagerhäusern und Docks vorbei, am verseuchten Wasser des Hudson entlang. In einen Zug zu steigen und fortzufahren aus der Stadt; auf ein Schiff zu gehen und das Land zu verlassen. Für immer . . . Doch das wäre eine Lüge. Und Diddys Körper wird (jetzt) nicht lügen, wird ihn nirgends hintragen. Nicht einmal zum Fenster.

Noch einmal: »Angst wovor?«

Diddy hatte schon fast nicht mehr daran gedacht. Aufgeschreckt stößt er hervor: »Ich weiß es nicht. Vor der Wahrheit, nehme ich an . . . Ist das nicht das einzige, wovor man Angst hat?«

»Ich verstehe nicht, Dalton.«

»Doch, du verstehst schon! Warum sagst du das?« Ist das die

schillernde Seite Hesters, die er immer gefürchtet hatte? Kommen hier ihre destruktiven Kräfte zum Vorschein? Eine Wand. »Ich weiß, daß du mich ebensogut verstehst wie ich mich selbst. Wenn nicht besser.« Diddy fühlt sich, als sei er der Blinde, der ganz und gar auf den guten Willen eines anderen angewiesen war. Er verachtet sich, weil er bettelt, doch ist er zu sehr verängstigt. »Hester, schließ mich nicht aus.«

»Aber ich verstehe nicht, Dalton. Im Ernst. Und das darfst du auch nicht von mir erwarten. Ich weiß, du verabscheust mich, weil ich das sage, aber das muß ich. Weißt du noch, was ich an dem Tag, als ich aus dem Krankenhaus kam, zu dir gesagt habe, als wir in dem Park waren? Ich habe gesagt, daß deine Wahrheit eine andere ist als meine. Und daran hat sich nichts geändert.«

»Natürlich weiß ich das noch«, ruft Diddy ungeduldig. »Und manchmal glaube ich sogar, daß ich verstehe. Aber dann verstehe ich wieder überhaupt nichts mehr. Und hasse dich zutiefst, weil du das gesagt hast; und weil du hartnäckig daran festhältst ... Aber hör bitte, wir dürfen uns jetzt nicht streiten. Ich bin bereit zu glauben, was du gesagt hast. Doch sogar angenommen, es ist, wie du sagst, dann kannst du mir trotzdem helfen. Ein wirklicher Unterschied zwischen uns besteht hier darin, daß du vor deiner Wahrheit keine Angst hast. Und ich habe sie«, stöhnte er. »Es graut mir vor der meinen.«

Sie legte den Kopf auf seine Brust. Warum will sie nichts sagen?

»Hilf mir, Hester!«

»Wovor hast du Angst?«

»Ich glaube ... Ich glaube, ich habe Angst davor, daß ich etwas tun muß, etwas, das ich nicht tue«, stammelte Diddy. »Und um dem aus dem Weg zu gehen, lungere ich hier in dem gottverdammten Bett herum.«

»Also, dann steh auf und tu es.«

»Wirst du mit mir kommen?«

Hester sagte ja.

Pünktlich. Um Viertel nach zehn hetzt der Nahverkehrszug nach Cherry Valley aufgeregt schnaufend aus der nördlichen Tunnelöffnung hervor. Ein schmächtiger, schwacher, klappriger Zug; der deutlich weniger als der *Freibeuter* den Eindruck von Kraft vermittelt. Wenn man sich noch an die abgeschottete Verschwiegenheit der starken Dieselmaschine des *Freibeuter* erinnert, dann mußte einem sogar der Rauch, den der Schornstein ausspeit, der die Lokomotive dieses Zuges krönt, noch als Emblem der Schwäche vorkommen.

Auf dem Hang ein Stück oberhalb des Gleises postiert, hält Diddy Ausschau und lauscht, Hester lauscht. Das letzte Dröhnen des Zuges verebbt unter ihren Füßen. Der Boden ist (jetzt) wieder ruhig. Gestern hatte es geschneit. Die Felder sind leicht mit Schnee überstäubt; die Schwellen und Schienen der beiden Spuren sind von einem Streifen dünnen weißen Eises überzogen. Doch Diddy und Hester frieren nicht. Die Sonne scheint; es muß zwischen zehn und fünfzehn Grad warm sein – ungewöhnlich im Spätjanuar.

Dem Eisenbahnfahrplan zufolge, den Diddy konsultiert hatte und den er in diesem Augenblick aus der Tasche zog, um sich ein letztes Mal zu vergewissern, tritt der nächste Zug, der donnerstags die Tunnelstrecke in einer der beiden Richtungen befährt, um zwölf Minuten nach elf in den Tunnel. In genau siebenundfünfzig Minuten. Diddy kalkulierte, daß sie nicht mehr als fünfzehn Minuten brauchen würden, um zu der Stelle zu gelangen, an der der *Freibeuter* steckengeblieben war. Wenn man eine weitere Viertelstunde abrechnete, um wieder herauszukommen, verblieb ihnen recht viel Zeit. Diddy hatte nicht vor, sich dort länger aufzuhalten. Ein paar Minuten, so erwartete er, würden genügen.

Diddy betritt mit Hester den Tunnel, die Arme haben sie untereinandergehakt. Vorsichtig dringen sie vor, lassen das späte Morgenlicht hinter sich. Obwohl Diddy eine schwere 6-Volt Taschenlampe mitgebracht hat, fällt ihm das Sehen immer noch schwer. Der starke breite Lichtstrahl vertreibt die Schwärze nicht. Ebensowenig, wie es der schmächtige, schwache Strahl der Reisetaschenlampe tat, die er damals bei sich gehabt hatte. Der Tunnel bleibt seinem Wesen nach unausleuchtbar. Hinzukommt, daß Diddy in den letzten Monaten eine kompliziertere, argwöhnischere Beziehung zum Licht entwickelt hatte. Vielleicht hängt die Unwirksamkeit der Taschenlampe mit der Tatsache zusammen, daß sie nur für ihn ist. Kein Licht kann Hester dazu verhelfen, besser zu sehen; mit oder ohne Taschenlampe, der Tunnel ist für sie gleichmäßig dunkel. Doch so tief ist ihr gegenseitiges Einfühlungsvermögen, daß Diddy in solchen Dingen zwischen ihr und ihm selbst keinen Unterschied mehr machen kann. Was für Hester dunkel ist, ist für ihn gleichermaßen dunkel. Wie dieser Tunnel, zum Beispiel. Obwohl er nicht vergessen sollte, daß die hellen winterlichen Felder, die sich zu beiden Seiten der Gleise in die Ferne erstrecken, für Hester ebenso dunkel sind.

Der Tunnel ist kühl, aber feucht, stickig vom Geruch nach Öl und nassem Felsen. Sie gehen weiter, Diddy ein kleines Stück voraus. »Sei unbesorgt, Schatz. Ich sehe genau, wo wir entlanggehen.« Doch *er* ist besorgt. Hat das Gefühl, daß sie die beiden Kinder aus dem Märchen sind, die Hand in Hand durch den verwunschenen Wald gehen. Sich verirrt haben. Da er der Junge ist, ist es seine Pflicht, der Tapferere und Stärkere zu sein. Der seine kleine Schwester beruhigt, die verängstigt weint; der sie umhegt und umpflegt. Doch am Ende, so erinnert sich Diddy, erweist sich das Mädchen als nüchterner und praktischer. Während der Bruder von der Hexe gefangen, eingesperrt und zur Verspeisung vorbereitet wird, bewerkstelligt es das erfinderische Mädchen, sich einen Teil ihrer Freiheit zu bewahren – eher mit List als durch Stärke. Sie ist es, die es schafft, ihn zu retten.

Diddy versucht, stark und listenreich zu sein.

Doch der Tunnel ist nicht nur eine Stätte des Schreckens und der Bedrohung. Diesmal ist er auch beruhigend vertraut. Die Vorzüge, wenn man etwas mehr als einmal tut. Der Tunnel ist wie ein Zuhause.

Was auch für die Dunkelheit gilt. Einige Monate gemeinsamen Lebens mit Hester haben Diddy gelehrt, sich als König aller dunklen Orte zu fühlen. Dunkelheit als vertrautes Element. Er könnte ebensogut ohne Licht seinen Weg im Tunnel finden. Beschließt, seinen Heldenmut auf die Probe zu stellen und schaltet die Lampe für eine Minute aus. Tatsächlich, kaum ein Unterschied. Hat Diddy nicht immer schon einen ausgezeichneten Ortssinn gehabt? Doch dann schaltet er, weil er spürt, daß er den Angeber spielt, daß sein Verhalten dem Ernst der Situation nicht angemessen ist, das Licht wieder an.

(Jetzt) durchqueren sie eine Reihe von Pfützen. Was Diddy nichts weiter ausmacht, da er schwere Nagelstiefel trägt; keine Straßenschuhe aus weichem Leder. Doch Hesters Füße dürften naß werden. »Schatz, soll ich dich nicht tragen? Du hast hierfür nicht die richtige Kleidung an. Du hättest flache Schuhe und Hosen anziehen sollen. Wie dumm von uns, daß wir nicht daran gedacht haben!«

»Es geht schon.«

»Wirklich?«

»Ja. Nur der Geruch hier drinnen ist ekelhaft.«

»Das ist Dieselöl, glaube ich.«

»Nein, es ist noch etwas anderes dabei«, sagt sie. »Riechst du es nicht?« Diddy riecht tatsächlich etwas anderes, das er aber nicht identifizieren kann.

»Ist dir kalt?« Diddy, der Besorgte. Der selbst allmählich friert. Dem es nun einfällt, daß Hester nur ein dünnes Leinenkleid unter ihrem Mantel trägt.

»Nein, mir macht die Kälte nichts aus.«

Diddy will gerade noch etwas Fürsorgliches sagen, als er ein Geräusch vernimmt, das nicht von ihren Schritten herrührt. Gottseidank nicht das Dröhnen eines herannahenden Zuges. Ein schwacher, klopfender Ton. »Hester, hörst du das?« Er faßt sie an der Hand.

»Ich höre etwas.« Flüstere nicht, Schatz. Sie müssen so laut sprechen, daß sie den donnernden Herzschlag in Diddys Brust übertönen. Beide fangen (jetzt) an zu lauschen, während sie versuchen, sich so geräuschlos wie möglich vorwärtszubewegen und in ihrem Tempo nicht nachzulassen. »Dalton, ich habe Angst.« Er packt ihre Hand fester. »Wirklich. Ich will umkehren.«

Diddy weiß nicht, was ihn mehr beunruhigt. Das undefinierbare Geräusch vor ihnen, das (jetzt) allmählich lauter und deutlicher wird. Oder Hesters Furchtsamkeit; und was sich möglicherweise als Folge daraus ergibt. Daß sie ihn zwingen könnte, mit ihm zurückzukehren. Oder daß sie ihn im Stich lassen könnte, ihn sich selbst überlassen würde.

»Schatz, verlang nicht von mir, daß ich jetzt mit dir umkehre. Du weißt, daß ich dich nicht allein zurückgehen lassen kann, und ich will auch nicht allein weitergehen. Hab Vertrauen zu mir. Bleib bei mir.«

Hester antwortet nicht. Bleibt aber auch nicht stehen; geht beständig weiter, wird nicht einmal langsamer. Ach, wenn ihr Schweigen und die Regelmäßigkeit ihres Schrittes doch bedeuten würde, daß sie bereit war, mit ihm weiterzugehen. Doch konnte sie jeden Augenblick ihre Meinung ändern. Die Furcht könnte siegen. Und wenn Hester sich erst einmal entschlossen hat umzukehren, dann wird sie es auch tun. Diddy wird nicht in der Lage sein, es ihr auszureden; oder sie davon abzuhalten, es sei denn, mit Gewalt. Er weiß, daß sie Angst hat. Die Schwierigkeit besteht darin, daß auch er verängstigt ist.

Kein Zweifel, das Klopfgeräusch wird lauter. Was immer oder wer immer das Geräusch macht, es muß ganz kurz vor ihnen sein. Der Tunnel macht (jetzt) keinen vertrauten, bekannten, gar erkennbaren Eindruck mehr. Diddy bezweifelt, daß er je zuvor hiergewesen ist. Wie hätte er auch hier sein können? In diesem Tunnel? Alles, was Diddy wahrnimmt, sind Merkmale, die allen Eisenbahntunneln gemeinsam sind: der längliche, umschlossene Raum, die feuchte, kühle Luft, die Dunkelheit, der Untergrund aus harter Erde, das freie Gleis, auf dem sie entlanggehen. Und all die Geräusche, die, wie in jedem Tunnel, gedämpft klingen; fast ein Echo.

Nur ein charakteristisches Merkmal: die Spur ist gekrümmt. Genauso wie die Spur beim letzten Mal. Doch obwohl kein langer, gegliederter, eiserner Zug hier Aufenthalt hat, um als Anzeiger für den Krümmungsgrad zu fungieren, ist Diddy überzeugt, daß die Krümmung dieser Spur hier ausgeprägter ist als jene andere.

(Jetzt) sieht Diddy Licht vor ihnen. Keine direkte Lichtquelle, sondern einen Schimmer, der von jenseits der Tunnelbiegung bis zu ihm vordringt. Um sich zu vergewissern, löscht er seine Taschenlampe einen Augenblick lang. »Licht vor uns«, flüstert er Hester zu. Sie gibt keine Antwort. Diddy schaltet sein Licht noch einmal an. Knipst es dann endgültig aus und hakt die Lampe an seinem Gürtel fest.

Nachdem sie noch eine Minute weitergegangen sind, kommt die neue Lichtquelle mitsamt dem Menschen, der dort in ihrem Lichtkreis irgendeine Arbeit verrichtet, plötzlich in Diddys Blickfeld. Das Licht geht von einem riesigen Gerüst aus, das von der Tunneldecke herabhängt, aus unregelmäßigen schwarzen, schmiedeeisernen Verstrebungen besteht und in dem mindestens zwölf nackte Glühbirnen stecken. Im Kegel des Lichts ist ein großer, dunkelhäutiger Arbeiter mit irgendeiner Reparaturbeit am Gleis beschäftigt. Schon aus dieser Entfernung fällt es Diddy auf, daß die Arbeitskleidung, die der Mann trägt, derjenigen Incardonas sehr ähnelt. Stiefel, Overall und Unterhemd. Die Unterschiede liegen hauptsächlich in der Ausrüstung: anders als Incardona trägt dieser Mann eine knielange, braune Lederschürze, die vorn sein Hemd bedeckt und um den Hals herum festgebunden ist.

»Ich sehe jemanden unmittelbar vor uns«, murmelt Diddy.

»Haben wir den Gleisarbeiter gefunden?«

Hesters Frage kommt Diddy langsam näher, erreicht ihn, legt sich wie ein riesiger, flacher Stein auf ihn. Beunruhigend, schwer, bedrückend. Diddy ist entsetzt, daß ein solches Mißverständnis möglich war. Als denke Hester, der Mann, auf den sie nun zugingen, sei derselbe, den Diddy ihr gestern beschrieben hatte, ehe sie sich auf den Weg gemacht hatten; als er sie mit der ganzen Wahrheit vertraut gemacht hatte, einschließlich des Zeitungsberichtes und seines Gesprächs mit der Witwe Incardonas. Als sei er immer noch nicht verstanden worden. Oder, eher wahrscheinlich, als sei er immer noch nicht glaubwürdig.

»Ein anderer Mann.« Diddy traut sich nicht weiterzusprechen.

(Jetzt) sind sie fast bei ihm. Von Gesicht und Gestalt her, das sieht Diddy, ähnelt dieser Mann wirklich Incardona. Und was ihn noch mehr aus der Fassung bringt, ist die Tatsache, daß auch er offenbar daran arbeitet, eine Art von Sperre quer über das Gleis abzureißen. Doch diese Sperre besteht aus anderem Material als die erste. Es sind rechteckige, grauweiße Blöcke – ob aus gehauenem Stein oder Beton, kann Diddy noch nicht ausmachen. Ein Gutteil der Arbeit ist schon erledigt.

Hester fest um die Hüfte haltend, bleibt Diddy etwa drei Meter von der Stelle entfernt stehen, wo der Mann energisch mit Hammer und Meißel daran arbeitet, die Mörtelfüllung zwischen den Blöcken wegzuhauen. In Diddys Kopf wird es mulmig. So sehr er es auch leugnen möchte, die Ähnlichkeit zwischen diesem Mann und Incardona ist unheimlich; beide etwa im selben Alter, der Körperbau, die Größe, die Hautfarbe gleich; beide haben ähnliche, eher gewöhnliche, grobe Gesichtszüge. Konnte es sein, daß sie Brüder waren? Ein etwas jüngerer oder älterer Incardona, der bei der Eisenbahn arbeitet. Und Charlie hieß. Wenn es Brüder wären, dann wäre das doch immerhin etwas anderes, als wenn sie beide derselbe waren. Doch nein, das ist absurd. Schau noch einmal hin. Diddy bemüht sich, an den Unterschieden festzuhalten. Noch einmal: die um den Kopf gebundene Lampe fehlt; dieser Mann trägt eine Lederschürze. Und Diddy fühlt sich auch nicht an einen Bergmann erinnert, der unter Tage Kohle haut. Dieser Mann läßt ihn, zum Teil aufgrund seines Äußeren und zum Teil aufgrund seiner Arbeitsweise, eher an einen Gerber denken. Oder einen Schmied an seinem Amboß. Oder auch entfernt an einen Totengräber.

»Was siehst du?« flüstert Hester.

Diddy ist entgeistert, daß Hester es gewagt hat, in diesem Augenblick zu sprechen, wenn auch nur im Flüsterton. Da er auf seine Arbeit konzentriert war, hat der Mann sie offenbar nicht näherkommen hören. Warum sonst hatte er nicht in ihre Richtung geblickt oder sie zur Kenntnis genommen? Doch nachdem Hester das Schweigen gebrochen hat, bekommt das selbstversunkene Verhalten des Arbeiters eine andere, weniger unschuldige Bedeutung. Er muß doch soeben Hesters Stimme gehört haben. Muß (jetzt), wenn nicht schon zuvor, den Mann und die Frau, die so nahe bei ihm stehen, wahrgenommen haben. Wenn er also immer noch nicht spricht oder auch nur aufschaut, dann ignoriert er sie absichtlich.

Diddy gerät in Panik. Er hatte die verrückte Vorstellung gehabt, daß sie, wenn sie nicht sprächen, auch nicht gesehen würden. Da Hester gesprochen hat, sind sie entdeckt, ausgeliefert.

Doch an was? An eine Situation, die unangenehm ist, oder sogar gefährlich? Alles kommt darauf an, mit wem sie es zu tun haben.

Ist Diddy bereit zuzugeben, daß der griesgrämige Arbeiter vor ihnen niemand anderer ist als Incardona? Ja, insofern irgendjemand je bereit ist, etwas zuzugeben, das keinen Sinn ergibt. Etwas, bei dem keine Erklärung je überzeugend sein oder die naheliegenden Zweifel ausräumen kann. Diddy ist nicht nur bereit. Er ist eigentlich schon nahe daran, es zu glauben. Tatsächlich glaubt er es schon. Sitzt schon im Krater. Hat sich inmitten lauter Unmöglichkeiten häuslich niedergelassen. Und bewegt sich in dem Kreise, der eine Kollektion von Stätten miteinander verbindet, worin die Unmöglichkeiten hausen.

Um Diddys Glaubensfähigkeit weniger extrem auszudrücken: Diddy glaubt an zwei nicht miteinander vereinbare Sachverhalte. Daß Incardona gestorben ist und daß Incardona lebt. Was gar nicht so viel anders und durchaus nicht so viel schwerer ist, als zu glauben, daß er, Diddy, gestorben ist; und daß er ebenso zugleich lebte.

Und hier nun Diddys Ansicht, am wenigsten extrem ausgedrückt. Er *ist* derselbe Mann, wie er (jetzt) zugleich glaubt und nicht glauben kann.

Bei so vielen raffinierten Differenzierungen, was nun Glaube und was Behauptung ist, fällt es schwer, Hester eine einfache, direkte Antwort auf ihre Frage zu geben. Lieber zusehen und abwarten.

Unter offenkundig zufriedenem Grunzen hat der Arbeiter aufgehört, den Mörtel mit Hammer und Meißel zu bearbeiten. Er hockt sich neben einer Tasche aus grobem Stoff nieder, die am Boden liegt, und holt ein anderes Werkzeug hervor, einen riesigen Hammer. Er richtet sich auf, erhebt sich auf die Fußballen, schwingt den Hammer direkt über seinen Kopf, läßt ihn niedersausen; ein mächtiger Schlag gegen einen der Blöcke, die (jetzt) den oberen Rand der Sperre bilden. Hester zuckt von dem brutalen Geräusch zusammen und stößt einen schwachen Schrei aus. Diddy hielt ihr mit der Hand den Mund zu.

Schon hat der nächste Block nachgegeben, und der Mann lockert ihn mit Hilfe einer Brechstange. Er pfeift tonlos, während er den bezwungenen Klumpen von Materie packt und ihn zu dem Stapel bereits beiseitegeräumter Blöcke hinüberträgt, die sich in einer Nische in der Tunnelwand türmen. Auf dem Rückweg zur Sperre blickt er Diddy und Hester direkt und äußerst kühl an. Pfeift weiter, sagt aber nichts.

Diddy, der sich seiner Feigheit schämt, nimmt die Hand von Hesters Mund. »Verzeih mir, Schatz«, flüstert er. »Ich versuche, für uns beide zu denken. Aber wenn du dich von der Angst überwältigen läßt, werde ich völlig konfus. Ich kann überhaupt nicht denken.«

Der Gleisarbeiter hat seine Tätigkeit wieder aufgenommen. Und hat vielleicht mit angehört, was Diddy gesagt hat, denn als er diesmal einen Moment lang aufblickt, lacht er. Er riecht wie ein Tier, atmet wie ein Tier.

»Warum lacht er?« Hester stand an Diddys linke Seite gelehnt, auch noch, nachdem er seine Hand von ihrem Mund genommen hat. Als sie sich aufrichtet, merkt sie, daß der Absatz eines ihrer Schuhe zwischen der Schiene und einem riesigen Bolzen eingeklemmt ist; sie versucht, sich zu befreien, wobei sie beinahe das Gleichgewicht verliert.

Diddy hält sie fest. »Paß auf!«

»Schon in Ordnung.« Sie will ohne seine Hilfe stehen. »Dalton, warum lacht er?«

»Ich weiß es nicht«, sagt Diddy. »Oder vielleicht doch. Er spielt den wilden Mann. Er versucht, uns einzuschüchtern.«

»Wie weit ist er weg?« Obwohl sie in Diddys Ohr geflüstert hat, ist es möglich, daß der Arbeiter es auch gehört hat.

»Halt dich nur an mir fest«, flüstert Diddy.

»Halt dich nur an mir fest!« sagt der Arbeiter mit harter, rauher Stimme.

Endlich! Diddy ist erleichtert, daß etwas in Gang kommt. »Sie haben sich also entschlossen, endlich den Mund aufzumachen, wie?«

»Ich weiß nicht, ob ich mit *dir* rede, Kerl«, sagt der Arbeiter. »Aber mit der Dame, also«, grinst er, »das ist schon was anderes. Jawohl, Sir, etwas anderes.«

»Dalton!«

»Dalton!« äfft sie der Gleisarbeiter nach.

Diddy gerät in Wut. Der Mann ist schon wieder unverschämt, noch unverschämter als zuvor. Droht einfach plump. Doch diesmal ist alles anders, da Diddy nicht allein ist. Incardona scheint Diddy nicht viel Aufmerksamkeit zu widmen. Hat ihn abgetan als Gegner, der überhaupt nicht zählt; sieht ihn kaum an. Diesmal ist er hinter Hester her. Es ist nicht Verachtung, wie das andere Mal, was die groben Züge des Arbeiters verzerrt. Diddy sieht (jetzt), daß es Geilheit ist. Was Hester natürlich nicht sieht und nicht sehen kann. Diddy muß für sie beide sehen. Muß Hester beschützen, auch wenn es über seine Kräfte gehen sollte, beschützen vor den Ungeheuern, die diese Welt überrennen. Diddy als der Heilige Georg.

Er kommt näher. Mit einem Arm hält Diddy Hester noch kräftiger fest. Und sieht sich nach seiner Waffe um.

Incardona hat seinen Gegner unterschätzt. Diesmal ist es ein erfahrener Diddy, dessen Hände schon mit Blut getauft sind, der sich ihm stellt. Verkniffen vor Haß, zur Schlacht bereit. Diddy läßt Hester los.

Incardona kommt immer näher, ist sich seiner physischen Überlegenheit gegenüber dem geschwächten, bettlägerigen Diddy so gewiß, daß er nicht einmal eine Axt in den Händen hält. Doch Diddy, von Wut und Ekel geschüttelt, wird nicht den feinen Herrn spielen. Auch wenn es nun etwas von einem Ehrenduell hat. Nachdem er die zitternde Hester zurückgedrängt hat, hebt er die Brechstange wiederum auf und geht in Bereitschaftsstellung. »Ach, ein kleines Spielchen, hä?« vehöhnt ihn der Mann und deutet mit dem Kopf auf Diddys Waffe hin.

»Noch einen Schritt näher«, brüllt Diddy, »und du wirst schon sehen, was für ein Spiel ich spiele.« Diddy fühlt sich stark, unüberwindlich. Fühlt, daß er aus Stein ist.

»In der Liebe und im Krieg geht alles!« höhnt Incardona und täuscht ein Ausweichmanöver nach links vor, als Diddy auch schon mit der Brechstange ins Leere schlägt. Der Schwung des fehlgehenden Hiebes bringt Diddy fast aus dem Gleichgewicht; er kann gerade noch verhindern, daß er sich selbst mit der Brechstange am Schienbein trifft. Nein, aufhören! stöhnt Hester. Incardona hat nach ihrer Brust getappt, springt dann aber fort, umtänzelt sie wie ein Boxer. »Hester!« schreit Diddy. Wagt aber nicht, sie noch einmal anzusehen, weil er dann Incardona aus den Augen lassen müßte. Doch er muß Gewißheit haben. »Hester!« Was heißen soll: Ist alles in Ordnung mit dir? Hat er dir wehgetan?

»Dalton, bring ihn nicht um!«

Doch für Diddy war es unmöglich zu hören, was Hester gerade geschrien hat, geschweige denn, es zu verstehen. Es scheint offenbar unterzugehen zwischen vielen anderen, konfusen Ausrufen und gutem Zureden und Erklärungen, wie »Aufwachen!« und »He!« und »Versuch's mit Sauerstoff!«

Außer sich vor Wut, hat Diddy die Absicht zu töten. Das läßt sich nicht zurücknehmen. Was du absolut haßt, mußt du töten; wenn du nicht willst, daß es dich tötet.

Obwohl Incardona unbewaffnet ist, ist Diddys Aufgabe nicht leicht. Diddy ist zu dem Schluß gekommen, daß er niemals mit Incardona fertig wird, wenn er geradewegs auf ihn zuläuft; auch wenn er ohne Waffe ist, der große, muskelbepackte Arbeiter ist zu beweglich. Diddy wird eine List anwenden müssen. Mit immer noch tauben Fingern von dem vorausgegangenen Schlag, packt er das eiserne Werkzeug mit beiden Händen, so fest er kann. Im selben Augenblick schreit er: »Hester, leg dich hin!« Incardona hört auf herumzuspringen, schaut für einen Moment von Diddy weg zu Hester hin. Welches der Augenblick ist, genau der Augenblick ist, da Diddy die Brechstange auf den Kopf des Mannes niedersausen läßt.

Mit einem häßlichen Schrei reißt Incardona die Hände zum Kopf hinauf, wankt, dreht sich, knickt in den Knien ein; bricht dann zusammen, fällt zu Boden. Wo er zusammengekrümmt liegen bleibt. Aus seinem zerschmetterten Schädel ergießt sich Blut, Hirnmasse, Knochensplitter und etwas, das wie schmutziges Wasser aussieht. Diesmal gibt es keinen Zweifel. Diddy hat ihn getötet. Kein *Freibeuter* ist nötig, um die Aufgabe zu vollenden. Diesmal war es ein frontaler Schlag, auch stärker und besser gezielt. Diddy sieht auf den Mann hinab, der verkrümmt auf dem Tunnelboden liegt, will sich an dem Anblick weiden. Und findet sich tatsächlich fähig, diese brutale Emotion aufzubringen, überwindet seine hilflosen, zuckenden Anwandlungen des Grauens und des Ekels. Diddy im Triumph.

Endlich, denkt Diddy. (Jetzt) ist er wirklich tot. Und weil ich es das erste Mal halbherzig angepackt habe, mußte ich zurückkehren und es noch einmal tun.

Er hört Hester hinter sich, die vor sich hin wimmert; dreht sich um. Sie hockt mit gesenktem Kopf am Boden; mit Schmierfett, Schlamm und Blut besudelt, das aus Incardonas klaffendem Schädel spritzt. Diddy läßt die Brechstange fallen, kniet sich neben sie und nimmt sie fest in die Arme. Hat völlig vergessen, was er für einen panischen Aufschrei aus Angst um seine Sicherheit gehalten hatte: »Dalton, bring ihn nicht um!« Er kann nur vermuten, daß Hester gemerkt hat, daß das Duell vorüber ist. Aus dem Diddy unversehrt als Sieger hervorgeht. Er küßt ihr die Wangen, den Mund, den Hals. »Jetzt hast du mich gesehen«, murmelt er. »Diesmal hast du mich gesehen.«

Doch Hester versteht offenbar nicht. Kann sich an Diddys Euphorie, an seinem eigensinnigen Triumph nicht beteiligen. Im Gegenteil. Es hat den Anschein, als laste (jetzt) eine unbestimmte

Trauer um so schwerer auf Hester. Sie entzieht sich Diddys Umarmung. Steht aufrecht, weist seine Versuche, ihr behilflich zu sein, zurück. Sie reibt heftig an ihrer Kleidung, schüttelt sich den Schlamm von den Schuhen.

Diddy ist verwirrt, richtet sich nun auch auf. »Was ist los, Schatz? Warum bist du wütend? Jetzt ist doch alles in Ordnung. Du hast gesehen, was passiert ist.«

»Nein, ich habe nicht gesehen«, sagt sie erbittert, »und das weißt du auch.« Pause. »Aber wenn es dich zufriedenstellt, ich *glaube* dir.«

»Da ist noch etwas, woran du denkst«, sagt Diddy beunruhigt. »Was du mir nicht erzählst.«

»Jetzt ist alles vorbei«, sagte Hester. »Und es ist auch gleichgültig, es konnte anders nicht sein. Du mußtest tun, was du tun mußtest.«

»Ich verstehe dich einfach nicht«, brüllt Diddy. »Wir reden von verschiedenen Dingen.«

»Nein, durchaus nicht. Ich habe es doch schon gesagt. Ich glaube dir.«

Diddy kann nicht verstehen, warum Hester so kalt und hart geworden ist. Und was für einen Grund sie hat, seine so lange hinausgeschobene Rechtfertigung zurückzuweisen. »Das genügt nicht«, beharrt er verstockt. »Du sollst mir nicht glauben, du mußt mich *sehen*.« Wozu ist solch eine unzulängliche, abgelenkte Zeugin überhaupt nütze? Zu nichts, aber auch zu gar nichts. Muß ich ihn noch einmal töten?

»Aber das kann ich nicht«, schreit sie hysterisch. »Und du weißt, daß ich es nicht kann.«

Diddy bebt vor Wut über Hester. Er hat ihr das Leben gerettet, hat das eigene Leben gerettet. Und was das Wichtigste von allem war, er hatte ihrer beider Wahrheiten zusammengebracht, sie miteinander verbunden; hatte dafür gesorgt, daß sie sich deckten, wenn auch Gewalt dazu nötig war. Und als Gegenleistung für dieses Meisterstück, was tut Hester da? Sie schleudert ihm das aus der Luft gegriffene technische Detail entgegen, daß sie blind sei. Das wird Diddy sich nicht gefallen lassen. »Ich will gesehen werden!« brüllt er.

Mit diesem Aufschrei gibt etwas in Diddy nach. Vielleicht ist es seine Wut. Er spürte, wie die gestrafften Sehnen seines Körpers sich lockerten, wie die steifgewordenen Fibern anfingen, sich zu lösen, die angespannten Nerven allmählich nachgaben. Die Luft schein leichter zu werden, scheint nicht mehr so faulig zu stinken. Und wird auch wärmer. Diddy hat Angst, Hester anzuschauen; er späht wieder zu dem zusammengesackten Mann hinüber, ein kleines Rinnsal von wäßrigem Unrat sickert immer noch aus dem Inneren seines Schädels. Und er stellt fest, daß ihn das, was er wahrnimmt, weder erschreckt noch anekelt. Solche Reaktionen setzen voraus, daß Diddy versteht, was er sieht und was er getan hat. Und dann in der Lage wäre, die alten, müden Reaktionen zu ordnen.

Doch (jetzt) ist es anders, alles ist anders. Wellen von Neuheit ergießen sich über die Oberfläche dieses Geschehens.

Doch wie kann das sein? Wo es doch nicht das erste, sondern das zweite Mal ist?

Diddy weiß die Antwort. Sie liegt nicht in einem Gedanken, sondern in einer Tat. Er will mit Hester Liebe machen. Hier, in diesem Augenblick. Denn es ist der ergänzende Akt. Ist das, was auf alle seine Morde folgt. Beides gehört irgendwie zusammen. Doch nicht so, wie er es erst gesehen hatte. Erst hatte er die Vereinigung mit Hester als die Entsühnung aufgefaßt, die auf seine Schuldtat folgte; oder gar als die Belohnung. (Jetzt) fragt Diddy sich, ob er nicht vielleicht den Gleisarbeiter jedesmal tötete, um seine Fähigkeit, Liebe zu machen, zu erneuern. Wobei die Berührung der Gewalt nur das notwendige Vorspiel war, das die andere, die Berührung der Liebe, erst möglich machte. Wenn das stimmt, dann wäre die Liebe das eigentliche Anliegen Diddys, und nicht bloß ein Betäubungsmittel. Die Gewalt ist weniger wichtig, ebnet vielleicht nur den Weg? . . . Doch warum muß Diddy so umständlich vorgehen?

Er breitet seine Windjacke und seinen Pullover auf dem Boden zwischen den beiden Gleisspuren aus, etwa ein, zwei Meter von Incardonas Körper entfernt, schnürt sich die Schuhe auf, zieht sie aus und hilft Hester neben sich auf den Boden. Er nimmt sie in die Arme – sie ist zuerst noch ganz schwerfällig, reagiert überhaupt nicht. Doch Diddy fühlt sich so erregt, so zuversichtlich in seinem Verlangen, daß er nicht daran zweifelt, Hester erregen zu können, so daß sie mitmacht. Er fängt an, ihre Brust zu streicheln; steckt ihr dann eine Hand zwischen die Beine, während er ihr mit der anderen das Kleid bis zur Hüfte hinaufschiebt. Diddy verliert sich in dem süßen, feuchten Fleisch. Ja, sie fängt wieder an, ihn zu lieben, auch wenn sie gar nicht will. Nachdem Diddy Hose und Unterhose bis zu den Knien herabgezogen hat, schiebt er seinen Körper auf den ihren. Auch sie fängt an, sich zu bewegen; obwohl ihr Kopf merkwürdig weit zur Seite weggedreht ist, so daß Diddy Schwierigkeiten hat, ihr Gesicht zu küssen. Ihre Bewegungen verflechten sich allmählich miteinander. Ohne daß ihr Rhythmus unterbrochen wird, hakt Diddy ihr von hinten den Büstenhalter auf und schiebt das Kleid noch höher; schleudert mit einem Fußtritt die Hose ganz fort und dringt tief in sie ein. Es ist erst der Anfang, und doch ist Diddys Lust schon schärfer und mächtiger als je zuvor, da sie Liebe gemacht haben, das erste Mal eingeschlossen. Und das muß auch bei Hester der Fall sein. Denn (jetzt) geht sie bei allem mit, obwohl sie ihr von der Sonnenbrille geschütztes Gesicht immer noch weit auf die Seite gedreht hält. Sie kommen einmal, doch das ist nicht genug. Beide müssen alle Körperteile dem anderen zur Verfügung stellen – den Genitalien, dem Mund, den Händen, Knien, Haaren, Füßen. Beide schreien, singen, stöhnen, lachen, zischen, grölen Obszönitäten – ein Arrangement aus drängenden Lauten, wie sie Diddy von ihnen beiden noch nie gehört hat. Diddy und Hester sind wie zwei wilde Kreaturen, die sich noch nie zuvor gepaart haben. Sie versuchen, auf dem Pullover und der Windjacke Diddys zu bleiben, doch schließlich rollen sie herunter, zerreißen alle Kleidungsstücke, die sie noch anbehalten haben, beschmieren sich mit Dreck, zerkratzen sich die Haut. Was alles zum selben Magma der Empfindung gehört, wo Lust und Schmerz eins sind. Wieder kommen sie zur selben Zeit. (Jetzt) fühlt Diddy sich wahrhaft entsühnt. Er erhebt sich aus seinem schwachen, hageren Körper wie ein Meerestier aus seiner Muschelschale.

Hester entsank seinen Armen. Ist sie vielleicht ohnmächtig geworden? Voller Angst legt er die Wange an ihre Brust und lauscht auf ihre Atemzüge: das langsame, regelmäßige Ein- und Ausatmen von jemandem, der zutiefst erschöpft ist, der gnädig in den unermeßlichen, langentbehrten Schlaf gesunken ist. Sie schläft also. Laß sie ausruhen. Diddy zieht Hester das Nylonhöschen die Beine hinauf bis zu den Hüften, schiebt ihr das zerrissene Kleid zu den Knien herab; stopft den Baumwollbüstenhalter in ihre Manteltasche; stößt ihre schlaffen Arme durch die Ärmel des Mantels und knöpft ihn zu. Dann umfaßt er sie mit seinen Armen und trägt sie ein paar Meter weit zur nächsten Schutznische. Nur ein kleines Stück hinein; er läßt sie gleich bei der Öffnung der Nische in Sitzhaltung herab. Lehnt sie gegen die Wand, dicht bei einem Haufen von Steinblöcken, der einmal zu der Sperre gehört hatte.

Es kam ihm der Gedanke, daß es vielleicht gefährlich sei, Hester hierzulassen. Bestimmt war es sicherer, sie ganz aus dem Tunnel zu tragen und an der Böschung neben dem Gleis niederzulegen. Wenn Diddy sie dort abgelegt hatte, konnte er ja wieder in den Tunnel zurückkehren.

Doch er hatte Angst, den Tunnel zu verlassen, auch nur für ein paar Minuten. Es konnte ja sein, daß er dann nicht mehr zurückkehren wollte oder konnte. Und lange muß Hester hier ja nicht liegen. Nur noch eine kleine Wegstrecke, die er auskundschaften mußte; solange noch die Neugier, die Empfindungen physischen Wohlbehagens und die Stimmung orgiastischer Erfüllung hohe Wellen in ihm schlagen.

Sollte er auch Incardona umbetten? Zum Teufel nein, laß den Bastard dort in seinem Dreck liegen.

Diddy sollte sich (jetzt) anziehen, ehe er weiterging. Hat aber eine Aversion dagegen, diese verschmierten und zerfetzten Kleidungsstücke wieder anzuziehen; die, wie Hesters auch, mit Incardonas Hirnsäften und Blut bespritzt sind; und darüber hinaus mit Schlamm, Schmierfett, Schmutz, Schweiß und Sex befleckt. Selbstverständlich hätte er sie angezogen, wenn ihm kalt gewesen wäre. Ist es aber nicht, wie es sich trifft. Nicht nur ist ihm nicht kalt, sondern er hat eher ein Gefühl von Blutandrang und Überhitzung. Vielleicht hat Diddy Fieber. Kommt aber nicht darauf an. Alles, worauf es ankommt, ist, daß ihm gegenwärtig jeglicher Wunsch, sich anzuziehen, abgeht.

Dann fällt ihm eine bessere Verwendung für seine Kleidung ein. Hesters Kopf, den er gegen die Nischenmauer gelehnt hatte, ist schon auf die Seite geknickt, in eine Haltung, die mißlich aussieht und unbequem sein muß. Und die harte Mauer muß ihrer Wirbelsäule wehtun. Sie wird Schmerzen haben, wenn sie aufwacht. Er wickelt seine Stiefel, die Hosen, das Hemd und den Pullover zu einem Bündel zusammen, zieht das bewußtlose Mädchen kurz nach vorn, polstert mit dem Bündel die Wand hinter ihr; nachdem er sie wieder zurückgelehnt hat, breitet er seine Windjacke als Decke über ihren Oberkörper. (Jetzt) ist es schon viel besser.

Warum überhaupt etwas anbehalten? Diddy bückt sich, zieht sich die Strümpfe aus, und dann sein T-Shirt. Und legt alles neben Hester ab.

(Jetzt) kann er in aller Freiheit gehen.

Diddy steigt zuerst mit dem einen, dann mit dem anderen nackten Bein über die nur unvollständig abgebaute Sperre. Natürlich. Genau, wie er es insgeheim die ganze Zeit vermutet hatte. Was jenseits der Sperre liegt, ist nicht einfach eine langweilige Fortsetzung des Tunnels und seiner zwei Gleisspuren. Die Schienen enden ein Stückchen weiter vorn, etwa nach zwanzig Metern. Danach weiteten sich die Wände. Die sich (jetzt) noch mehr weiten.

Warum auch nicht? »Es gibt eine andere Welt, aber sie liegt innerhalb der unsrigen.« Diddy schreitet nun nicht mehr durch einen Tunnel, sondern eher durch eine lange, weitläufige Galerie. Die ihn wieder an eine Mine erinnert. Nur, daß diese Kammer grell ausgeleuchtet ist. Von nackten Glühbirnen, die an den fensterlosen Wänden in ziemlich dichten Abständen in ihren Sockeln sitzen. Vielleicht ist die Beleuchtung sogar stark genug, um einen wahrnehmbaren Temperaturanstieg zu verursachen. Wie ließe sich sonst erklären, daß Diddy, der hier Ende Januar herumspaziert, nicht friert? Ist es vielleicht nicht einfach das seltsame Klima, das in der Galerie herrscht, diese eigenartige Feuchtigkeit, die Wärme hervorbringt? Doch was immer der Grund ist, es gibt (jetzt) keinen Moment, wo ihm nicht warm wäre. Und manchmal gerät er fast ins Schwitzen; wenn es nach ihm ginge, könnte es recht viel kälter sein.

Diddy ist nackt, mit diesem nahtlosen Gefühl von Wohlbehagen. Die schmalen Zehen seiner Füße mit dem hohen Spann greifen aus auf dem schmutzigen Fußboden, während er voranschreitet. Seine Hoden, die in der warmen Luft herabhängen, pendeln ihm angenehm gegen die Innenseite der Schenkel. Die Arme schwingen frei zu seinen Seiten. Die Schultern sind entspannt, nicht verkrampft; den Kopf trägt er aufrecht. Und eine strahlende Glätte scheint die Oberfläche seiner Haut über und über zu bedecken, als sei sie von Schlaf umspült.

Die grelle, fast brutale Beleuchtung verbirgt keine noch so kleine Einzelheit des umschlossenen Raumes, den er durchschreitet. Und auch nicht den markanten Unterschied zu dem Raum des Tunnels. Im Gegensatz zu dem festgestampften Erdboden des Tunnels gab es hier einen richtigen Fußboden. Der mit dunkelgrauem Stein gepflastert war, in Abständen von etwa zehn Metern von rechteckigen Abflußrinnen unterbrochen, die von schweren Eisengittern bedeckt waren. Die Wände waren aus demselben dunkelgrauen Stein.

Irgendwie erwartete Diddy, daß er jeden Augenblick auf einen älteren Wachmann stieß, der auf einem Korbstuhl döste und den er nach dem Weg fragen könnte, um sich so allmählich zu orientieren. Er stellte sich diesen Beamten ganz deutlich vor. Einen ungepflegten Mann von etwa sechzig Jahren, mit Hängebacken und einer Geschwulst an der Stirn, der sich seit mindestens zwei Tagen nicht mehr rasiert hatte. Und eine blanke Uniform aus grauem Wollstoff trug; dem ausgefranste Manschetten aus den Jackettärmeln hervorschauten; dessen Taschen vollgestopft waren mit altem Kaugummipapier, gestempelten Briefmarken, abgerissenen Eintrittskarten und schmutzigen Papiertaschentüchern. Der einen Hängebauch hatte und an einer Schleimbeutelentzündung litt. Der allabendlich nach Hause in ein möbliertes Zimmer ging, wo er auf einer Roßhaarmatratze schlief, mit dem Bild seiner verstorbenen Frau über dem Bett . . . Diddy wollte diesen alten Wachmann, der gegen die Wand gelehnt auf seinem Stuhl saß, fragen: Wo bin ich? Der Mann gäbe dann irgendeine träge Antwort. Was schon ausreichen würde. Denn Diddy erwartet nicht viel an Information. Ist dankbar für die, die er bekommt. Doch trotz der Bescheidenheit seiner imaginären Ansprüche trifft Diddy nicht einmal auf solch einen hinfälligen Wächter – weder am Anfang der langen Galerie noch sonst irgendwo auf dem Wege. Alles, worauf er trifft, ist ein Strohhut der Größe 7¾, der solch einem Mann gehört haben mochte; auf dem Fußboden, an den Rand einer der Abflußrinnen gespült.

Die lange Galerie, durch die Diddy schreitet, nackt, wie er ist, ist praktisch leer. Abgesehen von zahlreichen seltsamen, eigentlich wertlosen Gegenständen, die Diddy in weiten Abständen verstreut entdeckt und die in den grandiosen Dimensionen dieses Raumes verloren wirken. Gegenstände, die man nicht mehr haben wollte? Die verlorengegangen sind? Die man hier versteckt hat? Deren Reihenfolge arrangiert war, um eine kryptische Botschaft zu übermitteln?

Als erstes der schon erwähnte Strohhut.

Ein paar Meter weiter, an der Wand der Galerie, ein Zenith-Radio, etwa aus dem Jahre 1930. Dessen Röhren alle durchgebrannt waren, wie sich bei Überprüfung herausstellte.

Und weiter hinten ein großer Stapel von 78er Schallplatten. Diddy bückte sich einen Augenblick lang, weil er sie schnell durchsehen wollte. Doch die Platten, alles Opernarien, waren zu verstaubt; denn als er schon zehn Platten angeschaut und sich dabei die Fingerspitzen schmutzig gemacht hatte, hatte er noch nicht einmal den Namen eines einzigen Sängers entziffert.

Weiter, ein Korb mit Kokosnüssen. Diddy nahm eine heraus und schüttelte sie, um die Milch darin schwappen zu hören. Durst. Wenn er bloß einen kleinen Schraubenzieher hätte, dann könnte er sie öffnen und einen Schluck trinken. Einen kleinen Schraubenzieher, wie er sich – an seinem Schweizer Armeemesser – in der Tasche der Hose befand, die er im Tunnel zurückgelassen hatte.

Und noch weiter, eine Zigarrenkiste. Die Sorte aus Kuba, die Reager mochte. Das wäre vielleicht ein Genuß, (jetzt) so eine zu rauchen, wenn sie nicht zu sehr ausgetrocknet sind. Pech, daß keine Streichhölzer in der Kiste sind.

Wieder weiter, an der Wand, an der sich keine Wasserhähne befinden, ein langer orangefarbener Gartenschlauch, mit drei verschiedenen Düsen.

Und noch einmal weiter: eine verrostete Gartenschere; ein Nachttopf, verziert mit einem in Grün, Braun und Weiß gehaltenen Muster aus gewundenen Linien und einem Stempel auf der Unterseite, mit den Worten »Minton« und »No. 12«; ein Haufen von Zeitschriften, die meisten *Popular Mechanics* und *Science & Mechanics*; ein Din-Umschlag, der ein Dutzend Standphotos aus mexikanischen Filmen der 50er Jahre enthält, auf denen Dolores del Rio zu sehen ist; ein abgefahrener Autoreifen; eine beschädigte Barbie-

Puppe, und kein Ken in Sicht; ein Knäuel braunes Garn; Herbstblätter, säuberlich aufgehäuft; ein hölzerner Kleiderbügel, mit der Aufschrift »Hotel Luna«; eine leere kleine Wodkaflasche, Smirnoff's; eine Tube Zahnpasta zum Reinigen falscher Zähne; und ein unvollständiges Kartenspiel, Plastikkarten. Diddy zählt neunundvierzig.

Diddy ist offenbar in eine Welt von Dingen hineingestolpert. Ein paar vielleicht lassen sich als Sammlerstücke ansehen; wenn es denn irgendwo einen Geschmack gibt, der ausgefallen genug ist, um Dinge wie diese zu sammeln. Doch auch zugestanden, daß Dinge alles sind, was dieser Welt eingeboren ist, und selbst wenn man die Dinge auf Objekte von derartig marginalem und veraltetem Charakter beschränkt, so ist es doch auch bemerkenswert, über welch einen weiten Raum diese Dinge verteilt sind. Ein für Diddy ungewöhnliches Problem: daß es zuviel Raum gibt. Was sonst ein Durcheinander darstellen würde, wenn es in gewöhnlichen Zimmern, Apartments oder Häusern aufbewahrt wäre, ist nun kaum sichtbar, wo es über einen so großzügigen Raum wie diesen verteilt ist.

Deshalb ist es zugleich auch eine Welt der Abwesenheit von Dingen. Von den zuvor erwähnten Gegenständen abgesehen, die sich ihrem Wesen nach weniger plausibel als »Inhalt« denn als »Müll« oder »Abfall« beschreiben lassen, ermangelt es der Galerie an jeglicher Ausstattung. Ist sie nackt.

Natürlich mit Ausnahme dessen, was sich an den Wänden befindet. Denn was es diesem extrem langen, relativ engen Raum an Gegenständen fehlte, um ihn auszufüllen, wurde zum Teil von der Fülle an Botschaften wettgemacht, die an beiden Wänden angeschlagen waren. Ein langes, unerbittliches Gepränge von Zitaten und Sinnsprüchen.

Die sich etwa über die ersten hundert Meter der Galerie erstreckten, in unregelmäßigen Abständen und in verschiedener Höhe angebracht, eher zufällig. Zuweilen einfach aufgemalt oder auf die Steinwand getüncht. Oder grob auf Pappe, Styropor oder Sperrholz gekritzelt; und dann an die Wand geklebt oder genagelt. Doch je weiter Diddy schreitet, desto dichter und häufiger treten sie auf; und mit desto größerem Aufwand sind sie angebracht. Einige waren auf Plakate gedruckt; und von diesen hatten etliche vielfarbige kalligraphische Initialen und Randverzierungen. Einige waren in Metallplatten eingraviert. Dennoch ließ sich unter den gebotenen Stilrichtungen der Typographie, des Druckes und der Metallarbeit – ob primitiv oder naiv – keine einheitliche oder vorherrschende Tendenz oder Zeitperiode ausmachen. Eine ganz und gar eklektizistische Ansammlung graphischer Stile und gestalterischer Normen.

Etwas Ähnliches ließe sich von Texten selber sagen, die alle entfernt mit dem Thema des Todes in Verbindung standen. Ein Eintopf aus Gedichtzeilen, aus homiletischen Zitaten, von denen ein paar vollständig waren, die meisten jedoch einen abgehackten Satz oder verkürzten Ausdruck darstellten, und aus volkstümlichem Gedankengut. Diese Botschaften und Sinnsprüche ergaben offenbar von Ethik, Temperament und Kultur her keinen Zusammenhang. Als habe man viele nach Zufall ausgesuchte Menschen dazu aufgefordert, ihr Lieblingsstück an Weisheit beizutragen, und diese wären dann der Aufforderung nachgekommen. Ohne einen Gedanken an die Harmonie des Ganzen.

»Es ist besser, man wäre nie geboren worden« stand gleich neben »Der Tod ist der Sünden Lohn«. Gefolgt von »Ordnung, Ruhe und Frieden«. Wiederum gefolgt von »Kommet zuhauf, Ihr Knospen der Rosen«.

Und andere, die Diddy auffielen und von denen er sich vielleicht ein paar notiert hätte, wenn er einen Block und einen Bleistift bei sich gehabt hätte:

»Ich verachte den Staub, von dem ich genommen und der zu dir spricht. Ich übergebe ihn dir.«

»›Die Welt ist niemandem etwas schuldig.‹ Marokkanisches Sprichwort.«

»Wie gewonnen, so zerronnen.«

»Oh Grab, wo ist dein Sieg?«

»E dietro le venìa sì lunga tratta/ di gente ch'io non averei creduto/ che morte tanta n'avesse disfatta.«

»Aus den Augen, aus dem Sinn.«

»Et in Arcadia ego.«

»›Die Frage ist, ob es ein Leben vor dem Tode gibt.‹ Ungarisches Sprichwort.«

»Da wird's dem Hund zu bunt/ Da kümmert sich die Katze/ Und rottet aus die Ratze.«

»Der Tod und die Steuer.«

»Enkidu, mein Freund, den ich liebte und der mir teuer war/ Der mit mir alle Fährnisse durchschritt/ Ihn hat das Schicksal der Menschheit ereilt!/ Sechs Tage und sieben Nächte habe ich um ihn geweint/ Bis daß ihm der Wurm aus der Nase fiel.«

»Wenn man abtreten muß, muß man abtreten.«

»Weil ich keine Zeit für den Tod hatte – hatte er huldreich Zeit für mich –«

»Asche zu Asche, Staub zu Staub.«

»Einzig reut mich, daß ich nur ein Leben habe, um es für mein Vaterland zu lassen.«

»*Wir Geretteten/ Aus deren hohlem Gebein der Tod schon seine Flöten schnitt/ An deren Sehnen der Tod schon seinen Bogen strich.*«

»Was mich nicht umbringt, macht mich stark.«

»Ich bin, was war, was ist und was sein wird. Und hat kein Mensch noch meinen Schleier gelüftet.«

»Lieber rot als tot.«

»Und der Tod soll keine Herrschaft haben.«

»Où sont les neiges d'antan?«

»Tote reden nicht.«

»Ist der Gedanke wie ein Tod, der weint/ Weil er besitzt, was doch er zu verlieren meint.«

»I went down to the Saint James Infirmary.«

»Or discendiamo omai a maggior pièta;/ già ogni stella cade che saliva/ quand' io mi mossi, e 'l troppo star si vieta.«

»Und kommt der Tod als Ende.«

»Im Palast des Trollenkönigs.«

Weiter, von Inschrift zu Inschrift. Weisheiten im Überfluß: harmlos oder plump oder veraltet oder taktlos. Austauschbare Weisheiten. Die Plaketten an der Wand werden (jetzt) seltener. Vor einer der letzten, zwei Zeilen aus einer Predigt von John Donne, bleibt Diddy stehen; beinahe erschöpft. Legt einen Augenblick lang seine erhitzte Wange an den kalten Stein. Schnell kam er wieder zu Kräften, setzte seinen Weg fort. In Diddys Nasenlöcher dringt Lavadunst, Meeresgeruch. Und kaum eine Schicht tiefer etwas Unangenehmes, das nach Erbrochenem roch. Diddy läßt die Fingerspitzen über die schmutzigen Granitwände gleiten, während er langsam weiterging. Der gedämpfte Klang seiner Schritte hallte in seinem einsamen Schädel wider.

Dann erblickte Diddy einen geräumigen, gewölbten Gang. Und dahinter einen Raum, viermal so breit, wenn auch nicht so lang wie die Galerie, durch die er gegangen war. Eher eine Vorkammer. Zu dem Raum, auf den er (jetzt) zugeht. Und gab es am Ende dieses Raumes einen weiteren Durchgang? Vielleicht. Diddys Sicht von hier ist zu beschränkt, als daß er es erkennen könnte. Trotzdem kam es ihm schon so vor, als seien die lange Galerie und der Raum, den er soeben betritt, nur der Anfang einer Flucht von miteinander verbundenen unterirdischen Kammern. Durch den Einlaßgang gelangt Diddy in einen riesigen, rechteckigen, kellerartigen Raum mit einem hohen Deckengewölbe. Einen Raum, der abgesehen davon, daß er fensterlos war, einen hervorragenden Kirchenraum abgegeben hätte. Das Innere einer Kirche in irgendeinem armen, frommen Balkanland.

Doch es waren nicht Gottesdienste, denen dieser Raum gewidmet war. Diddy hat so etwas wie eine riesige Bestattungskrypta betreten. Und zwar eine, die auffällig schlecht instandgehalten wurde. Wenn auch der Mittelgang, den Diddy entlangging, einigermaßen frei war, überall sonst stehen Särge völlig achtlos in Hülle und Fülle herum. Zu Hunderten, vielleicht mehr als tausend. Schief, oder zu einem Ende hin geneigt; oder umgekippt, auf der Seite liegend; oder wacklig übereinandergestapelt, sechs oder sieben aufeinander, wie Holzscheite für ein Feuer. Sie sahen aus, als seien sie in einem Anfall von Verärgerung oder Wut aufeinandergehäuft, zusammengeschoben, durcheinandergeworfen worden; oder vielleicht waren sie in den Raum herabgestürzt. Und waren dort gar nicht aufgestellt oder gar übereinandergestapelt worden. An keiner Stelle erweckten sie den Eindruck, daß es irgendwelche Sorgfalt oder Planung gegeben habe. Auf alle Fälle waren es zu viele, selbst für diesen großen Raum. Doch in dieser willkürlichen Anordnung, bei welcher jede Regel für eine platzsparende Nutzung eines beschränkten Raumes außer acht gelassen worden war, erscheint der Raum weitaus überfüllter, als es nötig gewesen wäre.

Vielleicht war es gar keine Bestattungskrypta im gewöhnlichen Sinne, in welcher die Toten würdig aufgebahrt und regelmäßig von trauernden Anverwandten und Freunden besucht wurden. Sondern eher eine Lagerstätte für überschüssige Körper. Woraus sich erklären würde, weshalb hier den schlichtesten Maßstäben von Instandhaltung schamlos gespottet wurde; wie auch, daß es keine Blumen gab, weder frische noch künstliche, und auch sonst keine der Beigaben, die der Sitte nach die Ruhestätten der Toten schmücken. Die meisten Särge haben nicht einmal eine kleine Plakette, auf der der Name und der Geburts- und Todestag des Dahingeschiedenen vermerkt wäre. Unmöglich, sich vorzustellen, daß dieser Ort von irgendjemandem besucht wurde. Was für einen Kummer würde es einem erinnerungsbeladenen Hinterbliebenen bereiten, wenn er sähe, wie die sterblichen Reste eines geliebten Menschen so mißhandelt werden, so vernachlässigt untergebracht sind.

Denn es war nicht nur die Art und Weise, wie die Särge aufgestellt waren. Die Särge selbst waren in einem schlimmen Zustand. Diddy sah wohl, daß bei einigen von ihnen recht gutes Holz verwendet worden war. Doch ob Mahagony oder Eiche oder billige Fichte, das Holz war allenthalben zerkratzt, verschrammt, zersplittert. Sogar aufgemeißelt – ein bestimmtes, ziemlich gleichförmiges Holzstück von etwa der Größe eines halben Dollars war entfernt worden. Bei einigen Särgen waren die Kratzer an der Seite tief eingeritzt und regelmäßig, was wie eine fortlaufende Schrift wirkte. Wenngleich nicht so, daß Diddy etwas hätte lesen können. Unentzifferbare Graffiti. Und wo das Holz nicht naturbelassen oder einfach lackiert worden war, blätterte die Farbe ab und war verblichen. In einigen Fällen ging der ganze Rahmen des Sarges aus dem Leim; lösten sich die Bretter voneinander. Da Diddy nichts trägt als sein zartes Fleisch, muß er mit einem Auge auf hervorstehende rostige Nägel achten. Und muß auch auf die gelegentlich in den Gang hinausragenden verzogenen Bretter oder die teilweise lockeren Deckel aufpassen, an denen er sich Fußgelenk oder Schienbein oder Schenkel aufreißen könnte. Und da die Deckel vieler Särge vollständig aufgestemmt und dann manchmal diagonal über die offenen Särge gelegt worden waren, mußte Diddy sich vorsehen, daß er nicht gegen einen von diesen stieß. Insbesondere, wenn er den Mittelgang verließ, was er einige Male tat, um in dem dichten Wald von Totenkisten auf beiden Seiten herumzuklettern. Wenn er nicht aufpaßt, wohin er tritt, dürfte er bald mit blauen und gelben Prellungen übersät sein. Er muß sich auch mit seinen nackten Füßen in acht nehmen. Vor der Gefahr, daß Nägel auf dem Fußboden herumliegen. Und Holzsplitter von Sargdeckeln, die heruntergerissen, doch nicht diagonal über den Sarg gelegt oder einfach davongetragen worden waren, sondern am Boden lagen.

Doch aus egoistischer Sicht bot der beklagenswerte Zustand der Särge einen Vorteil. Diddy konnte hineinsehen. Konnte den ganzen Inhalt der Särge ohne Deckel sehen, einfach indem er hinabschaute. Und viele der anderen Särge, deren Deckel an Ort und Stelle waren, fest vernagelt oder mit bronzenen Zwingen verschlossen, wiesen ein kleines, rechteckiges Fenster im Deckel auf. Wenn Diddy sich einfach bückte und nötigenfalls ein wenig Unrat beiseiteschob, konnte er auch in diese Särge schauen. Konnte wenigstens Gesichter sehen.

Die Leichen, die er untersuchte, waren beiderlei Geschlechts und aus allen Altersgruppen. Vollständig und eher feierlich bekleidet. Und bemerkenswert gut erhalten. Oft waren Gesicht und Hände – was eben an Fleisch selbst zu sehen war – ganz von trockener, pergamentartiger Haut überzogen. Es waren deutlich menschliche Gesichter, die zumeist der weißen Rasse angehörten, und in vielen Fällen handelte es sich erkennbar um Amerikaner. Wenn auch mit überdeutlichem Gesichtsausdruck. Der oftmals böse verzerrt war. Das Schrumpfen der Haut beim Austrocknen nach einer offensichtlich hervorragenden Einbalsamierung hinterließ manchmal Grimassen und lächelnde Gesichtszüge, die schmerzlich wirkten. Und nicht nur war die Haut zumeist unversehrt. Sondern oft auch das gesamte Haupthaar – in einer Farbe, die erkennbar je nach Fall dem originalen Braun, Blond, Schwarz, Grau oder Weiß entsprach. Und auch die Backen- und Schnauzbärte, die etwa die Hälfte der Männer trugen.

Anfangs ist Diddy diese Vielzahl von Backen- und Schnauzbärten ein Rätsel, denn er weiß ja, wie wenige amerikanische Männer seiner Generation und der seines Vaters sich Bärte wachsen ließen. Bis ihm klar wurde, daß die meisten Körper viel älter waren, als er angenommen hatte. Alle waren Jahrzehnte, manche gar Jahrhunderte alt. Diddy wäre nicht imstande gewesen, ihr Alter einfach nach der Farbe der konservierten Haut, einem intensiven, fahlen Braun, zu erschließen. Doch gab es andere Hinweise.

Oft ließ sich an der Kleidung die Epoche identifizieren, in welcher der Mensch gelebt hatte. Die Frau in dem Sarg zuoberst eines wackligen Stapels auf der linken Seite zum Beispiel, die mit einem langen, hochgeschlossenen Kleid aus den neunziger Jahren des vorigen Jahrhunderts bekleidet war und einen ausgestopften Busen hatte. Der Mann mit der gepuderten Perücke, in Hemd und Kniehosen, aus der Kolonialzeit. Doch war es ein ganz besonderer Sarg, bei dem Diddy glaubte, daß er ihm den eigentlich schlüssigen Beweis für das beträchtliche Alter der meisten Körper lieferte. Es war ein Sarg, der in einem viel besseren Zustand als die meisten anderen war, aus hochpolierter Eiche, kaum verkratzt, dessen fest verankerter Deckel ein Fenster fast über die ganze Länge hin aufwies. Diddy schaut. Der Körper eines kleinen Mädchens in einem rosafarbenen Kleid, weißen Strümpfen und rosafarbenen Lackschuhen mit Gelenkbändern; laut der Plakette auf der einen Seite des Sarges Martha Elizabeth Templeton, 1922-1933. Doch weist das Kind keinerlei Zeichen von Verwesung auf, soweit Diddy durch das Glas hindurch ausmachen kann. Sie sieht lebendig aus. Als schliefe sie bloß. Vielleicht ein bißchen vergilbt, doch das ist auch alles. (Jetzt) nimm noch zu diesem verblüffenden Anblick die Tatsache hinzu, daß Diddy auf seiner, wenn auch raschen und kursorischen Suche unter den anderen Särgen, die Namen und Zeitangaben trugen, keinen gefunden hat, der aus der Zeit nach 1933 stammte. Und keinen Körper, der so frisch, so gut erhalten und gesund aussah. Da muß er also den Schluß ziehen, daß die anderen aus früherer Zeit stammen, aus sehr viel früherer Zeit.

Martha Elizabeth Templetons Sarg war versiegelt. Doch die Versuchung, zu berühren, war unwiderstehlich. Wo Berührung möglich war. Diddy streckte bei einigen der offenen Särge behutsam die Hand aus und streichelte die verwelkten, verstaubten Gesichter. Die meisten Särge enthielten natürlich nur einen einzelnen Körper. Manchmal in Gesellschaft irgendeines Gegenstandes. Aus Anhänglichkeit oder Notwendigkeit, als Talisman oder Gebrauchsgegenstand. Neben einem Mann in vollständigem Abendanzug ein Fagott. Ein Paar Krücken lag neben einem Mann in braunem Tweedmantel mit cremefarbenem Schal; ein Mann mit einer nicht sichtbaren Behinderung; doch vielleicht wäre die Verkrüppelung sichtbar, wenn man ihm die Hosenbeine hochkrempelte, was Diddy auch zunächst tat, dann aber davon abließ. Er hatte ein Stück des weißen Schienbeinknochens gesehen. Eher rührend ist dagegen die adrett aussehende alte Frau mit dem grauen Haar, die immer noch ihr großes, rosafarbenes Hörgerät aus Kunststoff trägt.

In einigen wenigen Särgen fand Diddy zwei Menschen zusammen. Weil sie, da sie sich so sehr geliebt hatten, es nicht ertragen konnten, voneinander getrennt zu verrotten; und sich mit der Vorstellung, irgendwo anders als in den Armen des anderen zu verwesen, nicht hatten abfinden wollen. Oder etwa, weil ihre Familien sich ausgerechnet hatten, wieviel Geld sie sparen konnten, wenn sie einen einzigen Sarg kauften? Diddy späht durch die Glasscheibe im Deckel eines Sarges und sieht ein verwelktes jugendliches Paar, das einander umarmt hält, der Mann auf der linken, die Frau auf der rechten Seite liegend. Rücklings aufgebahrt in einem der deckellosen Särge, hält eine Frau in einem langen, weißen Spitzenkleid ein Baby an ihre Brust gedrückt – das auch ein weißes Kleid anhat, eine winzige Imitation des ihren. Diddy bückte sich und streichelte dem Baby die Wange. Für das Auge sieht die Haut recht frisch aus. Fühlt sich aber mit den Fingern so weich an wie Zeitungspapier, nicht wie Haut, so ausgetrocknet wie die des ältesten Menschen, den er hier berührt hat.

Hinter einigen Särgen, die in den langen Mittelgang gestürzt waren und die er mit den bloßen Füßen beiseiteschieben, dann anpacken und mit den Händen hochhieven muß, hat Diddy einen Gang erblickt, der eindrucksvoll aussieht. Er hielt einen Augenblick lang inne, unentschlossen. Wischt sich mit dem Unterarm den Schweiß vom Gesicht. Überlegt noch einen Augenblick lang. Beißt sich mit den Zähnen auf die Lippen.

Die Antwort auf die unausgesprochene Frage lautet Nein. Noch nicht. Er, Diddy, der Disziplinierte, muß systematisch vorgehen, oder er wird sich verirren. Es gibt ein System von Prioritäten hier, wie überall sonst auch, und Diddy wäre klug, sich daran zu halten. Eins nach dem anderen. (Jetzt) war es geraten, die schiere Neugier im Zaum zu halten. Diddy ist noch nicht so weit, etwas Neues aufzunehmen, da er in diesem Raum zunächst noch gründlich die Bereiche erforschen muß, die zu beiden Seiten des Mittelganges liegen. Deshalb kehrt er um, geht den Mittelgang um etwa zwanzig Meter zurück.

Diddy hat sich wieder in den wirren, vollgestellten Raum zurückgewagt. Sucht sich, wenn möglich, winzige Wege zwischen den übereinandergetürmten Särgen für seinen nackten Körper; und wieder klettert er behende über die Särge, wo es nötig ist. Diddys Bilanz bisher: nur einmal ist er beinahe hingefallen, plus einen Kratzer, den er sich am rechten Knie zugezogen hat. Und, wie erwartet, haben seine Bemühungen Ergebnisse gezeitigt. Diddy legt wirklich einen Ausgang an jeder der beiden Wände frei, die parallel zum Mittelgang verlaufen. Also gibt es, von dem Raum geradeaus vor ihm abgesehen, noch einen Raum, der nach links abzweigt, und einen weiteren nach rechts. Es gibt noch viel zu sehen für Diddy.

Diese Räume, in denen ebenfalls die Särge dicht bei dicht stehen, sind viel kleiner als die Hauptkrypta; sie haben eine flache Decke, etwa drei Meter hoch. Und es ist wärmer darin, Diddy schwitzt. Weshalb er sich noch staubiger und schmutziger fühlt. Er wischt sich die feuchten Handflächen, die Stirn, die Oberlippe, den Nacken ab. Läßt sich etwas für ihn tun? Es gab kaum eine Hoffnung, hier einen Thermostat zu finden, in diesen Räumen, die so unsentimental, nackt und rein funktionell waren wie diese; Diddy hat schon Glück, daß er überhaupt so viel Licht hat, wie es die nackten Glühbirnen liefern, die aus den eisernen Wandsockeln in allen Räumen hervorstehen. Dennoch wäre es ihm lieber, wenn es nicht so warm wäre. Vielleicht muß die Temperatur des Ortes so hoch gehalten werden; als Teil des Verfahrens, durch das die toten Körper konserviert werden. Für sie ist es vielleicht gerade die richtige Temperatur. Aber doch für Diddy eigentlich nicht: ein einsames Subjekt in einer Welt von Objekten. Vergiß aber nicht, daß er schlimmer dran sein könnte, als er es ist. Wie glücklich es sich traf, daß er sich vor so langer Zeit entschlossen hatte, all seine Kleidung abzulegen.

Die Nacktheit mag zwar die Hitze lindern, doch versöhnt sie ihn nicht mit dem Dreck in diesen Räumen. Der Diddy zunehmend entmutigt. Zwar ist keiner der Räume von Ungeziefer oder

Ratten befallen – jedenfalls soweit er es bisher hat feststellen können. Dennoch, alles ist furchtbar schmutzig hier. Kein Ruß oder schmieriger Schmutz. Und auch kein Blut, keine Exkremente oder Schmierfett oder Samen. Nicht der Schmutz animalischer Sekrete und Ausscheidungen. Auch keine Industrieabfälle. Sondern der Schmutz der Zeit. Unsterblicher Schmutz. Dicker, dicker Staub.

An den Diddy sich (jetzt) gewöhnt. Daß er nackt ist, macht seine Umgebung zwar kaum weniger dreckig, doch reduziert es manche der Nachteile des Faktums, daß er hier ist und nicht irgendwo anders, auf ein Minimum. Gewiß, Diddy hat es nicht gern, daß sein eigenes Fleisch mit etwas in Berührung kommt, das schmutzig oder verschmiert oder verwest oder schleimig ist. Doch muß er nicht noch zusätzlich die Entwürdigung ertragen, daß auch seine Kleidung schmutzig wird.

Er gewöhnt sich immer mehr an diesen neuen Ort und seine zwingende Topographie. Lernt, mit Hindernissen fertigzuwerden. Der bekannte Fall, daß sich neue Fähigkeiten gerade dann einstellen, wenn sie gebraucht werden, und nicht eher. Diddy, der Verletzbare, sieht sich der dringenden Notwendigkeit gegenüber, sich in Diddy, den Unerschrockenen, zu verwandeln. Und zwar genau in diesem Augenblick. Denn Diddy hatte niemals geargwöhnt, daß der Tunnel so unermeßlich, so komplex sein würde. Und (jetzt) ist er versessen darauf, ihn ganz zu erforschen.

Wagt sich nacheinander in all die neuen Räume vor.

Und findet in jedem dieser kleinen Räume weitere Särge. Die in übler Unordnung herumliegen – welche, in geringerem Maße, dem Chaos in der großen, gewölbten Kammer entspricht. Selbst die Särge sind in demselben elenden Zustand. Der eine oder andere fällt auseinander; und manche, die vielleicht einmal ordentlich aufgestapelt waren, sind umgestürzt, aufgebrochen, spucken einen Arm oder ein Bein aus. Paß auf! Stolpere nicht darüber. Über die Schädel, die von ihrer Familie getrennt wurden, nämlich den Knochen da unten. Schädel wie Muscheln.

Ein Raum führt zum nächsten, immer tiefer hinein. Diddy, der Nackte, durchquert sie (jetzt) sehr schnell, sein zügiges Ausschreiten geht zuweilen in lockeren Laufschritt über. Wozu soll er sich alles so genau anschauen, wenn doch alles sich mehr oder weniger ähnelt. Diddy, der Betrachter, prüft einfach nur, ob der

Grundgedanke überall derselbe ist. Aber um das festzustellen, muß er doch wenigstens in jeden Raum kurz hineinblicken. Was zumeist möglich ist. Doch nicht immer. Es ärgert Diddy, wenn, wie es ein paarmal geschieht, die Unordnung überhand nimmt und das Gewirr so dicht wird, daß nicht genug Raum bleibt, um auch nur einen einzelnen Menschen durchzulassen. Und in Bewegung zu bleiben. Eine Lösung für Diddy bestünde darin, daß er sich daran machen würde, einen schmalen Durchgang für sich zu bahnen. Doch das tut er nicht. Nicht, daß es ihm an physischer Kraft gefehlt hätte. Es ist eine Frage der Klugheit und der besten Nutzung seiner Zeit. Am Eingang zu einem der Räume erhebt sich eine brüchige Mauer aus Särgen fast bis zur Decke; da Diddy nicht wußte, was hinter diesem Gang lag, schien es ihm nicht besonders klug zu sein, wenn er die mühselige Arbeit auf sich nahm, die provisorische Wand niederzubrechen und die Särge wegzuschleppen, einen nach dem anderen. Ähnliche Entschlüsse hatte er zweimal zuvor getroffen, als sein Weg bei der Erkundung eines neuen Ganges durch eine Sperre blockiert worden war, die wie die Nachwirkungen einer Sarglawine aussah.

Was geschieht also, wenn die massiven Holzkisten so dicht übereinandergestapelt sind, daß sie Diddy den Weg versperren, ihn überhaupt nicht durchlassen? Nur eine Alternative. Diddy sieht sich etliche Male gezwungen, widerwillig umzukehren. Um wieder zu der großen Kammer zurückzukehren. Und sich dann wieder systematisch voranzuarbeiten. Wobei er strikt der zentralen Achse folgte.

Diddy erkundet die Zukunft. Diddy erforscht seinen Tod. Vorsichtig, überlegt, sorgfältig. Er hat den Willen, alle Räume an diesem Ort kennenzulernen, und das wird er; und sei es auch das Haus des Todes.

Er hatte eben noch gedacht, er höre das Dröhnen eines schnellen Zuges, der die Gleise entlangsaust. (Jetzt) immer näher. Wenn es das ist, was das Geräusch bedeutet, dann ist er sicher. Diddy könnte kaum an einem sichereren Ort sein. Kein Zug kann ihm hierher folgen; hier, auf diesem Steinfußboden, sind keine Gleise verlegt, das würde auch kaum möglich sein. Soll er also so schnell kommen wie er mag. Gibt es nicht Geschwindigkeiten, die so hoch sind, daß sie zu Unbeweglichkeit führen?

(Jetzt) hat Diddy eine weitere große Kammer betreten, die in der Breite durchaus der ersten entspricht, aber noch länger ist. Nur die Decke ist nicht so hoch; und auch nicht gewölbt. Immerhin ist sie mehr als doppelt so hoch wie die Decke in den kleineren Räumen. Wie zuvor ist der Raum von einer Fülle nackter Glühbirnen hell erleuchtet. Doch trotz all diesen Lichtes ist es hier erheblich kühler; wofür Diddy, der vor Schweiß glänzte, dankbar war.

Diddy ist nun in einen Raum gelangt, den man als die zweite große Krypta bezeichnen könnte. Einen Raum, dessen Inhalt oder Ausstattung sich von dem des anderen Raumes, den er schon erforscht hatte – die erste große Kammer mit ihren Nebenräumen – unterscheidet. Hier hat nicht einmal ein halbherzignachlässiger Versuch stattgefunden, die Toten in Särgen abzuschließen. Die Toten stehen (jetzt) einfach Seite an Seite in senkrechter Stellung. In drei Reihen übereinander, wobei sie den gesamten Platz an allen vier Wänden vom Boden bis zur Decke einnehmen. Der einzelne Körper wird von zwei langen, schweren Seilen an seiner Stelle gehalten: das eine ist einmal um die Brust geschlungen, kommt zu beiden Seiten unter den Achselhöhlen hervor; und das andere bildet eine feste Schlinge um die Knie. Das obere wie das untere Seil geht von einem Körper zum nächsten; zieht sich ohne Unterbrechung, ohne auch nur einen Knoten, über die ganze Länge jeder Wand hin.

Wenn diese drei Reihen von Körpern alles gewesen wären, dann hätte die zweite Kammer bemerkenswert weitläufig und geräumig ausgesehen. Doch wie schon zuvor war der Genius der Unordnung und Übervölkerung, der an diesem Orte herrschte, auch hier am Werk gewesen. Obwohl jeder Fußbreit der langen Wände von Körpern eingenommen wurde, gab es offenbar mehr Kandidaten für diesen Raum, als unterzubringen möglich gewesen war. Diese überschüssigen Körper liegen zu dritt und viert übereinander, zu Füßen der grauen Steinwände. Und während die an den Wänden aufgehängten Körper ziemlich ordentlich arrangiert sind – wenigstens anfänglich muß bei ihrer Installierung recht viel Sorgfalt aufgewendet worden sein – liegen die auf dem Boden aufgestapelten in allen denkbaren verkrümmten Stellungen. Das wohl einzige Ordnungsprinzip, dem scheinbar überhaupt Rechnung getragen worden ist, hat mit der Ausrichtung zu tun. Die Köpfe zeigen zur Wand, die Füße zur Mitte des

Raumes hin. Überflüssig zu sagen, daß auch diese Regel recht oft verletzt oder ignoriert worden ist.

Kurz: Diddy registriert hier denselben Mangel an sorgfältiger Instandhaltung wie in den Räumen mit den zerborstenen und übereinandergestapelten Särgen. Und bei besserer Pflege, wer weiß, um wieviel unversehrter und lebensnäher diese nichtsdestoweniger bemerkenswert gut erhaltenen Körper gewesen wären? Was das betrifft, herrscht eine größere Vielfalt hier. Einige Körper sind offenbar besser erhalten als all jene, die er in dem Raum mit den Särgen gesehen hat. Manche sind in viel schlechterem Zustand. Soweit Diddy feststellen kann – wobei wohlgemerkt wie zuvor alle Körper bekleidet sind – haben hier nicht so viele Körper eine Hauthülle, die relativ unversehrt ist. Doch die Haut selbst scheint zäher, haltbarer zu sein. Es ist eher eine sehr dunkle Lederhaut, nicht diese brüchigere Pergamenthaut an den Körpern, die in den Särgen aufbewahrt waren. Obwohl allzu häufig die Lederhaut abfällt und die Knochen hervorstechen. Und einige Gestalten an den Wänden haben praktisch überhaupt kein Fleisch mehr, das eine solche Metamorphose durchgemacht hat. Doch auch die, die nur noch Skelette sind, sind niemals nackte Skelette. Immer hängt doch wenigstens noch ein Fetzen lederner Haut an den Knochen. Wie bei den eingesargten Körpern sind die meisten Gesichter hier entstellt. Weil das Schrumpfen des Fleisches die Ledermaske zu groteskem Ausdruck verzerrt hat. Oder – und dieser zusätzliche Grund ist zweifellos der Nachteil der senkrechten Stellung – weil die Kinnlade herabgefallen ist. Was den Eindruck eines grotesken Schreies hervorruft. Doch bewahren fast all diese zahnlosen Schädel mit den leeren Augenhöhlen etwas von ihrem Haar, wenn schon sonst nichts weiter. Ein ganzer Schopf von vollkommen erhaltenem Haar, wie eine Perücke, kann da über einem Gesicht liegen, dessen Fleisch ganz und gar abgefallen ist. Einige, die nur ein paar Fetzen Fleisch haben, prunken mit dichten Stücken haariger Kopfhaut. Ein Schädel fiel Diddy auf, an dem überhaupt kein Fleisch war, außer dort, wo es unter dem prachtvollen Backen- und Schnurrbart zu vermuten war.

Wieder ist es die Kleidung, an der Diddy jedesmal das Geschlecht des Körpers feststellen kann, gewöhnlich auch die Epoche, in der der Mensch gelebt hatte, und oft auch seinen oder ihren Beruf. Zustand und Farbe der Haare lassen auch, wenngleich kaum ganz eindeutige, Rückschlüsse darauf zu, wie alt der Mensch zum Zeitpunkt seines Todes gewesen war. Manche der Mutmaßungen, die Diddy anstellt, mögen weit hergeholt sein, doch sind sie besser als gar nichts. Denn in dieser neuen Kammer oder diesem neuen Bereich des Raumes, den er erforscht, ist keiner der Körper mit Namen und Geburts- und Todestag etikettiert. Vielleicht gibt es irgendwo ein Buch. Einen riesigen, modrigen, faszinierenden Katalog, in dem die Identität eines jeden ausgewiesen ist.

Diddy fing, wie wenn er durch ein Lagerhaus ginge, damit an, ein Lagerregister anzulegen. Welche Bestände waren im einzelnen zu verzeichnen? Diese große Kammer schien eine unsortierte Sammlung von Körpern zu enthalten. Beider Geschlechter, aller Altersgruppen, aus weit auseinanderliegenden Epochen. Das früheste Exemplar, das Diddy finden konnte, stammte aus dem siebzehnten Jahrhundert: ein Pilger mit breitrandigem Hut, rundem, steifem Kragen, Kniehosen und Schnallenschuhen. Doch ganz in der Nähe auch viele moderne Muster. Ein Bankier mit Zylinder, gestreiften Hosen und Cut. Ein Junge in der Wölflingsuniform der Pfadfinder. Eine staatlich geprüfte Krankenschwester. Ein Polizist, Spitzenexemplar aus New York. Dieser Raum scheint geradezu bis in die heutige Zeit mit Körpern beschickt worden zu sein. An der Wand gibt es viele Gestalten, die aus der Zeit nach der unselig kurzen Lebensspanne der Martha Elizabeth Templeton, *gest.* 1933, datieren. Zum Beispiel ein GI im Kampfanzug unserer sechziger Jahre, mit einem Silberstern, der ihm auf die Brusttasche geheftet war. Doch war kein einziger Körper, wie kürzlich er auch immer hierher gekommen war, so frisch oder auch nur annähernd so gut erhalten wie der der Martha Elizabeth Templeton. Vielleicht war sie einfach eine Ausnahme zu allen Regeln.

Während Diddy einige der sich anschließenden kleinen Räume aufsucht, muß er zugeben, daß hier doch recht viel Sorgfalt gewaltet hat. Zumindest zu der Zeit, als die Körper installiert wurden. Denn die meisten dieser kleinen Räume waren spezialisiert. Körper mußten aussortiert und zu Untergruppen zusammengestellt worden sein.

Ein ganzer Raum war zum Beispiel kleinen Kindern vorbehalten. Hier konnten ebensoviele, nämlich drei Reihen von Körpern, die kleiner als ein Meter fünfzig waren, aufrecht an allen Wänden untergebracht werden; obwohl die Decke beträchtlich niedriger ist als die der großen Kammer. Dieser Raum ist der erste auf Diddys Ausflug, der ihn traurig stimmt. Wenn die Kinder in Särge gelegt worden wären, dann könnten sie dort doch wenigstens mit einer Lieblingspuppe oder irgendeinem anderen Spielzeug im Arm liegen. Doch wie sie hier hängen, sehen sie so im Stich gelassen und ungeliebt aus. Jedes so ganz ohne Beziehung zu all den anderen, als seien sie gefangen und auf das Seil aufgezogen worden, während sie noch am Leben waren. Und wären nicht an Hunger oder physischer Mißhandlung gestorben, sondern an Einsamkeit. Schau dir doch nur das kleine Mädchen in der zweiten Reihe nahe der Ecke an, dieses da, das ein weißes Kommunionskleid anhat. Die Erhabenheit bei Kindern ist doch eigentlich niemals viel mehr als das Mitleid, das einen bei ihrem Anblick ergreift.

In einem anderen Raum ausschließlich Feuerwehrmänner. Herausgeputzt in ihren Uniformen, mit Gummistiefeln bis zu den Oberschenkeln hinauf. Viele mit dem riesigen roten Hut mit der ovalen Krempe, der ihr Markenzeichen ist. Und ihnen keck auf den Schädel gestülpt sitzt; doch nicht so sehr verwegen als vielmehr unbeholfen, da der Kopf, ob nun mit oder ohne Fleisch daran, zumeist vornüber hängt. (Jetzt) ist die Stimmung eine ganz andere. Erhabenheiten bei Erwachsenen sind entweder zufriedenstellend oder komisch. Diddy hat das Gefühl, daß diese Männer recht zufrieden mit sich selber sind. Und daß sie wissen, warum sie hier sind.

In einem anderen Raum nichts als Geistliche. Diddy sucht die Wände nach »seinem« Geistlichen ab, dem rundlichen Mann mit der sanften Stimme und dem Brevier. Doch wie soll er ihn noch herauskennen? Jeder einzelne dieser grinsenden schwarzgewandeten Körper könnte jener Mann sein. Aber warum soll er nicht doch genauer hinsehen. Diddy trat näher heran. Bis er merkte, daß diese Geistlichen, insbesondere die in den purpurnen und weißen Meßgewändern, eine Körperfülle haben, die nicht echt sein kann. Vorspiegelung falscher Tatsachen? Oh je, tatsächlich. Auch hier noch. Wie Diddy entdeckt, sind die meisten der Körper – oder eher, der Skelette – mit Stroh ausgestopft, um ihren imposanten Kleidern Form zu geben. Zuweilen, wenn der Kunstgriff versagt, ist die Wirkung beinahe komisch. Wie er ja versagen muß, wenn an dem Körper keine Haut mehr verblieben ist. Zum Beispiel bei jenem sehr kugeligen Geistlichen, der das schwarze Meßgewand für das Feierliche Hohe Totenamt trägt. Dem Strohhalme aus dem weiten Ärmel ragen, über den paar mageren Knochen, die alles sind, was von Handgelenk und Hand noch übrig ist.

Und ein ganzer Raum mit Gestalten, die die Uniformen des Bürgerkrieges tragen, sowohl blaue wie graue. Bei genauerem Hinsehen scheint dieser Raum sogar noch spezialisierter zu sein, als diese Beschreibung vermuten läßt. Vorbehalten nicht einfach Männern, die im Bürgerkrieg gekämpft hatten, sondern, nach dem weißen Haar und der allgemein kleinen Statur zu urteilen, ausschließlich für alte Veteranen. Viele vielleicht, die vor gar nicht allzu langer Zeit gestorben waren. Im Alter von hundert Jahren oder mehr. Eine Begräbnisparade für die Republik.

In einem anderen Raum Männer und Knaben in den Uniformen verschiedener Sportarten. Nach dem Erlebnis mit dem ganzen Raum voll ausgestopfter Geistlicher ist Diddy (jetzt) argwöhnischer. War es möglich, daß einer bestattet oder beerdigt wurde – oder was immer das hier ist – in einer Uniform, auf die er eigentlich gar keinen Anspruch hatte? Schließlich kann nicht jeder im Rampenlicht stehen. Doch so viele Leute wollen es, oder glauben zumindest, daß sie es wollen. Ist er echt, der Football-Spieler neben dem Eingang, dessen massive Schulterpolster ihm zu beiden Seiten fast bis an den oberen Rand seines bloßgelegten, kleinen Schädels reichen? Er muß, selbst als noch Fleisch an ihm und er am Leben war und gerannt ist, einen kleinen Kopf gehabt haben. Da drüben, ein Fänger vom Baseballclub San Francisco Giants – wenn man der Beweiskraft der Uniform und der Schutzmaske trauen kann, deren Metallbügel das schmale, verzerrte, guterhaltene Gesicht des toten Mannes verdeckt. Diddy ist nach Dickschädeligkeit zumute, er will nichts einfach so leichtgläubig hinnehmen. Doch warum sollten Tote vorgeben, etwas anderes zu sein als sie sind? Und selbst, wenn das ihr Wunsch auf dem Sterbebette war, warum sollten die Hinterbliebenen ihm willfahren? Gibt es viele unter den Lebenden, die sich die Mühe machen würden, mit diesen Körpern eine Maskerade zu veranstalten, um eine vulgäre, eitle Wunschvorstellung zu erfüllen, die mit dem letzten Herzschlag des Dahingegangenen doch erloschen ist? Diddy verzichtet auf seine Taktik des Argwohns. Entschließt sich, halbwegs oder sogar noch mehr sich auf die Beweiskraft des Augenscheins einzulassen; den Zweifelsfall zugunsten der Leichname sprechen zu lassen. So ist es zum Beispiel kaum wahrscheinlich, daß irgendeine dieser Gestalten, die als Basketballspieler angezogen sind, ein Schwindler ist, sich nur als solchen darstellt. Und zwar aufgrund ihrer Größe. Wo doch der Längste von denen, die hier versammelt sind, ein Skelett von zwei Metern dreißig ist, in der Uniform der Cincinatti Royals, eine eindrucksvolle Gestalt, der die Knieschützer immer noch an den bloßliegenden Kniescheiben kleben.

In einem anderen Raum Gestalten in Jeans-Overalls und Arbeitshemden oder ähnlich derber, formloser Kleidung. Hier gibt es nichts Prätentiöses. Bauern und Landarbeiter, so nahm Diddy an. Wahrscheinlich ist auch der einfache Arbeiter in verschiedenen Ausprägungen hier vertreten: Nieter und Schweißer aus Autofabriken, Maschinennäherinnen, Erdarbeiter, Fernmeldemechaniker, Hausmeister, Maurer, Schauerleute, Automechaniker und so weiter. Ist das der Ort, wo Incardona einen Platz zugewiesen bekäme? Hier? Angebunden an eine Wand dieses luftlosen Raumes mit der niedrigen Decke? Als sei er tatsächlich der zuständige Beamte, der über die Zulassung zu entscheiden hat, zögert Diddy. Verhält sich, als habe er irgendeinen Fehler in Incardonas Antragsformular gefunden, als suche er irgendeinen bürokratischen Formfehler, um die Aufnahme des Arbeiters zu verhindern. Warum? Weil er denkt, daß Incardona eine bessere Unterbringung verdient als diese, oder weil er Incardona aus dem Königreich aussperren will, das er inzwischen schon als sein Eigentum betrachtet? Diddy macht lästige Schwierigkeiten. Ob nun das erste der Grund ist, eine unangebrachte Besorgnis, oder das zweite, ein Ausbruch von Gehässigkeit, er sollte damit aufhören. Sollte aufhören, die Sache hinauszuzögern. Warum nicht Incardona? Warum nicht hier, um Gottes willen? Oder sonstwo. Diddy nimmt doch bestimmt diese amateurhafte *ad hoc* Methode, die Körper systematisch zu erfassen, nicht ernst? Und wenn das, was ihn so zu handeln veranlaßt, nicht die Gewohnheit einer leerlaufenden Bedachtsamkeit angesichts irgendeines organisierten Systems ist, dann ist Diddy nicht nur rachsüchtig, sondern auch versnobt. Was glaubt er eigentlich, wo er ist? Es handelt sich doch wohl kaum um einen exklusiven Club. Ein Kandidat braucht keinen guten Charakter vorzuweisen oder irgendwelchen anderen Maßstäben zu genügen, die an sein Leben angelegt werden könnten. Die einzige Vorbedingung ist, daß man tot ist. Diddy, der Unwillige Demokrat. Nun gut, bestatten wir ihn also. Diddy tritt einen Schritt zurück und blickt über die Schulter zu dem Gang hin, durch den er gerade gekommen ist. Doch Diddy will seine Spuren nicht zurückverfolgen; er würde lieber sonst etwas tun, als zurück in den Tunnel hinauszugehen. Da ist noch jemand anderes, außer Incardona. Doch ein Fremder könnte an Diddys Stelle gehen. Freiwillig den mühevollen Auftrag ausführen. Ihm zu Gefallen. Oder als Akt der Nächstenliebe.

Ist denn niemand anderes in der Nähe, der den schweren Körper hierherschleppen, ihn an der Wand hochhieven und mit den Seilen befestigen könnte? Vorausgesetzt natürlich, daß da Platz vorhanden ist. Daß sich Platz für ihn schaffen läßt.

Tatsächlich scheint die Platzfrage rasch zunehmend zu einem Problem zu werden. Während Diddy den Raum, der als Incardonas Ruhestätte vorgesehen war, verließ und sich in neue Räume vorwagte, bemerkte er, wie diese immer überfüllter werden. Auch, daß die meisten Körper, die er (jetzt) sah, noch kaum zu verwesen angefangen hatten. Ließ sich daraus etwa schließen, daß die Bevölkerung der jüngst Verstorbenen zu einer nicht mehr zu bewältigenden Anzahl anstieg? Merkwürdig. Bleibt die Sterberate nicht einigermaßen konstant? Vielleicht nicht. Was immer auch die Erklärung war, die Dichte der Körper nimmt eindeutig zu. Die, die an der Wand hängen, sind dichter zusammengepfercht, manchmal sogar in Doppelreihen; die, die am Boden liegen, sind höher und höher übereinandergeschichtet, und auch weiter zur Mitte hin. Ein Raum folgt auf den anderen. Wobei es schließlich das unerreichbare Ziel ist, daß kein leerer Raum mehr übrigbleibt. Möge das Vakuum sich füllen. Akkurate Ordnung in das Haus einkehren. Ein Plenum des Todes.

Wie fühlt Diddy sich, während er die Zukunft erkundet und die unerschöpflichen Bestände dieses Beinhauses registriert? Abgesehen davon, daß ihm zu warm ist, ist ihm physisch nicht unwohl; und staubige, altmodische Ventilatoren, die in einigen

Räumen von der Decke hängen und sich langsam drehen, lassen die muffige Luft ein wenig zirkulieren. Auch was seinen Gemütszustand betrifft, ist ihm nicht allzu unwohl. Man könnte sich vorstellen, daß ihn manchmal oder dauernd der Ekel überwältigt. Doch das ist nicht der Fall. Deprimiert ihn dann zumindest, was er sieht? Auch das nicht. Erschreckt es ihn? Was doch ganz natürlich scheinen würde. Wiederum, nein. Es trifft sich, daß keine Emotion angesichts dieses inneren Labyrinthes und dessen, was sich hier zur Schau stellt, angemessen ist. Vielmehr versetzt es, wie düster auch alles sein mag, Diddy in eine Stimmung, die irgendwie mild ist. Trotz des Schmutzes und der Überfüllung, die Diddy zunächst so zugesetzt hatten, ist die Wirkung, die dieser Ort auf ihn ausübt, merkwürdig sänftigend. Erzeugt einen Zustand, der nahezu emotionslos ist.

Eingetaucht in diesen dumpfen, schillernden Gemütszustand, setzt Diddy seine Wanderung fort. Verlangsamt aber allmählich die Schritte. Was seine Form des Kompromisses ist zwischen dem Drang zu rennen und dem tückischen Wunsch, auf dem Wege noch ein wenig zu verweilen. Womit wieder einmal ein kaum wahrnehmbarer Konflikt abgewehrt wäre.

Manchmal besucht er denselben Raum zweimal. Was eigentlich nicht seine Absicht ist.

Und doch spaziert Diddy nicht einfach umher und tut so, als habe er sich nicht verirrt. Er fühlt sich nicht so sehr wie ein Tourist, der es tapfer unternimmt, sich in einer exotischen Stadt zurechtzufinden und weder Führer noch brauchbare Wegeskizze noch Besichtigungsplan hat, sondern wie ein Pilger, der von seinen Vorgängern gründlich eingewiesen worden ist. Hat er seine Ruhe gefunden, dann durch die Konzentration frommer Hingabe. Was noch zu tun bleibt, ist schon viele Male zuvor getan worden, von vielen anderen. Wenn Diddy auch nicht über alle Einzelheiten verfügt. Und doch, wie ist es möglich, daß Diddy so zuversichtlich ist, sich so ganz zuhause fühlt; wie kommt es, daß all das Neue, das er sieht, ihm so vertraut erscheint? Die Erklärung ist einfach. Was bisher geschehen ist, hat ein Ordnungsprinzip konstituiert. Warum sollte es nicht so weitergehen? Diddy kann nicht verloren sein. Wenn er auch, an diesem Punkt, an dieser Stelle, in ein neues Medium hineingestolpert ist. In eine neue Phase eingetreten. Was für eine Phase? Aus einem bestimmten Blickwinkel betrachtet ist diese Stätte ein kulissenhaftes Bühnenpanorama, eine Art theatralischer Darbietung. Und Diddy ist vielleicht aufgefordert, seine Meinung darüber zu äußern. Wenn er das Ganze nicht falsch verstanden und er selbst gar nicht zu urteilen hat. Vielleicht ist diese Stätte ein Gerichtssaal, und es ist Diddys Aufgabe, einen anderen Menschen zu finden, der über ihn urteilt. Der eine Untersuchung anstellen und einen Richtspruch über ihn verhängen wird.

Aus anderem Blickwinkel betrachtet kann es hier natürlich nichts Irrelevanteres geben als Urteile. Das ist ja gerade das Wesen des Todes. Hier sind sie alle versammelt, die Schuldigen und die Unschuldigen, die, die sich bemüht haben, und die, die das nicht taten. Ein Gedanke, der Diddy laut auflachen läßt. Der ihm Absolution erteilt und ihn aus der Pflicht entläßt, sich selbst einzustufen oder seine Umgebung zu bewerten.

Was Diddy sieht, ist immer doch zumindest auch interessant. Der Tod = eine Enzyklopädie des Lebens.

Ist diese Stätte Diddys Alptraum? Oder die Lösung seines Alptraums?

Eine falsche Frage, da es in Wirklichkeit zwei Alpträume gibt. Zwei verschiedene, wenn nicht gar sich widersprechende. Der Alptraum, daß es *zwei* Welten gibt. Der Alptraum, daß es nur *eine* Welt gibt. Diese hier.

Halt. Vielleicht hat er die Antwort auf diesen verzweifelten Gedanken über die Welt. Das Leben = die Welt. Der Tod = gänzlich innerhalb des eigenen Kopfes zu sein. Widerlegen diese neuen Gleichungen das Rätsel von den zwei Alpträumen?

Diddy denkt so angestrengt über diese Dinge nach, daß er zwischendurch für längere Zeit immer wieder gänzlich vergißt, wo er ist. Wo und in welchem Zustand sein Körper ist. Auch (jetzt) noch bedrängen ihn seine Gedanken. Sollte man nicht denken, er habe sie zusammen mit seiner Kleidung abgelegt, als er diesen Ort betrat? Doch sind sie immer noch bei ihm, konserviert in ihrem eigenen Bernstein.

Als würde Diddy zuletzt in seinen Augen leben, nur in seinen Augen. Das äußere Auge, das benennt und kategorisiert, das innere Auge, das vom Denken bebt.

Doch ist er nicht immer so ernst. Manchmal sogar fröhlich. »Kommet zuhauf, Ihr Knospen der Rosen.« In solchen Augenblicken ist er, während er vollkommen sehen kann, nicht bloß ein Paar feuchter, verwundbarer Augen, die in ihren Höhlen liegen wie Weichtiere in ihren Muschelschalen. Durchströmt vom Glück, in seinem Körper zu sein, empfindet er seine Nacktheit als köstlichen Segen. Den regen Kopf; die Kraft der geschmeidigen Füße, wenn sie über den kühlen Fußboden schreiten; den leichten Fall der Schultern und die strotzenden Muskeln der Waden; die empfindliche, umfangreiche Brust; die harte Wand des straffen Bauches; das zarte Geschlechtsteil, das die Schenkel oben streift. Erstaunlich, nicht wahr, daß ein Kleinkind je solch Vergnügen aufzugeben bereit ist. Und einwilligt, Kleidung zu tragen.

In anderen Augenblicken jedoch spannt er unwillkürlich die Schultern an und zieht sie hoch; wird die Atmung flacher und der Schritt schlaff. Empfindet er den widerwärtigen Anflug von etwas, das Angst ähnelt. Eine besondere Stille. Ranziger Geruch. Er ist vielleicht im Begriff, sich zu fragen, was er getan hat. Ob er sich nicht bloß in eine schimpfliche Isolation begeben, sich einer sinnlosen Qual unterzogen hat. Doch Diddy weiß, wie er mit solchen marternden Augenblicken fertig wird, die seinen Mut unterminieren. Er träumt, daß er am Ende seines Weges Hester finden wird. Daß sie in diesem Augenblick in irgendeinem fernen Raum oder einer Galerie ist und friedlich auf ihn wartet. Wobei, was sie zu tun hat, vollkommen klar ist und durchaus in ihren Kräften steht. Sie soll ihn erretten, wie die Prinzessin in irgendeinem Märchen. Die Macht der Liebe, die ihn aus dem Königreich des Todes emporzieht. »Der Tod und das Mädchen.«

Er muß nur weitergehen. Einen Fuß vor den anderen setzen. Ob Hester auf ihn wartet oder nicht.

Weitere Räume. Weitere Tote.

Ist Diddy am Ziel?

Sterben ist Überanstrengung.

Wieder hört Diddy den Lärm eines Zuges und entfernte Rufe. Ein Hund bellt.

Ein adretter, jüngerer Neger in weißer Jacke und weißer Hose rollt einen Wagen an sein Bett. Riecht nach Erbrochenem. Wer? Diddy. Diddy, der Befleckte.

Weitere Räume. Diddy geht weiter, auf der Suche nach seinem Tode. Diddy hat seine Bestandsaufnahme abgeschlossen; seine letzte Landkarte gezeichnet. Diddy hat das Inventar der Welt erfaßt.

Nachwort zur deutschen Ausgabe

Da ich damals, als ich *Death Kit* schrieb, eine noch größere Autobiographobie hatte als heute, hätte ich mich wohl kaum dem gefährlichen seelischen Stoff nähern können, der in meinen zweiten Roman Eingang gefunden hat, wenn ich versucht hätte, von meinen eigenen Erfahrungen, und sei es auch nur in transponierter Form, Gebrauch zu machen. Doch obwohl es sich weder um meine eigene Geschichte handelt noch um die eines Menschen, den ich kenne, ist *Death Kit* vielleicht das Intimste, was ich an erzählender Prosa geschrieben habe, ist es am direktesten der ursprünglichen, persönlichen Phantasie entsprungen. Auch jetzt noch, da ich den Roman nach Jahren zum ersten Mal wieder lese, sind jene schmerzlichen Vorstellungen, aus denen er hervorgegangen ist, ein Teil von mir, und ich empfinde keinerlei posthume Distanz zu seiner Poetologie.

Wenn ich mich allerdings um eine gewisse Distanz bemühe, fallen mir einige der Erzählstrategien auf, wenngleich mir diese, als ich den Roman schrieb – sehr schnell nämlich, in fünf Monaten etwa, mit der Fieberhaftigkeit und Flüssigkeit einer Obsession –, gänzlich unbewußt waren. Ich stelle zum Beispiel fest, daß es ein Buch ist, das sich aus seinen Metaphern erschließt. Tod als Metapher – so muß ich heute wohl sagen. Und daß seine elementaren Metaphern alle räumlicher Natur sind. Tatsächlich scheint es angemessen, das Buch selbst metaphorisch zu beschreiben: als verbalen Raum. Der Roman ist umschlossen von seinen eigenen Metaphern, wie Diddy eingeschlossen ist innerhalb seines eigenen Kopfes.

Im Zentrum von *Death Kit* steht ein Traum: Diddy, der durchschnittliche Held, träumt; er beginnt und endet seinen Weg in einem Tunnel. Wenn sich der Kreis des Romans schließt, ist der Tunnel durchgehend und vollständig, ein Muschelgehäuse ohne Ausgang. Diddy sammelt die Elemente seines Todes – sein Todesarsenal. In dem brodelnden Gewirr seines Geistes findet eine schillernde Vereinigung statt, die Vereinigung mit Hester, und es geschieht ein vieldeutiger Mord, der Tod des Arbeiters im Tunnel. Diddy flüchtet aus dem Tunnel, um mit Hester ein neues Leben anzufangen. Fasziniert davon, wie das blinde Mädchen auf ewig in sich selbst eingeschlossen bleibt, doch so ganz anders als er in seiner eigenen quälerischen, entropischen Selbstverschlossenheit, überläßt Diddy seinen ungeläuterten Körper den Berührungen Hesters, um von ihr zu lernen, während er weiterhin vom Geschick des Arbeiters besessen ist. Sein Bewußtsein wird in eine Sequenz traumartig komplexer Räume umgesetzt, und schließlich betritt Diddy eine Welt, die sich zunächst als zerstörte, als von Bruchstücken (Tabellen, Zitaten) übersäte Welt und schließlich als restlos gesättigte, von Duplikaten und Tautologien erfüllte Welt darstellt.

An erster und letzter Stelle steht die räumliche Metapher des Körpers. Zu Beginn des Romans befindet sich Diddy in einem Zustand tiefsten Mißbehagens, das Verhältnis zu seinem Körper ist gestört: er ist ein abgefallenes Glied seiner selbst. Am Ende des Romans hat Diddy seinen behaglichen Tod gefunden. Die ehedem bedrohlichen labyrinthischen Gänge sind nun friedlich miteinander verbunden und existieren jetzt simultan, sie lassen nichts Äußeres mehr zu. Sein tautologischer Körper träumt in einem kindlichen Universum, das vom Tode gesättigt ist. Diddys nackter, glatter, befriedigter Körper ist die vollendete Form, auf die das erzählerische Geschehen sich zubewegt hat: der Körper als Ontologie, die gänzlich in sich aufgehoben ist, setzt der Erzählung ein Ende.

Susan Sontag

Susan Sontag
im Carl Hanser Verlag

Krankheit als Metapher
Broschur. 96 Seiten. 1978.
Sonderausgabe 1980.

Über Fotographie
Broschur. 196 Seiten. 1978.

Ich, etc.
Broschur. 260 Seiten. 1979.

Kunst und Antikunst
Broschur. 320 Seiten. 1980.

Im Zeichen des Saturn
Broschur. 208 Seiten. 1981.